신문인 방우영

신문인 방우영

초판 1쇄 인쇄 2016년 1월 20일
초판 1쇄 발행 2016년 1월 28일

펴낸이 김영곤 **펴낸곳** (주)북이십일 21세기북스
책임편집 조민호 **교정교열** 김상수
디자인 박선향

출판등록 2000년 5월 6일 제10-1965호
주소 (10881) 경기도 파주시 회동길 201(문발동)
대표전화 031-955-2100 **팩스** 031-955-2151 **이메일** book21@book21.co.kr
홈페이지 www.book21.com **블로그** b.book21.com
트위터 @21cbook **페이스북** facebook.com/21cbook

ISBN 978-89-509-5914-2 03840

미수(米壽) 문집

신문인
방우영

조선일보와 함께 65년을

조선일보의 중흥을 이끈 방우영님은 스스로를 언론인이 아니라 신문인, 또는 신문경영인이라고 말합니다. 조선일보 96년 역사에서 65년을 봉직한 분이 언론인인들 어떻고 신문인인들 어떻습니까? 그러나 스스로 '신문인'으로 자처하는 마음가짐 속에는 '언론'을 중(重)히 보고 자신은 언론보조인일 뿐으로 낮추는 뜻이 있습니다.

방우영님은 당연히 언론인입니다. 영원한 기자(記者)입니다. 당신은 자신이 편집국 차장(次長)도 못 해본 처지라고 말하지만 그 분은 조선일보의 성가를 높인 여러 특집기사, 인터뷰, 연재소설을 기획하고 만들어낸 '기획기자'였습니다.

방우영님은 동시에 신문경영인이었습니다. 그 분의 가장 두드러진 면모는 때로는 파격적이고 때로는 멀리 보고 인재(人材)를 발굴하고 기용했습니다. 한마디로 기자를 잘 뽑고 잘 썼습니다. 기자를 뽑는 면접시험에서 그는 별 질문 없이 외모와 말투와 가족관계를 살폈습니다. 기자란 원래 대인(對人)직업이라면서 관상을 중시했습니다. 교직자 가정 출신이면 무조건(?) 뽑았습니다. 충실한 가정교육을 받았을 것이라는 것입니다. 오늘의 조선일보는 그 분이 그렇게 뽑은 기자들이 만들었고 또 만들고 있습니다.

언론과 신문경영은 어떻게 보면 이율배반적 입니다. 언론은 사실과 진실을 말해야 하지만 신문경영은 때로 그렇게만 갈 수 없는 측면이 있습니다. 그는 옳은 글, 진실된 기사를 쓰는 기자를 평가합니다. 그러면서도 회사가 처한 입장, 경영과 관련된 배려 등을 도외시할 수 없었습니다. 그래서 방우영님은 스스로 '외벽'을 자임했습니다. 그리고 자신은 '바담 풍'해도 기자들은 '바람 풍(風)'하기를 원했습니다. 그 분의 조선일보 일생에 언론인과 신문경영인이라는 두 요소가 공존하는 이유가 바로 거기에 있습니다.

방우영님은 호불호(好不好)가 분명한 분입니다. 한번 좋은 기사를 보면 계속 호감을 갖고 반면에 틀린 기사를 쓴 기자에게는 좀처럼 마음을 풀지 않는 면이 있습니다. 그렇다고 오래가지는 않습니다. 노조 간부의 무례한 언동에 크게 불쾌해 했지만 그들이 나중에 회사의 간부가 되는 것을 막지 않았습니다. 노조 문제로 퇴사한 기자가 건설회사로 전직해 해외에서 만났을 때 자신을 극진히 응대하고 그림선물까지 보내준 것을 결코 잊지 않고 고마워하며 글까지 썼습니다. 기자다운 기자에게는 그 사람이 신문사에 남아있건, 퇴사했건 항상 '조선일보맨'으로 대우한다는 것을 알게 해준 일화였습니다.

방우영님의 마음가짐은 몸가짐으로 이어집니다. 옷매무새의 조그마한 흐트러짐도 용납하지 않습니다. 곧은 자세, 꼿꼿한 허리, 단정한 옷차림은 그 분의 외모의 트레이드마크입니다. 그 분을 뒤에서 보면 60대·70대라고 해도 곧이들릴 정도입니다. 이것은 곧 그 분의 성격을 말해주는 것이고 그의 일생을 엿보게 하는 징표들입니다.

방우영님은 지난해 눈에 넣어도 아프지 않을 만큼 애지중지하던 큰 손녀를 잃었습니다. 몇 달 동안 거의 매일처럼 병원에 들러 간호하고 그 아이를 잃은 뒤 하늘이 무너진 듯 애통해 하는 그 분에게서 기자생활 50년 동안 한 번도 접하지 못했던 면모를 보았습니다. 김대중 정권 시절, 세무조사를 내세운 언론탄압의 일환으로 방상훈 사장이 구속되는 등 고난을 겪고 난 뒤 창간기념식에서 방우영님은 어려움을 이겨낸 사원들에게 단상에 엎드려 큰 절을 했습니다. 그 모습은 큰 감동으로 전 사원의 가슴에 오래 남을 것입니다.

세월이 흐르면서 우리 조선일보 사람들은 그 분의 열의와 흥분 그리고 독자의 취향을 꿰뚫는 즉흥적 발상들을 아쉬워하고 있습니다. 그는 늘 "기자는 흥분할 줄 알아야해. 흥분할 줄 모르는 기자는 기자도 아니야"라고 말했습니다. 그날의 신문이 마음에 들지 않거나 어떤 실수를 범했을 때 편집국에 나타나 "이것도 신문이라고 만들었나?"

며 일갈하던 모습을 이제는 보기 어려워졌습니다.

그 분이 미수를 맞았습니다. 방우영님은 애초 직접 책을 쓰실 마음이 있었습니다. 그러나 이제는 힘에 부친 일이었습니다. 무엇이든 기록하기 좋아했던 방우영님으로서는 그 기록들을 글로 옮기고 싶었던 마음이 간절했던 터이지만 이제는 무리라는 것을 아셨던 것입니다. 그래서 저희가 방향을 바꾸자고 했습니다. 방우영님이 쓰고자 하는 것을 그 분의 친구, 친지, 신문사 후배들이 '대필(代筆)'하는 형식으로 신문인 방우영, 언론인 방우영, 인간 방우영을 조명하는 것도 결코 의미 없는 일이 아니라고 했습니다. 이 책은 그렇게 시작된 것입니다.

아쉬운 것은 그 분과 인생행로를 같이하면서 그를 더 잘 알고 이런 저런 인연을 쌓은 분들이 이제 우리 곁에 많지 않다는 것입니다. 그래도 다행히 아흔 분의 글을 받을 수 있었습니다. 우리 조선일보 사람들은 이 글들을 받아 읽으면서 우리가 방우영님을 모시고 이 신문을 여기까지 이끌어올 수 있었던 세월과 환경에 지극한 고마움을 느꼈습니다. 이 책은 그런 고마움의 한 작은 표현일 따름입니다.

이 책을 엮는 데 힘을 보탠 오태진 수석논설위원을 비롯한 조선일보 여러분들에게 감사말씀 드립니다.

2016년 1월

책 편집위원 대표 김대중 조선일보 고문

1

축하합니다, 그리고 고맙습니다

강신호

동아쏘시오그룹 회장

먼저 방우영 회장의 미수(米壽)를 축하드린다. 방 회장과 인연을 맺은 지 어느덧 반세기가 넘었다. 나 또한 2014년에 미수를' 맞았는데, 30대 청춘에 만난 우리가 벌써 미수를 맞았다니 새삼 그간의 세월이 스쳐가며 감회가 새롭다.

그는 첫인상에서부터 남달랐다. 언론인다운 패기와 뚝심 있는 모습에 첫 만남에서부터 호감을 느꼈던 기억이 난다. 방 회장과는 동년배라 시간이 맞으면 때때로 골프를 함께했다. 그는 워낙 박학다식하고 사회 흐름에 정통해 골프를 하면서 이야기를 듣다 보면 시간이 어떻게 가는지 모를 정도였다. 그는 국내 굴지의 언론사를 운영하는 사람답게 누구를 만나더라도 그 사람의 이야기에 귀를 기울일 줄 알고 이런저런 질문을 하며 상대방에게서 흥미로운 이야기를 끌어낼 줄 아는 기자 정신도 있었다. 그래서 그를 만나면 말이 많은 사람이 아니더라도 자신이 겪은 이야기들을 술술 풀어내며 만남의 자리가 더욱 화기애애해졌다.

한번은 그의 집에 초대를 받아 간 적이 있었다. 소탈한 성품답게 정갈하고 깔끔하게 차려놓은 상이며, 또 집에 오는 한 사람 한 사람을 정중하게 대하는 모습에서 다시 한 번 그의 사람됨을 확인했다. 내가 들어가자 나의 손을 덥석 잡고 반기던 모습이 아직도 눈에 선하다. 일에서는 대쪽 같았지만 사람을 대할 때만큼은 말하지 않아도 진심이 느껴질 만큼 따뜻하고 온화한 사람이었다. 그는 이렇듯 성품이 좋아 두루두루 친하게 지내는 사람이 참 많았다. 방 회장은 누구를 만나든 그 사람을 귀하게 대하고, 또 한번 맺은 인연을 소중히 생각하는 사람이었다.

그는 인간관계에서도 배울 점이 많았지만 일하는 것에 있어서도 귀감이 되는 점이 많았다. 지금은 인터넷의 발달로 누구나 자신의 의견을 자유롭게 말하는 시대지만 예전엔 그렇지 못했다. 언론에서 바른말을 하기가 어려운 시절이었다. 그러나 가까이에서 지켜본 방 회장은 사실을 사실대로 이야기하자는 강한 신념을 가지고 있었다. 그는 사실을 왜곡하여 틀리게 보도하는 것을 용납하지 않았다. 국민이 믿고 보는 신문을 만들겠다, 오로지 진실로 국민의 아침을 깨우겠다는 그의 열정은 두 살 위 선배인 내가 보아도 존경스러웠다. 특히

1963년 서른다섯의 나이로 조선일보 발행인을 맡아 대대적인 혁신을 통해 타성에 젖었던 조선일보를 신뢰할 수 있는 신문으로 키워낸 것은 요즘 젊은이들에게 주는 교훈이 크다. 그의 이러한 노력이 있었기에 오늘날 조선일보가 국내 대표 신문사로 우뚝 서게 된 것이 아닌가 생각한다.

나는 매일 새벽 조선일보를 읽는 것으로 하루를 시작한다. 근 60년이 넘게 이어오고 있는 습관이다. 조선일보로 세상의 소식을 알고 조선일보로 생각을 정리한다. 아마 나처럼 조선일보가 생활의 일부가 된 사람들이 많을 것이다. 이처럼 조선일보를 국민이 세상과 소통할 수 있는 눈과 귀로 키워낸 방우영 회장에게 새삼 고마움을 전하며, 그의 건강을 기원한다.

2

남편과 나를 이어준 영화인

고은아

합동영화(주) 서울극장 대표, 행복한나눔 이사장

홍익대 미대 2학년 첫 학기를 다닐 때였다. 당시 서울 동대문 집에서 홍대까지 버스를 타고 갈 때면 광화문 사거리를 지나야 했다. 지금의 코리아나호텔이 있는 곳에 '아카데미극장'이 있었고, 동화면세점 자리에 '국제극장'이 있었다. 종로 쪽에서 서대문으로 사거리를 지나가다가 아카데미극장 쪽을 보고 깜짝 놀랐다. 극장 간판에 내 얼굴이 대문짝 만하게 걸려 있었다. 1학년 겨울방학 때 거의 강제로 떠밀리다시피 주연 여배우로 캐스팅되어 데뷔작 '난의 비가'(1965년, 정진우 감독, 신성일·고은아 주연)를 촬영하고서 다시 평범한 대학생으로 돌아와 있던 때였다. 배우라기보다는 아직 학생이라는 생각이 더 많았을 때니 어안이 벙벙할 수밖에 없었다. 버스에서 내려 몇 번이나 극장 앞을 서성거렸는지 모른다. 신성일과 엄앵란이 나오는 영화를 보러 다녔던 극장에 내 얼굴이 걸려 있었으니 말이다.

당시에는 요즘과 같은 멀티플렉스 극장이 없을 때였다. 영화가 개봉하면 서울에서 딱 한 군데만 걸릴 때였다. 제작사들 사이에선 극장 잡기 경쟁이 치열했다. 어떤 극장을 잡느냐에 따라 흥행의 성패가 갈렸다. 방우영 고문님께서 당시 운영했던 아카데미극장은 신성일·엄앵란 주연의 '맨발의 청춘' 같은 청춘물을 많이 상영하는 극장으로 유명했다. 내가 배우로서 대중에게 처음 얼굴을 알린 곳이 바로 아카데미극장이었던 셈이다. 극장 아래 초원다방도 기억난다. 그곳은 문화예술계 사람들의 사랑방 같은 역할을 했다.

조선일보는 신문과 연계된 다양한 문화 사업을 통해 한국 대중문화가 발전할 수 있는 기틀을 다졌다. 청룡영화제도 우리 영화인들에게 너무나 소중한 행사였다. 그 모든 활동의 배경에 방 고문님의 문화에 대한 애정과 관심, 남다른 식견이 있었음을 잘 알고 있다. 방 고문님은 그 당시 영화계의 큰 버팀목이었다고 할 수 있다. 방 고문님께선 내가 신인 배우였던 시절이나 지금이나 한결같이 대해주신다. 얼마 전 강동구에 로보트 태권 V를 주제로 한 테마파크형 영화박물관 '브이센터'가 개관할 때도 뵈었는데, 엊그제 본 것처럼 반갑게 맞아주셨다.

생각해보면 내가 남편과 결혼의 연을 맺게 된 것도 방 고문님과 무관하지 않았던 것 같다. 데뷔 이듬해 방 고문님의 사직동 댁에서 영화인들이 수십 명 모이는 행사가 있었다. 제작사들부터 영화감독·배우들까지 많은 분야의 사람들이 모였는데, 나는 저녁 식사만 마친 다음에 행사가 끝나기 전에 먼저 빠져나와 교회에 가야 했다. 대중교통이 요즘처럼 발달하지 않았던 때라 어둑어둑해지기 시작한 저녁에 사직동에서 휘경동 집까지 가기가 편치는 않았다. 행사에 갈 때는 내가 처음 데뷔한 극동영화사의 차태진 사장님과 함께 갔는데, 혼자 먼저 빠져나오려니 차편이 마땅치 않았다.

그때 차 사장님께서 먼저 자리를 뜨는 사람들을 수소문해서 함께 차를 이용하도록 해줬는데, 나를 태워다준 사람이 바로 당시에 합동영화사를 운영했던 남편 고(故) 곽정환 회장이다. 그전에도 알고는 있었지만 같이 오랫동안 대화를 나눈 것은 그때가 처음이었다. 차를 타고 가면서 남편은 내게 몇 번이나 "참 독특한 여배우"라고 했다. 그이는 그 얼마 전에 있었던 김기덕 감독 결혼식에서 내가 피아노로 결혼식 반주를 한 것도 참 독특하다고 했다. 또 영화계 사람들이 다 모여서 얼굴을 알릴 수 있는 자리에서 교회를 가겠다고 먼저 빠져나오는 것도 참 독특하다고 했다.

이후 나는 남편이 운영하는 합동영화사에서 제작하는 영화에 많이 출연했다. 남편의 구애 공세는 이때부터 시작됐다. 당시 영화사 대표는 배우들의 스케줄을 다 파악하고 있었는데 촬영을 마치고 오면 항상 집으로 전화를 걸어와 잘 촬영했는지, 어려움은 없는지 물어보곤 했다. 한번은 경기도 문산과 파주에서 너무 춥게 촬영을 하고 다음 날

복통을 심하게 겪었다. 다른 영화사들은 배우가 아픈데도 스케줄을 지켜야 한다면서 여기저기 촬영장으로 끌고 다녔다. 배가 아픈 와중에도 촬영을 펑크낼 수는 없어 집에 와서 옷을 갈아입고 다음 순서인 합동영화사 촬영장으로 갈 준비를 하고 있을 때였다. 그이는 내가 아프다는 이야기를 듣고서 찾아와 "오늘 촬영 펑크내도 좋으니 몸조리부터 하라"고 했다.

그때 그 한마디가 얼마나 고마웠는지 모른다. 제작자 입장에서 여러 명의 배우와 스태프들의 스케줄을 다시 조정해야 하고, 촬영장도 다시 빌려야 하기 때문에 쉬운 결정이 아니었을 것이다. 그 어려운 결정을 흔쾌히 내린 한마디가 내 마음을 흔들었고, 그 이듬해에 결혼했다. 그렇게 사직동에서 시작된 인연을 소중하게 키워 결혼에까지 이어지게 된 것이다. 방 고문님께선 1967년 3월 워커힐에서 열린 내 약혼식에도 참석해주셨다. 얼마 전 우연히 앨범을 뒤지다가 옛날 흑백 사진들 틈에서 영화제작사 관계자들과 함께 약혼을 축하해주러 오신 방 고문님을 발견하고 추억에 잠긴 적도 있다.

방 고문님께서 아카데미극장 운영에서 손을 떼신 것은 전체 영화계에 큰 손실이었다. 대한민국의 중심 광화문 한복판에 있던 아카데미극장은 여러모로 상징하는 바가 컸다. 그런 극장이 문을 닫는다는 말에 영화계에선 누구 하나 아쉬워하지 않는 사람이 없었다. 방 고문님으로선 신문사 경영에 전념하기 위해 내린 결단이었겠지만, 가뜩이나 개봉관이 부족해 어려움을 겪던 제작자들로선 청천벽력 같은 일이었다. 당시 아카데미극장과 국제극장이 비슷한 시기에 문을 닫고 사라지면서 영화제작자들은 직접 극장을 가져야 한다는 필요성을 많이 느꼈다.

이것도 생각해보면 인연인 것 같다. 영화제작에만 전념했던 남편이 1970년대 후반에 극장 사업에 뛰어든 것도 결국은 아카데미극장의 공백을 메우기 위한 것이었다. 서울극장은 당시 재재개봉관이었던 종로3가 세기극장을 인수해 개봉관을 열었다. 그리고 스크린 수를 계속 늘려 현재에 이르고 있다. 제작사로선 큰 모험이었다. 아마도 남편은 영화제작과는 전혀 다른 극장업에 뛰어들 결심을 하면서 수많은 고뇌를 했을 것이다. 남편보다 두 살 위인 방 고문님께서 남편에게도 여러 가지 조언을 많이 해주셨을 것으로 생각한다. 두 분은 한때 사냥도 함께 다닐 정도로 가까웠다. 2013년 11월 남편이 돌아갔을 때도 방 고문님께서 오셔서 "가는 사람 가게 하라"고 하셨던 말씀이 큰 위안이 되었다.

이제는 내가 영화사와 극장 대표로 살아가고 있다. 그 옛날 '만원 사례'가 붙어 있던 제작사 사무실 풍경이 잊히지 않는다. 옛날 극장에서는 영화가 개봉해 객석이 꽉 차면 그날로 사례금을 담아 '만원 사례'라고 찍힌 봉투를 스태프들에게 나눠줬다. 촬영장에 가면 영화 포스터에 스태프들이 잔뜩 이 봉투를 붙여놓고서 자축했던 모습이 선하다. 그 시절은 그야말로 한국영화의 전성기였다. 1년에 200편 넘는 영화가 제작되면서 우리 같은 배우들도 하루에 몇 군데씩 촬영장을

돌아다녔다. 대중문화라고 해봐야 영화가 유일했던 그 시절, 방 고문
님은 남다른 사명감으로 영화계를 지켜주신 큰 어른이셨다.

3

천천히 서두르시다

권이혁

서울대학교 명예교수, 대한민국학술원 회원

일민(逸民) 방우영 조선일보 상임고문과 나의 친교 역사는 상당히 길다. 여기에는 그만한 이유가 있다. 친형인 방일영(方一榮) 형과 내가 경성제일고보(京城第一高普, 현 경기고등학교의 전신)의 입학 동기여서 학생 시절에는 물론이고 사회로 나온 후에도 우리들의 우정에는 변함이 없었던 까닭이다.

우리 두 사람의 만남에 동생인 방우영 선생이 끼어들게 되는 것은 당연한 이치다. 방우영 고문은 1923년생 동갑내기인 방일영 형과 나보다 5년 연하이다. 5년이라는 연령 차가 젊었을 때는 그래도 벽을 치지만 늙어감에 따라 사귐에 큰 장애가 되지는 않는다.

방일영 형과 내가 가장 가까운 급우가 된 데에는 특별한 사연이 있다. 1936년 4월에 경성제일고보에 입학했는데 3개월인가 4개월 후 어느 날 전교생에게 강당으로 집합하라는 지시가 내려왔다. 당시 제일고보는 각 학년이 200명씩이었고 전교생이 약 1000명이었다. 전교 학생이 일시에 들어갈 수 있는 강당이 새로 마련되었는데, 이 강당으로 모이라는 것이다. 의자는 없었고 전체 학생이 서 있었다. 먼저 일본인 와다(和田) 교장이 등단하더니 "대단히 중요한 어른께서 말씀하시는 것이니 잘 들어야 한다"고 했다.

이윽고 두루마기를 입은 분이 등단하더니 조선어(한국말)로 말씀을 하시는 게 아닌가. 우리들은 대단히 놀랐다. 그 당시 학교 내에서는 일본말만 사용토록 되어 있었기 때문이다. 무슨 말씀을 하셨는지 잘 생각은 나지 않는다. 열심히 공부하라는 뜻의 말씀을 하셨던 것이 어렴풋이 떠오를 뿐이다.

나의 옆에는 방일영 형이 서 있었다. 방 형이 귀띔해줬다. "야, 저분이 우리 할아버지야"라고. 조선일보가 어떤 신문인지, 민족의식이 무엇인지 전연 모르는 때였지만 조선옷을 착용하고 조선말을 하는 분이 그저 놀랍고 신기했다.

강연이 끝났다. 방일영 형이 "야, 너 우리 할아버지 뵙고 싶으냐"라고 묻는다. "가능하다면 물론이지" 하고 답했더니 방 형은 "그러면 내가 마련할게" 하면서 기뻐했다. 2~3주일이 지났다. 방 형이 나에게 오더니 "토요일 오후에 함께 집으로 가자"고 한다. 당시 토요일 오후에는 수업이 없었기 때문에 '반공일'이라고 불리기도 했다.

이리하여 매주 토요일마다 방 형은 나를 끌고 조부이신 방응모(方應謨) 선생에게 갔다. 방응모 선생께서 조선일보를 일으켜 세우신 분이며 우리나라 거물 중의 한 분이라는 사실도 그때가 되어서 알게 되었다. 방 형이 방응모 선생을 모시고 있다는 사실을 알게 된 것도 그때이다. 당시 방 선생 댁은 서대문 네거리 서북쪽에 있던 한옥이었다. 내가 살고 있던 집은 그 반대 방향에 있었지만 그래도 가까운 거리였다.

이렇게 해서 토요일 오후에는 방 형과 함께 방응모 선생에게 인사를 올리는 것이 일과가 됐다. 우리 두 사람이 선생에게 큰절을 하면 선생께서 3~4분 동안 덕담을 해주신다. 그리고 점심으로 평양냉면이 나온다. 그런데 냉면은 한 사람 앞에 꼭 한 그릇뿐이지 그 이상은 주시지 않았다.

한창 먹을 때인 우리들에게는 다소 모자라는 것이 사실이었지만 어찌할 도리가 없었다. 나이 든 후에 생각해보니 여기에는 그만한 이유가 있었다고 짐작된다. 당시 방 형은 비대했으며 조부님께서 손자의 비대증을 고칠 목적으로 다이어트를 시켰던 것이라고 생각된다. 그만큼 조부님께서는 손자를 기르는 데 정성을 다하신 것이다.

그때까지만 해도 방우영 씨는 우리 두 사람 그룹에 끼지 않았다. 방우영 씨를 알게 된 것은 훨씬 후였다. 방일영 형은 주거를 흑석동으로 옮겼다. 방응모 선생께서는 서대문 네거리에서 가까운 곳에 지내시다가 흑석동에 있는 큰 양옥으로 옮기셨다. 방일영 형은 생일에는 가까운 친구들을 초청하여 흑석동 댁에서 잔치를 베풀었다. 나를 꼭 초청해줬다.

방우영 고문을 만나게 된 것은 이 모임에서였다. 방일영 형은 국악을 좋아했다. 생일잔치 때는 박귀희 명창 같은 이들이 와서 노래를 불렀다.

이 모임에서 나는 대단히 신기한 모습을 보게 되었다. 방 형은 참석자들에게 술을 따라주는 것이 낙이었다. 동석했던 우영 씨에게도 술을 따라줬다. 그런데 우영 씨는 형님인 일영 형을 정면으로 보지 않고 반드시 고개를 돌려 술을 마시는 것이다. 나는 대단히 놀랐다. 다섯 살 차 친형제인데 술자리에서까지 형님에게 예를 지키는 우영 씨의 자세를 보고 놀랐던 것이다. 그것도 한 번이 아니고 매번 그러했다. 나는 이 광경을 본 후부터 방우영 씨야말로 진짜 양반이요 진짜 선비라고 믿게 되었고 기회 있을 때마다 방우영 씨를 그렇게 소개했다.

언젠가 방일영 형에게 "자네는 술이나 마시고 쓸데없는 짓이나 하고 있을 때가 많으니, 도대체 조부님께서 주신 그 귀한 가정교육과 도덕교육은 다 어디로 갔나?" 하고 농을 걸었더니 "너는 하나만 알고 둘은 모르는 사람이야, 너 내 동생 우영이가 나한테 하는 것 보았지, 이게 진짜 교육이야. 알았나?" 하고 대답했다. 일리가 있는 말이다. 방응모 선생의 가정교육은 아직도 찬란하게 빛을 내고 있는 것이다.

방우영 조선일보 상임고문의 활약상에 관하여는 만인이 잘 알고 계실 터이니 새삼스럽게 소개할 나위가 없는 줄로 안다. 그래도 몇 가지만 간략하게 적어본다.

우선 방 고문이 60여 년 동안 조선일보 기자·상무·전무·사장·회장 등의 직책을 완수해서 오늘날의 조선일보를 만들었다는 사실에 경의를 표한다. 사람이 역사를 만들고 쓴다는 말이 있지만 방우영 고문이야말로 조선일보의 역사를 쓰고 만든 분이다. 나는 '방우영=조선일보'라는 등식을 가끔 떠올린다. 그리고 방우영 고문과 조선일보에서 '든든함'과 '믿음'을 느낀다. 뿐만 아니라 방 고문은 신문협회 부회장, 신문회관 이사장, IPI 국제위원회 위원, 언론연구원 이사장, 한국신문협회 고문 등 여러 직책을 통해서 우리나라 신문 발전에 이바지했고, 또한 연세대 동문회 회장, 연세대 이사장 등 요직을 맡아 모교 발전에 이바지해왔다.

나는 1992년 7월에 대한민국학술원 회장에 취임했다. 학술원의 존재를 과시하기 위해 조선일보와 공동으로 지상(紙上) 토론회를 갖기로 했다. 학술원 회원 한 분이 현안 문제에 대한 주제 발표를 하고, 이에 대해 조선일보가 지명하는 두 분의 비회원 학자가 토론하는 형식이다. 그 결과를 조선일보가 보도하는 형식이었다.

이 행사 때문에 방우영 사장과 빈번하게 만나게 되었고 대범하면서도 치밀한 그의 리더십, 예리한 통찰력과 판단력, 과감한 추진력과 지도자로서의 용기를 알게 되었다. 조선일보가 신문 한 면 전체를 할애하여 토론 내용을 보도해주었는데 방우영 사장의 결단력 없이는 불가능한 일이었다. 지상 토론회는 한 달에 한 번씩 1년간 계속되었던 것으로 기억된다.

이제 '미수'를 맞이하는 방 고문이지만 '미수'와는 거리가 있는 젊은이같이 느껴지는 데에는 그만한 이유가 있다고 본다. 나는 요사이 '천천히 서둘러라'를 나의 인생 슬로건으로 삼고 있는데 방 고문이야말로 이 슬로건의 실천자가 아닌가 생각된다. 나는 인생의 피크는 90이고 우리들은 90을 향해서 오르막길을 오르고, 90이 지나면 내리막길을 내려간다는 나의 경험담을 기회 있을 때마다 되풀이하는 습관이 있다.

인생의 오르막길을 오를 때의 대표적인 인생 슬로건은 '여유작작(餘裕綽綽)'이고 내리막길을 내릴 때의 슬로건은 '유유자적(悠悠自適)'이라는 이야기도 한다. 그런데 좀 깊이 생각하면 '여유작작'은 '일하는 것'을 전제로 하지만 '유유자적'은 그렇지 않다. 누구에게도 아무것에도 구애받지 않고 그저 자유롭게 잘산다는 이야기다.

그래서 이 양자의 중간쯤 되는 것을 뜻하는 단어가 있지 않을까 찾아봤다. 이 책 저 책을 읽다가 마음에 드는 말을 만났다. 'festina lente(페스티나 렌테)'라는 라틴어 문구가 바로 그것이다. 한영사전에 'festina lente'가 깨끗하게 나와 있다. '천천히 서둘러라', '급하면 돌아가라'라는 뜻이다.

나는 방우영 상임고문이 바로 'festina lente'의 실천자라는 점을 금세 느끼게 되었다. 방 고문의 여유 있는 사고방식, 공평한 판단력, 반드시 뜻있는 결과를 보이는 능력 등 그가 가지고 있는 특성이 이

사실을 잘 말해준다고 믿고 있다.

방 선생의 미수를 다시 한 번 축하한다. 미수라지만 영원한 현역이신 방 선생에게는 해야 할 일들이 많이 기다리고 있다. 부디 더욱 건승하시고 보다 빛나는 미래를 개척해나가시기를 기원한다.

4

"이것 기사가 되지 않겠어?"

김덕형

법무법인 아태 고문, 전 조선일보 논설위원

조선일보에 수습기자로 입사한 후(1968년 8월 1일 출근) 열흘쯤 지난 어느 날 방우영 발행인(당시 전무)께서 일선 경찰서에 나가 취재 중인 우리들을 신문사로 긴급 소집하였다. 그때 방 발행인은 "여러분 한 사람 한 사람은 출입처나 어디 가서 누구를 취재하든 조선일보 대표라는 자부심을 가지고 당당히 행동하라"고 당부하셔서, 한여름 더위에 허덕이며 연일 취재 실습에 주눅이 든 우리들의 기를 돋워주셨다.

이어 앉은 순서대로 그동안 겪은 일선 취재의 소감을 툭 터놓고 얘기해보라고 말씀하셨다. 처음에는 서로 눈치 보면서 쭈뼛거리던 동료들이 한 명씩 차례로 지명을 받게 되자 마치 고해성사를 하듯 분위기가 무르익어갔다. 그때 우리는 "조선일보가 최고의 민족지로 알고 들어왔으나 취재 일선에 나가보니 우리의 라이벌은 같은 민족지인 동아일보가 아니라 신생지인 한국일보였다"면서 "우선 우리의 라이벌이 누군지부터 바로 잡아야겠다"고 실토했다. 당시에는 조·석간제가 실시되고 있어서 같은 조간지였던 한국일보와 사건 특종 경쟁이 치열한 때였으며, 동아일보는 석간지였으므로 사실상 사건 기사 경쟁의 상대는 될 수 없었다.

내 차례가 되어 "한국일보 장기영 사주는 부총리(경제기획원 장관)로 입각하여 여당지로 비치고 있으므로, 이에 맞서 우리 조선일보는 정치에 참여하지 말고 정론지의 입장을 지켜야 할 것"이라고 말했다. 방 발행인은 "우리는 신문밖에 안 해. 우리는 종이 장사야"라며 "우리 함께 힘을 합쳐 기필코 1등 신문을 만들자"고 역설하셨다.

이듬해 대학가에서는 3선 개헌 반대 열풍이 휘몰아쳐 경찰 출입 기자들은 연일 매캐한 최루가스에 눈물을 흘리며 이들 데모대를 쫓아 취재하느라 애를 먹었다.

그런데 얼마 지나지 않아 정부 당국의 노골적인 간여로 데모 기사는 점차 줄어들더니, 좀 지나서는 3단에서 2단으로까지 줄어버렸다. 데모 열기는 날이 갈수록 가열되는데 아무리 현장에서 열심히 기사를 불러도 별무효과였다. 특히 기대가 컸던 조선일보 기사에 실망한 일부 학생들은 아예 '조선일보 기자는 오지 말라'고 노골적으로 반발하기도 했다. 이런 분위기에 풀이 죽어 저녁때 경찰 출입 기자들이 귀사하여 데스크 옆에서 서성거리고 있는데, 발행인께서 오셔서 "데모 상황이 어떤가"고 물으시길래 우리는 현장 분위기를 그대로 전해드리기도 했다.

이처럼 편집국 분위기는 스스럼없고 자유분방하여 발행인은 국장석에 자주 오셔서 말씀을 나누시기도 하고, 급하게 지시할 일이 생기면 직접 편집국에 내려오셔 "국장!" 하고 소리쳐 부르기도 하셨다. 구사옥에서 근무할 때 어느 날 밤 외신부(현 국제부)에서 야근하던 기자가 선우휘 편집국장의 뒷모습을 중국집 배달원으로 잘못 알고 "장꿰! 짜장면 시킨 것 왜 안 가져와!" 하고 소리쳤다가 당황해했다는 에피소드도 전해진다.

바로 이런 조선일보 특유의 언론인 분위기는 젊은 시절 7년 동안 직접 일선 기자로 근무하면서 취재 현장의 애환을 체득한 발행인의 경력에서 우러나온 조선일보의 귀중한 자산이라고 생각한다. 잠시 우리 신문사에 들렀다가 이런 특이한 풍경(?)을 엿보게 된 다른 신문사의 동료 기자들이 무척 부러워했었다는 실토를 들으면 필자 스스로도 조선일보에 들어오기를 잘했다고 생각하곤 한다.

1970년 우리 수습 동기는 창간 50주년 사사 편찬에 이어 주간조선 로테이션 근무를 하게 되었다. 나에게는 조영서 주간께서 인물 기획물을 맡아 연재하라고 명하셔서 후예와 자취로 본 근대 한국 인물 이야기를 '명가의 현장'이란 주제로 매주 쓰게 되었다. 인물 선정에서부터 취재 과정에 이르기까지 아무런 간섭도 받지 않고 기사 작성을 하는 자유분방한 분위기에 심취하여 전국 방방곡곡 이들 인물의 생가 현장 등을 누비고 다니면서 관련 인사 여러분과 인터뷰한 체험은 그 후 기자 생활을 살찌우는 데 큰 도움이 되었다.

특히 만해 한용운의 행적을 취재하려고 그 분의 제자였던 김관호 씨를 만났더니 "만해의 심우장 숙소를 계초(啓礎) 방응모 사장께서 성금을 내어 지어드렸으며, 일제 말 만해 선생께서 별세했을 때는 일제의 삼엄한 감시를 무릅쓰고 장례를 후히 치러드렸다"고 감격스러워하면서 명가 시리즈에 계초 선생을 꼭 모시라고 당부했다. 월남 이상재의 손자 홍직 씨(조선전업사장 역임) 등도 같은 의견이어서 그 뜻을 발행인께 전했더니 "우리가 내는 매체에 우리 집안 이야기는 넣을 수 없다"고 끝내 사양하셔서 연재를 마치고 나중에 책으로 낼 때에야 수록할 수 있었다.

1980년 월간조선 창간 멤버로 참여하여 창간 작업에 열을 올리던 어느 날 방우영 사장께서 태평정 고깃집에서 저녁을 사셨다. 주흥이 한창 무르익으면서 시인 얘기가 화제에 오르자 방 사장께서는 정지용 시인의 '향수'란 시를 떠올리기도 했다.

그러나 어느 시인 편집자가 취기에 겨워 과도한 시론을 펼치려 하자 "어, 취한다"라며 얼른 먼저 일어나셔서 달아오른 주석 분위기가 서먹해지지 않도록 애써 배려하시던 모습이 마치 어젯밤 일처럼 선명하게 떠오른다.

평소에도 약속이 없을 때는 점심때 편집국에 내려오셔서 내근 기자나 집필 중인 기자를 불러서는 이웃 매일옥에 가서 설렁탕을 함께

드시면서 반주를 나누시던 모습도 잊을 수 없다. 필자가 논설위원 시절 어느 신문사 사주가 저녁밥을 사길래 이런 사실을 말해줬더니, 그분이 기자들에게 포장마차에서 소주를 샀다는 좋은 소식을 나중에 그곳 기자에게 전해 듣기도 했다.

1980년대 언제인가 문화부에 근무하던 때 "내일부터 사장님 딸이 수습기자로 근무하게 됐다"는 소식에 다소 긴장했던 적도 있었다. 그러나 다음 날 출근한 방혜성 양은 생글생글 웃음 짓는 붙임성 있고 상냥한 태도여서 금방 동료들과 친해졌다. 뿐더러 우리가 출근해보면 편집국에서 가장 먼저 나와서는 외부에서 온 전화를 받아 일일이 메모해놓는가 하면, 지저분한 신문사 책상을 걸레질하고 깨끗이 정돈하여 별도의 수습 교육이 필요하지 않을 정도로 파격적인(?) 모습을 보여주었다.

사주 집안의 수습 과정은 이렇듯 솔선수범하는 식이어서 가령 현재의 방상훈 사장께서 외신부에 수습기자로 근무할 때는 야근을 하다 과로하여 코피를 흘리기도 했다. 그 후 방우영 회장님의 외아들인 방성훈 현 스포츠조선 대표이사가 국제부에서 수습을 받을 때도 매일 배달 오는 외국 신문을 직접 아래층에서 날라오는 '밑바닥 훈련'을 하는 모습을 목격하기도 하였다.

1985년 문화부장 시절 어느 날 방 사장께서 내려오셔서 "이것 기사가 되지 않겠어?"라고 말씀하시면서 코리아 심포니 오케스트라 창단 프로그램을 내미셨다. 이처럼 민원 기사를 처리하는 방법도 매우 자연스러워서 기자들의 자존심을 존중하는 배려심이 묻어났다. 신문사들 중에는 기사 함량 미달인 낯 뜨거운 민원이, 그것도 비서실을 통해서 전달되는 식이여서 불쾌감을 느낀다는 기자들도 있었다. 윗사람부터 자기 신문을 소중히 여기지 않으면 그 밑의 데스크나 기자들이 '네 신문이냐 내 신문이냐' 될 대로 되라면서 아무런 기사나 마구 쑤셔넣게 마련이다.

신문도 일종의 상품인 것임을 감안하면, 사주부터가 솔선수범해서 상품의 질이 손상을 입지 않도록 솔선해서 조심해야만 그 밑의 기자나 데스크도 본받게 될 것이다.

한때 4등까지 내려갔던 조선일보가 1980년대 어엿이 1등 신문의 자리를 차지하게 된 것은 이처럼 사주부터 일선 기자에 이르기까지 신문 기사의 질을 소중히 다루고 지켜내는 신문인 본연의 자세에서 타지에 월등 앞섰기 때문이라고 생각한다.

1등 신문이 되는 요건은 한두 가지로 요약하기는 어렵겠으나 이에 더해 여기서는 필자가 들은 얘기부터 소개하기로 하겠다. 필자가 1988년 일본 도쿄대학교 신문연구소 객원연구원으로 연수할 무렵 일본기자협회(기자노동조합)의 초청 연사로 규슈 미와자키로 가는 동안, 안내 역할을 해주었던 시게무라(重村智計) 마이니치 신문 논설위원은 "일본의 1등 신문이던 마이니치 신문이 잇따른 사내 분규로 3등 신문이 된 것이 한스럽다"면서 "조선일보는 사주를 중심으로 신문을 잘 만들겠다는 주인 의식이 확고하여 크게 발전하고 있다"고 몹시 부러

위하는 것이었다.

그와는 서울 특파원 시절 맥주도 몇 차례 함께 마실 만큼 친숙하게 지내던 사이여서 이처럼 스스럼없이 그의 평소 느낌을 들을 수 있게 된 셈이다.

사내외의 돌아가는 분위기에 민감한 기자들이 사주 집안 분규에 휘말려 '줄서기'에 급급하는 다른 신문들의 모습과는 달리 우리 신문의 경우는 이런저런 눈치를 보지 않고 오로지 신문 만드는 일에만 몰두할 수 있었던 것을 매우 다행스럽게 생각한다.

1994년 논설위원 발령을 받은 후 방 회장께 인사를 갔더니 "좋은 글을 많이 쓰라"고 격려해주셨다. 그리고서는 통한문제연구소장 때 도움을 요청하여 맡기셨던 회고록 초고 원고를 다음 날 회수해가셨다. 내 일상이 더 바빠졌으니 근무에 지장을 줘서는 안 되겠다는 배려였던 것으로 짐작한다.

그 후에도 방 회장님은 우리 OB 논설위원들을 불러 점심을 사주시곤 한다. '안성또순이집'에서, 또는 미 8군 식당에서 한식과 양식을 번갈아 사주시기도 했다. 그 분의 단골인 우래옥에서 해후하면 당연히(?) 식대를 치러주시는가 하면, 또 우래옥 주인은 우리 조선일보 사람들이 가면 예약을 안 했어도 방 회장님의 단골 방을 선뜻 내어주는 특혜를 받은 사실도 이 자리에서 밝혀야겠다.

부디 오래 건강하셔서 우리 속에 깊숙이 스며든 정겨운 풍모를 영구히 함께 간직하시기를 기원한다. 방 회장님은 조선일보와 함께 우

리와 더불어 '공생주의(共生主義)' 이념을 실현하신 영원한 우리의 신

문 보스이다.

5

5분도 못 가는 불같은 성격

김동건

아나운서

회장님의 미수에 글을 써달라는 청탁을 받고 무척 곤혹스러웠습니다. 왜냐하면 쓸 것이 너무 많기 때문에 무엇을 쓰고, 무엇을 쓰지 말아야 할지 골라내기가 너무 힘들기 때문입니다. 그럼에도 제가 이 글을 쓰는 것은 50여 년간 회장님을 가장 가까이에서 뵌 사람으로서 내가 아는 회장님의 진면목을 알리고 싶기 때문입니다. 아직도 기억에 생생한 회장님과의 추억을 몇 가지 떠올려보겠습니다.

저는 아직도 회장님이 올해로 미수가 되었다는 것이, 88세가 되었다는 것이 믿어지지가 않습니다. 아무리 후하게 쳐도 50·60대로밖에 느껴지지 않습니다. 그런 이유는 50년 전 처음 만났던 날로부터 지금까지 어린아이와 같은 순수함, 불같이 급한 성격, 진한 평안도 사투리까지 하나도 변함이 없기 때문입니다.

제가 회장님을 처음 뵌 것은 회장님의 돌아가신 형님인 방일영 회장님의 소개로였습니다. 당시 방일영 회장에게서 "이 사람이 내 동생, 사장이야"라고 소개를 받고 속으로 두 번 놀랐습니다. 자그마한 체격이지만 단단하고 당찬 모습에서 한 번, 그리고 사정없이 쏟아져 나오는 진한 평안도 사투리에서 한 번 말입니다.

제가 알고 있는 사람 중에 두 번째로 진한 평안도 사투리를 거침없이 쏟아내는 분이었습니다. 평안도 사투리를 가장 진하게 쓰는 다른 한 분은 바로 저의 어머니였기 때문에 저는 그 정겨운 평안도 사투리가 너무나도 마음에 들었습니다. 그것이 첫 만남의 첫인상이었습니다. 그 사투리는 지금까지 하나도 변함이 없습니다.

그 평안도 사투리의 진가는 술이 한잔 들어가면 더 제대로입니다. "데거 데거 원 쌍판때기 좀 보라우" 하시는 진한 평안도 사투리의 욕이 정겹게 느껴지는 건 저뿐만은 아닌가 봅니다. 제 집사람은 회장님을 너무 좋아하는데, 그 이유는 사투리를 듣다 보면 시어머님 생각이 나고, 특히 회장님의 사투리 욕이 그렇게 재밌고 정감 있을 수 없다는 겁니다. 참 신통한 것이 그렇게 욕을 하는데도 상스럽지 않고 난폭해 보이지 않습니다. 저는 회장님의 그 변함없는 진한 평안도 사투리를 사랑합니다.

회장님의 변함없고 한결같음은 비단 사투리뿐이 아닙니다. 지금으로부터 50년 전, 어느 자리에서 거나하게 취하신 회장님이 노래를 한

곡 부르셨는데 '청춘 고백'이라는 노래였습니다. 아직도 음정, 박자 정확히 기분 좋게 노래를 부르시던 모습이 눈에 선합니다. 생각보다 노래를 잘하시기에 앙코르를 요청했더니 어린아이와 같은 표정으로 말씀하시기를 지금 부른 '청춘 고백' 한 곡밖에는 배운 곡이 없다는 게 아니겠습니까?

지금도 변함없이 회장님의 노래는 '청춘 고백' 한 곡뿐입니다. 이렇게 우리 회장님은 세월은 변했으나 변함이 없으신 분입니다. 나는 회장님의 이런 변함없음이 좋아 50년을 곁에 있었고 그 분을 존경하는 것입니다.

흔히 주위 분들이 회장님의 성격을 불같다고 합니다. 그것은 사실입니다. 그러나 그 불같은 성격이 5분도 안 갈 때가 많다는 것을 모르는 분이 많습니다. 오래 같이 지내고 보면 회장님은 누구보다 정이 많은 분입니다. 또 눈물도 많은 분입니다. 당차고 겁 없고 거침이 없는 불같은 성격, 그 뒤에 한없이 여리고 눈물 많은 회장님의 정이 많은 본성을 저는 잘 압니다. 그래서 저는 회장님을 좋아합니다.

2014년 눈에 넣어도 아프지 않은 아홉 살 손녀를 잃었을 때, 그토록 슬퍼하고 아파하시는 회장님을 위로하는 것은 제게도 힘든 일이었습니다. 그토록 당차고 겁 없고, 평생 격동의 세월을 이겨낸 이 어른이 어린 손녀 하나에 식음을 전폐하다시피 하고, 저와 둘만 남게 되면 손녀의 사진을 꺼내 그렇게 눈물을 흘리시는 것을 보고 저는 놀라지 않을 수 없었습니다. 회장님이 이토록 정이 많고 어린아이와 같은 순수함을 가진 분이라는 것은 많은 분들이 잘 모릅니다.

그런가 하면 회장님은 어쩌다 저로부터 작은 선물이라도 받으시면 어린아이같이 기뻐하시는 것뿐만이 아니고 가까운 사람들에게 두고 두고 자랑을 하셔서 제가 곤혹스러울 때가 많습니다. 언젠가 안경을 하나 사드렸는데, 몇 년이 지나서도 "야, 이 안경 동건이가 사준 거야"라고 자랑을 하시는 겁니다.

그렇게 정이 많으신 분이 공적인 영역에 들어서면 그 깨끗함이 유리알 같습니다. 저는 이분을 가장 측근에서 모신 사람이기 때문에 자신 있게 말할 수 있습니다. 저는 연세대학교 총동문회 회장을 맡으신 회장님을 따라 동문회 일을 보기 시작하면서 본격적으로 곁에서 모실 수 있었습니다.

그로부터 16년간 동문회장으로, 그 후 16년을 연세대학교 재단 이사장으로 계시는 동안 저는 동문회 일을 나름대로 열심히 했습니다. 그 까닭은 회장님이 학교를 사랑하는 마음이 대단하시고 업무 처리 방식이 유리알같이 깨끗하고 정의로웠기 때문입니다.

연세대 동문회장, 연세대 재단 이사장 30여 년에 단돈 10원 한 장도 학교 돈을 쓴 적이 없다는 것을 저는 잘 알고 있습니다. 오히려 자신의 인맥을 총동원하여 학교발전기금 모으기에 힘쓰셨고 여러 차례 기부를 하셨습니다.

회장님은 항상 "나는 재벌도 아니고 사업가도 아니지만 동문회 일을 맡았으니 최선을 다해야 될 것 아닌가? 다소 체면에 손상이 있더라도, 또 힘이 들더라도 쌓아온 인맥과 경험을 최대한 살려서 학교 발전에 힘써야 한다"고 하셨습니다. 그리고 말씀대로 실행하여 모교 발전에 커다란 업적을 쌓으신 것을 자타가 인정합니다. 그래서 저 역시 회장님을 도와 발로 뛰며 보람을 느낄 수 있었습니다.

회장님을 옆에서 보면 넥타이를 하나 사러 가서도 하나를 탁 집는 법이 없이 이걸 할까, 저걸 할까 오래 고민하다가 결국 고른 것은 지난번에 산 것과 똑같은 것을 고르는 경우도 많고 점심에 무엇을 드실까를 정하는 일에 이랬다저랬다 하시는 경우는 있어도 큰일을 결정함에 있어서는 추호도 망설임이 없으신 것 저는 압니다. 신문사의 경영, 신문의 앞날을 걱정해야 할 정도의 특종, 이런 일의 결정에는 무섭게 밀어붙인다는 것, 그리고 그 결정에 훗날 후회가 없는 이 담대함을 저는 좋아합니다.

회장님은 그 엄혹한 시절에 조선일보를 맡아 60년 동안 혼신의 힘을 다 바치신 것을 압니다. 조선일보가 한국 제일의 신문이 된 오늘날 모든 공을 언론인 기자들에게 돌리시면서 자신은 경영이나 했지 신문은 기자, 언론인이 만드는 것이라 말하십니다. 저는 이런 회장님을 좋아합니다.

좋아하면 닮는다고, 사모님에게 큰소리치시는 회장님을 닮아 무조건 마누라에게 소리소리 지르다가 요즘 저는 톡톡히 당하는 처지가 되었습니다. 그것은 사모님과 저의 집사람이 다르다는 것을 몰랐기 때문입니다.

이왕에 사모님 말씀이 나온 김에 이야기를 덧붙이자면, 제 생각에는 대한민국에 사모님 같은 분은 또 없습니다. 회장님을 사랑하고 회장님을 아끼며, 그리고 항상 져주기만 하시는 사모님 같은 분은 없습니다. 그런 면에서 회장님은 행복한 분입니다.

십오륙 년 전 어느 날 사모님이 저를 만나자고 하셨습니다. 그때는 제가 한창 담배를 피울 때였는데, 사모님이 제가 담배를 끊지 않으면 회장님이 담배를 끊기 어려울 것 같다면서 회장님을 위해 담배를 끊어줄 수 없을까 간곡히 말씀하시는 겁니다. 그도 그럴 것이 회장님이 담배를 끊으신 후 저를 불러 사무실에 가면 재떨이를 꺼내놓고 저에게 빨리 담배를 피우라 하시곤 담배 연기를 회장님께 뿜어달라고 하셨기 때문입니다. 금연을 시작한 애연가라면 누구나 공감하실 겁니다. 저는 사모님의 그 부탁으로 담배를 끊었고 지금까지도 그 약속을 지키고 있습니다.

사모님은 회장님께만이 아니고 주위의 모든 분들에게 정성을 다하는 훌륭한 분이십니다. 사모님께서는 제게도 늘 변함없는 정성을 보내주시는데 일일이 말로 하기에 부족할 지경입니다. 어쩌면 회장님보다 제게 더 잘해주시는 분은 사모님이 아닐까 싶기도 합니다. 그런 사모님과 함께이신 회장님은 행복한 분입니다.

이런 자리를 빌려 회장님의 미수를 축하드린다는 것이 어색하고 쑥스럽습니다만, 회장님을 좋아하고 사랑하는 마음을 적어 내리면서 제 자신이 참으로 행복했습니다. 바라건대, 지난 50년과 같이 조선일보가 세계 제일의 신문이 될 때까지 오래오래 건강하셔서 옆에서 모실 수 있었으면 좋겠습니다. 회장님, 미수를 축하드립니다.

6

한평생 무지개를 쫓은 내 친구

김동길

연세대 명예교수

해방이 되고 우리는 대학에 들어갔습니다. 1945년에 해방이 되지 않고 우리가 계속 일본 제국주의에 시달리며 살아야 할 처지였다면 우리는 대학의 문밖에도 가보지 못하였을 것입니다. 일제 말기에 중·고등학교를 졸업했는데 그때에는 대학이나 전문학교에서 이공계만 신입생을 뽑았지 인문 계통은 아예 모집도 안 했으므로 우리는 다만 일본 군대에 끌려가기 꼭 좋은 처지였을 뿐입니다.

우리는 왜 다른 대학에 가지 않고 연희대학을 찾아갔던 것인가? 해방이 되면서 3년 동안 미국의 군정이 실시됐는데 당시 군정청의 문교부는 국대안(國大案)이라는 새로운 교육 개혁안을 들고 나왔습니다. 일제 때의 경성제국대학(京城帝國大學)을 군정 당국이 그 명칭을 바꾸고, 제국주의적 잔재를 청산코자 한 것이었습니다.

그런데 그 '국대안'은 학생들의 맹렬한 반대에 부딪혀 날마다 혼란에 혼란이 거듭되었고 정상적인 수업이 불가능한 형편이었습니다. 그래서 '서울대학'이라는 새로운 교명을 가지고 운영돼야 할 그 대학은 한동안 학교 구실을 못하고 있었던 게 사실이었습니다.

그런 연유로 하여 연희대학에 학생들이 많이 모여들었습니다. '앞으로는 영어를 잘해야 출세한다'는 막연한 생각이 지배적이었습니다. 미국 선교사들이 설립한 교육기관들이 각광을 받게 된 것입니다. 연희전문의 창설과 원두우 박사의 아들 원한경 박사는 군정청의 고문이어서(우리는 그렇게 알고 있었습니다) 중앙청사까지 출퇴근을 해야 하는 경우가 여러 번 있었는데 학교에서 광화문의 청사까지 지프차로 15분밖에 안 걸린다고 하셨습니다. 당시는 사직터널이나 금화터널도 없어서 신촌역을 지나 서대문을 거쳐 중앙청에 출근해야 했습니다. 이 모든 사실이 당시의 대학생이었던 우리들에게는 놀라웠고 그런 대학의 학생이라는 사실이 매우 자랑스럽게 느껴지기도 한 어처구니 없던 세월이었습니다.

해방은 되었지만 남한 사회는 혼란스럽기 짝이 없었습니다. 남한의 실정에 어둡던 미 군정은 질서를 유지하는데 애를 먹었고 좌·우익의 충돌은 날마다 되풀이되었습니다. "애국자는 서울운동장으로!"라고 외치면 한쪽에선 "진정한 애국자는 남산으로!"라고 소리를 질러 3.1절 행사가 한곳에서 진행될 수가 없었습니다.

그 혼란 속에서는 서북청년단(西北靑年團)에 속한 열렬한 반공 청년들이 절대 필요했습니다. 북에서 공산주의자들의 잔인무도한 처사에 격분하여 월남한 반공 청년들이 좌시할 수 없는 혼란이 팽배했기 때문입니다. 그때 사정을 잘 모르는 자들이 '서북청년단'을 한갓 '폭력단체'로 잘못 알고 있지만 '서북청년단'이야말로 이념이 뚜렷한 젊은이들의 '결사대'였고 군정청의 경찰이 잡지 못한 사회적 기강을 서북(西北) 출신의 청년들이 잡아주었다고 해도 지나친 말은 아닙니다.

학원도 말할 수 없이 혼란하던 1945, 46, 47년이었습니다. 당시의 근로인민당이나 공산당의 끄나풀들이 침투하여 학원에 도사리고 있었습니다. 이자들은 학교에 나와서 매일 동맹휴학을 감행할 구실을 찾고 있었습니다. '등록금이 너무 비싸다'는 것도 스트라이크의 정당한 이유로 꼽히는 그런 어설픈 시대에 우리는 대학에 다녔고, 그런 흉계를 분쇄하는 것이 우리 '반공 청년들'의 사명이었습니다.

'공산주의는 잘못된 이념'이라는 신념을 가진 청년들이 당시의 학원에도 상당수 있었습니다. 학생 방우영이나 학생 김동길은 다 북에 고향을 두고 38선을 넘어온 그런 반공 청년이었습니다. 우리는 공산당의 집권을 눈뜨고 볼 수 없는 매우 열렬한 민족주의적 반공주의자들이었습니다.

당시의 학생들은 좌우로 갈려 주먹질을 하면서 싸우기도 한 세상 모르는 청년들이었고 이 와중에 방우영이라는 뚜렷한 이념의 학생 지도자가 있었습니다. 홍영철, 박갑득, 장순덕, 이동원, 방우영…… 이런 학생들의 이름이 떠오릅니다. 고려대학에는 이철승이라는 학생이 '반탁(反託)' 운동의 선봉에 서 있었던 것으로 기억됩니다. 모두가 아득한 옛날의 일입니다.

학생 방우영은 기골이 장대하여 힘깨나 쓰고 하는 그런 젊은이가 아니라 몸집은 작고 깡말랐는데 이마에서 머리로 그어진 흉터가 하나 있었지만 감히 "어떻게 된 상처냐?"고 묻는 친구는 없었습니다. 아마 싸우다가 머리가 터졌던 게 아닐까 짐작할 뿐이었습니다. 그런데 그의 주변에는 늘 부하가 많았습니다. 이런 소문도 있었습니다. "저 방우영이란 놈은 저희 집에서 은주전자를 훔쳐 가지고 나와서 그걸 팔아서 친구들에게 술을 사주는 놈이다." 그런 소문이 파다했지만 우리는 그가 조선일보의 사주(社主)이던 방응모 선생의 손자라는 사실은 모르고 있었습니다. 그는 한 번도 그런 사실을 자랑한 일이 없었습니다. 그의 어머니가 6. 25 때 은그릇을 몽땅 인민군에게 빼앗기고 나서 "우영이에게 줘서 내다 팔아 친구들에게 밥이라도 사주게 할걸!"이라고 하셨다 하여 모두가 웃었습니다.

그는 장사(壯士)도 아니고 변사(辯士)도 아니고 선비는 더욱 아니고 그저 투박하고 순박한 이 시대의 '사나이'지만 그는 사람을 다루는 명인(名人)입니다. 조상이 물려준 신문사라는 기업의 말단 기자로 들어가 오랜 세월 그 기업을 깎고 다듬고 키워서 명실공히 그 기업의 장이 되었고, 한국 언론계의 거목이 되었습니다. 그는 사람을 다루는 명인입니다. 그런 DNA를 가지고 태어난 사람입니다. 내가 어느 다른 신문사에 칼럼을 연재하는 가운데 이른바 '3김 낚시론'을 써서 "이젠 김영삼, 김대중, 김종필은 정계를 은퇴하고 후배들에게 길을 열어주라"는 내용의 글을 한 편 써서 전국적으로 크게 물의를 일으켰을 때 그는 나를 다소 '무리하게' 조선일보의 논설고문으로 데려다놓고 5년 동안 나의 신변을 보장하고 보호해준 셈입니다. 내가 1992년 '강남 갑'에서 국회의원에 출마할 때까지 나로 하여금 '고문' 자리를 지키게 하였습니다. 그를 한마디로 하자면 '의리의 사나이'라고 부르고 싶습니다.

70년 가까이 친구로서 그를 지켜봤습니다. 방우영의 두드러진 장점은 그에게 사사로운 욕심이 없다는 것입니다. 자기 자신을 이롭게 하는 일에 그는 관심이 없습니다. 아들딸을 대하는 자세도 그렇습니다. 그가 받드는 조선일보와 그가 섬기는 조국 대한민국만 잘되면 된다는 배짱으로 그는 일관된 삶을 이날까지 살아왔습니다.

그는 가까운 사람들에게 욕도 잘하고 칭찬도 잘하지만 그의 속사람은 유리알처럼 깨끗합니다. 투명합니다. 어쩌면 무지개를 쫓는 소년 같은 한평생을 살면서 이제 그는 미수의 나이에 다다랐습니다. 저나 나나 이젠 노인이 되어 아픈 데가 많습니다. 저나 나나 오래 앉았다 일어나기가 힘이 듭니다. 오래 서 있기도 어렵고, 먼 길을 걸어서 가기도 어렵습니다. 늙으면 이렇게 살기가 힘이 든다는 것을 우리는 근년에 와서야 뼈저리게 느끼게 되었습니다.

그러나 이 친구를 만나면 그의 얼굴에는 순진한 미소가 아직 그대로 있습니다. 내가 '장수 클럽'을 만든 것도 한 달에 한 번만이라도 그 얼굴의 그 미소를 보고 싶기 때문입니다.

친구 방우영은 다정다감한 사람이기도 합니다. 그는 사냥을 좋아하고 포수로도 실력이 대단하여, 법이 허용하는 계절에 강원도 산골에 가서 꿩을 잡아다 내 집에도 꽁꽁 언 이 날짐승을 몇 마리 보내주었습니다. 그런 날에는 꿩을 뼈 있는 채로 다져서 둥글둥글하게 빚어서 냉면에 얹어서 먹었는데, 그것이 '이제는 가버린' 옛날의 추억일 뿐입니다.

내 누님 김옥길 총장의 생일 때에는 장안에서 제일 큰 케이크를 하나 사서 보내주곤 하였습니다. 그 누님이 세상을 떠난 지도 어언 25년의 긴 세월이 흘렀고 내 친구 방우영과 그의 친구 김동길도 그사이에 많이 늙어, 함께 88세의 '상처뿐인 영광'의 날을 맞이한 셈입니다.

한평생 무지개를 쫓은 88세의 '소년' 방우영을 위해 영국 시인 워즈워스(William Wordsworth, 1770~1850년)가 읊은 시 한 수를 띄웁니다.

무지개

하늘에 걸린 무지개 보면 내 가슴이 뜁니다.

나 어렸을 때 그랬고 어른 된 지금도 그렇습니다.

내가 늙은 뒤에도 그렇기를 바라죠.

무지개를 봐도 가슴이 두근두근하지 않으면

차라리 나는 죽기를 바라죠.

어린애는 어른의 아버지, 그리고 내가 사는 하루하루가

타고난 경건(piety)으로 얽혀 있기를.

7

영원한 연세의 이사장

김병수

순천향대학교 재단 이사, 전 연세대학교 총장

방우영 명예이사장님은 130년의 장구한 연세의 역사에서 가장 큰 공헌을 하신 자랑스러운 연세인이시다. 필자가 1996년부터 4년간 연세대학교 총장으로 봉직하면서 방 이사장님을 모시고 격동의 시대에 연세의 발전을 이룩할 수 있는 계기마다 방 이사장님의 큰 지도가 있었기에 모든 일이 가능하였다.

방 이사장님은 조선일보의 사회부·경제부 기자 생활과 독서로 쌓으신 경륜과 새로운 경영 기법으로 조선일보 계열사 아카데미극장을 흑자로 일구시고, 그 후로 조선일보를 우리나라 최고, 나아가 세계에서 인정하는 영향력 있는 신문으로 키우신 창조적 혁신(Creative Innovation)을 하신 분이다. 조선일보 경영에서 보여주신 실사구시 정신, 신문 제작은 전문가에게 맡기고 자기는 외곽에서 모든 책임을 지는 팀 어프로치(team approach), 부정부패 추방 캠페인(1966년) 같은 기획으로 새로운 신문의 역할을 제시하시고 재정적 독립의 중요성을 몸으로 실천하시었다.

방 이사장님은 연세의 큰 스승 백낙준 총장님의 명령과 김용우(국방부 장관)·김용관(해군참모총장) 동문 선배님 여러분의 삼고초려로 1981년 연세대 12대 총동문회장에 취임하신 이래 연세 역사에 처음으로 연세대 총동문회에 기업가 정신(Entrepreneurship)을 도입하셨다. 스스로 '돈 우영'이라고 말씀하시면서 선진국 대학에서 시행하는 모금 캠페인을 시작하시어 우리나라 대학에서 역사상 처음으로 동문들은 물론 재계에서 거금을 모금하시었다.

1. 연세대 총동문회를 활성화하기 위해 동문회보의 혁신은 물론 70억 원을 모금하시어 동문회관을 건축함으로써 국내 총동문회 중에 가장 모교에 봉사하는 동문회로 거듭나게 하시었다.

2. 1985년 연세 창립 100주년 기념사업회 후원회를 구성하여 연세 캠퍼스에서 제일 아름다운 석조 건물인 100주년 기념관을 100억 원을 모금하시며 건설해 모교에 헌정하시었다. 이때 전두환 대통령이 학부모 자격으로 5000만 원을 기부하는 데 큰 역할을 하시고, 안세희 총장님과 함께 혼신의 노력으로 모금 문화에 새로운 장을 연세에 세워주시었다.

3. 연세의 큰 스승님이시고, 명예이사장님께서 가장 존경하는 스승인 용재 백낙준 선생님의 거대한 동상을 연세의 교정 중심에 세우시는 것도 1억 3000만 원 모금으로 가능하였다.

4. 연세의 대표적 상징물인 노천극장이 잔디와 흙으로 되어 있어 비가 내리면 행사가 불가능하였는데, 모금으로 탈바꿈시켜주시어 연세의 상징적인 반석으로 받들어주셨다.

5. 한총련(주사파)이 판문점으로 돌격해 남북학생회담을 개최하겠다고 주장하며 1996년 8월 10일부터 전국에서 1만 명 이상이 연세대로 집결해 모교 연세는 공권력이 통제할 수 없는 상황까지 가게 되었다. 청와대에 가서 민정수석(문정수)에게 말씀해 이과대학 건물에선 학생을 풀어주었으나 종합관은 경찰관이 진입하게 됐다. 한총련 학생들이 의자를 쌓아놓고 불을 질러 전소하고, 진압 과정에서 경찰관 한 명이 학생들이 옥상에서 던진 돌에 맞아 순직하였다. 교무위원들 모두 합심해서 투쟁하였고 그 중에서도 고 유주현 부총장님의 살신성인 정신으로 한총련 학생들과 대결하는 것을 TV에서 김영삼 대통령이 직접 보시고 감명을 받으시어 필자를 청와대로 초청하게 되고, 한국 역사 이래 데모로 파괴된 학교 건물을 복구하는 것은 물론 새로운 건물 제2문과대학을 지어주시기로 하였다. 그때 방우영 이사장님, 안병영 교육부 장관, 한승수 기획재정부 부총리를 비롯한 여러분의 노력이 필수적인 요건이었다.

6. 연세의 100주년 기념사업으로 김효규 부총장이 추진하시던, 우리 연세의 뿌리 세브란스병원의 신축은 필수적이고 역사적인 과제였다. 방우영 이사장님이 취임하시기 전에는 대기업 중에 병원을 운영하지 않는 LG그룹과 협의해 LG · 세브란스병원으로 건축하고자 MOU까지 체결했으나 최종 계약을 앞두고 LG 이사회에서 거부하였다. 필자가 총장으로 직분을 맡고 보니 지상 20층 새 세브란스 건물의 건축 허가가 서울시나 건설부에서 승인이 되어 있지 못하고, 교통영향평가 고도제한(청와대)에도 위반되는 건물 설계였다. 하나님의 은혜로 연세 동문인 서무전 국장과 나의 배재(培材) 후배인 변영진 국장, 두 허가 담당 주무 국장이 노력해 실무 허가는 받게 되고, 시장(조순 - 고건) 의 허가를 받기 위해서 방우영 이사장님을 모시고 시장실에 두 번이나 직접 방문해 고건 시장님으로부터 최종 허가를 받게 되었다.

   건축 기금이 문제였는데 방 이사장님이 최종 결심을 앞뒀을 때 이사장님의 판단을 주저스럽게 하는 재단 모 이사의 갖은 혼란과 방해에도 불구하고 최종 건축 승인을 해주셨고 이사장님 자신이 1억이라는 거금을 건축 기금으로 기증하시고 백방으로 도와주시었다.

   IMF 외환위기 시기인 만큼 한국 최초로 짓는 최첨단 병원 건축을 직접 시공하고자 하는 건축 회사가 많이 있었다. 문제는 연세대학교 건축 공사에 대우건설이 입찰하면 다른 회사는 대체로 입찰에 참여하지 않는 시절이라는 데 있었다. 마침 불행하게도 대우건설은 워크 아웃 상태로 김우중 회장도 국내에 부재중이었다.(1999년)

박창일 의료원 기획실장이 대우에 입찰 자격을 주지 않기로 건의해 그 많은 사람들, 이사님들의 반대에도 불구하고 방우영 이사장님께서 대우를 입찰에서 제외하는 결정을 하여주셨다. 그 당시는 참으로 어려운 결정이었다. 대우를 제외하니 삼성·LG·롯데건설이 참여해 방 이사장님을 모시고 의료원 회의실에서 공개 입찰을 했다. 삼성물산이 평당 230만 원에 입찰해서 공사를 하게 되고, 삼성물산이 신용과 역사에 오점을 남기지 않기 위해서 참으로 설계대로 건축하였다.

이건희 회장이 세브란스병원 건축으로 500억 원 적자를 보게 되었다는 보고를 받고는 손해 보더라도 제대로 하라고 명령하였다고 하여 감사한다.

방 이사장님은 연세암병원이 설립 40주년 만에 세계적인 암병원으로 서도록 허락해주시고 의료원 구성원들의 소명감으로 모든 일을 해내는 것을 기특하게 생각하시어 건립이 되게 해주시었다.

필자가 총장 재임 때(1996~2000년) 모금과 정부 지원, 재단 지원금으로 건축한 대학 건물과 연구시설이 13개나 되며 교육·연구시설 평수가 10만 평에서 20만 평으로 늘어났다.

방 이사장님께서는 대학의 학사 운영을 크게 바꿔 새로운 교육을 정착할 때 모든 일을 총장에 일임하시고 도와주시었다. 모든 과정에서 방 이사장님의 모교 사랑과 봉사 정신, 청렴한 경영 철학이 없었으면 현재의 연세는 이렇게 대단한 발전이 불가능하였다. 모든 것이 하나님의 은혜가 방 이사장님과 함께하심이라 생각한다.

8

나의 '1호 친구'

김봉균

델타에어에이전시 회장, 씨알에스코리아 회장

처음 방 회장을 만난 것은 내가 내무부 치안국 공보계장을 하던 1963~1964년 무렵이었다. 그에 대한 '퍼스트 임프레션(first impression)'이 또렷하게 기억나지는 않지만 '꽤 멋있고 재미난 사람'이었다는 것만은 확실하다. 평안북도 정주 출신으로 동향인데다 연배도 나랑 비슷했다. 그는 내 이름의 이니셜을 따서 나를 '비케이(BK)'라 불렀다. 밤낮 먹고 마시고 목청 높여 이야기하며 어울리던 시절이었다. 그러면서 그의 인간적 풍모에 빠져들었다.

그의 회사와 집을 드나들긴 했지만 당시엔 지금처럼 가까운 사이는 아니었던 것 같다. 나는 1976년 내무부 치안본부 3부장을 끝으로 공직을 떠났다. 그 뒤 몇 년 동안은 사업 기반을 닦느라 정신없이 뛰어다녀야 했다. 그간 방 회장과의 만남도 조금은 뜸했다. 1980년대 들어 사업이 본궤도에 오르면서 방 회장과 함께한 시간이 많아졌다. 그와 둘이서, 혹은 부부끼리, 또 여럿이 함께 세계 곳곳을 참 많이도 다녔다. 하와이도 좋았고, 알래스카와 캐나다에서의 낚시 여행도 기억에 남아 있다. 우리가 함께 찾은 나라를 꼽아보면 수십 개국은 족히 되지 않을까. 돌이켜보니 지난 30년 동안 방 회장과 내가 매주 한 번이라도 만나지 않은 적은 거의 없었던 것 같다. 밥 먹는 것만 해도 일주일에 두서너 번은 된다. 가족과 식사하는 것보다 더 많았을 것이다. 그와 전화 통화를 하지 않고 하루를 보내는 것은 매우 드문 일이다. 방금 헤어졌는데도 전화로 그의 목소리를 들으면 어찌나 반가운지……. '참 좋은 친구'란 그를 두고 하는 말이다.

　나는 방 회장이 있어 외롭지 않다. 한 사람의 인생에서 친구라는 존재가 얼마나 중요하고 소중한 것인지를 그를 통해 느끼고 있다. 지난 7~8년 나는 위암과 간암, 췌장암 수술을 잇따라 받았다. 병실에 누워 있노라면 얼마나 사무치게 슬퍼지던지. 방 회장은 내 병실을 자주 찾았다. 환한 얼굴로 "야, 그거 다 가짜야. 의사들이 뭘 안다고. 아무것도 모르는 사람들이. 괜찮아"라며 큰소리를 탕탕 쳤다. 나는 그런 그가 정말 좋았다. '얼마나 힘드냐' 하고 위로했다면 나는 견디기 어려웠을 것이다. 방 회장이 한 번 왔다 가면 나는 온몸에서 힘이 불끈불끈 솟아나곤 했다. 이런 기쁨을 다른 이들이 알까. 그는 남이 보지 않는 곳에서 타인의 어려움을 잘 헤아리는 속 깊고 정이 많은 사람이다.

한번은 이런 일이 있었다. 내 딸이 미국 보스턴에서 MBA를 했는데, 그가 MBA 합격을 축하한다며 자기 부부와 나의 아내와 딸 이렇게 다섯이서 이탈리아 로마로 여행을 가자고 했다. 친구의 딸을 이렇게 끔찍이도 아끼는 사람이 또 있을까. 행복했던 로마의 추억을 나는 지금도 고이 간직하고 있다. 아마 영원히 못 잊을 것이다. 그는 취미가 많은 사람이다. 골프를 잘하고 사냥을 즐겨 총도 잘 쏜다. 나는 그를 따라, 그는 나를 따라 이곳저곳 세상을 참 많이 누비고 다녔다.

방 회장은 고집이 있는 사람이다. 그냥 고집 센 것과는 좀 다르다. 사리가 분명한 사람이라는 말이 더 맞을 것이다. 그는 사리에 어긋나는 일은 절대 하지 않았고, 경우에 맞지 않는 사람이나 상황을 보면 그냥 지나치지 못했다. 그리고 그런 사람은 두 번 다시 만나지 않았다. 그는 시대의 격랑을 헤쳐온 신문쟁이다. 정부의 압력에 시달렸던 때가 왜 없었겠는가. 그러면서도 일언반구 내색하지 않고 꼿꼿하게 버텨냈다. 어쩌다 아주 가끔 나에게 의견을 물어올 때도 있었지만. 인간 방우영은 불의에 절대 타협하지 않았던 사람이다. 작은 이익을 탐하여 대의를 버렸던 적이 단 한 번도 없었다. 어떤 압력에도 굴하지 않는 결기, 그게 오늘의 조선일보를 있게 한 저력이 아니었을까 생각해본다. 그런 면에서 나는 친구인 방 회장을 존경한다.

그를 한마디로 말하면 무엇이라 할까? 여러 단어가 떠오르지만 '남자'라는 것보다 그를 잘 설명하는 말이 또 있을까. 체구는 작아도 당당한, 진짜 남자다. 그것도 아주 멋진 남자! 타인에겐 요만큼의 폐도

끼치지 않으려 한다. 아주 철두철미하다. 소싯적에는 완력도 좋았다고 하던데 그건 잘 모르겠다. 하지만 방 회장은 어느 순간, 누구 앞에서도 절대 기죽지 않는 패기로 가득했다. 자기보다 한참 큰 거구의 미군 장성들 앞에서도 고개를 빳빳히 쳐들고 눈빛으로 압도했다. 그만한 기개를 가진 인물이 또 어디 있을까. 아마도 그건 천성적으로 타고난 것 같다. 무슨 일이 있으면 그는 그 자리에서 곧바로 말했다. 뒤끝은 없었다. 그뿐이었다.

방 회장은 소박함을 잃지 않는 사람이다. 나와 그렇게 골프를 많이 쳤지만 판돈 5달러를 넘지 않았다. 라운딩을 마치고 개장국 한 그릇을 뚝딱 해치우던 그 순간, 우리는 얼마나 즐겁고 행복했었는지. 방 회장은 누구 다른 사람에게 얻어먹기 싫어하고 쓸데없는 돈도 쓰지 않는 사람이다. 함께 여행을 갈 때도 같이 돈을 걷어서 끝전까지 나누는 사람이다. 남에게 조금이라도 폐가 되는 일은 절대 하지 않았다. 그는 거짓말을 싫어했다. 스스로도 거짓을 하지 않았고, 다른 사람이 거짓말하는 것도 참지 못했다. 불같이 성을 내고 호통쳤다. 지나가는 말이라도 거짓말을 하면 그다음부터는 아예 상대를 하지 않았다.

방 회장과의 만남, 지내왔던 시간들을 돌이켜본다. 나는 왜 그를 만날까. 곰곰히 생각해보니 우리 사이엔 이해관계가 없었다. 방 회장이나 나나 서로에게 무슨 부탁 같은 걸 해본 적이 별로 없다. 그와 나 사이에는 손톱만큼도 부담 같은 게 없었다. 그에게 물어봐도 마찬가지일 것이다. 가끔은 서로 묻곤 한다. "우리가 왜 친하지?" 그러곤 껄껄

웃는다. 나는 친구가 많다. 다른 친구들과는 싸우기도 했지만 방 회장과는 반백 년 가까이 친구로 지내면서 말다툼 한 번 해본 적이 없다. 그동안 얼마나 자주 만났고, 마신 술이 또 얼마인데 한 번을 안 싸웠을까 싶지만 신기하게도 우리는 다툰 적이 없다.

내 고향은 평북 정주군 마산면이다. 오산학교를 세운 남강(南岡) 이승훈(李昇薰) 선생이 이웃 동네에 계셨다. 그런 연고로 나는 지금도 오산학교 재단 이사를 맡고 있다. 1947년 혈혈단신 월남한 나에겐 일가친척이 없었다. 나에게 방 회장은 친구의 소중함을 알게 해준 생명과도 같은 존재이다. 내겐 수많은 친구들이 있지만 첫째 자리는 방우영 회장의 몫이다. 그가 나를 그렇게 생각할지는 모르겠다. 그렇지만 언제나 나의 '1번 친구'는 방 회장이다.

방 회장을 알고 지낸 지가 벌써 반백 년이 지났다. 그에 대해 참 많은 것을 알고 있다고 생각했는데 막상 돌이켜보니 딱히 떠오르는 것이 많지는 않다. 매일 숨쉬는 공기, 매일 마시는 물에 대해 어떤 또렷한 느낌을 말하기 어려운 것처럼 말이다. 그는 나에게 생활의 한 부분이 됐다. 함께 오랜 세월을 지내다 보니 무엇이 그의 장점이고 단점인지 꼬집어 말하기 어려워졌다. 아무려면 어떤가. 나는 방 회장의 좋은 모습을 너무도 많이 보아왔는걸. 그것이 나에겐 행운이다.

나는 방 회장이 오래도록 건강하게 살아 나와 함께 맛있는 밥 먹고, 여행하고, 구경 다니며 즐겁게 살았으면 좋겠다. 이건 진심이다. 방 회장에게는 "우리 앞으로 10년만 더 골프를 치자"고 이야기한다.

나는 그가 골프장에서 오랫동안 내 돈을 따먹길 바란다. 친구에게 잃어줄 만큼의 돈은 충분히 벌어났고, 그가 많이 따는 것도 아니니 걱정도 없다. 요즘 나는 방 회장에게 "매일 1만 보씩 꼭 걸으라"고 충고한다. 사실 충고가 아니라 부탁이다. 그는 내가 "귀에 못이 박이게 잔소리한다"고 핀잔을 주지만 그래도 나는 방 회장이 하루에 그 절반인 5000보라도 걸었으면 정말 좋겠다.

내 가장 좋은 친구, 방우영 회장의 미수를 축하하며

비케이(BK)가

9

이젠 약속대로 교회에 나오시길

김서년

벧엘교회 담임목사

방우영 상임고문님을 처음 뵌 것은 TV 뉴스에 잠깐 비친 모습을 통해서였다. 내가 미국에 있던 시절로 기억한다. 당시 국회 언론청문회에 조선일보를 대표해 나오셔서 계초 선생을 공격하는 국회의원들의 말을 가로막고 당당하게 맞서는 모습을 봤다. 그 자리가 어떤 자리인가. 누구든 주눅이 드는 청문회장에서 '한번 붙으면 붙겠다'는 자세로 맞서는 모습을 보면서 참 당찬 분이구나 싶었다. 그래도 그때는 나와 조선일보가 직접적인 관계가 없었기 때문에 그냥 인상으로만 남았다. 그 이전에 조선일보에 대한 인상은 방상훈 사장님의 고모부 되시는 김형태 목사님께서 내가 재학 중이던 연세대 신학대에서 가르치셨는데 당시 조선일보에서 무슨 직함을 맡고 계셨는지 조선일보 마크가 붙은 지프를 타고 학교에서 오셨던 기억 정도다.

방 고문님을 직접 뵙게 된 것은 유학을 포함해 20년 미국 생활을 마치고 1996년 벧엘교회에 부임한 이후다. 이 교회가 방 고문님의 모친인 이성춘 장로님이 설립하셨다는 것을 교인들을 통해 알게 됐다. 이 장로님은 독실한 믿음을 갖고 계셔서 집안에서 일하는 분들과 함께 기도 모임을 갖다가 교회를 세우자고 뜻이 모아져서 1958년 5월 13일 벧엘교회가 설립됐다고 들었다.

부임 후 얼마 지나지 않아 숭실대 총장을 지낸 조요한 장로님과 함께 광화문 조선일보사로 인사드리러 갔다. 같은 층 들어가는 방향에서 오른쪽 끝에 방일영 고문님 방, 왼쪽 끝에 방우영 당시 회장님 방이 있었다. 먼저 방일영 고문님께 인사를 드리니 인자하게 맞아주셨다. 한편으론 근엄한 분이라는 인상을 받았다. 이어 방우영 회장님께 가니 싹싹하게 맞아주셨다. 먼저 말도 붙여주시고 분위기를 어색하지 않게 잘 맞춰주셨다. 그래서 속으로 '이분이 대외 관계 일을 많이 하신 모양이다'라는 생각이 들었다. '외교적'이라는 느낌도 받았다.

그날 받은 첫인상은 형제분이 비슷하면서도 다르다는 느낌이었다. 특히 방우영 회장님은 사교적이어서 TV 청문회 때의 당찬 이미지와 상당히 대조적으로 느껴졌다. 방우영 고문님과 사적인 대화를 나눠본 일은 거의 없다. 또 정치나 사회문제를 주제로 이야기를 나눈 일도 거의 없다. 그렇지만 교회 일이라면 언제든 적극적으로 도와주시겠다고 나서고 먼저 말씀을 꺼내신다. 지금도 먼저 말을 걸어주시고 대화를 이끌어주신다. 오히려 내가 말수가 더 적은 편이다.

고문님 형제분을 뵈면서 특별히 인상에 남는 것이 어머님에 대한 효심이 지극하다는 것이다. 어머님에 대해 이야기를 할 때마다 언제나 진지한 모습이었다. 두 분은 일찍 돌아가신 아버님에 대한 기억은 많지 않은 것 같았다. 그러나 홀로 계신 어머님이 위로는 계초 선생을 모시고 엄격한 유교적 가풍의 집안에서 조용히 신앙을 지키시는 모습에 상당히 감명을 받은 것으로 보였다. 그래서인지 형제분이 나를 대하는 태도는 단순히 목사가 아니라 '목사님'이었다. 어머님을 대하듯이 마치 손윗사람처럼 대우하셨다.

그 대표적인 사례가 계초 선생의 추도 예배 같은 행사 후 식사 자리 배치였다. 방일영 고문님이 계실 때에는 항상 방일영 고문님의 맞은편 자리를 주셨다. 또 지금은 방우영 고문님의 앞자리를 나에게 주신다. 최상의 예우를 해주시는 것이다. 주변에 장관을 지낸 분이 많이 와도, 그 누가 계시더라도 제일 상석은 언제나 내게 주셨다. 그것은 나 개인에 대한 것이 아니라 목사에 대한 예우였고, 단순히 목사 한 사람이 아니라 어머니를 대하듯 나를 대하는 것이라고 생각한다. 방우영 고문님은 늘 어머니의 신앙에 대해 말씀하시곤 했다. 신문사를 경영하면서 어려운 시절도 많았는데 그 모든 어려움을 극복할 수 있었던 것은 어머니의 기도 덕분이라는 것이다. 내가 교회에 부임하고 2년이 지난 1998년에 교회 창립 40주년 기념 행사 때에도 방우영 고문님은 어머니 말씀을 인용해서 축사를 하셨다.

또 한편으론 방 고문님이 형님을 대하는 모습에서 특별한 인상을 받았다. 두 분의 우애는 정말 돈독했다. 방 고문님이 형님을 생각하는 자세는 단순히 자기 형님 그 이상이었다. 존경한다고 할까, 늘 형님 앞에서는 몸을 단정히 하고 경청하는 자세가 인상적이었다. 어떤 면에서는 형제가 아니라 위아래 사람처럼 보이기도 했지만 가만히 보면 꼭 그런 것도 아니었다. 방 고문님은 형님을 어려워하면서도 할 말은 다 했고, 형님도 동생의 이야기를 귀담아들어주는 모습이었다. 연초에 온 가족이 세배를 할 때는 방 고문님이 깍듯이 형님에게 세배를 하는 모습도 보았다. 보통 형에게는 세배를 잘 하지 않는데 방 고문님은 달랐다. 그런 모습에서 가족 관계의 질서를 잘 지켜나가는 모습을 볼 수 있었다.

계초 선생을 비롯해 추도 예배를 드릴 때면 가족들은 과일이며 음식을 장만해 간단히 상을 차렸는데 예배를 먼저 드리고 난 후 한 잔 따라서 묘소에 붓곤 했다. 방 고문님은 그럴 때면 "목사님, 우린 이거 늘 합니다"라며 죄송해하는 모습을 보이신다. 그럴 때면 나는 일부러 돌아서 있었다. 특히 형님 제사를 모실 때 방 고문님은 "형님이 '예수 믿는 사람들은 기일에 술잔도 올리지 않는데 나에게는 꼭 올리라'고 하셨다"는 이야기를 나에게 몇 차례나 하셨다. 내가 목사이니까 미안한 마음이신지, 내게 말한 사실을 잊으셨는지 그 이야기를 몇 차례나 하셨다.

나 역시 연세대 동문으로서 방우영 고문님의 학교 사랑하는 마음에도 깊은 감명을 받았다. 내가 벧엘교회에 부임했을 때는 고문님이 연세대 동문회장이셨다. 조선일보에 충성을 다한 방 고문님은 당시엔 모교의 일에 매우 적극적이셨다. 방 고문님이 동문회장으로서 활동하시는 모습은 동문 후배 입장에선 유쾌한 것이었다. 동문회관 건립부터 모든 재단 관계 일을 돕기 위해 모금하며 애쓰시는 모습은 감동적이었다. 재단 이사장으로서도 가끔 모교에서 새벽 기도와 조찬 모임이 있으면 빠짐없이 참여하는 모습을 보면서 '단순히 사회적 지위 때문에 이사장을 맡으시는 것이 아니라 진정으로 학교를 사랑하시는구나'라고 느꼈다.

목사로서 특별히 기억나는 장면은 형제분이 동시에 세례를 받은 것이다. 방 고문 형제분은 어머님을 존경하면서 언제나 기독교에 대해 우호적인 관계를 취해오셨다. 조선일보는 종교적인 면에서 만해 선생을 기리는 것에서 보듯 포괄적인 입장에 앞장섰지만 형제분은 집안의 모든 행사 때마다 예배로 진행할 정도였다. 벧엘교회에 대해서도 깊은 애정을 가지고 계시다는 점을 늘 느낀다. 그럼에도 형제분 모두 세례는 받지 않고 지내오셨다.

그러던 중 방일영 고문님이 갑자기 병원에 입원하시게 됐다. 서울대병원 특실에 입원해 계셨는데 '세례 받고 싶다'는 연락이 왔다. 평소에 형제분이 세례를 받았으면 하고 기도해왔기에 당장 가겠다고 했다. 병실에 가보니 환자가 있는 입원실과 가족 등이 머물 수 있는 대기실이 연결된 구조였다. 가족들과 교회 분들이 함께 모여 있어 실내가 꽉 차 있었다. 거기서 방일영 고문님은 침대에 누운 채 '병상 세례'를 받으셨고, 방우영 고문님과 코리아나호텔 방용훈 사장님은 병실 바닥에 무릎을 꿇고 세례를 받았다. 차례대로 세 분께 세례를 드렸다. 그날의 거룩하고 경건한 '병상 세례'의 분위기는 지금도 생생히 기억난다. 세례를 받은 후 방우영 고문님이 연세대 이사회에서 "내가 세례 받은 사람이야" 하셨다는 이야기를 이사회에 참석한 다른 목사님께 전해 들었다.

그러나 지금도 방 고문님은 교회에는 잘 나오시지 않는다. 만나서 말씀드리면 "나가야죠", "나가야죠"라고 하신다. 그러나 워낙 바쁘셔서 그런지 아직 교회에는 나오지 않으신다. 부인과 자녀들은 해외에 있지 않는 한 매주 일요일 오전 8시, 1부 예배에 꼭꼭 참석하신다. 고문님 집안의 신앙은 모계로 이어지는 모양이다. 방 고문님도 이제 미수다. 어머님에게 약속하고, 여러 차례 공언도 하신 만큼 이젠 교회에 나오셨으면 한다. 이제 인생을 정리하실 단계인데, 마지막으로 정리할 것이 믿음으로의 정리밖에 더 있겠는가. 방 고문님이 가족과 함께 교회에 출석하시기를 기도한다.

10

병실에서 열렸던 '작은 편집회의'

김성권

서울대학교 명예교수, 서울K내과 원장

1990년대 후반이니, 15~16년 전쯤의 일이다. 2003년 별세하신 고 방일영 조선일보 고문이 서울대병원에 입원해 계실 때였다. 콩팥이 좀 좋지 않으셨던 고인은 외래 진료를 받으러 오시거나, 가끔 입원하시곤 했다. 필자는 서울대병원 신장내과 교수로 방 전 고문의 콩팥 진료를 맡고 있었다.

그런데 저녁 회진을 위해 병실에 들를 때마다 독특한 광경을 목격했다. 매일 저녁 7시쯤 방우영 당시 조선일보 회장이 형님의 병실에 들러 두 분이 머리를 맞대고 진지하게 이야기하는 모습을 볼 수 있었다. 하루 이틀만 그랬다면 무심코 넘어갔을 텐데, 입원하고 있는 동안 거의 하루도 빠짐없이 저녁 7시를 전후해 마주 앉아 이야기를 나누는 모습이 무척 신기했다. 평소 형제분이 우애가 좋다는 말은 듣고 있었지만, 어떻게 매일 저녁에 두 분이 만나실까 싶은 생각이 들었다.

나중에 신문사에 근무하는 친구의 설명을 듣고 난 뒤에야 고개가 끄덕여졌다. 그때 두 분은 잉크 냄새가 배어 있는 가판 조선일보와 다른 신문들까지 탁자에 펴놓고 의견을 주고받았던 것이다. 이제는 가판신문이라는 것이 거의 사라졌지만, 그때는 가판신문을 보고 지면을 평가하는 것이 신문사의 가장 중요한 하루 일과의 하나였던 시절이라고 한다.

당시 형님이던 방일영 고문은 70대 중반, 다섯 살 아래 동생 방우영 회장님은 70세쯤이셨던 것으로 기억한다. 한 분은 환자복, 한 분은 양복을 입은 노신사 두 분이 다른 곳도 아닌 병실에서 신문을 놓고 이야기를 나누던 그 모습은 오래 기억에 남는다. 아마도 두 분은 매일 작은 편집회의를 하셨던 것 같다.

신문사에서는 편집국장이 주재하는 편집회의, 주필이 주재하는 논설위원 회의 등 중요한 회의가 매일 열리는 것으로 알고 있다. 그런데 연로한 신문사 최고경영자 두 분이 신문사 사무실도 아닌 병원에서 매일 '회의'를 하던 모습은 참 많은 것을 생각케 했다. 신문사 안에서나 다른 곳에서는 어떻게 하셨는지 모르지만, 그 진지함은 장소가 어디였든 간에 똑같았을 것이다.

조선일보가 한국 최고 신문이 되고, 그 명성을 유지하는 데는 뛰어난 기자들과 임직원 등 수많은 사람들의 노력이 밑바탕이 되었다고 본다. 필자는 그 중에는 방일영·우영 두 분의 '작은 편집회의'도 중요한 역할을 했다고 굳게 믿는다. 병원에 입원해 있으면서도 변함없었던 고 방일영 고문의 신문에 대한 관심과 애정, 그리고 그런 형님을 위해 꼬박꼬박 병실을 찾았던 동생의 정성은 강렬한 인상을 남겼다. 방우영 상임고문을 생각하면 지금도 그때의 모습이 생생하게 떠오른다.

고 방일영 고문과 맺은 인연은 방우영 상임고문과의 친분으로 이어져 20여 년을 넘게 이어지고 있다. 그동안 방우영 상임고문을 만나면서 받은 인상은 도리(道理)·공감(共感)·정보(情報) 세 개의 단어로 요약할 수 있다.

그는 신문사 발행인으로서, 또한 최고경영자로서 도리를 다하는 데 늘 최선을 다하는 모습을 볼 수 있었다. 또한 형에게는 동생으로, 자녀들에게는 아버지로, 후배들에게는 선배로서의 도리를 다하는 데도 빈틈이 없었다. 형님이 서울대병원에 입원해 있을 때는 서울대병원 현관을 환자보다 훨씬 더 많이 드나들었다고 할 정도로 매일 병실을 찾았다. 형제간의 우애는 워낙 유명하다. 뿐만 아니라 다른 가족들에게도 자애로운 모습을 잃지 않는다.

사실 그는 아직도 평안도 사투리가 말투에 남아 있는데다 신문사 최고경영인, 학교 재단 이사장, 고당 조만식 선생 기념사업회 이사장 등의 경력에 걸맞게 카리스마 넘치는 인상을 준다. 그래서 그를 만난 사람들은 어려워할 때가 많다. 이런 근엄해 보이는 인상과 달리, 그는 인간미가 넘치고 유머감각도 뛰어나다. 필자는 상임고문이 형님에게 워낙 잘해서 불만(?)이 전혀 없는 줄 알았다. 그런데 20여 년 동안 딱 한 번 불만을 들은 적이 있다.

한 호텔 일식집에서 몇 명의 일행과 식사를 할 때였다. 생선회를 주문하는데, 상임고문이 의외로 계란말이를 시키는 것이었다. 동석한 사람들이 "아니, 이 좋은 일식집에 왔으면 맛있는 생선회를 먹어야지 왜 계란말이를 주문하시느냐"고 물었다. 그의 말은 이랬다. 어린 시절, 할아버지(방응모 선생)는 장손(방일영)과 겸상을 했고 다른 가족들은 따로 식사를 했다는 것. 할아버지와 장손의 밥상에는 계란이 종종 올랐으나, 다른 식구들 밥상에는 좀체 계란이 오르지 않았다고 한다.

어린 마음에 계란이 얼마나 먹고 싶었던지 오랜 세월이 흐른 뒤에도 계란을 듬뿍 넣고 만든 계란말이를 먹을 때 행복하다고 털어놓으셨다. 그러면서 "계란말이를 잘 만들어야 좋은 일식집"이라고 계면쩍은 미소를 지어 좌중을 웃게 만들었다. 아마도 계란을 드실 때마다 어릴 때의 추억을 맛보시는 것인지도 모르겠다는 생각을 했다.

그의 공감 능력은 탁월하다. 요즘도 상임고문이 식사 자리에 가끔 초청을 해주신다. 가보면 대개 연배가 상임고문과 비슷한 분들이 많은데 참석자의 면면이 영화사 회장, 병원장, 대학 총장 등 다양하다. 사람을 많이 만나는 것이 주요 업무인 신문사 발행인을 지내셨다고 하지만, 어떻게 이렇게 다양한 직업을 가진 분들과 인연을 맺고 오랫동안 이어가실까 싶어 놀랄 때가 많다.

필자는 그 비결이 바로 공감 능력이라고 본다. 요즘 '소통과 공감'이라는 말이 유행어가 됐지만, 소통과 공감은 말처럼 쉽지 않다. 신문사도 매스컴이니 '소통(communication)'은 상임고문의 전공 분야나 다름없다고 하자. 하지만 공감은 좀 별개다. 나이와 직업, 스타일이 다른 사람들과 수십 년 동안 인연을 이어가는 그의 비결은 탁월한 공감 능력과 배려에서 비롯된다고 생각한다.

도리와 공감 능력도 중요하지만, 그것만으로 큰 언론사의 CEO, 학교 재단 이사장 등 막중한 자리를 성공적으로 해내기는 어렵다. 그의 리더십의 바탕에는 정보력도 작용했다고 본다. 우연히 상임고문이 비공식 보고를 받는 자리에 동석한 적이 있다. 좀 민감한 내용이었다. 가만히 듣고 있던 그는 보고가 끝나자 하나씩 질문을 하는데, 아랫사람들이 답변을 하느라 진땀을 흘렸다. 아마도 보고했던 사람들은, 상임고문이 자신들의 보고 외에 그 정도로 많은 정보를 갖고 있는 줄 몰랐던 것 같다.

젊을 때 신문기자 생활을 하면서 정보의 가치를 배웠고, 그 이후 신문사 경영인으로서 정보를 수집·활용하는 것이 몸에 뱄기 때문이 아닐까 하는 생각을 한다. 이 세 가지 덕목을 배우고 싶지만, 따라 하기는 쉽지가 않다. 방우영 상임고문은 지금도 이런 자신의 덕목을 잘 가꾸어나가고 있다.

의사로서 보건대, 상임고문은 5년 뒤 조선일보 창간 100주년을 지나 100세까지 장수하실 것으로 본다. 이유가 있다. 첫째, 형님의 생전

투병 과정을 빠짐없이 지켜보면서 건강관리에 대한 교훈을 많이 얻었다. 그래서 몸에 이상이 있으면 빨리 병원에 가서 치료를 받는 등 적극적인 태도를 갖고 있다.

둘째, 건강에 관한 한 공처가(?)이다. 상임고문의 사모님은 대학 졸업 후 바로 결혼하시면서 직업을 갖지 않으셨지만 실은 의대 출신이다. 사모님은 상임고문의 건강을 깐깐하게 챙기신다고 한다. 필자도 상임고문의 건강에 대한 중요한 내용은 본인뿐 아니라 사모님께도 말씀드린다. 집안에 계신 주치의의 역할은 큰 병원이나 그 어떤 명의보다 건강관리에 더 도움이 될 수 있다.

셋째, 싱겁게 드시려는 노력을 많이 하신다. 최근 필자가 '소금중독 대한민국'이라는 책을 출간해 인사를 드리러 간 적이 있다. "김 박사, 내가 건강을 위해서 싱겁게 먹고 싶은데, 도대체 집 밖에서 먹는 음식들이 대부분 짜서 말이야……. 국민들이 싱겁게 먹고 건강하게 살 수 있게 힘을 많이 써주세요"라고 당부하셨다. 감사하게도 책에 추천사를 써주신 상임고문은 실제로도 싱겁게 먹으려는 노력을 많이 하신다.

평소 스스로 꾸준한 건강관리를 하고, 집안 주치의의 적절한 잔소리와 싱겁게 먹기 실천까지 더하시니 장수의 축복을 누리실 것으로 믿는다.

11

나의 영원한 형님

김성진

(주) 파라다이스

조선일보를 펼쳐 들면 언제나 되살아나는 추억에 잠기게 됩니다. 내 마음속에 깊이 자리하고 있는 형님의 모습이지요. 방우영 형님은 나의 영원한 형님입니다.

그 분이 이제 미수를 맞이하시게 되니 그간 베풀어주신 모든 은혜에 한없는 감사를 드리며 축하드릴 따름입니다. 지난 반세기 동안 한결같이 보듬고 감싸고 베풀어주신 형님, 긴 세월 동안 이어진 사랑의 흔적은 지워지지 않을 것입니다.

방우영 형님과의 첫 만남은 방일영 회장님을 뵈러 당시 파라다이스 전락원 회장님과 함께 인사드리러 갔을 때였습니다. 폭넓으시고 날카로우시면서도 포용력이 풍부하신 시대의 거인이셨습니다. 그 후 나는 이 형제분을 큰형님, 작은형님으로 마음속에 새겼고 나의 영원한 형님들이 되셨습니다.

형님을 모시고 지내오던 어느 날 형님의 동경 출장에 동행한 적이 있습니다. 지금도 기억에 남는 것은 형님과 함께 운동기구 판매점을 찾아 동경 거리를 헤매고 다녔던 추억입니다.

당시에는 지금같이 인터넷이 없던 때라 사방에 수소문하여 위치를 알아냈고 우리는 주소가 적힌 쪽지를 들고 운동기구점을 찾아다녔습니다. 미로 같은 동경 시내 속에서 어렵게 매장을 발견하고 형님은 '여기 있다'며 어린아이같이 좋아하셨습니다.

출장에서 볼일을 마치신 형님은 필드하키, 아이스하키 채와 같은 운동기구들을 사시곤 하셨습니다. 다른 것도 아닌 왜 운동기구인지 궁금했기에 연유를 여쭤보니 "아니, 우리 성훈이가 이번에 하키를 시작해서 말이야"라며 멋쩍은 웃음을 지으셨습니다. 형님은 평소 체력이 약한 편이던 막내가 운동으로 건강해지길 바라는 간절한 마음에 빠듯한 일정에서도 시간을 내셨던 것입니다.

방우영 형님 곁에서 오랜 시간 알고 지내며 형님의 여러 모습을 봐 왔지만, 특히 내 마음을 사로잡은 것은 따뜻하고 배려 깊은 가장으로서의 형님입니다. 그 시절 한 집안의 가장이라고 하면 가부장적이고 권위적인 모습 일색이었던 데 반해 형님은 언제 어디서나 가족을 생각하는 다정한 모습이었습니다.

사람들에게 형님은 '우리나라 굴지의 언론사 조선일보의 사주', '평생을 언론의 발전을 위해 공헌한 신문인'으로만 알려져 있습니다. 저는 그 명성들에 '사려 깊은 가장'인 형님의 모습을 더하고 싶습니다.

방우영 형님의 다정함은 비단 가족들에게만 국한된 것이 아니었습니다. 늘 주변을 돌아보고 사람들을 챙기며 베푸는 걸 좋아하신 반면, 본인은 남으로부터 대접받는 것을 꺼려하셨습니다.

어느 여름 파라다이스 부산 호텔에 형님과 몇몇 가족을 초대했을 때 형님은 극구 사양하시다 제 성화에 못 이겨 마지못해 호텔에 묵으신 적이 있습니다.

그동안 형님에게 진 신세를 조금이나마 보답할 수 있어서 다행이라고 생각한 것도 잠시, 저는 역시 '형님이시구나' 하고 감탄할 수밖에 없었습니다.

형님은 부산에 머무시는 동안 우리 가족들을 대접하셨고 그 어려운 요트 관광을 시키시는 등 잊지 못할 추억을 남겨주시기도 하셨습니다.

형님과 알고 지낸 분들이라면 모두 수많은 일화를 가지고 있을 거라 생각합니다. 형님은 주변의 아우들이 곤경에 처하거나 어려움을 겪으면 그냥 두고 보지 못하는 분이셨습니다. 늘 몸소 앞장서시고 본인의 일처럼 여기고 도와주시곤 하셨습니다. 그래서 그런지 형님의 주위에는 형님을 존경하고 따르는 이들이 끊이질 않습니다.

돌이켜 생각해보면 형님은 늘 손아랫사람을 위하는 내리사랑에 충실하신 분이었습니다. 우리 시대는 손아랫사람이 손윗사람을 모시고 극진하게 대하는 것이 마땅한 도리라고 여겼지 그 역(逆)에는 그리 섬세하지 못했던 것이 사실입니다.

형님으로부터 배우고 싶은 것이 한둘이 아니었지만 그 중 '내리사랑'만큼은 반드시 배워서 실천하고자 다짐했던 것이 기억납니다. 그렇게 방우영 형님은 멋있는, 누구나 따르고 싶은 모두의 형님이십니다.

많은 사람들이 존경하고 따르는 형님이 계시기까지 그 뒤에는 형님 어머님의 지극한 사랑이 있었습니다.

생전 어머님께서는 매일 저녁으로 아드님들을 위해 기도를 올리는 것이 가장 큰 일과셨다고 합니다. 저는 자식을 위하는 어머님의 진정 어린 마음이 통했기에 하나님께서 형님께 특은(特恩)을 내려주셨다고 믿습니다.

어머님의 사랑과 하나님의 은혜로 인해 사려 깊고 자상한 가장이자 만인에게 사랑받는 형님이 되신 것이라 생각합니다. 어머님의 간절한 기도가 가진 엄청난 힘을 느끼며 감격하지 않을 수 없습니다.

세월이 흘러 방우영 형님도 저도 이제 인생의 황혼기에 접어들었습니다. 매일 아침 조선일보와 마주하며 하루를 시작하는 제가 지면 사이로 가족 같은 친밀한 정을 느끼는 건 아마도 방우영 형님의 땀과 숨결이 그 속에 녹아 있기 때문일 겁니다.

여론을 주도하는 대한민국 1등 언론 조선일보, 그 속에서 저는 형님의 내리사랑이 피어난 결실들을 봅니다. 그리고 형님의 내리사랑의 가장 큰 수혜자 중 한 사람인 저는 오늘도 스스로에게 되묻습니다. 방우영 형님처럼 사랑하고 있느냐고.

형님의 만수무강을 빌며

2015년 9월 17일 김성진

12

거침없이 '쓴소리'

김수한

새누리당 상임고문, 전 국회의장

방우영 상임고문과 저는 알고 지낸 세월이 반세기가 넘었습니다. 1928년 동갑생으로 같은 세대를 공유한 저희는 가까우면서도 서로를 '방 회장', '김 의장'으로 부르며 깍듯이 예의를 지키는 사이입니다. 특히 3~4년 전부터 방 고문과 저, 신영균 전 국회의원, 김봉균 델타에어에이전시 한국 대표 등 비슷한 연배들끼리 1~2주에 한 번씩 식사를 겸한 모임을 갖고 있는데, 일선에서 물러난 제게는 이 사랑방 같은 모임이 삶의 활력소와도 같습니다.

다들 나이가 비슷하다 보니 어떤 약이 좋은지, 복용 효과가 어떠한지부터 각자 젊은 시절 겪은 무용담 등이 펼쳐집니다. 하지만 신변잡기식 얘기만 나오는 자리는 아닙니다. 오랜 기간 언론계에 몸담은 방 고문과 얘기를 하다 보면 대화의 주제는 자연스럽게 현실 정치 문제부터 우리 사회에서 벌어지는 온갖 사안들까지 다양하게 다뤄집니다. 이럴 때 거침없이 서로 기염을 토하고 나면 그렇게 시원할 수가 없습니다. 마음속 막혀 있던 그 뭔가가 뚫리는 기분이라고 할까. 마음이 건강해진다는 느낌이 이런 것이 아닐까 싶습니다.

간혹 대화를 하다 방 고문에게 "왜 이런 문제를 언론이 제대로 다뤄주지 않느냐. 방 고문이 좀 나서달라"고 목소리를 높이는 경우도 있지만, 서로 그만큼 마음을 터놓을 수 있는 사이여서입니다. 그렇다고 우리가 무작정 모여서 사회 비판 얘기만 하고 있지는 않습니다. 다들 각자 자신의 분야에서 쌓은 경륜이 있는 만큼 나름 건설적인 대안과 처방을 제시하기도 합니다.

저희 연배 사람들이 이제 주변에서 하나둘씩 없어져간다는 점이 가슴 아프기도 하지만, 요즘 우리 사회를 '100세 시대'라고 하는 만큼 방 고문과 제가 건강을 유지해 좋은 인연이 계속 이어지기를 바라고 있습니다.

돌이켜 생각해보면 방 고문을 처음 만난 것은 이승만 대통령의 자유당 시절 말엽 서울 명동으로 기억됩니다. 아직도 그때 방 고문의 '뽕 가다'가 생각이 납니다. 그 당시는 어깨가 넓어 보이도록 윗정장 어깨 부분에 '뽕(패드)'을 넣는 것이 유행이었는데, 방 고문도 이를 하고 있었습니다. 그는 비록 체구는 작지만 당당함이 넘쳐났습니다. 이후 저는 정치계에서, 방 고문은 언론계에서 활동했기 때문에 자연스럽게 가까워졌습니다.

고집이라고 말할 수도 있겠지만 방 고문은 '이건 아니다'는 생각이 들면 반드시 짚고 넘어가는 성격입니다. 이런 면에선 패기 어린 20대 청년을 연상시킵니다. 이런 모습이 가장 '방우영다운' 모습이 아닐까 싶습니다. 그렇지 않다면 '죽은 방우영'일 것입니다. 방 고문은 와일드한 성격을 가진 YS(김영삼 전 대통령)에게 "너무 거칠다. (큰 꿈을 이루기 위해선) 부드럽게 보이도록 노력하라"고 충고를 해준 적도 있었습니다. 1970년대에 '40대 기수론'이 힘을 받아 YS와 DJ(김대중 전 대통령)가 치열하게 경쟁할 땐 YS에게 "지도자 간에는 대립보다는 화합이 중요하다. 서로 협력해서 가야 한다"고 말해주기도 했습니다.

얼마 전 함께 식사를 하기 위해 시내의 한 호텔에 갔는데 무슨 큰 사건이 터졌는지 언론사 기자들이 대거 몰려들어 취재하는 통에 호텔 내부가 마치 시장판을 연상케 했습니다. 다른 사람들은 불편하더라도 못 본 척하고 넘어갔지만 방 고문은 이를 그냥 지나치지 않았습니다. "취재를 하더라도 호텔에서 기본적인 예의는 지켜줘야 하지 않느냐. 다른 손님들에게 불편을 끼치는 것은 옳지 않다"면서 말입니다. 저는 방 고문이 어른으로서 역할을 잘해준 것이라고 봅니다.

세월을 이기는 장사가 없다고 하지만 저는 방 고문이 바뀌지 않고 지금의 모습을 계속 유지해주기를 바라고 있습니다. 방 고문이 우리 사회에서 계속 어른으로 남아주었으면 하는 마음입니다. 요즘 우리 주변에는 남의 눈치만 보면서 '쓴소리'를 해주는 어른들이 자꾸 없어지고 다들 대충 좋게좋게 넘어가려고만 합니다. 하지만 이렇게 돼선 안 됩니다. 어른 역할을 해주는 분들이 있어야만 균형이 맞춰지고 우리 사회가 발전할 수 있습니다. '몸에 좋은 약은 입에 쓰다'는 말도 있지 않습니까.

방우영 고문을 언급할 때 조선일보를 빼고선 얘기를 할 수 없을 것 같습니다. 저는 소학교 시절부터 집에서 조선일보를 구독했지만 방 고문을 알게 되면서 더욱 조선일보와 한 식구라는 생각을 갖게 됐습니다. 계초 방응모 선생이 조선일보의 제1중흥을 이루셨다면 방 고문은 고 방일영 고문과 함께 조선일보를 일군 또 하나의 중흥인입니다. 조선일보 공무국(工務局) 견습생으로 신문사에 첫발을 디딘 후 교열부·사회부·경제부 기자를 거쳐 상무·전무·사장·회장으로 일하며 탁월한 감각과 강한 추진력으로 조선일보를 발전시켰습니다.

특히 방 고문이 처음 대표이사에 오른 뒤 "조선일보 제호를 빼고는 다 바꿔보라"면서 파격과 혁신을 기자들에게 요구한 일화는 유명합니다. 이 때문에 조선일보의 역사가 우리나라에서 가장 오래됐으면서도 고루한 느낌이 나지 않고 개방적인 이미지를 갖는 계기가 됐다고 생각됩니다. 또 컬러 윤전기를 갖춘 국내 신문사가 한 곳도 없는 상황에서 한국 최초로 컬러 신문 인쇄를 시도하는 과감한 투자를 했을 뿐 아니라 항상 시대를 앞서가는 캠페인을 주도해 사회적 의제를 설정했습니다. 부정부패 추방 운동을 비롯해 '쓰레기를 줄입시다'라는 환경 운동 캠페인, 정보화 운동의 일환이었던 '산업화는 늦었지만 정보화는 앞서가자'가 대표적입니다. 결국 신문 부수 200만 부를 돌파해 '1등 신문'이라는 타이틀을 거머쥔 것도 방 고문의 조선일보 사장 시절인 것으로 알고 있습니다. 방 고문의 집요할 정도로 강한, 사람에 대한 관심과 애정, 확고한 자기 스타일과 철학이 신문 경영에 접목되면서 조선일보 역사에 '방우영'이라는 이름을 각인시켰습니다. 평생을 조선일보에서 잔뼈가 굵으면서 조선일보인의 혼(魂)이 뭔지를 보여줬다는 생각이 듭니다.

이번 방 고문의 미수 기념 문집을 계기로 조선일보의 모든 후배들이, 갓 입사한 기자부터 임원까지, 방 고문을 통해 들여다본 조선일보의 전통과 가치에 대해 다시 한 번 관심을 가지고 그가 헌신한 이곳에서 자긍심을 가지고 뜻을 펼치면 좋겠습니다. 씨실과 날실이 엮여 한 폭의 작품이 완성되듯 선배 세대가 만들어온 지난 세월의 토대 위에 지금의 조선일보 식구들이 서 있다는 사실을 기억하면서 새 역사를 열어나가는 책임 있는 주인공이 되길 희망합니다. 방 고문도 조선일보의 어른으로서 흐뭇하게 후배들이 완성해가는 '작품'을 바라보며 마음속 깊이 격려를 보내지 않을까 싶습니다.

13

지면은 열려 있다

김영관

전 해군참모총장

일민 방우영 명예회장과의 인연은 1960년대 초반으로 거슬러 올라간다. 당시 초반 현역 해군 제독으로 있을 때 제주도 도지사에 임명됐다. 5.16 이후 예비사단 현역 사단장이 도지사로 임명됐는데, 제주도에는 예비사단이 없어서 해군에서 맡기로 했고 내가 뽑혔다.

그때만 해도 제주도를 다른 나라처럼 생각하는 사람이 많았다. 당시 제주도 주재 기자를 '특파원'이라고 부를 정도였다. 도민들의 가슴에 4.3사건의 응어리가 남아 있을 때였다. 제주도지사로 부임해보니 육지 사람들이 제주도에 와서 섬사람들과 어울리면 좀 풀어지리라 생각했다.

그러려면 우선 제주도를 발전시켜야 했다. 제주시에서 서귀포로 가는 횡단도로를 내는 게 급선무였다. 당시만 해도 제주도에는 부둣가를 제외하고 포장도로가 없었다. 길을 내려면 우선 중장비가 필요했다. 서울로 올라가서 내무부 장관을 만났는데 힘들다는 답변이 돌아왔다. 나라가 가난할 때라 제주도까지 중장비와 물자를 보낼 여력이 없었던 것이다. "내가 해군 제독이니 함정으로 싣고 가겠다"고 했지만 소용이 없었다.

지푸라기라도 잡는 심정으로 조선일보를 찾아갔다. 당시 우초(愚礎) 방일영 사장님과 방우영 상무님이 직접 얘기를 듣더니 두 분 다 흔쾌히 도와주시겠다고 했다. 방우영 상무님께선 "우리 고향 땅(북한)에 길을 내는 심정으로 도와드리겠다"고 했다. 이후 연이어 제주도 특집 기사가 나갔고, 얼마 안 돼 정부에서 중장비와 물자를 제주도에 보내줬다. 그렇게 만들어진 길이 '516도로'다. 조선일보가 없었더라면, 고 방일영 고문과 방우영 명예회장의 도움이 없었더라면 516도로가 생겨나지 않았을지도 모른다.

포장도로가 생겼지만 사람이 오지 않았다. 당시 제주도는 주로 배를 타고 오가야 했다. 제주도에 내리고 뜨는 비행기는 일주일에 한 편뿐이었다. 또다시 조선일보를 찾아갔다. 거의 떼를 쓰다시피 도와달라고 부탁했다. 방우영 상무님께선 웃으며 "제주도에 하늘길이 생기도록 도와드리겠다" 했다. 이후 얼마 안 돼 관련 기사가 나갔고 비행기가 증편 운항됐다.

제주도지사를 마치고 다시 해군으로 돌아가 해군참모총장을 지냈는데 군에 어려운 일이 있을 때마다 방일영 회장님과 방우영 사장님을 찾아가 부탁했다. 당시 미 해군으로부터 구축함을 받을 때 국회 동의가 필요했는데 조선일보가 여론을 이끌어줬다. 당시 방우영 사장은 "국가의 미래, 안보와 국방을 위해선 언제나 지면이 열려 있다"고 얘기해 큰 힘이 됐다. 그렇게 맺은 인연이 오늘까지 이어졌다.

방일영·방우영 형제의 우애는 언제나 나를 감동시켰다. 1964년 형이 동생에게 사장 자리를 넘기고 회장으로 취임하는 모습은 한국에서 흔히 볼 수 있는 일이 아니었다. 또 그 동생은 자신의 조카에게 다시 사장 자리를 내놓았다.

우리나라 재벌가의 형제들은 예나 지금이나 우리 국민들의 눈살을 찌푸리게 하는 경우가 많은데 두 분의 형제애는 우리 사회의 귀감이 될 만하다.

방우영 명예회장께선 늘 "아버지를 일찍 여읜 내게 형님(방일영)은 아버지와 같은 존재"라고 했는데 빈말이 아니었다. 이러한 우애가 오늘의 조선일보를 발전시킨 큰 힘이 됐다고 생각한다.

특히 방일영 회장께서 돌아가셨을 때를 잊지 못한다. 방우영 명예회장께선 마치 아버지를 잃은 듯 슬퍼했고, 삼년상을 치렀다. 매년 기일 때마다 찾아갔는데 방우영 명예회장께선 부모상을 치르듯 예를 다했다. 제사에 온 손님들을 깍듯이 모셨다.

방우영 명예회장은 방일영 전 고문의 뜻을 받들어 1등 신문을 만드는 데 온 힘을 다했다고 생각한다. 방우영 명예회장은 당시 사장이었지만 판매원처럼 지인들에게 신문을 홍보했다. 애독자에 대한 신의를 사원보다 사장이 먼저 지켜야 한다는 원칙이 확고했다. 그는 "신문사 사장이 사람들과 약속을 지키지 않으면 그 신문을 독자들이 믿고 보겠느냐"고 했다. 방우영 명예회장은 예전에도 그랬고 지금도 약속 시간에 늦는 걸 거의 본 적이 없다. 공식 모임에 참석할 때면 거의 제일 먼저 와서 사람들을 맞이했다. 사장실에 전화를 걸었는데 통화가 안 됐을 때 메모를 남기면 그날 꼭 전화가 왔다.

방우영 명예회장은 사람을 만날 때면 항상 겸손했지만 신문에 대해서만은 남다른 자부심을 보였다. 조선일보 기자, 기사, 편집을 사랑하고 특종에 대한 열의가 대단했다. 해군참모총장으로 있을 때인 1967년 1월 해군 함정 56함이 북한 해안포 8발을 맞고 침몰한 적이 있다.

그때 구축함을 타고 현장으로 가는데 조선일보 기자가 어떻게 알았는지 함께 배에 올랐다. 그때 기자가 현장에서 취재를 하고 해군이 촬영한 사진도 단독으로 입수했다. 56함이 침몰할 때 함정의 뒷부분이 바다 위에 조금 남아 있는 순간을 포착한 사진이었다.

그날 저녁 다른 언론사에서 난리가 났다. 조선일보와 한국일보 사장을 연이어 지냈던 당시 장기영 총리가 "한국일보에도 사진을 좀 달라"고 나에게 전화를 걸었지만 이미 사진은 조선일보에 넘어간 상태였다.

이후 장기영 총리는 방우영 당시 사장에게 전화를 했으나 끝내 사진을 못 얻었다. 그다음 날 한국일보에는 조선일보 지면을 촬영한 사진이 나갔다. 지금도 방우영 명예회장은 조선일보에 특종이 난 날 목소리 크기가 다르다. 앞으로도 계속 그럴 것이다.

14

차장 한 번 못한 전설의 기자

김용원

도서출판 삶과꿈 대표, 전 조선일보 편집국장

1959년 3월 1일 조선일보에 입사해 견습 절차를 마치고 경제부에 발령을 받았다. 당시 경제부에는 정대영 부장과 방우영 · 심형보 · 이문홍, 네 명의 선배 기자가 네 경제부처를 커버하고 있었다. 여기에 견습이 막 떨어진 스물네 살 풋내기가 온 것이 변화라면 변화의 시작이라 할 수 있다. 경제부 서열 끝의 이문홍 기자가 내 경기고등학교 6년 선배였으니까 오랜만의 수혈인 셈이다. 나로서는 모든 것이 어렵고 조심스러웠다.

견습은 글자 그대로 '보고(見) 익힌다(習)'이다. 6개월 정도의 견습 과정을 마쳤다고 해서 바로 기자가 됐다는 느낌이 전혀 들지 않았다. 그럼에도 불구하고 경제부에 배치되자마자 한국은행에 출입하라는 부장 말씀이었다. 견습 과정으로 3주간 경제부를 거쳐갈 때 한국은행 기자실에 가봤기 때문에 아주 낯설지는 않았으나 세상에 태어나 은행 창구에도 가보지 못한 철부지 초년 기자가 한국은행이라는 어마어마한 큰 기관에 갔으니 동서남북 어디가 어디인지 알 수가 없었다.

기자실에서 다른 신문사 기자들 하는 것을 지켜보며, 한국은행 조사부에서 내놓은 경제지표와 그 흐름에 대해 한국은행에서 근무하는 고등학교·대학교 선배들을 찾아가 묻고 익히기를 일부러 시작할 수밖에 없었다. 그리고 틈틈이 일본 신문들이 보도하는 은행 업무에 관련된 경제 기사 내용들을 유심히 살펴보면서 우리나라 실정과 비교해 어떤 것인지, 한국은행 조사부에서 알아보고는 했다.

조·석간 하루 두 번 신문이 발행될 때였으므로 기사 마감 시간도 두 번이었다. 12시 조금 전에 회사에 들어와 오전에 취재한 기사를 쓰고 점심을 한 다음 오후 출입처에 다시 나가 취재해서 저녁 6시쯤 조간 기사를 쓰는 일과였다. 마감 시간에는 외근 기자들이 모두 돌아와 기사를 쓰느라 편집국이 바쁘게 돌아갔다.

나는 경제부 말석에 앉아 선배 기자들 일하는 모습을 보며 '나는 무얼 어떻게 해야 하는가'를 열심히 혼자 궁리했었다. 시간이 지나자 '무얼 해야 하는가'는 대강 알겠는데 출입처에서 어떻게 취재해서 남보다 빠른 좋은 기사를 써야 하는가에 대해서는 아무도 가르쳐주지 않았고 또 누구에게 물을 수도 없었다.

오전의 마감을 끝내면 경제부는 식구가 단출해 같이 나가 점심을 하는 기회가 많았다. 우리는 코리아나호텔 자리에 있었던 구사옥에서 일했다. 그때만 해도 광화문 거리에 차가 많이 다니지 않아 길 건너 무교동 쪽으로 자주 갔다. 회빈장의 순대국, 안양옥의 설렁탕, 부민옥의 선지 들어간 얼큰한 콩나물국밥, 명동 입구의 중화루 짜장면이 단골 메뉴였다.

나는 늘 따라다니며 선배들이 사주시는 것을 얻어먹기만 했다. 한참 지나 나도 한 번 밥값을 내야겠다고 생각은 했으나 감히 그럴 용기가 나지 않았다. 아마 그렇게 하도록 선배들이 놔두지도 않았을 것 같다. 한 그릇 점심을 마치면 으레 다방에 들러 커피 한 잔씩 마셨다.

그것이 그때의 신문기자들 생활 문화였다. 점심과 차 마시는 시간에 선배들은 이런저런 얘기들을 하셨다. 그 대화를 통해 전혀 몰랐던 사실들을 많이 알게 됐다.

방우영 선배 기자는 음식을 푸짐하게 시키기를 좋아하셨다. 자상하게 이것저것 먹어보라고 권하시기도 했다. 그러면서 평안도 음식 얘기서부터, 계초 방응모 할아버지 얘기, 장남 중심에서 소외됐던 불만스러움과 반항적인 기질로 달려갔던 일들, 학교 다닐 때 의정부 집에 드나들던 김기림 시인을 비롯해 계초께서 아끼시던 제제다사(濟濟多士)들 면모, 그때 읽었던 책과 시(詩), 월북한 조선일보 사람들, 서중회(序中會)와 계초께서 인재를 기르셨던 얘기, 6. 25 때 계초께서 납북되시고 나서 회사에 닥친 여러 어려움들, 일제 때부터의 조선일보와 동아일보의 경쟁 관계, 조선일보 제호만 찍어도 조선일보는 팔렸다는 자부심까지 참으로 많은 말씀을 해주셨다. 체계 있게 말씀하신 게 아니다. 그때그때 화제와 분위기에 따라 툭툭 몇 마디씩 던지시듯 했는데 핵심이 있고, 여운이 남는 내용들이어서 지금까지도 하나하나 생생하게 기억한다.

일본의 어떤 기업인이 인생에서 익혀야 할 모든 삶의 지혜를 유치원 때 배웠다는 책을 쓴 일이 있는데 나는 경제부 선배들과 함께 차 마시는 시간에 조선일보에서 알아야 할 모든 것을 배웠다고 해도 과언이 아니다.

방우영 회장님과 나는 재무부 출입 기자와 재무부 산하 한국은행을 출입하는, 말하자면 직속 상하관계에서 출발했던 것이다. 당시의 재무부는 막강했다. 국세청, 관세청, 조달청 등이 재무부에서 독립하기 전이었고 재무부 이재국(理財局)에서는 한국은행, 산업은행을 비롯한 모든 금융기관과 증권, 보험, 외환을 총괄했다. 한국은행이 중앙은행 구실을 못했고 일일이 이재국장의 지시에 따라야 했던 시절이다.

재무부에서 방우영 기자의 명성은 높았다. 한국은행 간부들을 만나 '조선일보'라고 명함을 내밀면 방우영 기자의 안부와 무용담부터 꺼내는 사람들이 많았다. 무용담은 경제부에 전설로 전해졌지만, 재무부 장·차관 등 고위 관료들을 골탕 먹인 얘기가 나이 어린 우리들에게는 무협소설을 읽는 것처럼 신나고 통쾌하게 들렸었다. 아마 그렇게 당당하게, 떠들썩한 화제를 일으키는 기자는 한국 언론 사상(史上) 전무후무하지 않을까 싶다.

그런데 당사자인 방우영 선배 기자는 회사에 들어와서 조용했다. 밖에서 있었던 일을 일절 말하는 법이 없었다. 경제부에서는 다혈성 이문홍 선배가 출입처에서 있었던 부당한 처사나 못마땅했던 일들에 대해 열을 올리는 경우가 어쩌다 있었어도 다른 선배 기자들은 조용히 들어와 알아서 기사를 쓰고 출입처로 나갔다.

방우영 선배 기자의 기사 쓰는 스타일은 독특했다. 핵심 내용을 직설적으로 쓰셨다. 에두르거나 형용사를 쓰지 않는 명료한 문장이었다. 나도 그렇게 쓰려고 노력을 했지만 제대로 되지 않았다. 자본주의적 경제생활이 우리 몸에 익숙지 않고 경제문제를 제대로 소화하지 못해 어쩔 수 없이 그렇게 되는 듯했다. 어떻게 하면 경제 기사를 쉽게 쓰느냐는 것이 그때부터 나의 과제가 됐었다.

1960년 12월쯤 방우영 선배 기자는 아카데미극장 지배인으로 자리를 옮겼다. 방우영 선배 기자가 경제부를 떠나며 "나는 차장 한 번 못했다. 차장도 시켜주지 않았다"고 말씀했다는 말이 들렸다. 진짜 차장 발령을 받고 싶어 하셨는지 잘 모르겠다. 우리가 보기에는 매일매일 출입처에 나가 취재하고 기사를 쓰는 부담 없는 기자의 신분에서 어려운 회사 살림을 떠맡아야 하는 경영자 신분으로 바뀌는 데 대한 걱정과 아쉬움 같은 묘한 심정을 방우영 회장다운 웃음의 말로 그렇게 하신 것으로 이해됐었다.

후임으로는 동화통신에서 재무부 출입을 하던 소설 쓰는 서기원 기자를 데려오셨다. 서기원 기자는 차분한 성격에 부지런하고 기사를 잘 썼다.

2년쯤 지났을까. 방우영 지배인은 아카데미극장의 성공적인 경영 실적을 바탕으로 조선일보 발행인으로 취임하셨다. 그 무렵 경제부의 정대영 부장이 대한일보 경제부장으로, 서기원 기자가 서울신문 경제 부장으로, 이문홍 선배 기자가 경제기획원 고위 관리로 자리를 옮기면서 경제부는 대폭 개편됐다.

심형보 선배 기자가 경제부장, 내가 재무부 출입을 하게 되고 조선 일보 견습기자 신참들이 경제부로 왔다. 견습기자 3기의 호영진 · 임재경 기자, 동아일보 견습기자 1기 출신의 여규식 기자, 뒤이어 송형목 · 유지형 · 마실언 · 최청림 · 정태기 · 김영용 · 최준명 기자가 와서 사실상의 세대교체가 이뤄졌다.

방우영 발행인은 자주 편집국에 들러 돌아가는 얘기들도 듣고, 우리들 일하는 모습들도 살펴보셨다. 경제부에 대해서는 남다른 관심을 가지시고 이따금 경제부 젊은 기자들에게 술자리도 마련해 즐겁게 어울려주시기도 했다.

"신문사는 재정적으로 자립해야 외부 세력의 개입을 막을 수 있고 투자도 할 수 있다"는 말씀을 잊지 않으셨는데, 술자리가 흥겹게 무르익으면 옛날에 읽었던 김기림 시인의 시 '바다와 나비'에서 "아무도 그에게 수심(水深)을 일러준 일이 없기에 흰 나비는 도무지 바다가 무섭지 않다"던가, 모더니스트 김광균 시인의 시 '추일서정(秋日抒情)'에서 "낙엽은 폴란드 망명정부의 지폐", "길은 한 줄기 구겨진 넥타

이처럼 풀어져 일광(日光)의 폭포 속으로 사라지고"등을 외면서 젊은 기자들의 기를 북돋아주셨다.

내가 경제부 기자로는 드물게 한국기자협회 회장 선거에 출마하고 당선돼 1년 일한 다음 경제부에 돌아오자 방우영 발행인은 기다리셨다는 듯 경제부장으로 발령 내셨다. 내가 능력이 있어서라기보다 견습 출신 젊은 기자들의 기세를 살려 1등 신문으로 달려가는 방우영 발행인의 깊은 의지의 드라이브 같았다. 경제부는 방우영 발행인의 뜻에 따라 다른 신문사에 비해 젊은 기자들이 똘똘 뭉쳐 소신껏 열심히 일했다.

경제부만이 아니다. 편집국 전체, 판매국, 광고국, 최신 윤전기를 계속 일본에 발주한 공무국의 혁신 등 젊은 일꾼들을 발탁해 질풍노도같이 몰아치는 불같은 성격의 방우영 사장님 기합 담긴 호령이 조선일보 전체에 쩌렁쩌렁 울렸던 것이다. 그리고 우리 젊은 기자들은 해냈다.

이제 미수를 맞으시는 방우영 회장님, 뒤돌아보면 내 인생의 고비고비에서 늘 따뜻하게 보살펴주셨다. 미숙한 사람을 일찍이 편집국장으로 발탁해주신 것을 비롯해서 대우그룹으로 자리를 옮겼을 때 일부러 불러주셔서 전체 사원들 앞에서 공로패를 주신 일, 딸 시집을 보낼 때 쾌히 주례를 맡아주셨고, 경제부에 계실 때 경제부로 간 지 얼마 안 된 초년 기자에게 휴가비를 주시던 그 배려 등 헤아릴 수 없을 만큼의 은덕을 늘 나는 염치없이 받기만 해왔다. 무엇으로 보답해드려야 할는지, 평생의 짐이 남겨져 있다.

어서 빨리 남북통일이 돼서 평양에 세워지는 조선일보 사옥과 방우영 회장님이 어릴 적 지내시던 평안북도 정주에 따라가 감회 깊은 말씀을 해주시는 그 자리에 내가 있을 수 있으면 얼마나 좋을까 생각하기도 한다.

<u>15</u>

우리 총장, 감옥에 가지 않아서 고마워

김우식

창의공학연구원 이사장, 전 연세대학교 총장

지난 2008년 어느 날 방우영 회장님이 쓰신 '나는 아침이 두려웠다' 라는 두꺼운 책을 받고 며칠 만에 다 읽었다. 너무나 재미있고 흥미로 웠다.

방 회장님을 중심으로 한 조선일보와의 55년 역사와 함께 우리나라 현대사의 이모저모를 알게 되고 많은 것을 배웠다. 한 사람의 강한 의 지와 노력이 얼마나 큰 힘을 발휘하고 변화를 가져올 수 있나 하는 것을 새삼스럽게 느끼게 되었다.

이제 몇 개월 후면 방 회장께서 88세 미수를 맞게 되신다. '벌 써……'라는 아쉬움과 함께 그 분으로부터 많은 사랑과 은덕을 받고 살아온 나로서는 뭔지 모르는 허전함과 함께 감사한 마음을 금할 길이 없다.

나는 2004년 연세대학교 총장을 맡은 이후로 지금까지 매일 새벽에 서재에서 묵상과 기도를 드리며 하루를 시작한다. 그때 나에게 가르침과 도움을 크게 주신 고마운 분들의 이름을 떠올리며 감사 기도를 드린다. 방 회장님의 이름이 매일 아침 나의 기도 속의 한 분임은 물론이다.

2004년 8월 1일부로 총장에 취임하고 방우영 재단 이사장님으로부터 임명장을 받을 때의 감격과 감사함, 그리고 헌신의 마음으로 방우영 이사장님과의 깊은 관계는 시작되었다.

총장 재임 시 매주 재단 이사장실로 찾아뵙고 학내외 문제를 상의드리며 밖에서도 점심이나 저녁을 함께할 기회가 많았다. 때로는 동문이 운영하는 골프장에도 함께 모시고 나가면서 방 회장님의 독특한 카리스마와 강하고도 직설적인 리더십, 그러면서 파격적인 제스처로 편하고 즐거운 만남을 만들어가시는 데에 놀라움을 금치 못하였다. '오랜 삶의 파고(波高) 속에 쌓이고 쌓인 노련한 경륜이라는 것이 저런 것이구나' 하는 것을 느끼면서······.

한번은 이미 고인이 되신 아시아나그룹 박정구 회장의 초청으로 아시아나CC에서 방 회장님과 동문 20여 명이 운동을 하고 회식을 하는데 폭탄주가 시작되었다.

방 회장님께서 처음에는 "오늘은 힘이 좀 들어 폭탄주는 안 할래" 하고 사양을 하시다가 두세 잔쯤 건배가 돌아가다가 드디어 분위기가 무르익어가는 어느 순간 방 회장께서 일어나시더니 "야! 다 같이 마시며 죽자!"라고 소리를 지르시며 흥을 돋우셨다. 그 후에 얼마 있다가 술에 약한 나는 옆방으로 슬그머니 피해 가서 숨을 가다듬어야만 했다.

2003년 11월 어느 날, 청와대에서 노무현 대통령으로부터 총장실로 전화가 왔다. 저녁 식사를 같이하자는 전화였다. 며칠 후 아무 영문도 모르고 청와대에 갔다. 청와대 비서실장을 맡아 도와달라는 것이었다.

나는 정치도 모르고 능력도 없고 대학 총장이 어떻게 비서실장을 맡을 수가 있냐고 정중히 거절하고 나왔다. 이튿날 방 이사장님을 만나뵙고 청와대에 갔다 온 말씀을 드렸더니 "아이고, 우리 순둥이 총장이 그 험한 판 속에서 어떻게 견뎌?"라고 걱정하셨다. 그래서 "정중히 거절했습니다"라고 말씀드렸다.

그 후로 또 청와대 비서관으로 있는 제자가 총장 공관에 찾아와서 대통령의 뜻을 전하고 수락을 요청하였다. 2004년 1월 초에 다시 대통령으로부터 총장실로 전화가 왔다. 이번에는 나와 집사람하고 같이 들어와서 대통령 내외분과 넷이서 식사를 하자는 요청이었다. 거절할 수 없어 들어갔다.

시간이 없으니 속히 결심을 해달라는 말씀이었다. 하도 답답해서 "저는 노 대통령님을 너무 모릅니다. 지난 대선 때 저는 노 대통령님을 찍지도 않았습니다"라고 대답했다.

다음 날 다시 방 이사장님을 뵙고 청와대에 갔다 온 말씀을 드렸다. 한참 동안 말씀이 없으시더니 "그것참, 너무 심하게 거절할 수도 없고 이게 우리 총장의 운명이 아닌가?"라고 말씀하셨다. 이어 실 · 처장들의 의견을 들었다. 거의 반반으로 갈렸다. '연세대를 위해서 들어가야 한다.' '그래도 총장이 가는 것이 좀 모양이 안 좋다.'

아무튼 나는 2004년 2월 14일 임명장을 받았다. 그로부터 1년 반 후 2006년 8월 큰 실수 없이 청와대를 나왔다. 어느 날 방 이사장님을 중심으로 가까운 몇몇이 저녁을 함께했다. 방 이사장께서 "우리 총장, 참 수고했어. 언론들 평가도 좋아. 특히, 감옥에 가지 않아서 고마워"라고 하시자 함께했던 우리는 폭소를 터뜨렸다.

2012년 가을 어느 날 박삼구 동창회장 초청동문 골프대회가 경기도 아난티CC(Ananti CC)에서 있었다. 그때 앞뒤 팀으로 방우영 이사장을 비롯하여 총장, 총동문회장, 아난티CC 회장, 체육회장이 함께 라운딩을 하는데, 잣나무 코스 9번 홀을 만나게 됐다.

넓은 연못을 건너가야 하는데 거리가 만만치 않았다. 앞에 먼저 친한 사람의 공은 물을 건넜고 두 사람의 공은 물에 빠졌다. 방 이사장님 차례가 왔다. 앞에 나가서 치시라고 권하는데 "에이! 여기서 한번 쳐보자"하고 치셨다. 뜻밖에도 아슬아슬하게 물을 건너갔다. 환호성과 함께 박수가 쏟아졌다. 그때 방 이사장님께서 "XX들, 내가 죽은 줄 알고 까불어!" 하셨다. 나는 그날 그 분의 말씀이 무슨 뜻인지 정확히 알지 못한다. 그러나 무심코 튀어나온 말씀 속에 무엇인가 뜻이 있다고 느꼈다.

앞으로 연년세세 우리 존경하는 방우영 이사장님께서 선하고 아름다우신 사모님과 함께 참으로 멋진 인생, 아름다운 인생, 보람 있는 인생을 사시며 방 이사장님을 따르는 수많은 후배와 후학들의 인경(人鏡)이 되시면서 만수무강하시기를 기원한다.

16

전례 없는 母校 100주년 사업

김우중

전 대우그룹 회장

"방 회장님, 생신을 진심으로 축하드립니다."

사직동에 방 회장 자택이 있다. 생신 때마다 지인들을 초대해 집에서 함께 식사를 하시곤 했는데 매번 본인에게도 초대의 정을 베풀어 주셨다. 해외에 머물지 않고 국내에 있던 해에는 반드시 댁에 가서 축하의 인사를 드리곤 했었다. 어느덧 미수라 하시니 어찌 축하드리지 않을 수 있을까? 해마다 댁에서 드린 축하 인사를 이번에는 글로 대신하게 되니 감회와 옛정이 새롭기만 하다.

방 회장님은 한국 대표 언론사인 조선일보의 상징과도 같은 분이다. 언론계의 상징이라 해도 절대 틀리지 않은 말이다. 곧은 목소리와 필봉을 통해 시류에 굴하지 않는 참된 언론인의 전범을 보이셨으니

예로부터 많은 이들이 존경하고 따랐다. 이처럼 언론계의 큰 어른이신 방 회장님과 나는 대학 선후배로서 남다른 추억과 인연을 이어왔다. 스승처럼 넓은 안목과 도량을 보여주셨으니 내 인생의 사표(師表)이자 진정한 선배로서 존경하는 마음을 늘 가슴속에 담아왔다.

방 회장님은 일찍이 1981년부터 무려 16년을 연세대학교 총동문회장을 맡아 헌신적으로 일하셨다. 나는 같은 시기를 동문회 부회장으로 동창회 일을 함께해왔다. 나중에 내가 상대 동창회장을 맡게 된 이후에는 방 회장님을 도와 동창회 일을 수행한 경우가 더욱 많아졌다. 방 회장님과 나는 똑같이 연세대 상대를 졸업한 관계로 동문회 일을 하면서 더욱 가깝게 느꼈는지 모르겠다.

동문회장으로서 연세대학교의 발전을 위해 쌓은 방 회장님의 업적은 글로 다할 수 없을 것이다. 그 중에서도 가장 기억에 남는 것은 1985년 모교 건학 100주년을 맞이하였을 때이다. 연세대학교의 역사가 가장 오랜 관계로 국내 어느 대학에서도 이런 행사를 해본 적이 없었다. 이처럼 우리나라에 전례가 없는 건학 100주년 사업을 방 회장님이 직접 진두지휘하셨다. 여러 사업을 모두 성공적으로 마무리하셨는데 그 중에서도 100주년을 상징하는 100억 원의 기금 모금과 100주년 기념관 건립은 역사적으로도 의미 있는 기록이 될 것이라 생각한다. 이때를 계기로 연세인들은 더욱 결속을 다지고 응집력을 배가할 수 있었다.

연세대학교가 자랑스러운 100년의 역사를 발전적으로 마무리하고 새로운 100년의 역사를 더욱 힘차게 시작해나가도록 탄탄한 기초를 다진 분이 바로 방 회장이시다. 1993년 문을 연 동문회관 건립 또한 연세인들의 숙원을 해결한 뜻깊은 업적이 아닐 수 없다.

동창회 이사회가 열리는 날에는 나 또한 가급적 참석해서 방 회장께서 추진하려는 일들을 적극 도와드리려고 노력했다. 한번은 이런 일도 있었다. 동창회 이사회가 있던 날 공교롭게 학교에서 데모가 일어났다. 학생들이 총장실을 점거하고 이사회가 열리는 방 앞까지 들이닥쳤다. 방 회장님이 난감해하시는 모습을 보니 가만히 앉아 있을 수가 없었다.

나는 밖으로 나가 학생들에게 이사회가 열리고 있는 사정을 전하고 선배로서 후배들에게 엄중하게 바른 소리를 해댔다. 지금 생각하면 어찌 그런 용기가 났는지 모르겠는데 아마도 모교의 발전을 위해 모인 선배들이라는 당당함이 나를 그렇게 만들지 않았나 생각된다. 동문이라는 말뜻처럼 선배와 후배는 사회에 나오면 하나일 수밖에 없다. 학교가 온통 떠들썩한 상황 속에서도 선배의 요청대로 후배들이 조용히 물러나 이사회는 별다른 불상사 없이 진행될 수 있었다. 학교를 사랑하고 발전시킨 선배들이기 때문에 학생들도 예의를 갖추어 준 게 아닌가 싶다. 아무튼 이렇게 소란을 마무리하고 이사회 자리로 돌아왔는데 방 회장님이 매우 흡족해하셨던 기억이 새롭다.

동창회 일 가운데 가장 기억에 남는 일이 있다. 원래 연세대는 상대가 강하고 고려대는 법대가 강하다 보니 재계에서는 연대 출신들의 활약이 많고 회계사도 많은 반면에 법조계나 행정 계통으로 고시를 통해 진출하는 경우는 연세대가 상대적으로 적었다. 이런 점을 후배들이 개선해주기를 바라는 마음으로 방 회장님과 상의해 공직에 나서려는 학생들을 위한 장학 사업을 시작하게 되었다. 우선 내가 20억 원을 내놓고 학교에서도 매칭펀드 형식으로 상응하는 장학금을 내서 고시 공부하는 학생들을 위한 시설을 마련하고 지원에 나섰다. 이후로 연세대학교 출신으로 고시에 합격한 후배들의 숫자가 많이 늘었다고 들었다. 최근에는 행정고시 재경직 합격자 중 3분의 1 이상이 연대 상경·경영대학 출신으로 채워지기도 했다고 한다. 동문회가 나서서 모교를 지원한 결과가 이렇게 좋게 나타나면 얼마나 뿌듯하고 보람이 크겠는가?

아마 방 회장님도 이런 소식을 들으신다면 그간 노력하신 데 대해 조금이라도 보람과 위안을 얻으실 것이라 믿는다. 동창회가 발전하려면 선배보다 더 뛰어난 후배들이 많이 나와야 하니 결국 동창회란 후배를 위한 선배들의 봉사나 다름이 없다. 그렇게 동창회가 발전해나가면 재학 중인 후배들도 자부심을 갖게 될 것이고 그런 기운이 뒷받침될 때 대학은 진정한 명문으로 발돋움할 수 있는 것이다. 이런 교훈을 나는 선배로서 늘 봉사의 길을 걸어오신 방 회장께 배운 셈이다.

1997년 방 회장께서는 마침내 연세대학교 학교법인의 이사장에 취임하시게 된다. 그리고 자리를 이어받아 내가 동문회장을 맡게 되었다. 해외 사업 때문에 바쁜 시절이었지만, 방 회장님께서 잘 닦아놓은

길이기에 나도 따라나설 용기가 생겼던 것 같다. 나는 회장직에 오르
자 맨 먼저 방 회장님을 명예회장으로 모셨다. 1993년에는 방 회장님
이 오랫동안 맡아오시던 한독협회 회장직을 물러나면서 내가 그 자
리를 대신한 적도 있었다. 그때는 잘 몰랐는데 이 글을 쓰면서 되돌아
보니 우연이라기에는 그 인연이 참 깊게 생각된다.

이 밖에도 여러 가지 개인적인 추억들이 새삼 떠오른다. 아트선재
센터 개관식을 소격동에서 갖던 날 방 회장님은 멋진 한복 차림으로
직접 찾아주셨다. 새로 문을 연 현대미술관에 한복 차림으로 나타난
방 회장님은 단연 돋보였고 시선을 끌기에 충분했다. 진심으로 도움
이 되기를 바라는 마음으로 이처럼 각별하게 신경을 쓸 만큼 정이 많
으신 분이다. 대우자동차가 전략 차종을 개발해 신차 발표회를 할 때
에도 행사장을 찾아 축하와 격려를 잊지 않으셨다. 내가 술을 마시지
않아서 사석에서 어울릴 기회는 거의 없었지만, 방 회장께서는 늘 많
은 조언과 지혜를 전해주셨다. 방 회장님의 열정을 알고 있었기 때문
에 나 역시 방 회장님이 하시는 동창회와 모교 발전을 위한 일에 적
극 힘을 보탰다.

동창회장으로서 또한 재단 이사장으로서 모교를 위해 헌신하고 솔
선수범과 자기희생의 모범을 보이며 살아오신 해가 무려 30년이 넘
으니 이처럼 오랜 기간 동안 모교를 위해 헌신한 경우는 아마도 전무
후무한 일이 아닐까 싶다. 이를 아는 나로서는 언론인이기에 앞서 교
육자요, 봉사자로서 방 회장님을 존경하고 감사를 표하지 않을 수가

없다. 그래서 나는 항상 방 회장님을 대할 때 친근한 표현이 아닌 깍듯한 호칭으로 예의를 갖췄다.

고희를 맞으셨던 1998년 1월 동창회에서 회장님의 공적을 기리고 그 뜻을 후배들이 본받기를 바라는 마음으로 흉상을 세워드렸다. 그날 저녁에는 힐튼호텔에서 고희연을 열어 많은 이들이 한마음으로 축하를 드리는 자리를 갖기도 했다. 벌써 많은 세월이 흘러 이제 다시 미수를 맞으시니 누구보다도 먼저 깊은 감사와 함께 진심으로 축하를 드리고 싶다.

방 회장님은 바쁜 틈을 쪼개 가끔 해외여행을 다녀오곤 하셨는데, 대체로 여행을 함께하는 고정 멤버들이 있었다. 내 안사람도 그 멤버 중 한 명이기에 가끔 후일담을 듣기도 했다. 지금 와서 생각해보니 한번쯤이라도 방 회장님을 모시고 해외를 함께 다닐 기회를 갖지 못한 것이 못내 아쉽게 생각된다. 1년 중 3분의 2를 해외에서 보낼 정도로 해외 출장이 많았는데 왜 그 생각을 못했는지 모르겠다.

"방우영 회장님! 미수를 다시 한 번 축하드리며, 앞으로도 지금과 같이 건강 유지하셔서 오래오래 가르침 주시기를 부탁드립니다."

17

어머니의 기도, 아내의 믿음

김장환

극동방송 이사장

얼마 전 우리 회사의 한 젊은 사원에게 물어보았다. "자네는 왜 조선 일보를 구독하나?" 그가 대답했다. "폭넓고 깊이가 있고 재미있다" 고. 나는 새벽 기도를 마치고 방송사로 향하는 차 안에서 조간신문들 을 본다. 조선일보는 언제부터였는지 기억도 나지 않을 만큼 오래전 부터 손에 들고 있으니 나도 제법 애독자라 할 수 있다.

조선일보를 오늘의 1등 신문으로 만든 분이 방우영 명예회장이다. 그가 '아침이 오는 것을 두려워'할 만큼 깊은 고뇌와 책임감으로 펴 낸 신문을 통해 나는 세상을 좀 더 넓고 깊게 바라볼 수 있었다. 각종 헤드라인과 사설, 칼럼을 기대하며 '재미있게' 아침을 기다렸다. 방 명예회장의 고뇌가 내게는 아침의 기쁨을 선사한 것이다. 평소 그와 교우의 즐거움을 나눴던 90명이 미수를 축하하며 펜을 들었으니, 그중 한 명인 나의 이 짧은 글도 방 명예회장에게 작은 기쁨이 되었으면 한다.

기도하는 어머니의 자식은 망하지 않는다는 말이 있다. 60여 년간 목회를 하면서 나는 기도하는 어머니, 성경을 읽어주는 어머니의 무릎에서 자란 자녀들이 얼마나 귀한 존재가 되는지를 수도 없이 지켜보았다. 한마디로 표현할 수 있다. 그들에게는 하늘의 복(福)이 있다. 그리고 하나님은 방 명예회장에게 이 복을 허락하셨다.

나는 그가 어머니로부터 받은 사랑, 특별히 어머니의 기도에 대해 말하는 것을 여러 차례 들었다. 그의 모친은 아들에게 "너는 야곱 같은 아이니까 교회에 나가야 한다"고 말씀하셨다. 야곱이 누구인가? '구약성경'의 '창세기' 12장을 보면 하나님이 아브라함을 부르신다. 믿음의 조상으로 불리는 아브라함은 100세에 기적같이 이삭을 낳는다. 이삭에게서 태어난 쌍둥이 형제가 에서와 야곱이다. 그런데 야곱은 예사롭지 않은 인물이다. 그는 이미 어머니 배 속에서부터 형의 뒤꿈치를 붙잡고 나왔다.

사냥에서 돌아온 에서가 몹시 허기진 틈을 타 그에게서 팥죽 한 그릇으로 장자권(長子權)을 사고, 늙어 앞이 잘 안 보이는 아버지 이삭을 속여 형이 받을 축복을 가로챈다. 이 일로 집에서 도망하여 온갖 고생을 한 후 얍복강에서 하나님을 만나 목숨을 건 씨름 끝에 드디어 진정한 복을 받고 '하나님과 싸워 이긴 자'라는 뜻의 '이스라엘'이라는 이름까지 얻게 된다.

야곱이 낳은 12명의 아들들이 이스라엘의 12지파를 이루었다. 방 명예회장의 모친은 둘째아들의 반항적이고 거센 기질을 보며 야곱을 떠올렸을 것이다. 그리고 끊임없이 아들을 권면하며 기도하였다. 어머니의 기도는 응답받았다. 아들은 적극적이고, 열정적이며, 모험을 두려워하지 않는 시대의 인물로 자라난 것이다.

그래서 어머니를 회상하며 방 명예회장은 이런 고백을 우리에게 들려준다. "어머니의 사랑으로 이만큼 살아왔다. 어머니의 기도의 힘이 아니었다면 인생의 그 무수한 고비들을 내가 어떻게 헤쳐 나올 수 있었겠는가!"

방 명예회장을 향한 어머니의 기도와 축복은 그의 부인에게로까지 계승되었다. 나는 방 회장의 부인 권사님과 여러 차례 만날 기회가 있었다. 산정현교회에 출석한 권사님은 방 명예회장의 모친이 그러셨던 것처럼 방 회장을 위해 끊임없이 기도했다. 그리고 계속 신앙에 대한 이야기를 나눴다. 방 명예회장은 평소 내게 "나는 우리 부인 치마끈 붙들고 천국 갈 거다"는 말씀을 자주 했다. 어머니의 기도와 아내의 믿음. 방 명예회장은 복된 사람이다.

성공한 경영자인 방 명예회장에게는 '탁월한 경영 감각과 강한 추진력'이라는 표현이 따라붙는다. 1960년 아카데미극장의 흑자 전환은 2년 후 그가 상무로 경영에 참여하게 된 조선일보의 급성장에 대한 예고편이었다. 6만 5,000부에 불과하던 발행 부수가 3년 후 세 배로 늘더니 1979년에는 100만 부, 1992년 200만 부를 돌파하면서 1등 신문의 자리를 굳혔다.

나는 목사지만 오랫동안 방송사를 사장으로 섬겼고 지금은 이사장인 경영인이기도 하다. 경영에서 중요한 것을 아주 간단하게 말하자면 사람과 돈이다. 얼마나 유능한 인재를 찾아 적재적소에 배치할 수 있는가, 안정적인 동시에 미래를 대비할 수 있는 재정을 어떻게 확보할 수 있는가, 이 두 가지가 성공적 경영의 핵심 요소이다.

방 명예회장의 경영 철학은 두 가지 핵심 요소를 그대로 담고 있다. '재정 독립'과 '공존공영'이 바로 그것이다. 정치권력에 맞서 언론의 자유를 확보하기 위해서는 재정 자립을 꼭 해야 하고, 직원들이 일궈낸 성과는 직원들과 함께 나눠야 한다는 것이 그의 정신이다. 하지만 경영의 현장은 정신이나 철학만으로 바뀌지 않는다. 제대로 경영이 되려면 정신이나 철학을 실천하는 행동이 뒤따라야 한다.

오랜 세월 조선일보 구독자의 한 사람으로, 또한 함께 대한민국을 사랑하는 애국자로서 방 명예회장을 바라보며 나는 그에게 탁월한 경영 감각뿐 아니라 엄청난 추진력이 있음을 알게 되었다. '제호만 빼고 다 바꾼다'며 원로 선배들의 용퇴를 촉구하고, 실력 있는 기자들과 편집 전문 기자, 똑똑한 보급소 총무를 선발하여 직접 발송 차량을 운전한 30대 청년 상무의 기백은 미수를 맞은 오늘도 변함이 없다.

나는 조선일보 칼럼을 즐겨 읽었고 그 중 일부는 지금까지도 설교의 재료로 쓰고 있다. '김대중 칼럼'도 내가 자주 스크랩하는 단골 메뉴 중 하나이다. 방 명예회장이 그의 책에서 천생 기자인 '별종'으로 묘사한 김대중 고문은 조선일보와 함께 동역한 임직원들을 지칭할 때 '조선일보 사람들'이라고 했다. 단순하면서도 얼마나 정감 있는 표현인가. 그런데 이들은 그냥 사람들이 아니었다. 각양각색의 재능과 끼, 독특한 성격을 지닌 인재들이었다.

'기자 같은 경영자'였던 방 명예회장은 아이디어도 많았다. 23년간 연재된 '이규태 코너'도 그의 머리에서 나온 기획이었다고 한다. 그와 잠깐 대화를 나눠보면 방 명예회장의 기자 자랑, 기자 사랑을 금세 느낄 수 있다. 기자들의 반항적인 기질을 오히려 높이 평가했고 괴짜 같은 친구들도 좋아하며 품어주었다. 이것이 그의 가장 큰 자산 아니었을까? 홍종인, 성인기, 천관우, 고정훈, 부완혁, 선우휘, 유건호, 신동호, 안병훈, 류근일, 최병렬. 이름만 대도 알 만한 제제다사가 조선일보 사람들이었다. 한 시대를 이런 인재들과 함께할 수 있었다는 것, 이 사람들과 함께 울고 웃으며 역사와 나라를 위해 일할 수 있었다는 것, 아니 앞으로 더욱 위대한 인재들을 키울 수 있다는 것보다 더 큰 보람이 어디에 있을까.

방우영 명예회장은 대단한 독서광이고, 또한 메모광이다. 특히 수십 년간 빠짐없이 써내려온 그의 일기는 가보인 동시에 국가적 보물이다. 우리나라의 아프고 영광스러운 역사를 한 개인의 시각에서 이렇듯 넓고 깊고 꼼꼼하게 살펴볼 수 있는 자료도 흔치 않을 것이다.

나는 기대한다. 그리고 기도한다. 조선일보 사람들과 함께하는 그의 기록이 100년을 넘어 지속되기를. 어머니의 기도와 축복이 야곱 같은 그의 생에 넘쳤으니 이제는 그를 통해 하나님의 은혜와 축복이 자자손손 넘쳐 흘러가기를…….

18

나의 사회생활 지도교수

김정룡

한국 간 연구재단 이사장, 대한민국학술원 회원

1971년 초반 B형 간염 바이러스 정제와 백신에 관한 연구 결과를 발표하면서 서울대병원 내과 병동, 그리고 연구실에 박혀 일상을 보내던 중 회현동의 어느 한적한 한옥으로 저녁 초대를 받았다.

그곳엔 방 회장님을 비롯하여 20여 명의 저명한 이들이 계셨는데 어느 정도 술잔이 돌더니 나에게 집중적으로 술잔이 모이는 게 아닌가. 어느새 정종 한 병이 바닥을 드러내고 말았다.

이러다간 정신을 잃고 쓰러질 것이 불을 보듯 뻔해서 이 눈치 저 눈치 보다가 도망치듯 자리를 떠야 했는데 회장님의 눈은 나를 놓치지 않은 듯하였다. 이로부터 심심치 않게 기회만 있으면 불러주셨으니 돌이켜 생각하면 진료와 연구에만 매달리던 '모범생'에게 회장님은 40여 년간 사회생활을 가르쳐주신 인문학과 사회과학의 지도교수였던 셈이다.

한번은 방 회장님이 서울컨트리클럽의 이사장에 출마하신다고 해서 주주총회에 참석한 적이 있는데 나에게는 너무나도 생소하고 두 번 다시는 참가하지 못할 곳이라는 점을 깨닫게 해준 곳이기도 하다. 내로라하는 의사, 변호사, 그리고 사업가들이 저마다 잘났다고 떠들고 주주로서의 목청, 그것도 함성에 가깝게 싸우는 목소리에 질려서 나는 다시는 그런 총회에 참석하지 않기로 결심하게 되었다. 보통 때는 스스로 반듯하게 생활하는 것 같지만 여차하면 이렇게 저 혼자 잘난 듯이 변하는 것이 사회생활의 일면이라는 것을 가르쳐주신 한 대목이라고 생각하고 있다. 혹시 골프 운동 후에 만나기라도 하면 꼭 불러주셨던 일은 잊을 수 없다.

방 회장님이 과음하여 흐트러진 몸가짐을 하시는 것을 한 번도 뵌 적이 없으니 이것 역시 회장님께서 장수를 누리는 건강 비법이 아닌가 생각하게 된다. 어떤 자리에서든 나를 '김 박사'라고 부르는 것보다 '간 박사'라고 부르는 것을 좋아하셨다.

방 회장님이 연세대학교 학교법인 재단 이사장님으로 오래 활동하시며 현재의 연세대로 이끌어주신 역할은 높이 평가받고 계시다. 허주 김윤환 의원이 '좋은 고기'로 저녁을 준비하였으니 참석하라 하여 간 적이 있다. 방 회장님과 SBS 회장님이 계셨다. 이회창 대통령 후보의 당선에 관한 여론이 주 토픽이었던 것으로 기억하는데 지금 생각해도 감사할 따름이며 잊을 수 없는 하나의 에피소드로 내 머리에 남아 있다.

회장님. 선택된, 그리 흔치도 않은 미수를 진심으로 축하드립니다. 88 미수 다음에는 99 백수(白壽)가 기다리고 있습니다. 회장님 인생에 가유(加由)가 있으시길 빕니다.

19

연세인들의 영원한 '방 두목'

김정수

JSnF 회장, 연세대 총동문회 수석 부회장

동창회라는 건 아버지와 아들뻘 되어도 '형님, 동생'으로 만날 수 있
는 유일한 자리다. 1928년생이신 방우영 선배님은 나의 22년 선배인
데, 큰형님처럼 모셔왔다. 같은 '연대생'이라는 인연 덕분이다.

방우영 선배님을 처음 만난 건 약 30년 전으로 거슬러 올라간다.
1985년 당시 김우중 대우그룹 회장이 연세대 상경대 동창회장이셨
고, 나는 조금 젊은 후배로서 부회장을 맡고 있었다. 당시 동문회장이
셨던 선배님을 한 동문회 행사에서 뵈었다. 이 자리를 빌려 솔직히 말
하면 첫인상은 조금 실망스러웠다. 당시 나는 선배님을 뵙기 전 이미
그 분의 별명을 알고 있었다. 바로 '방 두목', '독재자'라고도 했다. 그
래서 나는 내심 몸집도 크고 목소리도 큰 분일 거라고 예상하고 있었

다. 그런데 눈앞에 나타난 방 선배님은 작은 체구였다. 목소리는 카랑카랑했지만 자상하게 들렸다. 처음엔 '아니, 두목이 저리 작은 분이 있나' 하고 생각했다. 그러나 몇 해가 지나면서 그가 '작은 거인'임을 깨달았다. 그의 결단력과 추진력, 그리고 천리를 내다보는 판단력이 후배들로 하여금 저절로 '방 두목의 부하들'을 자처하도록 만든다는 것을.

방 선배님의 리더십을 보여주는 대표적인 사례는 바로 연세대 송도 글로벌 캠퍼스 사업이다. 2005년 인천시가 파격적인 조건으로 국제 대학을 유치하려 할 때, 정창영 총장은 그 제안을 수락하고 싶어 했다. 하지만 다른 모든 재단 이사들은 반대했다. 당시 대학들이 대부분 재정에 여유가 없었는데 송도 캠퍼스가 생긴다고 해서 학생을 추가 모집해 등록금을 더 받을 수 있는 일도 아니었다. 분교가 아닌 본교 캠퍼스의 일부로 건립하는 계획이라 학생 정원을 늘릴 수 없었기 때문이다.

그런데 당시 이사장이었던 방 선배님이 모든 반대를 물리치고 결단을 내리셨다. 연세대를 우리나라 최고의 대학으로 키우겠다는 포부에서다. 당시 이사회에 직접 들어가보진 못했지만, 방 선배님이 단호한 어조로 글로벌 대학이 되려면 가야 할 길이라고 역설하시며 안건을 밀어붙이셨다고 한다. "송도 캠퍼스는 완전히 새로운 대학이 하나 탄생하는 것이다. 글로벌 대학을 향한 미래를 도모하기엔 신촌 캠퍼스는 너무 좁다"고 역설하셨다는 것이다. 10년, 20년을 내다본 결정이었다. 방 선배님의 결단 앞에서 이사들은 감히 반대를 외칠 명분을 잃었다. 그 결단 덕분에 연세대는 지금 명실상부한 글로벌 대학으로 성장하고 있다. 현재 송도 캠퍼스는 우리나라 대학 최초로 '레지덴셜 칼리지(Residential College)'를 도입해 1학년들이 전원 기숙사 생활을 하고 거의 모든 수업을 영어로 한다. 외국 석학들을 초빙하는 '리서치 파크'도 건립될 계획이다. 창립자 언더우드 박사가 연세대의 초석을 놓고, 용재 백남준 박사가 연세대의 중흥을 이뤘다면 방 선배님은 연세대를 글로벌 명문대의 반석에 올렸다고 해도 과언이 아니다.

　방 선배님은 학교를 진심으로 생각하는 사람이 재단 운영에 참여해야 한다는 확고한 철학도 갖고 있었다. 연세대는 기독교 정신으로 세워졌다. 그래서 재단을 구성할 때에도 기독교 교파 대표가 이사회 일원이 되어야 한다는 재단 정관이 있다. 그런데 방 선배님은 이 정관을 받아들이지 않았다. 아무리 설립 이념이 있다고 해도, 학교를 진정으로 사랑하는 사람이 이사가 돼야 한다고 생각하셨다. 학교의 헌법 1조에 맞선 '혁명'과 같은 일이었다. 노무현 정권 땐(2005년) 사학법이 바뀌면서 개방형 이사제라는 게 도입됐다. 교육부 지침에 따라 추천위를 만들어 외부 인사를 영입해야 했다. 일부 비리 사학들 때문에 만들어진 법인데, 연세대 같은 학교에는 적용할 만한 제도가 아니었다. 학교 스스로 충분히 자정 능력이 있고, 학교 발전을 위한 운영 능력이 있었다. 방 선배님은 그래서 버티셨다. 안 받아주셨다. 외부 이사가 오히려 학교 일을 모르는 상태에서 불필요한 간섭을 할 가능성이 높았기 때문이다. 방 선배님의 고집과 배짱이 없었다면 학교 운영이 파행을 겪었을지도 모르는 일이다.

방 선배님은 사업 능력도 남달랐다. 남대문 앞에 고층으로 세워진 연세재단 빌딩은 방 선배님의 업적이다. 이 빌딩은 재단의 큰 수익 중의 하나다. 기업 후원을 받지 않는 순수한 사학이 사업을 벌여 돈을 충당하기란 쉽지 않다. 하지만 연세대는 빌딩과 연세우유를 비롯해 다양한 투자·사업을 통해 수익을 창출해내고 있다. 사심 없이 학교만을 생각하시기 때문에 가능했던 일이라고 본다.

그래서 나는 연세대 출신 최고의 리더를 꼽으라면 주저 없이 방우영 선배님을 꼽는다. 다른 분들께는 죄송한 말이지만, 이건 진심이다. 방 선배님은 1981년부터 연세대 총동문회장을 16년 하시고, 1997년 연대 이사장을 맡아 16년을 하셨다. 오래 학교를 위해 일하신 만큼, 일부 학교 사람들로부터 시기와 질시, 견제를 받은 것도 사실이다. 오랜 기간 연임하셨다는 이유로 '학교를 사유화하는 것 아니냐'는 얘기까지 나왔다. 그러나 세월이 지나면서 대부분 동문들이 방 선배님만큼 학교에 기여한 분이 없다는 것을 깨닫고 있다. 많은 사람들이 옳고 그르고를 떠나 이해관계에 따라 자기 입장에서 이야기할 때, 방 선배님은 늘 사심 없이 학교를 위한 말씀, 행동을 보여주셨다. 스스로 완수하고자 하신 임무가 있으셨던 것이다.

방 선배님이 아니었다면 이루지 못했을 일도 수없이 많았다. 지금 많은 동문들이 방 선배님이 떠난 것을 아쉬워하고 있다. 스스로 그만

하시겠다고 하셔서 어쩔 수 없었지만, 방 선배님이 떠난 뒤 학교는 예전 같지가 않다. 재단 구성도 많이 바뀌었다. 동문인 우리가 학교의 주인이고 주주인데, 이사를 저렇게 뽑아도 되나 싶은 생각이 들 정도다. 방 선배님이 조금 더 방패막이가 되어주셨다면 하는 아쉬움이 많다. 앞으로 더 이상 방 선배님 같은 리더가 나오지 않을 것 같아 안타까울 따름이다.

국립 서울대병원은 나라가 주인이고, 삼성병원은 삼성이 주인이다. 아산병원은 현대그룹이 주인이다. 하지만 세브란스병원은 오너가 없다. 병원장도 반(半) 선출, 반 임명이다. 연세대도 마찬가지로 오너가 없다. 주인이 없으니 분명히 다툼이 있을 수 있었다. 사학 다툼이 얼마나 많은가. 오너가 있는 학교조차 분쟁이 있다. 그런데 방 선배님은 32년간 분쟁으로부터 학교를 지켜주셨다. 그러면서도 방 선배님은 재단이 해야 할 일 외에 학교 운영에 관해선 절대 간섭하시는 일은 없었다. 재단 이사장직에 충실하시면서, 신문사 경영에 대해서는 단 한마디 언급하신 적이 없다. 그만큼 원칙이 분명하셨다. 또 빈틈이 없었다. 틈을 찾을 수 없으니, 아무도 공격하거나 밀어낼 수 없었다. 무엇보다 사심이 없었다. 만약 부정이나 비리가 있었다면 누가 그 오랜 세월을 따랐겠나.

방 선배님은 선명하신 분이다. 불같으시고, 못 참으시는 성격은 때론 독불장군처럼 보이지만, 그만큼 자기중심이 제대로 서 있기 때문이라는 걸 알고 있다. 많은 사람들이 때와 상황에 따라 다른 모습을 보인다. 하지만 방 선배님은 언제나 그 자리에 꼿꼿이 그냥 서 계시는 분이다. '이런 일이 있으면 어떻게 말씀하시겠구나' 하는 방 선배님만의 원칙이 있다. 특히 자신감이 넘친다. 포커 게임에서 베팅을 할 때 망설이고 거둬들이면 진다. 근데 베팅해야 할 때와 죽어야 할 때를 잘 알면 이긴다. 방 선배님은 늘 자신감 있게 칼자루를 쥐고 있는 분이었다.

혹자는 방 선배님의 카리스마가 조선일보의 힘에서 나오는 것 아니냐고 한다. 하지만 아무리 같은 자리를 줘도 아무나 그렇게는 못할 것이다. 방 선배님처럼 사람을 다루는 능력, 문제를 해결하는 지혜, 미래를 내다보는 혜안이 있는 분은 드물다.

방 선배님의 학교 사랑은 후배 사랑으로 이어진다. 총동문회장을 역임하시고, 재단 이사장까지 하셨기 때문에 상경대만을 위해 사업을 추진하거나 공공연히 챙기진 않으셨다. 그렇지만 마음속으로는 늘 상대 후배들을 챙기셨다. 상대 동문회는 1년에 두 번 큰 행사를 하는데 그때마다 후배들에게 선물을 주신다. 봄에 열리는 골프대회 때 200여 명, 연말 상경인의 밤 행사에는 1000여 명이 모이는데 그때마다 후배들에게 나눠주라고 값진 선물들을 보내주신다. 1981년인가부터 선물을 내셨으니 30년이 넘었다. 나 같았으면 진작에 접었을 텐데, 방 선배님은 지금까지 일일이 행사를 챙기고 계신다. 정말 감사하다.

방 선배님의 리더십은 부부 동반 모임에서도 살짝 엿볼 수 있다. 보통 연세가 70세를 넘으면 부부 동반으로 나오기가 힘들어진다. 남자가 힘이 없어져서 그런지, 부인들이 잘 안 따라 나오는 것이다. 방 선배님은 그러나 늘 행사 때 형수님과 함께 나오신다. 여전히 주도권을 쥐고 계신 것 같다. 요즘은 형수님이 선배님 술 많이 드실까봐 걱정하시는 모습이다. "선배님, 조금만 더 학교를 위해 계셔주셨다면 하는 아쉬움이 크지만, 선배님 건강을 위해 휴식도 필요합니다. 오랫동안 건강하시길 빕니다." 연세인들의 영원한 '방 두목', 방우영 선배님의 미수를 진심으로 축하드리며.

20

기자 같은 경영인

김종필

전 국무총리

먼저 일민 방우영 선생이 미수를 맞이하게 된 것을 축하드린다. '방우영' 이름하면 곧 조선일보다. '조선일보' 하면 곧 일민 선생이 떠오른다. 95년 역사의 조선일보를 논할 때 그 중심에는 그가 있다. 60여 년의 생애를 쏟아부은 외길의 신문인이 바로 일민 선생이기 때문이다.

사실 나와 일민 선생 사이의 개인적 교유는 그리 많지 않았다. 내가 국무총리를 퇴임하고 자민련 명예총재로 있을 때인 2000년 3월 조선일보 창간 80주년 기념 연회에 참석해서 들은 일민 선생의 연설이 기억에 남는다. 그는 "조선일보의 80년간 논조는 나라 사랑에 지고의 목표를 두었다. 앞으로도 국가의 존립과 민족의 생존에 최선의 노력을 다하자"고 역설했다. 애국을 제1의 가치로 삼는 일민 선생의 올곧은 자세는 참으로 믿음직스러웠다. 나와 격동의 현대사를 함께 살아온 동시대의 사람으로서 일민 선생의 흔들림 없는 소신은 존경할 만했다.

일민 방우영 선생이 일군 조선일보는 나로 하여금 지난날의 인연을 회상케 한다. 1961년 5.16혁명 직후 조선일보가 경영이 어려움에 처해 부도 직전에 있을 때 일민 선생의 형인 당시 방일영 사장이 무작정 나를 찾아와 도움을 청했다. 중앙정보부장이었던 나는 두말하지 않고 은행에 연락해서 대출 문제를 해결해준 적이 있다. 그 후 방일영 사장과는 개인적인 인연을 덮히고 다지는 좋은 시기들이 있었다. 아쉽게 세상을 떠나기 이틀 전 병석의 방 사장을 위문하고 들은 그의 "고맙습니다"는 말이 아직도 귓전에 쟁쟁하다.

내가 만나고 아는 일민 선생은 '타고난 신문인'이자 '기자 같은 경영인'이다. 탁월한 경영 감각과 강한 추진력, 치밀한 기획력으로 오늘날 조선일보를 우리나라 메이저 신문으로 반석 위에 올려놓은 분이다. 좋은 의미의 정치적 역량도 겸비해서 여러 곡절을 현명하게 극복하고 오늘의 조선일보 좌표를 자리매김했다.

인품에 있어서도 매우 매력 있는 분으로 알고 있다. 만능 스포츠맨답게 군더더기가 없이 직선적이며 의리가 두텁고 뒤끝이 없는 소박한 성품을 지니고 있다. 독서광으로 불릴 만큼 많은 서적을 섭렵해 인문적 소양이 깊으며 직접 저술을 하기도 했다. 또 그는 즉흥 연설이 일품이라고 한다. 자신의 연설문은 원고를 자신이 직접 쓰고 이것을 모두 외운 후에 원고는 없애버리고 마치 즉흥 연설처럼 유려한 연설을 한다니, 그 성실성과 암기력이 놀랍다.

이제 많은 것을 이루고 인생의 미수를 맞이한 일민 방우영 선생의 여생이 평화와 안식이 넘치는 축복의 나날이 되기를 진심으로 희원한다.

21

짧지만 강렬했던 인연

김학준

단국대학교 석좌교수, 전 동아일보 회장

1965년 1월 하순의 어느 날, 조선일보사 편집국 제7기 수습기자 공채시험 제1차 합격자들이 당시 조선일보사 사옥 2층의 사장실에서 면접시험을 치르는 자리에서였다.

지금의 기억으로는 두세 분이 자리에 앉아 질문을 던졌는데, 나중에 알고 보니 한 분이 김경환 편집국장이었고 다른 한 분이 바로 방우영 사장이었다. 그 자리에 계셨던 다른 한 분에 대해서는 기억이 전혀 나지 않는다.

그 무렵에 조선일보사는 '제2의 출발'을 기약하면서 사장에 방우영 전무이사를 승진시켰고 편집국장에 김경환 편집부국장을 승진시켰다. 따라서 제7기는 새 진용이 처음 뽑는 셈이었다. 훗날 조선일보사

회장으로 승진하는 현 방우영 상임고문을 나로서는 처음 대면한 자리였다.

벌써 50년 전의 일이라 기억이 가물가물한데, 김경환 국장이 이러저러한 질문을 던졌고 방 사장은 마지막 단계에서 짧게 물었던 것 같다. 기자 생활을 몇 해 하다가 도미(渡美) 유학하고 거기서 학위를 받으면 영주권을 얻어 주저앉을 생각을 하면서 응시한 것은 아니냐…… 대체로 그러한 취지의 질문이었다. 그 당시에는 그러한 길을 걷는 젊은이들이 적지 않았다.

나는 그러할 생각은 전혀 없으며, 입사하면 일생을 언론인으로 보내겠다고 다짐했다. 실제로 언론인으로 종신할 생각이었다. 방 사장은 다시 언론인으로서 어떤 역할을 하고 싶으냐고 물었다. 논설위원으로 일관하고 싶다고 대답했던 것으로 기억난다. 이 일련의 대화를 통해 내가 받은 인상은 아주 다부진 분이라는 것이었다.

운이 좋았던지 합격이 됐고 1965년 2월 10일에 방 사장으로부터 사령장을 받았다. 그 이후 방 사장과의 접촉 또는 대화는 거의 없었던 것 같다. 이러구러 2년이 지나 나는 1967년 2월 15일에 결혼을 하게 됐다. 청첩장을 만드는 단계에서, 그 경위는 자세히 기억이 나지 않지만 방 사장이 신랑의 청첩인이 돼주겠다는 전갈을 받았다. 지금도 우리 내외는 그 사실을 고맙게 생각하고 있다.

우리 내외는 딸 하나를 뒀는데 그 딸의 시아버님이 방 사장이 회장이던 시절에 함께 연세대학교 재단 이사로 활동하셨으니 인연이 좋게 이어진 셈이다.

원래의 생각과는 달리 어떤 정치적 사건에 연루됐던 일을 계기로 조선일보사를 떠나게 됐으며, 나는 주로 대학에서 일을 했고 우여곡절을 거쳐 동아일보사 사장·회장으로 일했다. 사장으로 취임하던 시점에 방 사장은 조선일보사 회장으로 계셨는데 고맙게 전화로 축하해주셨다. 조선일보사 출신이 동아일보사 사장으로 기용된 사례는 처음이라며, 자신으로서도 성원하겠다는 뜻이었다.

나도 답례할 기회를 갖게 됐다. 방 회장이 팔순을 맞이한 2008년에 언론인으로서의 일생을, 특히 조선일보에서의 55년을 돌아본 '나는 아침이 두려웠다'는 책을 출판하며, 출판기념회 자리에서 축사를 해달라는 청을 받았던 것이다.

축사를 준비하기 위해 그 책을 꼼꼼히 읽었다. 정말 한 개인의 회고록을 뛰어넘어 한국 언론사 전반을 다룬 것이나 다름없는 이 책은 무척 흥미로웠으며, 무엇보다도 언론과 권력의 관계에 대해 많은 것을 생각하게 만들어줬다. 권력, 특히 박정희 정권과 긴장 관계를 유지하는 가운데 신문을 제작하고 경영해야 했던 방 회장의 고뇌와 결단을 재평가하게 만들어줬다.

전반적으로, 나는 이분이 참으로 담이 크고 배짱이 두둑하다는 느낌을 강하게 받았다. 우리 전래의 말들 가운데 '남자는 배짱, 여자는 정조'라는 말이 있다. 이분은 그대로 앞부분에 해당됐다. 그 배포로 조선일보사를 여기까지 이끌어오셨다는 취지로 축사를 했던 것으로 기억난다. 100세 장수 시대인 만큼 앞으로도 건강히 생활하면서 우리 언론계에 좋은 어른으로 활동하기를 기대한다.

22

인생은 나이가 들수록 익어가는 것입니다

차병원그룹 미래전략위원회 회장, 전 연세대학교 총장

연세대학교 명예이사장인 방우영 이사장님이 미수(米壽)를 맞이합니다. 아시다시피 미수는 여든여덟 살을 달리 이르는 말입니다. '쌀 미(米)' 자를 나눠보면 팔십팔(八十八)이 되기 때문이지요. 그런데 이 말은 일본에서 만든 것이니 쓰지 말자는 주장도 더러 있습니다. 그러나 조선 초기 허균의 책에도 이 말이 나오고, 중기의 문신 김영행의 시에도 나옵니다. 그러므로 미수가 일본 말이라는 주장에는 어폐가 있습니다.

아마도 과거 우리에게는 미수를 누리는 사람이 워낙 적었으니 이 말을 쓸 기회가 없었고, 일본은 근대에 들어 일찍이 장수를 누리는 사회가 되다 보니 옛 문헌에서 이 말을 찾아 널리 쓴 것으로 보입니다.

그래서 미수라는 말이 일본에서 왔다는 오해를 불러일으켰을 것으로 어림쳐서 헤아립니다. 어쨌든 미수는 그만큼 귀한 일이었습니다.

먼발치에서는 뵈었지만, 방우영 이사장님과의 첫 만남은 1995년인 것 같습니다. 프로 리그가 출범하기 전 연세대와 고려대, 그리고 실업팀 최강 기아농구단이 역전에 역전을 거듭하는 명승부를 펼치는 가운데 농구 열풍이 불던 때였습니다. 연세대학교 농구팀은 1994~95 시즌에 한국 농구의 판도를 뒤바꾸고 그 이전까지 5년 연속 농구대잔치 우승을 차지했던 기아농구단을 꺾고 대학팀 최초로 우승을 차지했습니다.

연세대 농구팀은 '컴퓨터 가드' 이상민의 송곳 같은 패스와 문경은, 우지원, 김훈 선수의 적중률 높은 외곽포, '공룡 센터' 서장훈의 제공권 장악이 돋보였고, 최희암 감독이 서로 다른 개성을 탄탄한 팀워크로 엮어낸 완벽한 팀이었습니다. 1994년 당시의 연세대 농구팀은 상대를 압도해 거둔 승리를 넘어서서 사회문화적 함의도 지니고 있었습니다. 농구 기량뿐만 아니라 귀공자다운 뛰어난 외모와 X세대의 개성까지 갖춘 선수들은 소녀 팬들을 흔들며 이른바 '오빠 부대 신드롬'을 낳기도 했습니다. 얼마 전 인기 드라마였던 '응답하라 1994'의 소재가 되기도 했습니다.

바로 그 무렵 필자는 연세대 농구부장을 맡아서 농구팀 지원에 관한 일들을 감당하고 있었습니다. 그때나 지금이나 대학 스포츠는 재정난에 시달립니다. 농구 열기가 뜨거워지기 직전에 당시 방우영 이사장님께 농구경기 방송 중계의 일을 부탁드렸습니다. 농구경기가 중계되어야 현수막 광고 수입을 올릴 수 있기 때문이었습니다. 처음에는 대한민국을 움직이는 조선일보 대표이사 회장에게 하는 청으로는 어울리지 않는다고 판단하여 머뭇머뭇했지만, 선수들을 앞세우고 가서 말씀드렸더니 그 자리에서 SBS 윤세영 회장에게 손수 전화를 걸어 해결해주었습니다. 그때 손자뻘인 학생 선수들을 격려하며 보여주었던 속 깊고 정 많은 첫인상은 근엄하거나 권위적이기보다는 인자한 어버이의 모습이었습니다.

방우영 이사장님은 약주를 드시면서 옛이야기를 하실 때 보성전문에 가려고 했는데 친척분의 권유로 연희전문학교 상과에 들어왔다는 말씀을 여러 차례 하셨습니다. 아마 고려대학교 교우가 되지 못한 아쉬움이 있으셨나 봅니다. 그러나 방 이사장님은 1981년부터 모교 총동문회장으로 16년, 1997년부터 연세대 재단 이사장으로 16년 동안 헌신하며 연세대의 역사에 뚜렷한 발자취를 남긴 연세인입니다.

필자는 2008년 2월부터 2012년 1월까지 연세대학교 총장으로 재직하면서 이사장님을 가까이에서 모시고 일했습니다. 이사장님은 사학의 자율성을 지키기 위해 고집스러울 만큼 한결같이 사립학교법 개정에 반대 입장을 견지했습니다. 사립학교법 개정안이 사학의 자율성뿐 아니라 연세의 설립 정신과 그 역사성이 훼손된다고 확신하셨습니다. 당시 연세대학교는 이미 이사 정수의 3분의 2가량이 교단과 동문회에서 파송되고 있어서 실질적인 개방형 이사들이 있었고 교수들의 대의기구인 교수평의회도 존재했습니다. 대학마다 처지가 다르고 이에 따라 문제 해법도 저마다 다 따로따로일 수밖에 없기에 획일적인 규제보다는 사학들이 자율적으로 설립 정신을 실천해나갈 수 있도록 독립성과 자주성을 지켜야 된다는 것이 이사장님의 소신이었습니다.

다른 한편으로, 방우영 이사장님이 사학재단 이사장으로서 본보기를 확연하게 보여준 몇 가지 일화가 있습니다. 먼저 총장 선출과 같은 주요 거버넌스에는 교수들과 동문들의 의사를 최대한 존중했습니다. 총장 선출 뒤에는 인사권을 포함한 학교 운영을 전적으로 총장에게 위임했기에 필자는 재임하는 동안 학교 운영과 관련된 이사장님의 부당한 참견이나 청탁성 전화를 한 번도 받은 적이 없었습니다. 또한 이사장님은 재단 이사장에 대한 예우로 법인이 마땅히 제공하게 되어 있는 차량 지원이나 보수를 한 푼도 받지 않고 법인카드도 전혀 사용하지 않았습니다.

그리고 무엇보다도 학교가 어려울 때 마음을 담아 격려하고 응원하셨습니다. 더 나아가 동문들에게 모교 지원을 호소하면서 모교 사랑을 실천하고 연세대학교의 발전을 위한 단단한 디딤돌, 든든한 버팀목이 되어주셨습니다. 모교에 대한 믿음과 사랑, 그리고 아낌없는 성원과 참여로 실천한 방우영 이사장님의 모교 사랑에 깊은 존경과 감사의 마음을 전합니다.

다만 한 가지, 필자가 총장 임기 마지막 즈음에 감사원이 등록금 반

값 정책에 탄력을 주기 위해서 사립대학들에 대한 전면 감사를 실시했을 때 이 감사에 대해 헌법소원을 청구했었습니다. 청구 요지는 사학의 자율성은 헌법에 보장되어 있고 감사원이 사학을 감사할 수 있는 감사원법의 근거 규정이 유신 후 국회를 해산하고 비상국무회의에서 추가된 것이고 감사원의 직무 감찰은 공무원에 한한다는 헌법 조항을 벗어났다는 것이었습니다. 그러나 이를 청구하고 취하하는 과정에서 이사장님과 의사소통이 매끄럽지 못했던 일이 진한 아쉬움으로 남습니다. 아마도 이사장님은 연세대학교보다 조선일보를 더 사랑하신 것이 아닐까 하는 시샘이 나기도 합니다.

우리 사회에서도 미수를 누리는 분들이 많아졌다고는 하지만 글머리에서 짚었던 것처럼 인생 88세, '미수 맞이'는 귀하고 축복받은 일임에 틀림없습니다. 성경 '고린도후서' 4장 16절에는 "우리가 낙심하지 아니하노니 우리의 겉사람은 낡아지나 우리의 속사람은 날로 새로워지도다"라는 구절이 있습니다. 올해 미수를 맞이하는 분이 세월과 더불어 겉사람, 육신이 노쇠해짐을 막을 수는 없을 것입니다. 하지만 속사람은 평생 가꾸고 연마해온 지성과 영성의 힘으로 나날이 새로워질 것임을 믿습니다.

미수를 맞이한 어른을 뵙자니 끝없이 길고 큰 강의 물이 오늘 여기에 이른 듯한 느낌이 듭니다. 강물은 어제처럼 오늘도 변함없이 마르지 않고 흐를 것입니다. 그러나 오늘 흐르는 물이 어제 흐른 물과 어찌 똑같은 물이겠습니까? 방우영 선배님, 이사장님이 연세대학교 역사, 대한민국 역사에 새로운 길을 내고 흐르며 건강하고 즐겁게 오래 장수하셔서서 99세, 백수에도 다시 뵙기를 진정으로 소망합니다.

좋은 포도주는 해가 갈수록 더욱 새롭고 그윽한 향과 맛을 내는 법입니다. 인생은 나이가 들수록 익어가는 것이라는 명제는 참입니다. 방우영 이사장님이 해를 거듭할수록 더욱더 강건해지시고 또한 그 가정에 늘 하나님의 은총이 함께하시기를 기원합니다.

23

대단히 빠른 판단력과 추진력
— 내가 10년간 경험한 방우영 '동생 사주'

남재희

전 조선일보 논설위원, 전 노동부 장관

내가 조선일보에 재직한 1962년부터 1972년까지의 만 10년간의 기간은 크게는 방우영 '동생 사주'와 얽히고 영향받을 수밖에 없었다. 한마디로 나의 신분이 그에 의하여 결정되었다고 말해도 과언이 아니다.

처음 입사하여 우선 외신부에 배치되었다. 그러자 바로 윤주영 편집국장이 한 달에 한 번 실시하는 아이디어 모집이 있었다. 마침 군사 쿠데타로 정치 활동이 금지되었다가 재개가 허용된 직후의 시점이었다. 나는 '세계의 야당들' 특집을 하면 때에 맞을 것 같아 그 의견을 아이디어함에 넣었다. 운 좋게 채택되었다. 필자를 누구로 할 것인가가 논의된 끝에 외신부에 있는, 의견을 낸 나에게 집필이 맡겨졌다.

조선일보로 옮기기 전 타사에서 정치부 근무를 한 것이 감안된 것이다.

'세계의 야당들'이라고 전 페이지 특집으로 나갔다. 마침 그 직후 전국 판매망의 책임자들 회의가 있었던 모양이다. 방우영 상무가 편집국에 들어서며 "남재희가 누구야!" 하고 큰 소리로 소리친다. 판매 회의에서 매우 호평이었던 모양이다. 그리고 즉각 정치부로 옮겨졌다. 외신부 한 달쯤에서이다. 방 상무의 결정은 즉각적으로 내려졌고 집행된 것이다.

한일협정 반대 학생 데모가 클라이맥스에 달해 계엄령이 내려졌을 때다. 오후 늦게 취재기자들이 귀사하여 기사를 쓸 무렵이다. 중앙정보부원 둘인가가 선우휘 편집국장과 남재희 정치부 차장을 지목하고 잡으러 온 것이다. 그런데 그때만 해도 미숙했던지 내 얼굴 사진도 익히지 않고 온 모양이다. 복잡하게 기자들이 웅성거리는 편집국에서 나는 정보부원 옆을 지나 삼십육계 도망을 칠 수 있었다. 선우 국장은 마침 자리에 없어 연행을 모면하고.

선우 국장과 나의 잠복 생활은 한 달을 끌었다. 서로 연락이 되어 그쯤에서 부상해보자고 합의하여 편집국에 나타나니 아무 일도 생기지 않았다. 군인들의 '법 집행'은 '사법 절차'가 아니라 '군대 기합'이다. 따라서 그 현장만 피하고 보면 흐지부지되게 마련이란 것이다. 다만 그때 일본의 유명 지식인들이 둘의 석방을 요구하는 진정서(일본에서는 '아필'이라 한다)를 발표하여 '세카이(世界)' 일본 잡지에 그 전문이 실리는 등의 일이 있었다. 그들은 일부 외신만 보고 둘이 구속된 것으로 알았다.

방우영 씨의 인사 조치는 즉각 있었다. 나를 보호하기 위해 문화 부장으로 발령을 낸 것이다. 차장에서 부장이 되고 피신도 하게 된 나는 '야만 부장'이라고 스스로 명명하고 열심히 일했다. 그 인사가 고마웠다.

니먼 펠로우(Nieman Fellow)로 미국 연수 1년을 마치고 돌아왔을 때다. 조선일보가 월간 잡지를 기획했다. 방우영 씨가 나를 찾더니 월간 잡지 책임을 맡아달라며 아주 부드럽게, 그러니까 연파(軟派)로 편집해달라고 한다. 제호도 가칭 '영 맨'이라고 정하기도 하고. 정식 발령이 나서 편집국에서 기자를 차출하기도 하고 유경환 기자를 외부에서 채용하기도 했다.

나는 월간 잡지에 의욕을 가졌었다. 나중에 '뿌리깊은나무'라는 참신한 월간지를 창간한 한창기 씨도 그 무렵 나에게 잡지를 같이 해보자고 상의하기까지 했었다. 그런데 두 달쯤인가에 가서 그 월간 계획이 주간 잡지로 바뀌었다. 나는 실망이 컸다. 주간 책임은 사양했다. 그랬더니 조덕송 논설위원을 주간 책임자로 하고 나보고 논설위원으로 옮기란다. 싫지가 않아 그렇게 되었다. 그때 방우영 씨가 나의 주간 책임 사절을 받아들인 것은 지나놓고 생각해보니 매우 관대한 마음가짐에서의 결정이 아니었던가 생각되는 것이다.

논설위원 3년 반쯤에 내 신상에 어려운 일이 닥쳤다. 고향 중학의

10년 선배로 가까이 지냈던 신범식 씨가 문공부 장관을 그만둔 뒤에 서울신문 사장이 되었는데, 그가 나를 편집국장으로 마음을 굳힌 것이다. 식사를 하자 해서 만났더니 편집국장을 꼭 맡아달라고 간곡하게 부탁한다. 그런데 나는 조선일보 논설위원에 애착을 갖고 있던 터라 정부 기관지인 서울신문의 편집국장으로 갈 마음이 전혀 없었다.

신범식 씨에게는 미안하지만 강하게 거절하고 회사에 돌아오니 방우영 사장이 논설위원실로 와서 나를 데리고 방일영 회장실로 간다. 형제분들이 나에게 신범식 씨를 도와주라고 부탁한다. 나중에는 "빌려주는 것이니 그렇게 생각하고 언제건 다시 돌아오고 싶으면 돌아오라"고 말하기도 한다. 양측이 사람 빌리고 빌려주기에 합의한 모양이다. 할 수 없이, 싫어도 어쩔 수 없이 나는 서울신문에 가게 되었다. 그 사람 빌리고 빌려주기가 나의 인생의 행로를 바꾼 것은 물론이다.

내가 서울신문으로 옮긴 지 2년쯤 지나 언론 파동이라고 하는 일이 일어났다. 서울신문은 아주 경미한 파동으로 끝났지만 동아일보는 아주 대규모로, 조선일보는 중규모로 치렀다. 그때 나는 진정 걱정이 되어, 혹시 남이 보기에는 주책없어 보이겠지만, 조선일보 사태의 수습을 도우려 하였다. 조선일보에 애정이 있고, 방씨 형제분들에게 나 나름대로 믿음을 가졌기 때문이다.

언론 파동의 주역 중 한 사람인 박범진 기자를 불러내어 그때 다동에서 유명했던 '오륙도'에서 술과 불고기를 실컷 먹으며 수습책을 논의했다. 결론은 박 기자도 회사 측과 타협할 의향이 있는데, 그러는 데는 어떤 명분이 있어야 하겠다는 것이다. 나는 나 나름대로 그것을 '커튼론(論)'이라고 이름 지었다. 회사와 타협하는데 기자들이 굴복하는 모습을 세상에 보이기는 싫고 어떤 명분, 즉 내가 이름 붙이기는 커튼을 쳐주어야 하지 않겠느냐는 것이다. 그럴듯했다.

그래서 나는 취한 상태에서 사직동의 방우영 사장 댁을 겁 없이 방문하여 이 '커튼론'을 설명하였다. 사태의 실상을 잘 모르면서 제3자로서의 피상적 관찰의 이야기였을지 모르겠다. 여하간 열심히 설명했고, 방 사장도 성실하게 들어주었다. 나는 정말 진정이었다. 다음 날 회사에 출근하니 류건호 부사장한테서 전화가 왔다. "회사를 옮겼으면 그 회사 일에나 전념하십시오."

방우영 동생 사주는 참 상황을 인식하고 판단하는 데 민첩했다는 인상이다. 자신이 반쯤의 편집국장 역할을 수행한 셈이다. 좀 과장해서는 그렇게 말할 수 있겠다. 물론 그가 당초 편집국 기자로 출발한 경력 때문도 있을 것이다.

이상은 비교적 공식적인 이야기이고 비공식적인 사건들은 말하지 않았다. 이제 뒷이야기, 즉 나의 실수 기록을 이야기해야겠다. 문화부장 때다. 그때 조선일보에 부설처럼 보여지는 아카데미극장은 주로 청춘물 영화로 사업이 잘 되었다. 신성일, 엄앵란의 청춘물이고 제작자는 대개 차태진 씨다. 그 무렵 미국 영화배우 리 마빈이 떴었고, 차태진 사장의 인상이 리 마빈과 약간 비슷하였다. 그래서 붙여진 별명이 '차마빈'.

방우영 씨와 차마빈의 술자리에 문화부장인 내가 영광스럽게 끼게 되었다. 만리동에 있는 간판 없는 요정이었던 것 같다. 그때는 '비밀 요정'이라 했다. 술을 잘 마시다가 일이 이상하게 되었다. 차 사장이 한국일보의 영화평 담당 이명원 기자를 아주 나쁘게 이야기하는 게 아닌가. 본래 나는 한국일보에서 기자 생활을 시작했고, 이명원 기자와는 대학 시절부터 친한 사이였다. 그래서 아무리 타사 기자이지만 같은 언론계인데 조선일보 사주 앞에서 그를 험담할 수 있느냐고 하여 시비가 되었다.

젊은 나이였다. 서로 간의 다툼은 오래 끌었고 회사 차로 조선일보 주차장에 와서까지 말싸움을 계속하였다. 분위기가 너무도 험악하게 되니 방우영 씨는 나를 강하게 제어하면서 사태를 마무리하려 하였다. 나는 앙앙불락, 뒤끝이 좋지 않게 되고 말았다. 그런데 나는 운이 좋다랄까, 방우영 씨가 너그러워서 그렇다고 할까, 아무 탈 없이 지냈으며, 얼마 지나 정치부장으로 영전(?)할 수 있었다. 방 사장이 나에게 덕을 베풀었다고 해야겠다.

사건은 되풀이되었다. 효자동 방면 옛 국민대 자리에서 옆길로 들어가면 '백양'이라는 요정이 있었다. 왜 잊지 않고 그 이름을 기억하는가 하면 제2공화국 때 그 요정에서 장면 정권의 제2인자라고 할 수 있는 김영선 재무부 장관과 박정희 소장의 대작(對酌)이 있었기 때문이다. 김씨의 말에 의하면 미국 방문 때 박정희 소장이 수상하다는 정보를 들었단다. 그래서 그를 '백양'에 불러 한잔 마시면서 관찰해보니 조그만 체구에 별로 신통치 않게 보였던 모양이다. 그는 그 후 그를 무시했다는 이야기이다.

그 '백양'에서 조선일보 국장 이상의 간부 전원을 방씨 형제 사주가 불러 술자리가 마련되었다. 논설위원도 전원 초대되었다. 나는 가장 젊은 터라 말석에 앉았다. 그런데 해괴한 일이 일어났다. 내 옆에 앉았던 기생이 자리를 뜨더니 좀 있다가 옷을 갈아입고 업무 담당 전무 옆에 가서 앉는다. 그러려니 했다. 그런데 조금 있다가 내 옆의 새로 온 기생이 또 자리를 뜨더니 옷을 갈아입고 와서 업무 담당 전무 옆에 앉는다. 두 번 거듭된다. 내 옆에 앉았던 기생들이 모두 이뻤던 모양이다.

두 번 거듭되고 나니 나도 화가 났다. 마담을 내 옆으로 불렀다.

"당신이 무엇을 잘못했는지 알 터이니, 내가 지금부터 접시를 밖으로 던질 터이니 그 개수를 세시오."

그리고 연거푸 접시를 밖으로 던졌다. 좌중이 모두 놀랐다. 방일영 회장이 특히 놀라 "재희, 너 왜 그러니" 한다. 나는 설명을 하지 않았다. 그 비신사적 행위를 굳이 까발리고 싶지 않았다. 호인인 방 회장은 "재희, 술이 모자란 것 같으니 이 돈 갖고 2차 가라"며 수표를 쥐어주었다. 나는 조덕송 씨와 함께 명동에 가서 술로 분함을 풀었다.

그 후 10여 년을 그 사건에 관해 함구했다. 그러나 그 업무 담당 전무가 죽기 전에 말해두어야 할 것 같아, 한번은 흑석동에 세배 간 김에 방씨 형제가 있는 앞에서 그때의 진상을 밝혔다. 그러면서 "그 전무가 아직도 살아 있으니 알아보십시오" 하였다.

조선일보 전(前) 간부가 모인 그런 자리에서 설명도 없이 보인 나의 난폭한 행동을 묵인, 용서하고 계속 써준 방씨 형제의 관대함은 참 놀랄 만하다. 형님의 관대함은 본래 소문이 난 것이지만, 성질이 급한 듯 보여지는 동생의 관대함도 인정해야 할 것이다.

세월이 50년 가까이 지난 일의 회고이다. 지금 생각하면 신범식 씨가 나를 편집국장으로 달라고 했을 때 응한 것도 친했던 전직 문공부 장관에 대한 배려이기도 했겠지만, 한편으로는 언제 터질지 모르는 수류탄 같은 거친 사나이를 손 털어버리는 일이었을지도 모르겠다. 그러나 그런 이야기는 그냥 모르는 일로 해두는 게 미담을 살려두는 길이 아닐까.

24

욕먹을 각오 하라우

류근일

뉴데일리 고문, 전 조선일보 논설위원·주필

"욕먹을 각오 하라우."

이 나지막하고 짤막한, 그러면서도 고도로 농축된 이 말씀 한마디가 나의 언론 생활 전체를 지배했다. 1981년 연초에 조선일보사 논설위원실 막내로 처음 출근해보니 거긴 딱히 형식적으로 꽉 짜인 절차 같은 건 없었다. 오후 2시에 논설회의는 물론 있었다. 그러나 그보다는 선배, 윗분들이 지나가는 듯 슬쩍 던지는 말씀 한마디 한마디가 퍽 중요했다.

어느 날은 그런 선문답 한마디조차 없이 하루 종일 "이제 나오십니까?" 하는 인사 외엔 도무지 말을 하기 위해 입을 열 일이라곤 전혀 없이 지나가는 적도 있었다. 그도 그럴 것이, 그때 그 무렵의 조선일보사 논설위원실엔 나를 합쳐 '무려 7명'의 근무자밖엔 없었는데, 거기다 또 모든 선배들이 다 과묵한 타입이었기 때문이다.

선우휘 논설고문과 조덕송 논설주간은 방이 따로 있어서 이야기를 나눌 기회가 별로 없었다. 그리고 논설위원실의 양호민, 김성두, 이규태 선생들은 책상 위에 둘러친 '책의 장막'에 파묻혀 대면 자체가 거의 불가능했다. 이런 적막강산의 산사 같은 데서나마 그래도 어쩌다가 톡하고 날아오는 선우휘 고문, 조덕송 주간, 양호민 선생 등 대선배들의 말씀 한 구절 한 구절은 젊은 나에겐 정신을 확 깨쳐주는 죽비 같은 가르침이었다.

예를 들자면 이런 말씀들이었다. "사설은 이것저것 설명할 필요 없어", "너무 단정을 하면 어려워져……", "점잖게 한마디 해야……" 명쾌하되 지나침은 금물이라는 가르침이지만 그저 슬쩍 한 번 던지는 식이었다. 그러나 막내인 나에겐 그 말씀들 하나하나가 다 천금의 무게로 다가왔다. 때는 저 무서운 신군부 시대, 쿠데타 단계에서 체육관 선거를 거쳐 5공으로 넘어가던 살얼음판이었다. 장영자 사건, 3허(許)씨들 문제 등 권력형 부패 사건과 정권 내부의 권력투쟁도 일어났고, 불완전하지만 야당 활동도 다시 생겨나기 시작했다.

이런 판에서 사설을 쓴다는 건 그야말로 웃고 우는 표정을 동시에 짓는 것만큼이나 어려운 노릇이었다. 아니, 불가능한 작업이었다. 그러면서도 그 불가능 속에서나마 "신문 사설은 비판하는 것이다"라는 원칙은 또 살려야만 했다. 연금술 중에서도 가장 힘들다는 '철학자의 돌(philosopher's stone)'을 만들어내는 수준의 난코스였다. 그러나 어쩌랴, 쇼는 진행돼야만 했고, 신문 사설란은 백지로 나갈 순 없었다. 그래서 쓰고 또 썼다. 1980년대 중반부터는 격주로 '류근일 칼럼'도 썼다.

하루는 선우휘 고문이 역시 지나가는 말투로 슬쩍 던지는 것이었다. "여기선 별말은 안 해, 하지만 다 보고 있지……." 가슴이 졸여왔다. "별말은 안 하지만 다 보고 있다……." 참 무서운 말씀이었다. 막내로서, 신참자로서 어떤 시선에 의해 일거수일투족이 다 보이고 있는 상황. 그래서 궁금했다. 대체 어떻게 써야 하나? 이에 대한 확실한 해답을 얻기까지는 시간이 좀 걸렸다. 어느 날인가 방우영 사장께서 논설위원실에 들르셨다. 전혀 관료적이지 않고 비공식적인 '그저 한번 둘러보는' 형식이었지만, 신참자의 귀는 긴장할 수밖에 없었다.

"이북 출신들은 여기서 정치할 생각일랑 말아야 해. 여긴 충청도, 경상도, 전라도 땅이야. 이북 출신들은 그 대신 노래를 잘 부른다든가 해서 출세해야지……."

그러나 이건 오픈게임이었다. 본론은 그다음에 나왔다. "그저 써야지, 자꾸 써야 해, 그래서 화제를 불러일으켜야 해." 이거였다. 신문은 그날그날 아침 식탁에 화젯거리를 갖다 주는 것. 그래서 이야깃거리를 발굴하고 그걸 '맛있게' 요리해서 안방에 배달하라는 말씀이었다.

"그래서 글은 쉽게 써야 해. 술술 읽혀야 해, 어려우면 안 돼."

마침내 지침을 받은 셈이었다. 그러나 정작 중요한 대목은 얼마 후에 나왔다.

그날도 나는 책상 앞에 앉아 무얼 읽고 있었던지, 무슨 생각에 잠겨 있었던지 누가 들어오는 것을 미처 눈치채지 못하고 있었다. 방우영 사장이셨다. 의자 하나를 끌어오시더니 옆에 앉으셨다. 이런저런 말씀을 하시더니 이윽고 '보석'을 하나 꺼내 보이시는 것이었다. "욕먹을 각오 하라우." 욕먹을 각오! 그거였다. 이제 알짜가 나온 것이다. 논설 쓰는 자는 이 눈치 저 눈치 보지 말아야 한다는 것, 모두에게 만족스러운 글을 쓸 수는 없다는 것, 그래서 화살 맞을 각오로 살아야 한다는 함축이었다. 전장에 임하는 전사에게 검 한 자루가 안겨진 것이다.

그로부터 2004년에 주필직을 마지막으로 조선일보사에서 퇴직할 때까지 20여 년 동안, 나는 그 칼을 열심히 쓰고 또 썼다. 말도 많았고, 좋다 소리, 나쁘다 소리, 시원하다 소리, 고약하다 소리, 잘한다 소리, 못한다 소리, 온갖 구설들이 다 따랐다. 그러나 부러짐 없이, 유감 없이 쓰고 또 썼다. 욕먹을 각오로, 욕먹어가면서. 그러면서 두고두고 생각해보았다. 방우영 사장께서 하신 "욕먹을 각오 하라우"란 경구야말로 비판적 매체와 비판적 언론인을 가능하게 하는 가장 핵심적인 요건이라는 것을. 이건 어떤 언론학 교과서도 가르쳐주지 않는 저널리즘의 첫 장이자 마지막 장이라고 나는 생각했다.

언론인은 완전히 성숙한 다음부터 글을 쓴다기보다는, 글을 써가면서 성숙해간다는 게 맞을 성싶다. 왜냐하면 처음 얼마 동안은 머뭇

거림과 헷갈림이 있었기 때문이다. 그 중에서도 가장 걸려들기 쉬운 게 '눈치 보기'의 덫이다. 글 쓰는 사람의 소맷자락을 평생 붙들고 늘어지는 게 다름 아닌 "이 눈치 저 눈치 두루 살펴야 하는 것 아니냐?"는 안팎의 금기 의식이다. 상황을 너무 만만하게 보고 만용을 부리면 쓸데없이 되잡히는 우를 범할 수 있다. 그건 낭비다. 그렇다고 상황을 너무 소심하게 살펴도 죽도 밥도 아닌 글을 쓸 우려가 있다. 그래서 정답은 뭔가? 이 눈치 저 눈치 살피지 말되, 정제되고 적중한 글을 써야 한다. 방우영 회장의 "욕먹을 각오 하라우"는 그 둘을 동시에 포함한다고 나는 해석했다.

이 기준에 100퍼센트 맞는 글을 쓰기엔 내 역량과 기량은 너무 부족했다. 다만 그 기준에 꾸준히 접근해야겠다는 마음가짐만은 늘 상기하면서 글을 썼다. 욕먹을 각오를 하기 위해선 우선 어떤 이슈라도 절대 피해선 안 되었다. 신군부 시대, 5공 전기, 민주화 욕구가 치솟던 5공 후기, 그리고 1987년의 민주화 전후를 통해 이 이슈를 과연 글로 다뤄야 하느냐 말아야 하느냐의 양자택일이 항상 언론과 언론인 앞에 던져졌었다.

권위주의 시절엔 어떤 이슈를 논설이나 칼럼으로 취급하는 것 자체가 위험할 때가 많았다. 실제로 "그건 다루지 말아주십시오"라는 요구가 모처에서 오곤 했으니까. 그러나 조선일보는 썼다. 그리고 쓰고 나면 곧잘 이런 후일담을 듣곤 했다.

"이제 와서 얘긴데, 실은 그 글이 나간 직후 '거기' 높은 친구가 내

방에 왔었어. 류근일을 데려갈까요 하더라고. 그래 내 그랬지. '여보시오, 거 쓸데없는 소리 좀 그만하시오'라고. 그냥 알아만 두라고……."

알아만 두되, 쫄지 말고 욕먹을 각오를 계속하라는 지침으로 해석하기로 했다.

"그냥 알아만 두라"는 정신은 김대중 정권이 조선일보의 김대중 주필, 류근일 주간, 조갑제 기자 셋을 자르라고 요구했을 때도 시종여일하게 살아있었다. 사주 측은 물론 그 요구를 단호히 사절했고 방상훈 사장은 구속 기소되었다. 그 과정에서 우리 필진들은 사주 측으로부터 그 어떤 '논조의 변화나 약화'를 직간접으로 암시받은 바가 전혀 없다. 사장이 기소되는 바로 그 날자(字)에도 조선일보 필진의 사설, 칼럼은 시퍼렇게 살아 있었다. 이건 나의 생생한 고백이자 증언이다.

방우영 사장 시절 조선일보는 비약적인 발전을 이룩했다. '방우영 저널리즘'이 적중한 결과였다. '방우영 저널리즘'의 핵심을 나보고 이야기하라면 나는 주저 없이 이렇게 말할 수 있다. 그건 "욕먹을 각오하라우"와도 결국은 일맥상통하는 말이지만 달리 말하면, 지면(紙面) 어느 곳(어느 이슈)에 뇌관을 설치하고, 그걸 꽝 하고 터뜨리는 순간 에너지의 빛살들이 전체로 확 퍼지는 지면이라고 말하고 싶다. 한마디로 '에너지의 폭발과 확산' 모델이라고 하면 어떨지. 이와 반대되는 지면이 있다면 그건 '모델하우스 광고지' 같은 지면일 성싶다.

신문도 그렇고 방송도 그렇겠지만, 언론 행위는 결국은 퍼스낼리티

(인격체)가 하는 것이다. 객관적 준칙은 따라야겠지만, 작품이란 기계가 일률적으로 찍어내는 것이 아니라 사람, 즉 인격, 가치관, 시각(視覺), 개성, 취향이 빚어내는 것이다. 그래서 중요한 것은 '보이는 대로'의 언론만이 아니라 (인격체로서 대상을) '보는 언론'이다. "욕먹을 각오하라우"는 결국 '보는 언론'을 만들기 위한 경구였던 셈이다. 보도와 논평은 물론 다르다. 사설과 칼럼도 다르다. 보도는 객관적 준칙에 충실해야 함은 물론이다. 그러나 논설은 단연 '보는 언론'이다. 여기엔 '욕먹을 각오한' 필자의 결단이 개입될 수밖에 없을 것이다.

'방우영 저널리즘'은 교과서 속 이론이 아니라 여러 시대를 겪으면서 그것을 꿰뚫어온 역사적 실존의 호흡 소리다. 일제강점기, 해방 공간, 좌우 갈등, 대한민국 건국, 6.25 남침 전쟁, 4.19 학생 혁명, 5.16 군사정변, 산업화, 민주화, 정보화, 세계화……를 불과 반세기 만에 주파한 한국적 실존의 가장 민감한 감각, 그리고 한반도인(人)들이 반세기 동안 겪어온 집단적 체험의 가장 첨예한 감각을 '방우영 저널리즘'은 반영하고 있다. 이 감각은 전이나 지금이나 항상 현재형이다. 미수라는 연륜은 '방우영 저널리즘'의 만개(滿開)일 뿐이고 '방우영 기자 정신'은 여전히 내일 아침 조간신문들의 승부를 계속 긴장감 있게 지켜볼 따름일 것이다.

25

앞으로는 지팡이 짚지 마십시오

문흥렬

HB그룹 회장

5년 가까이 된 이야기다. 2010년 3월 서울 중구 프레스센터에서 '연세대 출신 언론인의 모임'에 참석했다. 일찌감치 와서 앉아 있던 방우영 회장님이 헐레벌떡 들어온 나를 보시더니 "미국 간다더니 빨리 왔네?"라고 하셨다.

회장님은 당시 내가 연세대 세브란스병원 전신이자 우리나라 최초 근대식 병원 제중원(濟衆院)의 설립자 호러스 알렌(Horace Allen, 1858~1932년)의 유품을 들여오기 위해 미국을 한창 들락날락하고 있는 걸 알고 계셨다. 3년 고생 끝에 한 달 전 내가 미국에서 노력 끝에 유품을 찾은 것은 몰랐던 모양이다.

회장님께 "드디어 제중원 설립자 알렌 박사 유품을 한국으로 들여왔습니다"라고 했다. 그러자 회장님은 자리에서 벌떡 일어나시더니 "당장 우리가 크게 써야겠다"고 했다. 옆 테이블에 앉아 있던 김문순 대표(연세언론인회장)를 부르더니 "김 대표, 큰 기삿거리 하나 찾았다"고 소리쳤다. 그런데 사정이 있었다. 평소 알고 지내던 중앙일보 김수길 전(前) 편집국장과 예전부터 "내가 이 유품을 찾으면 꼭 중앙일보에 제보하겠다"고 말하곤 했기 때문이다. 유품을 추적하러 알렌의 고향인 미국 오하이오 주 톨레도를 방문할 때 중앙일보 특파원 차량도 여러 번 얻어 탄 참이었다. 연세대 출신인 김 국장도 옆 테이블에 앉아 있었다.

"회장님, 그렇게는 안 됩니다. 의리가 있지 않습니까. 여기 김 국장과 약속도 했고." 말이 끝나기도 전에 회장님은 소리를 벌컥 지르셨다. "그거 말이지. 우리도 안 쓸 테니까 중앙엔 절대 주지 마라우! 차라리 경향, 한국일보에 갖다 줘라"고 일갈하시고는 행사장을 나가버리셨다. 행사 처음 순서로 예정된 연설도 잊으실 정도로 낙종(落種)할 생각에 화가 난 모양이었다.

테이블 주위에 있던 사람들이 깜짝 놀라며 말했다. "일선 기자도 아닌데 회장 자리에 있는 분이 저렇게 기사 하나를 두고." 이런 회장님의 고집(?) 때문에 결국 중앙일보 김 국장도 양보할 수밖에 없었다. 결국 기사는 조선일보 사회면에 단독 보도됐다(2010년 3월 10일자 '알렌 박사 유품, 105년 만에 한국 왔다'). 이날 저녁 기자가 나를 찾아와 몇 시간이나 인터뷰한 뒤 기사를 내보낸 것이다. 조선일보 기사가 나온 이후 통신·방송사 기자들이 허겁지겁 나를 찾아와 뒤늦게 취재에 매달렸다. 나는 방 회장님의 이런 집요한 '기자 정신'이 조선일보가 경쟁이 치열한 언론 시장에서 1등으로 우뚝 설 수 있게 만든 원동력이라고 생각한다.

방우영 회장님과 처음 만나게 된 건 1961년 내가 연세대에 입학했을 때였다. 당시 연세대 동문회장이었던 방 회장님은 학교를 자주 방문해 후배들에게 조언을 자주 해주셨다. '당당하게 행동하고 야망을 가져라'는 그의 말을 대학 시절 내내 새겼다. 졸업 이후 나는 동문회 총무 담당 이사를 맡게 됐다. 우연하게 만나게 된 자리에서 회장님께 "젊은 피 수혈이 필요합니다"라고 말한 게 계기가 됐다. 1970년대 당시 남대문 연세봉래빌딩에 계시던 이사 12명은 대부분 70대가 넘었기 때문이다. 작고한 김동석 전(前) 경원대 이사와 같이 덜컥 이사가 된 뒤 회장님께 혼도 많이 나고 때로는 직언을 하다가 목소리가 높아지는 일도 있었다.

회장님의 연세대에 대한 애착은 남달랐다. 1996년 8월 김영삼 정부 당시 신촌 연대 캠퍼스가 한총련 소속 1만 명에게 점거됐을 때다. 학교 측 반대를 무릅쓰고 '범청학련 통일대축전'을 강행하려고 한 이들이 경찰을 향해 돌과 화염병을 던지며 상황이 급박하게 돌아갔다. 그 과정에서 연대 종합관이 불타 무너졌다. 당시 이사장이었던 방 회장님은 현장을 보고 자기 자식을 잃은 것처럼 안타까워하셨다. "이대로 둬선 안 된다"고 여러 번 말씀하셨다. 이후 회장님은 "연세대 학생들을 위한 건물을 다시 짓기 위한 예산을 마련해달라"며 청와대, 재무부, 교육부 등 부처 곳곳을 직접 찾아가 읍소했다. 결국 교육부가 이듬해 복구비를 지원하기로 결정했고, 사고 2년 만인 1998년 종합관이 복구될 수 있었다. 지금도 회장님은 이 이야기를 꺼내며 "내가 30년 평생 연세대를 위해 봉직했는데 가장 기억에 남는 일 중 하나"라고 하신다.

회장님은 글쟁이들의 반항적인 괴짜 기질을 유독 좋아하셨다. 나와 가끔 식사를 할 때면 "신문사 간부의 눈치를 보지 않고 정의감이 넘치는 박력 있는 애들을 뽑으려고 하는데 (사업을 하고 있는) 당신은 어때"라고 물어보시곤 한다. 항상 어떤 인재를 뽑아야 할지, 회사를 어떻게 운영해야 할지 고민하시는 모습이셨다. 가끔 낙종을 하면 소리를 고래고래 지르며 화를 내시는 걸 보기도 했다. 지난 몇 년간은 "요즘 기자들은 예전에 비해 똑똑하지만 추진력이 부족하다"고 말씀하셨다. 신문에 특종기사가 나오면 "조선일보를 튼튼하고 알차게 만드는 훌륭한 기자들"이라고 좋아하시곤 했다. 60년간 키워온 조선일보에 대한 애착은 시간이 지날수록 높아지는 것 같다.

두 달에 한 번씩 서울 사직동 회장님 자택으로 아침을 먹으러 간다. 그러면 마루 응접실 탁자에 항상 조선·중앙·동아일보 신문이 올려져 있다. 들여다보면 항상 신문이 구겨져 있다. 여쭤보니 "일어나자마자 제일 먼저 하는 것이 타사 신문 읽는 것"이라고 하셨다.

회장님은 다리에 신경통이 있으신데 기후가 습한 하와이에 가면 신기하게 "안 아프다"고 하셨다. 그래서 휴가철에 회장님을 모시고 하와이에 요양·관광차 가곤 했다. 그곳에 가면 회장님이 꼭 찾는 음식이 있다. 한 호텔의 오믈렛 세트다. 하와이에 도착한 다음 날 아침엔 꼭 "오믈렛 먹으러 가자"고 하신다. 다른 곳에 비해 값은 싼데 양은 두 배로 주는 걸로 유명한 곳이다. "다른 곳도 많은데 왜 거기만 가시느냐"고 여쭤보면 "양이 많잖아"라고 하실 정도로 소탈하신 분이다. 여든이 넘은 나이에도 그 많은 양을 뚝딱 비우시고는 해변을 산책하곤 했다.

하와이 와이키키 해변을 걷다가 회장님이 평생 처음 바닷물에 들어간 것도 기억에 남는다. 몇 년 전 여름 회장님과 산책하다가 내가 "물에 한 번 들어갑시다" 하니까 수영을 한 번도 안 해보셨다면서 극구 사양하셨다. 그래서 억지로 수행비서와 내가 회장님을 붙잡고 바다로 무작정 들어갔다. 처음엔 기겁하시던 회장님이 "이렇게 좋은 줄 몰랐다"고 하셨다. 방 회장님은 1981년부터 1997년까지 16년간은 연세대 총동문회장으로, 1997년부터 2013년 4월까지 16년간은 재단 이사장으로 재임하셨다. 하지만 회장님이 이사직을 그만두신 이후로 그간 쌓아온 회장님의 노력이 잊히는 것 같아 아쉽다. 앞으로도 두 기관이 끈끈한 유대 관계를 유지해야 한다. 평생을 연세대를 위해 힘써오신 회장님을 위해 드리고 싶은 말이다.

한 5년 전 회장님이 어떤 모임에 지팡이를 짚고 오셨다. 마음이 아팠다. 내가 다가가 지팡이를 낚아채고는 "앞으로는 지팡이 짚지 마십시오. 젊은 사람들에게 꼿꼿한 모습을 보이셔야지"라고 말했다. 회장님은 대꾸를 안 하시더니 그 이후부턴 지팡이를 안 짚으신다. 불과 2년 전인 2013년 여름엔 하와이 호놀룰루에서 골프 18홀을 다 도셨다. 항상 그랬던 것처럼 앞으로도 건강하셨으면 한다.

26

함께한 젊은 날을 추억하다

민병철

전 서울아산병원 원장, 전 서울대학교 교수

방우영 상임고문과는 젊었을 때는 아주 자주 만나고 골프도 하고 술도 먹고 했던 친구입니다. 그러다 보니 에피소드도 많지만 50년 전에 있었던 일 몇 개만 들추어보겠습니다.

언젠가 한번은 한양골프장에서 골프를 하고 많은 맥주를 마시고 시내로 들어오다가 저녁 식사를 하기 위해 청운동 청운각(요정. 60년대에는 싸롱이 생기기 전이고 요정이 사치스러운 식사의 주축이었다)에 도착해서 2층 방에 안내되었습니다. 저녁 식사에서 빠진 한 사람은 누구였는지 기억이 없지만 방우영 고문과 신영수 당시 한국일보 부장하고 셋이서 2층 방에 안내받자마자 소변이 급해서 창문을 열고 마당으로 세 사람이 오줌을 누기 시작했습니다. 맥주 덕에 오줌이 많이도 나왔습니다. 조금 있다 마담이 올라와서 2층 창문에서 소나기가 내렸는데 어찌된 거냐고 항의를 해서 모두 깔깔 웃고 말았습니다.

또 한번은 이 두 사람(한두 사람 더 있었는데 누구였는지 기억이 없습니다)과 술을 마시러 어떤 요정에 갔습니다. 우리 일행 중 한 사람이 원했던 기생이 때마침 같은 요정에서 식사를 하고 있던 당시 화신백화점 박흥식 사장 방에 있음을 알았습니다(그 당시 요정에서는 기생이 이 방 저 방 왔다 갔다 하는 것이 금지되어 있었고 한군데 고정하고 있어야 됐었습니다). 어떻게 하면 뺏어올 수 있을까 궁리 끝에 전원이 합창하기로 하고 "흥식아 우리를 두고 왜 죽었느냐" 하며 크게 되풀이해 외쳤습니다. 박흥식 사장이 "저 사람들은 누구요?" 하고 묻자 함께 있던 종업원이 "신문기자들인데 젊어서 팔팔합니다" 그랬답니다. 박흥식 사장은 "그러면 나는 그만 가겠다"고 일어서고 그 기생은 그 자리에서 해방되어 우리 방에 들어와 앉게 된 일이 있었습니다.

골프장도 일화가 많은데 제일 먼저 떠오르는 게 한양골프장 신코스 16번 홀입니다. 거기 왼쪽 앞에 있는 꽤 깊은 벙커에 방 고문의 공이 빠졌습니다. 오랜 세월 동행 플레이를 하면서 방 고문이 깊은 벙커에서 탈출을 잘 못한다는 것을 알고 있었기에 거기서 몇 번 치나 마음속으로 하나, 둘, 셋 세기 시작했습니다. 방 고문은 공을 세 번 치고 나서 아직 공이 벙커에 있는 채로 내가 어디에 있는지 뚤래뚤래 찾았습니다. 내가 뒤에서 하나, 둘, 셋 세고 있음을 보고 화가 치밀어 올라 내가 있는 곳을 향해 골프채로 모래를 힘껏 끼얹었습니다. 나는 더 약을 올리기 위해서 "그렇게 애당초에 쳤으면 잘 나갔을 텐데" 했더니 방 고문은 "다시는 너하고 공 안 친다"고 흥분했습니다. 그런데 일주일도 지나기 전에 전화가 와서 골프 나가자고 청하는 게 아니었겠습니까!

생각나는 몇 가지 적어보았습니다.

27

진정한 리더의 성품을 지니시다

박삼구

금호아시아나그룹 회장

방우영 회장님께서 언제나 편하게 대해주시기에 늘 감사한 마음인데 벌써 미수를 앞두고 계시다니 실감이 나지 않는다. 방우영 회장님께서는 연세대학교 총동문회 회장을 역임하신 후 '명예'회장으로, 학교법인 연세대학교 이사장을 맡으신 후 '명예'이사장으로 추대되셨다. '명예'란 관직이나 지위를 나타내는 명사 앞에 쓰여 어떤 사람의 공로나 권위를 높이 기리어 특별히 수여하는 칭호이다. 직함만 봐도 방우영 회장님께서 걸어오신 길이 어떠했는지 알 수 있다.

지근거리에서 회장님을 뵈면서 느낀 것은 방우영 회장님은 진정한 리더의 성품을 지니셨다는 것이다. 보통사람들은 다른 사람으로부터 부탁받는 것을 귀찮게 생각하고 싫어한다. 그러나 방우영 회장님은 누가 당신에게 부탁하는 것을 좋아하신다. 다른 사람을 도울 수 있다는 것을 즐기시는 것 같다. 이런 대인 기질은 타고난 것으로, 따라 하고 싶어도 쉽게 할 수 있는 것이 아니다. 진정으로 다른 사람을 배려할 수 있어야 가능한 것이다. 카네기는 기부와 관련해 "부자로 죽는 것은 불명예"라고 했다. 꼭 물질적인 것만 아니라 다른 사람을 도울 수 있는 능력이 있지만 귀찮아서 그것을 회피하는 것도 불명예라고 말할 수 있을 것이다.

회장님은 불같은 성품도 갖고 계신다. 그 성품에 대한 것 중에서 기억나는 일이 있다. 방우영 회장님께서 서울컨트리클럽 이사장이셨을 때인데, 그때 나는 서울컨트리클럽 이사로 회장님을 모셨다. 회의를 하다 보면 반대를 위한 반대를 하는 사람도 있게 마련인데 그날도 그런 사람이 있었다. 얼마나 마음이 답답하셨는지 회장님은 잠시 휴회한다고 하시고는 급하게 밖으로 나가셨다. 담배를 피우고 오신 것이다. 의장으로 회의를 진행하시면서 웬만하면 참으셨겠지만 불같은 성격에 담배로 위안을 찾고 오신 것이다. 지금은 건강을 위해 담배를 안 태우시지만 방우영 회장님은 워낙 담배를 좋아하셨다. 방우영 회장님은 팔순이 넘으셔도 사모님께 혼날까봐(?) 숨어서 피시는 천진난만한(?) 모습이 그 분의 매력이다.

혹자는 이런 불같은 성품을 단점이라고 말하기도 한다. 그러나 나는 그렇게 생각하지 않는다. 그런 성품이 있었기에 지금의 방우영 회장님이 계실 수 있었다고 생각한다. 사람이 가지고 있는 장점이 언제나 어떤 상황에서도 모두 장점이 되지 않는다. 상황에 따라서 장점은 단점이 되기도 한다. 방우영 회장님의 그 불같은 성격은 분명 단점이라고 말할 수 있다. 그러나 상황에 따라서 장점이 된다고 생각한다. 방우영 회장님은 그것을 잘 알고 계시고 그것을 잘 다스리시기에 지금의 위치에 계신 것이다.

나는 방우영 회장님의 뒤를 이어 연세대학교 총동문회 회장을 맡고 있고, 학교법인 연세대학교 이사도 맡고 있다. 그러면서 매번 느끼는 것은 방우영 회장님의 남다른 '연세' 사랑이다. 방우영 회장님은 1981년부터 16년간 총동문회장으로 봉사하셨고 재단 이사장을 16년간 맡으셨다. 32년의 세월을, 거의 반평생을 사심 없이 온전히 연세대학교의 발전을 위해 헌신하신 것이다. 그동안 연세대학교는 비약적인 발전을 거듭해 국내 최고의 사학은 물론, 이제는 세계적인 명문 대학으로 성장하며 해외 여러 대학과 어깨를 겨루고 있다.

임기 동안 방우영 회장님은 연세대학교의 인사에 전혀 관여하지 않으셨다. 앞서 말했듯 부탁받는 것을 즐기시는데 왜 그런 요청이 없었겠는가? 그러나 방우영 회장님은 공과 사를 분명히 구분하셨다. 절대 총장이 가져온 인사에 대해서 한 번도 "누구를 하라"고 하시거나 "누구는 안 된다"고 말하지 않으셨다. 언제나 총장이 그 능력을 충분히 발휘해 연세대학교를 발전시킬 수 있도록 지원하는 역할에 최선을 다하셨다.

방우영 회장님의 또 다른 훌륭한 점은 공인으로서 공금을 전혀 사용하지 않으셨다는 것이다. 방우영 회장님은 총동문회장과 법인 이사장으로 계시면서 공금을 한 푼도 사용하지 않으셨고 사비로 베푸셨다. 물론 공식 행사는 총동문회에서 했고, 이사장을 맡으셨을 때도 그렇겠지만, 여러 모임을 지원하시는 것은 물론 하다못해 수행비서와 운전사의 식사도 꼭 자비로 처리하셨다. 방우영 회장님은 사사로운 이득에 연연하지 않고 오직 당신이 베푸는 것을 즐기셨다. 언젠가는 이런 것을 전혀 모르고 학교에 감사가 나온 적이 있었다. 언론사 회장이 대학교 이사장을 맡고 있으니 으레 대접받고 또 공금을 사용했을 것이라는 선입견을 갖고 나온 것이었다. 그러나 찾으면 찾을수록 전혀 다른 모습만 확인하게 되었다. 결국 감사는 끝까지 이루어지지 않았고 도중에 끝났다.

방우영 회장님은 연세대학교의 발전을 위해 여러 가지 일들을 하셨는데 그 중에 최고를 손꼽으라고 하면 아마도 인천경제자유구역에 위치한 국제캠퍼스의 건립일 것이다. 인천광역시는 국내 여러 대학에 캠퍼스 건립을 타진했던 것으로 안다. 그러나 선뜻 나서는 곳이 없었다. 당장 눈에 보이지도 않는 부지, 그것도 갯벌을 메우고 만들어야 하는 부지에 캠퍼스를 조성해야 하는 것이니 누구도 쉽게 나설 수 없었을 것이다. 그러나 2006년 1월 연세대학교가 인천광역시와 부지 매입 양해각서를 체결하자 비로소 다른 대학들도 움직이기 시작했다.

방우영 회장님이 아니면 연세대학교도 송도에 위치한 인천경제자유구역에 국제캠퍼스 건립을 결정하지 못했을 것이다. 방우영 회장님은 연세대학교의 미래에 대한 큰 비전으로 국제캠퍼스 건립을 결단하신 것이다. 방우영 회장님의 혜안으로 송도에 첫발을 내디딘 연세대학교는 국제캠퍼스를 성공적으로 조성하고 있다. 특히 레지덴셜 칼리지 제도를 통해 1학년 모두 기숙사에서 생활하며 새로운 대학 교육의 패러다임을 제시하고 있다. 앞으로 연세대학교는 방우영 회장님이 결단하신 인천 송도 국제캠퍼스를 통해 아시아의 허브 대학으로 발전할 것이다.

확고한 리더십으로 연세대학교를 이끌어오셨기에 2015년 3월 방우영 회장님은 연세대학교 최초 명예이사장에 추대되셨다. 추대식에서 김석수 이사장님은 "신촌과 인천 송도, 원주 등 캠퍼스 곳곳에 남겨진 방우영 회장님의 발자취는 연세와 함께할 것"이라며 추대패를 전달했다. 방우영 회장님은 "지난 30여 년간 부족하나마 연세대학교를 위해 봉사했던 것에 대한 뜨거운 위로와 격려가 담겨 있는 선물이라 생각한다"며 감사해하셨다. 그리고 "여생이 있다면 연세대학교 발전을 위해 열심히 도울 것"이라고 하시며 변함없는 모교 사랑을 표현하셨다.

앞서 말했듯 나는 방우영 회장님의 뒤를 이어 총동문회 회장을 맡고 있는데 방우영 회장님께서 보여주시는 남다른 총동문회 사랑은 여러 사람들에게 귀감이 된다. 해마다 열리는 총동문회장배 골프대회에 매번 경품을 제공하시고 또 가능하시면 꼭 참석해 자리를 빛내주신다. 그뿐만 아니라 웬만한 사람보다 더 나오는 장타로 노익장을 자랑하신다.

회장님은 남다른 애정으로 나를 친동생처럼 대해주신다. 그렇기에 나는 여러 중요한 행사가 있을 때마다 일정이 가능한 한 방우영 회장님을 모신다. 1995년 4월 아시아나항공이 괌에 처음 취항할 때 사모님과 함께 모셨고 2008년 8월 중국 산둥성 웨이하이포인트 골프리조트 오픈식에도 모셨다. 웨이하이 골프장은 카트 없는 골프장으로 만들었는데, 함께 라운드하시던 방우영 회장님이 힘이 드셨던지 "너는 나이 안 먹을 줄 아냐"고 하셨다. 방우영 회장님은 더욱 많은 사람이 이용하기 위해 여러 편의시설이 필요하고 카트 역시 마찬가지인 것을 편하게 말씀하신 것이다. 물론 지금 웨이하이포인트 골프리조트에는 카트가 있다. 나에게 이처럼 편하게 대하는 사람은 많지 않다. 특별히 나에게는 가끔 이름만 부르시기도 한다.

우리는 새옹지마라는 고사성어를 잘 알고 있다. 이 고사성어에 나오는 한 노인은 시대를 꿰뚫어보는 놀라운 능력을 가졌다. 그 능력은 바로 노인이 평생 살아온 경험에서 우러나온 것이다. 그렇기에 나이 먹는 것이 그렇게 나쁜 것만은 아니란 생각이 든다. 물론 즐거운 일은 아니다. 그러나 그 소중한 시간들과 값진 경험이 모여 이룬 연륜을 나눌 수 있다는 장점도 있다.

역사는 기억하고 지키는 자의 것이며 창조하는 자의 것이다. 방우영 회장님께서는 그동안 넓은 혜안과 확고한 리더십을 보여주시며 후배들을 이끌어주셨다. 앞으로도 보여주실 그 큰 모습을 우리는 잘 기억해야 할 것이다. 방우영 회장님의 미수를 축하드리며, 모쪼록 회장님께서 더욱 건강을 지키셔서 오래도록 지금의 모습으로 우리와 함께해주시길 두 손 모아 빈다.

28

세브란스 새 병원 탄생을 후원하시다

박창일

건양대학교병원장, 전 연세대학교 의무부총장 겸 의료원장

나에게 방우영 재단 명예 이사장님(학교법인 연세대학교)은 잊을 수 없는 분이다. 1983년 3월부터 연세대학교 의과대학 교수로 재직한 나는 1991년부터 연세의료원 기획조정실 초대 기획차장을 맡으면서 의료원 경영에 참여하게 되었다. 재활의학을 하고 있는 나는 종종 방 이사장님의 건강 상담을 하게 되면서 방 이사장님과 알게 되었다. 당시 방 이사장님은 호방한 성격에 선이 굵은 분으로 나에게 깊은 인상을 주셨다. 의료원 경영에 참여하게 되면서 자연스럽게 재단의 여러분을 만나게 되고 재단 이사장님의 역할에 대해서 알게 되었다.

그 중에서도 나는 세브란스 새 병원 건립 과정에서 보여주신 방우영 이사장님의 결단을 잊을 수가 없다. 연세의료원의 역사에 큰 획을

그은 세브란스 새 병원의 건립에 만약 방우영 이사장님의 올바른 결단이 없었다면 새 병원 건립은 수포로 돌아갔을 것이고 현재의 세브란스는 3류 병원으로 전락하였을 것이다. 세브란스 새 병원에 대한 꿈은 내가 1983년 연세의대 교수로 임용되었을 때부터 의료원 역대 행정 책임자 분들과 많은 교수들의 꿈이었다. 기존의 병원은 1962년에 지어져서 이미 노후화되었고 환자들의 불만은 점점 심해지고 있었다. 그러나 막대한 건축비가 소요되는 새 병원을 짓는다는 것은 거의 불가능한 상태였다.

1990년 8월 취임한 제9대 이유복 의무부총장 겸 의료원장님은 그해 12월 12명의 교수로 장기발전위원회를 조직하였고 나도 그 위원회 위원으로 함께 일하게 되었다. 위원회는 1년 6개월 동안 활동하여 1992년 7월 연세의료원 장기 발전 전략을 확정하여 재단 이사회에 보고하였다. 이 발전 전략에 새 병원의 설립이 필요하다는 내용이 포함되었다.

1992년 8월 제10대 의무부총장 겸 의료원장에 취임한 김일순 의료원장님은 1993년 7월 세브란스 새 병원 건립추진위원회를 구성하고 새 병원 설립의 시작을 하셨다.

당시 의료원에 보유한 자금이 없는 상황에서 우선 설계라도 시작하자는 뜻으로 시작한 것으로 알고 있고 재단에도 이러한 계획을 보고하고 1994년 4월 승인을 받았다.

당시 의료원 기획차장인 나는 실무 일을 주로 맡아 하면서 운영 계획서를 준비하였고 설계에도 참여하였다. 나는 새 병원에 필요한 자금을 모아야겠다는 생각에 재단 실무자와 의논하여 재단에 새 병원 통장을 개설하고 모든 자금을 새 병원 통장에 모으기 시작하였다. 1996년 8월 김병수 교수님이 연세대학교 총장에 취임하셨고, 한동관 교수님이 의무부총장 겸 의료원장에 취임하셨다. 많은 사람들이 참여하여 설계가 완성되었고 많은 난관을 겪으면서 1998년 7월 16일 새 병원 건축 허가가 났다.

그러나 1997년 12월 발생한 IMF 경제 위기로 우리나라는 어려움을 겪고 모든 투자는 보류되었다. 연세의료원도 예외는 아니었다. 1904년 세워진 서울역 앞의 세브란스병원 건축 이후 100년 만에 짓는 새 병원의 건축은 막대한 건축비가 소요되고 순수 우리 자본으로 지어야 했다. IMF 경제 위기로 대역사(大役事)는 물거품이 되게 되었다. 당시 IMF 경제 위기 상황에서 누구도 새 병원 이야기는 꺼내지도 못하고 추진이 중단된 상태였다. 1998년 9월 나는 연세의료원 기획실장에 임명되었다. 김병수 총장님은 나에게 새 병원 건축을 빨리 추진하라고 독촉을 하셨다.

1991년부터 1996년 8월까지 연세의료원 기획차장으로 일하면서 새 병원 운영 계획을 세우고 설계에 참여하였던 나는 2년 만에 다시 새 병원 일에 뛰어들게 되었다. 우선 재정 상태를 점검해보니 아직도 통장에는 600억 원 정도밖에 없었다. 추산으로 1,000억 원은 있어야 새 병원을 추진할 수 있었다. 당시 의료원 교수들은 새 병원을 짓지 말자는 의견이 더 많았다. 특히 당시 강진경 세브란스병원장은 새 병원 대신 외래만 짓는 도면을 준비하여 임상과장 회의에서 발표까지 하셨다. 많은 교직원 사이에 새 병원을 추진하면 세브란스는 빨리 망하고 새 병원을 짓지 않으면 서서히 망한다는 말까지 돌고 있었다. 당연히 재단 이사님들은 막대한 자금이 소요되는 새 병원 짓는 것을 반대하셨다.

나는 우선 활동이 중단되고 해체되다시피 한 새 병원 추진 실무 위원회를 다시 만들어 설계 도면을 검토하고 설계를 일부 수정하였다. 김병수 총장님과 한동관 의료원장님께는 자금이 1,000억 원 정도 되어야 추진할 수 있을 것 같고 2000년이 되면 추진할 수 있겠다고 보고하였다. 1999년 말 건축 자금이 약 950억 원이 되었다. 이제는 새 병원 건축을 추진할 수 있게 되었으나 재단 이사회를 설득하여야 하는데 내부 보직자들과 교수들도 의견의 일치를 보지 못하고 있는 상황에서 쉽지 않은 일이었다. 1999년 말 김병수 총장님과 한동관 의료원장님께 의료원 출신 재단 이사님들과 중요 보직자를 모시고 새 병원 건축비 조달 계획에 대하여 설명하겠다고 제안하였다. 두 분이 흔쾌히 허락하여서 재단 이사 중 의대 출신 노경병 이사님, 최규식 이사님을 모시고 보직자로 김병수 총장님, 한동관 의료원장님, 강진경 세브란스병원장님, 지훈상 강남세브란스원장님을 모시고 건축비 조달계획을 설명하였다. 노경병 이사님이 다 들으신 후 그 정도면 가능할 것 같다고 동의해주시고 참석한 모든 분들이 새 병원 건축을 추진하기로 했다. 노경병 이사님께서 방우영 이사장님께 설명을 해주실 것을 부탁드리고, 최규식 이사님도 재단 이사님들께 설명을 하고 설득해주시기로 하였다. 그 후 재단 이사회의 분위기는 새 병원을 짓는 방향으로 가닥이 잡히었다.

드디어 2000년 4월 25일 재단 이사회 최종 승인을 받았다. 방우영 이사장님이 동의를 하시지 않았으면 가능하지 않은 일이었다. 입찰 과정에서 어떻게 하면 좋은 건설사가 참여하고, 최저의 입찰가를 이끌어낼 수 있을지가 숙제였다. 당시 의료원 건물은 10여 년 모두 D건설사가 낙찰을 받아서 지었는데 건축비도 높게 낙찰될 뿐더러 모든 건물에 비가 새기 일쑤였다. 나는 D건설사를 제외시키고 경쟁을 붙여야 제대로 경쟁 입찰을 할 수 있다는 판단을 하고 D사를 제외하는 입찰 참여 기준을 만들었다. 당시 D건설사는 워크아웃 대상이어서 선정 기준에 워크아웃 대상은 제외한다는 항목을 넣었다. 그리고 선정 기준에 따라 10개 건설사를 지명 경쟁 입찰을 하는 계획을 가지고 방우영 이사장님과 재단 이사님들 앞에서 설명을 하였다. 방우영 이사장님과 재단 이사님들은 흔쾌히 이 계획을 승인해주셨다.

그러나 최기준 재단 상임이사가 나를 부르더니 D건설사가 서울역 앞 재단 빌딩인 연세세브란스빌딩에 500억 원에 전세 들어 있는데 입찰에 참여시키지 않으면 전세를 나가겠다고 한다니 D사를 입찰에 참여시키라고 종용하였다. 그러나 100년 만에 짓는 새 병원을 건물만 지으면 비가 새는 건설사에 맡길 수는 없었다. 더군다나 D사가 입찰에 참여하면 다른 회사들은 들러리가 되고 낙찰가는 올라갈 것을 생각하니 절대 응할 수가 없었다. 그때부터 나와 상임이사 간에 줄다리기가 시작되었다. 이렇게 하는 동안 허가 만료 시점이 점점 다가오고 있었지만 나는 실무자로서 절대로 D사는 참여시킬 수 없다고 버티었다. 건축 허가 만료가 2000년 7월 15일이기 때문에 입찰 공고를 최소한 2000년 6월 이전에 내야 했다. 이대로 가다가는 새 병원 허가 만료 시점이 지나 모든 것이 수포로 돌아갈 것 같아 애가 탔지만 다른 방법이 없었다.

그러던 중 이 문제가 해결됐다는 소식을 들었다. 나중에 안 일이지만 이 문제로 입찰이 진행이 안 되고 의견이 서로 팽팽히 맞서 있으니까 방우영 이사장님이 김병수 총장님께 D사를 제외하고 지명 입찰 공고를 하자고 결단을 내리셨다고 들었다. 결국은 내 뜻대로 되었다. 당시 그런 용단을 내려주신 방우영 이사장님께 감사드릴 뿐이다. 드디어 허가 만료 2주를 남겨놓은 2000년 6월 29일 입찰이 시행되었다. 평당 600만 원으로 설계되어 약 3,000억 원의 건축비가 예상되는 새 병원이 1,424억 원에 삼성물산과 태영의 컨소시엄에 낙찰되었다. 설계가(價)보다 무려 1,500억 원 이상이 절감되는 순간이었다. 이 모든 과정에서 방우영 이사장님의 옳은 결단과 지지가 없었다면 새 병원은 탄생되지 못했을 것이다. 결국 우리는 비가 새지 않는 좋은 병원을 지을 수 있었고 건축비를 절감하여서 병원 운영에 커다란 부담을 덜 수가 있었다.

방우영 이사장님과의 두 번째 추억은 2007년 7월에 일어난 연세의료원 노조의 총파업 때이다. 나는 2005년 2월 세브란스병원장에 취임하였고 2005년 5월 새 병원을 개원하였다. 그 후 세브란스병원은 날로 발전해가고 있었다. 그러나 2007년 7월에 노조는 총파업을 하였고 이 파업은 세브란스 역사상 가장 긴 28일간의 파업이었다. 파업 동안 세브란스병원장인 나는 중노위에 사측 대표로 나가서 중노위 위원과 노조 위원들과 협상을 하기도 하고 사측 위원들과 함께 머리를 맞대고 법과 원칙이라는 소신으로 파업에 대응을 하였다.

당시 28일 파업에도 방우영 이사장님은 병원장인 나에게 소신껏 하라는 격려의 말씀을 해주셨다. 역시 선이 굵은 분이구나 하는 생각이 들었다. 나는 파업에 강경하게 대응하였고 철저한 무노동 무임금으로 법과 원칙으로 대응했다. 결국은 노조가 백기를 들고 파업 철회를 하였다. 우리나라 노사 문화에 큰 획을 그었다는 평가를 받은 쾌거였다. 당시 방우영 이사장님의 소신껏 하라는 말씀은 나에게 큰 힘이 되었다.

방우영 이사장님과의 세 번째 추억은 내가 2008년 8월 제14대 연세의료원장에 선임된 뒤 방 이사장님을 인사차 방문했을 때다. 당시 연세의료원장 선거는 교수평의회에서 주관을 하였고 2차에 걸친 교수 투표로 두 사람을 선정하여 총장에게 추천하는 제도였다. 투표 결과 나는 예선인 1차와 결선인 2차에서 모두 1위를 하였다. 그러나 당시 2위인 이철 교수가 노조와 직원들 표를 많이 얻었고 나는 1년 전 노조 파업에 강하게 맞섰기 때문에 직원 표는 많지가 않았다. 그러나 교수평의회에서는 교수 표로만 순위를 정하기로 선거 규정을 정해놓은 상태였다. 서로가 1위라고 주장하는 가운데 내가 의료원장에 선임되었다. 나는 인사차 방우영 이사장님을 방문하였다. 그 자리에서 이사장님이 하신 말씀이 아직도 생생하다. 박창일 교수가 의료원장에 선임이 안 될 이유가 없었다고 하시면서 투표에서 1위를 하였고, 새 병원을 성공적으로 개원하였고, 노조 파업을 잘 마무리하였다며 축하를 해주셨다. 방우영 이사장님의 격려 겸 축하의 말씀은 선거 후 마음고생을 한 나에게 큰 위안이 되었다.

그 외에도 방우영 이사장님과의 좋은 인연들이 많이 있으나 지면 관계로 여기서 마쳐야 하겠다. 이제 미수를 맞으시는 방우영 이사장님께 축하를 드리면서 이사장님과 항상 친절한 미소로 반기시는 사모님의 건강과 행복을 빌면서 이만 글을 마친다.

29

삼촌의 눈물

방상훈

조선일보 사장

내가 열두 살 때였다. 결혼 전 같은 방을 썼던 '우영이 삼촌'이 결혼하고 다른 방을 쓰게 됐다. 서른하나 노총각의 결혼이었으니 응당 축하해야 할 일이었다. 하지만 6년 동안 한 방을 써오던 삼촌이 떠나니 불편한 것이 한두 가지가 아니었다.

그 중 하나는 양말이었다. 내 것은 구멍 난 곳을 기워놓은 상처투성이 양말이었다. 멋쟁이였던 삼촌의 양말은 모두 멀쩡한데다 최신 제품이 많았다. 삼촌 양말을 함께 신다가 삼촌의 결혼 후 이런 즐거움이 사라졌다.

나나 동생, 누나는 방우영 고문님을 '우영이 삼촌'이라 불렀다. 이북 사람들의 관습이었다. 평안도 출신이라 말투도 반말투였다. "삼촌,

회사가", 이런 식이었다. 그런 만큼 벽도 없고 거리감도 없이 한 지붕 아래 한 방에서 어울려 지냈다.

'우영이 삼촌'은 간혹 한밤중에도 조카에게 짓궂은 장난을 했다. 경제부 기자 시절 술에 취해 들어올 때면 자고 있는 내 입에 구두창을 물렸다. 고약한 냄새에 놀라 잠을 깨지 않을 수 없었다. 그러고선 짜증내려는 내 입에 당시로선 구하기 힘든 태극당 '모나카'를 물려주었다. 그때 먹은 달콤한 과자의 감촉과 향기는 여태 잊지 못한다.

삼촌은 나를 집안의 장손(長孫)으로 대우했었다. 홍콩이나 도쿄에 다녀올 땐 이런 저런 선물을 듬뿍 사왔다. 구두나 학용품, 옷을 사오기도 했고, 때로는 좋은 한약재를 사와 따로 달여 먹이도록 배려했다. 그 덕에 사춘기 어느 날부터 나는 체중이 부쩍 늘고 키가 쑥쑥 크기 시작했다. 어른들께서는 "그게 다 우영이 삼촌이 사온 녹용 덕분"이라고 하셨다.

삼촌은 식구 많은 집안에서 활력소 역할을 맡곤 했다. 어디선가 스리쿼터(짐을 싣는 자동차)를 빌려와 온가족을 싣고 경기도 마석이나 서울 뚝섬으로 놀러갔다. 지금도 그곳에 들어선 몇몇 골프장에 갈 때마다 냇가에서 잡은 민물고기 등으로 끓인 어죽맛과 함께 삼촌과의 추억이 소록소록 되살아난다. 그림 같은 가족 야유회 광경이 아직도 머릿속에 또렷이 남아있다.

삼촌은 아버지(故 방일영 고문)를 무척 어려워했다. 아버지는 열여덟, 삼촌은 열셋에 부친(방재윤)을 의료 사고로 잃었다. 10년 뒤인 6.25 전

177

쟁 때 계초 방응모(할아버지)가 북한군에 의해 납북되고 말았다. 두 분 형제는 서른도 되기 전에 집안을 책임질 수밖에 없는 상황이었다. 이후 삼촌은 집안의 가장(家長)인 형님을 아버지 모시듯 했다. "이 세상에 형님처럼 무서운 사람은 없다"는 말을 입에 달고 살았다. 말수가 적은 아버지와는 달리 삼촌은 하고 싶은 말을 하는 편이었다. 하지만 형님이 일단 결정을 내리면 모든 것을 접고 그대로 복종하고 따랐다. 불과 다섯 살 위인 형의 결정에 군말 없이 따르는 모습을 보임으로써 다른 일가친척들도 따라야 한다는 것을 행동으로 보여준 것이다.

삼촌은 무엇보다 집안이 화목(和睦)해야 한다는 것을 몸소 앞장서서 행동으로 보여줬다. 결혼도 형님의 뜻에 따랐고, 형님 앞에선 담배도 피우지 않았다. 나이가 일흔이 넘어서도 사무실에서 담배를 피우다가도 형님이 들어오면 어쩔 줄 몰라 하며 허둥지둥 꽁초를 비벼 끄거나 밖으로 피하느라 애먹었다. 삼촌이 겪는 그런 고충을 보며 나도 담배를 끊었다. 건강을 위해 너무 잘한 결심이었다. 금연을 도와준 삼촌에게 빚을 진 셈이다.

사실 더 큰 인생의 빚을 지게 된 것은 신문사에 입사한 뒤였다. 이 때부터는 입에 익은 '우영이 삼촌'이라고 부를 수도 없게 됐다. '사장님'이라거나 '발행인'이라고 해야 했다. 더 이상 한방에 지내며 어리광 부리고 함께 군것질하던 사이가 아니었다. 그래서 때론 어색하기도 했다.

하지만 삼촌의 조카에 대한 곰살스런 배려는 그치지 않았다. 유학을 마치고 귀국한 나에게 1972년에 막 문을 연 코리아나호텔을 맡겼다. 그러면서 신문사 기획실장을 겸임시켰다. 나는 덕분에 가까이서 방우영 고문께서 이루어낸 신문 경영의 성공 비법을 고스란히 전수받을 수 있었다. 마침 조선일보가 승승장구하며 업계 1위로 올라선 무렵이었다.

나는 삼촌의 눈물을 딱 한 번 보았다. 내가 2001년 정권의 보복적인 세무조사 건으로 구속됐다가 3개월 뒤 풀려나던 날, 삼촌은 사무실로 찾아간 나를 안으며 엉엉 우셨다.

"한번 면회 갔어야 했는데……"

마치 내가 삼촌 대신 고역을 치른 것처럼 안쓰러워하던 모습을 나는 잊을 수 없다.

근접 거리에서 지켜본 방 고문은 어린 시절 보았던 모습과 달랐다. 매일 신문 지면을 1단짜리 광고까지 꼼꼼히 읽었다. 일본에서 매달 수십 권씩의 책을 들여왔다. 일본 신문과 잡지까지 정기 구독하며 바깥 세계의 최신 정보를 얻고 있었다. 이런 습관이 기자들, 칼럼니스트들과 소통에도 매우 좋은 재료라는 것은 말할 필요가 없다. 나는 방 고문이 기자들과 대화나 소통이 자연스러울 수밖에 없는 비결이 거기에 있다는 것을 현장에서 배울 수 있었다.

무엇보다도 중요한 가르침은 재정 독립을 하지 못하면 언론 자유도 누릴 수 없다는 경영 철학이었다. 방 고문은 언론사 경영인의 제1의 책무는 흑자경영을 함으로써 권력이나 광고주의 간섭과 압력을 배척할 수 있도록 하는 일이라는 신념을 일관되게 유지했다. 기사와 칼럼은 기자들과 글쟁이들에게 맡겼다. 경영인은 우수한 기자들을 영입하고 육성하는 일, 그리고 글쟁이들이 외부 간섭을 받지 않도록 하는 바람막이 역할을 맡아야 한다는 생각에 투철했다.

계초 방응모 할아버지는 재능을 가진 인물을 다 모으는 '제제다사(濟濟多士)'라는 인재관(觀)을 중시했다. 방 고문은 그것을 경영철학으로 삼고 더욱 발전시켰다. 내가 선대(先代)로부터 배운 가장 중요한 가르침은 바로 이것이었다. 흑자경영을 하지 못하면 아무리 좋은 인재를 모아본들 아무 소용없다. 흑자경영과 적재적소, 이 두 가지 경영철학은 앞으로 대대로 이어가야 할 조선일보의 소중한 유산이다.

30

1등 기자, 1등 대접

백선엽

대한민국육군협회장, 전 육군참모총장

'작은 거인.' 일민 방우영 명예회장을 생각하면 이 말이 제일 먼저 떠오른다.

1950년대 육군참모총장 시절 당시 20대 청년이었던 방 명예회장을 처음 만났다. 서울 영등포에 있던 우초 방일영 선생 자택에 초대를 받아 냉면을 먹으러 갔을 때 일이다. 우리 어머니가 온양 방씨로 방일영 선생의 조부인 계초 방응모 선생과 친척인데, 방일영 선생은 이를 잊지 않고 항상 어머니와 나를 챙겼었다.

당시 방일영 선생 자택에는 식사 초대를 받은 손님들 발길이 끊이지 않았다. 그 자리에서 한 청년이 육군참모총장인 나에게 "조선일보 기자입니다"라고 짧게 인사하며 악수를 청했는데 아귀힘이 묵직했다. 눈빛이 부리부리했다. 천생 기자라 생각했는데 나중에 그가 방우영 명예회장인 걸 알게 됐다.

1960년부터 약 10년간 주(駐) 프랑스, 네덜란드, 벨기에 대사를 지내면서 한국을 떠나 있었다. 귀국해서 교통부 장관을 맡게 됐는데 그때 30대의 방 명예회장을 만나게 됐다. 그는 조선일보 대표이사 사장이 돼 있었다.

방우영 당시 사장은 오직 1등 신문 생각뿐이었다. 그는 공석에서 만났을 때나 함께 식사를 할 때, 음식점이나 길에서 우연히 만났을 때도 "우리 신문 요새 어떻습니까?" 물었다. "좋습니다" 대답하면 "어느 기사가 좋았습니까?"라고 또 물었다. 조선일보에 특종이 난 날에 만나면 방 명예회장의 목소리가 더 커진 것 같았고, 낙종을 한 날에는 우울해 보였다. 당시에는 타 신문에 비해 발행 부수에서 떨어졌지만 그는 항상 "조선일보가 1등 신문이요!" 외쳤다.

그의 호기로움에 '군인 해도 잘했겠다' 생각했다. 나중에 들었더니 방 명예회장은 여럿이 있을 땐 호탕해도 홀로 있을 땐 울보였다고 한다. 신문사 살림이 어려워 빚 독촉, 세금 독촉 때문에 안 보이는 곳에서 혼자 여러 번 울었다는 것이다.

방 명예회장이 1973년 '윤필용 사건'이 나자 군 수사 당국에 체포됐다는 소식을 들었었다. 당시 윤필용 수도경비사령관이 업무상 횡령 혐의로 군법에 회부되자 그가 박 대통령 후계자 자리를 노리다 제거당했다는 설이 돌았는데, 윤필용 씨와 수경사 산하에 배구단을 창설할 때 유지비를 만들어달라고 부탁했을 때 각 신문사에서 100만 원씩 걷어 도와준 게 문제가 됐다고 한다. 당시 보안사에 들어가면 지위고하를 막론하고 모진 고초를 당할 때라서 걱정이 많이 됐다. 방 명예회장이라고 다르진 않았을 것이다. 하지만 그는 그 일에 대해선 한마디도 하지 않았다. 나중에 다른 신문사 사장이 연행됐다가 풀려난 뒤 "맞았다"고 하자 방 명예회장이 "기자들도 끌려가서 맞고 나오는데 신문사 사장이 맞은 게 무슨 자랑이냐"고 면박을 줬다고만 전해 들었다.

방 명예회장은 틈만 나면 조선일보 기자들 자랑을 했다. 그가 초년 기자 시절 함께 일했던 홍종인 당시 편집국장부터 최석채, 송건호, 선우휘, 유건호, 신동호, 이규태, 안병훈, 김대중 등 이름을 불러가며 함께 소주 마시고 등산 다녔던 얘기를 시시콜콜 얘기했다. 방 명예회장은 "1등 신문은 1등 기자 데려다가 1등 대접 하면 된다"고 얘기하더니 진짜 그렇게 만들었다.

방 명예회장은 1등 신문을 이끌면서도 모임이 있으면 약속 장소에 가장 먼저 나와 있었고 손님들 한 명 한 명을 직접 배웅했다. 어머니께서 살아 계실 때는 직접 우리 집에 와서 세배를 하기도 했다. 조선일보와 국방부에서 제정한 위국헌신상 심사위원으로 참가해 방 명예회장을 만났을 때 그는 6.25전쟁의 살아 있는 영웅이라면서 나를 가장 우대했다.

나는 방 명예회장이 조선일보를 훌륭하게 키워낸 뒤 이를 현 방상훈 사장에게 물려준 것을 보고 큰 감명을 받았다. 형은 아우에게 회사를 키워달라고 맡기고 그 아우는 회사를 열심히 키워 형의 아들에게 회사를 돌려주는 건 한국의 언론사는 물론 기업사에도 유례가 거의 없는 일이다.

그는 경영 일선에선 물러났지만 만나면 여전히 1등 신문, 1등 언론 얘기만 한다. 그가 미수, 구순을 넘어 백수, 천수 때에도 조선일보 자랑을 하는 걸 듣고 싶다.

31

미래를 내다보시다

백진훈

일본 참의원 의원, 전 조선일보 일본 지사장

방우영 고문님께서 미수를 맞이하심을 진심으로 축하드립니다.

고문님을 처음 뵌 곳은 제가 어렸을 적에 저의 선친이 현역으로 활동할 때였고, 고문님께서 조선일보사 사장 재임 시절 일본에 오셨을 때 도쿄였습니다. 고문님께서는 일본 표준어를 유창하게 말씀하셨고 도쿄에서 태어나서 자라던, 나이 어린 한국인이었던 저를 귀여워해주셨습니다.

저는 몹시 엄격하신 선친과 그러한 성품에 순응하는 어머니의 보살핌 속에 자랐고, 일본에서 대학원을 마친 뒤 연세대학교 어학당에 입학하여 서울에서 하숙 생활을 했습니다. 제가 있는 하숙집에 김치며 맛있는 먹을거리를 애써 보내주셔서 하숙집 아주머니가 "어느 분이 이런 걸?"이라고 물었을 때 뭐라고 대답해야 할지 난감했던 적도 여러 번이었고 그때마다 고문님 내외분의 세심한 배려에 황송할 따름이었습니다.

그 후 저는 조선일보 일본 지사에 근무했고 여러 선배님의 얘기를 통해서 고문님의 탁월하신 경영 능력에 감동했습니다. 예를 들면 고문님께서는 한국 신문 역사상 처음으로 컬러 인쇄를 시작하셨다고 들었습니다.

그리고 "그 당시 컬러 윤전기를 갖추기는 했지만 정작 컬러 원고가 없어서 고역을 치렀다"고 웃으면서 회고하시던 모습이 지금도 생각납니다.

그래서 짐작해보니 당시 한국의 제반 경제 환경에서 컬러 윤전기 도입은 이만저만한 고생이 아니었을 것이라고 절감합니다. 또한 1987년 민주화 선언 이후에 신문 발행 규제가 폐지되어 순식간에 대폭적으로 발행 면수를 늘리는 가운데 고문님께서는 서울올림픽 개최를 염두에 두고 획기적 투자를 결심하신 끝에 도입한 신형 오프셋 윤전기로 32면 컬러 합쇄(合刷)를 단행하여 타사를 압도했고 한국의 신문 업계를 깜짝 놀라게 하셨습니다.

고문님께서는 하드웨어 측면뿐만 아니라 소프트웨어 측면에 있어서도 타사에 앞서셨습니다. 한국 경제 규모의 비약적 발전을 나타내는 증권란을 경제면에 설치하시는 등 늘 최첨단 신문 발행에 힘을 쏟으셨습니다. 고문님께서는 한국 언론에 있어서 명실상부한 선구자라고 해도 과언은 아니라고 생각합니다.

지금 조선일보의 기사는 일본 신문에도 자주 인용되고 있고, 일본에서 많은 사람들이 조선일보가 한국 제일의 신문이라고 알고 있습니다. 일본 사람들이 자주 얘기하는 것이, 조선일보는 한국의 여타 신문에 비해 한자를 많이 써서 한글을 모르는 일본인들도 무슨 내용인지 조금은 이해할 수 있어서 도움이 된다는 것입니다. 한자가 한반도에서 전해졌다는 것은 일본인이라면 누구나 알고 있는 역사적 사실입니다.

그러나 지금 일본 사람들이 이상하게 생각하는 것은 한자를 일본에 전해준 당사자인 한국이 공용문서에 한자를 쓰지 않는다는 것입니다. 물론 한글이라는 훌륭하고 독특한 글자가 있기 때문인 것으로 알고 있지만 모든 문장을 한글로 쓰면 동음이의어 등에서 불편하지는 않을까 하는 일본 사람의 소박한 의문이 있다는 것을 말씀드리고 싶습니다.

따라서 조선일보가 기사에 한자를 병기하는 것은 기사의 의미를 딴 뜻으로 오해하지 않게 하기 위함이지 결코 한글의 가치를 해치는 것은 아니라고 생각합니다.

이러한 저의 생각은 고문님의 한자에 대한 고견에서도 나타납니다. 한중 수교 전인 80년대 초반에 저한테 "지금부터 중국어 공부가 중요하다"고 말씀하신 적이 있습니다. 저는 상당히 의아했고 놀랐다고 기억하고 있습니다. 당시에는 일본조차도 중국어를 공부하는 사람이 없었습니다. 그도 그럴 것이 당시의 중국은 아직 후진국이었고 저의 친구들은 그 무렵의 중국 상황은 암만 봐도 발전할 턱이 없는 "영원히 잠자는 사자(獅子)"라고 조롱했었습니다.

하지만 그로부터 30년이 지난 지금 중국은 한국의 최대 무역 상대국이 됐고, 한국의 면세점 모두가 일본인보다 중국인 관광객으로 빼곡하고, 한국인 점원마저도 중국어를 유창하게 말하는 현실을 고문님 이외에 누가 예상이나 했겠습니까? 고문님께서는 탁월한 선견지명을 갖고 계시다는 것을 위와 같은 경험을 들어 증명하고 싶습니다.

고문님께서 가끔 일본에 오시면 긴장하는 사람이 본사에서 파견한 주일 특파원입니다. 고문님의 일본어 실력은 보통의 일본 사람 이상이고, 특히 태평양전쟁 전에 통용되었던 이른바 '아름다운 일본어'에 조예가 깊습니다. 일본에서는 일본어가 유창하지 않고서는 취재가 매우 어렵다는 것을 잘 알고 계신 고문님한테 특파원의 일본어 실력은 바로 드러납니다. 그런 탓에 몹시 긴장한 특파원의 모습을 보았던 적이 있습니다.

지난 2003년 선친이 돌아가셨을 때에는 고문님께서 바쁜 일정을 마다하시고 애써 도쿄에 오셔서 장례 절차 내내 밤늦게까지 계셔주셨고 화장장까지 동행해주셔서 이루 말할 수 없이 고맙게 여기고 있습니다. 저승에 계신 선친도 기꺼이 여기리라고 생각합니다. 또한 2004년 일본 참의원 선거에 처음 출마했을 때도 개표 속보를 지켜보시면서 저의 당선 결과가 나오는 시간까지 주무시지 않고 저를 걱정해주셨다는 얘기를 듣고 감격했습니다.

저는 어린 나이에 고문님을 처음 뵌 후 이제 50줄 후반에 거진 백발이 되긴 했지만 아직 고문님의 발끝에도 이르지 못하고 있습니다. 어설픈 저를 이제껏 보살펴주신 것처럼 앞으로도 이끌어주시기 바랍니다. 고문님께서 더욱 건강하셔서 만수무강하시기를 축원드립니다.

32

기자라면 그 분들처럼

봉두완

북한대학원대학교 석좌교수, 한미클럽 회장

하와이의 와이키키 해변을 걷다가 우연히 만난 방우영 선배님은 거침없었다.

"난 봉두완이만 보면 한국일보와 싸울 때 생각이 나!"

"······?"

"아이구, 그땐 새벽에 일어나면 난 조선일보는 보지도 않았어. 그놈의 한국일보에 또 무슨 소리가 났나 해서 그냥······."

그래서 조선일보 사장 때(1964~1993년)는 '새벽이 무서웠다'고 했다. 실제로 그때만 해도 대한민국에 유일한 신문이라고 자처하던 한국일보는 1960~70년대 젊은이들이 꼭 봐야 하는 신문이었다. 그리고 한국일보 스스로 '언론 사관학교'라고 불렀다. 엘리트 기자 육성 기관이라고나 할까?

나는 60년대를 워싱턴에서 보내고 1968년 6월 8일 로버트 케네디 민주당 대통령 후보가 서한 서한(Sirhan Sirhan)의 흉탄에 쓰러진 후 이날 알링턴 국립묘지에 묻히는 장면을 워싱턴 특파원 후임으로 온 조세형 선배와 함께 취재한 후 귀국했다.

한국일보 본사 외신부에 배치된 나는 당대의 민완 기자들의 뒤치다꺼리를 하느라고 정신이 없었다. 워싱턴 특파원 조세형, 주일 특파원 이원홍, 파리 특파원 정종식 등 초특급 언론인들이 쏟아붓는 기사 홍수에 매몰될 처지였다. 누가 더 쏟아붓냐는 경쟁을 하듯 보내는 장편소설 같은 기사를 밤새 정리하고 편집하고 기사화하다 보면 어느새 새벽닭이 지친 목소리로 울곤 했다. 화요일 아침마다 편집국에서 왕초(장기영 사주)가 혼자 북 치고 장구 치고 소리 지르며 진행하는 회의에선 언제나 특파원들의 기사를 누가 왜 밑도 끝도 없이 반 토막 내어서 '이적 행위'를 했느냐며 고래고래 소리 지르는 그런 회의였다. 그때 적군은 조선일보였다. 무슨 일이 있어도 조선일보만은 '타도' 대상이었다. 그것은 자부심 대결이었다. 그도 그럴 것이 장기영 사주는 몇 년 전까지만 해도 조선일보 사장이었다. 그런 그가 하루아침에 보따리 싸가지고 나와 '태양신문'을 인수하여 1954년 6월 9일자로 안국동에다 '한국일보' 간판을 내걸고 말깨나 하고 글깨나 쓰는 당대의 베테랑 필진은 닥치는 대로 영입해 일선에 배치했다. 그러고는 사장실 한구석에 야전침대를 갖다놓고 숙식을 거기서 하다시피 하며 매일매일 새벽까지 이어지는 야간전투를 독전하고 있었다.

그러니 막무가내로 덤비는 한국일보 사단과의 전투에서 일단 살아남기 위해서라도 방우영 사장은 '이(齒)는 이로' 맞받아칠 수밖에 없었다. 그래서 조선일보 사장실에 야간 침대 들여다놓고 항상 '일전도 불사' 태세로 매일 새벽을 기다릴 수밖에 없었다. 그래서 방 사장은 새벽이 무서웠다고 했다.

그러니 한국일보에 몸담고 있었던 나를 대학 후배로 아껴주고 사랑해주면서도 "야, 봉두완이만 보면 한국일보 생각난다. 그래서 새벽이 무서웠어. 저 녀석들이 또 무슨 엉뚱한 걸 써가지고 사람 간담 서늘하게 하는지" 하는 것이었다. 그러던 얼마 후 도쿄 특파원이었던 이원홍 선배가 귀국하여 편집국 부국장이 되었다. 항상 그는 왕초보다 한 발 더 앞서서 설치고 돌아가는 무슨 '특전사 요원' 같았다. 특종 거리가 될 만한 것은 밤새 숨겨놓았다가 새벽 막바지 시내판에 상대방 조선일보가 낙종했다고 판단되면 1면 중간 톱으로 끌어다 '삐라'처럼 만들어 실었다. 그러니 모르긴 해도 초판부터 별 탈 없이 돌아가는 걸 보고 안심한 나머지 야간 침대에 몸을 맡긴 방우영 선배가 라이벌 신문의 마지막 시내판을 새벽 잠결에 읽어보고는 벌떡 일어났을 때 과연 그때 심경이 어땠을까 짐작이 간다. 그런데 당시 조선일보도 민완 기자, 역전의 용사들이 포진하고 있어서 용호상박 싸움이 그리 만만치만은 않았다.

1968년 1월 21일 북한 김일성의 명령으로 북한 민족보위성 정찰국

소속 124군부대 무장 게릴라 31명이 청와대를 기습하려고 서울 종로구 세검정고개까지 침투한 '김신조 사건'이 터지고, 이틀 뒤 북한 원산항 앞 공해상에서 미 해군 정보수집함 '푸에블로 호'가 북한 해군 초계정들에 의해 납치된 사건이 터지자 미국은 동해안에 핵 추진 항공모함 엔터프라이즈 호와 7함대 소속 구축함 2척을 출동시키는 등 일촉즉발의 순간이 다가오고 있었다. 꼭 무슨 전쟁이라도 일어날 것 같은 초긴장 상황이었다.

나는 그날 야간 데스크를 맡아 흥분한 마음을 겨우 가라앉히며 미 항공모함 한반도 발진 기사와 사진을 1면 톱으로 올렸다. 그러면서 공무국에 왔다 갔다 하느라고 정신이 없었다. 그런 속에서 전화가 걸려왔다. 당시 공화당을 출입하던 갈우철 기자가 잘 들리지도 않는 전화 소리로 "무슨 기사를 송고했는데……" 어쩌구 하면서 일단 전보로 '긴급' 송고했으니 잘 처리해달라는 내용이었다. 나는 대충 알았다고 대답하고 나서 베트남에서 날아온 전보(기사)를 책상 고무판 깔개 안에 일단 넣어둔 채 1면 기사에 매달리고 있었다.

그러고는 새벽 5시경 모든 일을 마치고 흐뭇한 마음과 피곤에 지친 몸을 달래며 이원홍 선배 등과 함께 청진동 해장국집에 가서 막걸리 한 사발과 해장국을 거나하고 푸짐하게 잘 먹고 역촌동 아버지의 집에 와 잠자리에 그대로 곯아떨어지고 말았다.

한참 꿈속을 헤매다가 갑자기 천둥 벼락 치는 소리에 깨고 말았다.

"야, 애비야, 무슨 아침부터 널 바꾸라고 누가 소리소리 지르는데."

'엣? 이크!' 우리 왕초였다.

"야, 인마, 나라 팔아먹을 놈아! 밤새껏 무슨 지랄 했냐, 이놈아!"

나는 무슨 영문인 줄 몰랐다.

"뭐가 좀 잘못됐습니까?"

"야, 이 나라 팔아먹을 놈아. 당장 나와! 뭐가 좀 잘못됐냐고? 야, 이놈아. 빨리 나와. 이 회사 망칠 놈 같으니라고……. 모가지 비틀기 전에……!"

'……?'

부리나케 택시를 집어타고 안국동 본사에 도착할 때까지 사실 나는 뭐가 어떻게 잘못된지도 모르고 있었다. 그런 면에서는 나는 사실 언론 사관학교라는 한국일보에 사관후보 자격도 없는 실력이었다.

현관에 도착해 내리자마자 감이 좀 잡히는 게 있어 앞에 놓인 조선일보부터 펼쳐봤다.

'……!'

'이크! 이걸 어쩌지? 아, 그 갈우철 기사. 베트남…… 길재호 사무총장. 윤필용 맹호부대장…… 불시착…… 대형사고 날 뻔.'

공화당 사무총장 일행이 베트남에서 싸우고 있는 용감한 우리 국군을 위문하기 위해 특별기 편으로 맹호사단을 방문하려고 착륙을 시도하다가 불시착하는 바람에 용케도 대형 사고는 피하고 약간의 부상을 당했다는 우리 특파원의 긴급 타전이었는데, 그것을 푸에블로호 납치 사건과 미 항공모함 급발진 보도를 1면 톱으로 사진과 함께 신느라고 공무국과 편집국을 정신없이 왔다 갔다 하는 통에 깜빡 그 기사를 책상 고무 깔개 밑에 놓아두고 그만……. 쯧쯧쯧 이런……!

그동안 은인자중하던 라이벌이 벼르고 벼르다가 새벽녘에 주먹으로 한 방 후려치는 바람에 그 자리에서 나는 녹아웃이 되고 말았다. 우리가 그 기사를 막바지까지 게재하지 않는 걸 보고 방우영 사단은 끝까지 꾹 참았다가 시내판 2면 3단으로 크게 뽑았다. 그러고는 모르긴 해도 아마 방우영 사장과 야간 데스크들이 터져 나오는 웃음을 참고 고소해하며 어퍼컷 한 방에 나가떨어진 '얼간이 같은 놈' 비웃으며 막걸리 사발 들어 올리며 쾌재를 불렀을 것은 뻔했다. 생각하니 분통이 터지기에 앞서 눈물부터 나왔다. 요 며칠 전까지만 해도 우리는 승전 고지에서 '브라보'를 외쳤는데, 이렇게 처참히 당할 줄이야. 겉으론 후배를 무척 사랑하시는 방우영 사장이 미워 보였다. '앞으로 죽어도 만나지 말아야지' 하고 그날 혼자 굳게 다짐했다.

마침 그날은 왕초가 화요회를 하는 날이었다. 언제나 장기영 기자(스스로 그렇게 불렀다)가 편집국장 책상에 앉아 하바나 시가(연초)를 입에 물고 마이크에다 대고 장광설을 하는 게 화요회였다. 혼자 떠들고 혼자 킬킬 웃고. 사장실도 편집국 입구에 두었다. 당대의 희한한 걸물임엔 틀림없었다.

회의가 시작되자마자 마이크에서 흘러나오는 소리는 예사롭지 않았다. "편집국장!" 왕초는 화가 나 있었다. 서울 양반인 홍유선 편집국장이 편집국 저쪽 구석에서 모기 소리로 "예!" 하고 대답하자마자 왕초는 기다렸다는 듯이 소리 질렀다.

"저 봉두완 저놈 말이야, 한국일보 팔아먹을 놈 말이야. 당장 써 붙여! 파면이라고!"

모두 조용했다. 좀 긴장했다.

"의원면직이라고 하면 또 다른 신문사 가서 망칠 테니까……."

편집국 안은 찬물을 끼얹은 듯 조용했다. 결국 나는 OK목장의 대결에 나서지 않을 수 없었다. 나는 왕초 바로 옆 외신부 데스크에 앉은 채로 큰 소리로 대꾸했다. "누구 마음대로!" 순간 장내는 너무 조용했다. 그러더니 갑자기 "와~" 하는 함성과 함께 폭소가 터져 나왔다.

그러자 왕초는 앞에 놓인 물 한 컵을 와락 들고 마시더니 "저게 저게 미쳤어. 저게" 하며 시가 연기를 '후우~' 하고 내뿜는 것이었다. 그러더니 조용한 적막을 뚫고 왕초는 아무 일도 없었던 듯이 말했다. "그리고 오늘 뭐야? 어제 내가 말했지만 우리 한국일보는 말이야" 어쩌구 하면서 그날의 편집회의를 이끌어가는 것이었다. 과연 왕초와 같은 사나이, 대한민국에 둘도 없는 남자. 그게 장기영 기자였다.

오후 5시쯤 되어서 편집국장이 날 불렀다.

"이봐, 나하고 같이 가서 죄송하다고 말씀드려."

우리는 저쪽 밑 뒤뜰에 있는 왕초 방을 찾아가 조용히 서 있었다. 장 사주는 한참 사설 '게라(교정쇄)'를 보고 있었다. 한참 지났는데도 사람 거들떠보지도 않고 별말씀이 없어서 내가 홍 국장한테 눈짓으로 나가자고 했다. 나오는 길에 책장 위 그득한 하바나산 '시가' 두 개를 윗주머니에 넣고 나오려는데 또 한 번 하늘에서 천둥 벼락 소리가 들렸다.

"그 시가 놓고 가!"

"어이구, 알겠습니다. 건강에도 안 좋고 해서 좀 도와드리려고 했는데……."

나는 하는 수 없이 시가를 그대로 다 놓고 나왔다.

그러고 나서 나는 1969년 9월 1일자로 중앙일보로 옮겼다. 주식회사 중앙일보 논설위원 겸 동양방송 논평위원으로. 워싱턴 특파원 때 알고 지내던 이건희 이사의 종용으로 서소문으로 옮긴 후 나는 팔자에 없는 방송까지 하게 되었다. 하루는 이건희 이사가 찾아와 말했다.

"방송 좀 하이소!"

"방송? 방송을 어떻게 하는 건데…… 이런!"

"하라면 하이소!"

나는 1970년부터 팔자에 없는 방송을 하게 되었다. 'TBC 석간' 앵커맨, 그리고 아침 8시 라디오 '뉴스 전망대' 등. 1980년 11월 30일 TBC 통폐합 때까지 모든 정열을 다해 되는 소리 안 되는 소리 다 지껄이며 방송을 했다.

아침 방송을 끝내고 제작진과 함께 방송을 끝내고 나선 우리 모두는 파이팅을 외치며 10층 구내식당에서 아침을 함께 먹으며 간단한 즉석 평가 회의를 했다. 그러고 나서 나는 옆 빌딩에 있는 이발소에 가서 살짝 눈을 붙이곤 했다. 그런데 하루는 이발소 주인이 고개를 갸 우뚱하면서 전화를 건네주는 것이었다. 그 요란한 목소리는 왕초였 다.

"이봐 봉두완 씨! 아침부터 기자가 무슨 이발소나 다니고 있어!"

소리소리 지르는 것이었다. 나는 그냥 듣고만 있었다.

"그리고 말이야, 오늘 저녁 7시에 그리로 나와!"

그러고는 이쪽 사정은 아랑곳없이 전화를 그냥 끊어버리는 것이었 다. 단골 술집에는 이미 안국동 선배들이 다 와 있었다. 정치부장 편 용호, 논설위원 임방현, 청와대 대변인 김성진(한국일보 3기) 등이었다.

그 자리에서도 왕초는 몇 마디 소신, 철학 같은 것을 말해줬다. 조 선일보가 지금 이렇게 나가고 있고 우리는 그에 대처해서 저렇게 나 가야 하며, 지난번 우리가 특종한 것까지는 좋지만 사건 사고는 일요 일에 일어난다면서 단군 할아버지 때 이야기를 줄기차게 하는 것이 었다. 그러면서 "난 옆방에 가서 좀 쉬고 있을 테니, 이봐 봉두완 씨! 자네가 책임지고 술 좀 더 시켜!" 하는 것이었다.

"돈은 누가 내고요?"

"저것이 저것이……!" 하며 그때 방을 나서는 왕초의 모습을 나는 결코 잊을 수가 없다.

방우영과 장기영. 언론사(言論史)의 소용돌이 속에 우뚝 서서 사자 후하며 일선 기자들을 지휘하고 위로하고 사랑했던 위대한 언론인, 기자, 사장, 회장, 동시대인, 애국자, 황제, 우리들의 친구……. 나는 이분들을 결코 잊을 수가 없다. 참으로 이런 영웅들이 언제 또다시 이 땅에서 사자후하며 '언론은 살아있다'고 소리 지르는 모습을 볼 수 있을 것인가?

우리는 평생 피 말리는 현장에서 싸웠다. 열악한 환경과 여건 속에서 열심히 뛰었다. 그리고 우리는 기자로서의 긍지와 자부심과 책임감을 온몸에 새긴 채 기자가 가야 할 길, 외로운 그 길을 말없이 걸어왔다. 기자가 없는 세상을 한번 생각해보라! 나는 지금도 소리치고 싶다.

"젊은이 여러분! 기자가 되십시오!"

그 중심에 서 있던 그 선배님이 아니 벌써 미수라고? 말도 안 돼! 엊그제까지 연세 동문회 골프 모임에서 장타(上)를 치는 걸 봤는데……. 낚시하고 사냥하고 높고 낮은 사람 가리지 않고 같이 놀던 당대의 호사가, 대한민국 언론의 물길을 바꾼 진정한 언론인, 그 엄청난 언론 사관학교를 무너뜨리고 새로운 우국의 지평선을 연 선구자, 그리고 아직도 젊은이 못지않게 뛰면서 생각하는 또 다른 모습의 선배, 방우영 기자! 선배님, 존경합니다. 사랑합니다.

그 밑에서 경찰 기자라도 한 번 해봤더라면 하는 아쉬움이 남긴 하지만 내 친구 안종익 군(조선일보 사회부장) 왈, "난 이순신 장군도 존경하지만 방일영 회장님, 방우영 사장님을 나의 짧은 생애에서 결코 잊을 순 없어. 그 분들은 하늘에서 내려온 분들 같아. 이제는 조선일보에 안 다니니까 아부성 발언을 해도 안 잡아가겠지?"

"야, 신문사 총무국장 한 번 하더니. 이 녀석이 완전히 돌아버렸네. 아부성 발언이나 하고……."

그렇다. 나는 그렇게 아부성 발언까지는 몰라도 우리 방우영 선배님의 인간성이랄까, 후배를 챙기고 사랑하는 마음, 나라를 걱정하는 생활 태도 등은 정말 본받아야 할 대목이라고 마음에 새기고 있다.

1973년 내가 관훈클럽 총무 때 방우영 선배님은 신문회관 이사장이었다. 그때 내 친구(김동익 중앙일보 정치부장)는 하버드대 니먼 장학생을 지망했는데 공교롭게도 동아일보 김진현 부장이 이미 선수를 치고 있었다. 나는 하는 수 없이 언론단체 대표들이 투표로 결정하자고 우겼다. 왜냐하면 미국 언론계 유학 내지 파견은 줄기차게 동아일보 몫이었다. 나는 그게 못마땅했다. 그래서 신문회관 이사장, 발행인협회장, 편집인협회장, 기자협회장, 관훈클럽 총무가 귀중한 한 표씩을 던져 결정하자고 우겼다.

"야, 투표는 무슨 놈의 투표야. 내가 알아서 할 테니까 이번에 김진현이 가고 내년에 김동익이 가고. 하여간 이번에 두 사람 차례로 하버드 보내는 걸 만장일치로 결의하면 될 것 아니야? 무슨 불만 있어?" 하며 날 쳐다보는 것이었다.

"아니요!" 나는 얼떨결에 방 선배님의 판단에 놀라고 두 라이벌을 순차적으로 보내는 '솔로몬의 지혜'에 감동하고 감탄했다. '역시~.' 이게 바로 방씨네 스타일이고 사람을 낚는 방법이구나 하고 새삼 느꼈다.

어쩌다가 평생 라이벌 신문사에만 있던 나는 방일영·방우영 형제 분들의 변함없는 우애와 함께 '기자'라면 누구라도 아무런 격의 없이 따뜻이 대하는 인간미에 그저 머리 숙일 뿐이다.

70년대부터 출입처 이상으로 들락거리던 냉면집 우래옥에 가면 방 회장님들은 한결같다. 우래옥 지배인이 귀띔해준다. 방 회장님이 편집국 간부들하고 와 계시다고……. '역시, 다르구나.'

어느 신문사 회장들보다도 기자를 챙기는 기자 중의 기자. 정말 탁월한 성품의 소유자. 타사 기자지만 나는 내가 좋아서 찾아가 인사드린다.

"아이고, 회장님 오셨어요?"

"응, 잘 있었어? 거(음식값) 둬두고 가라우."

TBC 앵커맨 때 제작진들하고 실컷 먹고 나서 인사드리면 100퍼센트 공짜인데 꾸벅 인사 한 번 못할쏘냐?

조선일보 구관(코리아나) 일식집에서 우리는 한잔 얼큰해 있었는데 방우영 회장이 들어섰다. 방일영 회장님 주치의 이영우 박사(전 서울대학교병원장), 안종익 조선일보 상무, 그리고 앵커맨 봉두완. 나는 반갑게 인사했다. "안녕하세요, 방 회장님." "야, 거기 뭐 돈 낼 놈 하나도 없구나." "어유, 감사합니다. 야, 우리 더 먹자. 이봐, 여기 술 한 병 더 가져와!"

33

어쩌면 그 시절이 가장 행복했다

서청원

새누리당 최고위원, 전 조선일보 기자

만 35년 전인 1980년 12월 초, 오후였다.

"서청원 씨, 사장님 호출이야. 사장실로 올라가봐."

당시 사회부에서 내근하던 나에게 데스크 선배가 건넨 말이었다. '아, 사장님께 보고를 드렸구나', '올 것이 왔구나, 내 입장을 어떻게 말씀드려야지.' 막상 닥치니 가슴이 두근거려왔다.

당시 나는 조선일보 12년차 기자였다. 교통부 출입이었다. 당시 나는 회사를 그만두기로 결심했다. 젊을 때 꿈이었던 정치에 입문하기 위해서였다. 다음 해인 1981년 4월로 예정돼 있던 총선에서 국회의원에 입후보하기로 작정했다. 오랜 고민 끝에 가족과도 상의를 끝냈다. 자연히 회사의 동료, 선배와 데스크에게도 말씀을 막 드린 상황이었다. 정확한 날짜는 기억이 나지 않지만 12월 초 데스크에게 보고를 받은 사장님께서 호출하신 것이었다.

당시 회사를 그만두기란 쉬운 결정은 아니었다. 1969년 8월, 27세의 젊은 나이로 견습기자 12기로 입사해 첫 직장인 조선일보에서 가정을 꾸렸다. 두 남매까지 낳으며 살아온 따뜻한 보금자리를 떠난다는 것은 큰 고뇌였다.

편집국 위층에 자리잡고 있는 사장실로 들어섰다. 당시 방우영 사장님께서는 책상에 앉으시지도 않고 창가 쪽에 서서 계셨다. 사장님께서는 대뜸 "서 기자, 회사 그만둔다며…… 다 키워놓으니깐 그만둬……" 하고 말씀하시고는 창가 쪽으로 시선을 돌리셨다. 순간 당혹스럽고 죄송한 마음이 들어서인지 아무런 말씀을 드리지 못한 것 같다.

그로부터 35년이 흘렀다. 지금도 첫 말씀만 또렷이 기억날 뿐 내가 어떤 말씀을 드렸는지 도무지 생각이 나지 않는다. 당시 사장님의 말씀에는 많은 뜻이 함축돼 있었다고 생각한다.

12년차 기자란 축구로 비유한다면 허리를 담당하는 중추적인 역할을 하는 연륜이다. 기자란 무엇이며 기자의 사명과 역할은 어떠한 것인지 기자가 쓴 글이 사회와 국가에 어떤 영향을 주며, 기자란 공익을 위해 어떤 몸가짐을 가져야 하는지를 터득하고 무엇이든 맡겨도 해낼 수 있는 능력이 배양된 시기라고 말할 수 있는 때라고 생각이 든다. 그러니 당시 사장님께서는 서운한 것은 당연하시며 한편으로는

'저놈이 나가서 성공을 할까' 하고 걱정이 앞섰을 것으로 사료된다.

나는 기자 생활을 하면서 선배님들로부터 질책도 많이 받았지만 사랑과 격려도 그 못지않게 받았었다. 특히 선배님들로부터 조련을 잘 받았다고 자부한다. 아직도 존경하고 있는 안종익·김대중 선배님처럼 빼어난 기자는 아니었지만 사명감과 책임감은 누구한테도 뒤떨어지지 않으려고 노력했었다. 1970년대 후반 사회부장으로 모셨던 안종익 선배님께서는 나에게 특종을 많이 한다고 '특종 기자'란 별명을 붙여주셨다. 지금도 간혹 사회부 선후배들과 만날 때면 그 말씀을 하시곤 한다.

1980년 5월, 김대중 부장께서는 5.18 광주민주화운동 때 나를 광주로 특파시켰다. 나는 외부로 통하는 모든 일반 전화선이 끊기고 차단된 광주에서 철수하지 않았다. 그리고 광주역과 도청에 있었던 전남 도청 도경 국장실에서 당시 처절했던 상황을 철도전화와 경찰 경비전화로 기사를 송고하는 기지도 발휘했었다.

하마터면 죽을 뻔하기도 했다. 당시 도경 국장실에서 시경캡이었던 12기 동기생 임백 기자에게 기사를 송고하던 중 "누구야 손들어" 하며 총을 겨누고 들어서던 무장 청년들에게 혼비백산하기도 했다. 만약 당시 함께 취재하던 광주 주재 조광흠 기자가 "우리 조선일보 기잔디……" 하며 신분증을 보여주지 않았다면 경찰이 광주 시내에서 모두 철수한 상황에서 죽을 수도 있는 아찔한 순간이었다. 수화기는 그대로 책상에 떨어져 있는 상태였기 때문에 "손들어 누구야"라는 소리를 그대로 임백 기자가 듣고 있었다. 한때 본사에서는 큰일이 난 것으로 생각하고 김대중 부장과 사원들이 사색이 되었다고 했다. 집사람도 며칠째 소식이 끊기자 회사를 찾아가기도 했을 정도였다.

그래도 나는 9박 10일 동안 군인들이 다시 광주를 회복할 때까지 취재하고 본사로 무사히 돌아왔다. 내가 돌아온 뒤 회사는 노력상과 함께 1호봉 특진을 시켜주었다. 물론 노력상패는 1980년 6월 4일자 방우영 사장님의 성함으로 받은 것인데 지금도 가보로 아끼고 있다. 너무 내 얘기로 장황한 것 같다.

지금도 마찬가지지만 당시도 사장과 사원은 하늘과 땅 같은 존재였다. 평사원들이 사장을 만날 수도, 만날 기회도 별로 없다. 그러나 나는 조선일보에 입사한 뒤 거의 매일 사장님을 뵐 수 있었다. 나뿐아니라 모든 사원들이 마찬가지다.

사장님은 하루에도 몇 차례씩 편집국에 내려오신다. 정장 차림도 아니시다. 와이셔츠 차림으로 오셔서는 정치부, 사회부 등 각 부서를 두루 다니시며 그 특유의 평안도 사투리로 농담도 하시고 격려도 하신다.

특히 특종한 기자를 보면 "어, ○○○ 씨 특종했데, 수고했어"하고 손을 내미시기도 한다. 한참 동안 데스크 의자에 앉아계시다가 떠날 때쯤에는 "사회부장, 내일 톱이 뭐야"묻기도 하시는 모습이 아직도 눈에 선하다. 지금 생각해보면 당시 사장님은 사원들을 주종 관계가 아닌 식구와 같이 감싸안아주셨다.

나는 오늘까지 조선일보가 대한민국의 제1의 정론지로서 자리매김할 수 있는 것도 이런 사주의 정신이 사원들에게 자부심을 준 결과가 아닌가 생각한다. 그런 친정을 떠난 것이다. 그리고 1981년 4월 25일에 있었던 총선거에서 민주한국당으로 서울 동작구에 출마해 1등으로 당선돼 국회에 입성했다. 당선된 뒤 당연히 제일 먼저 친정인 조선일보를 찾아 인사를 했다. 고인이 되신 방일영 회장님, 사장님, 그리고 편집국에 들러 감사의 인사를 드렸다. 걱정이 크셨던 방 사장님이 "이제 의원님이 됐네, 축하해" 하시며 함박웃음을 지으시던 모습도 지울 수가 없다.

지금이야 이런 얘기를 털어놔도 되겠지만 당시 회장님과 사장님의 두툼한 봉투는 물론이지만 모든 선후배 사원들이 큰 성금을 모아 보내주시기도 했다. 다시 한 번 이 기회를 빌려 감사를 드린다. 당시 신문사에서는 이런 성의뿐 아니라 선거에 도움이 되는 기사도 많이 취급해주셔서 큰 성과를 낼 수 있었다.

나는 신문사를 떠나고 국회의원으로 있으면서도 조선일보를 늘 친정으로 생각해왔다. 틈나는 대로 회장님과 사장님을 찾아뵈었다. 분에 넘치는 대우를 받았다. 특히 야당 의원이었던 나에게 특별히 우대를 하셨다. 사실 30년 이상 정치에 몸담았고 지금은 국회에서 최다선 선배가 돼 있지만 기자 시절 보람이 더 컸고 지금도 당시를 회상하면 가슴이 두근거린다. 어쩌면 그 시절이 가장 행복했었다.

당시 조선일보에는 본받을 어른들이 많이 계셨다. 잦은 기침을 하시며 늘 편집국에 사장님보다 더 자주 내려오셨던 서민풍의 유건호 부사장님, 위엄이 넘치셨던 최석채 주필님, 선우휘 국장님, 견습기자 때 사회부장이셨던 장정호 부장님 등 모두 고인이 되셨다. 이분들은 때로는 엄격하고 언론인의 사명을 몸소 언행으로 보여주셨던 분이다. 그 분들은 우리들의 거울이 되었다고 해도 과언이 아니다.

2014년 8월 초였다. 당시 나는 세브란스병원에 며칠간 입원했었다. 종합건강검진과 목 성대결절 수술을 받기 위해서였다. 그런데 느닷없이 방우영 고문님께서 병실을 방문하셨다. 깜짝 놀랐다. "아이고 고문님……" 일어서려 하니 "어어…… 그냥 누워 있어, 얘기 들었어, 빨리 회복해"라며 손을 잡아주셨다.

나는 2~3일 후 퇴원하면서 방 고문님의 손녀가 입원하고 있던 병실을 방문했다. 고문님은 안 계시고 사모님과 가족분들에게 문안을 드리고 나왔지만 지금도 전직 사우들에 대한 따뜻함은 변치 않고 계셔서 평생 고마움을 잊을 수가 없다.

세월은 화살 같다. 쏜살같이 지나간다. 이제 조선일보도 내가 재직했던 당시의 선후배들은 거의 없다. 모두 퇴직한 것이다. 남아 계신 분을 보면 김대중 선배님이 회사 고문으로 지금도 집필하고 계시고, 강천석 주필도 논설고문으로 칼럼을 쓰고 있다. 방상훈 사장께서는 내가 사회부에 있을 때 외신부 기자로 입사했는데 이제 사주로 계신다. 변용식 씨가 TV조선 사장, 그리고 70년대 후반 내가 시경캡이었을 때 견습기자로 입사한 송희영 기자가 주필로 남아 있다.

회사는 매년 말 전직 사우들의 모임인 조우회 회원들을 회사로 초청해 정을 이어간다. 전직 사우들 중에 내가 친정과 아직도 끈을 끈끈하게 맺고 있는 것은 큰 기쁨이다. 현역 의원으로 활동하기에 30년 후배들과 계속 대화하고 있는 것도 큰 다행이다. 친정을 잘 둔 것도 큰 복이다. 정치하는 사람은 더욱 그렇다. 친정에 손 벌리지 말라는 말이 있다. 안 벌렸으면 얼마나 좋겠는가? 그러나 나는 1년에 몇 차례 손을 벌린다. "어, 주(朱) 부장 그것 좀 도와줘……, 뭐 그렇게 쎄게 조지나……" 하고 손을 내민다. 늘 미안하게 생각한다.

이 기회를 빌려 현직에 있는 후배님들께 부탁한다.

"부탁받을 때 행복한 겁니다."

이제 원고를 정리할 때가 된 것 같다. 김대중 선배님의 원고 청탁 편지를 받았을 때 한편으로는 크게 기뻤지만 걱정도 컸다.

그동안 보좌진들이 각계에서 부탁하는 원고를 쓰고 내가 데스크를 보았는데 직접 원고를 쓰려니 마음고생도 있었다. 그러나 방우영 고문님과의 인연은 나밖에 누구도 알 수 없고 지극히 소중히 간직하고 있기에 과거를 회상하고 상쾌한 마음으로 이 글을 썼다는 솔직한 마음을 전한다.

방우영 고문님, 저도 70대 초반입니다. '허허, 당신도 그렇게 되었나' 하고 웃으시겠지요. 이제 100세 시대가 되었다고 합니다. 가끔 뵙지만 아직도 건강하십니다. 고문님께서는 전직 사우들의 사표이십니다. 늘 존경합니다.

제가 오늘 존재할 수 있었던 것도 고문님과 조선일보의 덕입니다. 한시도 친정을 잊어본 적이 없습니다. 저의 사표이고 사부이십니다. 아직도 조선일보의 대들보이십니다. 사모님과 함께 건강하셔서 저희들을 계속 이끌어주십시오. 고문님의 건강을 간절히 기원드립니다. 감사드립니다.

34

왜 발목을 풀고 계셨어요?

송영자

한국기독교장로회 중경 부총회장, 전 연세대학교 재단 이사

방우영 이사장님을 뵌 것은 2004년 2월 연세재단 이사회에 처음 참
석했을 때였다. 그 후 지금까지 방 이사장님을 뵈면서 이사장님이 젊
은 열정을 가슴에 품은 분임을 알게 되었다. 어느 해 중국 다롄(大連)
에 가게 되었다. 도착하여 얼마 지나지 않아 검은 양복을 입은 건장한
청년들이 우리가 가는 식당이나 테이블 주위 조금 떨어진 자리에 서
있곤 했다. 다음 날 아침 호텔에서 나와 버스를 타고 현장 시찰을 갔
다. 현장에 당도해서 버스에서 내렸다. 거기도 검은 양복을 단정하게
차려입은 청년들이 조금 떨어진 자리에 어제처럼 여럿이 서 있었다.
일행은 검은 양복을 입은 이들이 누구일까 하고 내심 감시당하는 기
분이었고 조금은 위해를 당하지 않을까 하는 걱정도 일었다.

우리는 모르는 체하면서 현장으로 향했다. 그런데 방우영 이사장님은 우리와 떨어져 버스 근처에 혼자 한참 동안이나 서 계셨다. 일행 중 한 분이 "이사장님, 왜 버스 곁에서 발목을 풀고 계셨어요?" 하고 물었다. 이사장님이 한쪽 발목을 마치 축구 선수가 발을 풀듯이 빙빙 돌리고 계신 것을 보았던 것이었다. 그러자 이사장님은 "어떤 놈들이 우리를 괴롭히면 내가 돌려차기로 한 방에 날리려고 그랬어" 하셨다. 모두들 웃었다.

이 젊은 청년들은 중국에서 사업을 하고 있던 한 분이 행여나 어떤 일이 생길까 염려해 직원들을 불러 돌보게 배려한 것이었다. 이를 오해한 이사장님이 우리를 위해 한 방을 날리시겠다고 발을 푸시던 모습은 잊히지 않는다. 세월이 얼마나 흘러도 가슴속에 불의와 맞서는 젊은 시절의 용기와 기백을 잃지 않고 살아오신 생애를 한순간 다시 알아볼 수 있는 사건이었다.

이 젊음의 기백은 이사회에서도 그대로 드러나 보였다. 인천 캠퍼스 문제로 회의를 할 때였다. 총장의 건립 보고가 있었지만 사업의 전망은 밝은 편이 아니었다. 인천국제단지는 황무지처럼 잡초만 무성하던 때라 결론을 내기가 어려웠다. 방 이사장님은 이 거대한 사업을 두고 '해보자'라는 간단한 말 한마디로 결정을 내렸다. 어떤 사심도 없이 결단하신 일은 내게 참으로 인상적이었다.

방 이사님이 이사장으로 재직하시는 동안 개인적 사심의 편향을 드러내 보이지 않고 절대 봉사의 의지만으로 일하신 것은 누구나 아는 일이다. 그러기에 거침없이 문제의 본질에 접근할 수 있었고 오로지 학교 발전의 전망에서 늘 앞장서 계셨다.

내 개인적 기억에 잊히지 않는 장면이 또 하나 있다. 수안보에서 인천 캠퍼스 문제를 논의할 때였다. 미리 알려주지 않고 많은 돈을 갑자기 조달해달라는 요청이 있었다. 준비된 제안이 아니라 황급하게 이사회에 안건을 올린 것이었다. 이사장님은 직설적으로 불쑥 제출된 지원 건을 지적하였다. 어찌 보면 절차에 문제가 있었던 것이라 할 수 있다. 분위기는 얼음장같이 싸늘해졌다. 나는 이 싸늘한 분위기를 녹여보려고 "간담회는 간이 싸늘해지는 회입니다"라고 말했다. 온통 웃음바다가 되었다. 이사장님은 크게 웃고는 다시 심의해서 해결해주셨다.

이사장님의 큰소리는 순간이었다. 일의 절차에 관해서 가슴에 꽁하게 묻어두는 분이 아니었다. 큰 강이 작은 개천에서 흘러 들어오는 물을 포근히 어깨를 보듬어 함께 흘러가듯 그런 배려를 베푸는 분이었다. 이사장님은 귀가 큰 분이었다. 학교 내 교수들의 의견을 가장 넓게 들으시고 촌철살인의 한마디로 리더십의 근본을 세우셨다.

투박한 이사장님이라고 하지만 자상한 정리(情理)로 신뢰를 가지시면 깊이 마음에 품으시고 영원히 변하지 않으셨다. 그리고 누구든 손을 잡고 너그러운 품으로 감싸셨다. 뿐만 아니라 열정적인 젊음의 정신으로 두려움 없는 분이셨다. 이사회에서 처음 뵌 후 얼마 지나서였다. 연세 이사로 내가 들어온다고 했을 때 흰 저고리 검정 치마를 입고 오리라 상상했다는 말씀을 하시면서 웃으셨다. 이사장님의 상상에는 못 미치는 나였는데도 항상 나를 끌어 올바른 자리에 앉혀주시고 내 작은 목소리에도 귀를 열어주시고 지금도 "잘 지내나" 하고 소리쳐 주신다. 그 고마움을 꼭 전하고 싶다.

35

그는 인간 경영의 귀재였다

송형목

전 스포츠조선 대표이사, 전 조선일보 출판본부장

기자 시절 스위스 제네바로 경제 관련 국제회의 취재를 갔다. 박정희 정권 때 '쓰루'('鶴'의 일본어)라는 별명으로 불렸던 김학렬 부총리(경제기획원 장관)를 만났는데 그가 불쑥 방우영 회장 이야기를 꺼냈다. 김 부총리는 "실제로 만나보니 그 분은 인재 양성, 인재 경영의 귀재라는 느낌을 받았다"면서 "그 분으로부터 '경영은 즉 사람'이라는 사실을 배웠다"는 말을 했다. 독설가로 유명한 김학렬 부총리는 공연한 찬사의 말을 전할 사람이 아니었다. 당시엔 "조선일보 기자를 만나 듣기 좋은 말을 전하는 건가" 하고 예사로 넘겼던 것이 사실이다. 하지만 이후 지근거리에서 방 회장을 직접 모시면서 과연 이분만큼 사람을 경영하는 데 탁월했던 인물이 있었는지 다시 생각하게 됐다.

방 회장은 지위고하를 떠나 진심으로 인재를 아꼈다. 내가 총무국장으로 일할 때 경비실 간부 한 사람이 정년퇴직을 하게 되어 회장실에 인사를 드리러 갔다. 이 간부는 잠시 후 눈물을 줄줄 흘리며 나왔다. "회장님께서 왜 왔느냐고 물으시더군요. 퇴직하게 됐다고 말씀을 드렸더니 '퇴직은 무슨 퇴직. 쓸데없는 소리 하지 마라' 하고 호통치시는데, 가슴속에서 뭉클한 것이 치밀어 올라서 아무 말씀도 못 드리고 나왔습니다." 그 모습에서 큰 교훈을 얻었다. 누구든 회사를 떠날 때는 이유가 뭐건 서운한 마음을 갖게 마련이다. 그러나 회장께서는 단 몇 마디의 말로 떠나는 사람이 감동의 눈물을 흘리게 했다. '참으로 대단한 어른이시다. 우리 간부들도 저런 것을 보고 배워야겠구나' 하는 생각이 들었다.

　돌아가신 목사균 선배가 회사를 떠나려 할 때도 유사한 상황이 있었다. 지금도 조선일보엔 비슷한 정서가 있는데, 기자로 입사한 사람들은 편집국을 떠날 때 매우 서운하게 생각한다. 목 선배는 지방부장, 사회부장에 편집국 부국장까지 거친 이후 공무국 간부로 발령이 나자 사표를 던지고 말았다. 그때 방 회장이 불러 "그만두면 뭐할 건데"라고 물어보셨다고 한다. 당시는 신문사 기자 하다가 사표 내면 밥벌이가 없던 시절이다. 목 선배의 대답이 걸작이었다. "서울역에서 지게를 질 겁니다." 그러자 방 회장께서 "야, 나하고 인생 같이 살자우" 하시면서 끌어안더라는 것이다. 그 독한 목 선배도 눈물을 흘렸다고 한다. 목 선배로부터 직접 들은 이야기이니 틀림없을 것이다. 이후 목 선배는 공무국장, 광고국장, 상무까지 지내며 오늘날 1등 조선일보의 기틀을 다졌다.

송석환 상무의 병세가 악화돼 회생 불능 판정을 받고 서울의 한 병원에 몸져누워 있을 당시의 일도 기억난다. 회장을 모시고 문병을 갔다. 앙상해진 송 상무 앞에서 회장께서는 "이게 다 나 때문이다"라며 한탄을 했고, 병상의 송 상무는 눈물을 보였다. 방 회장은 젊은 시절 송석환 상무와 함께 옛 조선일보 사옥 지하실에서 한 달 동안 밤샘을 해가며 회사 재건 작업을 벌였다고 한다. 회장께서는 돌아오는 차 안에서도 계속 "다 내 탓이다"라고 탄식하셨다. 지위고하를 떠나 사람을 아끼고, 그들을 가족처럼 생각하면 아랫사람은 그에 걸맞은 행동으로 보답하게 마련이다. 이것이 방우영 회장식 인재 경영의 요체가 아니었나 한다.

그렇다고 회장이 정에만 휩쓸리는 분은 아니었다. 회장께서는 또 다른 경영의 원칙인 공정성을 결코 놓지 않으셨다. 방 회장은 조선일보사 내에서 사원들이 지방색을 드러내거나 세력을 만들고 규합하는 것을 용납하지 않았다. 파벌이 생기면 인사와 논공행상의 공정성 시비가 반드시 일어난다는 걸 꿰뚫어봤기 때문이다. 당시만 해도 사원들이 지역별, 고교별 모임을 만들어 어울리는 일이 예사로울 때였다. 방 회장은 1960년대에 조선일보에서 이런 분위기를 축출했다. 결코 쉬운 일이 아니었다. 우리 사회가 아직도 파벌과 지연, 학연의 문제점을 극복하지 못하는 점을 생각해보면 더욱 그렇다.

신문인으로서 방 회장은 무엇보다 기자들을 높이 평가했으며 그들의 자존심을 세워주려 했다. 경기도의 한 컨트리클럽에서 골프 모임이 있을 때 일이다. 일행 중에는 방 회장과 연배가 비슷하고 평소 사이도 좋은 한 대기업 사장이 있었다. 나는 경제부 기자여서 같이 모임에 끼게 됐다. 그때 기업 사장이 회장께 농담 비슷하게 우리 신문사 기자의 실명을 대면서 뭔가 비판을 했다. 회장은 순간 격분을 금치 못했다. "당신은 이제 나와 인연이 끝이다. 어디서 기자를 욕하는가. 기자는 아무나 하는 것이 아니다. 당신 같은 사람의 욕을 들을 일이 있는 줄 아느냐"고 일갈하시는 것이다. 이 기업체 사장은 나중에 내게 와서 "그저 신문 이야기 좀 아는 체했을 뿐인데 이렇게 역정이 나셨으니 큰일이오. 어떻게 하면 좋겠소" 하고 하소연을 했다.

동시에 방 회장 본인은 언론인임을 내세우지 않았다. 당신이 직접 경제부 기자 생활도 했고, 경제부처에서의 영향력도 대단했던 분이다. 그럼에도 우리 일선 기자들과는 자세가 달랐던 점을 뚜렷이 기억한다. 우리는 장·차관을 우습게 여기는 일도 더러 있었지만 회장께서는 "나는 경영인이다" 하는 의식을 깊이 갖고 있었다. 고위 공직자를 만나면 자기보다 나이가 어리더라도 깍듯하게 예우했다. 이것이 모두 신문의 경영을 생각한 마음가짐이었다.

방 회장이 평생 신문을 위해 살아온 것이야 모두가 아는 이야기지만 아마 그 분만큼 열정을 갖고 신문을 위해 고민한 사람도 드물 것이다. 내가 미주 지사장으로 뉴욕에 근무하던 시절 회장께서 미국 출장을 온 일이 있다. 당시 뉴욕타임스의 각종 캠페인에 대해 브리핑했는데, 회장께서는 내용을 빠짐없이 메모하셨다. 곧 한국에 돌아가선 조선일보를 통해 그 보고를 바탕으로 새로운 한국식 캠페인을 전개했다. "이 분이 해외에 적당히 놀러 온 것이 아니었구나"하고 깨닫게 됐고, 어떤 면에서는 무서운 집념 같은 것까지 느꼈다. 호외 발행을 위해 새벽 5시에 댁으로 전화를 드리면 단 5분 만에 회사에 나타나 발행을 지휘할 만큼 정열이 넘치는 분이기도 했다.

노조 결성이 한창 이슈일 때였다. 하루는 저녁 식사를 모셨는데, 갑자기 공무국에 가자고 말씀하셨다. 인터넷이 없는 시절이니 공무국이 멈추면 신문이 완전히 멈출 때였다. 뭔가 공무국 직원들이 웅성거린다는 얘기가 돌던 때였다. 회장께서는 공무국에 가더니 갑자기 직원들 앞에서 큰절을 올렸다. 황급히 만류했지만 모두가 듣는 자리에서 "공무국이 최고다"라고 말씀하셨다. 이런 모습을 잘못 해석하면 비판할지 모르겠다. 그러나 이런 말은 '신문인 방우영'을 모르기에 하는 것이다. 어떤 것보다 신문이 중요하다는 신념, 조선일보를 지키는 사원들에게 기꺼이 고개를 숙일 수 있다는 진심이 깔려 있지 않으면 할 수 없는 행동이다.

인간 경영이란 건 결국 사람에 대한 신뢰가 바탕이 돼야 가능하다. 어설프게 흉내 낼 수 있는 일이 아니다. 내가 편집국에서 기자로, 부장으로 일하고 있을 때도 방 회장께서는 절대 외부 부탁을 받고 기사 지시를 하는 법이 없었다. 정 거절하기 어려운 사람이 찾아올 때에도

"경제부 ○○○ 기자 찾아가봐"라고 하지, 당신이 직접 전화하지 않았다. 내가 경제부장으로 일하던 전두환 정권 초기에 "기사 빼달라"는 압력이 예상되는 박스 기사 하나를 지면에 실었다. 작은 기사지만 꽤 아픈 내용을 담고 있었던 것으로 기억한다. 그러곤 아예 밤새 전화를 안 받아버렸다. 그랬더니 그다음 날 방 회장께서 직접 경제부로 오셨다. "이 기사 좋았어. 내가 어제 강원도에서 서울 왔는데, 이들이 나를 찾아와서 '민원'을 했지. 내가 눈도 깜박 안 했어" 하셨다.

돌이켜보면 당시 상황에서 그렇게 하는 것이 쉽지 않은 일이다. 회사를 경영하는 입장에서는 참으로 어려운 순간도 많았을 것이다. 그러나 최고위층이 기사 한 건을 빼면 그 아래 간부들은 세 건, 네 건을 뺄 수 있다. 그러기 시작하면 기자들이 기사를 쓰지 않는다. 기사에 대해 철저하고 엄격한 전통은 지금도 조선일보에 그대로 살아 있다. 이것은 조선일보의 자랑이고, 지금의 조선일보를 만든 강한 힘이다. 어찌 보면 지금의 조선일보는 대한민국이 이룩한 기적의 언론계 축소판 같다는 생각이 들 때가 있다. 그 기틀을 만든 분이 방우영 회장이었고, 그것이 1등 신문 조선일보의 초석이 됐다고 나는 알고 있다.

36

단구의 거인

신동호

전 조선일보 대표이사 부사장, 전 스포츠조선 사장

최근 김대중 고문의 방우영 고문 미수 축하 문집에 실릴 원고 청탁서를 받고 사사(社史)를 비롯한 관련 기록물들을 열흘 동안 다시 읽었다. 그 중엔 내가 직접 기획 · 편찬한 방일영 회장의 회갑 문집 '태평로 1가(太平路 一街)'도 있었고, 조선일보 사보에 '생각나는 대로'란 제호로 매주 1회 10매 안팎의 회고담을 3년간 연재할 때 내가 철자법, 띄어쓰기 등 데스킹해온 것을 1998년 1월 고희 기념 문집 '조선일보(朝鮮日報)와 나의 45년'으로 발간한 책도 포함되어 있어 읽는 감회가 새로웠다. 때마침 엘리자베스 여왕이 즉위 63년을 넘겨 세계 최장의 군주 기록을 깼다는 보도가 있어 새삼 우리 '방씨조선(方氏朝鮮)' 가계에도 동일 현상이 있음을 연상하게 됐다.

현존하는 신문 중 최고(最古)를 자랑하는 조선일보는 대주주 없는 동인지 형식으로 1920년 3월 5일 창간해서 1933년까지 8대 사장이 13년 동안 운영해오다가 신흥 광산왕 계초가 인수 후 9대 사장으로 취임하면서 태평로 1가 61번지에 랜드마크가 된 4층 빌딩을 신축함으로써 방씨조선의 가업이 창업됐다. 일제의 탄압으로 불과 7년 만에 폐간됐다가 광복 후 겨우 복간했으나, 6.25동란 전후로 계초의 불행사가 겹쳐 회사는 위기를 맞았다. 손자인 '영(榮)'자 돌림의 두 20대 형제가 할아버지를 명예사장으로 모신 채 사장 없는 대표이사를 대물림하면서 중흥지조로 회사를 살려낸 것이다. 60년대 중반부터 우리나라 신문 기업사상 새로운 기록이 수립되고, 70년대 와서는 최고의 부수와 가장 영향력 있는 언론기관으로 정상의 자리를 차지하게 된다. 그런 내용이 소상히 기록되어 있으나 공신록으로 기록된 인물의 태반이 고인이 되어 이번 미수 축하 문집에 동참할 수 없음이 매우 섭섭하며 안타깝다. 그 중에 기자 출신으로는 유건호 선배보다 내가 1년 더 길게 재직하며 신임과 사랑을 듬뿍 받고 41년 4개월 만에 정년퇴임할 수 있었던 과거의 영예에 보답하는 글을 어떻게 써야 할지 매우 걱정이다. 그러나 오너가 아니면서 재직의 최장 기록은 이규태 고문이 2005년에 45년 근속 기록을 세웠고 올해에 김대중 고문이 50년 기록을 세워 가볍게 밀려 아쉽지만 반가웠다.

그러나 1943년에 계초 할아버지의 비서로 입사하신 우초 형님은 2003년까지 60년을 근속하셨고, 1952년에 공무국원으로 입사한 아우님 우영 고문은 올해로 63년째여서 엘리자베스 여왕과 기록 갱신의 경쟁자가 된 셈이다. 또한 축하할 일이다. 기록은 깨지는 게 역사상 도리이다. 이처럼 고종의 계비였던 엄 상궁의 거처였다고 불하된 집터의 기운이 많은 교육기관과 문화 계몽 사업을 후원한 엄비의 유지를 계승하는 문화 건설의 선구자격인 신문사의 장수를 누리는 기틀이 되었고, 나라와 회사가 함께 중흥의 대도(大道)를 달리게 됐다. 조선일보의 중흥 공신의 으뜸은 장신에 호남형인데다가 항상 웃음이 넘치는 형님의 카리스마와 단구(短軀)에 재기발랄하고 저돌적인 아우님의 추진력이 조화와 균형을 이뤄낸 거인(巨人)들의 행보가 남들이 뒤따르지 못한 업적을 쌓게 됐다고 종합 평가를 한다.

나는 20세기 후반 초기 비약 단계에 조선일보라는 큰 숙주에 기생해서 반평생 동안 소망을 달성한 은혜에 감사하고 있다. 인연이란 불가항력적인 운명의 하나인데 기업이나 나라나 발전의 원동력은 영명한 지도자의 독재적 리더십이 발동해야 속성으로 성취된다고 믿고 있다. 그런 점에서 유전인자는 다르지만, 방(方) 패밀리와 공통점과 유사점이 많을 듯싶다. 유복한 가정 출신이지만 할아버지와 더 오래 유소년기를 지냈고 술, 담배가 두주불사에 골초였으며 당뇨병 앓이 40여 년이 넘었으며 독서와 사람 사귐을 좋아하며 고집이 센 편이나 포용력과 친화력도 있다는 점이다. 나는 할머니, 어머니, 그리고 아내따라 기독교에 입문한 것도 비슷하다. 아버지와 50년 동안 모신 계모는 원불교의 공훈 신자이셨다.

대한민국과 조선일보가 바뀌기 시작한 시발점은 1960년과 1961년에 있은 두 차례의 혁명 신호탄 발사였다. 33세의 윤주영 편집국장의 등용과 방 대표의 '선배님들 물러나주십시오'의 호소문 전달이었다. '홍박(洪博)'을 비롯한 원로들이 자의 반 타의 반으로 퇴사한 이후 견습기자 채용과 유능한 편집기자를 전국에서 스카우트하여 읽히고 보는 편집 체제로 바꾸고 명망 높은 대학 교수나 지도층 인사를 논객으로 모셔오는 등 인사 혁신을 어느 신문보다 빨리, 그리고 많이 했다. 1965년엔 7, 8, 9기생을 석 달에 한 번꼴로 공개 채용하기도 했다. 당시엔 국장 또는 부장급 선임기자 따라 기러기처럼 철새 이동이 심한 언론 풍토여서 실패작이나 부작용도 있었으나 70년대 와서는 안정이 됐다.

그런 구인(求人) 작전에 방우영 사장이 몸소 앞장섰다. 그래서 중학교 또는 대학교 동기동창 언론인도 간부진에 많이 기용되기도 했으나 오래가지 못하고 모두 정리한 것도 결자해지로 자신이 책임지는 냉혹함도 보였다. 내게도 "저놈 내보내지 그래!"라고 지목한 적도 있는데 소명 자료와 불가 이유가 분명하면 살생부에서 제명되는 수도 있었다. 특종기사를 잘 쓰고 전도가 밝다고 알려진 기자라도 품격이나 인간성에서 마음에 들지 않으면 오래 못 가서 퇴사하는 사풍이 확립됐다. 그래서 수습기자 교육 때 "적성에 맞지 않으면 빨리 그만둘수록 피차에 좋겠다"라는 나의 입버릇이 악평으로 소문나게 된 소이이다.

나는 평생 글쓰기를 좋아해서 국민학교 3학년 때 여름방학 숙제인 한 달간 일본어로 쓴 일기장을 지금도 소장하고 있지만, 그 후로 60년 동안 메모 또는 일기를 써오고 있고 고교 때는 문예반장, 대학 때는 문학 서클의 리더로 활약하기도 했고 신문사에 와서도 송지영, 선우휘 선생의 가르침을 받으며 황순원, 조병화 은사도 함께인 술자리에 참석하는 것을 큰 보람으로 알아왔다. 그러나 입사 6년 만에 행정직으로 들어앉은 이래, 내 글쓰기보다 남의 글 읽기가 전문직이 돼서 명기자, 대기자, 논객 소리는 듣지 못하고 집사람이 지금도 "당신은 따지기를 좋아해서 남의 흠집만 찾아내 즐기냐?"고 핀잔을 준다. "신문사에서 기자 생활 8년에 차장도 안 주더라"는 방 대표의 상무 승진 후 불평인데, 내게는 너무 빨리 출세시켜 남의 소망을 망치느냐고 불평하고 싶다. 내가 부장 될 때까지 모신 사회부장은 11명이어서 평균 7개월의 단명이었고 편집국장은 12년 만인데 전임자가 10명이어서 평균 14개월의 재임 기간이었으나 나라로 치면 해마다 정변이 일어난 격이어서 정책의 일관성을 기대하기 어려웠을 것이다. 참으로 격동기의 과도기 현상이었다.

이런 풍토에서 방 대표의 본성이 마음껏 발휘할 수 있는 영지(領地)가 확장될 수 있고 실제로 유능한 독재 자질의 강장(强將) 밑에 약졸(弱卒)이 오히려 생기지 않고 전력과 사기가 높아지는 역발상의 현상이 발생한다. 방 대표가 사장, 그리고 회장이 되기까지 30년의 CEO 동안 안 해본 일선 국장의 역할 수행이 하나도 없을 것이다. 내가 국장 때도 박종화, 이은상, 서기원, 유주현, 정비석, 한수산 씨 등 당대 인기 작가들을 모시며 식사하고 새 연재물을 청탁하는 자리에 여러 번 배석했다. 주인공과 제목까지 지정해서 대원군, 이충무공, 김옥균, 당대 기생 등을 일일이 지목하고 승낙할 때까지 끈질기게 조른다. 배석시키면서 나를 가르치는 것이다. 함석헌, 김성식, 김동길, 지명관, 안병욱 교수 등 당대 명칼럼니스트의 초빙과 집필 의뢰도 이런 식으로 직접 교섭 역을 자청하셨다. 내가 결정한 것은 최인호의 '별들의 고향'뿐이다. 의학 에세이로 장안의 화제가 됐던 허정 교수의 '상식과 허실'도 일본의 같은 이름의 책을 사갖고 와서 내게 번안 게재를 지시하여 이뤄진 것이다. 사내 필진의 그 유명한 23년간 연재된 '이규태 코너'와 '개화백경(開化百景)', 김용태의 '코메리칸의 낮과 밤', 이도형의 '벚꽃은 다시 핀다' 등 연재물도 모두 방 '국장'의 직접 지시 사항이었다.

이제는 컬러 시대의 지면 제작을 해야 한다고 일본에서 다색도 고속 윤전기를 수입해서 1970년대부터 24면까지 컬러 페이지를 제작할 수 있었고, 1970년 내가 도쿄에서 귀국하자 컬러 담당 부국장으로 매주 컬러 기획기사로 유신시대의 독자의 관심을 유도했다. 내가 방우영 기자를 처음 만난 곳은 서울대 도서관 앞, 여권 소지자에 영어교육을 시키는 3개월 과정의 FLI라는 외국어 학원이었다. 방 기자는 문제안 기자와 같이 홍콩에서 출발, 자동차로 실크로드를 거쳐 베를린까지 탐방 여행기를 취재한다고 나보다 한 달 앞선 반에 다니고 있었다. 휴게 시간이면 두 기자의 입심에 반해서 주변이 성황을 이룬 적이 있는데 왜 포기하고 출정하지 않은지는 지금껏 분명치 않다. 그때 못 간 한을 풀기 위해선지 '세계 4대 문명발상지 순방', '아마존 탐험', '신왕오천축국전', '중동은 뛰고 있다' 등은 2~3인의 특파기자를 통해 몇 해를 화려한 지면 장식에 바쳤다. 그 밖에 파리의 신용석 12년, 워싱턴의 김대중과 도쿄의 이도형에게 6년간 상주케 해서, 임기에 구애받지 않고 좋은 기사 발굴에 전념토록 배치했고 여성 특파원으로 파리에 윤호미를 보내는 특례도 만들었다.

편집 외에도 제약 및 영화 광고 수주에 직접 나서기도 했고 운전기사가 모자랄 때는 지프차로 직접 운전해서 새벽 신문 발송을 하기도 했고, 판매망 확장을 위해 보급소장과 총무들의 신규 채용과 훈련을 맡기도 했으며, 수도권 주변에 새로 도입한 고속 윤전기 설치를 위한 공장 신설과 대구, 광주, 제주 등지에 위탁 인쇄를 맡기는 등 사세 확장에 전력투구를 했다. 신문 이외에 주간조선, 월간조선, 낚시, 산, 가정조선, 스포츠조선 등 자매지를 만들고 21세기 들어서는 대망의 멀티미디어로 TV조선, 조선영상비전, 디지털조선일보 등을 잇따라 창업해서 상암동에 제2사옥을 신축하는 등 미디어 왕국을 세워가고 있다.

물론 이런 화려한 발전 뒤안길에서 계엄 당국과 정치권의 부당한 압력에 맞서고 타협하지 않을 수 없는 조평(朝平) 사태, 국민당 불매운동, 언론청문회 증인 출석, 연행 기자 석방 교섭 등 고통스러운 행차도 적지 않았다. 사내에서도 언론위 반대 투쟁, 6.4 사태, 3.6 사태,

노조 탄생 등 어려움을 극복해나가는 과정에서 비애와 좌절감에 빠질 때도 있었지만 불굴의 투지 의욕과 참을 인(忍)의 교훈을 살려 이겨낸 것은 거인다운 풍모를 더욱 돋보이게 했다.

나는 이런 직장에서 인생의 반 토막을 지냈고 낮과 밤이 없고 가족을 잊고 있었다가 껍질을 벗으며 낯설은 아내와의 둘만의 새 가정으로 돌아오고 나니, 21세기가 야속하기만 하다. 2년 전 아내가 30년 동안 다녀온 사랑의 교회를 같이 나가며 금년 5월 세례도 받은 새내기 신자다. '조우(朝友)' 회보에 인보길 회장이 인터뷰해서 '교회와 가족 품으로 돌아오다'고 소개했다. 소기만각(小器晚覺)이지만 이제 평화로운 여생을 맞을 마음의 정리를 하려 한다. 지나간 것은 모두 아름다웠고 그리움이지만 나와 내 주변의 나를 도와준 모든 분들의 소망이 일치하지 않고 약간 어긋났다고 해서 낙심하거나 원망은 하지 않으련다. 인생 전반기에 3단계의 모교(母校)가 제1고향이라면 2단계인 태평로 모사(母社)는 제2고향이다. 떠난 지 15년이 지났음에도 악성 루머와 유언비어가 돌고 있다니 부덕의 소치로 접고 잊기로 했다. 실향민이 설움을 삼키며 오직 성화와 견인의 단계에서 구원을 기다리겠다. 완전한 삶이 복권처럼 떨어질 거라고 빌지도 않는다. 다만 다음 백수 기념 문집에 참여 기회가 주어졌으면 하는 소망만 남긴다.

37

멋과 맛을 아시는 국제 신사

신두병

전 외교부 대사

내가 방 회장님을 가깝게 뵙게 된 것은, 주(駐) 이탈리아 대사 재직 시에, 신동호 고등학교 선배께서 로마를 방문하시는 방 회장님 내외분께 인사드리라는 전문을 받고서다.

방 회장님은 파란만장한 한국 현대사의 증인이시기 때문에, 비록 연세대 후배이지만 우선 관리로서 조심스러웠다. 그러나 완숙된 포도주의 깊은 향과 같은 친밀감을 느끼게 하여주셨고, 동시에 마치 초년병 일선 기자를 만나면 느낄 수 있었던 기풍을 감지할 수 있었다. 그 격동의 시절을 보내면서도 어떻게 담백한 마음을 유지하여오셨는지 놀라웠고, 그리고 열려 있는 분이라는 인상을 받았다. 또한 사모님은 우리나라의 모범적인 전통 현모양처이심을 금방 알 수 있었다. 당시 국제 감각이 뛰어나신 김봉균 회장 내외분께서 하루 늦게 합류하셔서 로마 여행 기분을 일층 돋우셨다.

로마에서 만나뵌 인연으로 그 후 홍콩에 근무할 때나, 은퇴 이후에도 운동, 해외여행 등을 통해 수차 뵙게 되었지만 나의 방 회장님에 대한 첫인상은 변함이 없었다. 로마에 오셨을 때 방 회장님은 한국골프협회 회장직을 맡고 계셨다. 마침 나는 한국 월드컵 유치와 로마 올림픽 유치와 관련 이탈리아 체육계 인사들과 많은 접촉 끝에 친구가 됐고 이들은 내가 골프에 관심이 있다는 것을 알고 특대우 조치를 해주었다. 그러면서 자연히 서양과 한국의 골프 문화 차이에 대한 평을 주고받았다.

서양 골프 문화는 골프장을 운동과 동시에 사교의 장이라고 보고 있다. 우리는 동향(同鄕)은 말할 것도 없고 심지어 산봉우리에서 만난 등산객 간에도 모임을 갖고 친목을 도모한다.

그러나 골프장에서는 폭넓은 '사교'가 없다. 서양 골프 문화 중 그 일부만 들여온 것이다. 이와 같은 예는 우리 사회 전반에 허다하다. 비근한 예로 승강기 탑승 문화다. 승강기를 탄 후, 문 닫기 전에 더 탈 사람이 있는지 확인하는 것이 승강기를 만든 나라의 문화이다.

그런데 우리는 타자마자 문을 닫는다. 그것도 문 닫는 단추를 여러 번 누른다. 우리는 상업적 이익, 편리만을 취하고 이에 따른 책무를 등한시하는 유감스러운 현상을 본다. 방 회장님께는 나의 진부하기만 하였던 이런 관찰 내용을 유심히 들어주었다. 사실 외교관들에게 어려운 점의 하나로, 주재국 설득의 어려움보다는 본국 정부 설득이 더 어렵다는 외교관 회고록이 많다.

나는 방 회장님이 어려운 환경 속에서나마 '멋'을 추구할 수 있는 여유를 보여주고 계심에 놀랐다. 방우영 회장님이 입으신 양복에서 이탈리아 재단사의 솜씨가 보였기 때문이다. 이탈리아 중소기업을 조사하는 과정에서 알게 된 것이지만, 이탈리아 재단사들은 웬만한 자동차 한 대 수출에서 얻는 이익보다 두 배 이상 이익을 올리고 있을 정도의 솜씨를 가지고 있다.

이들은 키가 크고 체형이 긴 사람에게 어울리는 미국의 대표적 양복(Brooks Brothers) 재단사들, 그리고 근엄하고 엄숙한 풍의 런던의 세빌 로(Savile Row) 재단사들과 경쟁을 하고 있는데, 한번 자기들 제품을 입어본 사람은 다른 제품을 입지 못한다고 자부하고 있다. 이탈리아의 온화한 기후 때문이기도 하지만, 이들은 우선 자기들 양복은 가볍고, 부드럽고, 잠옷같이 편하다는 것이다.

그리고 자기들 재단 기술은 미켈란젤로의 조각품과 같이 인체 공학에 기반을 둔 일종의 예술작품이라는 것이다. 이들은 어깨 부분이 크고, 허리가 약간 들어가면서 균형 잡힌 몸매를 보여주는 맵시 있는 양복임을 강조한다. 이들의 대표적 제품(Brioni, Kiton 등)은 한평생 입을 수 있는 것으로서, 2~3년 후면 사라지는 연예인 스타일의 유행 상품과는 거리가 멀다고 한다.

이들의 꿈은 교황의 옷을 한번 재단해보겠다는 것이다. 이러한 현상은 학벌보다는 기술과 능력을 우선시하는 사회 분위기 속에서만 가능할 것이다.

양복 이외에 방 회장님의 열려 있는 마음은, 방 회장님이 드문 세계적인 미식가라는 데서 찾을 수 있다. 음식은 그 나라의 문화이다. 우리는 한국음식의 세계화를 위해 애쓰고 있는데, 이와 관련 세계 음식 시장을 석권하고 있는 나라들의 음식맛을 알아야 된다는 것은 재론할 필요도 없다.

그러나 불행하게도 많은 우리나라 해외여행자들은 민망할 정도로 방문국 음식에는 입도 대지 않음을 흔히 볼 수 있다. 그래서 재외공관에서 근무할 때, 주재국 음식맛을 한국음식과 비교하여 음미하고 평하는 분들을 만나게 되면 반갑다.

방 회장님 내외분께서는 세계 요리 시장에서 경쟁력이 강한 중국요리의 맛에 깊은 조예를 가지고 계셔서 은퇴 후 같이 중국 여행을 하며 중국요리의 진수를 접할 수 있었다. 또한 획일주의의 중국 공산·사회주의 체제 내에서도 지역마다의 특성이 강한 요리를 바탕으로 다양한 문화가 있다는 것도 실감할 수 있었다. 방 회장님 내외분께서는 이탈리아 음식맛도 누구 못지않게 즐기시면서, 폭넓은 세계 문화관을 가지고 계심을 알 수 있었다.

사실 요리는 외교에 있어서 절대적인 요소이다. 정상회담은 30분, 또는 한 시간 동안 진행되지만 두 시간, 세 시간 서로 마주 보고 대화할 수 있는 기회는 요리를 즐기면서 진행되는 국빈 만찬이다.

독일의 철의 재상 비스마르크는 1878년 6월 13일 발칸 지역 재분배와 관련된 베를린 회의를 개최하면서 1815년 비엔나 회의와 1856년 콘스탄티노플 회의 내용을 참고로 검토해 발견한 것이 좋은 음식 제공이 격앙된 회의 분위기를 안정시키는 데 큰 도움이 되었다는 사실이다. 그는 베를린 회의를 열면서 맛있는 음식을 푸짐히 대접하여 소기의 성과를 올렸다는 기록이 있다. 한국에서 국빈 만찬 시 근검절약 차원에서 음식을 대접하였던 문화와는 전혀 다른 차원이다.

내가 방 회장님을 멀리서나마 존경하는 것은, 우리의 의식주 중 옷의 멋과 음식의 맛에 대한 세계적 감각을 지니신 국제 신사의 면모 이외에, 우리나라 언론 자유를 위해 투신한 기개이다. 신문 기사 매 건마다 검열당하고 비위에 맞지 않는 기자들은 '손 좀 봐주어야 된다'고 했던 시절의 굴욕을 당하면서도 조선일보를 일류 신문사로 만드신 것이다.

여행하면서 하루는 서울에서 긴급 전화를 받고 별안간 침울한 표정을 하시더니 조선일보에 난 기사 때문인 것 같다고 하면서 아주 씁쓸해하셨다. 방 회장님은 자신을 언론인으로 키워준 분은 방일영 회장님이라는 것을 강조하셨다.

나의 워싱턴 근무 시절, 미국이 대내외적으로 큰 문제가 발생할 때마다 미국이 어떻게 반응할지에 대하여 궁금한 적이 많았는데, 그다음 날 뉴욕타임스를 비롯한 주요 신문 논설을 보면 명답이 제시되고 있어서 감탄한 적이 한두 번이 아니다.

지금 우리나라 신문의 오피니언 면을 보면 마음이 후련해지는 경우가 많다. 이는 언론인이며 동시에 신문 경영인인 방 회장님 같은 분의 기개와 우수한 논설인들을 지원한 용인술이 없었더라면 불가능하였을 것이다. 이러한 방 회장님의 옆에는 항상 사모님이 계시다는 것을 상기하게 된다.

38

예술문화 발전의 후원자

신영균

신영균예술문화재단 명예이사장, 전 한국예술단체총연합회 회장

방우영 조선일보 회장은 나와 동갑이다. 하는 일이 다르고 가는 길이
달랐지만 우의의 교분을 나눈 세월이 반세기쯤 된다. 나는 영화 연기
자로 시작해 영화를 포함한 예술인 단체 활동과 그와 연계해 한동안
직능 정치인으로 발길을 옮겨가기도 했지만 방 회장은 오로지 조선
일보에만 머물며 일생을 신문사 경영의 한 우물을 파며 외길을 살아
온 분이다.

　서로 길이 다름에도 박학다식하고 매사에 열정적으로 살아온 방
회장의 드러나지 않은 인간관계의 영역은 각계각층 그의 발길과 손
길이 닿지 않는 곳이 없었고 그 가운데 영화예술에 대한 애정과 배려
는 특별해서 우리 영화 발전에 끼친 기여도를 생각할 때 나는 늘 감

사하고 반갑고 고마운 마음으로 만남의 시간을 소중하게 느끼며 살아왔다.

방 회장은 한국영화가 연간 200편 이상을 제작하던 황금기인 1960년대에 우리 영화 르네상스의 불길을 지펴주던 막후 주역의 한 사람이었다. 당시 한국영화는 제작 물량이 많고 상영해야 할 영화관 수가 부족해 서울의 경우 10여 개 미만의 개봉관을 두고 제작자들이 극장 확보를 위해 치열한 물밑 경쟁을 벌였다.

영화제작자가 제작한 영화를 개봉하기 위해서는 극장주와 은밀한 별도의 거래를 하는 것이 관례처럼 되어 있을 때도 그 유혹을 절대로 받아들이지 않았던 극장이 방 회장이 운영하는 아카데미극장이었다. 엄청난 흥행 기록을 남긴 '맨발의 청춘'을 비롯해 내가 출연한 '남과 북' 등의 작품들이 모두 아카데미극장에서 상영되었다.

방 회장은 신문사 경영과 연계된 대중문화 진흥 사업으로 서울 광화문 한복판에 아카데미극장을 설립하고 운영하면서 우리 영화와 영화인들을 관객들과 이어주는 명소로 만들어 영화 발전의 토대를 구축하는 데 기여했다.

이어서 영화산업의 한 해를 결산하는 영화 축제인 청룡영화제를 창설해 대종상과 쌍벽을 이루는 영화제로 이끌어낸 분이다. 영화 관객들의 치열한 인기투표로 인기 배우를 선정하던 이벤트를 매년 영화계의 뜨거운 이슈로 만들었던 청룡영화제는 현재 스포츠조선에서 주최해 큰 규모의 영화 축제로 연말에 개최되고 있다.

방 회장은 그렇게 종합 일간지들이 대부분 정치·경제 중심의 매체 기능을 중요시하는 경영 구조였을 때에도 시선을 돌려 기존 언론사의 고정관념과 한계를 뛰어넘어 긴장된 사회 분위기에서 창작 활동에 제약을 받던 문화예술 발전에도 많은 관심을 쏟았다. 조선일보라는 매체로 우리 관객들이 우리 영화와 영화인을 사랑하게 만드는 가교 역할을 하게 길을 열어준 것이다.

방 회장은 내 개인적으로 가끔 일과 인생에서 풀어야 할 문제가 생길 때 사리에 맞게 답을 가르쳐주는 따뜻한 혜안의 카운슬러가 되어주기도 했고 세속의 복잡한 일로 쉬고 싶을 때 즐거움을 함께 나누는 소중한 벗이 되어주기도 했다.

나는 개인적으로 회갑연, 고희연 따위의 떠들썩한 잔치를 하지 않고 살았다. 그러다가 어느 해 결혼 생활 50년을 기념하는 금혼식 잔치를 그냥 넘기기에는 아내가 서운할 것 같아 많은 친지를 초대해 제대로 하겠다는 생각으로 준비를 하다가 그것마저 취소했다. 날짜가 임박해 방 회장을 만나 이런저런 정담을 나누다가 헤어진 뒤 생각을 바꾸었다. 부질없이 낭비로 끝내는 금혼식에 준비한 경비를 모두 조선일보를 통해 이웃돕기 기금으로 내놓는 것이 의미가 있다고 판단해 그렇게 내 생각대로 실행한 적이 있다. 개인의 탐욕이나 이해관계보다 사회적 시야를 넓게 가지고 삶을 멋있게 사는 슬기를 생각하며 살아가리라 다짐한다.

2010년 10월 지금은 예술문화재단으로 운영되는 나의 소중한 재산을 내놓을 때도 가족과 함께 마지막 결정을 하고 최종적으로 만난 분도 방 회장이었다. 조용한 장충동의 음식점에서 방 회장 내외분과 우리 부부가 함께 식사를 하는 자리에서 나의 결정 사안을 고백했을 때 방 회장은 그 용기를 의미 있게 받아들이면서 진심으로 축하의 미소를 안겨주었다.

오로지 신문사 경영에 몰두 몰입해서 산 방 회장은 표현 그대로 일에서는 '워커홀릭'에 가깝지만 틈틈이 긴장을 풀기 위해 사냥을 즐기고 풍류를 좋아하는 멋과 여유도 가지고 있다. 불과 한 달 전에도 방 회장 부부와 김봉균 회장 부부, 그리고 우리 부부와 함께 이웃나라의 온천을 찾아가 머리를 식히는 시간을 마련해 즐거운 여행을 하고 돌아왔다. 방 회장과 김봉균 회장, 그리고 나는 서로가 가정을 소중하게 생각하고 지키려는 노력을 해온 탓인지 부부끼리 가족이 함께 만날 때 좋아하고 여행을 떠나는 시간을 즐겨왔다. 그럴 때 여행 비용을 누가 낼까라고 묻는다면 내용을 모르는 사람들은 어느 한쪽이 부담할 거라고 생각하겠지만 그건 방 고문을 잘 모르고 하는 말이 된다.

우리 인간 사회라는 것이 서로의 이해와 필요성에 의해 인연이 이루어지고 또 헤어지는 것이 섭리인데 무엇보다 수십 년을 두고 인연이 이어질 수 있었던 것은 바로 방 회장이 이해관계를 떠나 진심으로 생각과 마음을 주고받는 인간적인 도량 덕분이다. 함께 만나서 돈을 쓸 일이 생기면 필요한 돈을 각자 부담으로 돌린다. 이른바 더치페이가 생활화된 분이다. 식사 한 끼라도 남의 신세를 지면 갚아야 할 부담을 지게 되는 것이 우리 인생살이다. 누구에게도 부담을 안 지우고 당당하게 살아가는 모습을 통해 방 회장의 철저한 인생관 일면을 엿볼 수 있다.

얼마 전에는 이준용 대림산업 명예회장이 조선일보가 펼치는 '통일 나눔 펀드'에 2000억 원의 기금을 쾌척해 많은 사람들에게 기부 정신의 귀감을 남겼다. 방 회장은 잊지 않고 그 분의 정신을 소중하게 받아들이는 격려의 자리를 마련했는데 그 자리에 평소 가까이 지내온 나와 김봉균 회장도 초청했다. 우리 민족의 숙원인 통일 문제를 비롯해 정치·경제·사회 발전과 연계된 조선일보의 뜻있는 각종 사업의 이면에서 방 회장이 그렇게 소리 없이 보이지 않는 발걸음을 쉬지 않고 움직이는 모습을 나는 언제나 감동으로 지켜보았다.

방 회장의 독특한 처세와 호감을 주는 인간관계의 특징은 얼마든지 더 있다. 그는 막강한 언론사의 회장이라고 표시를 내며 큰소리를 치는 교만함을 드러내지 않고 사람을 만났다. 그래서 간혹 나는 보통 사람으로 처신하는 모습을 보며 그가 대신문사의 회장인가 하는 의문을 느낄 때도 많았다. 그가 사실 탐욕에 어둡거나 교만한 삶을 살았다면 한국 현대사의 소용돌이치는 정권 변화와 사회적 격동의 시대를 온전하게 넘기지 못했을 거라는 생각도 든다.

신문 경영의 중심에서 흔들리거나 길을 벗어나지 않고 굳건하게 자신의 책임을 다한 방 회장의 지혜로운 삶의 이면을 나는 미수에 이른 지금도 가까이서 바라보며 만나면 반갑고 편안한 동갑내기 우의를 깊이 느끼며 살고 있다.

미수를 맞이하기까지 방 회장의 일생과 현주소는 알고 보면 단지 네 글자인 '조선일보'라는 하나의 신문사에만 머물렀지만 그의 활동 영역은 언론의 울타리를 넘어 사회 전반에 발자취를 남겼다. 그의 삶은 사회를 이끌어가는 각 분야의 리더들에게 많은 것을 일깨워주고 있다.

때로는 언론 문화의 한복판에서 역사를 만들어온 그를 주인공으로 한 영화를 만들면 어떨까 하는 생각을 할 때도 있다. 동갑내기인 내가 그의 노년기 배역을 맡는다면 누구보다 잘할 수 있을 거라는 상상을 하기도 한다. 자랑스럽고 존경하는 좋은 친구의 88 미수를 축하하고 오래오래 건강하고 행복하기 바랍니다.

39

프랑스 미술전을 지원해주시다

신용석

인천개항박물관 명예관장, 전 인천아시안게임 위원장

입사 4년 만에 만 29세의 나이로 조선일보의 초대 파리 특파원 발령을 받은 것은 한마디로 파격이었다. 입사 면접시험에서 당시 방우영 사장님 앞에서 외신부 근무를 자원해 줄곧 외신부에서 근무했었고 화가 어머님(고 이성자 화백)이 파리에서 활동하고 계시다는 것을 감안했다 하더라도 파리 특파원 발령은 지금 생각해도 방우영 당시 사장께서만이 내릴 수 있었던 최고경영자로서의 직감과 파격적 결단이었다는 생각이 든다.

1969년 4월 파리에 도착한 직후부터 다행히 쓸 기사가 많았다. 프랑스 제5공화국의 대통령으로 12년간 집권하면서 프랑스를 강대국의 반열에 올려놓고 프랑스의 영광을 되찾아놓은 드골 대통령이 스스로 퇴진하는 장면은 한마디로 극적인 순간이었다. 대통령의 자진 퇴임과 연이어 실시된 후임 대통령 선거 등으로 파리 특파원 부임 초기에는 파리발 기사가 외신면은 물론 1면에도 자주 크게 실렸다. 퇴임 다음 해 드골 대통령이 서거한 후 노트르담 대성당에서 열렸던 영결식 장면이 천연색 사진과 특파원의 글로 전면을 장식했던 것은 지금도 기억에 남는다.

그러나 워싱턴과 도쿄발 기사, 그리고 베트남전쟁 기사가 외신면을 주로 장식하던 시절, 파리발 기사와 유럽의 뉴스는 한계가 있었다. 드골의 퇴장과 퐁피두 신임 대통령이 취임한 후 파리발 기사는 뒷전으로 처질 수밖에 없었다. 그나마 파리에서 개최되고 있던 월남전 평화협상 기사가 없었다면 화제성 기사와 문화면 기사가 고작이었다.

매달 본사로부터 송금되어오는 당시로서는 거금이었던 1,000달러 가까운 특파원 체재비를 받으면서 과연 내 자신이 봉급 값을 하고 있는가를 자문하고 회사에 재정적 부담을 주는 것 같은 자책감까지 느끼게 된 것은 부임 후 1년도 안 되었을 때부터였다. 기사 송고만으로는 회사에 보답할 수 없다고 생각하면서 스스로 추진하기 시작한 것이 프랑스 미술 전시회였다.

당시 파리 화단에서 중견작가 예우를 받고 계시던 어머님으로부터 문화성(省) 예술창작국장으로 있던 베르나르 안토니우스 씨를 소개받았던 것은 지금 생각하면 큰 행운이었다. 안토니우스 국장은 드골 대통령의 조카사위로 전설적 문화부 장관인 앙드레 말로와 레지스탕스 운동을 함께했던 동지였고, 따라서 프랑스 정부 내에서도 국장급 이상의 영향력을 지닌 인물이었다.

파리의 관청가 생 도미니크 거리의 독립 건물에 자리잡고 있던 문화성 예술창작국장실을 찾아간 것은 1969년 9월이었다고 기억된다. 큼직하고 예리한 눈매에 근엄하면서도 다정한 인상의 안토니우스 국장은 가난한 군사정권의 나라 한국에서 온 젊은 특파원이 서울에서 프랑스 미술전을 개최하고 싶다는 말에 처음에는 무척 놀라고 당황해하는 표정이었다.

그는 앙드레 말로의 동지답게 한국이 가난하기는 하지만 오랜 역사를 가진 문화국가이며 음악과 미술을 전공하는 젊은이들도 많고 파리에도 기십 명의 한국 화가들이 진지하게 작업하고 있다는 것을 알고 있었다.

외무성의 문화 교류 담당 부서와 협의를 끝낸 후 그는 한국의 국립미술관에서 조선일보사가 주최하는 프랑스 미술전을 시도해볼 수 있겠다는 언질을 주었다. 그때만 해도 프랑스 미술전 개최를 통해서 회사의 이미지를 높일 수는 있겠지만 수익을 낼 수 있을 것이라는 확신은 없었다.

그러나 "한번 잘해봐"라는 방 사장님의 짧은 한마디 대답으로 부임한 지 1년도 채 안 된 한국의 신문사 특파원은 미술 전시회 기획가로 변신해 문화성과 외무성, 루브르 박물관의 간부들을 수시로 만나면서 한국 전시회를 협의해 현실화시켜나갔다. 안토니우스 국장의 후광이 있었기에 가능한 일이었다.

이렇게 해서 6개월 만에 마련된 첫 전시회가 1970년 3월 5일 조선일보 창간 50주년 기념일에 맞추어 경복궁 국립현대미술관에서 개막된 '프랑스 현대 명화 전시회'였다. 지금 회상해보아도 반년 동안의 교섭 끝에 프랑스 공립 미술관의 기라성 같은 대가들의 작품을 보안 시설이나 냉난방 시설도 없었던 우리나라 미술관에서 전시할 수 있었던 것은 기적이었다는 생각이 든다. 출품 작가는 피카소, 마티스, 미로, 브라크, 샤갈, 뒤피, 에스테브, 자코메티, 후앙 그리, 칸딘스키, 르 코르뷔지에, 페르낭 레제, 폴리아코프, 조르주 루오, 피에르 슐라즈, 자오우키 등이었다.

45년이 지난 오늘날 되돌아보면 세계 화단의 대표적인 현대 화가들의 작품 120여 점이 한국에 온 역사적인 사건이었고 프랑스 특파원으로 부임한 지 꼭 1년 만에 현실화시켰던 첫 번째 미술 전시회였다.

전시회가 끝난 후 방 사장님으로부터 "수고했어. 계속 잘해봐"라는, 짧지만 그러나 신뢰와 기대감이 충만한 격려의 말을 듣고 그 후 10여 년간 밀레전, 인상파전, 피카소전, 후기인상파전, 샤갈전, 로댕전, 뒤피전 등 프랑스를 대표하는 거장들의 전시회를 프랑스 정부와 여러 국립 미술관들의 협조로 서울에서 개최할 수 있었던 것은 회사에 보답해야겠다는 내 나름의 각오를 읽은 방 사장님의 신뢰와 격려와 지원이 없었으면 불가능했을 것이다.

미술전 개막식 때마다 프랑스 관계자들과 함께 서울에 오면 방우영 사장님은 직접 삼청각 같은 유명한 한식당에서 그들을 따뜻하게 접대해주시면서 손수 밴드의 일원이 되어 드럼까지 치시곤 했다. 그런 모습을 프랑스 대표들과 지켜보면서 신문사 사장이 드럼도 잘 치신다는 게 자랑스럽게 느껴지기도 했다. 프랑스 정부 관계자들과 주한 프랑스 대사는 방 사장님의 소탈한 인간미와 프랑스 미술에 대한 각별한 관심을 제대로 읽었고 이것이 미술전을 계속하는 데 큰 힘이 되었다.

타사에서도 조선일보사가 연례행사로 개최하는 프랑스 미술전을 유치하기 위해 백방으로 노력했지만 방우영 사장님을 정점으로 안토니우스 국장과 그동안 서울을 다녀오면서 방우영 사장의 팬이 된 프랑스 외무성과 문화성 고위 공직자들과 맺어진 끈끈한 유대를 극복할 수 없었다.

10차례 이상 개최된 프랑스 미술전 중에서 70여만의 관람객으로 큰 인기를 끌었던 '만종'과 '양 치는 소녀'의 작가 밀레전(展)은 회사의 이미지 제고에는 물론 수익에도 크게 기여했던 대표적 전시회였다.

그해 연말 보너스를 지급하면서 방 사장께서는 "이번 보너스는 신용석 특파원의 작품"이라는 말씀을 하셨다는 이야기를 파리에서 전해 듣고 큰 보람을 느꼈다. 방 사장님만이 하실 수 있는 쉽지만은 않은 말씀이며 이런 분을 사장으로 모시고 일하고 있다는 것이 무척 자랑스러웠다.

방우영 사장님 내외분을 프랑스에서 모시고 여러 차례 유럽 각지를 여행할 수 있었던 것은 젊은 신문기자로서는 보람과 행운이었다. 1974년 프랑스 정부는 미술 전시회를 통해 한·불 문화 교류에 공헌한 대한민국의 대표적 일간지 조선일보의 발행인에게 문화공로훈장을 수여하기로 결정했다.

훈장 수여식에 참석하기 위해 방상훈 현 사장과 함께 파리에 오신 방우영 사장을 프랑스 문화성에서는 VIP로 모셨다. 레지스탕스 운동의 대표적 인물이자 하원 의장 겸 보르도 시장을 역임하고 있던 샤방 델마스 씨가 보르도로 초대했다. 안토니우스 국장의 안내로 보르도를 찾았던 우리 일행은 시청과 인접한 시립 미술관에서의 환영 리셉션이 끝난 후 세계적으로 유명한 백포도주의 명가, 샤토 이켐의 오찬에 초대되었다.

샤토 이켐의 주인 부부가 마련한 오찬이 끝난 후 기념품으로 받은 포도주의 가격과 진가를 당시로서는 모르고 운전기사에게 선물로 주었던 것은 포도주에 문외한만이 할 수 있는 에피소드로 남아 있다.

외무성 연회장에서의 훈장 수여식에 이어 마련된 만찬이나 샤토 이켐에서의 오찬 같은 공식 행사보다는 방 사장께서는 파리에 오실 때마다 유럽의 자연, 특히 명산 찾기를 선호하셨다. 가까운 친지들을 함께 모시고 샤모니에서 몽블랑 등정을 시작으로 수년간의 격차를 두고 인터라켄의 융프라우를 사모님과 함께 오르셨다.

신문사를 떠난 후에도 사모님을 함께 모시고 마테호른 산정에 오르시는 방 사장님을 모시고 옆에서 지켜보면서 정상에서의 차분하시고 환한 모습과 내려오시면서의 조심스러우면서도 다부진 모습이 뇌리에 각인되었다. 항상 사모님을 형식적이 아니라 따뜻하게 배려하시는 것을 보면서 내가 모시고 있는 직장의 보스로서 얼마나 자랑스럽게 느껴졌는지 모른다.

방우영 사장께서는 파리에 들르실 때마다 타사 특파원들과의 식사 자리를 항상 부탁하면서 격려금을 잊으신 적이 없었다. 한번은 좁은 소견으로 타사 사장으로부터는 격려금을 받은 적이 없다고 말하자 정색을 하시면서 특히 H일보 특파원과는 잘 지내라고 말씀하셨다. H일보가 잘돼야 우리가 선의의 경쟁을 할 수 있고 J일보의 독주를 막을 수 있다는 말씀을 듣는 순간 방우영 사장이야말로 우리만 잘되자는 조선일보의 사주가 아니라 한국 언론계를 큰 틀로 보시면서 한국 언론의 균형과 정상적인 발전을 깊이 있게 고민하는 거인이라는 생각이 들었다.

이 같은 방 사장의 통 큰 최고경영자로서의 면모는 회사를 떠난 후여러 가지 일을 맡아 하면서 경쟁 상대를 존중하고 공생 공영의 가치를 내 자신 스스로 실천하는 데 사표(師表)가 되었다. 파리에서 개최된 IPI 총회가 끝난 후 이제는 모두 고인이 된 이병철 회장, 홍진기 사장, 김상만 회장 등 주요 신문의 회장 및 사장들과 함께 저녁 식사를 하는 자리가 있었다. 방 사장께서는 식사 중 H 사장에게 라틴어까지 능숙한 데 놀랐다며 칭송을 계속하기에 조선일보 기자로 자존심이 상하니 적당히 하시라고 직언을 드린 적이 있었다.

그날 오후 파리 시청에서의 환영 리셉션이 끝난 후 연회장에 걸려 있는 그림들의 설명문이 라틴어로 되어 있었는데 H 사장께서 번역하면서 설명하는 것을 옆에서 들으면서 내 나름의 평가를 하고 있었기 때문이었다.

방 사장께서는 자존심이 상한다는 불평 섞인 직언을 들으시더니 칭찬해주어 손해 볼 것이 없지 않느냐, 공부 많이 했다는 사람들에게는 칭찬을 아끼지 말라며 다른 분들에게도 칭찬과 덕담을 계속하셨다. 그날 저녁 값을 H 사장이 흔쾌히 치르는 것을 보면서 우리 방우영 사장님이 결과적으로는 그 자리에서의 승자라는 것을 자각할 수 있었다.

이같은 품성과 면모를 지닌 방 사장님으로부터 꾸중 아닌 질책을 받은 적이 있었다. 당시 주간조선 기사로 평화민주당과의 분쟁이 촉발되었던 '조평 사태'가 터진 뒤였다. 유럽 현지 조사를 위해 김대중 총재 일행이 들렀던 곳을 10여 일간 다시 찾아다니며 조사를 끝낸 후 사장실에 들어가 나름의 객관적인 보고를 마치자 "당신은 어느 신문사 소속이야" 하면서 침통한 표정으로 응시하시던 모습이 지워지지 않는다.

또한 사회부장 재직 시 창간되는 한겨레신문으로 가기로 결심한 기자들을 소집해 저녁을 함께하면서 설득 끝에 격려의 말을 덧붙인 적이 있었다. 사장실에 불려가니 사장님의 표정이 예사롭지가 않았다. "한겨레 가는 기자들에게 저녁 대접하고 전별금까지 주었다면서……"라는 말과 함께 사장님의 씁쓸하고 착잡한 표정을 지켜보면서 내가 너무 스스로 멋을 낸 것 같다는 자책감에 사로잡힌 적이 있었다.

조선일보를 정상으로 키우고 무조건 아끼고 영원히 사랑하는 분의 말씀을 대신한 표정이었다는 것을 깨닫게 된 것은 퇴사 후의 일이었다. 이제는 상임고문으로 계시는 방우영 사장님이야말로 나에게는 사회생활을 가르쳐주신 아버님 같은 분이었고 나의 인생에 가장 소중하고 영원한 멘토였다.

40

'고향 오빠'

심치선

연세대학교 명예교수, 전 이화여고·이화외고 교장

방우영 회장님을 처음 만난 것은 연희대학교(현 연세대)에 입학했던 1948년 가을이었다. 그때는 가을에 1학기를 시작했다. 연세대도 연희전문에서 학부 대학으로 발돋움하면서 남녀공학으로 바뀐 지 얼마 안 됐던 때로 기억한다.

당시 4년제였던 이화고녀(현 이화여고)를 졸업하고 고교 동창 7명과 함께 연세대에 들어갔다. 우리를 포함해 대학 신입생 중에 여학생은 18명밖에 되지 않았다. 전체 신입생이 600명이던 시절이라, 여학생들은 학교 가기를 두려워했다. 잔뜩 움츠러들어 학교를 다녔다.

요즘 젊은 사람들은 상상하기도 힘들겠지만 당시 학교 캠퍼스 안에서 공산주의자들이 회합하는 경우가 잦았다. 그렇지 않더라도 평생 여학교에만 다니다가 남자들 많은 학교에 처음 왔으니 걱정이 많을 수밖에 없었다.

그때 우리보다 두 해 선배였던 방우영 회장님은 여학생들을 보호해주는 역할을 해주셨다. 학교에서도 리더 역할을 하셨던 방 회장님이 여학생들을 돌봐주시니 마음이 든든했다. 특히 나와 방 회장님은 둘 다 평안도가 고향이고, 방 회장님 외사촌인 김갑용 씨가 나와 연세대 동기여서 방 회장님과 관계가 더 돈독했다. 그 덕에 나와 함께 학교를 다니던 여학생들도 안전하게 학교를 다닐 수 있었다.

서대문에서 연희대학 앞 신촌역까지 버스를 타고 등교를 했는데, 서대문정류장은 등교하려는 학생들과 직장인들이 많아 늘 긴 줄을 서야 했다. 방 회장님은 먼저 줄을 서서 버스에 자리를 맡아뒀다가 우리 학교 여학생들이 타면 양보해주곤 했다.

방 회장께서 일어서면 옆에 앉아 있던 같은 그룹 남학생들이 한꺼번에 일어나 주변 여학생들이 앉아서 갈 수 있었다. 로맨틱한 분이었다. 여학생들은 방 회장님을 '대장'처럼 생각했고, 그 분을 따라 쪼르르 몰려다니곤 했다. 남자들 사이에선 남자답고 호탕하다고 알려져 있었지만, 여학생들에게는 부드럽고 친절했다.

방 회장님은 옷도 참 수수하고 점잖게 입고 다니셨다. 운동을 하는 분이었지만 그걸 드러내려고 옷을 거칠게 입거나 하지 않으셨다. 누가 보더라도 '뼈대 있는 집 아들이구나' 하는 생각이 들게끔 입는 스타일이었다. 학교 운동선수들과도 잘 지내셨는데, 그 분들과 운동을 마치고 나올 때도 항상 깔끔하게 옷을 갖춰 입고 나왔다.

내가 같은 이북 사람이라는 걸 안 뒤로 방 회장님은 '고향 동생'으로 대해주셨다. 내가 살던 마을은 방 회장 고향인 평북 정주에서 기차로 몇 정거장밖에 떨어지지 않은 가까운 곳이었다. 같은 고향에서 피란 왔다는 공통점 때문인지 잘 챙겨주셨다. 남성적인 외모와는 달리 다정하신 분이었다고 기억한다. 수업을 마치고 이화대학을 지나 북아현동까지 걸어가는 길에 마침 방우영 회장의 고모님이 사셨는데, 가끔 그 집에 들러 간식을 먹기도 했다.

회장님은 여학생들에게만이 아니라 학교에서 늘 '리더'였고 '파수꾼'이었다. 교내에 무슨 일이 생기면 늘 솔선해서 나서고, 캠퍼스에 질서를 만들기 위해 노력하셨다. 나는 역사를 전공했고, 방 회장님은 상경대를 나오셨기 때문에 공부를 잘하셨는지는 알 수가 없다. 다만 6.25전쟁 전 가장 혼란했던 때에 학생으로서 중심을 지키려고 노력하셨던 분이다.

방우영 회장님은 연세대를 자기 집처럼 소중하게 생각하셨던 분이다. 그래서 졸업 후에도 연세대 동문회장에 이어 법인 이사장직까지 오래 맡으셨다. 사실 '방우영' 하면 연세대가 생각나는 것은 나뿐만이 아닐 것이다. 학교를 평온하게 유지하면서도 발전시키기 위해 많이 노력하셨다.

교수로 연세대에 27년 동안이나 몸을 담았기 때문에 공적으로 회장님을 뵐 일이 많았다. 동문회장 하시면서 한번은 나에게 부회장을 맡겨주셨다. 덕분에 함께 신년회 행사도 치르고 일을 많이 했다. 그때 동문회에서 여자 동문이 부회장을 맡은 것은 처음이었다. 반대하는 사람이 많았지만 방 회장님이 여자들의 권익을 생각할 때라면서 관철시키셨다. 당시 신년 하례식을 하면 동문들끼리 기념사진을 찍는데, 여자 동문은 수도 적거니와 사진 찍을 때는 자연스럽게 빠져 있었다. 내가 뒤에 물러나 있는 것을 보고는 방 회장님이 평북 사투리로 "심 선생, 이리 오라우!" 하고 외쳤던 생각이 난다.

방 회장님이 이사장으로 계시고 내가 연세대에서 여학생처장 자리에 있을 적에는, 교무위원 회의 때마다 꼭 나를 불러 여학생들의 고충을 한마디라도 더 들어보려고 하셨다. 여자를 우대해줘야 한다는 태도가 몸에 배어 있었다.

방 회장님이 무섭다는 사람들도 많은데, 내게는 그저 고향 오빠 같은 분이어서 무섭다는 생각은 한 번도 해보지 않았다. 그런데 사실, 그동안은 대학 2년 선배라 깍듯이 오빠라고 생각했는데 최근에 알고 보니 태어난 날은 몇 달 차이가 안 났다. 그래서 "이제 또래로 대해야겠다"고 한번 우스갯소리로 말한 적이 있었다. 방 회장님은 호탕하게 웃으셨다.

방우영 회장님은 '박애주의자'로 느껴진다. 여자뿐만이 아니라 모든 사람들을 존중하는 태도를 갖고 계셨다. 그래서 약한 사람들 돕는 일에 열심이셨다고 본다. 이화여고 교장 시절에 100주년 기념관을 짓느라 모금을 했었다. 그때도 찾아가면 따뜻하게 맞아주시고 흔쾌히 도와주셨다.

　요즘도 방 회장님은 만날 때마다 손을 번쩍 들고 반갑게 맞아주신다. 앞으로도 밝은 얼굴로 손을 번쩍 들며 맞아주시는 회장님을 오래오래 뵙고 싶다.

41

조선일보 황금기를 함께하다

안병훈

통일과나눔재단 이사장, 전 조선일보 대표이사 부사장

조선일보에서 나는 38년 7개월 동안 재직했다. 1965년 6월 1일부터 2003년 12월 31일까지 근무하면서 나의 모습은 여러 가지로 변모해 갔다. 스물일곱 홍안 청년의 머리는 서른, 마흔, 쉰을 지내며 예순다섯의 서리가 내렸다. 편집부에서 근무해야 편집국장이 되는 줄 알았던 올챙이 기자의 명함에는 정치부장, 사회부장, 편집국장, 편집인, 대표이사 같은 직책들이 명멸했다.

이 같은 '변모'와 함께 내게는 단 한 번도 변하지 않았던 사실이 두 가지 있다. 하나는 내 명함에 쓰인 조선일보라는 사명(社名)이었고 다른 하나는 방우영 회장이 언제나 나의 보스였다는 점이다.

한 회사에서, 그것도 조선일보처럼 좋은 신문사에서 40여 년을 보내며 정년퇴임한 것은 크나큰 행운이 아닐 수 없다. 하지만 그보다 더 큰 행운은 방우영이라는 거목의 그늘 아래서 할 수 있는 것은 원하는 대로 다 해봤다는 점일 것이다.

방 회장을 처음 본 것은 조선일보 입사 면접을 봤을 때다. 동양통신과 조선일보 필기시험에 동시에 합격했던 내게 방 회장은 "안찬수 편집부장의 아들이면 당연히 조선일보로 와야 한다"며 나의 조선일보 입사를 결정해버렸다. 내 선친의 함자가 '찬(燦)' 자, '수(洙)' 자이다. 선친은 1946년 9월부터 1년 5개월여 동안 조선일보 편집부장으로 재직한 바 있다. 방 회장의 말에는 '당신 부친처럼 당신도 조선일보에서 일해달라'는 간곡한 뜻이 담겨 있었다.

방 회장은 조선일보가 '4등 신문'이라는 소리를 듣던 1952년부터 조선일보 기자로 재직했다. 그의 꿈은 편집국장이었다. 그러나 조선일보가 소유한 아카데미극장이 경영난을 겪게 되면서 그는 8년간의 평기자 생활을 접고 극장 경영에 참여하게 된다.

약 2년 후인 1964년 11월 방 회장은 조선일보 대표이사로 취임했고 이때부터가 조선일보 중흥의 시작이었다. 평기자 생활을 통해 신문에서 편집이 차지하는 중요성을 익히 잘 알고 있었던 방 회장은 취임 직후부터 편집의 변화를 추구했다. 이듬해 1월 편집 전문가인 김경환을 편집국장으로 임명하면서 "조선일보라는 제호만 빼고 우리 처음부터 새로운 신문을 만들어보자", "잘한다는 편집자는 몽땅 데려와. 조선일보 한번 말아먹어보라우"라고 했던 것은 그의 조선일보 중흥이 어디서부터 시작됐는지 단적으로 보여준다.

나는 방 회장이 이끈 중흥의 시작부터 참여한 행운아였다. 조선일보에서 내가 한눈팔지 않고 소신대로 일할 수 있었던 배경에는 방 회장의 지우(知遇)가 있다. 개인적으로 나는 동기 가운데 가장 승진이 빨랐고 가장 먼저 편집국장에 발탁됐다. 이 역시 방 회장의 뜻이 담겨 있을 것이다.

하지만 이 같은 사실보다 더 고마운 것은 그가 나를 알아주었고, 내게 일을 맡겼으며, 무엇보다 나를 믿어주었다는 점이다. 나는 조선일보 최초로 봉급 인상 농성을 주동한 기자였다. 기자 대표로 방 회장과 협상 테이블에 마주 앉은 적도 있었다. 내가 기자들의 불만과 요구 사항을 이야기하자 그는 다 들어주겠다고 했고 실제로 약속을 지켰다. 나를 믿게 본다면 믿게 볼 수도 있는 일임에도 방 회장의 공평무사한 태도는 이후에도 변함이 없었다.

"조선일보를 말아먹어보라"는 말에서 알 수 있듯이 방 회장은 일단 일을 맡기면 간섭을 하지 않는 스타일이다. 하지만 한 번씩 일의 진행 상황을 물어보며 정확한 판단을 내렸다. 독서광이라 그런지 적절한 시점에 등장해 한두 마디 던지는 말마다 핵심을 찔렀다.

나의 소신은 회사 안팎의 반발에 부딪힐 때가 많았다. 이를테면 86 서울아시안게임을 보도할 때가 그랬다. 당시 12면에 불과하던 지면 대부분을 아시안게임 관련 보도로 꾸몄더니 편집국 여기저기서 볼멘소리가 터져 나왔다. 주필로부터 "자네 미쳤나"라는 말을 듣기도 했

256
신문인 방우영

다. 그럴 때 방 회장은 든든한 지원자였다. 그는 내가 편집국장으로서 추진하는 대부분의 사안에 대해 "알아서 하게" 또는 "소신대로 하라" 고 할 뿐이었다.

단 한 번 예외는 있었지만 그는 내가 올린 인사 서류를 항상 보지 도 않고 사인을 해주었다. 그만큼 나를 믿어주었고 내게 힘을 실어 주었던 것이다. 역시 편집국장 시절, '김일성 사망 오보'를 내고 사표 를 들고 방 회장실을 찾아갔을 때도 그는 "모든 신문이 오보를 냈는 데 무슨 문제냐. 열심히 하라"고 할 뿐이었다. 나로서는 미안하고 고 마울 따름이었다. 그의 믿음 덕분에 나는 조선일보라는 큰물에서 마 음껏 유영할 수 있었다. 그가 없었다면 조선일보에 남은 '안병훈의 흔 적'도 미미했을 것이다.

내가 편집국장에서 물러나 '쓰레기를 줄입시다', '산업화는 늦었지 만 정보화는 앞서가자' 같은 캠페인을 펼칠 때나, '이승만과 나라 세 우기', '대한민국 50년, 우리들의 이야기' 등의 전시회를 추진할 때 도 방 회장은 변함없는 나의 '지지자'였다. 그의 지원이 없었다면 회 사 안팎의 방해와 반대를 이겨내지 못했을 것이다. 그런 면에서 감히 말하건대 방 회장과 나는 조선일보에서 펼친 환경 운동, 정보화 운동, 역사 바로 세우기 운동을 함께한 '동지'였고, 같은 길을 걸었던 동행 자였다.

나아감과 물러감이 비슷했던 것도 우연만은 아니었다고 믿고 있다. 방 회장이 조선일보 사장으로 취임한 직후 나는 신입 기자로 입사했고 내가 편집국장 사퇴 의사를 밝혔을 때 그는 경영 일선에서 물러날 준비를 하고 있었다. 편집국장으로서 '벤 존슨 약물 복용' 특종 등 88 서울올림픽 관련 보도를 성공적으로 끝내고 방 회장의 집무실을 찾았을 때다. 방 회장에게 "가장 행복할 때 편집국장에서 물러나고 싶다"고 하자 그는 적지 않게 놀라며 나를 설득하려 했다.

방 회장은 "나도 내년 창간기념일에 경영 일선에서 물러날 것이니 그때까지 편집국을 이끌어달라"고 만류했지만 끝내는 내 뜻을 받아주었다. 방 회장은 편집국장에서 물러난 내게 중국 여행을 같이 가자고 했다. 그가 준비한 일종의 '위로 여행'이었는데 내가 위로받을 것은 없었지만 그 마음이 너무 고마웠다. 방 회장, 윤주영 장관과 함께 당시 미수교국이었던 중국의 명승지 베이징, 상하이, 쑤저우, 항저우 등지를 돌았다. 말 그대로 '동행'이었다.

너무나 뿌듯하고 자랑스러운 것은 방 회장과 함께했던 시간이 한국 언론이 가장 빛나던 시기, 구체적으로는 조선일보의 황금기였다는 점이다. 방 회장은 '4등 신문'이었던 조선일보를 자신의 재임 기간 동안 부동의 1등 신문으로 성장시켰다. 나는 그와 함께하면서 조연 역할을 약간 했을 뿐이지만 그 기간은 내 인생에서 가장 소중한 기록으로 남아 있다.

조선일보에서 기자, 차장, 부장, 편집국장, 편집인, 대표이사를 지냈지만 내 이력은 단 한 줄로 정리가 가능하다. 그것은 '조선일보 기자로 입사해 조선일보 기자로 퇴직하다'이다. 그것만으로도 가슴 벅찰 정도로 뿌듯한데 더욱이 '방우영 시대의 기자'였다는 점이 너무나 자랑스럽다.

방 회장에게 들었던 여러 가지 말 가운데 결코 잊을 수 없는 말이 있다. 1994년 5월 조선일보가 유엔 환경상인 '글로벌 500'에 선정됐을 때의 일이다. 이 상을 수상하기 위해 방 회장이 직접 영국으로 떠났다. 출국 직전, 수행 인원을 선정하는 과정에서 나는 방 회장에게 "영어에 능통하지 않은 내가 따라가면 짐만 될 것 같다"고 했다. 그러자 그는 내게 이렇게 말했다.

"아냐. 당신이 없으면 내가 불안해."

이제 나는 그에게 이런 말을 드리고 싶다.

방 회장님, 당신과 함께할 수 있어서 고마웠습니다. 그리고 행복했습니다.

42

내 이름도 '응모'입니다

안응모

전 내무부 장관

방우영 선생의 함자를 떠올리면 내겐 자동적으로 '조선일보'가 따라온다. 선생의 조부이신 방응모 선생님과 형님이신 방일영 선생에 이어 조선일보의 수장이 되어, 이 신문을 우리나라 최대 언론사로 키우고 발전시켰으니 너무나 당연한 일일 테다. 물론 1920년 창간 이후 몇 차례 정간과 폐간을 겪고서도 조선일보가 오늘의 영광을 맞이하게 된 것은 방응모 선생께서 언론에 바쳤던 남다른 헌신과 노력이 있었고, 그것이 단단한 뿌리가 된 덕이 클 것이다.

이러한 조선일보를 보고 있노라면 또 하나 연상되는 단어가 있다. 바로 '나라 지킴이'이다. 창간 때부터 그러했지만 조선일보는 무려 한 세기 가까운 세월 동안 흔들림 없는 언론 기조로써 대한민국의 경제 발전과 자유민주주의 정착을 위해 힘썼고 할 말은 반드시 하는 언론으로서 그 정체성을 지켜왔다. 오랜 세월 조선일보의 독자이기도 한 나는 어쩌면 방우영 선생뿐 아니라 선생의 선대 어른과도 깊은 인연이 닿아 있기에 이토록 오랜 세월 무탈하게 소식을 전하고 받는 관계를 유지하고 있다는 생각을 하게 된다.

내 이름은 안응모(安應模)이다. 미수를 맞은 선생께 축언부터 전하지 않고, 결례를 무릅쓰고 내 이름을 먼저 거론하는 이유는 내 이름에 각별한 뜻이 담겨 있기 때문이다. 조부께서 지어준 이름 '응모'는 다름 아닌 방응모 선생의 함자에서 따온 것이다. 조부께선 당시 "경성에 가면 조선일보라는 신문사가 있는데 그 회사 사장이 방응모다. 이분은 겨레를 위해 많은 일을 하고 계시다. 국민들로부터 존경을 받고 신망 또한 높다. 손자인 너는 집안의 항렬로 인해 그 어른의 '모(謨)' 자는 쓰지 못하고 '법 모(模)' 자를 쓰지만, 필히 본받을 수 있도록 하여라" 하는 뜻에서 내 이름을 '응모'라 지으셨다 한다.

이러한 사연이 있었기에 나는 어린 시절부터 방응모라는 함자를 머릿속에 새겨 넣고 다닐 수 있었다. 그리고 세월이 흐르고 흘러 공직 생활에 한창 열중하던 때 언론과 자주 접촉하면서 나는 전혀 기대하지 않았던 인연을 그 분의 손자와 맺게 되었다.

내가 치안본부(지금의 경찰청) 외사과에 근무하던 무렵(1966~1971년)으로 기억한다. 나는 당시 외사과 김봉균 선배(현재 델타에어에이전시 회장)의 소개로 방우영 선생을 처음 만나게 되었다. 첫인사 때 방우영 선생은 대뜸 나의 이름을 물었다. 내가 이름을 대자 이내 놀란 표정을 지으며 "나는 앞으로 당신의 이름을 함부로 부를 수 없을 것 같다"고 하였다. 내 이름이 선생의 조부 함자와 같았기 때문이었을 것이다. 이름으로 이어진 뜻하지 않은 인연이었다고 해야 할까, 아니면 이미 이름으로 예정돼 있었던 인연이라고 하는 것이 옳을까. 하여튼 방우영 회장은 그 후로 나를 각별히 여기고 관심을 갖기 시작하였다.

나는 치안본부와 내무부 등에서 공직 생활을 하는 기간 내내 조선일보에 실린 내 업무와 관련 보도 가운데 한 번도 허위 기사를 읽어본 적이 없다. 요컨대 과장하거나 미화하거나 축소하는 기사를 접하지 못했다. 어느 한곳에도 치우침이 없는 정론을 담고 있었던 것이다.

나는 공직 생활에서 은퇴한 후 여러 봉사단체에 몸담아 일할 때에도 걱정거리가 있거나 해결하기 힘든 문제가 있을 때면 방우영 선생을 찾아 가르침을 구했다. 선생으로부터 듣게 되는 조언은 언제나 현명했으며, 내 선택을 올바른 길로 안내하는 길잡이가 되어주었다.

젊은 시절, 방우영 선생은 말보다 행동이 앞서는 실천가이셨다. 옳은 일이라고 생각하면 즉시 실천에 옮겨야만 직성이 풀리는 분이셨다. 근래에 있었던 인상 깊은 일 하나가 떠오른다. 얼마 전 TV조선에서 인격적으로나 사회적으로 흠결이 있는 인사를 앵커로 기용하려 한다는 소문이 나돌기에 나는 방우영 선생에게 "그것은 옳지 못한 일"이라며 내 솔직한 생각을 전했다. 그랬더니 선생은 그 즉시 내 뜻을 받아들여 없었던 일로 하는 것이 아닌가. 세월이 유수와 같이 흘렀다고는 하지만 선생의 성격은 예나 지금이나 변한 것이 없었던 것이다. 이러한 선생의 모습을 보며 새삼스레 '나이는 숫자에 불과하다'는 말이 머릿속을 스치고 지나갔다.

　인생의 선배이신 방우영 선생께 바라건대, 통일이 오는 그날까지 더욱 건강하시길 기원합니다. 멀지 않은 날, 겨레가 하나 되면 고향에 함께 가서 북의 동포들과 얼싸안고 이야기 나누며, 쏟아져 나오는 한없는 그 기쁨을, 필봉을 높이 세우셔서 기사로 남겨주시기를 진심으로 바랍니다. 만수무강하십시오.

43

잊지 못할 야밤의 합창

우기정

시인, 대구컨트리클럽 회장

이제 회장님도 미수가 되셨다. 언제 그리 빨리 세월이 지났나 돌아보지만 쏜살같은 시간은 방법이 없나 보다. 미수연(宴)에 부쳐 가까운 자리에 계셨던 분들의 추억들을 모은다고 하기에 회장님 주변에는 워낙 고명하고 훌륭한 분들이 많을 거라고 극구 자리를 사양했지만 그래도 회장님 회고의 장이 된다고, 나 같은 사람의 글이 있어야 구색이 맞는다는 편집자의 의중인 것 같아 몇 가지 회상을 적어보고자 한다. 지나고 나서 돌아보니 정말로 우연이었지만 회장님과는 특별한 인연으로 연결되어 있었지 않나 생각해본다.

 1968년 처음 한국 대학생 골프연맹을 만들어 미래의 한국 골프를 걸머진다는 꿈을 가지고 시작한 활동이 우리들만의 힘으로는 너무

미약할 때 조선일보 최영정 체육부장님의 배려로 당시 방우영 사장님께 내용이 전해져 흔쾌히 대회를 후원해주겠다고 하셨다. 그때만 해도 흔치 않은 일로 젊은이들에게는 천군만마와 같아 트로피와 상패를 마련해주신다는 소식에, 참여하고 있던 100여 명이 회장님 함자를 외치면서 환호했던 일이 바로 엊그제 같다.

이런 인연으로 회장님을 뵙게 된 것이 벌써 50년 가까이 된다. 회장님은 일일이 기억을 못하시겠지만 그날 시상식에서 하신 몇 마디 말씀은 가슴에 와닿아 그 뒤로도 우리들끼리 만나면 회장님의 혜안에 입을 모아 놀라면서 아직도 기억에 생생한 몇 마디 말씀을 얘기하기도 한다.

"지금 여러분들이 골프를 하고 있지만 이 골프가 언젠가는 크게 여러분의 인생에 자리할 것입니다. 한 가지는 골프가 스포츠로서 여러분의 인격을 올리는 데 크게 기여할 것이며, 또 한 가지는 몇십 년 뒤에 틀림없이 세계적인 스포츠가 될 때 여러분들이 그 주역이 되어 우리나라를 이끌고 갈 것입니다."

회장님의 예언대로 골프는 세계적인 스포츠가 되어 있고, 한국은 PGA와 LPGA에서 두각을 나타내는 훌륭한 선수들을 배출하면서 골프 인구 400만 명을 넘는 대중 스포츠로 자리잡은 나라가 됐다. 그 당시 배출되었던 젊은 선수들은 지금 우리나라의 골프를 이끌고 가는 중심에 서 있다.

그 뒤 연세대학교의 후배로서, 사회적으로는 대한골프협회장을 하시는 동안 골프계의 후배로서 가깝게 이런저런 인연이 쌓여 가족 같은 마음으로 옆에서 모시게 됐다. 물론 나 혼자의 생각이지만 항상 살갑게 감싸주시는 회장님을 대할 때면 가족애 같은 것을 느끼며 옆에서 있는 것만으로도 기분이 좋은 시절을 지나왔다. 대학 선배가 중심이 돼서 만든, 회장님의 호를 딴 '일민회'의 회원이 되면서는 더 자주 더 가깝게 뵙고 같이하는 시간이 많아졌다.

참으로 많은 추억과 일화들이 있지만 그 중 회장님 생각을 하면 곧바로 떠오르는 것이 명연설가라는 것이다. 언제 그렇게 준비가 되었는지 사소한 한 가지 한 가지에서부터 시작해서 꼭 요점이 되는 핵심을 유려한 말솜씨로 피력하신다. 하도 신기해서 한동안 스피치를 하실 때의 전후 정황을 유심히 살펴보았던 때가 있었다. 그리고 내가 내린 결론은 회장님은 우선 독서를 많이 하신다는 것이었다. 회장님 방에 가끔 들를 때면 항상 책을 읽고 계셨다. 그만큼 해박하고 깊이 있는 지식을 항상 익히고 계신 것이었다. 그리고 평소에도 남의 말을 많이 들으시는 편이지만, 말씀하실 장소에 도착하면 주로 참석한 사람의 얘기를 많이 들으신다. 말씀하실 때는 사소한 것이라도 참석자들이 공감할 수 있는 얘기를 빼놓지 않으신다. 핵심적인 얘기는 주장에 가까울 정도로 정확하게 표현하신다. 언변은 타고나신 것 같다. 어떻게 저렇게 거침없는 연설이 막힘없이 풀려 나올까? 언젠가 한번은 감명 깊은 스피치를 하신 뒤 연단에서 내려와 앉으시더니 쓰윽 웃으면서 "나 잘했지?"라고 하셨다.

회장님과 대구의 인연은 각별하다. 젊은 시절 사냥을 좋아해서 대구 쪽에 자주 걸음을 하셨고 아주 가깝게 내왕하시는 후배들도 있었다. 그러나 한 번도 조선일보 지사에 연락을 하지 않으신다. 내 기억으로는 오래전 한 번 어떻게 알고 마중을 나온 직원에게 다음에는 절대 나오지 말라고 하셨다. 개인적인 일과 공무는 엄격히 구분하시는 것이다.

특히 회장님의 여동생 산소가 대구에 있어 대구와의 인연이 깊다. 회장님 말씀을 빌리면, 동생이 편안히 좋은 곳에 있으면 좋겠다는 얘기를 우연히 하시다가 그 말씀을 듣고 신부님 한 분이 대구 천주교 공원 묘원에 한쪽 자리를 내주셨단다. 대구에 오실 때 시간이 되면 꼭 들르시고 여의치 않을 때는 그 부근을 지나가는 길을 택하기를 좋아하신다. 그 부근을 지나칠 때 따뜻한 연민의 눈길로 바라보시곤 하는데, 그때마다 잔잔한 미소에 눈가가 젖으신다. 나는 슬쩍 고개를 돌리지만 회장님께서 여동생을 사랑하시는 마음을 보는 것 같아 나도 몰래 눈시울이 붉어진다.

회장님은 1년에 한 번 있는 대구 연세대학교 동문회 총회가 있는 날이면 일부러라도 시간을 내서 참석해주셨다. 내가 연세 동문회장을 맡고 있던 해에 회장님께서 내려오셔서 만찬과 함께 즐거운 시간을 보내며 환담을 나누다가 느지막이 숙소로 돌아가게 됐다. 마침 회장님과 선배 한 분과 나, 세 사람이 차를 타고 돌아가는 길이었다. 호텔 입구에서 "이 부근이 고모령입니다. 여기엔 노래비도 있고요"라고 말씀드리자마자 "그래? 내리자우. 어디 한번 보자"라고 말씀하셨다.

늦은 시간인데도 가로등 불빛으로 희미하게 보이는 노래비 앞에 서자 우리나라 문화사의 대가인 동행 선배의 간단하지만 인상적인 설명이 있었다. "어머님의 손을 놓고 돌아설 때엔 부엉새도 울었다오. 나도 울었소. 어이해서 못 잊는가. 망향초 신세. 비 내리는 고모령을 언제 넘느냐." 회장님은 "대중가요가 참 중요해. 사람들에게 차지하는 자리가 아주 크거든. 모두들 고생도 참 많이 했지"라고 혼잣말처럼 하시면서 희미한 가사를 확인하시더니 언뜻 눈가가 젖으시는 듯했다. 순간 회장님의 짠한 마음이 보이는 것 같아 같이 있는 나도 괜히 한쪽이 젖는 것 같았다.

회장님은 주위를 한번 둘러보시는가 싶더니 금방 장난기 어린 얼굴로 "한번 불러보라우." "네?" "한번 불러봐." 나에게 눈길을 주신다. 사위는 고요한데 가로등이 비치는 시비 앞에서 감흥이 새로웠다. 자그마한 소리로 노래를 흥얼거리자 자연히 세 사람이 같이 흥얼거리게 되고 잠시나마 세 사람의 합창 아닌 합창이 되었다. 생각해보시라. 아무도 없는 야밤에 희미한 가로등 아래 '비 내리는 고모령' 노래비 앞에서 흠모하고 존경하는 두 분 선배님과 함께한 시간이 나에게는 영원히 잊지 못할 추억이 아니겠는가.

지나온 시절 나에게 좋은 일이 있을 때나 어려운 일이 있을 때 회장님을 찾았다. 좋은 일이 있을 때는 당신 일같이 기뻐해주셨고, 어려운 일이 있을 때도 내 힘으로는 안 되는 부분까지 신경 쓰시며 챙겨주셨다. 항상 마음 깊은 곳에서부터 고마운 마음을 가지고 어떻게 하면 회장님의 좋은 점을 닮아보나 하는 것도 솔직히 내 인생의 숙제이기도 했다. 나만 보면 자주 말씀하신다. "돈 많이 벌라우. 돈을 벌어야 쓸 게 있지. 그런데 좋은 데 써야 돼. 돈을 좋은 데 잘 쓰는 사람이 부자야." 그 말씀은 나에게는 화두가 돼서 언제나 내 머릿속을 맴돈다.

회장님은 걸을 때 약간 고개를 쳐들고 가슴을 펴고 걷는다. 고개를 숙이고 걸으실 때가 거의 없다. 평소의 모습을 뵈면서 항상 미래를 바라보고 가시는 거라 생각했다. 자연히 나도 습관처럼 똑바로 앞을 보고 걷는 것이 몸에 배게 되었다. 어떤 때 같이 모시고 걸어갈 기회가 있을 때면 주변에서 놀린다. 후배 한 명이 내게 두 분이 똑같이 어디를 보고 걷는 것 같다고 놀렸다. "그래! 회장님이 바라보는 먼 앞을 나도 가능하면 내다보려 한다, 왜?" 요즘도 만나면 회장님 얘기가 나올 때마다 이 친구들은 놀린다. 그렇지만 나는 믿는다. 회장님은 항상 미래를 지향하며 살아오신 거라고. 나도 언감생심 그 몇 분의 1이라도 따라갈 수 있다면 영광이라고.

오랜만에 만나도 사소한 데까지 자상하게 챙겨주시는 사모님과 우뚝 서 있는 산과 같은 회장님. 어찌 보면 두 분이 한 쌍의 학과 같다는 생각을 가끔 해보면서 항상 건강하시기를 기원드린다.

44

골프에서 '자선'을 찾으시다

우윤근

한양컨트리클럽 사장, 전 서울컨트리클럽 전무이사

방우영 회장님은 서울컨트리클럽 이사장을 맡으신 1992년부터 골프에 대한 뚜렷한 철학을 갖고 골프장을 이끄셨다. 서울컨트리클럽 이사장 자리는 골프를 사랑하는 사람과 지역 주민에게 봉사하는 자리라고 생각하셨다.

서울컨트리클럽은 우리나라 최고의 역사와 전통을 자랑하는 골프클럽이다. 일제강점기이던 1927년 영친왕이 부지와 건설비를 후원해 지었고 광복 후에는 이승만 대통령의 지시로 복원됐다. "미군들이 한국에 골프장이 없어 휴일이면 오키나와에서 골프를 즐긴다"는 얘기를 들은 이 대통령이 '국가 안보'를 위해 결심했다고 한다.

당시 초대 서울컨트리클럽의 대표 자리를 맡았던 분이 독립운동가 이순용 선생이셨다. 미국과 중국에서 활동했고, 임시정부의 독립 자금을 담당하다 광복 이후에 초대 내무부 장관도 지내셨다.

방 회장님이 이사장에 취임했을 무렵엔 서울컨트리클럽의 찬란한 역사가 점점 잊혀가고 있었다. 방 회장은 일제강점기, 국권 회복, 6.25 등 굵직한 한국사의 순간을 함께했던 서울컨트리클럽의 이야기가 사라져가는 걸 안타깝게 생각하셨다. 서울 능동에 있던 서울컨트리클럽은 1972년 10월 "어린이들이 뛰어놀 곳이 필요하다"는 박정희 대통령의 지시로 자리를 어린이대공원에 넘겨주고 지금의 고양시 원당쪽으로 옮겼다.

그러나 서울컨트리클럽이 한국 골프의 발원지라는 역사는 소중한 것이었다. 방 회장께서는 "클럽의 역사를 잘 보존해야 그 정신도 이어갈 수 있다"며 이순용 선생의 흉상을 만들자는 제안을 하셨다. 그래서 만든 흉상이 지금도 서울컨트리클럽에 남아 있다. 나도 클럽의 역사는 웬만큼 알고 있었지만 방 회장께선 '클럽의 역사를 보존하겠다'는 철학을 가지고 이를 실천에 옮기셨다.

방우영 회장님과의 인연은 아주 오래됐다. 한국일보 기자 생활을 그만두고 문화방송에서 영업 쪽 일을 하면서 뵈었다. 서울컨트리클럽에서도 자주 뵈었던 기억이 난다. 방우영 회장님과는 골프 끝나고 술자리도 여러 번 같이하면서 '형 동생' 하는 사이가 됐다. 회장님은 서울컨트리클럽 이사장이 되면서 나를 서울컨트리클럽의 전무이사와 한양컨트리클럽의 사장으로 불러주셨다(서울컨트리클럽은 1972년 골프장을 옮기면서 한양컨트리클럽 주식을 모두 인수했다). 언론계에서 골프로 좀 유명하긴 했지만 재야에 있던 나에게 "잘 부탁한다" 하시고는 책임을 맡기셨다.

지금 생각해보면 정말 통이 큰 리더였다. 웬만한 일은 다 맡겼고, 가끔 열리는 이사회 때도 어지간한 일은 크게 나무라지 않으셨다. 믿음을 갖고 대하셨고, 특히 '주인 의식'을 많이 강조하셨다. 하지만 정말 중요한 일이 있을 때는 직접 클럽으로 나와서 챙기셨다. 3년 임기때마다 이사 가운데 나태하고 무질서한 사람은 칼같이 교체하셨다.

방우영 회장님은 서울컨트리클럽의 판공비도 10원 한 장 안 쓰셨다. 술자리에서도 본인 개인 돈으로 계산하고 가셨다. 방 회장님은 골프 클럽 이사장을 봉사하는 자리라고 생각하셨던 것 같다. 그런 모습을 보며 방 이사장을 따르는 우리 임원들도 클럽에 대한 주인 의식을 가질 수밖에 없었다.

내 입으로 말하긴 그렇지만 나는 조선일보보다 서울컨트리클럽을 방 회장님이 더 아끼시지 않았나 생각이 들 정도였다. 그렇게 서울컨트리클럽에 관심이 크고 애정이 깊으셨다.

방우영 회장님의 업적을 이야기할 때 '봉사' 이야기를 빼놓을 수 없다. 1995년 방 회장님께서 서울컨트리클럽과 한양컨트리클럽의 하루 수입을 몽땅 불우이웃을 돕는 단체에 기증하는 사업을 주도하셨다. 서울컨트리클럽이 있는 경기도 고양시에 불우이웃을 돕는 단체가 30여 개 정도 됐는데, 작은 단체와 큰 단체를 가리지 않고 고양시를 통해 성금이 전달되도록 방 이사장께서 강력히 추진하셨다. 당시 서울컨트리클럽의 하루 입장료가 회원은 3만~4만 원, 비회원은 7만~8만 원이었지만 이웃을 돕자는 취지에서 10만 원씩으로 정해 모두 기부하였다.

하루는 방우영 이사장이 회의 때 "골프가 지역사회에 동참해야 한다. 골프를 와서 칠 수 없는 어려운 사람일지라도 골프장을 아끼는 마음을 이 지역 주민 모두 가져야 할 것 아닌가. 우리가 잘될수록 우리 직원들은 여기(고양시)의 일꾼이 되겠다는 마음으로 일해야 한다"고 말을 하셨다. 그래서 '이웃돕기 자선 골프 성금' 사업이 일사천리로 진행됐다.

1995년 12월 3일 431명의 입장료를 성금으로 모아 4110만 1000원을 성금으로 고양시에 전달했다. 공식 기록은 4000여만 원이지만 내 기억엔 방우영 회장님과 이사진들이 몇백만 원씩 모은 성금까지 7000만~8000만 원 정도 기부를 했다. 지금도 이 전통은 이어져 매년 11~12월을 전후해 하루 입장 수익을 기부하고 있다. 2014년 11월 23일에는 452명의 입장 수익 6400만 8000원을 기부했다. 1995년부터 지금까지 성금한 돈이 총 12억 6931만 4000원이다.

지금도 서울컨트리클럽의 전통이 내려오고 있다는 게 너무 자랑스럽다. 골프장이 지역에 기부를 하고 자선사업을 한다는 건 내 기억으로는 당시 서울컨트리클럽이 최초였던 걸로 기억한다. 지금도 이렇게 활발하고 꾸준히 자선사업을 하는 골프장은 몇 안 될 것이다. 방우영 이사장께서는 늘 '골프가 상류 귀족 스포츠다', '불법 비리의 온상이다' 하는 이미지를 갖게 되는 것에 고민이 많으셨다. 그걸 어떻게 해소해야 하는지, 골프라는 스포츠를 어떻게 건전하게 발전시킬 수 있을지 늘 고민하셨다. 그 고민이 이런 사업에 반영된 것이다. 이런 방 회장님의 통찰은 지금도 다른 골프 클럽에서 모범으로 삼을 만하다.

방우영 이사장은 일본의 선진 기술을 받아들여 골프장 관리 기술을 발전시키는 데도 관심이 아주 많으셨다. 방우영 이사장의 지시로 일본 골프계와 기술제휴를 했다. 당시만 해도 그런 관리가 제대로 이뤄지지 않던 시절이었다.

1993년 방 이사장은 "일본이 골프 선진국이니 그린을 관리하는 기술을 얼른 배워야 하지 않겠느냐"며 적극 추진하셨다. 그린 토양 관리와 물이 빨리 빠지도록 하는 시스템을 이전하도록 일본 골프 회사와 계약을 맺었다. 당시 다른 골프장들은 비 온 뒤 열 시간은 지나야 경기가 가능했지만 서울컨트리클럽은 서너 시간이면 바로 골프를 칠 수 있었다.

마지막으로 개인적인 추억을 꼭 이야기하고 싶다. 방우영 회장님은 사냥을 좋아하셨다. 여름에 이따금 멧돼지 사냥을 하셨다. 맛있는 부위의 고기, 몸에 좋다는 쓸개를 딱 남겨두고 비서에게 "야, 컨트리클럽 사장 빨리 들어오라고 해라" 하면서 나를 부르셨다. 찾아뵈면 "멧돼지 쓸개가 좋으니 먹어라. 이 부분 고기가 맛있으니 이걸 먹으라"고 하셨다.

누가 들어올까봐 비서실에 "야, 여기 받지 마라"고 하셨다. 그때 아버지가 생각났다. 아버지가 아끼는 자식새끼한테 하는 것처럼 맛있는 것, 힘이 되는 것을 먹이는구나, 그런 생각이 들었다. 그런 방 회장님의 모습을 나는 평생 잊을 수 없을 것이다.

45

너무도 자상하신 분

유흥수

주일본대한민국대사

사실 방우영 회장님과는 오래된 인연은 아니다. 그전엔 나도 오래 공직 생활을 했기에 유수한 언론사의 사주 정도로 알고 있었을 뿐이다. 그리고 오늘날의 조선일보를 이렇게 키워놓은 유능한 분이라는 정도로 알고 있었다.

하급 관리 시절엔 윗사람 따라가 몇 번 회식 자리에 낀 적은 있지만 그때도 감히 대화에 끼거나 안면을 익힐 정도로까지는 가지 못하고 우리하고는 먼 거리에 있는 그런 어려운 사람으로만 알고 왔다. 나이 차이도 열 살이나 나기 때문에 그럴 수밖에 없기도 하다. 더구나 그때나 지금이나 언론은 제4부의 권력이라 일컬어져 그 위력이 막강하지 않은가.

그래서 그저 두렵고 접근하기 어려운 먼 거리에 있는 그런 사람일 것이라고만 막연히 생각해왔던 것이다.

그러다가 나도 사회적으로 어느 정도 성장하고 내 이름 정도는 기억하실 무렵이 되어 내가 가장 존경하고 가까운 분들이 회장님 주변에 많이 있다는 것을 알게 되었다. 자연스럽게 만나는 기회가 많아졌다.

실명을 거론하기는 뭣하지만 김봉균 회장님은 방 회장님하고는 호형호제하는 매우 가까운 사이인데 김 회장님은 내가 영원한 '상사'로 모시는 분이다. 나의 아주 가까운 죽마고우인 원로 아나운서 김동건 군 또한 방 회장님의 영원한 그림자이다.

이렇게 되니 자연 식사도 자주 같이하게 되고 여행이나 골프도 함께하게 되는 기회가 많아졌다. 그 중에서도 특히 은퇴 후 비교적 자유로워진 우리들은 매년 겨울엔 늘 한 달 이상을 하와이로 가서 보내곤 했다.

그때 방 회장님하고는 더욱 자주 만나게 되었는데 그때야 비로소 그 분의 풍부한 인간성을 알게 되었다. 막연하게 갖고 있었던 생각들이 얼마나 잘못되었는가를 확실하게 깨달을 수가 있었던 것이다. 너무도 자상하고 정이 많고 기억력이 비상하다는 것을 알게 되었다.

언젠가 우리 집사람이 눈 망막을 고치는 큰 수술을 받은 일이 있었는데 그 후 우리를 만날 때마다 집사람의 눈 상태를 물어보시는 것이다. 집사람이 같이 있을 때는 직접 물어보시고 나하고만 있을 때도 나에게 "부인 눈 좀 어때" 하고는 꼭 관심을 보여주시는 것이다. 제법 세월이 흘러 잊을 만한 때가 되었는데도…….

한번은 서울에서 집사람이 다시 눈 때문에 안과 신세를 져야 하는 일이 생겼다. 이 이야기를 어디서 들으셨는지 전화를 하여 강남 세란병원으로 가보라고 하면서 원장에게 전화까지 해주시는 것이다. 정말 깜짝 놀랐다.

이렇게 자상하고 정이 많은 분인 줄은 몰랐기 때문이다. 회장님의 가까운 주변 사람 누군가가 눈 때문에 고생해서 그 고통을 잘 아신다는 것이다.

그러나 회장님은 좋고 싫음이 너무 뚜렷한 분이기도 하다. 별로 내키지 않는 사람은 아예 만나기를 피하신다. 그렇다고 그런 사람을 나쁘게 말하는 것은 들어보지 못했다. 또 사람을 초청해 식사를 할 때는 자리 배치까지 세밀하게 챙기시는 분이다.

이러한 치밀함이 오늘의 조선일보를 이렇게 키운 것이구나 하는 생각을 갖게 했다. 작년에 너무도 뜻밖에 내가 대사 발령이 났을 때도 자기 일처럼 좋아하시면서 몇 사람 불러 축하 겸 환송회도 잊지 않으시는 자상한 정을 보여주신 분이다.

생각해보면 회장님의 백씨(伯氏)이신 방일영 회장님 또한 고교 선배로서 내게 많은 사랑을 베푸셨다. 내가 처음 국회의원에 출마했을 때는 내 선거구인 부산까지 오셔서 격려해주신 일도 있었다. 이렇게 보면 뭔가 나는 회장님네 가계와는 전생의 깊은 인연이 있는지도 모르겠다.

 존경하는 방우영 회장님, 오래오래 만수무강하십시오!

46

인화의 지도자, 통찰의 리더십

윤관

전 대법원장

방우영 회장님은 내 모교인 연세대학교의 대선배님이다. 그래서 나에게는 방 회장님보다 방 선배님으로 호칭하는 것이 훨씬 자연스럽고 정겹다. 방 선배님은 오랫동안 모교의 총동문회장과 재단 이사장으로 일하셨다. 선배님은 마땅히 받아야 할 모든 예우를 마다하면서 오로지 학교 발전을 위해 희생하고 봉사했다. 선배님이 남긴 업적과 공헌은 모교의 역사에 오래도록 남을 것이다.

방 선배님은 유달리 후배 법조인을 사랑하셨는데 해마다 사법시험 합격자들을 초대하여 축하연을 베풀어 격려해주었다. 내가 대법관이 되어 중앙선거관리위원장을 겸임할 때나 대법원장이 되었을 때에도 어김없이 따뜻한 축하의 자리를 마련해주셨고, 그때마다 우리나라에

민주주의가 굳게 뿌리내리려면 공정한 선거 풍토를 가꾸고 사법부라는 큰 기둥을 힘차게 세우는 것이 무엇보다 중요함을 역설하였다. 방 선배님과 이야기를 나눌 때는 언제나 그 분의 강력한 카리스마에 압도되고 만다. 그 부지런함과 통찰력, 추진력이 곳곳에서 묻어난다.

그런 천성과 노력, 언론 경영인으로서 강력한 리더십은 '나는 아침이 두려웠다'라는 자서전에 잘 나타나 있다. 조선일보가 우리나라에서 으뜸가는 언론사로 발전한 것이 결코 우연이 아님을 잘 말해주고 있다. 모든 일은 창업(創業)보다 수성(守城)이 더 어렵다는 말이 있다. 조선일보가 창간된 이래 모든 어려움을 무릅쓰고 수성과 번영을 이룩한 것은 바로 방 선배님의 피나는 집념과 노력의 결과라 해도 과언이 아닐 것이다.

그러면 조선일보를 이토록 눈부시게 발전시킨 비결은 무엇일까? 선배님은 서슴없이 인화(人和)를 첫손가락으로 꼽는다. 가끔 선배님이 즐기시던 사냥과 낚시 이야기를 하실 때면 그가 잡은 생선과 노루, 멧돼지 고기를 그가 존경하는 방일영 형님께 맨 먼저 드릴 만큼 그 섬김과 애정은 남달랐다. 또 직원들의 잘못은 호되게 꾸짖되 뉘우치면 반드시 너그럽게 포용한다는 경영 방침도 자랑스럽게 소개해주셨다. 확실히 조선일보에는 선배님의 꿈과 땀, 그리고 인화의 철학이 흠뻑 배어 있다. 조선일보와 평생을 같이하면서 소신과 정론으로 언론의 큰길을 개척해온 공적은 후대에 길이 빛날 것이다.

방 선배님의 언론관은 확고하다. 그가 사물을 보는 눈은 항상 명쾌하다. 언론의 자유는 최대한 보장되어야만 하며, 언론의 핵심인 취재, 보도, 편집, 논평에 종사하는 사람이 국가 사회의 곳곳에 숨어 있는 무능과 잘못, 그리고 부정부패에 눈을 감거나 적당히 타협하는 것은 언론인 스스로 언론인임을 부정하는, 결코 있을 수 없는 일임을 강조했다. 그러면서도 언론의 자유는 민주주의를 지탱하는 원천이지만 그 자유는 무제한으로 누릴 수 있는 권력이 아니라 그로 인하여 피해를 입는 국민과 이해관계인에 대한 책임도 엄정히 물어야 함도 분명히 했다.

그리고 사법의 독립은 언론이, 언론의 자유는 사법이 지켜준다는 믿음도 뚜렷하였다. 잘못된 언론으로 인하여 사법부의 권위와 신뢰가 무너지는 것은 법치와 민주주의 발전에 큰 상처를 입힌다는 소신도 변함이 없었다. 내가 선진 여러 나라에서 연수 중인 법관들을 통하여 약 1년간 그 나라들의 사법부에 대한 언론 기사를 취합하여 이를 각 언론사 데스크와 논설위원실에 보내 참고하도록 권한 일이 있었다. 외국 언론의 대부분은 사법부에 대한 기사를 신중하게 다루면서 재판 결과에 대한 논평은 거의 삼가고 있음을 확인하였다. 내가 이를 방 선배님에게 설명하였더니 방 선배님은 언론인의 자질에도 원인이 있음을 지적하면서, 언론인도 국가와 사회의 영향을 받지 않을 수 없기 때문에 모두 함께 선진화의 길을 모색해야 언론이 정도(正道)를 걷게 될 것이라고 기대하셨다.

우리나라 사법부가 영장실질심사제를 도입할 즈음에 모든 언론이 이를 단군 이래 이렇게 사람대접 받는 일은 처음이라고까지 극찬했었다. 그러다 수많은 사건 중 몇 개의 영장이 발부 기준에 어긋나게 기각되었다고 검찰이 불만을 터뜨렸다. 언론도 가세하여 사법부와 수사기관의 밥그릇 싸움, 권한 싸움으로 몰아붙인 일이 있었다. 나는 더욱더 신장되어야 할 피의자의 인권이 하루아침에 무너지는 것 같아 아쉬움을 금할 수가 없었다. 그때도 방 선배님은 격려를 아끼지 않았다. 검찰의 반발에 대해 거침없이 "자기들이 억울하게 구속돼봐야 알지"라고 일갈했다. 그러면서 이런 때일수록 사법부가 용기를 잃지 말고 억울한 국민을 위해 의연하게 대처해야 한다고 했다. 방 선배님의 언론관과 사법부에 대한 깊은 이해를 충분히 읽을 수 있는 대목이었다.

어느덧 선배님께서 미수를 맞이하셨다니 세월이 너무도 덧없이 느껴진다. 나는 감히 선배님께 그 부지런한 천성 그대로 쉼 없이 일에 매달리는 것이 바로 오래도록 건강하게 사시는 길임을 말씀드리고 싶다. 부디 온 집안에도 행복이 가득하길 기원드린다.

47

골프로 더욱 끈끈한 관계를 맺다

윤세영

SBS 미디어그룹 회장

방우영 회장이 대한골프협회장에 취임한 초기였다. 방 회장은 세계 아마추어 골프대회에 출전하는 어린 선수들을 초청해 하나하나 일일이 격려하고 격려금까지 쥐여 내보냈다. 당시 한국 골프는 세계 변방 중에 변방이었지만 고등학생이었던 강수연, 한희원 선수 등이 주축이 된 여자 대표팀은 단체전을 우승하는 '대사건'을 일궈냈다. 박세리 선수가 US여자오픈을 제패하기 2년 전, 1996년 11월이었다. 방 회장은 개선한 대표팀을 다시 불러 축하연을 베풀었다.

방 회장은 대한골프협회장을 1996년부터 2004년까지 12대, 13대 2기 연임했고 그 8년 동안 나는 부회장으로 보좌하면서 방 회장의 독특하고 매력 넘치는 인품에 매료되었다. 판단이 기민한 데다 결단력 있고, 그러면서도 굉장히 세심하고 다정다감한 성격이라 한번 만난 사람은 그를 좋아하지 않을 수 없었다.

방 회장을 알게 된 것은 1980년대 중반, 내가 SBS를 창업하기 몇 년 전이었다. 외사촌 매부인 김종훈 전 추계학원 이사장이 어떤 기회에 나를 방 회장에게 소개했다. 방 회장과 김 이사장은 서로 가까운 사이였다. 오래 전부터 언론계 거물이자 사회 저명인사였던 방 회장은 후배인 나를 따뜻하게 대해줬을 뿐 아니라 내가 SBS를 창업하자 음양으로 도움을 아끼지 않았다. 그 고마움은 아직도 마음속에 간직하고 있다. 요즘 조선일보가 종편 TV에 진출하여 방송까지 하게 된 뒤로는 양사가 서로 각을 세울 때도 어쩌다 가끔 생기게 된다. 그럴 때면 1990년 SBS를 창업한 뒤 언론계 선배인 방 회장과 이것저것 논의하고 도움을 받던 옛날을 생각하며 속으로 실소가 나오기도 한다. 그럼에도 불구하고 방 회장과 나는 시간이 지날수록 더욱 돈독하게 지내고 있다.

방 회장은 대한골프협회장을 맡기 전에 서울컨트리클럽 이사장을 지내셨고 나는 방 회장과 함께 서울컨트리클럽의 이사를 지냈다. 인연이란 것이 묘해서, 방 회장이 골프협회장을 맡게 되자 함께 일하자고 요청해 부회장을 맡게 됐다. 8년간 방 회장을 모신 뒤 방 회장이 퇴임할 때는 골프협회장직까지 물려받았다.

1980년대 초에 시작된 골프 국가대표 상비군 체제가 꽃을 피운 것은 방 회장의 임기 중이었다. 여자 대표팀이 세계아마추어선수권대회에서 1996년 우승에 이어 2000년에는 준우승을 차지했다. 그 두 번의 단체전 쾌거 사이엔 박세리라는 걸출한 인재가 나타나 전 국민의 관심을 골프에 집중시켰다. 1998년 맨발의 투혼으로 US여자오픈 우승의 쾌거를 이뤄낸 박세리 선수의 모습을 전 국민이 SBS 생중계로 지켜봤다. 이는 당시 외환위기의 암울한 시기에 국민에게 힘과 희망을 불어넣어준 큰 사건이었다. 골프라는 종목에서 기적적인 도약이 이뤄진 것이 이때였다.

과거에는 기대하지도 못했던 좋은 성적이 연속해서 나왔는데 가만히 있을 방 회장이 아니었다. 방 회장은 박지원 당시 문체부 장관에게 직접 전화를 걸었다. "골프가 이렇게 국제경쟁력을 높여서 국위를 선양하고 있는데 정부가 이를 평가하고 지원해야 하지 않느냐?" 객관적인 성적이 분명한 데다 방 회장의 강력한 요청에 골프협회는 그해 주니어 육성 기금 10억 원을 타낼 수 있었다. 다음 해에도 10억 원을 지원받아 방 회장은 모두 20억의 정부 지원을 성사시켰다.

방 회장은 한국에 언제 골프가 유래되었고 이후 어떤 과정을 거쳐 왔는지에 관해서도 협회 실무진에게 자세히 연구를 시켰다. 2000년에 발간된 '한국 골프 100년'이 바로 이 시절 방 회장의 작품이다. 그 이전의 토양이 바탕이 되기는 했지만 대한민국 골프가 활짝 만개하기 시작한 게 분명 방우영 회장이 재임한 8년간이었다는 사실에는 아무도 이의를 달지 못할 것이다.

사회에서 가까이 지낼 때는 잘 모르던 특징도 일을 함께하면 보이게 된다. 방 회장이 회의를 주재하는 스타일은 한마디로 일사천리였다. 토론이 필요하지 않았다. 다른 사람들 의견을 다 들으면서도 얼마나 시원시원하게 일을 처리하는지 혀를 내두를 정도였다. 수많은 정보와 의견들을 스펀지처럼 빨아들여 놀라운 두뇌 회전으로 순식간에 정리한 뒤 명쾌한 결론을 낸다. 그리고 누구나 인정할 수밖에 없는 성과가 나오는 것이다. 체구는 작지만 스케일이 크고 다부지면서도 소탈한 성격을 접할 때마다 방 회장을 '작은 거인'이라고 칭하는 것이 정말 딱 어울리는 표현이라고 생각해왔다.

오랜 기간 친교에 이어 골프를 통해 더욱 끈끈한 관계를 맺다 보니 수시로 부부 동반 해외여행을 함께 다닐 정도로 가깝게 지냈다. 주로 곽유지 일본 교토 ANA호텔 회장, 김봉균 델타에어에이전시 회장, 고 정치오 연일물산 회장 등이 여행 멤버였는데 일본, 홍콩은 여러 차례 다녀왔고 특히 기억에 남는 곳은 중국의 장가계와 프랑스 보르도 지방이었다. 장가계에서는 그 수려한 풍광을 다들 감탄해 마지않았었다. 와인의 본산 보르도 지방에서는 역사 깊은 와이너리 샤토들을 순회하며 포도 재배, 수확, 양조의 비법과 숨은 얘기들을 듣고 양조장 주인들과 와인 잔을 기울이는 낭만을 즐겼다. 방 회장과 다녔던 이런 여행들은 평생의 추억으로 간직하고 있다. 또 SBS가 하와이에서 LPGA 대회를 주최했을 때는 매년 프로암에 방 회장 내외분을 초청해서 즐거운 시간을 함께하기도 했다.

방 회장은 대단한 강골은 아니어도 자기 관리가 확실하고 강단과 끈기가 있는 분이어서 건강도 꽤 잘 챙겨오셨다. 나 역시 80을 넘긴

지 몇 년이 지났지만 방 회장의 꼿꼿한 모습에 늘 감탄해왔는데 근자에는 방 회장의 병원 출입이 잦아진 감이 있다. 역사나 인생처럼 개인건강에도 굴곡과 부침이 있는 법인데, 88세 미수까지 살아왔으니 이제 리모델링하는 단계에 진입한 것으로 여겨진다. 잘 추스려서 건강을 재정비하고 원기를 재충전할 시기다. 방 회장을 좋아하고 따르는 많은 후배들은 "건강은 이렇게 관리하는 거야" 하고 모범을 보여주실 것으로 믿고 있다.

갈수록 세상은 빨리 변하지만 변하지 않는 것이 있다면 인간의 진실함과 인연의 소중함이 아닌가 생각된다. 30여 년 전 처음 만난 이후 방 회장은 나의 롤모델이었고 멘토였다. 본인은 그렇게 느끼지 않을지 모르지만 방 회장은 지난 세월 참 많이 베풀며 살아왔다. 방 회장을 아끼고 흠모하는 동료, 후배들에게 그 멋진 모습과 따뜻한 미소를 오래오래 보여주시길 바란다.

<u>48</u>

온몸으로 신문의 역사를 만드시다

윤임술

일경언론문화재단 이사장, 전 조선일보 사료연구실 고문

방우영 고문은 우리 언론사에서 두 가지 기록을 가진 분이다. 한 신문사에 60년을 봉직했다는 게 하나고, 거기서 사장을 30년이나 지냈다는 게 다른 하나다. 이런 기록은 한국뿐 아니라 외국에서도 흔하지 않을 것이다. 그가 95년 역사 중 3분의 2를 봉직해온 조선일보가 현재 판매 부수는 물론 신문의 품격도 첫손가락에 꼽히고 있기 때문에 그의 기록은 더욱 빛난다.

어떤 기관의 장이라도 그 자리가 쉬운 것은 아니겠지만 신문사의 사장은 다음 세 가지에 대해 전문적인 지식과 경륜을 가져야 하기 때문에 특히 어렵다.

첫째, 신문사 사장은 정치와 문화 부문에 일가견을 가져야 하고 판단이 신속해야 한다. 신문이란 정치와 문화를 떠나서는 존재하기가 어렵다. 또 신문 그 자체가 역사의 단면을 기록하고 비판하면서 독자, 즉 국민을 계도하기 때문에 문화 발전에 기여하는 사명이 커야만 한다.

둘째, 신문사 사장은 기기(機器)공학 방면에 대해서도 거의 전문가 수준에 도달해야 한다. 통신기기와 윤전기는 물론이고 활자의 크기와 모양새에 대해서도 일가견을 갖고 가독성 여부와 미학적인 분석, 색도의 인쇄 효과 등을 판단해야 한다.

셋째, 누구에게도 뒤지지 않는 세일즈맨이 돼야 한다. 아무리 좋은 신문을 만들어놓아도 팔지 못하면 신문은 쓰레기가 된다. 신문은 만들어만 놓으면 저절로 팔리는 물건이 절대로 아니다. 그래서 신문사 사장은 언제나 치열한 판매전을 염두에 두고 전쟁을 치러야 한다.

지금도 동네 입구에서 가가호호를 방문하면서 판매전을 벌이고 있는 풍경이 오늘의 신문 판매전이 얼마나 치열한지를 보여주고 있다. 제작도 중요하지만 판매전에 실패하면 신문은 망하고 만다. 그래서 우리나라에서는 1883년 한성순보 이래 120여 년 동안 1000여 종의 신문이 명멸했다.

광복 후 똑같은 조건에서 무수히 많은 신문이 발간되었으나 제작과 판매전의 실패로 대부분 흔적조차 없이 사라지고 조선일보와 동아일보만이 살아남았다. 방우영 고문께서는 앞에서 열거한 세 가지 부문에서 남다른 혜안과 기지를 갖고 오늘의 조선일보를 키웠다.

오늘의 조선일보가 대한민국의 1등 신문임을 아무도 부인 못할 것이다. 조선일보도 1960년대에는 다른 신문 보급소에 얹어서 팔았다는 소문이 있었다. 그 신문을 부동의 1등 신문으로 키운 이면에는 방 고문의 피나는 노력과 우수한 인재를 모으는 지혜가 있었다.

1945년 광복 후 70년 동안 우리나라는 하루도 조용한 날이 없을 정도로 혼돈과 격랑을 겪었다. 그 격랑은 바로 신문 제작에 직간접 영향을 미쳤다. 한국 현대사에는 신문사 사장만이 겪어야 하는 수많은 시련과 고초가 있었다. 방 고문은 이런 역경 속에 신문을 정상에 끌어올리기 위해 싸우고 참으면서 30~40년의 역사를 몸으로 부딪쳐왔다고 보아야 할 것이다.

방우영 고문은 신문 제작 실무를 떠난 만년에 신문에 대한 사료 방면에 깊은 관심을 가지셨다. 신문이 근세 100년 동안 우리나라 역사를 살피는 으뜸가는 기초 사료라는 것은 상식이다. 신문은 또한 국민들의 일기이기도 하다.

그러나 이 생생한 일기를 그때그때 제대로 기록하고 보관할 겨를이 신문사에는 미비했다. 신문의 보관이나 기록은 신문사보다 일부 대학의 도서관이 더 잘하고 있음을 볼 때 부끄러운 일이 아닐 수 없다. 이런 현실을 안타깝게 생각한 방우영 고문은 개화기 이래 신문들의 소중한 기초 사료를 체계적으로 정리해서 언론계는 물론 역사 발전에 기여하고자 '한국신문사설선집'을 간행했다. 이 일은 워낙 방대하고 복잡하기 때문에 아무도 감히 손댈 수가 없었으나 방 고문의 의지로 1994년 4월 착수하게 됐다.

우선 110여 년 동안 명멸한 900여 종의 신문 중 우리 신문 역사에 주축을 이룬 주요 신문 49가지를 골랐다. 이 신문들의 창간호에서 종 간호까지 실린 사설과 현존하는 신문들에 1999년 말까지 실린 사설 건수는 약 40만 건에 달했다. 이 중 8,205건을 뽑아 12권에 시대별로 갈라 사설 전문(全文)을 싣고 39만여 건은 사설 제목과 게재 날짜별로 별도 2권에 정리해 5년 6개월 만에 전체 14권의 방대한 분량으로 완 간했다. 이 작업은 근세 대한민국 역사의 압축이고 한국 신문사(新聞 史)를 바로 세우는 큰 작업이라고 할 수 있다.

이 밖에도 사료연구실을 설치해 신문에 관한 사료와 언론인들의 육필 원고 등도 모았다. 모은 사료 중에는 1929년 조선일보가 벌인 문자보급운동 때 썼던 '한글 원본'과 조선일보 특파원 제1호인 김준 연의 유물, 1935년 6월 6일자부터 조선일보에 연재된 안재홍의 육필 원고, 최남선 · 남궁억의 육필 원고 같은 것들이 있다.

1940년 일제 탄압으로 조선일보가 폐간되었을 때 일본 유학 중이 던 윤석중이 동경에서 지은 노래를 시인 박두진이 글씨로 써 액자에 담은 자료도 있다. "절벽에서 떨어져도 / 폭포물은 다시 살고 / 서로 갈린 시냇물은 / 바다에서 만난다네." 1920년 조선일보 창간 당시 인 쇄인 서만순의 친필 편지와 이은상 · 정비석 · 최석채 씨가 쓰던 만년 필과 유물 등도 모아놓게 되었다.

나는 방우영 고문께서 이런 일의 한 부분에 대한 심부름을 시켜주 셔서 그 방면에 공부도 하게 되었다. 방우영 고문은 2000년대 한국을 대표하는 큰 신문인이고 언론인이다. 방우영 고문의 신문 경영 철학은 어려운 신문 경영의 현실에서 더 높이 평가돼야 할 것이다.

49

기적을 만든 신문인

윤주영

방일영문화재단 이사, 전 조선일보 이사 고문, 편집국장

방우영 조선일보 상임고문은 친형인 방일영 전 고문과 함께 조선일
보를 경영난에서 구해내고 오늘날 한국의 대표적 신문사로 발전시킨
경영의 선구자였습니다. 그가 이룩한 공적들은 당대의 어느 신문인도
남기지 못했던 위대한 것이었기에 나는 그를 한국 제1의 신문 경영인
으로 존경합니다.

그가 조선일보에 첫발을 디딘 것은 1952년 스물다섯 살 때였습니
다. 그는 전투경찰대를 제대한 직후 곧바로 견습공으로 조선일보 공
무국 정판부(整版部)에서 해판(解版)하는 일부터 시작하였습니다. 해
판 작업이란 쓰고 난 대형 활판을 허물어서 큰 활자들을 재사용할 수
있도록 호수별로 식자함(植字函)에 넣고, 작은 활자들을 녹여서 납으

로 쓸 수 있도록 폐기(廢棄)통에 넣는 작업을 말합니다. 일은 그다지 힘들지 않았지만 순식간에 손과 작업복이 검은 잉크 때로 범벅이 되었습니다. 두 달쯤 정판부에서 일한 뒤 문선부(文選部)로 자리를 옮겼습니다. 문선부는 원고를 보면서 일일이 활자를 뽑아서 식자(植字)하는 곳입니다. 문선부는 비교적 지식수준이 높은 사람들이 있는 곳이어서, 누가 좋은 기사를 쓰고, 누구의 사설이 심금을 울리는 마력을 가졌는지 소상하게 알고 있었습니다.

문선부에서 5개월쯤 지난 어느 날 그는 사장실에서 찾는다는 전갈을 받고 사장실로 갔습니다. 그 당시 장기영 사장은 "얘기 많이 들었는데 내일부터 교열부에서 일해보지!" 하고 편집국으로 갈 것을 권하였고 그것이 조선일보에 입사를 허가하는 통보가 아니었던가 생각했다고 합니다. 공무국에서의 근무는 7개월에 불과했지만 사회인으로 갖추어야 할 기본자세와 책임을 배울 수 있었고, 특히 문선부의 여러 사원들이 휴식 시간에도 독서에 열중하는 것을 보고는 감동을 받았다고 합니다.

교열부에서의 생활은 그에게 매우 유익한 기간이었습니다. 그 당시 교열부에는 부장 이외에 두 명의 기자가 있었는데 한 분은 후일 중앙일보 교열부장이 된 김호 씨였고, 또 한 분은 한국은행에 있다가 장기영 씨를 따라온 홍유선 씨로 후일 한국일보의 편집국장이 된 분이었습니다. 이런 분들과 이마를 맞대고 훌륭한 기사와 일류 논객들의 글을 교열할 수 있었다는 것은 복 받은 일이 아닐 수 없었습니다. 그러나 장기영 사장의 퇴임 후 편집국에 공석이 생겨, 그는 사회부로 옮겨가서 문교부를 출입하게 되었고, 그 후 경제부로 자리를 옮겨 재무부와 금융계를 출입하는 경제 전문 기자가 되어 자리를 굳혀나갔습니다.

그때 우리나라와 세계경제는 급속하게 변하고 있었습니다. 열심히 공부한 결과 우리나라 경제의 앞날을 내다볼 수 있는 안목을 갖출 무렵, 갑자기 신문사를 그만두지 않을 수 없는 비운이 찾아왔습니다. 그 당시 조선일보는 누적된 경영난 때문에 사옥 뒤에 있는 공터에 아카데미극장을 지어 한 기업에 대여해주었는데 그 기업이 적자로 쓰러져 대지와 극장 건물마저도 위협을 받게 되어 누군가가 가서 수습해야 될 형편이었습니다. 평소 형님을 아버지처럼 받들어온 그는 자진하여 신문사를 사직하고 2년 동안 악전고투 끝에 회사를 회생시켜놓았습니다. 그리고 새로 시작한 영화제작 사업도 호황을 지속하고 있을 때, 그는 그 자리를 다른 사람에게 넘겨주고 조선일보사의 상무 발령을 받게 되었습니다.

그가 다시 조선일보로 돌아와보니 해결해야 할 난제들이 태산 같았다고 합니다. 그런데도 그에게는 들어가서 일할 사무실조차 없어 지하실 창고 뒤에 판자로 방 한 칸을 급조해 그곳을 사무실로 사용하였습니다. 헌 책상과 야전용 침대뿐인 그 작은 방에서 그는 매일 밤 일기를 썼고, 조선일보를 대수술하는 계획을 세웠습니다. 야간 통행 금지 시간을 넘기면 야전용 침대에서 눈을 붙이고 새벽에는 청진동 해장국집으로 걸어가면서 외로움을 달래곤 했습니다. 또 어떤 날은 신문 배달 차에 편승하여 서울 시내 보급소를 찾아가서 배달 소년들을 격려하고, 보급소의 총무들을 만나서 조선일보의 판매 부수가 왜 늘어나지 못하고 있는지 그 이유를 살펴보았습니다. 그 이유는 간단했습니다. 조선일보의 보급소에서 처음에는 더부살이로 있던 한국일보가 급성장하면서 안방 차지를 하게 됨에 따라 배달 소년들은 한국일보를 먼저 배달하고 나서야 조선일보를 배달한다는 것이었습니다. 그러니 뒤늦게 배달되는 조간신문을 반길 이유가 없지 않느냐는 대답을 그들로부터 듣고는 북받치는 분통을 억누를 수가 없었고, 신문사로 돌아온 그는 '모든 개혁만이 살 길이다'라는 신념하에 허리띠를 졸라맸다고 합니다.

우선 편집국장과 편집부장을 불러 좋은 기사로 활력 있는 신문을 만들어보자고 제의했습니다. 그리고 이름난 명편집자들을 전국에서 스카우트하였습니다. 그뿐 아니라 '기자는 기사로 평가한다', '모든 기사는 간결, 명료하자', '데스크가 만족하지 못하는 기사는 열 번이라도 다시 쓰자!' 등의 편집 방침이 시달되면서 편집국 내의 분위기가 새로워지고 기사의 내용도 몰라보게 좋아져 힘 있고 신선한 제목들이 지면을 장식하게 되었습니다.

이렇게 신문 지면이 개선되자 신문사 내의 모든 시선이 판매국으로 쏠렸습니다. 이때 그는 실지(失地)를 회복하기 위해서는 어떠한 어려운 희생도 감수해야 한다는 비장한 결단을 내렸습니다. 잃어버린 우리의 독자들을 반드시 우리의 품안으로 다시 찾아오게 한다는 것이었습니다. 그의 결의가 강철처럼 단단하였기에 일부 보급소장들은 서둘러 배달 소년의 수를 늘려서 조선일보와 한국일보를 동시에 배달하게 했다고 합니다. 한편 판매부장으로 하여금 서울 시내 보급소의 총무 중에서 유능한 사람 10명을 선발해 특별 교육을 실시하고, 1,000명 이상의 독자를 영입한 사람에게는 무조건 보급소장으로 임명하겠다고 선언하여 사기가 충천하게 되었습니다. 이렇게 하여 서울 시내 보급소장의 절반 이상을 교체하는 데 성공했고, 지방의 허약한 보급소에도 젊고 의욕이 넘치는 총무들이 내려가서 큰 성과를 올렸습니다. 1960년 초에 10만 부를 밑돌던 발행 부수가 1965년에는 20만 부, 1975년에는 35만 부, 1979년에는 100만 부의 목표를 달성할 수 있었습니다. 1991년에는 200만 부, 1996년에는 250만 부를 넘어서면서 조선일보는 자타가 공인하는 대한민국 제일의 대(大)신문이 되었습니다.

편집과 판매 부문의 개혁을 진행하면서 그는 광고 부문의 개혁에도 착수했습니다. 그때까지 조선일보의 광고 업무는 위탁제여서 광고를 수주해온 부원이 광고료의 60퍼센트를 차지하고 회사에는 나머지 40퍼센트만 납부하는 제도였습니다. 이것을 조선일보 직영제로 바꾼 것입니다. 광고부원들은 광고주로부터 받은 요금 전액을 본사에 납입하고 그 대신 다른 국에서 일하는 사원들처럼 회사로부터 월급을 받는 제도로 바뀌게 된 것입니다. 이 제도는 다른 신문사에서도 이미 오래전부터 실시해온 제도였기 때문에 반대나 저항이 없었습니다. 새로운 광고국장에는 편집국 부국장과 공무국장, 그리고 업무국장을 역임한 목사균 씨가 취임하여 새로운 광고 개척에 힘쓴 결과, 다대(多大)한 성과를 거두었습니다. 방우영 고문은 그의 상무 시절은 물론 발행인과 전무가 된 뒤에도 몸소 시장 개척에 앞장섰기 때문에 광고 수입이 판매 수입을 능가하는 새로운 역사를 만들 수 있었습니다.

지난 50년 동안에 조선일보가 이룩한 빛나는 업적과 눈부신 성과들을 보면서 무엇이 그런 결실을 맺게 했는지 궁금해하는 사람들이 많습니다. 그리고 그 원인을 '비범한 선견력(先見力)과 탁월한 결단력, 그리고 강력한 실천력'에서 찾는 사람들도 있습니다. 물론 이런 원동력들을 부인할 사람은 아무도 없습니다만 우리가 간과해서 안 될 일은 이런 힘을 융합하고 총화시키는 또 하나의 요인이 있었다는 사실입니다. 그것은 다름 아니라 방우영 고문의 '불굴의 의지'와 남을 배려하는 '따뜻한 마음'입니다. 여기에서 조선일보만의 독특한 조직 문화가 형성되어 많은 사람들의 목표 의식을 진작시키고 삭막한 마음을 훈훈하게 만들고 합심시켜 기적을 낳게 하였습니다. 우리는 많은 조선일보 사람들이 이와 같은 그의 정신과 마음을 이어받아 새로운 기적을 만들어내는 원동력으로 삼기를 기대합니다.

50

'우영'하라는 계초의 뜻 이루었으니
이젠 '일민'의 안락을 즐기소서

윤형섭

전 교육부 장관

사람의 이름은 태어나면서 흔히 부 또는 조부로부터 받는다. 성과 돌림은 아득한 선대로부터 전래되어오는 것이므로 부 또는 조부라 해도 감히 손을 대기는 쉽지 않다. 나는 그 고민을 직접 체험한 바 있다. 내 자식 세대의 돌림은 '늙을 로(老)' 자이다. 세브란스병원 신생아실에 누워 있는 손바닥만 한 핏덩이를 확인하고 돌아서면서 그 이름에 '늙을 로(老)' 자를 붙여주려니 황당하기 그지없었다. 그래도 어쩔 수 없었다. 둘째아이도 마찬가지였다. 그랬더니 어떤 친구가 내게 양로원을 차렸냐고 놀려댔다.

이에 비하면 방 회장님의 조부(계초 방응모)께서는 손자들에게 영화로울 '영(榮)' 자를 돌림자로 붙이실 수 있었으니 그만 해도 축복이다.

신문인 방우영

'영(榮)' 자에는 명예와 번성의 뜻이 포함되어 있다. 그러므로 "한 번 크고(一) 명예롭게 번성하라"는 염원을 담아 장손을 '일영(一榮)'이라 했다면 차손을 '우영(又榮)'이라 한 데에는 '너는 그 뒤를 이어 또다시 (又) 번성하라'는 끊임없는 조부 계초의 염원이 담겨 있는 것 같다. 실제로 그 분들의 삶을 들여다보면 형제간 우애가 남달리 깊고 아우님이 형님 모시기를 부모님 대하듯 하며 형님 또한 아우님 대하기를 사랑과 존중으로 대하여 필생의 가업을 넘겨주기까지 하였다. 그리고 아우님은 그 가업을 한국 제1의 위치에 올려놓고 다시 큰댁 조카에게 넘겨주었으니 그의 가문뿐만 아니라 조선일보가 참으로 일영(一榮)하고 우영(又榮)하였다 할 것이다.

일민(逸民, 방우영 회장의 아호)이 조선일보 공무국 견습생으로 발을 들여놓은 것이 1952년이었으니 무려 60년이 넘는 세월이 흘렀다. 1962년 조선일보 상무가 되어 처음으로 경영에 참여했던 당시의 신문 발행 부수는 불과 6만 5000부였다. 그러나 불과 3년 후인 1965년에 20만 부, 1979년엔 100만 부, 1992년엔 200만 부를 넘어서면서 업계 부동의 1위를 굳혔으니 조선일보가 이처럼 번영하고 또 번영한 것, 즉 우영(又榮)한 것은 일민(逸民)의 공덕이었음이 분명하다. 그러노라면 그가 겪었던 인고의 세월을 무심히 지나칠 수 없다. 행운과 흉운은 언제나 혼자 오는 법이 없다. 조선일보의 번영 뒤에는 언제나 일민의 고통이 따라야만 했다. 적어도 1987년 이 땅에 민주화가 정착될 때까지는 온갖 부당한 외압에 시달려야 했다. 그는 신상의 위협과 신변의 위험을 감수하면서 외압을 막아내고 신문사와 사원들을 보호하는 일에 온몸을 던졌다. 사내외를 막론하고 열정적으로 뛰었다. 연행된 기자들을 구출하기 위해서 중앙정보부에 가서 한판 승부를 벌였던 일도 한두 번이 아니었다.

언론은 정치권력에 굴복할 수 없다. 직필로 정론을 세워야 하기 때문이다. 그러나 권력이 은행 융자금 회수와 세무조사, 신문용지 공급 차단, 기자 빼내기와 연행 등의 각종 행재정적·정치적 압박을 가해 올 때에는 신문사는 사생결단하지 않으면 안 되었다. 그 선봉에는 언제나 일민의 당찬 모습이 있었다. 곡필하여 살아남느냐 아니면 직필하여 사멸하느냐의 갈림길에서 그 긴 세월, 그 긴 밤을 마음 놓고 자 본 일이 별로 없다. 참으로 외로운 밤들이었다. 그래서 언제나 그는 아침이 두려웠다. 무엇보다도 조선일보 애독자의 예리한 눈이 새벽을 기다리고 있기에 더욱 그러했다. 편할 날이 없었다. 그럼에도 불구하고 그의 아호는 편안할 일, 백성 민 곧 일민(逸民)이었으니 얼마나 아이러니한가.

공자께서 논어를 통해서 가르쳐주신 바에 따르면 일민(逸民)이란 주로 난세에 생겨나는데, 뜻 있고 재능이 뛰어난 선비가 어지럽고 구차스런 속세를 버리고 숨어버리는 것인데 권력이 바로 그를 등용하면 천하의 민심을 얻는다고 하였다. 그러나 아무리 권력의 유혹이 심하더라도 주나라 무왕을 버리고 수양산에 들어가 아사한 백이·숙제가 있는가 하면 벼슬을 버리고 귀거래사를 남기면서 고향 산천에 칩

거한 도연명도 있다. 세상은 그들을 일민(逸民)이라 부르고 있지만 그들은 도(道)에 충실한 자아충실형 선비였을 뿐 국가 변혁기에 정도를 설파하면서 난세를 바로잡는 데는 아무런 역할도 못했다. 한 시대의 역사적 소명을 외면한 것이나 다름없다.

그러나 오늘 우리의 일민(逸民)은 결코 그럴 수가 없었다. 끝까지 권력과 맞섰다. 영원한 청년 투사라 할 만큼 언론 창달을 통한 민주사회 건설과 사회정의의 구현, 그리고 조선일보의 번영을 위해서 불가피하게 몸을 던졌으니 편안하고 조용하게 살아야 할 일민(逸民)의 말뜻과는 거리가 먼 삶을 살아왔다. 나는 최근에 와서 그가 짊어져온 직책들을 서서히 내려놓으면서 명예직으로 추대되는 것을 눈여겨보면서 이제는 그가 뒤늦게나마 일민(逸民)다운 삶, 곧 모든 사회적 책임으로부터 해방된 자유인의 삶을 누리게 되겠구나 하면서 심축하고 있다.

여기서 잠깐, 기왕에 아호 얘기가 나왔으니 한 가지만 덧붙이고자 한다. 세종로 네거리에 태평로를 사이에 두고 또 한 분의 일민이 있었다. 그는 이미 우리와는 유명을 달리했으나 한때는 일민(逸民)과 동업자였던 김상만 동아일보 회장(1910~1994년)이다. 그러나 그의 아호는 '한 일(一)' 자에 '백성 민(民)' 자였으므로 어쩌면 중서지일(衆庶之一), 즉 뭇 백성 중의 하나를 지향하는 뜻인 듯하다. 그러니 서울 도심 한복판에서 양대 신문의 총수가 일민(一民)과 일민(逸民)으로 수십 년간 서로 마주 보며 살아왔던 셈이다. 지금은 동아일보 신사옥 옥상에 '일민미술관'이란 명판이 조선일보 쪽을 향해 설치되어 있다.

양심상 내가 덧붙이지 않을 수 없는 일이 또 하나 있다. 남의 얘기에 무임승차하는 것 같아 염치없는 일이기는 하나 사실은 나도 일민이다. 다만 '한 일' 자, 일민(一民)임이 일민(逸民)과 구별된다. 1973년 5월의 어느 날 장인께서 지어 보내신 나의 첫 아호이다. 사실은 일민(一民)과 허주(虛舟), 둘 중의 하나를 선택하라는 분부이셨다. 허주, 즉 빈 배가 마음에 들었다. 비운다는 것이야말로 인간 수련의 최고 경지이다. 허선촉주인불노(虛船觸舟人不怒), 빈 배는 다른 배를 건드려도 아무도 성내지 않는다. 그 배가 아무런 욕심을 품고 있지 않기 때문이다. 그 호는 내게는 너무 과분하게 여겨졌다. 민주주의를 가르치고 있는 정치학 교수로서는 하나의 백성, 곧 일민(一民)이 어울린다고 생각하였다. 이 일에 대해서는 그 당시 발행된 연세대 학보 '연세'에 '一民이냐 虛舟냐' 하는 제목의 수필을 발표했으니 새삼 여기서 재론할 생각은 없다.

내가 장인으로부터 호를 받은 지도 벌써 42년이 되었다. 그러나 김상만 회장의 생전에는 거의 사용하지 않다가 최근에 와서야 가끔 사용하고 있다. 나와 그 분의 연령 차로 보아 그 분의 아호를 내가 차용한 것처럼 오해하는 것이 상식일 것이다. 바로 이점이 내게는 풀리지 않는 숙제이다. 왜냐하면 1950년 6.25전쟁 때 그 분은 동아일보 업무국장이었고 내 장인은 똑같은 인촌 가문 계열사인 경성방직의 상무였으며 연세도 7년 연상이었으니 인촌의 장남인 김상만과 그의 아호를 내 장인께서 모르실 리 없는 사이였을 텐데, 특히 1973년엔 그 분이 경성방직의 감사였고 동아일보 사장 재임 중이었으니 그 당시에 그 분이 일민(一民)이란 호를 쓰셨다면 나의 장인께서 사위에게 같은 호를 내리셨을 리가 없을 텐데…… 하는 의구심을 지금도 나는 지울 수 없다. 이는 결코 일민(一民)이란 호의 선점권을 가리려 함이 아니요 다만 그 우연을 즐기려 함일 뿐이다. 어쨌거나 태평로에서 그 일민(一民)과 우리의 일민(逸民)이 수십 년 마주 보고 살았듯이 연세대학교 재단 이사회에서 이 일민(一民)도 그 일민(逸民)과 근 10년간 엇비슷하게 마주 보고 앉았었다. 태평로의 두 일민과 연세대 재단의 두 일민, 참으로 세 일민의 절묘한 인연이 새삼 느껴진다.

일민(逸民) 방우영(方又榮)은 열 살 때(1938년) 부친(방재윤)을 여의었다. 사인은 함경도 땅에서 업무 수행 중 당한 심장마비였다. 부친은 정주소학교 교사를 거쳐 조선일보사 총무부장을 역임했으나 서른여덟의 나이에 생을 마감한 것이었다. 그 후 홀로 되신 어머니(이성춘 장로, 1973년 서거)의 눈물 젖은 기도와 사랑의 은덕으로 오늘의 자기가 있게 되었다고 그는 믿고 있다. 그러한 어머니의 사랑 속에서 불과 다섯 살 위인 형(一榮)을 아버지처럼 믿고 따르며 살아왔다. 조부(계초 방응모)께서 광산에서 금맥을 발견하여 최창학 등과 함께 조선 최고의 갑부가 된 것이 1926년인데 그 이태 후인 1928년 아흔아홉 칸 갑부 집안에서 일민(逸民)이 태어났으므로 이는 마치 금수저를 물고 태어난 것이나 다름없었다. 그리고 계초께서 고당 조만식 선생의 권유를 받아들여 조선일보를 인수한 것이 그가 네 살 때(1932년)였으니 그는 조선일보를 우영(又榮), 즉 더 한층 번영케 할 운명의 밑그림 속에서 성장했을 것이 분명하다. 그러나 이 운명의 밑그림을 알 리 없는 그는 죽을 고비를 몇 번이나 넘길 만큼 지극히 활달하고 자유분방한 청소년기를 마음껏 누렸다. 때로는 어르신들의 간담을 서늘케 하기도 했으나 도리어 그때 이미 장차 난세의 부당 권력과 맞대결하면서 조선일보를 우영(又榮)케 할 영혼과 기력을 일찍부터 스스로 양생했던 것으로 보인다.

그러므로 그는 은일 칩거하는 선비로서의 일민(逸民)보다는 선천적으로 정의의 투사로 태어났다고 봄이 옳을 것이다. 그러나 과연 이런 행태와 생활을 언제까지 지속하게 해야 할 것인가? 그는 이제 미수를 맞고 있다. 그를 글자 뜻 그대로의 진정한 일민(逸民)답게 좀 더 편안하게 살 수 있게 해드릴 때가 되지 않았는지 성찰하게 된다.

나는 1994년 3월 16일 연세대학교 총동문회 방우영 회장(1981~1997년)으로부터 수석부회장의 명을 받았다. 지금까지 없었던 방과 비품이 새로 마련되었다. 상근하라는 분부였다. 나도 그리 헌신할 각오였다. 그러나 불과 5개월 후인 8월 하순에 건국대학교 총장으로 부임하게 되었다. 너무나 갑작스런 일이었다. 꿈에도 생각해본 일이 없었다. 어느 날 아침 현승종 건국대 이사장(전 총리)의 간청에 못이겨 갑자기 이루어진 일이었다. 제일 큰 걱정은 수석부회장 자리를 건국대에는 무슨 염치로 유지하며 또 방 회장에게는 무슨 염치로 사임하느냐 하는 것이었다. 사무총장 임택근 선배의 도움을 받아 방 회장실로 찾아가 사표를 제출했다. 그럴 이유가 없다고 강경하게 반대하던 일민(逸民)은 "만약 고려대학교 총동문회 수석부회장이 연세대학교 총장으로 온다면 회장님께선 어떻게 받아들이시겠습니까?"하는 말 한마디에 나의 사표를 즉석에서 수리하고 사무총장에게 후속조치를 지시하셨다. 참으로 신속한 결단과 집행이었다. 그 후 그는 연세대학교 재단 이사장에 취임하고 기회를 보아 나를 감사·이사로 근 10년간 모교에 봉사할 기회를 만들어주셨다. 위에 적은 우영(又榮)과 일민(逸民)에 관한 나의 술회는 그렇게 해서 이루어진 근 10년간의 접촉을 통해서 얻은 정보와 감회의 일단을 적은 것이다.

원컨대, 부디 오래도록 건강하고 행복하소서. 그리하여 이제부터는 조선일보 우영(又榮)의 책임을 벗어던지고 일민(逸民)답게 여생을 평안하게 즐기소서.

51

나에게 여러 번 놀라움을 주신 분

윤호미

호미초이스닷컴 대표, 전 조선일보 편집국 부국장

중앙일보에서 15년, 조선일보에서 16년. 나의 신문사 경력을 잘 아는 사람들은 곧잘 양 신문사의 다른 점을 꼽아보라는 질문을 많이 한다. 바로 얼마 전 용평 휴가지에서도 한 경제학자로부터 이번엔 구체적으로 양쪽 사장을 비교해보라는 호기심 어린 주문까지 받았다. 사실 그럴 때마다 내가 얼른 내놓는 대답은 조선일보 입사 초기 '방우영 사장'에 대한 이야기 한두 가지뿐이다. 대학 졸업 후 15년간 '중앙일보 기자'로 직장 생활 잔뼈가 굵어진 내가 새롭게 입사한 조선일보에서 다소 낯설게 겪었던 몇몇 일들이 바로 두 신문사의 다른 점이 아닐까 해서다.

1983년 봄 조선일보 문화부 차장으로 입사한 지 얼마 안 됐을 때였다. 아직 개인적으로 대면해보지 못한 방우영 사장이 문화부 내 자리로 오면서 "에이, 이거야 참……" 큰 소리로 집안 식구를 원망하는 몇 마디를 더 보탠 뒤 보도 자료 한 장을 내밀었다. 그러고는 영 쑥스러운 듯 "할 수 없이 들고 나왔는데 알아서 해주시오" 하면서 재빨리 자리를 뜨셨다. 자료를 보니 어느 여자대학 개교 행사 알림이었다.

사장이 문화면의 한 줄짜리 단신을 직접 찾아와 이렇게 어렵게 부탁하신다? 게다가 이 정도면 부탁할 사항도 아닌 당연한 보도 자료가 아닌가! 그 당시 나로선 정말로 깜짝 놀랄 일이었다. 지금도 잊히지 않는 방 사장의 강렬한 첫인상으로 남아 있다.

누가 조선일보 분위기에 대해 또는 방우영 사장에 대해 물으면 나는 이 경험을 빼놓지 않고 내세운다. 조선일보가 왜 1등 신문인가를 물어올 때도 그렇다. 그때까지 내가 짐작하고 있던 '신문사 사장'의 이미지와는 완전 남다른 매너로 감동받았던 것이다. 그것이 시작이었다. 그 이후 신문사에서 '방우영 사장님'과의 기억은 계속 나를 놀라게 만들었던 순간들로만 이어진 것 같다.

서울올림픽 전후로 기억되는데 어느 날 방 사장이 일본 책 한 권을 들고 문화부로 오셨다.

"이거 내가 비행기에서 읽었는데 기가 막혀요. 70 넘은 일본 여성이 우리 역사를 파고들어 대단한 작품을 만들었어요. 검토해보세요."

그때도 나는 흠칫 놀라 벙벙해졌다. 바깥에서도 신문사 안에서도 방우영 사장은 행동이 앞서는 '화끈한 성격'으로 알려져 있었다. 죄송하지만 비행기 속에서 독서를 하셨다는 것이 영 믿기지 않았던 것이다.

"아, 그런 줄 몰랐어요?"

편집국 동료들은 방 사장이 대단한 독서가로, 특히 일본의 신간을 빠짐없이 섭렵하신다는 얘기를 해주었다. 그래도 역시 놀라웠다. 신문에 소개하고 싶은 신간을 갖고 직접 기자에게 찾아와 그 내용과 함께 전하는 사장의 모습이 그 당시 나에겐 더없이 신선했다.

방 사장이 소개한 책은 일본의 여성 작가 쓰노다 후사코(角田房子, 1914~2010년)가 쓴 '민비 암살 - 조선왕조 말기의 국모'였다. 74세의 여성 작가가 조선의 명성황후 암살의 진상을 치밀하게 파헤친 논픽션이었다. 이 책은 우리 신문에 크게 소개돼 화제를 모았고 이어 출판부에서 한국어 번역판 '민비 암살'(김은숙 역)을 발간해 베스트셀러가 됐었다.

방일영 고문이 계셨던 1990년대 어느 새해 아침이었다. 신문사 간부들이 흑석동 고문 댁에서 신년 하례 모임을 할 때였다. 2층 큰 방에서 방 고문이 방 사장과 나란히 서서 손님들을 맞이하고 그 옆으로 조금 떨어진 조그만 서재(?)에서 편집국 기자들이 모여 소곤소곤 얘기를 나눌 때였다.

"야, 담배 한 대 좀 피워보자."

방우영 사장이 어깨를 움츠리면서 얼른 들어오셨다. '형님' 앞에서 담배를 피울 수 없어 힘들었다는 표정이었다. 언제나 당당하셨던 대

(大) '사장님'이 어른 앞에 잔뜩 주눅이 들었다가 풀려난 중학생 같은 얼굴로 기자들에게 담배를 얻어 피우는 광경. 나는 또 속으로 많이 놀랐다. 저런 면이 있었던가!

형님 방일영 고문을 아버지처럼 깍듯이 모신다는 것은 익히 알고 있었지만 그러나 그날 거의 겁먹은 듯 장난스런 몸짓으로 구석방에 피신 오셨던 모습은 나로선 상당히 의외였다. 따뜻한 풍경이었다.

그 며칠 뒤 회사 강당에서 열린 시무식에서 방 사장의 짧고 힘찬, 그야말로 열정적인 신년사를 들으며 나는 새해 아침 구석방에서의 그 광경을 떠올렸다. 대단한 반전의 카리스마였다.

사실 방우영 사장의 연설은 들을 때마다 놀라움이었다. 우선 사람들 정신 바짝 들게 짜랑짜랑한 목소리로 원고 없이 쏟아내는 직설 화법이 평소의 방 사장을 그대로 접하게 한다는 점에서 놀랍고 무엇보다 칼같이 짧게 끝난다는 점에서 절로 박수 치게 만들었다. 더 놀라운 점은 그 짧은 말씀 속에 꼭 새로운 예문 한두 개가 들어 있어 깊이를 더해준다는 사실이었다.

회사 기념식을 끝내고 우르르 사원들이 몰려나오면서 저마다 "방 사장 연설이 최고!"라고 감탄하는 경우가 참 많았던 걸로 기억된다. 나도 매번 방 사장 신년사엔 열성 팬이었다.

누구에게 들었는지 모르지만 나는 그 당시 방우영 사장의 연설은 3분을 넘기지 않는다는 원칙을 세워놓고 있다고 알고 있었다. 실제로 언제나 그만큼 아주 짧게 끝나기에 나는 어디서든 연설 얘기만 나오면 방우영 사장의 이 '3분 즉흥 연설'을 자랑해왔었다.

그런데 그 '연설'이 뒤늦게 나를 진짜 깜짝 놀라게 했다. 신문사를 떠나고 한참 뒤 2008년이었다. 방우영 회장의 신문 만들기 55년 회고록 '나는 아침이 두려웠다'를 읽어보면서였다. 문제의 즉흥 연설이 사실은 미리 원고를 써놓고 달달 외운 결과라는 것. 더욱 무서운 것은 이 짧은 연설 원고를 쓰기 위해 한 달 전부터 한국 언론사 등 자료를 뒤적이며 인용할 대목을 골라 준비한다는 것. 믿기지 않을 만큼 놀라운 '신문인 방우영'의 무서운 일면이다. 그런 사장 밑에서 일한 사원이 과연 사장만큼 노력했던가, 그런 반성까지 안겨주었다.

뒤늦게 알고 놀랐던 일이 또 하나 있다. 이건 좀 섭섭하고 정말 그럴까 믿고 싶지 않은 대목이기도 하다. 1985년부터 3년간 내가 파리 특파원으로 나가 있던 시절 방우영 사장님은 한 번도 다녀간 적이 없는데 10여 년이 지난 뒤 주변에서 들어보니 내가 여자 특파원이어서 일부러 파리 나들이를 하지 않으셨다는 것.

전에는 국제회의 참석 등 해외여행 길에 자주 파리에 들러 신용석 특파원의 안내를 받으셨다는데 내가 근무했던 3년 동안은 출입하지 않으셨다니……. 나중에 소문으로 듣고 정말 깜짝 놀랐었다. 좋게 해석하면 바쁜 특파원에게 폐를 끼치지 않겠다는 사장님의 세심한 배려라고 할 수 있겠지만 이건 엄연한 여성 차별이 아닌가!

언젠가 한번 방 회장님께 직접 확인해보고 싶었지만 용기가 나지 않아 계속 미루고 있는 중이다. 방 회장님 백수 때쯤 여쭤볼까 지금이 글을 쓰면서 생각해본다. 혹시 그때도 또 한 번 나를 깜짝 놀라게 할 대답을 듣게 되지 않을까 기대된다. 항상 좋은 면에서 감탄의 놀라움을 안겨준 분이기에 분명 그럴 것 같은 예감이다.

52

형제끼리 우애가 깊으면 모든 일이 다 잘된다

이광노

전 국회사무총장, 전 육군 중장

30대에 방우영 회장을 처음 만났다. 지금의 조선일보가 있는 서울 광화문 사옥 사무실에서였다. 국회의원을 하던 친구를 따라나섰다가 만났는데 그날 방 회장의 인상은 지금도 잊을 수가 없다. 피부색이 검고 키가 작았다. 그런데 상당히 무게가 있어 보였다. 과거 청와대 기자단과 나눴던 대화가 생각났다. 누군가가 "박정희 대통령은 키가 작지만 큰 사람으로 보인다"고 했는데, 그게 방 회장에게도 딱 맞는 말이었다. 방 회장과는 자주 만났다. 그러던 어느 날 문득 이런 생각이 들었다.

'방 회장은 참 속이 다부지다. 의형제를 맺었으면 좋겠다.'

그런데 쉽게 입이 떨어지지는 않았다. 방 회장 속을 알 수 없어서 신중하게 해야 했다. 나는 황해도에서 태어나고 자랐다. 6.25전쟁이 터지기 직전에 내 아버지께서 "너는 외아들이고 이곳은 공산주의 때문에 위험하니 서울 친척집으로 일단 가 있어라"고 하셨다. 그렇게 열아홉에 고향을 떠나며 부모님과 헤어졌다. 당시엔 38선이 그렇게 오래갈 거라고는 꿈에도 생각을 못했다. 아버지 어머니와는 생이별을 했다. 나는 삼대독자였다. 가족이 별로 없었다. 가까운 친척이 팔촌이었으니 이북에서도 외로웠다. 서울에서는 더했다. 그래서 항상 형제가 있었으면 좋겠다는 생각을 했던 와중이었다. 방 회장이 딱 맘에 들었다. 그동안 군에서 여러 사람들이 "아우 하자"는 말을 했지만 선뜻 내키지 않았는데 안 그러길 잘했다는 생각이 들었다.

하루는 식사를 하다가 누군가가 의형제 얘길 꺼냈다. 방 회장 의중을 엿볼 기회였다. 그런데 방 회장은 "한두 번 만났다고 해서 형, 아우 한다는 게 말이 되나? 난 하나 있는 형(방일영 고문)도 모시기 힘들다"며 혼잣말로 거절했다. 나는 지금까지도 방 회장에게 의형제 얘길 못 꺼냈다.

강원도 속초에서 동해안 경비사령관으로 있을 때였다. 그날은 휴일이어서 관사 마당을 걷고 있었다. 방 회장 형인 방일영 고문(당시 조선일보 회장)을 수행하던 비서가 왔다. "여긴 어쩐 일이냐"고 물으니 "회장님이 설악호텔에 와 계십니다"라고 했다. 옷을 챙겨 입고 설악호텔로 갔다. 방에 들어가니 뜻밖에 전락원 씨가 "이 장군 오랜만이야" 하며 맞아주었고 방 고문은 "어서 들어와요. 내 동생 친구는 내 동생이나 마찬가지지" 하며 반갑게 맞아주었다. 그래서 합석하여 그 당시 흔하지 않던 양주 한 잔을 받았다. 주거니 받거니 기분 좋게 취하도록 마셨다. 관사에 돌아와서 아내가 담근 배추김치 세 포기를 호텔로 보내주었다. 그 다음 날 방 고문이 고향을 떠난 후에 이처럼 맛있는 김치는 처음 먹어보았다며 고마워하였다. "서울 가면 또 먹을 수 있길 바란다"며 굉장히 좋아했다. 그렇게 만난 지 하루 만에 방일영 고문을 '형님'이라고 불렀다. 하지만 나는 지금 이 시간까지도 방우영 회장에게는 '형님'이란 소리를 단 한 번도 못해봤다. 그래도 어려운 일이 있거나 상의할 일이 생기면 늘 방 회장을 찾았다.

큰아들 일세가 대학 2학년 때 군대를 마치고 돌아와서 가족들과 다함께 용평에 놀러간 일이 있었다. 스키를 타다 넘어졌는데 꼼짝을 못했다. 군에서 응급치료에 대한 교육을 받았던 터라 순간 예감이 불길했다. '경추를 다치면 죽거나 아니면 살더라도 장애인으로 살겠구나'라는 생각이 들었다. 서울로 향하는 응급차 안에서 아들의 다리를 쓰다듬고 있자니 눈물이 쏟아졌다. 어떻게 시간이 갔는지도 모르게 서울대학교병원 응급실에 도착했다.

예상대로 병원 측은 "오늘 일요일이라 병실도 없거니와 우리가 가진 기술로는 어렵다. 내일을 넘기가 어려울 것 같으니 다른 곳을 찾아가보라"고 했다. 다시 등촌동에 있던 군 병원으로 갔다. 가위로 옷을 찢고 머리에 추를 다는 등 응급조치에 들어가긴 했지만 그쪽도 손을 못 쓰긴 마찬가지였다. 하루가 지나갔다. 방 회장에게 전화를 걸었다.

"우리 애가 죽게 생겼어요."

"그게 무슨 소리야?"

자초지종을 설명한 뒤 "어디에서도 수술할 능력이 없다고 합니다. 아무도 손을 못 댑니다"라고 말했다.

방 회장은 주위에 수소문해서 관련 분야 최고 전문가인 서울대학교병원 정형외과 석세일 박사를 소개해줬다. 군에만 있던 나로서는 의사 인맥이 있을 리 만무했다. 석세일 박사의 집도로 아들은 골반뼈의 일부를 떼어내 경추 6번에 이식하는 대수술을 받았다. 지금까지도 가슴 아래로는 마비돼 휠체어 생활을 하고 있지만 방 회장의 도움이 없었더라면 그마저도 힘들었을 것이다. 큰아들은 하버드 케네디스쿨을 졸업한 후 대학에서 학생들을 가르치고 공기업 임원까지 하며 사람 구실 하며 살고 있다.

내가 기억하는 방 회장은 형과의 우애가 굉장히 깊었다. 한번은 골프를 한 뒤 식사를 하다가 이런 일이 있었다. 한 친구가 방 회장에게 "나한테 '형, 형' 하더니 요새는 왜 말을 놓느냐?"며 따지듯 물었다. 방 회장은 "네가 나보다 어리다는 걸 한참 전에 알았다. 그런데 네가 우리 형한테 반말 비슷하게 하는데, 내가 나보다 나이 적은 너에게 형이라고 하면 상황이 이상해지지 않겠느냐? 나보다도 어린 너는 내 형님을 깍듯이 대해야지"라고 했다. 실제 두 사람의 주민등록증을 비교해보니 방 회장이 그 친구보다 1년 가까이 먼저 태어난 게 맞았다. 주변 사람들이 박수를 쳤다. "저렇게 형을 모시는 사람도 드물다"며 놀라워했다. 방 회장이 하는 말이 "우리 형은 너무하다. 나를 30대 초반

317

에 사장으로 임명해서 일만 시키고는, 자기 아들이 50대가 가까워져서 이제 아들에게 사장직을 승계하자고 했는데도 불구하고 사장 승계는 아직 멀었다며 아직도 고생을 시킨다"고 했다. 보통사람들이라면 서로 실권 있는 자리는 장기 집권하려고 부모, 형제간일지라도 불화가 심한데 스스로 이를 포기하고 조카에게 사장직을 물려주려는 방우영 회장이나 아들에게 물려줘도 될 사장에 굳이 동생을 오래 앉혀놓으려는 방일영 고문의 동생 사랑 또한 아름다운 모습이 아닐 수 없다. 우리 사회의 귀감이다.

명심보감에 '子孝雙親樂 家和萬事成(자효쌍친락 가화만사성)'이란 말이 있다. 자식이 효도하면 부모가 즐겁고, 집안이 화목하면 만사가 이루어진다는 뜻이다. 나는 방 회장을 보면서 '兄友弟恭 萬事大亨通(형우제공 만사대형통)'이란 말을 만들어봤다. 형제끼리 우애가 깊으면 모든 일이 다 잘된다는 뜻이다. 예전에 방 고문 아들인 상훈 · 용훈 형제가 나한테 이런 말을 한 적이 있다.

"우리 아버지는 작은아버지(방우영 회장)께서 지극정성으로 모시는데 더 바랄 게 어디 있겠습니까? 사실 효도할 기회도 없습니다. 하하. 저희는 작은아버지만 잘 모시면 되겠죠."

고마운 말이었다.

53

나를 알아준 '방우영 사장'

이도형

Argus 회장, 전 한국논단 발행인

'선비는 자기를 알아주는 사람을 위해 목숨을 바친다(士爲之知者死也)'
는 옛말이 있다. 나는 선비는 못 되지만 나의 쥐꼬리만 한 능력을 계
발해주신 방우영 사장님(나의 머릿속엔 그렇게 박혀 있다)께 평생 감사하
며 살고 있다.

　요즘엔 반드시 그렇지도 않다지만 1970년대까지만 해도 편집국 기
자들은 해외 특파원이 꿈이었다. 나도 그 중의 하나였다. 그러나 자
질과 능력이 못 미칠 것 같아 늘 꿈으로만 여겼지, 그 꿈이 실현될 줄
은 정말 꿈에도 생각 못할 때, 그럴 때 복도에 방(榜)이 붙었다며 당시
최병렬 정치부장이 나가보란다. 내 기억이 맞다면 1978년 2월 말경
이었다. 그날 오후 편집국 간부 회의가 끝났을 때였다. 뒤따라 나오던

김용태 편집부국장도 "축하한다"며 손을 내밀었다.

나는 무슨 영문인지를 몰랐다. 나는 고 정원열 부장을 모시고 마주 앉은 이남규 씨와 함께 외신부 차장을 하고 있었다. 뭔지를 말하지 않고 정 부장은 "빨리 나가보라"고 재촉했다. 나가서 방을 보는 순간 가슴이 뛰었다. 내가 주일 특파원 발령이 난 것이다. '명(命) 주일 특파원(駐日特派員), 급(給) 부장대우'였던가? 나는 애써 시큰둥한 표정을 지으며, "아이가 넷이고 나이 40이 훨씬 넘었는데 이제 무슨 주일 특파원!?" 혼잣말로 중얼거리며 제자리에 와 앉았다.

사실 그게 그때의 솔직한 심정이기도 했다. 남들은 30대 초반에 해외 특파원을 마치고 내 나이(당시 45세) 되면 대체로 국장급이었다. 그러나 나는 만 30세(1964년)에 그것도 특채로 입사했으니 그런 불평은 사치였다. 그런 나의 속마음을 읽은 듯 김용태 부국장이 정색을 하며 날 보고, "내키지 않아요? 그럼 나하고 바꿉시다" 했다. 농담이 아닌 것 같아 나는 "바꾸기는……?" 하고 뒷걸음을 쳤다.

그런데 방우영 사장은 뭘 보고 날 주일 특파원이라는 중책을 맡겼을까? 그때만 해도 사(社) 간부들의 공통된 신임이 없으면 해외 상주 특파원은 나가기 힘들 때였다. 나는 당시 사(社) 간부들로부터 그다지 신임이 두터운 편이 아니었던 것으로 기억한다. 적어도 3·6사태(언론자유 투쟁 사태) 이전까지만 해도 나는 사내의 요주의 인물, 즉 블랙리스트 꼭대기에 이름이 오를 정도였다고 한다.

오죽하면 나를 직접 특채한 선우휘 선생(당시 주필)을 사주(社主 - 아마도 고 방일영 고문)가 불러 "당신이 불러왔으니 당신이 책임지고 퇴출시키시오"라는 엄명을 받았다나. 나는 그런 사실도 모르고 까불다가, 일본으로 떠나기 위해 선우 선생께 인사드리러 갔다가 뒤돌아서는데 도로 부르신다. 다시 돌아서 선우 선생 앞으로 다가갔더니 잠시 머뭇거리시던 선생이 "이제 잘돼서 떠나니 명심해야 할 일 한 가지만 말해주겠다"고 하신다. 그러면서 퇴출령을 받았을 때 "당신 때문에 고민 좀 했소" 하시는 거였다.

그제야 내가 너무 버릇없이 사(社) 간부들 속을 무척 썩여드렸구나, 자성했다. 이 자성은 특파원 생활 7년 동안 나를 짓눌렀다. 그런 나를 주일 특파원으로 발탁하다니, 믿어지지가 않았다. 수소문을 한 것은 아니지만 자연스럽게 인사 발령 뒷얘기가 흘러흘러 내 귀에까지 들어왔다.

창간기념일을 앞두고 대대적인 인사 개편을 하면서 간부들 간에는 격렬한 갑론을박이 있었던 모양이다. 가장 핫이슈는 주일 특파원이었던 것 같다. 간부 7명 가운데 방우영 사장을 제외한 6명이 나의 주일 특파원 부임을 반대했다고 한다. 집에서 새는 바가지, 밖에 나가서도 샌다는 게 중론이었다고 한다. 그런 가운데 방우영 사장이 단(斷)을 내렸다고 한다. 밖에 나가서도 새면 그때 가서 불러들이면 된다고 우기면서.

나는 1년짜리 시한부 여권을 발급받아 나갔다. 나가면서도 기분이 우울했다. 나라는 바가지가 새는 바가지라는 이유는 여기서 굳이 밝히지 않겠다. 그때 근무한, 지금 생존한 선배 동료들은 다 아시는 얘기이기 때문에. 어쨌든 나는 일본 가서 뛰었다. 다들 대수롭지 않게 여기던 진(晉)나라 예양(豫讓)이 유일하게 자기를 선비 대접해준 왕 (王) 지백(智伯)을 위해 목숨 바쳐 일했듯, 나를 특파원으로 발탁해준 지백 같은 방 사장을 위해 나는 숨넘어갈 만큼 뛰었다.

1981년부터 나는 일본의 교과서 왜곡 기술(記述)을 심층 보도 하는 것으로 자타가 공인하게 되었다. 나 때문에 경쟁사의 특파원이 교체됐고, 조선일보가 앞장서 독립기념관 건립을 위한 모금 캠페인을 벌여, 내 기억이 확실하다면 400억 원 이상을 거두었다. 이어 1983년에는 최병렬 편집국장 지시로 1년 50여 주 동안 극일(克日)의 길 '일본을 알자' 시리즈를 47회 연재, 낙양(洛陽)의 지가(紙價)를 올리게 했다. 나는 일본서도 이름이 났다. 7년 동안 책을 다섯 권 출간하고, 그 중 '일본을 알자'의 일본어 번역판은 21쇄를 찍어냈으며 TV 출연, 강연, 신문 · 잡지 기고 등으로 '이도형(イドヒョン)'은 도쿄의 명물이 됐다.

이건 내 자랑이 아니라 방우영 사장님의 인사의 성과였다고 생각한다. 하기야 그 시기에 누구를 특파원으로 보냈어도 그 정도의 성과는 있었을지 모른다. 하지만 방우영 사장은 오랫동안 나를 관찰하신 것 같다. 첫째 1968년부터 1973년까지 5년간 일본을 왕래하면서 '벚꽃은 다시 핀다' 제하(題下)의 일본 재(再)군비 현황을 33회 연재한 것을 보셨을 것이다. 나는 국민학교 6학년에 해방됐지만 그 후에도 내 나름의 일본 문학 공부를 했기 때문에 일본어는 영어 이상으로 자신 있었다. 둘째 방 사장은 나의 인성을 예의주시했을 것이다. 좋게 말해 우직하고, 솔직히 말하자면 좀 모자란 구석이 있는 것을 그는 간파하고 '저놈은 누굴 거느리진 못하지만 혼자 뛰게 내버려두면 준마의 소질을 발휘할 수도 있겠구나' 판단한 게 아닌가 짐작된다.

결국 자화자찬이 되고 말았다. 속뜻은 그게 아니다. 대통령이 된 사람한테 고소도 당할 정도로 방우영 사장 덕에 명물이 되지 않았나. 준마에 그치지 않고 폭주하는 광마(狂馬)가 돼버리기는 했지만.

조선일보 주일 특파원 7년은 나의 생애에 있어 가장 가치 있고 보람된 시기였다. 방우영 사장님 덕이다. 특파원 5년차 되던 해 정초 방우영 사장이 고 전락원 파라다이스 회장과 함께 도쿄를 다녀가셨다. 나는 그 분들을 배웅하기 위해 나리타 공항 VIP 룸에 나갔다. 그때쯤 나는 특파원 생활이 싫증나기 시작할 때였다. 언제까지 특파원을 해야 하나? 궁금하지만 인사권자 앞에서 직설적으로 물을 수도 없다.

머리를 굴린 끝에 한마디 여쭈었다. "사장님, 금년 제 신수 좀 봐주십시오." 방 사장께 점을 봐달라는 투였다. 전락원 회장이 박장대소한다. 방 사장은 그 특유의 시치미를 떼고 "신수는 무슨 신수?" 하신다. 전락원 회장이 거들었다. "이 특파원이 신수 좀 봐달라잖아요!? 금년에 특파원 마치고 들어가느냐 아니냐 말이죠." 그제야 방 사장은 알아들었다는 표정으로, "마땅히 여기 올 사람이 있어야 말이지" 하신다. 시치미를 떼기는 마찬가지였다.

그러고는 2년 후 부국장 발령이 났다. 그러나 나는 시건방을 떨었다. 편집국에 돌아가면 일주일에 한두 번이라도 야근하는 게 지겨웠다. 제멋대로 방목된 지 7년 만에 또다시 일정할 룰 속에 갇히는 것도 싫었다. 윤주영 장관이 일본 오셔서 "왜 후배(안병훈)가 편집국장이어서 싫다는 거냐?"며 힐문하셨다. 그게 아니라고 말씀드렸지만 납득하시는 것 같지 않았다.

그런 지 얼마 안 돼 논설위원 발령이 났다고 한다. 방우영 사장의 특별 배려였다. 사실 나는 특파원으로 신문기자 생활을 마감할 생각이었다. 일본에서 7년간 운전한 경력을 바탕으로 택시 기사라도 할 생각이었다. 그런 나를 방우영 사장은 또다시 발탁해주었다. 논설위원에 걸맞은 학식도, 글솜씨도 없는 범재(凡材)에게 또 한 번 기회를 주신 것.

이번에는 주일 특파원만큼 뛰질 못했다. 범재가 준재(俊才)들만 모인 틈바구니에서 불협화음만 내며 그래도 7년을 버텼다. 김대중 전 주필은 그런 나를 다음과 같이 적절히 평했다.

"이도형은 독불인(獨不人)이다…… 여러 사람들이 듣기 싫어하는 소리를 거침없이 해…… 따돌림을 받는 외로운 처지임에도 자기 생각대로 밀고 나가는 사람이다…… 그가 써야 할 글이라면 누가 뭐래도 자기 생각대로 쓴다. 누가 고치고 코치하는 것을 싫어한다. 그는 타협하지 않는다. 자기 생각대로 밀고 나가고 자기식대로 기자를 했다."

그래서 나가서 혼자 뛰면서 17건이나 고소 고발을 당하고 집도 잃고 패가망신했다. 그런 나를 발탁해 쓰신 방우영 사장님은 어떻게 생각하실까? 벌써 미수가 되셨다니! 내 생의 은인이신 방우영 사장께서는 백수(白壽), 백수(百壽)를 넘어 오래오래 건강하게 사셔서 뵙고 싶을 때 뵐 수 있으면 좋겠습니다.

54

늘 푸른 소나무

이동건

부방 회장

2600년 전 인도의 한 고승은 이런 말을 남겼습니다.

"나는 세 가지 행운을 누렸다. 첫째는 붓다와 같은 시대에 태어났다는 것이다. 다음으로 붓다를 만날 수 있는 곳에서 살았다는 것이다. 마지막으로 남자로 태어났다는 것이다."

위대한 성인과 같은 시대에 살 수 있었기 때문에, 교통이 불편하고 통신이 어려웠던 당시 인도 북부 지역에 살고 있었기 때문에, 그리고 신분제도가 엄격하고 남녀가 유별했던 당시 남자였기 때문에 붓다를 만날 수 있었다는 기쁨을 말한 것이죠.

사람이 세상을 살면서 누구를 만나는가는 매우 중요합니다. 인생이란 사람과의 만남입니다. 누구와 만나는가가 사람의 생애를 결정합니다. 최초의 만남인 부모, 계속해서 일가친척, 친구, 스승과의 만남으로 이어집니다. 좀 더 나아가면 이해관계로 얼룩지는 만남들에 얽히게 되지요. 같은 물이라도 소가 마시면 젖이 되고, 뱀이 마시면 독이 됩니다. 순백이었던 사람의 영혼은 살아가면서 누구와 만나느냐에 따라 아름답게 채색되기도 하고 추하게 되기도 하지요.

저의 경우, 방우영 회장님과의 만남은 큰 행운이었습니다. 방 회장님께서는 제게 대학 10년 선배가 되십니다. 김동길 박사님과 동기시지요. 워낙 차이가 나기 때문에 학창 시절에 직접 뵐 기회는 없었지요. 그러다가 1981년 방 선배님께서 연세대 동문회장이 되면서 저를 찾으셨습니다. 부회장으로 함께 일했으면 한다는 말씀이었습니다.

그렇게 만나 가까이 모시면서 인연을 맺은 것이 어언 34년입니다. 그 34년 동안 나라에도 큰일이 많았었고, 세상은 엄청나게 변했습니다. 그러나 제게는 변하지 않는 것이 있었으니 그것은 방 선배님의 따뜻한 마음이었습니다.

저는 모교 사랑의 실천이 어떤 것인가를 곁에서 보고 배울 수 있었습니다. 그 당시 연세대 동문회는 라이벌 고려대에 비해 상대적으로 밀리는 분위기였습니다. 결속력이 약했었지요. 그런데 방 선배님께서 동문회장으로 취임하시고 나서 분위기가 일신했습니다. 동문회관을 짓고 동문들을 애교심으로 뭉치게 하셨습니다. 오늘날 연세 동문회의 빛나는 모습은 방우영 선배님의 그 같은 열정의 결정체라 해도 과언이 아닐 것입니다.

제가 방 선배님의 은공을 크게 느꼈을 때는 역시 로타리클럽과 관련된 일입니다. 저는 부산에서 로타리 지구 총재를 지내신 선친의 영향으로 비교적 일찍이 로타리 활동을 했습니다. 그래서 1995년 서울 3650지구의 총재를 맡게 됐었죠. 총재가 되면 제일 급선무가 회원 증강입니다. 고심하던 저는 선배님을 찾아갔었죠. 그리고 클럽을 하나 창립해주십사고 청을 넣었습니다.

그런데 선배님은 다소 무례하게도 보일 수 있는 후배의 청을 흔연히 들어주셔서 클럽을 만들고 창립 회장을 맡아주셨습니다. 그것이 바로 오늘날의 서울 무악로타리클럽입니다. 제가 용기백배했던 것은 말할 나위가 없습니다. 선배님의 전폭적인 지원으로 저는 회원 증강 세계 1위를 달성할 수 있었지요. 국제로타리 캘거리 대회 때 저는 표창을 받았는데 그때 방 선배님께서 저와 동행해주셨습니다. 정말 고마운 일이었습니다.

이런 정성과 후원들이 밑거름이 되어 제가 훗날 국제로타리 회장 자리에까지 오를 수 있게 되었습니다. 그러나 지금도 늘 안타까운 것은 제가 국제로타리 회장으로 시카고 에반스톤에 3년간 있으면서 한 번도 그곳에 모시질 못했다는 사실입니다.

얼마 전에 회장님께서 젊은 시절에 낚시와 사냥으로 망중한을 달래시던 곳이 마침 제 고향 근처라, 모시고 여행한 적이 있었습니다. 그동안의 변화에 격세지감을 느끼시기도 했습니다만 특히 경주의 양동마을, 옥산서원을 보시면서 유교 문화에 대한 이해가 깊으신 데 놀라지 않을 수 없었습니다.

또 한 가지 방 회장님은 보기보다는 가정적인 분이라는 걸 늘 느끼게 됩니다. 1993년경에 회장님 가족과 제 가족이 미국 캘리포니아를 여행한 적이 있습니다. 요세미티 국립공원과, 페블비치 지역이었지요. 회장님은 가족들과 바비큐를 들며 좋아하시고, 시간만 있으면 이렇게 살아야 한다고 몇 번이나 강조하셨습니다. 사위도 자식이니 잘 건사해야 한다는 당부의 말씀도 하셨습니다. 속으로 천하의 방우영 회장도 이런 면이 있나 하고, 솔직히 말하면 놀랐습니다.

제가 아는 방우영 선배님은 조직 장악 능력이 탁월하신 분입니다. 사람 보는 눈이 예리하고 정확하신 분입니다. 개척자로서 열정적으로 일을 하십니다. 결정할 때는 신중하지만 직관력이 빠르십니다. 또한 성품이 매우 솔직 담백하십니다. 가식이 없으십니다.

저는 방 선배님의 사랑을 많이 받았습니다. 생신 때 불러주기도 하셨지요. 그러나 저는 선배님께 실망도 많이 안겨드렸습니다. 모두가 제 불찰이지요. 방 선배님께서는 제 모자람을 묻어주셨습니다. 내색하지 않으셨습니다. 그렇게 대범한 분이십니다.

부모님이 저를 낳으시고 길러주셨지만 오늘날의 제가 있기까지에는 방우영 선배님의 정신적 지원이 컸습니다. 선배님의 지원이 제게 격려와 용기를 주었습니다. 선배님은 제 마음의 스승이자 형님 같은 분이십니다. 그런데 저는 크신 베풂에 보답하지 못한 채 살고 있습니다. 늘 송구함을 갖고 삽니다.

제가 좋아하는 시 한 편을 선배님의 미수에 올립니다.

소나무

_유자효

생각이 바르면 말이 바르다

말이 바르면 행동이 바르다

매운 바람 찬 눈에도 거침이 없다

늙어 한갓 장작이 될 때까지

잃지 않는 푸르름

영혼이 젊기에 그는 늘 청춘이다

오늘도 가슴 설레며

산등성에 그는 있다

미수를 축하드리며 부디 만수무강하시길 축원합니다.

55

절대 잊을 수 없는 그날

이미자

가수

우선 방우영 회장님의 미수를 진심으로 축하드립니다. 고희연 때 저를 불러주셔서 고마워했던 게 엊그제 같은데, 벌써 또 이렇게 좋은 자리, 기쁜 시간에 함께하게 됐습니다.

방우영 회장님과의 인연은 30년 정도 됐을 겁니다. 제 인생에서 잊을 수 없는 날, 1989년 10월 16일은 그 분이 없었다면 존재하지 않았을 겁니다. 저는 언론과의 인터뷰를 할 때도 "가장 기억에 남는 순간은 언제입니까"라는 질문을 받으면 한 번도 망설이지 않고 이날을 꼽아왔습니다. 방 회장님을 뵙게 된 과거를 돌이켜보자니 제가 가수로 활동하면서 겪은 우여곡절을 얘기 안 할 수가 없겠네요.

여고 3학년 시절 텔레비전 노래자랑 프로그램 '예능 로터리'에서 나애심의 '언제까지나'를 불러 1등을 받은 게 휴전 5년 뒤인 1958년이었습니다. 이듬해 '열아홉 순정'을 부르며 정식 데뷔를 했죠. 저의 대표곡이랄 수 있는 '동백 아가씨'는 1964년 제작된 엄앵란·신성일 주연의 동명 영화 주제곡으로 만들어져 지구레코드에서 발매했습니다. 한국 역사상 처음으로 100만 장이 넘는 것으로 추정되는 음반 판매량을 기록할 정도로 인기를 끌었습니다.

하지만 이 노래는 발표된 지 1년 만에 금지곡으로 지정이 됐죠. 일본풍이라는 이유였습니다. 히트곡 '섬마을 선생님'과 '기러기 아빠'도 마찬가지였습니다. '섬마을 선생님'은 몇 소절이 표절이라고 해서 찾아봤더니 심지어 '섬마을 선생님'이 먼저 나온 곡이었고, '기러기 아빠'는 너무 비판적이라고 했습니다. 우리나라가 발돋움해야 되는데 처량한 느낌의 노래는 안 된다는 것이었지요. 당시 저뿐 아니라 많은 가수들의 히트곡이 이런저런 이유로 금지가 됐습니다. 지금 생각하면 우습지만 그땐 그런 시절이었습니다.

금지곡이라고 해도 사람들은 '동백 아가씨'나 '섬마을 선생님'을 비롯한 제 노래를 꽤 아껴주었습니다. 그러나 84년 5월 데뷔 25주년 공연을 가졌을 때 가장 자랑스러운 노래이자 팬들에게 가장 큰 사랑을 받은 노래들을 부를 수 없었습니다. 몸의 한 부분이 잘려나간 듯한 아픔을 느꼈죠. 1987년 8월 18일 공연윤리위원회가 방송이나 공연에서 규제를 당해온 대중가요 382곡 중 186곡을 해제했습니다. 해금된 곡 중엔 제 노래들이 포함돼 있었습니다. '이제 마음껏 불러보리라'고 다짐하고 나서 얼마 지나지 않아 1989년 데뷔 30주년을 맞았습니다. 30주년이라는 숫자도 뜻깊거니와 팬들에게 해금된 노래를 오랜만에 직접 들려줄 수 있는 자리를 마련하고자 했습니다.

그래서 서울 광화문에 있는 세종문화회관에 대관 신청을 했어요. 시민회관이 1972년 불에 탄 뒤 세종문화회관으로 다시 지어진 그곳은 당시 최대 규모의 시설을 갖추고 있었습니다. 당연히 모든 가수들이 서고 싶은 무대였지요. 하지만 결국은 공연 불가 통보를 받았습니다. 제 공연에는 '질 낮고 수준 낮은 관객들'이 올 것이라는 게 그 이유였습니다. 당시에는 많은 언론에서 다룰 만큼 사회적 논란이 되기도 했습니다. 많이 속상하고 좌절했던 기억이 납니다. 당시 서울시장이었던 고건 전 총리를 찾아가 "해금된 노래를 마음껏 부르고 싶으니 한을 풀게 해달라"고 사정도 했을 정도로 저는 간절했습니다.

30주년 공연을 하기로 했을 무렵 조선일보에서 '공연을 주최하고 싶다'면서 연락이 왔습니다. 저야 더할 나위 없이 기뻤죠. 웬만한 공연은 주최를 하지 않는 곳이라는 걸 잘 알고 있었으니까요. 흔쾌히 동의를 했습니다. 그리고 공연 준비를 하던 중에 당시 사장이었던 방 회장님을 뵙기 위해 조선일보 사장실에 갔습니다. 굉장히 당당하고 기백이 있는 분이라는 인상을 받았습니다. 그때 절 반갑게 맞아주시며 이렇게 말씀하셨습니다.

"이미자 씨, 조선일보와 함께 큰 공연을 갖게 됐네요. 우리 서로 잘 해봅시다. 제가 많이 돕겠습니다."

결국 세종문화회관에서 공연 허가를 내줬습니다. 대중가요 가수로는 처음 있는 일이었고 그때를 계기로 다른 가수들도 그 자리에 설수 있게 됐습니다. 30주년 공연에는 4당 총재 부부가 모두 참석할 정도로 대성황을 이뤘습니다. 만약 조선일보가 이 공연을 주최하지 않았더라면, 제가 방 회장님을 뵙지 않았더라면 모두 이루기 힘든 일이었습니다. 그렇게 완고하던 세종문화회관이 대중문화 가수에게 공연장을 내주도록 하는 것은 보통 공연기획사에서 할 수 있는 게 아니었거든요. 또 조선일보가 저 이전에는 어떤 대중가수의 공연도 주최한적이 없다는 걸 누구보다 잘 알고 있었습니다. 제게 먼저 손을 내밀어주신 조선일보와 방 회장님은 그때 큰 힘과 의지가 됐습니다.

30주년 공연이 끝나고 방 회장님께서 축하 파티를 열어주시며 인사말을 하셨습니다. 당시 너무 흥분하고 감동한 제가 그 말씀을 기억할 길은 없지만, 그 이후로 감사한 마음은 줄곧 갖고 있습니다. 제 40주년 기념 공연도 방 회장님이 직접 주도해서 조선일보에서 주최했습니다. 그 뒤로 45주년, 50주년, 55주년 모두 조선일보의 도움으로 성공적으로 마칠 수 있었습니다. 방 회장님과 맺은 인연으로 시작해 조선일보와는 더할 나위 없이 가까운 사이가 된 셈이죠.

방 회장님께서 일선에서 물러나신 뒤에는 자주 뵙지 못했습니다. 저는 문화예술계에 있고, 회장님께서 언론사에 계시니까 몸담은 분야는 달라도 가끔 식사를 함께할 기회는 있었습니다. 그때마다 세상 돌아가는 이야기를 재미있게 해주셨습니다. 그 소탈하고도 당당한 모습

덕분에 우리 시대의 어르신 중 한 분으로 존경하고 있습니다. 다만, 제 노래 중 어떤 곡을 좋아하시는지 아직 말씀하신 적은 없어서 속으로만 궁금해할 따름입니다.

거듭 얘기하자면, 1989년 10월 16일을 잊을 수가 없습니다. 그날이 있도록 도와주신 방우영 회장님도 역시 저에게는 뜻깊은 분입니다. 오랜 세월이 지났지만 인연을 기억하시고 또 불러주셔서 감사합니다. 방 회장님, 미수 축하드립니다. 부디 건강하시길, 그리고 조선일보도 더욱 번영하길 기원합니다.

56

강력한 카리스마 뒤에 숨어 있는
깊은 인간미

이범관

변호사, 전 서울지검 검사장

• 인간미가 철철 흐르는, 저절로 존경심이 가는 선배님

• 언제나 여유를 가진 선배님

• 상대방을 배려해주시는 선배님

• 호탕한 성격의 선배님

• 상대방을 편안히 해주시는 선배님

• 대한민국 언론의 태두(泰斗)

• 대한민국의 지도자

내가 방우영 회장님을 뵙고 대학 후배 동문으로서 선배, 사회와
인생에 있어서 선배로 30여 년간 모시면서 느낀 인간 방우영의 모습

이다.

20여 년 전 어느 새해 아침, 공직에 함께 근무하던 친우와 회장님 댁으로 정초 인사를 간 일이 있다. 반갑게 맞아주시며 저녁을 먹고 가라고 권유하시더니 당시 귀하게 보관하고 있던 와인 한 병을 내놓으셨다. 당시로 25년 전 출시된 아주 귀한 와인으로 회장님께서 이것을 누구하고 먹을까 생각하고 있었는데 자네들이 왔으니 같이 즐기자고 하셔서 귀한 와인을 맛본 일이 있다. 더구나 사모님이 직접 요리를 해주셔서 맛있게 음미한 추억을 잊을 수 없다. 오랫동안 담소하시면서 지난 일을 회상하시고 20년 가깝게 후배인 저희에게 인생을 살아가는 좌우명을 말씀하시는 데 많은 감동을 받았다. 그때 인간미가 철철 넘치는 선배님의 인상을 지울 수 없다.

우리나라 언론 권력의 상징인 조선일보 사주로서 많은 정치가, 공직자를 대하신 경험을 말씀하시는데 그렇게 호탕할 수 없었다. 선배님이 연세 여든에 집필하신 '나는 아침이 두려웠다'는 책을 읽어보아도 그렇다.

검사 재직 시절 어느 한때, 선배님을 모시고 둘이서 1박 2일간 지방 여행을 다녀온 일이 있다. 사모님께서 자네와 같이 가신다 하니 믿고 가시도록 하는데, 술을 많이 드시지 않게 해드리라는 특별한 부탁을 하셨다. 여행 내내 사모님과의 약속을 지키려 하였으나, 회장님께서는 "우리끼리 있는데 크게 신경 쓰지 말고, 함께 재밌게 보내자"고 하시면서 호탕한 성품을 마음껏 보여주셨다. 회장님 덕분에, 여러 대화를 나누며 즐거운 여행을 하였는데, 그 분의 인간미를 더욱더 느끼고 존경심이 저절로 솟았다. 비록 제가 사모님과의 약속은 지키지 못해드려 죄송한 마음은 지금도 송구스럽지만, 방 회장님의 카리스마 앞에서는 누구나 그렇게 되었을 것이라고 변명 아닌 변명을 하고 싶다.

또 한번은 서울지검 중견 검사로 있던 어느 일요일, 가족들에게 모처럼 브런치(아침과 점심 사이의 식사)를 사주려고 양식집에 갔다가 마침 친우들과 그곳에 와 계신 선배님을 멀리서 보고는, 혹여 방해가 되지 않을까 일부러 떨어진 곳에 가족들과 조용히 자리를 잡았다. 하지만 바로 뒤에서 방우영 회장님의 호탕한 목소리가 들렸다.

"어허~ 이 검사!! 자네 아닌가!!"

그제야 얼른 온 가족을 데리고 인사를 드렸는데, 너무도 반갑게 대하시며 즐거워하시고, 또 우리 가족 모두를 사랑스럽게 여겨주셨다. 맛있는 음식들을 실컷 사주셔서 가족들 모두 지금까지 그날을 얘기하며 행복한 추억을 떠올리곤 한다. 뿐만 아니라 우리 아이들은 그날 이후로 조선일보 방우영 회장님을 만났었고 각별히 인사를 나눴었다는 것을 자부심으로 간직하고 자랑하며 살아오고 있다.

나의 큰딸이 대학을 졸업하는 해에 조선일보 기자 시험에 합격하여 10여 년을 조선일보 기자를 하고 지금은 아트 저널리스트로 활동하고 있다. 딸아이는 "조선일보라는 회사 내에서 방우영 회장님은 어떤 분으로 회자되느냐"는 나의 질문에 서슴없이 이렇게 답했다. "요즘도 조선일보 기자들을 만나면 방 회장님 시절 얘기를 많이 하고, 모두들 그때를 추억하면서 회장님을 존경해요"라고. 이렇게 딸아이는 자기 경험을 통해 방우영 회장님을 존경하는 사내 분위기를 전해준다. 그러면서 기자는 남을 비판하는 직업이다 보니 기자 세계에서 그런 존경을 받는 인물은 드물고, 더구나 회장님으로 모셨던 분을 모두 한결같이 동경하고 또 존경하는 것은, 방우영 회장님이 기자로서, 언론사 경영인으로서, 국가와 사회의 지도자로서 인품과 능력이 뛰어나시기 때문이라는 부연 설명을 오히려 나에게 해주었다.

법무부 중견 검사로 재직할 때 연세대 교수 간에 교내 분쟁이 있어 위원회가 구성되는 일이 있었다. 나는 그 일원으로 참여하게 되었는데, 그때 총동문회장이신 선배님이 위원장을 맡고 계셨다. 대학 측에서는 학교 권위도 있고 하니 속전속결로 엄히 처리하기를 원했고 다른 위원님들은 대학교 측 의사를 따라주자고 중론이 모아지는 분위기가 됐다. 그때 방우영 회장님은 "모든 일은 원리 원칙에 의해 신중하게 처리해야 한다"고 말씀하시면서 위원회가 들썩들썩하며 얼렁뚱땅 한곳을 향해 가는 분위기를 일시에 바로잡으셨다. 아울러 "각 위원들은 이번 분쟁의 해결 방향을 소신껏 말해보라"며 참여한 분들의 지혜를 합리적으로 하나씩 하나씩 신중하게 경청하셨다.

위원회는 이내 차분하면서도 권위 있는 분위기로 반전되었으며 검사로 참여한 나에게도 물론 의견을 물으셨다. 당시 막내였던 내가 "시간이 좀 걸리더라도 당사자 의사 등 진술할 기회를 충분히 주어

절차적으로 신중하게 처리해야 후일 사법적 분쟁이 생기더라도 또다시 문제가 되지 않는다"는 의견을 제시했다. 그랬더니 위원장이신 선배님이 나의 의견에 힘을 실어주시어 시간적 여유를 가지고 신중히 처리한 적이 있다.

이 분쟁이 결국 사법적 다툼까지 갔지만 대학 측 결정에 하자가 없는 것으로 판단되었으며, 우리 위원회는 결과적으로 합리적인 결정을 했다는 평가를 받게 되었다. 방우영 선배님께서 그때 흔들림 없이 조기에 정도(正道)를 제시하시고, 막내인 나의 의견까지 경청하시고 존중해주셨기 때문에 모두 원만하게 마무리될 수 있었던 것이다. 이후 회장님께서 따로 나를 불러 흐뭇해하시면서 이렇게 치하하셨다.

"이 검사! 자네의 의견대로 해서 잘되었네. 그렇게 하지 않았으면 학교가 아주 망신당할 뻔했어."

이때 회장님의 격려가 훗날 나에게 너무나 큰 힘이 되었다.

선배님이 저술하신 '나는 아침이 두려웠다'는 책은 후일 우리나라의 언론 역사를 조명하는 귀중한 자료가 될 것으로 믿는다. 그 책을 통해서도 알 수 있듯 방우영은 기자이면서도 경영자의 마인드를 가지신 분으로 조선일보를 오늘날 우리나라의 1등 신문으로 키워놓으셨고 언론인으로서 가야 할 길을 제시하셨다.

대학교 총동문회 상임부회장, 수석부회장으로 있으면서 총동문회장, 연세대 재단 이사장인 선배님과 많은 인연을 맺었다. 연세대의 발전을 위해 노심초사하시고 학교, 재학생, 교수 간의 화합과 소통을 위해 적극적인 역할을 해주셨고 동문 간의 가교 역할을 하는 총동문회의 초석을 다지고 동문들의 사기를 드높였을 뿐 아니라 연세대학교의 운영·관리를 튼튼히 하여 국내 어느 사립대학보다 반듯한 대학상을 만들어주셨다.

30여 년간 검사로 재직하다 보니 우리나라 팔도강산을 다 돌아다니며 근무했는데 사립대학 운영 관련자 분들과 대화하다 보면 "대학교 운영과 관리는 연세대에서 하는 것을 보고 따라 하면 된다"고 할 정도로 우리나라 사립대학의 모범이 되고 있는 것을 알게 되었다. 이 모두가 재단 이사장을 하시며 사심 없이 모교를 발전시키려는 선배님의 고초가 배어 있음을 느낄 수 있었다.

내가 검사 30년, 대통령 민정비서관, 국회의원의 공직 생활에 이어 변호사로 활동하면서 선배님과 얽힌 여러 인연은 밤을 새워 얘기해도 모자랄 것 같다. 선배님은 나의 우상이시고 대한민국의 자랑스러운 언론인이시며 대한민국의 자랑스러운 지도자이시다.

미수를 맞이하여 더욱더 건강하시고 활발한 활동으로 후배들을 이끌어주시고 대한민국의 국제적 위상을 높이는 데 더욱더 진력해주시기를 감히 고언드립니다. 아무쪼록 사모님과 백년해로하십시오.

57

선배다움을 보여주시는 선배, 방우영

이병규

문화일보 회장

방우영 명예회장은 1928년생이시니 1953년생인 필자보다는 25년 인생 선배다. 또 1949년 연희전문대 상과를 졸업하셨으니, 1977년 연세대 경영학과를 졸업한 필자에겐 28년이나 동문 선배다.

그뿐만이 아니다. 방 회장은 1952년 조선일보에 입사해 기자 생활을 시작하셨다고 한다. 1977년 현대그룹에 입사한 필자에게는 25년이나 앞선 사회 선배이고, 언론계 경력으로 봐도 1994년 문화일보 부사장으로 첫발을 내딛었던 필자보다도 43년이나 앞선 '대선배'다. 이리 재고 저리 굴려봐도 필자는 방 회장께 존경과 경외의 헌사 외에는 보탤 게 없는 까마득한 후학이요, 후배다. 그런 대선배에 관하여 단편적인 글로 표현한다는 것이, 혹여 방 회장의 명성에 흠이 되지나 않을까 하는 두려운 마음이 앞선다.

현대그룹에서 정주영 회장을 모시던 시절, 회사 일로 몇 번 뵙기는 했지만 처음으로 방 회장의 풍모를 가까이서 여실하게 느낄 수 있었던 때는 1992년 가을이었다. 당시 정 회장은 통일국민당의 대통령 후보셨고, 필자는 특별보좌역이었다. 정 회장은 당시 조선일보 사장을 맡고 있던 방 회장을 비롯해 편집국 고위 간부들을 만찬에 초대하셨다.

조선일보와 국민당은 썩 우호적인 관계가 아니었다. 방 회장은 대기업 회장 출신 대통령 후보에 대해 비판적인 시각을 갖고 계셨고, 조선일보는 국민당의 공약에 대해 비판적인 목소리도 냈다. 그 일로 상호 간에 불편한 일도 있었다. 하지만 그날 만찬에서 방 회장은 자신의 한국 정치에 대한 생각, 언론 입장에서 바라보는 대통령 선거에 대해 솔직하게 전해주셨다.

또 정 회장의 이야기를 귀 기울여 들어주셨고, 여러 부분에서 공감도 해주셨으며, 조언도 해주셨다. 상대와 생각이 다르더라도 경청과 존중의 자세를 잃지 않았던 방 회장의 모습이 무척 인상적이었다. 모두가 한 치, 한 촉, 한 발도 양보할 여유 없이 선거의 논리가 앞서는 상황에서도 냉철하고 균형 있는 방 회장의 화법은 아직도 필자의 기억 속에 잊히지 않는 장면으로 남아 있다.

사실 방 회장과 정 회장은 오래전 좋은 인연이 있었다. 필자가 16년 동안 정 회장을 모시면서 전해 들은 이야기다. 조선일보는 1969년 서울 태평로에 신사옥을 완공하면서, 대로변에 있던 구사옥을 헐고 호텔을 지을 참이었다. 그때 신사옥을 지은 기업이 현대건설이었는데, 어느 날 정 회장께 방 회장이 찾아오셨다고 한다. 방 회장은 "조선일보를 보고 호텔을 지어달라"고 하셨다. 정 회장은 무척 당황스러우셨다고 한다. 신문사만 보고 외상으로 20층짜리 건물을 지어달라는 거였으니, 그럴 만도 했다. 정 회장은 잠시 생각을 하더니 선뜻 현금 한 푼 받지 않고 5년 분할상환 조건으로 지어주겠다고 하셨단다.

나중에 그 일화를 전해 듣고 필자는 당당하게 조선일보의 신뢰를 앞세웠던 방 회장이나, 당장의 이득을 따지지 않고 "나도 신문 애독자"라며 응해준 정 회장이나 모두 각자의 분야에서 일가를 이룬 당대의 거목다운 국량(局量)을 지닌 인물들이라는 생각을 새삼 갖게 됐다. 방 회장은 1등 신문을 만들겠다는 의지와 자신감이 충만하셨을 것이고, 정 회장은 평소 "나는 노동대학과 신문대학을 나왔다"고 말씀하실 정도로 신문을 통해 세상의 이치를 터득했다고 했으니 서로 통하는 게 많으셨을 것이다. 직접 보진 못했지만, 지금도 두 거목의 대화가 마치 눈앞에서 벌어진 것처럼 선연하게 그려진다. 정 회장이 살아계셨다면 방 회장의 미수를 누구보다 진심으로 축하해주셨으리라 필자는 믿는다.

방 회장의 풍모를 다시 지척에서 접할 수 있게 된 것은 필자가 2004년 문화일보 사장으로 재임하면서부터다. 언론계 관련 만남으로 방 회장을 종종 뵙게 됐다. 방 회장은 연세대 동문회장과 재단 이사장을 오랫동안 맡아오신 만큼 동문 모임에서도 자주 인사를 드릴 수 있었다. 그때마다 방 회장은 필자에게 "문화일보를 정말 잘 만들고 있다"고 격려해주셨다. 기업 출신으로 언론계 경험이 일천했던 필자가 신문사를 경영하는 데 대해 못 미더운 부분도 있을 터인데도, 방 회장은 언제나 따뜻한 관심과 애정 어린 말씀으로 필자를 감싸주셨다.

방 회장의 모교 사랑도 극진했다. 동문 선후배들이 입을 모아 "방 회장이 아니었다면 연세대가 오늘날과 같이 발전하기는 힘들었을 것"이라고 평가하는 데에는 그만한 이유가 있다. 참으로 본받고 싶은 모교 사랑이다. 그 열정과 배려를 보면서, 방 회장은 언론계 후배나 동문 후배를 당신의 넓은 품으로 안아내는 큰 나무 같은 사람이라는 생각을 갖게 됐다.

방 회장의 가장 큰 공로는 55년 언론 외길 속에 조선일보를 '1등 신문'으로 일궈냈다는 점일 것이다. 하지만 그 공은 단지 조선일보에만 국한된 것은 아니다. 필자도 신문의 사회적 영향력이 커져간다는 것이 어떤 의미인지, 어떤 과정을 통해 실현되는 것인지를 신문사 경영을 맡기 이전에는 어림짐작만 했다. 그것은 구독자가 늘어간다는 단순한 사실 외에 너무나 많은 도전과 진통, 고투를 동반하는 것이라는 사실을 이제 조금씩 절감해가고 있다.

방 회장은 자신의 역정을 '한국 언론의 독립운동사' 그 자체였다고 밝히신 바 있다. 그 뜻을 모두 헤아려 듣기는 어렵지만, 너무나 공감할 수밖에 없는 언명(言明)이다. 신문 경영은 재정적으로 독립할 수 있어야 하며, 정치적으로는 언론 자유를 지켜내는 것으로, 누구나 추구하는 목표다. 하지만 격동하는 정치, 사회, 경제 상황 속에서 얼마나 많은 역경을 이겨내야만 그게 가능한 것인지를 방 회장은 몸소 보여주지 않으셨는가.

방 회장은 또한 현대적인 신문사 경영의 새로운 기반을 닦으셨다고 해도 과언이 아니다. 선대 시절부터 내려온 "1등 신문이 되려면 1등 사람 뽑아 1등 대접을 하라"는 경영 철학을 곧게 지킨 것으로 알고 있다. 고집스레 "아무리 좋은 상품을 만들어도 잘 팔지 못하면 그만"이라며 밀어붙인 신문 판매 정책은 신문 시장에 많은 변화를 몰고 왔다. 한국 최초의 컬러 신문 제작으로 읽는 신문에서 보는 신문으로 흐름을 바꾼 것도 그러하다. 오늘 날 우리가 아는 신문의 작법과 경영 전략, 기법은 방 회장께 빚을 진 게 많다. 방 회장은 언제나 신문사 경영의 기조를 바꾼 새바람의 주역이셨다.

그러니 얼마나 숱하게 편집국, 판매국, 광고국과 맞부딪치는 순간이 많았겠는가. 짐작하고도 남는 일이고, 신문사들의 공통된 풍경이기도 하다. 그런데 방 회장처럼 한 번은 원칙을 세워 밀어붙이고, 또 한 번은 명분 있게 양보하는 역동적이면서 균형감을 갖춘 경영인을 요즘에는 찾아보기 어렵다. 그게 방 회장께서 아직도 많은 후배들에게 계속 회자되는 가장 큰 덕목일 것이라고 생각한다.

그의 시대에 비해 신문의 환경은 더 열악해졌다. 종이신문 독자가 지속적으로 감소하고 있고, 뉴미디어가 올드미디어의 위상을 넘본 지

오래다. 정치 사회 변화와 갈등 구조가 복잡해지면서 자신의 논점과 시각을 확고히 하면서, 일관된 편집 방향을 견지하기도 갈수록 힘들어지고 있다. 신문 경영인으로서 필자의 가장 큰 고민이기도 하다.

방 회장은 회고록에서 "한국 언론은 내가 살았던 시대의 논리에 머물러서는 안 된다"고 하셨다. "조선일보는 '방우영의 시대'를 딛고 넘어서 나라의 미래와 국민의 삶에 붓의 날카로움을 고정시키는 한 단계 성숙한 길로 나아가야 한다"고도 하셨다. 격변하는 시대와 맞서고 또 조응하면서 신문사를 경영하는 필자의 입장에선 그 말씀들이 많은 영감을 주는 화두로 다가온다.

그래서 더욱 방 회장의 통찰과 예지가 더 오랫동안 후배들에게 경종이 됐으면 하는 바람도 커진다. 그 선배가 10년 뒤 벼락처럼 던질 또 다른 화두가 지금부터 궁금하다.

58

공과 사가 분명한 연세인의 '대부'

이병무

아세아그룹 회장, 전 연세대 총동문회장

나는 방우영 조선일보 상임고문을 '이사장'이라 부른다. 그 분을 '이사장'으로서 만났기 때문이다. '이사장'은 다름 아닌 '학교법인 연세대학교 이사장'의 줄임말이다.

방 상임고문은 지금은 이사장이 아니다. 명예이사장이다. 학교법인 연세대학교는 2015년 3월 11일 방우영 전 이사장을 명예이사장으로 추대했다. 1997년부터 2013년까지 16년간 이사장으로 재임하면서 법인과 대학 등 산하기관의 발전에 크게 기여한 점을 높이 평가해 그같은 결정을 한 것이다.

나는 2002년부터 2008년까지 6년 동안 연세대 총동문회장을 맡아 당연직인 학교법인 이사로 이사회에 참석했다. 방 상임고문이 이사장으로 계실 때다. 첫 인연이 모교의 일로 맺어진 것이다. 법인 이사회의 업무와 관련해 자연스럽게 방 이사장을 가까이서 모실 기회가 많았다. 그때마다 느낀 점은 공과 사의 구별이 분명하다는 사실이었다.

우선 단호했다. 법인 이사장의 직책을 수행하면서도 법인의 비용은 일절 쓰지 않는다는 자신의 원칙을 고수하면서 이사들에게도 같은 주문을 했다. 이른바 연세인의 '대부'로서 품격이 드러나는 대목이었다. 대학 경영에 어떤 유의 간여도, 간섭도 하지 않는다는 원칙 역시 마찬가지였다. 교수 인사를 포함한 모든 학사 행정을 총장에게 전적으로 일임하는 게 그것이었다. 막강한 권한을 가진 이사장으로서 인간적인 유혹이 적지 않을 터인데, 그러기가 쉽지 않은 일이었을 것이라는 생각이 들었다. 그리고 이에 대한 내 생각은 지금도 그렇다. 이사장이 솔선수범하니 이사들이 따르지 않을 수 없었다. 주인 없는 대학의 '개방 이사진'이기에 이사장이 중심을 잡고 이사진을 이끈 모범이라 할 수 있다.

추진력에 있어서는 타의 추종을 불허했다. 법인 정관을 개정할 때 유감없이 그 빛이 발했다. 종교계 추천의 이사진 구성 변경과 관련한 사안이 대표적이었다. 이사회에서 배제되는 당해 종단의 극심한 반발은 명약관화했다. 실제로 그랬다. 이사회 결의의 적법성 여부와 관련해 기독교총연합회가 소송을 제기했고 대법원의 판결로 일단락되었다. 그러는 과정에서 이사장에 대한 압박이 거세게 가해졌음은 주지의 사실이다. 하지만 이사장의 확고한 결심을 꺾을 수는 없었다. 방 이사장은 결연했다. "이것만은 바꾸고 가겠다. 이 문제는 내가 아니면 앞으로 다른 이사장은 절대로 풀지 못한다." 이사장의 말에는 모교의 원활한 운영을 바라는 원로로서, 대선배로서 비장한 각오가 서려 있었다. 그 문제가 해결되자 방우영 이사장은 이사장직에서 물러났다. 용퇴였다.

총장 간선제로의 전환도 결코 쉽지 않은 일이었다. 총동문회장(1981~1997년)과 법인 이사장으로 오랜 세월 연세대학교가 안고 있는 교수 사회의 문제점을 지켜본 뒤 결행하기로 한 중대 사안이었다. 인화를 깨는 교수 사회의 파벌화, 무리한 공약 지키기에 따르는 부작용 등 총장 직선제의 폐해를 최소화하자는 의도였다. 교수평의회의 반발이 만만찮을 것임은 누구라도 알 수 있는 일이었다. 실제 교수들이 반대 의견을 담은 진정서를 내는 등 상당한 진통을 겪어야 했다. 하지만 방 이사장은 교수평의회와 대화와 타협을 통해 절반의 성공을 이끌어냈다. 총장 후보 물색위원회와 심사위원회, 이사회를 단계적으로 거쳐 교수평의회의 인준 투표로 총장을 결정하는 새로운 방식을 도입한 것이다. 결과적으로는 명분과 실리, 두 마리 토끼를 다 잡은 것이다.

방 이사장에게는 엄격한 면만 있는 게 아니었다. 사안에 따라 이사들 간에 이견과 갈등이 있을 때는 중재에 적극적으로 나섰다. 서두르는 법 없이 개별 면담을 통해 의견이 다른 양측을 설득하고 또 설득했다. 방 이사장님이 주재하는 이사회에 일방통행이 없었던 까닭이었다. 방 이사장은 한편 용의주도했다. 만기가 된 이사의 후임자를 물색할 때도, 이사회 의제를 설정하는 데 있어서도 그랬다. 사전에 동원 가능한 모든 채널을 통해 정보를 수집하고, 면밀한 검토를 거친 뒤 판단했다. 언론인으로 평생을 살아온 연륜이 고스란히 묻어나는 대목이었다.

연세대 130년 역사에 새로운 장을 여는 송도 국제캠퍼스 설립 여부를 두고 특히 그랬다. 법인 이사장으로서만 아니라 인간적으로도 고심하지 않을 수 없는 막중한 사안이었다. 청사진만 있을 뿐, 매립도 되지 않은 광활한 갯벌을 바라보며 향후 연세대학교 운영의 명운이 걸린 결정을 내리는 게 어디 쉬운 일이었겠는가. 누가 보아도 워낙 큰 돈이 들어가는 프로젝트여서 좀처럼 결심하기가 어려운 일이었다. 캠퍼스 부지는 대학에서 사들이고 건물은 인천도시개발공사에서 짓기로 했지만, 학교법인이 지급보증을 서야 하는 까다롭고 껄끄러운 조건이 붙어 있었기 때문이다. 대학 쪽에서는 가부간 이른 결정이 나기만을 학수고대하고 있었다. 무작정 미룰 수만은 없는 일이었다. 고민의 날은 이어졌다. 방 이사장은 수차례의 이사회를 열어 구성원들의 의견을 수렴했다. 그리고 마침내 용단을 내렸다.

"그래 가자."

오늘의 연세대 송도 국제캠퍼스는 그렇게 탄생했다. 그리고 연세대는 한 번도 가보지 않은 길을 걷고 있다.

이제는 방우영 명예이사장도, 나도 학교법인 연세대학교 이사회의 울타리에서 벗어나 있다. 그 분은 원로 언론인으로, 나는 기업인으로 각자의 길을 가고 있다. 그래서 우리의 만남은 말 그대로 사적 영역의 일이다. 이따금 방 명예이사장을 뵙고 식사 자리도 갖는다. 그때마다 나 자신을 돌아보게 된다. 미수를 맞는 연세이지만 여전히 강건하고 활기찬 모습 때문이다. 대수술을 받은 분이라고는 도저히 믿기지 않는다. '노익장'이라는 말이 달리 있는 게 아니라는 생각이 든다. 그 분에게 꼭 들어맞는 말이다.

59

단절됐던 우리 국악 이어준 회장님

이생강

대금산조 명인

존경하는 방우영 회장님이 벌써 미수라니 믿기지 않는다. 내 나이 올해 78세이니 회장님과는 딱 10년 차이가 난다. 회장님은 우리 국악인들에게 가장 고마운 분이다. 일제강점기 이후 오랫동안 단절돼 있던 우리 국악을 많은 국민이 접할 수 있게 다리를 내주셨다.

개인적인 첫 인연은 고 방일영 고문님 덕분에 시작됐다. 18세 때 경남 양산 통도사에서 스승인 한주환 선생, 국창 임방울 선생, 김소희 선생과 함께 고문님을 처음 만났다. 고문님이 "이거 한번 불어보라"며 대금을 건네주셨다. 긴장하면서 연주를 마치고 나니 "스승보다 뛰어나다"며 격려를 해주셨다. 고작 열여덟인 내가 선생님보다 잘했을 리 없는데, 그 일은 평생 기억에 남는 역사적 순간이 됐다.

그 뒤로 방 고문님과 방 회장님을 자주 뵈었다. 두 분은 어디든 꼭 함께 오셨다. 형제간 우애가 끈끈하고 서로에게 다정다감하셨다. 돌아가신 방 고문님이 좀 더 자유분방한 성격이라면 방 회장님은 절도 있고 철두철미한 스타일이었다. 성격은 다르지만, 그래서 더 서로 보완하면서 조선일보를 훌륭히 이끌고 가신 것 같다.

1970~90년대만 해도 방 회장님이 어디를 가시든 내가 약방의 감초처럼 따라다녔다. 회장님은 정치 · 경제 · 문화 · 법조계를 통틀어 아주 폭넓은 인맥을 갖고 계신다. 회장님이 이끄시는 산악 모임이 있다. 설악산 오색약수터 등 전국 명산을 찾아다니며 등산을 같이했다. 쟁쟁한 분들도 늘 같이 오셨다. 김성곤 쌍용 회장님, 최종현 SK 회장님이나 박태준 포항제철 회장님, 전락원 파라다이스 회장님, 정치인 이후락 씨도 있었다. 내가 제일 어렸으니(?) 그 모임의 보디가드요 비서실장 격이었다.

그 분들이 산에 올라가면 각자 밥과 반찬을 나누어서 만든다. 특히 박태준 회장님은 정상에 올라가면 버너에 끓여서 직접 밥을 지었다. 식사가 끝나고 분위기가 무르익으면 내 작은 무대가 펼쳐졌다. 정상에서 대금 한 가락 불면 다들 박수 치고 좋아하셨다. 최종현 회장님은 '한오백년'을 좋아했고, 방 회장님은 민요나 시나위를 좋아하셨다. 풍류를 아는 분들이다. 산이 내 무대요, 자연을 벗 삼아 연주하니 기분이 최고였다.

방 회장님은 내 대금 연주를 아주 좋아하셨다. 연주만 하면 극찬을 해주셨다. 국악 관련한 일로 상의드릴 것이 있거나 뵙고 싶을 때 신문사에 찾아가면 늘 반갑게 맞아주셨다. 방우영 회장님과 많은 시간을 함께했지만 한 번도 그 분이 취한 걸 본 적이 없다. 완전무결할 정도로 빈틈이 없는 분이다. 흔히 사람이 실수가 없다고 하면 차갑고 냉정하다고 생각하기 쉽지만 내가 본 방 회장님은 아주 소탈한 분이셨다. 술자리에서도 한 번도 흐트러진 모습을 본 일이 없다.

돌이켜보면 나는 운이 좋았다. 우리 선생님 세대는 무대에 서본 일이 없었다. 무대라는 게 없었다. 나는 일본에서 태어나 광복 직후 가족과 함께 귀국했다. 13세 때 6.25전쟁으로 온갖 악기의 명인들이 피난차 부산으로 모여드니 신이 나서 스승들을 찾아다녔다. 하루 종일 부산 길바닥을 뛰어다니며 스승 여섯 분을 뵙고 조금씩 소리를 배울 수 있었다. 전쟁 혼란 중에 그렇게 모셨던 스승만 스물세 분이다. 그런데도 그 분들 모두 무대에 설 기회가 없었다.

그런데 조선일보와 방 고문님, 방 회장님이 국악인들에게 무대를 만들어주셨다. 조선일보 주최로 세종문화회관에서 공연을 많이 했다. 방 고문님의 뜻을 이어받은 방우영 회장님은 국악인들에게 전폭적 지지를 아끼지 않으셨다. 오랫동안 단절돼 있던 우리 문화유산을 국민들이 쉽게 접할 수 있게 자리를 만들어주셨다. 1994년 방 고문님과 방 회장님이 함께 설립한 방일영문화재단은 매년 국악 전승과 보급에 공헌한 명인·명창에게 방일영국악상을 수여한다. 이 상은 국내 최고 권위의 국악상으로 '국악계의 노벨상'이라고 불린다. 지금까지

만정 김소희 선생을 비롯해 국악계 최고 스타들이 이 상을 받았다. 영광스럽게 나도 2005년 12회 수상의 영광을 안았다.

흔히 국악이라고 하면 모두들 한 장르로 생각한다. 하지만 궁중음악과 민속악은 완전히 다르다. 궁중음악은 국립국악원에서 잘 보존하고 있지만 사실 민속악은 상대적으로 홀대받고 있었다. 말로만 국악, 즉 나라의 음악이라고 하면서 우리 민속악 분야에는 연수원 하나 없다. 내가 여기저기 다니면서 "우리 민속악을 도와달라" 했더니 다들 "국립국악원에 민속반이 있지 않냐"고 반응했다. 거긴 연주단이지 연수원이 아니다. 안타깝다고 말씀드렸더니 방 회장님께서 민속악에 대한 지원을 많이 해주셨다. 젊은 국악인을 배출하는 기회의 장도 열어주셨다. 판소리 명창 임방울 선생을 기리고 21세기 새로운 명창을 발굴하기 위한 '임방울국악제 전국대회'가 대표적이다. 특히 남도음악의 판소리는 종합예술이라 소리꾼이 남도민요의 흥타령이나 육자배기를 부르게 되면 꼭 반주자가 있어야 한다. 판소리가 인기를 끌면 연주자도 함께 발전하는 법이다. 방 회장님이 우리 민속악계가 발전하는 기둥이 돼주셨다.

회장님, 우리 국악인을 아껴주시는 그 마음 늘 감사합니다. 무엇보다 건강이 첫째입니다. 언제나 변함없이 늘 건강하시길 기원합니다.

60

방우영 회장님과 한독협회를 생각하며

이성낙

한독협회 상임고문, 가천대학교 명예총장

한독협회 회장직을 맡아달라는 청을 드리기 위해 방우영 회장님을 찾아뵐 때의 일이 오랜 세월이 지난 지금도 가끔 생각나곤 합니다. 필자가 방 회장님을 찾아뵙기 전에 무척이나 망설인 것을 아직도 생생히 기억합니다. 필자 개인의 청을 드리는 것은 아니었지만, 왠지 말씀드릴 사안을 아무리 생각해봐도 방 회장님과 한독 사이에 어떤 연결고리를 찾을 수 없었기 때문입니다.

필자는 한독협회 총무이사 자격으로 용기를 내면서도 조심스러운 마음으로 방우영 회장님을 찾아뵈었습니다. 그리고는 한독협회에 대해 연혁 중심으로 짧게 설명드린 후 지금까지는 초대 문교부 장관을 지내신 안호상 회장님(1902~1999년)께서 협회를 이끌어주셨는데, 안

회장님께서 건강문제로 회장직을 더 이상 수행하지 못함에 따라 한독협회가 회장 없이 표류하고 있다고 설명드렸습니다. '그런데 왜?'라고 대꾸하실 것 같은 분위기에서 한독협회 회장직을 맡아주실 것을 어렵게 말씀드리면서 협회 이사회의 큰 바람이라고 덧붙였습니다.

예상한 대로 방우영 회장님께서는 뜬금없는 제안이라는 표정으로 어색해하시며 "내가 독일하고는 아무 인연이 없는데, 어떻게 한독협회 회장직을 맡을 수 있겠느냐? 다른 사람들이 뭐라고 하겠느냐?"라고 말씀하셨습니다. 단호히 사양하시는 기색이 역력했습니다.

그런 무거운 분위기 속에서 필자는 이런 내용의 말씀을 드렸습니다.

"역사적으로 살펴볼 때 교과서적인 설명이긴 하지만 한국과 독일 관계는 결코 가볍게 넘길 수 없으며, 양국이 전후 분단국가의 아픈 운명을 공유하는 특수한 상황인데도 어느 대기업에서도 한독협회 관련해서는 적극적으로 참여하는 걸 마다하는 실정입니다."

그러자 회장님께서 "독일에서 유학한 기업인이 있을 터인데……"하시는 것입니다. 필자는 "상대적이긴 하지만 미국에서 유학한 인사 중에는 기업인이 많지만, 독일 유학생인 경우 대학 교수가 주류를 이루고 있어 협회를 도와줄 기업인은 매우 제한적"이라고 다시 말씀드렸습니다.

그리고 한국과 독일, 독일과 한국 간의 공식 외교 관계를 넘어 양국 간의 민간 교류에서 교두보 역할을 해야 할 한독협회가 회장 없이 표류하고 있는 것이 많이 부담스럽기도 하고, 협회 명예회장인 주한 독일 대사를 보기에도 낯 뜨거운 실정이라고 덧붙였습니다. 그러자 방우영 회장님께서 어색해하시던 안색을 차츰 풀면서 '안 된다'는 표정에서 '이대로 방치해서는 안 되겠다'는 동정심 어린 표정으로 경청해 주셨습니다.

지금도 돌이켜보면 볼수록 방우영 회장님께서는 한국과 독일 양국 관계에서 어떤 연결점이 없어 참으로 '어색하기 그지없는' 상황이 아닐 수 없었습니다. 그럼에도 불구하고 필자의 말씀을 경청하시더니 차츰 우리 사회의 어른으로서 마음을 열어 보이시면서 모든 사적인 부담을 접고 오직 한독협회의 공익성에 공감하며 당면 문제를 헤아려주셨습니다.

이때 필자는 이 시대 한 어른의 올곧은 선공후사(先公後私) 정신을 느끼며 큰 감명을 받은 기억을 마음 깊이 새겼습니다.

이렇게 하여 방우영 회장님께서 1987년 한독협회 회장직을 맡아주셨습니다. 그 후 따로 마련한 자리에서 협회 내력과 내부 사정을 보고받으시는 시간이 있었습니다. 필자는 암담한 심정으로 협회 재정 상황을 보고드리면서 지금까지 이사회를 할 때 발생하는 제(諸) 비용을 이사들이 분담해온 실정을 부끄러운 표정으로 말씀드렸습니다. 그러자 방 회장님께서는 우선적으로 해결해야 할 시급한 과제가 협회의 재정 확보라고 짧게 언급하셨습니다.

그리고 얼마 후 협회 재정 확립 문제를 직접 챙기기 시작하셨습니다. 우선 오늘의 LG그룹 전신인 금성반도체의 구자학 회장에게 전화하셔서 당시 금성 TV를 독일에서 생산하는 사업 관계가 있으니 한독협회 기금 마련에 협조해주길 바란다고 하셨고, 선경그룹 최종현 회장을 비롯한 여러 재계 인사에게 직접 연락하셔서 협회가 재정적으로 어려운 상황이니 협조해줄 것을 부탁하셨습니다.

그리고 방우영 회장님께서도 협회 기금을 확보하는 데 솔선하여 적극 능동적으로 참여하시기도 했습니다. 그뿐 아니라 협회가 개최하는 크고 작은 행사에 뒤에서 조용히 재정적 · 행정적으로 적극 도와주셨습니다.

그 결과 차츰 재정이 건전한 한독협회로 자리매김할 수 있었습니다. 참으로 놀라운 변신이 아닐 수 없었습니다. 발전적인 변화의 큰 발자취를 비교적 짧은 시간 안에 방우영 회장님께서 이룩하셨습니다. 그 결과 명실공히 대내외적으로 한독협회가 반듯한 모습을 갖추며 계속 존속할 수 있는 든든한 기초를 마련해주신 것입니다.

그리고 2년마다 새 임기가 다가오면 협회 회장직에서 사임하겠다고 말씀하셨습니다만, 새로운 모습을 갖추기 시작한 협회의 틀을 좀더 공고히 하는 데 도와주실 것을 협회 이사진 여러분이 간곡히 부탁드리곤 했습니다.

그리하여 오다가 방 회장님이 세 번째 임기를 마치는 시점인 1992년에 더 이상 부담드리는 것도 도리에 어긋난다는 판단에서 아쉬운 마음으로 명예회장으로 계속 모시기로 결정했습니다. 그러면서 신임 회장을 추천해주시고 영입하는 데 적극 도와주실 것을 부탁했습니다. 며칠 후 방우영 회장님께서는 당시 대우그룹 김우중 회장님을 후임자로 설득했다고 연락 주시면서 반듯하게 끝마무리까지 해주셨습니다.

이렇듯 한독협회의 제4대 회장으로서 협회가 빈사 상태에서 존속의 기로에 빠져 구원의 탈출구를 찾던 시기에 개인적이고 사사로운 거부감을 뒤로하고, 협회가 가진 공공성을 위해 과감히 마음을 열어주신 방우영 회장님의 모습에서 우리 사회 큰 어른의 표상을 보았습니다. 방우영 회장님께서 공익을 위해 사사로움을 과감히 버리고 내리는 결단과 그에 따른 결과를 세심히 챙기는 모습에서 독일의 문호 괴테(Wolfgang von Goethe)가 남긴 "결단을 하고 그 결과를 따르는 것은 사람이 가질 가장 존경할 가치다(Entscheidenheit und Folge ist nach meiner Meinung die Verehrungswuerdigste am Menschen)"라는 명언 속에 담긴 깊은 뜻을 되새깁니다. 그러한 면에서 오늘날 우리 사회에 아름답고 큰 가르침의 여운으로 남을 것이라 믿으며 한독협회의 영원한 어른이심을 다시 한 번 생각하게 됩니다.

61

지극히 인간적인 '대장님'

이수성

국학원 명예총재, 전 국무총리

제가 방우영 상임고문님을 처음 뵌 건 1973년, 74년 무렵입니다. 저는 서울법대 교수로 법대 학생과장을 할 때이고 방 고문님은 조선일보 사장이셨을 때입니다.

방 고문님의 동서(방 고문님 부인의 여동생 남편)가 저와 학교 동창이자 친한 친구였습니다. 그 친구와의 인연으로 자연스럽게 방 고문님을 알게 됐습니다. 방 고문님은 제가 손아래 동서 친구이고 하니 저에게 관심을 많이 가져줬습니다.

말하자면 공적 인연보다는 개인적 인연으로 시작된 것이지요. 그렇게 40여 년이 됐습니다.

40여 년 동안 저는 방 고문님을 1년에 두세 차례씩 이런저런 이유로 뵈어왔습니다. 그렇게 쌓은 인연으로 돌아보니 방 고문님 하면 떠오르는 이미지가 있습니다. 물론 제가 개인적으로 보아오고 느낀 것입니다만 제가 받은 느낌이 방 고문님의 면모를 보여주는 데 적합할거라고 생각됩니다. 그 이야기를 해보겠습니다. 먼저 '인간적, 지극히 인간적이다'는 것입니다.

이런 일이 기억납니다. 저는 1980년 엄혹한 신군부 시절 서울대 학생처장으로 있었습니다. 수많은 학생들의 시위가 연일 벌어지던 그때 저는 권력의 편이 아니라 학생들 편에 섰습니다. 그러다 보니 결국 교수 자리에서 쫓겨나고 보안사로 끌려가게 됐습니다. 보안사로 연행돼 갖은 고초를 겪었습니다. 살해 협박과 고문, 허위 자백을 강요받았습니다.

그 고초를 겪고 보안사에서 나온 다음에 방 고문님과 단둘이 만난 적이 있습니다. 광화문에 있는 코리아나호텔 일식집이었습니다. 방고문님은 그 자리에서 저의 속상한 이야기를 묵묵히 끝까지 다 들어주셨습니다. 학생들의 편에 서 있는 저에게 옳은 방향이라고 격려도 했습니다.

많은 이야기를 하면서 점심을 먹는 도중 비서분이 와서 방 고문님에게 "회의가 있으니 회사로 들어가야 합니다"라고 하더군요. 방 고문님은 저만 남겨두고 자리를 뜨는 것이 미안했던 것 같습니다. 자리를 떠나면서 저에게 "걱정 말고 앉아서 더 먹고 가라"고 했습니다. 저는 그 자리에서 초밥 3인분을 혼자 더 먹었습니다. 그 따뜻한 기억이 지금도 생생합니다.

　정신적으로 힘든 저의 처지를 다 이해해줬기 때문에 가능한 일이었습니다. 이후 방 고문님은 저에게 밥이든 술이든 자주 사주신 기억이 있습니다. 그러면서 저에게 "기죽지 말라"고 어깨를 다독여줬습니다.

　제가 아는 방 고문님은 아주 인간적입니다. 사람에 대한 높낮이가 없었습니다. 힘없는 사람이라고 낮춰 보거나 힘있는 사람이라고 높이 보거나 하는 모습을 본 적이 없습니다. 한 10여 년 전쯤 제가 방 고문님 자택을 방문했을 때도 똑같은 감정을 느꼈습니다. 정확히 기억나진 않지만 아마 방 고문님 생신 초대를 받은 것 같습니다. 방 고문님 자택은 종로구 사직동에 있었습니다.

　사모님께서 손수 정성껏 마련한 소박한 생일상을 앞에 두고 이런저런 얘기를 나누며 술잔을 기울였습니다. 사모님의 단정하고 정숙하신 모습도 기억에 남습니다. 그때도 '참 좋은 선배다' 하는 생각이 자연스레 떠올랐습니다. 40년 전 그때부터 지금까지 방 고문님은 나를 후배로 사랑해주셨다고 추억됩니다.

　제가 만나면서 보아온 방 고문님은 조선일보 기자들에게도 인간적이었습니다. 방 고문님은 일일이 간섭하지 않고 기자들에게 믿고 맡기는 스타일이었습니다. 방 고문님이 저에게 어려웠던 시절 어쩔 수 없이 회사를 떠나야 했던 기자들에 대한 가슴 아픈 심정을 말한 적도 있었습니다.

방 고문님이 술잔을 기울이면서 저에게 "좋은 사람들인데, 나가 있는 사람들 언젠가 다시 불러야지"라고 했던 기억이 납니다. 저는 방 고문님이 마치 같이 있던 가족에 대한 애정과 안타까움을 보인 것으로 느꼈습니다.

저는 방 고문님과 공적으로 만난 기억은 거의 없습니다. 대부분 사적인 만남이었습니다. 심지어 제가 김영삼 정부 때 총리를 할 때도 그랬습니다. 간혹 청와대 행사가 있을 때 청와대에서 만난 적도 있었습니다.

방 고문님은 그때도 저에게 "대통령을 잘 도와서 국정을 잘 이끌어 달라"는 말씀 외에 다른 얘기가 없었습니다. 사적인 만남이었기 때문에 그 인연이 더 오래가지 않았나 생각이 됩니다.

방 고문님 하면 떠오르는 또 하나의 이미지가 '대장님'입니다. 저는 방 고문님을 '대장님'이라고 부릅니다. 지금까지도 그렇습니다. 그 분이 갖고 있는 포용력과 대범함을 빗대어 그렇게 부르는 것입니다. 제가 서울대 학생처장, 서울대 총장, 국무총리 등을 하면서 방 고문님을 꾸준하게 만나는 동안 권력 편에 서서 권력을 칭찬하는 모습을 한 번도 본 적이 없습니다. 늘 담담하고 대장부다운 풍모를 봤습니다. 주변을 다 감싸주는 사람이라는 인상을 받았습니다. 정치적으로는 여(與)도, 야(野)도 다 감쌌습니다.

이런 일화가 있습니다. 역시 제가 서울대 학생처장을 할 때입니다. 그 당시 조선일보에서 서울대를 출입하는 기자들이 신군부 정권의 혼란스러운 상황에서 학생 편을 들었던 기억이 생생합니다. 제 입장에서 보면 그들은 반(反)민주가 아니라 민주주의 편에 섰습니다. 서울대 학생처장이었던 제가 권력에 의해 핍박받을 때도 그들은 권력 편이 아니라 제 편을 들었습니다. 참으로 고마웠습니다. 제가 볼 땐 당시 조선일보 서울대 출입 기자들의 그런 태도는 후일 생각하면 방 고문님의 신념에 영향을 받았을 수 있다고 여겨졌습니다. 지금 되돌아 생각해봐도 마찬가지입니다.

일부에선 방 고문님과 조선일보를 보수라고 말을 하는데 저는 그렇게 생각하지 않습니다. 방 고문님은 진보니 보수니 그런 차원을 뛰어넘어 두루 포용을 하는 분이었습니다. 있는 사람과 없는 사람을 구분하지 않았습니다. 약자에 대해 오만하지 않고, 권력에 대해 당당했습니다.

늘 권력과는 관계없이 남을 도와주는 분이었습니다. 제가 40여 년 만나는 동안 방 고문님은 늘 한결같았습니다. 절대 권력이 대학과 언론을 핍박하는 시절 제가 방 고문님을 만날 때마다 방 고문님은 저를 격려해주셨습니다. 저와 학생들에게 정신적으로 동조하는 태도로 대해주셨습니다.

제가 서울대 총장을 할 때도 방 고문님의 면모를 알 수 있는 비슷한 일이 있었습니다. 당시 서울대병원 원장은 서울대 총장이 임명했습니다. 그런데 제가 임명하려 했던 사람과 청와대에서 임명하려 했던 사람이 달랐습니다.

저는 청와대가 원했던 사람을 거부하고 제 판단대로 밀어붙였습니다. 그 과정에서 힘도 많이 들었습니다. 하지만 당시 조선일보가 권력 편이 아닌 제 편을 들었습니다. 권력의 압력을 거부하는 저의 명분이 옳다는 지적을 했습니다. 그때 기억이 생생합니다. 저는 조선일보의 그런 태도 역시 '권력에 당당해야 한다'는 방 고문님의 생각이 영향을 미쳤을 거라고 판단합니다.

정확히 시기가 기억은 안 나지만 전두환 정권 초기에 이런 일도 있었습니다. 대학에 있었던 방 고문님 지인이 정치에 입문해 국회의원이 되려고 했습니다. 어느 날 저를 만난 방 고문님은 그 지인에 대해 매우 걱정을 했습니다. 방 고문님은 "이렇게 어지러운 세상에는 학교를 잘 지켜야지 왜 정치를 하려고 하는지 모르겠다. 참으로 걱정"이라고 했습니다.

그때 방 고문님은 정치를 하는 것보다는 학교를 지키고 후학을 키우는 게 더 중요하다고 생각하신 듯합니다. 이 역시 제게는 권력을 대하는 방 고문님의 생각을 읽을 수 있는 일화였습니다.

이렇게 제가 40여 년 동안 지켜본 방 고문님은 넓고 담담한 사람이었습니다. 그런 모습 때문에 늘 주변 사람들과 우리 사회에 좋은 영향을 주었습니다.

방 고문님이 미수를 맞았습니다. 너무나 축하합니다. 늘 건강하시고 행복하시길 빕니다. 특히 남북이 평화적으로 통일로 나아가고 동서 간 지역 갈등을 극복하며 계층 갈등도 없애 좋은 나라를 만들어가는 데 앞으로도 방 고문님이 역할을 해주길 바랍니다. 그런 것들이 바로 '방우영 정신'이라고 저는 생각합니다.

조선일보가 일제강점기 독립운동 조직인 신간회 활동을 주도하고, 만해 한용운 선생에게 심우장(尋牛莊)을 제공했던 그런 정신이 '방우영 정신'이라고 생각합니다.

우리 민족이 화합하고 단결해 앞으로 나아가는 데 방 고문님이 앞으로도 좋은 역할을 해주셨으면 좋겠습니다. 방 고문님의 그 따뜻함이 우리 사회에 널리 번질 수 있기를 바랍니다.

62

차돌멩이의 추억

이어령

한중일비교문화연구소 이사장, 전 문화부 장관

어렸을 때 개울가에서 놀다가 차돌을 많이 주웠다. 차돌은 보통 자갈들과 달라서 매끄럽고 단단하고 색깔도 하얗다. 차지다고 해서 차돌이라고 했는가. 무엇보다 차돌을 치면 불꽃이 튄다. 석기시대 사람들은 이 차돌멩이로 불을 일으켰다고 한다. 인류에게 문명의 첫발을 디디게 한 신비한 돌이다. 하지만 유럽에서는 차돌이 귀해서 목숨을 걸고 발칸 반도까지 긴 모험길을 오갔다고 한다. 그들에게 있어서 차돌은 모험의 돌이요 생명의 돌이었다. 그러나 이 돌이 지천으로 흔한 한국 땅에서는 고려청자와 같은 놀라운 자기 기술과 지고의 예술을 만들어냈다. 바로 그 유약을 만들어낸 돌이 차돌 가루요, 유럽이나 일본 땅에서는 좀처럼 구할 수 없었던 고령토라고 한다.

그러다가 정보시대를 맞이하면서 바로 그 차돌이 영어로 '실리카 스톤'이라고 부른다는 것을 알게 된다. 실리카는 반도체의 소재인 규석 가루 실리콘이 아닌가. 한국인이 오늘 이만큼 먹고 살아가는 것이 그 반도체 덕분이고 그것을 이용한 IT의 힘 덕분이다.

방우영 사장을 제일 처음 만났을 때 나는 차돌을 생각했다. 몸집이 작으면서도 알차고 단단하고 말끔하고 빈틈이 없이 야무진 사람. 충청도 사투리를 쓰던 나의 귀에 방 사장님의 평안도 사투리는 한층 더 주눅 들게 했다. 여간해서 남에게 고개를 숙이지 않던 반골의 내 젊은 시절에 분명 방우영 사장은 내 가슴에 불을 일으키는 부싯돌이었다. 그리고 한국의 청자나 백자처럼 선뜻 다가가 만지기 힘든 묵직한 존재였다. 그래서 자연히 늘 그 주변에서 일정한 거리를 두고 지내올 수밖에 없었다.

조선일보를 떠나고 훨씬 뒤 내가 나이를 먹어감에 따라 다시 방우영 사장에 대한 인상도 업그레이드된다. 어렸을 때의 그 차돌은 반도체의 특성으로 변해 있었던 것이다. 반도체는 이상한 성질을 갖고 있다. 모든 물질은 전류를 통하는 양도체이거나 그것을 막는 불양도체로 구분된다. 그런데 실리콘은 그 두 성질을 모두 갖추고 있다. on-off를 가능케 하는 것이다. 이 때문에 0과 1의 신호를 만들어내는 반도체 특성이 정보 문명이라는 새 길을 트게 했다.

차돌이 반도체로 의미 전환을 하는 계기는 방우영 사장이 국회 청문회의 증언대에 섰을 때였다. 처음엔 내가 지니고 있던 인상 그대로 단단하고 차지고 매끄럽고 하얗고 당찬 차돌 모습이었다. 고령토와 같이 1,000도가 넘는 고열의 불가마 속에서도 녹아내리지 않았고 어느 흙도 도전 불가능했던 도자기의 모습으로 단단해지는 모습. 그것 뿐이라면 뭐 이렇게 장황한 설명을 늘어놓겠는가. 그 자리에서 방 사장은 놀라운 발언을 했다. "나는 매일 하루도 빼놓지 않고 일기를 씁니다. 그래서……."

차돌에는 내면의 세계가 없는 줄 알았다. 너무 단단하기 때문에 꽉 차 있기 때문에 숭숭 구멍이 난 제주도 속돌과는 다르기 때문에 나는 늘 그 분 가까이 가면 서먹하고 주눅이 들곤 했다. 비집고 들어갈 틈이 없다. 그런데 방우영 사장의 그 단단함 속에는 매일 일기를 쓰고 자신을 돌아보는 땅속 깊이 박혀 있는 내면의 세계가 있음을 비로소 보았다.

그러고 보니 내가 조선일보를 떠나고 한참 뒤 방우영 선생을 우연히 만난 자리에서 너무 반갑게 그리고 다정하게 내 손을 잡아주던 기억이 났다. 차갑고도 따뜻한 분, 매사에 분명한 선을 그으면서도 무조건 남을 품을 줄 아는 넓은 가슴, 그 분의 손은 마치 반도체와도 같았다. 전신의 회로를 타고 on-off의 신호가 전해진다. 그동안 나는 그 신비한 방우영 내부의 회로를 읽을 줄 몰랐다.

젊은 시절 조선일보에서 일하면서 바라보았던 방우영 사장의 모습은 내 차돌멩이의 기억과도 같다. 어느 맑은 냇물이 흐르는 모래밭에서 여름 햇빛을 받으며 눈부시게 반짝이던 차돌멩이 하나. 그것을 주워 호주머니에 소중하게 간직하고 집으로 돌아왔던 어린 시절, 여름 방학의 추억 같은 그것이 고려청자가 되고 최첨단 반도체 전자 제품이 된다. 차돌맹이는 그냥 차돌맹이인데 나이와 함께 그것은 성숙하고 또 변신하면서 새로운 의미를 가져다준다.

조선일보에서 내 젊음의 일부를 보냈던 그 시간들이 생각날 때마다 나는 어릴 적 냇가에서 줍던 차돌맹이를 본다. 그 차돌이 깐깐한 얼굴로 웃기도 하고 손이 닿을 수 없는 박물관 진열장 안의 고려청자가 되기도 하고 그러다가 반도체 칩 속의 복잡한 회로처럼 눈으로 볼 수 없는 심연으로 존재하기도 한다. 그것을 한마디로 표현하자면 낯선 그리움이다.

그러다가 몇 년 뒤 그 차돌맹이는 역사책에 나오는 무슨 왕관에 박힌 사파이어나 다이어몬드처럼 휘황하게 빛날지 모른다.

63

권위주의 시대를 지혜롭게 뛰어넘어

이종식

전 조선일보 편집국 부국장, 전 방일영문화재단 이사

한 사람의 운명적 삶은 그가 누구를 만나느냐에 따라 정해지는 수가 많다. 경상도 촌놈이 서울에 올라와 어쩌다 조선일보의 밥을 먹게 된 것이 오늘의 나를 만들었다. 삶의 굽이마다 돌아가신 방일영 회장과 방우영 형제분이 있었다.

평안도 출신인 이분들은 1.4후퇴 때 대구 근교의 하양이라는 곳에서 피란길의 누이와 조카를 잃었다. 그런 사연으로 경상도에 대한 인상이 썩 좋지 않을 것으로 여겼는데 어쩐지 나는 이분들의 시계(視界) 안에 있었던 것 같다. 이분들이 만들어준 기회를 통하여 나는 천하의 수재들이 모이는 자리에 귀를 대기도 하고 입을 보텔 수도 있는 지경에까지 온 것이다.

내가 방우영 회장을 처음 만나게 된 것은 1959년 늦여름으로 기억한다. 우리들 수습기자 2기는 취재 각 부를 돌며 순환 수습을 했다. 경제부에 새로 배치된 내게 정대영 경제부장이 재무부 기자실을 찾아가 방우영 기자의 지시를 받으라 시킨다. 찾아간 내게 방 기자는 "한국은행에 가봐" 하고 말한다. 무미건조한 첫 대면이고 투박한 지시였다.

한국은행 기자실에는 경제 신문과 경제 통신, 그리고 종합지 이진들 몇 사람이 나와 있었다. 출입 신고를 했는데도 그들은 듣는 둥 마는 둥 했다. 그 중 경향신문의 신영각 기자가 친절하게도 나를 데리고 총재실 배제인 부총재실, 그리고 몇몇 부장실을 돌았다. 한국은행 부장은 시중은행 행장급이다. 배 부총재는 대학의 선배라 특별히 관심을 표해주었다. 그리고 며칠 뒤 기자실이 웅성거린다. 한국은행 부장급 인사가 있다고 한다. 큰일이다. 나는 아직 부장들의 이름도 모르는데.

기자 한 사람이 자신 있게 인사 내용을 엮는다. 다른 기자들은 듣고만 있다. 종잡을 수 없는 상황에서 나는 '낙종'을 떠올렸다. 그리고 영어 단어 외우듯이 그가 말하는 것을 외웠다. 곧 자리를 떠 들은 내용을 대충 메모하고 배 부총재를 찾아가 메모한 것을 내밀었다. 그는 싱긋이 웃으며 틀린 이름을 고쳐주고 한자도 적어줬다. 이것으로 됐다. 나는 저녁에 회사로 들어가 기사를 썼다. 자신이 있었다. 부총재가 감수해주지 않았던가. 수습기자 5개월의 올챙이가 쓴 기사는 그날 2면 톱에 실렸다.

동기들의 축하도 받았지만 목에 힘이 풀리고 사흘 굶은 강아지가 되는 데는 그리 오래 걸리지 않았다. 이튿날 발표된 인사는 참담한 것이었다. 내 예고 기사보다 한 사람 늘어난 6명 중 맞은 것은 겨우 2명, 4명이 틀리다. 머리를 조아리며 몇 번이고 사과를 했는데 방 기자의 반응은 너무도 의외다. "이봐 이 기자, 사람이 실수를 하지 않는 가장 확실한 방법이 뭔지 알아?"

"…"

"움직이지 않고 가만있는 거야. 당신은 움직였잖아. 괜찮아. 저녁에 친구들이랑 소주 한 잔하고 기분 풀어."

그러고는 지갑 속의 수표 한 장을 꺼내주었다. 오보에 격려금이라! 나는 기상천외의 상황에 당황했지만 이 비(非)논리의 논리를 이해하는 데에는 그리 많은 세월이 걸리지 않았다. 다만 특종이었으면 결코 기자실에서 떠벌리지 않았을 거라는 것과, 배 부총재가 내게 베푼 친절은 친절과는 거리가 있는 교정이었지 수정이 아니었다는 사실을 낙종에만 정신이 팔려 챙기지 못한 것은 그 뒤 나의 기자 생활에 크게 도움을 줬다.

방 기자가 회사의 사장이고 내가 정치부장이 되어 다시 만났다. 그때의 편집국은 지금의 것과 사뭇 달라 꼭 남대문시장의 떨이판 같았다. 외근 기자가 마감 시간에 맞추어 모두 들어오는데 마감 시간을 독촉받는 부장과 기자들 사이에 신경전이 벌어진다. 그 시절 편집국에 '종식'이라는 이름의 사환이 있었다.

"야, 종식아 여기 펜 하나 가져와. 잉크도 따르고……."

일부러 고래고래 고함을 지르면 옆 줄의 사회부의 웃음소리가 분위기를 거든다. 부장인 나에 대한 항거인 것이다.

이런 판이 한차례 지나면 사장이 편집국에 나타난다. 각 부를 쓱 돌고는 대개 정치부에 정좌를 한다. 그것도 저 밑 자리에서 두 번째쯤. 건너편엔 김대중 기자가 있다. "어떻게 돌아가?"

우리는 이 물음에 많이 속았다. 정말 몰라서 묻는 것이 아니거든. 잠깐의 침묵 끝에 곧 토론이 시작된다. 사장의 주장에 쉽게 동조해주지 않는 것이 김대중 기자다. "사장님 그게 그런 게 아니고요……."

'님' 자만 빼면 아랫사람 대하듯 아슬아슬한 말투인데도 사장은 연방 즐거운 표정이다. 얼마 뒤 토론을 끝내고 편집국을 나서는 사장이 나를 부른다. "저녁에 약속 있어?" "없습니다." 나는 유교 가정에서 자라 약간은 윗사람에 순종하는 쪽이다. "김대중이 데리고 중국집 ○○으로 와." 방 사장은 자기에게 고분고분하는 기자를 별로 좋아하지 않는다. 자기 색깔이 분명하고 솔직한 쪽을 좋아한다. 서론이 길거나 수사를 좋아하지 않는다. 약간은 거칠고 활동적인 사람을 좋아한다.

한번은 나를 사장실로 불렀다. 언제나처럼 단도직입이다.

"이봐, 김대중이 워싱턴 특파원 어때?" "예?"

"왜, 안 된다는 거야?" "아, 아닙니다. 어떻게 그런 생각을 하시게 됐습니까?"

"영어도 한다. 그리고 글도 곧잘 쓰고 발바리같이 젊게 잘 뛰어다닐 게 아니야.""예, 물론입니다."

워싱턴 특파원이면 그 시절 최고의 보직이다. 그래서 주로 부장을 지낸 사람이 가는 것이 각 사의 관례였다.

"그럼 당신은 찬성이지?""예, 고맙습니다."

"아직은 말하지 마. 좀 알아보고 생각도 해보고."

자리에 돌아온 나를 궁금한 부원들이 쳐다본다. 그 속에는 자기의 운명을 까맣게 모르는 김대중의 그 넓고 흰 얼굴도 있었다. 그 시절 방 사장은 정력 덩어리인 한국일보의 장기영 사장과 힘겨운 경쟁을 하고 있었다. '가장 오래된 신문 조선일보가 가장 늙은 신문'이라는 일반의 인식을 깨기 위해 안간힘을 쓰고 있었다.

김대중의 특파원 생활은 '워싱턴 특파원의 전국(戰國)' 시대를 몰고 왔다. 그는 특수한 경우를 제하고는 국무성이나 백악관의 브리핑은 가지 않는다. 그 기사는 통신에 맡기고 그 시간 그는 뉴스가 있는 외곽으로 돌아다닌다. 본인은 내셔널 프레스클럽에 방을 얻어주지 않는다고 불만이었지만 다른 기자들은 그가 클럽에 보이지 않으면 긴장을 한다. 밖을 쏘다니고 있을 것이 분명하기 때문이다. 그는 한국과 관련된 문제를 외부 전문가의 견해를 들어 해설 기사로 쓴다. 이런 기사는 대개 박스에 넣어 지면에 처리되는데 이런 기사가 어쩌다 있는 것이 아니라 일주일에 한 번, 어떤 때는 사흘이 멀다 하고 나오니 다른 특파원들이 긴장하지 않을 수가 없는 것이다. 방우영 사장의 젊은 지면 만들기의 첨병 역할을 한 것이다.

방우영 회장의 정치 성향은 내게는 항권력적(抗權力的)까지는 아니지만 반(反)권력적이고, 권력이라는 것 자체와 친화하지 못하는 것 같아 보였다. 권위주의 시대 방 회장이 대통령으로부터 술잔을 받으면서 했다는 말 "저에게 어려운 사람은 각하와 형님밖에 없습니다"가 사람의 입을 타고 있지만 실상 방 회장이 어렵게 여기는 사람은 형님 하나뿐이다.

방 회장이 정치인으로 가깝게 지낸 사람은 야당 시절의 김영삼씨다. 나이도 같고 해서 서로 말을 놓고 지내는 것을 본 일이 있다. 김영삼씨가 대통령에 출마했을 때에는 적극적으로 그를 밀었고 나도 사장의 권유로 대구에 내려가 사람을 동원한 일도 있을 정도다. 권위주의 시대 박정희 대통령을 가장 괴롭힌 사람이 김영삼씨였는데 신문사 사장이 그런 김영삼씨와 친교를 갖는 것이 오해를 가져올 수도 있지만 방 회장은 개의치 않은 것 같았다. 그리고 형님의 친구들인 권력 실세들도 별로 좋아하는 눈치가 아니었다.

방일영·방우영 형제분의 유별난 우애는 사교계의 인구(人口)에 회자되는 메뉴지만 옆에서 봐도 좀 각별한 것 같다. 방우영 회장은 어려서 아버지를 여의고 다섯 살 터울의 형님을 아버지처럼 여기고 컸다. 한번은 형님하고만 겸상을 하고 자기를 눈 밖으로 보는 할아버지에 항거하기 위해 벽장 속의 할아버지가 아끼던 오세창 명필의 족자를 가져가 팔아버렸다. 족자를 산 골동상이 이를 의정부의 계초에게 사라고 가져왔다가 들통이 나 형님에게 혼이 났지만 방 회장에게서 형님은 어려운 존재이면서도 의지하는 기둥이었다.

사람이란 결점과 장점을 함께 가지고 사는 것이지만 나는 형님 방고문으로부터 동생 흉보는 말을 한 번도 들은 일이 없다. 이런 우애는 신문 제작에도 반영됐다. 밖에서는 이 연합 함대를 '일우융화군(一又融和軍)'이라고 부르는 이가 있었다. 신문의 운명도 보장받기 쉽지 않은 권위주의 시대 형님은 신문사의 외곽을 맡아 권력의 신문사 침투를 막고 그를 배경으로 동생은 보도의 비판 수위를 높여 신문의 생명을 유지한 것이다.

그 시절 권력에 항거하는 방법으로 기사의 행간에 뼈 있는 말 몇 마디를 넣고 자기만족을 하는 신문도 있었지만 조선일보는 전략이 달랐다. 이건 정의에 어긋난다 싶은 큰일은 비판적으로 그냥 크게 실었다. 그것이 비위를 건드려 권력이 침범할 기색이 보이면 이번에는 잘하는 비정치적 정책 기사를 큼지막하게 실어줌으로써 침범하는 권력의 발을 묶는다. 이러한 어려운 과정을 지혜롭게(?) 넘기면서 조선일보가 오늘의 1등 신문으로 성장했다고 할 수 있다.

오늘날 한국에서 조선일보만큼 오래된 기업은 없다고 할 수 있다. 그 오랜 세월 쌓인 경험들이 사풍이 되어 자유로운 오늘의 분위기를 만들고 있다. 그것은 회사의 사규를 압도하고 앞서는 것들이다. 신문은 지식을 파는 기업이다. 지식이라는 제품을 제조하는 지성들이 지금처럼 자유롭고 창조적으로 사풍에 녹아들어간다면 조선일보의 밝은 미래는 영원할 것이다.

64

자네는 다른 데로 가라우

이준용

대림산업 명예회장

난 어릴 때 서울 사직동에 있는 큰아버지 댁에서 학교를 다녔다. 나중에 알고 보니 방 회장님과 난 이웃사촌이었던 셈이다. 학창 시절엔 서로 알지 못했고, 다 자라서 사회생활을 하다가 회장님을 만났다. 언제 처음 만났는지, 회장님의 첫인상이 어땠는지 뚜렷이 기억나지 않는다. 우리는 고향도 다르고, 학교도 다르고, 하는 일도 달랐지만, 어느 순간 스스럼없이 믿고 의지하는 관계가 됐고, 그 세월이 어느덧 40년이 훌쩍 넘었다.

방우영 회장님을 한마디로 표현하자면 내 사회생활의 '멘토'라 할 수 있다. 회장님과 함께 보낸 세월은 나에게 교우 관계라기보다는 인생 선배이자 선생님을 모시고 다닌 시간이었다. 회장님은 열 살이나 어린 나를 격의 없이 친구처럼 대해주었다. 난 '형님'이라기보다는 삼촌처럼, 작은아버지처럼 회장님을 따랐다. 나하고 상관없는 모임이라도 회장님이 "야, 같이 좀 가자우" 하시면 두말없이 쫓아다녔다. 함께 어울리는 시간이 늘면서 처음엔 회장님과 내 관계를 궁금해하는 사람도 많았다. 내가 키가 작은 편이 아닌데, 작지만 다부진 체구의 회장님 뒤를 졸졸 쫓아다니니 사정 모르는 사람은 날 경호원처럼 봤을 수도 있겠다.

방 회장님은 가족 모임에도 나를 불러주고, 특히 내 집사람은 생전에 회장님 내외분께 사랑을 많이 받았다. 부부가 함께 일주일씩, 열흘씩 여행도 자주 다녔다. 수행하는 비서나 직원들 없이 정말 허물없는 친구끼리 다니는 그런 여행이었다. 1980년대 초 미국 알래스카에도 가고 하와이도 다녀왔는데, 특히 알래스카에서 연어잡이를 한 것은 정말 잊지 못할 추억이다.

말씀을 걸걸하게 하시지만, 방 회장님은 성품이 자상하고 온정이 넘친다. 특히 겉으로 드러나지 않게 주변 사람들을 배려하는 모습은 정말 닮고 싶은 부분이다. 내가 좀 곤란한 일이 있어서 '이 자리엔 저 좀 빼주시라'는 말씀을 드려야겠다고 생각할 때면 어떻게 아셨는지 "자네는 다른 데로 가라우" 이렇게 말씀을 하시니 깜짝 놀랄 수밖에 없다. 회장님이 뭔가 힘든 일이 있는지 투덜투덜 혼잣말을 하는 모습을 봤지만, 다른 사람에게는 내색하거나 분위기를 망치는 경우가 없다. 방 회장님을 모시고 다니면서 '이 어른의 배려심에 끌릴 수밖에 없구나'라는 생각을 자주 했다.

방 회장님은 서울컨트리클럽 이사장, 대한골프협회 회장을 오래 역임하며 국내 골프 발전에 큰 힘을 보태셨다. 나도 대림산업이 1984년 제주 오라골프장과 그랜드호텔 인수를 계기로 대한골프협회 이사직을 맡아 회장님을 모시곤 했다. 처음 제주 그랜드호텔을 인수했을 당시는 국내에 호텔산업이 지금처럼 발전하지 않았다. 회장님은 가끔 "이번엔 제주에나 한번 가보자우" 하시며 연세대 이사회나 동창회 같은 모임을 그랜드호텔에서 열곤 하셨다. 말씀은 안 하셨지만, 나를 챙겨주신 것이다.

회장님과 골프도 많이 했다. 우스갯소리 하나 하자면 회장님과 같이 다니면서 내 골프가 많이 망가졌다. 회장님이나 나나 정식으로 골프를 배우지 않았고 연습을 하는 것도 아니니 이래저래 망가지기 쉬운 실력이었다. 방 회장님이 잡기(雜技)를 잘 하지 않으셔서 내기 골프를 한 적은 거의 없다. 내가 젊어서부터 술을 좋아해서 회장님과 술잔을 부딪치며 어울린 적도 많다. 사회생활을 하다 보면 기업인 중에도 술을 잘못 배운 사람들이 종종 있다. 방 회장님이 가끔 과음하시면 내가 모시기도 했지만, 술 때문에 실수하거나 주변 사람을 불편하게 하는 모습을 본 기억이 없다.

진정한 멘토는 '이렇게 해라, 저렇게 해라' 일일이 가르치지 않는다. 옆에서 지켜보고 귀를 열고 있으면 저절로 배우고 익힐 수 있다. 내가 바로 그랬다. 회장님을 쫓아다니면서 견문을 넓히고, 여러 사람을 만나고, 곁에서 하시는 말씀을 듣는 게 모두 공부가 되는 것이다. 한국 사회라는 게 여간 복잡다단하지 않아서 어릴 때 학교에서 배운 것만으로 사회생활을 잘하기가 어렵다. 나처럼 조그만 회사를 운영하는 장사꾼이 주변의 인생 선배들께 코치받을 일이 얼마나 많았겠는가.

골치 아픈 일이 있을 때면 회장님을 찾아가 '이런 문제는 어떻게 생각하세요'라고 묻기도 했다. 언뜻 내 문제와 상관없는 말씀을 하시는 듯하지만, 그걸 내가 도움 되는 방향으로 해석하면 무릎을 치며 감탄할 때가 잦았다. 일상생활에서 회장님 말씀의 줄거리를 쫓아가고 정치, 경제, 사회, 문화 등 분야를 가리지 않고 회장님이 만나는 사람들이 하는 말씀을 듣는 것만으로도 '최고의 코치'를 받으며 '내공'을 쌓고 있던 셈이었다.

지난 8월 '통일과 나눔' 재단에 재산을 기부하기로 한 것이 조선일보를 통해 알려지면서 분에 넘치는 관심과 칭찬을 들었다. 기부를 적극적으로 실행하게 된 것은 작년 12월 아내와의 사별이 계기가 됐다. 내가 5남매를 모아놓고 말했다.

"엄마가 남긴 재산은 유산이라기보다 내가 맡겨놓은 건데, 이걸 다시 상속받으면 반 이상을 세금으로 내야 한다. 이럴 바엔 차라리 좋은 곳에 쓰도록 하자."

처음엔 대림이 하는 문화재단이나 장학재단에 기부하려고 했는데 쉽지가 않았다. 심지어 종교 계통의 나눔재단에 일부를 기부하려고 하니, 나를 포함한 상속인 전원의 동의서를 받아서 기부해야 한다고 해서 놀랐다. 그래서 상속법을 자세히 들여다보니, 법 자체가 너무 잘못돼 있음을 알았다. 평소 아이들한테 "무조건 재산 물려주는 건 없어"라고 말했지만, 상속 관련 법을 직접 경험해보니 기부에 대한 생각이 더 강해졌다.

기부 사실이 알려지고서 우리 아이들 표정이 더 밝아진 것 같다. 더 눈에 띄는 것은 대림산업을 포함한 관계회사 직원들이다. 자기가 다니는 회사의 대주주가 자식들에게 재산을 물려주지 않고, 국가와 민족의 미래 비전을 위해 기부를 한다는 소식에 뿌듯함을 느끼는 것 같다. 임원들은 물론 말단 직원까지 환호했고, 예전에 회사를 다녔던 오비(OB)들은 말할 것도 없다.

40년 넘게 지켜본 방 회장님은 언제나 '원칙'이 분명한 분이셨다. '대한민국에서 가장 영향력 있는 언론인'이셨지만, 그 힘과 영향력을 제어할 수 있는 원칙을 갖고 계셨다. 우리나라에 정치가 영향을 미치지 않는 곳이 없는데, 권력과의 관계에서도 회장님은 자신만의 원칙이 분명했고, 그런 것이 조선일보의 힘으로 이어졌다고 생각한다.

'1등 신문' 조선일보의 힘을 잘 알고 있지만 내가 곤경에 처했을 때 방 회장님한테 문제 해결을 부탁하지 않았다. 부탁하는 게 싫어서가 아니라 이 어른을 그렇게 가볍게 생각하지 않는다는 뜻이다. 회장님도 "어이, 내가 뭐 해줄 거 없어"라고 묻지 않으셨다. 아무리 좋은 관계라도 나를 지켜주는 것만큼 상대방을 지켜줘야지 그 인연이 길게 이어진다. 내 이익을 채우고, 내 어려움을 해결하는 데 급급한 관계는 오래 못 간다. 회장님은 내가 너무 욕심을 부리지 않게 적절한 브레이크를 잡아주셨고, 잘못한 게 있으면 단단히 꾸중도 하셨다.

　다시 한 번 말하지만, 상대를 배려하는 마음이 있어야 인간관계가 오래 이어진다. 방 회장님과 나는 언제 어떻게 서로 배려하는 '사인'을 주고받았는지도 모르는 그런 관계이다. 그야말로 '이심전심'이다.

65

골프는 멋지게, 농담은 소탈하게

이중명

에머슨퍼시픽 회장

방우영 회장님은 골프도 참 그 분답게 멋지게 하셨다. 방 회장님이 대한골프협회장으로 8년간(1996년 1월~2004년 1월) 계시던 시기는 한국 골프의 도약기이자 융성기였다. 박세리 프로가 US여자오픈에서 맨발 투혼으로 IMF 위기에 시름하던 국민에게 희망을 주었고, 최경주 프로가 한국 골퍼로는 처음으로 미국프로골프(PGA) 투어에 진출하여 믿기지 않는 승전보를 전하던 시기였다. 세계아마추어선수권에서도 한 해가 멀다 하고 우승 소식이 전해졌다. 군대의 장수로 치면 상승장군이셨다.

이런 이야기는 차차 하기로 하고 나는 방 회장님과 함께했던 소탈하고 인간미 넘쳤던 골프 이야기부터 하고 싶다. 라운드에 네 시간 반

남짓 걸리고 함께 목욕도 하고 식사도 하는 골프만큼 사람끼리 허물을 벗고 친해지는 자리도 드물 것이다.

2012년 10월 8일이었다. 워낙 흥미로운 추억이 있는 날이어서 메모를 해놓았다. 내가 운영하는 아난티클럽서울 골프장에서 연세대학교 총동문회장배 골프대회가 열린 날이었다. 첫 팀으로 방 회장님과 정갑영 연세대학교 총장님, 박삼구 금호아시아나 회장님, 그리고 내가 함께 동반 라운드를 하였다. 아난티클럽서울 골프장의 자작코스 9번 홀은 469미터짜리 파5 롱 홀이다. 티샷으로 큰 연못을 넘겨야 해서 골퍼들에게는 긴장도 많이 되고 연못을 넘길 때의 짜릿함도 큰 홀이다. 티잉 그라운드에서 워터 해저드를 안전하게 넘기려면 170미터를 쳐야 하는 곳이다.

나도 몇 년 전까지는 거뜬하게 넘기던 곳인데 점차 확률이 떨어져 이 홀에만 다가가면 슬며시 긴장이 되곤 했다. 자칫 물에라도 빠지면 "이 회장도 이제 늙었나봐" 하는 소리가 나올 게 뻔한 것 아닌가. 그럴수록 힘을 빼야 하는데 그게 쉽지 않았다. 내가 친 공이 그만 연못을 넘기지 못하고 물에 빠지고 말았다. 다음에 방우영 회장님이 티샷을 하실 차례였다. 우리 뒤에 있던 두 팀까지 가세해 공이 어디로 갈지 지켜보았다. 주말 골퍼라면 누구나 그렇겠지만 갤러리가 있으면 몸이 더 굳게 마련이다. 방 회장님도 살짝 긴장한 표정이셨다. 뭔 일을 해도 뜸 들이지 않고 시원하게 하시는 분이어서 골프 스윙도 약간 빠른 편인데 이때만큼은 기를 모으시는지 신중하셨다. 대부분은 방 회장님이 연못을 못 넘기리라 예상했을 것이다. 연세도 연세지만 그 때에는 라운드 횟수도 많지 않으시던 때였다.

그런데 방 회장님이 치신 공이 쭉쭉 뻗어나가더니 연못을 훌쩍 넘어갔다. "이야!" 지켜보던 모든 이들로부터 환호성이 터졌다. 그때 뵌 방 회장님의 기운 넘치던 표정은 지금도 눈에 선하다. 만찬 자리에서 방 회장님이 좌중을 둘러보며 한 말씀 하셨다.

"오늘 말이지, 이중명 회장은 골프장을 다섯 개나 갖고 있는데도 그걸 못 넘겼는데, 나는 넘겼잖아."

기분이 정말 좋아 보이셨다. 저녁 식사 자리에도 활기가 넘쳤다. 오랜 기간 방 회장님과 함께하신 김동건 선배님이 나름 과학적인 분석을 내놓았다.

"이 회장, 골프는 힘을 빼고 쳐야 하잖아. 회장님이 이제 힘이 빠지신 거야. 힘이 빠지시니까 넘길 수 있는 거지."

우리는 또 웃었다. 방 회장님은 그 달에만 다섯 차례 라운드를 나가셨다고 들었다.

방 회장님은 골프를 통해 많은 걸 배웠다고 하셨다. 골프는 자기와의 싸움이고, 심판이 필요 없는 유일한 스포츠로 자신의 인격 수양에 훌륭한 역할을 해준다고 믿고 계셨다. 골프를 통해 얻은 인내와 삶의 지혜가 당신이 살아오는 데 적지 않은 도움이 되었다는 말씀을 하시곤 했다. 방 회장님은 상황에 따라 벙커 샷을 퍼터로 하는데 온 그린 시키는 확률이 무척 높아 박수를 받곤 하셨다. 재치 있는 임기응변이었다. 무엇보다 골프는 상대방을 배려하는 너그러움, 편안함 같은 것을 배우게 해준다고 하셨는데 함께 라운드를 할 때마다 방 회장님은 동반자를 기분 좋게 하는 특별한 재주가 있으신 것 같았다.

한번은 우리들하고 식사를 하러 가셨을 때 이야기다. 방 회장님이 "마누라 몰래 뭘 숨겨둘 수 있는 곳이 어딘지 알아? 이거 비싼 건데?" 라며 이야기를 꺼내셨다. 방 회장님은 호떡을 좋아하셨는데 혈당 관리에 해롭다고 사모님이 못 드시게 하셨다. 그래서 길에서 호떡을 사 가지고 오셔서는 궁리 끝에 골프백 주머니에다 넣어두셨다고 했다. 사모님께 들키지 않는 데는 성공하셨다. 그런데 그걸 깜빡해서 몇 달 후에 보니 말라서 껍데기만 남았더라고 우스갯소리를 하셨다. 소탈한 농담에 또 왁자지껄 웃음이 터졌다.

방 회장님은 대한민국 골프 발전에 엄청나게 기여하셨다. 골프인들도 방 회장님이 대한골프협회장을 맡으셨던 그 시절이 우리 골프에 대한 인식이 크게 달라진 시기라고 생각한다. 평생 신문만 알고 사셨던 방 회장님은 1996년 1월에 주위의 강력한 권유로 대한골프협회장을 맡으셨다. 방 회장님은 그걸 모험이라고 생각하셨다고 했다. 당시만 해도 골프계 상황은 열악했고 국민의 곱지 않은 시선을 피할 수 없었다. 방 회장님은 골프계가 이런 이미지를 벗어나기 위해서는 세계 무대에서 국위를 선양할 스타 선수들을 배출하는 게 급선무라고 생각하셨다. 그렇게 국민의 이목이 골프에 집중되는 시기에 골프에 대한 왜곡된 이미지를 하나둘 개선해가는 전략이 필요하다고 믿으셨다.

　회장 취임 첫해부터 우리 여자 선수들이 필리핀에서 열린 세계아마추어선수권에서 우승했다. 당시 필리핀 대통령이 "우리 아시아가 이제는 세계 정상에 설 수 있다는 걸 보여준 코리아팀에 뜨거운 박수를 보낸다"고 자기 나라 일처럼 기뻐했다고 한다. 1998년 박세리가 US여자오픈에서 우승하고 김미현·박지은이 난공불락처럼 여겨지던 미국여자프로골프(LPGA) 투어를 잇달아 정복했다. 좀처럼 안 될 것 같던 남자 분야도 최경주가 나타나서 PGA 투어 무대에서 정상에 올랐다. 기적 같은 일이었다.

　세계 무대에서 우승하고 온 선수들이 방 회장님에게 인사를 하기 위해 조선일보사를 방문하면 개인 돈으로 몇백만 원씩 턱턱 내놓곤 하셨다. 엄청나게 많은 상금을 받고 온 선수들이었지만 방 회장님은 선수들 기를 살려주는 게 중요하다며 선수들을 참 반갑게 맞아주시곤 했다. 당시 김대중 대통령은 국정 최고 책임자로는 처음으로 골프 대중화를 공식 언급하기도 했다. 대한골프협회의 요청을 받은 문화체육관광부는 박세리와 최경주의 선전에 고무돼 골프 발전 기금으로 20억 원을 조성하기도 했다. 당시 골프장 1년 내장객이 1,000만 명이었는데 얼마 전 3,000만 명을 넘어섰다. 올해 미국과 세계연합팀의 골프 대항전 프레지던츠컵이 인천 송도에서 열리는 경사를 맞았다. 지금 LPGA 투어는 아예 한국 선수들이 휩쓸고 있다. 이런 큰 변화의 물결이 처음 시작됐던 때가 방 회장님이 대한골프협회장을 맡으셨던 시기였다.

여름날 방 회장님을 모시고 라운드를 돌던 때였다. 방 회장님께서 시원한 물이 흐르는 계곡을 바라보시더니 "야, 우리 골프 그만 치고 저기서 물에 발 담그고 삼겹살 구워 먹고 가자"라고 하시던 말씀이 기억난다. 정말 즐거울 골프장의 삼겹살 소풍이 기다려진다.

66

일민 방우영 회장님의 미수를 축하하며

이홍구

서울국제포럼 이사장, 전 국무총리

지난 100년은 우리 민족사에서 가장 우여곡절이 많았던 고난의 한 세기였다. 그 어려웠던 시기에 국민과 함께 호흡하며 아픔과 희망을 기록하여온 조선일보는 5년 후면 창간 100주년을 맞게 된다. 그 어려웠던 여정을 헤쳐 나오는 데 크게 공헌하신 일민 방우영 회장께서 미수를 맞으시니 축하와 함께 경의를 표하는 바이다.

1960년대 후반에 유학 생활을 마치고 돌아와 서울대학교에서 강의를 시작했을 무렵부터 조선일보의 '일사일언' 칼럼이나 좌담회 등으로 신문사에 들를 때마다 활짝 웃으시며 정이 넘치는 모습으로 반갑게 맞아주시던 방 회장님의 모습을 잊을 수 없다. 정치적으로도 삼엄하고 긴장된 시기였지만 신문사가 지닌 동지적 분위기에 깊은 인상을 받은 것도 회장님의 인간적인 성품 덕분이 아니었나 생각된다.

지난 20여 년을 되돌아보면 방 회장님을 만나뵙는 계제는 늘 그 분의 가장 절친한 친구분들과 함께 어울리는 자리였다. 정이 많으시고 특유의 친화력으로 주변 사람들을 늘 편하게 대해주시는 방 회장님은 세상 돌아가는 흐름에 대하여도 매사를 복잡하지 않고 단순 명료하게, 오해의 소지를 남기지 않고 확실하고 명쾌하게 의사를 표현하시는 모습이 나에게는 강한 소신을 가지신 분이라는 인상을 심어주셨다. 역시 방 회장님의 이러한 단호한 자세와 어법은 우리의 서북 지방, 특히 평안도 출신 인사들의 특징이며 장점이라고 생각하게 된다.

사실, 방 회장님과 대화를 나눴던 사람들은 누구나 그 분의 평안도 액센트를 인상적으로 기억할 것이다. 방 회장님의 국가관이나 사회관, 정의나 공정성에 대한 인식도 다분히 그 분의 특이한 인품과 성향에 연계되어 있으리라 짐작된다. 이렇듯 매사에 확고한 입장을 견지하면서도 교조적인 고집과는 거리가 먼 유연한 자세를 일상화한 것은 방 회장님의 타고난 품성이라고 하겠으나 중등교육과 고등교육을 기독교 영향이 큰 미션스쿨에서 받았다는 교육과정의 영향도 중요하다는 것이 나의 외람된 추측이다. 일제시대의 경신중학이나 해방 전후의 연세대학은 우리 사회에서 서양 문명과 접하는 데, 즉 세계화 또는 국제화로 움직여가는 데 가장 앞장섰던 교육기관들이었다. 매우 한국적이고 민족적이면서 다른 한편으로는 국제적이고 개방적인 그 분의 양면성은 방우영 회장께서 지난 반세기에 걸쳐 한국 사회 발전에 크게 기여한 원동력이 되었다고 생각한다.

일민 방우영 회장께서 팔십 평생에 이룩한 두 개의 크고 두드러진 업적은 누가 뭐래도 한국 언론의 선두 주자 조선일보와 연세대학교라는 세계적 대학을 만들어가는 데 큰 역할을 성공적으로 수행하였다는 것이다. 위대한 신문이나 위대한 대학을 만들어가는 과정에선 결정적 시기에 요구되는 리더십을 발휘하는 인물들이 반드시 필요한 것이다. 그러한 인물들은 설립자를 포함한 카리스마적 지도자인 경우가 대부분이다. 그러나 이들과는 달리 위대한 신문이나 대학의 오랜 발전 과정에선 어쩔 수 없이 겪어야 했던 어려웠던 시기나 위기 상황에서 묵묵히 조직의 정체성을 지키며 연속성을 이어가는 데 결정적인 공헌을 한 리더들이 있게 마련이다. 특유의 결단력과 인간적 매력을 겸비한 방우영 회장이야말로 어려운 고비마다 묵묵히 조직을 선도하는 리더십을 발휘한 지도자였다고 말할 수 있다.

일제시대라는 어두웠던 시기에 창간된 조선일보를 어렵게 이끄셨던 방응모 선생, 그리고 해방 후 한국 굴지의 대신문으로 성장시킨 방일영 회장이란 카리스마적 지도자, 이 두 분의 뒤를 이어 권위주의와 냉전시대, 산업화의 소용돌이 속에서 조선일보를 지키며 키워가는 데 결정적 역할을 수행하고, 또 장조카인 방상훈 사장에게 조용히 경영권을 이어준 것은 무엇보다도 인간 승리의 표본이라 하지 않을 수 없다. 공동체의 구성원들이 함께 만들어가야 하는 대학 발전이란 차원에서도 이사장과 동문회장으로서 근년의 연세대학교가 비약적인 발전을 일구는 데 밑받침이 되어주신 방우영 회장의 공헌은 쉽게 짐작할 수 있다. 원칙에 강하면서도 유연성과 개방성을 견지하며 무대 뒤에서 조용히 일하는 방 회장께서 안고 있는 연세대에 대한 무한한 자부심도 인간 승리의 또 다른 징표일 것이다.

67

우리는 '방우영 혁명군'이었다

인보길

뉴데일리 미디어그룹 회장, 전 조선일보 편집국장

꼭 50년 전 1965년 1월 추운 겨울날 토요일, 조선일보 '수습 7기' 면접 날이다. 편집국장 방에 들어서자 딱 한마디 묻는다. "군대 갔다 왔죠?" "네." "나가보시오." 다음엔 발행인 방문을 열었다. 영화배우처럼 생긴 젊은 미남자가 정면에서 무섭게 훑어본다. "조선일보와 동아일보를 비교해보시오." 의자에 앉자마자 매서운 화살이 날아왔다. 조선일보? 그날까지 조선일보를 본 적이 없었다. 동아일보는 매일 읽었고 '젊은이 신문'으로 인기 끌던 한국일보도 거의 매일 보았다. 대답할 말을 찾는 입이 얼어붙는다. "조선일보와 동아일보는 양대 민족지로서……." "됐어요. 가지 말고 남으시오."

말을 자르는 호령 소리에 어리둥절 엉거주춤 발행인 방을 나와 한

참을 기다렸다. 남은 사람은 3명, 왜 남으라는 거지? 알고 보니 3명은 모두 서울대 문리대 졸업 예정자들. 다시 발행인 방에 불려 들어갔다. 조선일보 고위층 5명이 한자리에 모여 앉아 있다. "당신들은 모두 내일 출근하시오." 거무튀튀한 미남자가 눈빛을 이글거리며 명령한다. "이번에 조선·동아 양쪽 합격자가 6명인데 3명씩 나눠 갖기로 신사협정을 맺었소. 만약 내일 동아일보 면접에 나간다면 당신들은 양사가 모두 불합격시킬 것이오. 조선일보가 먼저 당신들을 선택하였으니 내일 아침 9시까지 편집국으로 나오시오."

면접도 제대로 하지 않고 '합격 통지'와 함께 즉시 출근하라는 발행인 방우영 대표이사. 얼떨떨한 3명은 약속이나 한 듯 회사 뒷골목 '아리스'다방으로 들어갔다. 어떻게 할 것인가. 우리의 목표는 동아일보인데……. 말없이 커피를 홀짝거리는 3명은 김학준(전 서울대 교수), 송진혁(전 중앙일보 편집국장), 그리고 나. 동아 면접에 가느냐 마느냐…….

다방을 나온 나는 MBC로 선배를 찾아갔다. 서울대 '새세대' 신문을 함께 만들던 H선배는 "축하, 축하"를 연발한다. 쿼바디스, 어찌하오리까, 대답을 재촉하는 나에게 그는 서슴없이 말했다. "나라면 조선일보 간다. 동아는 노틀들이 층층시하 파벌 싸움에 젊은 놈은 숨 쉴 틈도 없어. 너 '방우영 혁명' 모르지? 조선일보 노틀들 다 내보냈다구. 지금 언론계는 '방우영 혁명 바람'에 사람 뺏기지 않으려고 전전긍긍이야. 너희들을 면접 즉석에서 특채하는 결단, 젊은 사장 방우영

이 지휘하는 조선일보는 젊은이의 신천지가 될 거다. 고민할 필요 없다."

이튿날 일요일 아침, 광화문 네거리에서 우왕좌왕하던 발길은 조선일보로 옮겨졌다. 일찍이 계초 방응모 선생이 동아일보 꺾겠다며 한 층 높게 지어놓은 기다란 4층 빌딩 2층. 일요일에 휴간하던 시절 텅 빈 편집국엔 6기생 박범진(전 국회의원) 혼자서 당직이라며 큰 난로에 조개탄을 집어넣고 집에서 싸 온 도시락을 얹어놓는다. 김학준이 들어선다. 송진혁도 들어선다. 하하하⋯⋯. 우리들은 그렇게 손을 잡았다.

정식 출근은 2월 10일, 사령장을 받은 우리는 편집국 각 부서 로테이션 수습 근무에 들어갔다. 두 번째 로테이션 외신부(지금 국제부)에서 야근하던 날, 이영희 차장(전 한양대 교수, 마오이스트)이 건네준 영문판 'Red Star over China'(에드가 스노우, 모택동 대장정 일대기)를 읽고 있을 때였다. "너희들 로테이션 끝났어. 내일부터 편집부야." 그 선배 이름은 잊었지만 그 지독한 술 냄새는 지금도 선명하게 기억난다.

비상사태 발령! 신아일보 창간, 윤임술 부국장이 편집부원들을 대거 빼내 신아 편집국장으로 나갔다. 7기생 8명 전원 편집부 투입, 배우면서 일하는 편집 기동훈련 개시. 그나마 고교 신문(경복고)과 대학 신문 편집 경험을 밑천 삼아 나는 하루 3개 면씩 지방면을 만들어내야 했다. 조영서 부장의 총애(?)로 3면 해설 특집까지 강행군의 나날, 타사의 편집 베테랑들이 속속 입사하면서 그때마다 7기생 한두 명씩 외근으로 모두 빠져나갔다.

"너 편집부에 말뚝박을래? 너무 잘하면 찍힌다." 외근 나가는 동기생이 미안한 듯 옆구리를 찔렀다. 수습 끝 무렵 '희망 부서'를 묻는 1인 상담을 진행한 김경환 편집국장은 나에게 상담 아닌 '통고'를 하는 것이었다. "너는 편집부야. 방 사장 결정이다. 조선일보의 편집 중심주의 알지? 딴생각 말도록!"

단 2년쯤이라도 외근 경험 기회를 달라는 애원은, 방을 나가는 국장 등 뒤로 물거품처럼 스러졌다. 수습을 벗자 사회면 편집자로 배정되었다. 8면 발행 시절 사회면은 시인 조병철 차장 등 쟁쟁한 프로들의 화려한 경연장, 6개월짜리 올챙이 편집자는 사회부 데스크와 선배들의 사랑, 야유, 혹사, 청탁까지 밤낮으로 한 몸에 받아내야 했다.

그해 조선일보는 1년 내내 수습사원들을 줄줄이 뽑아 들였다. 2월 7기생 입사에 이어 8기, 9기, 교열기자, 사진기자를 처음 공채하고, 광고 판매 업무사원도 최초로 공개 모집하였다. 1년에 공채 인원 50여 명, 편집국만 절반가량 '젊은 피'로 갈아치웠다. 스카우트도 계속되었음은 물론이다. 어찌 '혁명'이라 아니할 것인가. 방우영 대표는 두 가지 '혁명 공약'을 불같이 밀어붙였다. 첫째, 재정 독립. "빚지고는 언론 자유도 없다. 빚부터 갚고 월급도 1등 만들자." 둘째, 지면 혁신. "신문은 편집으로 판가름 난다. 기사는 비슷비슷, 편집으로 이기자."

'참신한 기획, 화려한 편집, 괄목할 특종'. 편집국 기둥마다 벽마다, 공무국까지 포스터처럼 나붙은 표어다. 방우영·김경환 콤비가 만들어낸 '편집 제일주의' 캐치프레이즈는 경쟁 조간지 한국일보는 물론 그해 9월 22일 창간한 재벌신문 중앙일보와 싸우는 전투 구호였다. "신문 전쟁 시대다. 신문은 편집이야. 기사는 똑같으니 '있어 보이게' 포장하라." 날마다 독려하는 방 사장, 게다가 김경환 국장은 날마다 신문 대장(臺狀)이 나오면 나를 옆자리에 불러 앉히고 특강을 했다. 낮이나 밤이나 편집부에 나타난 방 사장은 "어이, 박헌영"이라 부르며 어깨를 두드려주었다. 일제 때 조선일보 기자였던 공산당수 박헌영이 내가 중학교 다닌 충남 예산 출신이기 때문이다.

"인보길, 너는 죽을 때까지 편집해, 알았어? 나중에 편집국장 할 테니 열심히 하라우." 그때 그 말을 나는 다 흘려버렸다. 편집 말뚝박으라는 그 빈말이 야속하게만 들렸던 것이다. 그러나 그것은 빈말이 아니었음을 오랜 세월이 흐른 뒤에서야 알았다. "오늘 제목 좋았다"며 밥 사주고 술 사주고 격려금까지, 방 사장의 편집 사랑은 끝이 없었다.

'신문 비주얼화' 경쟁은 컬러 인쇄 경쟁으로 이어졌다. 방 사장은 직접 일본에 달려가 오프셋 컬러 윤전기를 도입하였고, 컬러 특집 편집은 또 내 몫이 되었다. "한국일보 장기영이 '내가 졌다'고 두 손 들었단다." 부장은 맥줏집에서 '건배'를 외쳤다. 일본에 다녀온 방 사장은 어느 날 책 한 권을 주었다. 일본 언론인이 쓴 '편집자의 길'. 지금도 가슴에 남은 한 구절, "기자는 역사를 기록하고 편집자는 역사를 연출한다".

중학생 시절부터 편집국장이 꿈이었던 방우영 경제부 기자는 당시 성인기 편집국장이 "방씨는 안 된다"고 차장도 안 시켜주었다고 한다. 그 꿈의 응어리는 발행인이 되자 연쇄 폭발하였다. '기자보다 더 기자, 편집기자 위에 편집자 같은' 천부적 언론인이라는 평가는 역사가 되고 전설이 되었다. 70년대 박정희 유신 시절, 편집부 차장 인보길은 방 사장 방에 들락거리면서 '모든 기자는 편집장이 되어야 한다'는 것도 깨닫게 되었다. 조선일보의 역사적 기획물 '신년주제(新年主題)' 때문이다. 정치적 자유와 언론 자유가 '긴급조치'에 묶였을 때, 고도성장으로 급증하는 중산층 지식층의 정신적 목마름을 조선일보는 어떻게 충족시켜줘야 하는가? 일찍이 '납북자 송환 백만인 서명 운동', '부정부패 추방 캠페인'을 벌인 내셔널 어젠다 세팅(National Agenda Setting)의 선구자 방 사장이 고민 끝에 내놓은 작품이 '신년주제'다. 첫해 주제는 '갈등은 해소되어야 한다'. 이 제목이 만들어지기까지 나는 방 사장과 선우휘 주필 사이를 오가며 '편집자의 눈'을 크게 뜨게 되었다. 운동권 데모 기사를 사회면 막단에 1단이라도 넣어야 자유 언론 구실을 했노라 자위하던 시대, 방 사장과 주제 제목을 만들면서 시국을 보는 눈, 세계를 보는 눈, 역사를 보는 눈이 넓어지고 깊어지고 밝아졌다. 그것은 "편집부장은 신문 지면의 '심포니 지휘자'가 되어야 한다"는 교육을 받는 소중한 기회가 되었다.

"급변하는 시대에 기자들이 공부를 해야지. 역사를 알아야 새 역사가 보이지 않나?" 특히 매주 방 사장이 주재하는 '화요 편집회의'는 아이디어 공장, 신문 혁명의 산실이었다. 사장이 쏟아내는 기획들을 편집 간부들이 따라가기 힘겨운 난상토론장. '기자수첩', '데스크 칼럼', '선우휘 칼럼', '샐러리맨 탈출', '마이카 – 마이홈 시대', '역사 기행', '미술 기행', '아침 논단' 등등 수많은 읽을거리들이 독자를 매료시키면서 다른 신문들은 흉내 내느라 허둥지둥댔다. 그리하여 새로운 중산층 아파트 단지들은 고스란히 조선일보 독자로 빨려 들어왔다. 기업들도 관공서도 "조선일보를 앞에 놓고 아침회의를 시작한다"는 말과 함께 마침내 동아일보를 뛰어넘어 '1등 결승점'에 골인한다. 이때 65년 입사 동기 50여 명은 어느새 부장 그룹, 고지에 뛰어올라 만세를 불렀다. '지장(智將), 용장(勇將), 덕장(德將)' 3박자의 지도자 방우영을 따라 달리고 달린 조선일보 혁명 만세! 박정희 군대가 산업혁명에 성공했다면 우리는 언론 혁명을 성공시킨 '방우영의 혁명군'이 아닐 것인가. 그것은 조선일보만의 혁명이 아니다. 미국에 뉴욕타임스가 있다면 한국엔 고급 정론지 조선일보가 나타난 것, 언론계와 대한민국 국격을 업그레이드시킨 국민정신 문화 혁명의 승리이기도 했다. 어젠다 세팅의 전통은 뒷날 '산업화는 늦었지만 정보화는 앞서가자', '쓰레기를 줄입시다'로 이어져 기획자 방 사장이 유엔 환경상까지 받는 글로벌 페이퍼로 날개를 펼친다.

지난 10월 20일 OB들의 영원한 회장, 방우영 회장을 뵙고 미수 축하 인사를 드렸다. "오늘의 조선일보를 일으켜놓으신 53년간을 돌아보시는 감회 한 말씀 듣고 싶습니다." "모든 게 고맙지. 다 선후배들이 잘 따라준 덕분이다. 생각할수록 감사한 분들이야. 특히 김경환 국장이 고마워요. 내가 가장 잘한 일은 편집부장 김경환을 국장 시킨 것이야. 형님(고 방일영 고문)이 반대해서 두 달 동안 버텼어. 정치부·사회부 출신 국장감들은 많았지만 편집을 아는 사람이 편집국장을 해야 신문이 달라지잖아. 미국 유학이나 가려고 비자까지 받았는데 형님이 허락했어. 니가 알아서 하라고. 편집으로 결판내겠다는 내 구상은 적중했지. 김경환, 조영서, 조병철, 인보길……. '편집 하면 조선일보'라는 명성을 정착시켜준 김 국장이 큰일 해냈다. 인보길 편집국장 시킬 때도 여기저기서 오죽 반대가 심했나. 그때 힘들었지? 노조다, 청문회다, 나도 힘들었다구."

"그때 돌아보면 항상 죄송합니다. 정치력 갖춘 국장이 필요했던 타이밍인데. 그런데 회장님은 왜 또 두 번이나 국장을 시키셨습니까?"

"하다 말았으니 한 번 더 해야지. 컴퓨터 편집(CTS) 만든 게 당신이니까. 그걸 누구한테 맡기겠어? 앞으로도 신문은 편집이야. 가로쓰기다 똑같잖아. 인터넷 시대니까 뉴스 경쟁은 끝났다구. 더욱 참신한 기획, 더욱 화려한 편집, 국민 계도(啓導)로 앞서가야 살아남을 것이야."

50년 전에 만난 신문 혁명아(革命兒), 88세가 되어도 신문 사랑의 열정은 달라진 게 없어 보인다.

68

'미스터 골프'와 한국 골프계의 기적

임영선

대한골프협회 고문

1998년 7월 US여자오픈에서 박세리 선수가 18번 홀에서 '맨발의 탈출'로 우승하면서 세계를 깜짝 놀라게 했을 뿐 아니라 당시 IMF 금융위기로 침체돼 있던 국민의 사기를 끌어올렸던 쾌거를 잊을 수가 없다. 온 국민이 나라를 살리려고 금 모으기에 한창일 때여서 박세리의 모습은 잔다르크를 떠올리게 했고 '우리도 할 수 있다'는 자부심을 국민에게 심어줬다. 중학교 어린 육상 선수에게 골프를 가르쳐 키운 값진 성과이기도 했다. 나는 물론 골프계 관련 인사들은 감격의 눈물을 적셨다. "한국 사람이 골프에 소질이 있는가?" "조선 사람에게 그런 재능이 있을까?" "남자들도 할 수 있을까?" 이런저런 얘기들이 화제가 되면서 국민들 사이에 골프에 대한 관심이 불붙었다.

사실 그 당시만 해도 한국 골프는 아시아 수준도 벗어나지 못한 상태여서 '세계 골프 수준'은 감히 상상하기도 어려운 때였다. 일반 국민들은 물론 체육계 공무원까지도 '골프는 사치성 운동! 있는 사람이나 하는 스포츠! 먹고살기 바쁜데 골프가 밥먹여주나?' 했던 때였기 때문에 골프를 경원시하는 것은 당연했을지 모른다. "어쩌다가 우승했겠지", "남자는 불가능할 거야!" 하며 고개를 갸우뚱하는 사람도 적지 않았다.

그러나 한편 생각하면 '한국 골프계의 기적'이 우연히 이뤄진 것은 아니다. 로마가 하루아침에 이뤄지지 않았다는 말도 있지 않은가. 그 쾌거는 박세리 선수가 어린 중학생 시절부터 시작해 10여 년 이상 피땀을 흘려 거둔 결실이라는 것을 아는 사람들은 다 안다. 본인의 노력은 당연하고, 든든하고 끈질긴 후원 없이는 턱도 없는 일이었다.

한국에 골프가 들어온 지 100여 년이 넘었지만 일제강점기와 6.25 동란의 국가 시련을 겪으면서 골프는 국내에선 근근이 명맥만 유지해왔다. 그러다가 경제가 어느 수준까지 일어선 1970년대 말에 와서부터야 겨우 일본, 필리핀의 뒤를 따라가며 골프 흉내를 내기 시작했다. 한국의 골프 발전이 처음 시도된 것은 허정구 회장 때였으나 모든 면이 부족하여 어려운 고비가 많았다. 본격적인 '골프 발전 계획'은 이동찬 회장이 배턴을 이어받고 나서 박차가 가해지기 시작했다.

그러나 '한국 골프계의 기적'은 험난하기만 했다. 방우영 회장이 대한골프협회 회장의 대를 잇고 나서 비로소 '국가대표 및 상비군' 구성이라는 결실을 보게 된다. 그래서 나는 방 회장을 비롯한 원로 골퍼들이야말로 한국 골프를 일으켜 세운 '미스터 골프'라고 부르고 싶다.

　내가 방우영 회장님을 찾은 것은 1995년 가을이었으며 이미 방 회장님은 차기 협회장을 고사한 상태였다. 나는 당시 한국 골프계의 난제들을 해결하실 유일한 분으로 판단했기 때문에 삼고초려의 심정으로 찾아갔다. 당시 한국 골프계는 높은 세금으로 허덕였고 골프장들의 부도가 이어졌다. 그리고 대표 15명, 상비군 50명, 코치 등을 합쳐 총 80여 명 규모의 국가대표 선수 양성에 차질이 생길 수도 있는 시기였다.

　처음에는 조직적으로 회장님을 설득해봤지만 두 번이나 거절하셔서 그대로 되돌아왔다. "임 회장, 내가 조선일보 회장으로 할 일이 많으니 다른 분을 찾아보시게!" 하지만 나는 물러서지 않았다. "회장님께서는 큰 정책과 후원만 해주시고 기타 업무는 제가 다 하겠습니다. 백업만 해주십시오!" 한참 침묵이 흐르고 난 뒤에야 "그러면 내가 할 수 있는 문제는 내가 할 터이니 기타 일은 임 부회장이 책임지도록 합시다." 나는 진심으로 "감사합니다"라는 말을 연발하고 물러섰다. 나는 인생 경험을 통해 최고 지도자의 굳은 결심과 실행력이 그 단체의 성공을 좌우한다는 것을 잘 알고 있었다.

　며칠 후 방우영 회장과 나는 현존하는 골프계 난제들의 해결책과 행동 방향을 정하고 어떻게 풀어갈지 그 방법들에 대한 의견을 교환했다. 무엇보다 골프장에 부과되는 높은 세율의 각종 세금이 문제였다. 사실 골프 종주국인 영국, 세계에서 가장 골프가 활성화된 미국, 그리고 2,500여 골프장을 갖고 있는 일본보다 훨씬 높은 '그린 피'에다 사치성 스포츠로 간주해 매기는 특별소비세, 종토세로 인해 골프장들은 하나같이 고통에 시달리고 있었다. 그런 상황에서 당시 거론되던 특별소비세 추가 과세를 하향 조정할 수 있었다. 다른 세금 문제는 오늘날까지 해결하지 못하고 있는 것이 안타깝기만 하다.

둘째 '세계 정상을 향한 한국 골프 발전 계획'이다. 국가대표와 후속 상비군 등 80여 명을 지속적으로 훈련시킬 수 있는 경비 마련 같은 문제도 쉽게 풀리지 않았다. 사방팔방으로 모은 후원금과 협회 예산을 절약한 돈으로 '국가대표 양성으로 세계 제패'라는 꿈을 추진하고 있었던 1997년 박세리 선수의 쾌거가 있었다. 그때 방 회장님의 적극적인 활동으로 '주니어 육성 자금'을 받게 됐고 골프계는 용기백배해 선수 육성에 나섰다. 때마침 최경주 선수가 세계 8위로 입상하게 되면서 여자만 아니라 남자도 세계 제패의 목표를 달성할 수 있다는 자신감을 젊은 골퍼들에게 심어주게 되었다.

그에 앞서 1996년에는 제17회 세계여자아마추어골프팀 선수권대회에서 우승을 했다. 이런 일련의 사건들은 한국 골프계가 이뤄낸 기적의 시작이었다. 일본, 영국 등 골프 강대국들도 우리를 부러워하며 질투하는 눈치까지 보였다. 언젠가 영국에서 개최된 세계 골프 세미나에 참석했는데 각국 대표와 임원들이 "미스터 골프!"라고 인사를 청하며 나에게 비법이 뭐냐고 물었던 기억이 새롭다. 당시 방우영 회장님은 "정상에 오르기보다 지키기가 어렵다"고 골프인들을 다독거리며 긴장을 늦추지 말도록 자극을 주었다. "세상에 우연한 성공, 요행은 없으며 모든 것이 피와 눈물의 결실"이라는 것을 일깨워주셨다.

셋째 협회 내부의 튼튼한 기틀 마련이 중요했다. 15평짜리 전세 사무실에서 이제는 여의도의 88평이나 되는 넓은 사무실을 갖게 되었고 '한국 골프 100년'과 '골프 규칙 판례집'을 펴내는 등 꾸준히 골프계의 기반을 만들어왔다. 협회가 차츰 발전하고 안정돼가다 보니 차츰 골프계를 모함하고 그렇게 해서 이득을 보려는 사람들이 생겨났지만 방우영 회장님은 그 낌새를 사전에 알고 주위의 못된 뿌리를 내침으로써 든든한 방벽이 돼주었다.

오늘날 한국 골프가 세계 골프계의 기적을 이루고 골프 강국으로 우뚝 선 것은 지난 30년간의 꾸준한 노력과 후원 없이는 불가능했을 것이다. 한 분의 탁월한 지도력이 골프계의 기적과 같은 성공을 일구는 데 큰 도움이 됐다. '미스터 골프' 방우영 회장을 위시한 몇 분의 골프 원로들의 공을 길이 새겨야 할 것이다.

<u>69</u>

제일 첫 번째니까 통 크게 찬조하시라

임택근

전 MBC 전무이사, 전 연세대 동문회 사무총장

방일영 회장님이 돌아가시기 전까지 10년을 정초마다 서울 흑석동 댁에 세배 드리러 다녔다. 갈 때마다 세배 받고 나서 동생인 방우영 회장님에게 "야, 너 우리 택근이 좀 잘 돌봐주라우"라고 말씀하셨다. 이북 사투리가 아주 구수하셨던 기억이 난다. 방우영 회장님이 형님 말씀이 있어서인지 항상 잘 챙겨주셨다.

방우영 회장님과는 40년 전쯤 내가 MBC 전무이사로 있을 때 만났다. 그전엔 안면 정도 있었다. 당시 나는 서울운동장에서 연고전 야구 중계를 보며 응원하고 있었다. 거기서 만난 방 회장과 대화 중 "택근씨, 야구만 보지 말고 동문회 일 좀 도와주게"라고 하셨다.

그게 나와 방 회장님의 첫 인연이자 연세대 동문회의 씨앗이 됐다.

그 후로 나는 연세대 동문회 사무총장을 맡아 10년을 근속했다. 방 회장님은 동문회장으로 계셨다. 방 회장님 모시고 동문회 일을 돌봤다. 처음에는 동문회 기금은커녕 동문회관도 없었다. 찬조금 받으러 이리저리 뛰어다녔다. 초기에 방 회장님이 힘을 많이 실어주셨다.

찬조금 받으러 가장 처음 방문한 곳이 조선일보사 뒤 서울 중구 정동에 있는 주식회사 한양(지금은 없어졌지만)이었다. 당시 회장에게 다짜고짜 "동문회 기금 좀 달라"고 했는데 많이 고민하는 분위기였다. 방 회장님이 나서서 "제일 첫 번째니까 통 크게 찬조하시라"고 설득했다.

그러자 그 양반이 그때 거금 3,000만 원을 내놨다. 지금 돈으로 3억 원은 될 것이다. 그 후로 찬조금 모금 때마다 계속 방우영 회장을 모시고 다녔다. 초기엔 일주일에 한 번 정도씩은 꼭 나와 함께 찬조금 받으러 동행하셨다. 부산에도 같이 출장차 내려간 적이 있다.

그 뒤로 대우 김우중 회장도 동문회에 20억 원을 쾌척하면서 대박이 터졌다. 그때쯤부터 구심점이 생겨 동문들이 너도나도 협찬을 하기 시작했다. 그런 식으로 기금이 쌓여 동문회관이 만들어졌다. 덕분에 다른 대학 동문회보다 10년 동안 큰 발전을 이뤘다. 기금 모금에 애써주신 선후배들 이름을 동판에 조각해 지금도 동문회관 1층 홀에 게시해놨다.

그 일이 왜 그렇게 잘 굴러갔는지 돌이켜보면 나 역시 MBC 전무로서 아는 사람이 많았고 동문 사이에서 이름이 많이 알려졌지만 방 회장님 공이 크다. '조선일보'라는 후광과 방 회장님의 카리스마·추진력·리더십이 있었기에 가능한 일이었다.

가장 인상적인 기억은 연세대 노천극장을 지으면서 좌석 하나에 20만 원씩 동문들에게 기부를 받은 일이다. 원래 그곳이 비 맞으면 진흙밭이 되는 곳인데 그걸 콘크리트로 깨끗하게 마무리했다. 그때도 방 회장님이 이북 말투로 솔직하고 담백하게 "그저 모교 발전 위해 하는 일인데 동문들이 좀 도와주시라"고 하면 열이면 열 "아, 좋습니다"라고 답했던 기억이 있다.

특히 노천극장에서 '열린 음악회'를 할 때 비가 억수같이 퍼붓는데도 수천 명 동문들과 방 회장님이 비 맞으며 공연을 관람하던 모습이 선하다.

개인적으론 방 회장님이 아주 다정한 분이라고 생각한다. 웃을 때마다 인자함이 느껴졌다. 사람을 품에 안는 리더십이 있었다. 또 성품이 겸손해 후배들이 많이 따랐다.

동문회 모임에서도 방 회장님이 축하 인사를 하면 사기가 올라 화기애애해졌다. 바쁘신 와중에도 일일이 따라다니며 지원해주셨다. 서울이고 지방이고 당신이 갈 수 있는 행사는 모두 동행하셨다. 동문회 일 맡으면서 감동했던 게 30년 전쯤 내 생일 축하한다며 금일봉 20만 원을 비서실 통해 보내주신 일이다.

방 회장님을 마지막으로 뵌 때는 지난 5월 연세대 개교 기념 행사에서였다. 그 양반 애교심(愛校心)이 대단하셔서 젊은 친구들한테 당

411

신 학교 생활에 대해 얘기도 해주시고 '아카라카' 응원가도 부르고
그랬다.

후배들에게 "모교를 사랑하고 모교를 위해서 열심히 힘을 합치자"
고 하셨다. 학교에 대한 애정과 일에 대한 열정이 있으시니 그 연세에
도 그렇게 하시는 거다. 대단하다고 생각한다.

70

"이 나이에 아등바등 몇 년 더 살겠다고?"
―주치의가 본 회장님

장준

연세대학교 의료원 기획조정실장, 전 세브란스병원 호흡기내과장

방우영 고문님은 2009년 여름 여든두 살에 폐암 수술을 하셨는데 그 과정에 우여곡절이 많다. 2000년대 들어 규칙적으로 1~2년마다 흉부 CT도 찍고 건강검진을 받다가 바쁜 일 때문인지 2년여 검진 없이 시간이 흘렀다.

그 뒤 당뇨 관리로 혈액검사를 하다가 CEA라고 하는 종양표지자가 오른 것을 찾아냈다. CEA는 대장암·위암·폐암의 징후가 있을 때는 물론이고, 담배만 피우는 경우에도 염증 같은 부작용 때문에 그 수치가 올라갈 수 있다. 그래서 암 검진 검사가 필요했다. 가슴 단순 엑스선, 대장과 위 내시경에는 이상이 없었다.

필자는 세브란스병원 제2진료부원장을 맡고 있는데 박창일 당시

연세대학교 의료원장 겸 의무부총장이 내게 종합적 건강관리를 맡으라고 하셨다. 온몸 어디든 일단 암을 발견하는 데는 PET CT 촬영이 가장 효과적이어서 그걸 권해드렸지만, 한 시간 반 정도 걸리는 검사라 일정을 잡다가 바빠서 찍지 않고 여러 차례 미루셨다. 혈액검사와 가슴 엑스선도 다음에 하겠다고 미루셨고, 그렇게 몇 달이 지나면서 의료진은 애가 탔다.

연세대학교 재단 이사장이고, 필자가 인턴 때 연세대 총동문회장을 하던 어른인데 암을 늦게 진단하면 어떻게 하나? 벌써 온몸에 퍼진 상태는 아닌지? 그때 방 고문님 사모님이 '지금 상태가 어떤지', '어떤 검사를 해야 하는지', '걱정할 필요가 없는지', 'CEA는 어떤 때 올라가는지' 등등을 며칠마다 전화로 상의하면서 검사 일정을 추가로 잡을 수 있도록 도와주셨다.

그러던 중 방 고문님이 왼쪽 젖가슴 옆에 몽우리가 만져진다시며 혹시 몸에 숨어 있는 암에서 전이가 된 덩어리가 아닌지 걱정하셨다. 외과 진료 후 조직검사 준비 단계로 혈액검사와 유방 초음파검사를 하였다.

일단은 암보다 기생충이 의심됐다. 배 속에 이상 상태가 발견될지 몰라 복부 초음파를 했는데 정상이었다. 다음에 조직검사를 준비하는데 사모님이 무슨 말씀을 할 듯 머뭇거리셨다. 사모님의 걱정을 눈치로 알아채고 "조직검사할 때 제가 들어가 지켜보겠습니다" 했더니 반색을 하셨다.

혈액검사에서는 CEA가 여전히 높았다. 조직검사에서는 출혈 덩어리로 나왔는데 며칠 전부터 아령을 열심히 하시다가 근육이 파열된 것으로 밝혀졌다. 이제는 폐암이 있는지, 아니면 의료진이 모르던 암이 숨어 있을지 몰라 PET CT가 더욱 긴요한 단계가 되었지만 방 고문님은 여전히 검사 예약을 미루셨다.

다시 2개월이 지나 가슴이 약간 결린다고 가슴 단순 엑스선 촬영만 해보겠다고 하셨다. 찍고 나서 바로 확인하여 정상이라고 말씀드리니, "이제 되었다" 하며 일어서셨다. 암을 찾는 데는 PET CT가 좋지만 차상책으로 20분 정도 걸리는 일반 흉부 CT 촬영을 권해드렸다. 이것도 시간이 없다며 그냥 가시겠다고 하셨다. 순간적으로 발상을 전환하여, 조영제 주사 없이 촬영하는 가슴 CT는 1분 이내에 할 수 있다고 간곡히 권해드렸다. 촬영을 하고 나서 영상의학 흉부 판독을 책임진 최규옥 교수와 협의를 하러 가는데 사모님이 멀찍이 아무 말씀 없이 따라오셨다.

다른 병원에서 촬영한 4년 전 사진부터 2년 전 사진까지는 흉터처럼 보였던 그림자 자체가 똑같았는데 새로 찍은 사진에는 그 그림자 귀퉁이에 붙어 새롭게 커진 작은 부분이 있어 폐암이 의심됐다. 판독하러 가서 시간이 10분쯤 흘렀는데, 방 고문님은 이미 안 좋은 것이 나타났다고 짐작을 하고 계셨다고 한다. 병원에서도 판세를 읽는 능력이 정말 대단하신 분이었다.

산 너머 산이었다. 이번에는 확진과 치료를 겸하여 전신마취를 하고 비디오 흉강내시경을 이용하는 수술이 필요했다. 방 고문님은 "내가 80이 넘어서 남 보기 창피하게 아등바등 조금 더 살겠다고 무슨 수술을 받느냐"고 펄쩍 뛰셨다.

그 연세에서도 10년 이상 건강하게 사시는 분이 많다, 수술받다 고생하는 분은 몇 안 된다, 치료 않고 고생고생하다 돌아가시는 경우가 될 수도 있지 않겠습니까? 2센티미터도 안 되는 구멍을 가슴벽에 세 군데 만들고 하는 수술 방법이고, 통증을 제어하는 방법들이 발달하여 훨씬 수월하다, 패러다임이 바뀌었습니다, 하고 말씀드렸다.

수술을 바로 하지 않을 경우엔 가슴에 가는 바늘을 찔러서 조직검사를 하는데 그것도 암에 대해 90퍼센트 정도 진단이 가능하다, 그 결과에 따라 다음 방침을 정하자, 바늘로 조직검사를 해도 100퍼센트 진단이 되는 것은 아닌데, 결국 암이 나오면 치료를 위하여 수술이 필요하다는 등 여러모로 설명을 드렸다.

아드님 방성훈 스포츠조선 대표와 함께 조카 방상훈 조선일보 대표가 함께 설명을 듣다가 "작은아버지, 믿고 수술 맡기세요" 간곡히 말씀드리자 수술을 결단하셨다. 흉부외과 정경영 주임교수와 지금은 서울대학교병원으로 스카우트된 박인규 조교수가 함께 비디오 흉강내시경 수술을 하였다. 폐암 1기로 수술을 하고 이제 6년 이상 경과하여 완치 상태이다.

CT 검사와 수술을 받도록 설득하기 정말 힘들었다. 당신 직관과 판단이 매우 빠르고 정확하지만 이런 쪽은 잘 모르시는 사안일 수 있다.

내가 듣기로 방 고문님은 체통을 중시하는 분이지만, 차근차근 말씀 드리면 힘든 결정도 과감하게 바꾸면서 일처리를 하시는 분으로 정평이 나 있다.

방 고문님이 수술 하루 전 입원하셨는데 같은 날 고 김대중 전 대통령님이 같은 병동 옆 병실에 필자를 주치의 삼아 폐렴으로 입원했다. 김 전 대통령님은 다음 날 중환자실로 옮겨 치료를 계속했다. 수술에서 회복되고 며칠 후 필자에게 국민의 시선과 관심이 집중되었으니 연세대학교 세브란스병원을 원망하지 않게 30일은 버티면 좋겠다고 말씀하셨다. 결과적으로 김 전 대통령님은 37일 만에 별세하셨다. 방 고문님은 판세를 잘 읽고 대처 방안을 세우시는 분이다. 여든세 살 되신 다음 해에는 허리 척추 수술을 받는 용기를 내셨다. 어렵고 힘든 일을 마다하지 않는 용감한 분이라는 것을 알 수 있다.

방 고문님은 항상 진료비 전액을 바로 결제하셨고 진료 며칠 전 예약을 하시면서 다른 환자들 순서에 끼어들지 않게 하여달라고 당부하셨다. 메르스가 유행할 때 이 병에 걸리면 어떻게 하느냐 걱정을 하셔서, 선별 진료 텐트로 오시면 된다 설명을 드렸다. 그때 갑자기 고열이 나셨다. 열이 오르는 사람은 예외 없이 메르스 검사 음성 확인을 두 차례 할 때까지 모두 격리 병실로 가서 환자와 의료진이 특수 마스크를 써야 하는데 어떻게 말씀을 드려야 하나 걱정하였다.

그런데 병원 도착할 때 이미 당신과 가족, 수행원들이 모두 특수 마스크를 끼고 있었다. 방 고문님이 먼저 "응급실 앞 선별 진료소 텐트로 가자, 격리 병실로 입원하게 해달라" 하신다. "내가 연세대학교 재단 이사장까지 한 사람인데, 연세대학교 병원에 메르스를 퍼뜨리면 안 되지" 하셨다. 필자의 눈에 눈물이 핑 고였다. 그 연배에 다른 분들이 하기 힘든 판단이었다.

연세대학교 총동문회장과 재단 이사장으로 일하시면서도 치료 과정에서 판공비나 제공된 승용차를 일절 사용하지 않고 모든 비용을 개인적으로 부담하신 것처럼, 항상 공과 사를 분명히 하면서 연세 사랑이 크고 깊은 어른이시다. 필자가 마음속 깊이 존경하는 이유다.

방 고문님은 재단 이사장이고 저명인사인 어른인데도 아직껏 평안도 사투리를 쓰시면서 상당히 오래전 화법으로 큰 목소리로 말씀하신다. 의료진의 한 사람으로서 필자가 그 의중을 정확히 파악하기가 쉽지 않다.

내 아버지도 황해도 출신으로 방 고문님과 동갑이시고, 또 내 외가가 평안도 진남포이다. 필자가 집사람과 결혼하려 할 때 아버지께서 "너도 평안도 여자와 결혼하려 하는구나?" 하고 다소 걱정(?)을 하셨지만, 평안도 분들이 통이 크고 기백이 있으면서 의리를 잘 지킨다고 늘 말씀하셨다.

필자는 어려서 5년 정도 외가에서 자랐다. 그때 친척을 포함해서 여러 가구가 모인 대식구 속에 평안도 분들 말씀이나 사고방식을 익숙하게 접했던 터라 지금도 도움이 많이 된다.

방 고문님이 폐 수술을 받으신 반년 후 필자의 큰딸이 교회에서 결혼을 하였다. 방 고문님이 사모님과 함께 오셔서 "내가 원래 장례식은 어쩌다 잠깐 들르는 경우가 있어도 결혼식은 잘 가지 않는데, 생명의 은인이라 왔어" 하고 처음부터 끝까지 보통보다 오래 걸리는 교회 혼인 예식을 지켜주셨다.

이 바람에 연세대학교 김병수 · 김우식 전 총장님, 당시 김한중 총장님, 박창일 의무부총장님, 이철 세브란스병원장님, 정남식 의과대학장님 등 모든 분들이 끝까지 자리를 지키셨다. 방 고문님은 정말 신의를 중시하고 경우에 밝은 분이다.

71

정이 많은 원칙주의자

전순재

CUC 회장

조선일보와의 인연은 선친(전택보, 전 상공부 장관, 1901~1980년) 때부터
시작됐다. 선친께선 1930년대엔 조선일보 서무부장을, 1953년부턴
조선일보 대표취체역을 지냈다. 선친께서 세운 무역회사 '천우사(天
友社)' 사무실도 조선일보 건물 3층에 있었다.

그 인연 때문인지 지금은 고인이 되신 방일영 전 고문님께선 종종
불러 밥을 사주시곤 하셨다.

방우영 회장님과 가까워진 건 1970년대 들어서다. 방일영 고문님
을 뵙고 나올 때마다 회장님은 "가기 전에 들어와서 차 한잔 마시고
가라"고 하셨다. 특별한 이야기를 했던 것은 아니다. 잡다한 이야기
로 웃고 떠들다 나오는 게 다였다. 여섯 살이나 많으셨지만 매번 친형

처럼 편하게 대해주셨던 게 아직도 기억에 남는다. 그렇게 조금씩 친분이 쌓였고, 나중에는 방일영 고문님을 뵙고 올 때마다 회장님 방에 들러 꼭 인사를 드리고 나오게 됐다.

회장님은 나의 사회 선배이면서 은인이셨다. 회장님을 통해 훌륭한 분들을 많이 만날 수 있었다. 그 덕에 사회를 접할 수 있었다고 해도 과언은 아니다. 종종 해주신 조언들도 인생에서 큰 도움이 됐다. 회장님과 가깝게 지내는 10명쯤이 모여 회장님의 호를 따 '일민회'라는 모임을 만들었다. 일주일에 한 번 정도씩 모여 골프도 하고 얼굴도 보는 모임이었다. 일민회가 만들어질 때 나는 주된 멤버가 아니었다. 아마 회장님이 추천해주지 않으셨나 짐작한다.

모임 회비는 각자 조금씩 돈을 모아 마련했다. 누군가 도맡아 비용을 내거나 하는 일이 없었다. 사업하는 분들이 "돈을 못 내게 한다"고 투덜댈 정도였지만 "아무리 돈이 많아도 몇몇이 비용을 내서는 안 된다. 그래야 친분이 이어진다"는 회장님 뜻이 워낙 강했다. 함께 외국 여행을 갈 때도 총무를 지정하긴 했지만 누군가가 도맡아 비용을 떠맡는 적이 거의 없었다. 회장님께선 누군가 돈을 대신 내주는 걸 싫어하셨다.

회장님은 정이 많으셨다. 1990년대 일본 도쿄 근처 이즈반도(伊豆半島)에 있는 골프 리조트에 함께 갔을 때다. 골프를 한 뒤 "자겠다"며 방에 들어가셨는데 갑자기 내 방으로 전화가 왔다. "무서워서 혼자 못 자겠다. 방이 컴컴해 귀신 나올 것 같다"는 회장님 전화였다. 방에 가서 "뭐가 나온다고 그러십니까. 따로 자겠습니다"라고 했지만, "가지 말고 여기 있으라"며 막무가내셨다. 결국 2박 3일 일정 내내 한방을 썼다. 지금 와 돌이켜보면 정말로 무서워서 그러셨던 건 아닌 것 같다. 사람이 옆에 있는 것을 그만큼 좋아하셨던 것 같다.

1970년대 일본 후쿠오카 수산물 시장에 가서 생선회를 먹은 일, 일본식 전골 스키야키(鋤燒)에 김치를 넣어 먹자 일본인 여종업원들이 놀란 일……. 회장님과 함께 다닌 여행은 이제 인생의 큰 추억이 됐다. 일본 고베(神戶)에서 크루즈선을 탄 뒤 나가사키(長崎)에서 내리기로 했다가 중간도 채 가기 전에 배에서 내린 것도 기억에 남는다. 이미 전체 일정 비용까지 낸 상태였는데 워낙 답답하셨던 모양이었다.

한번은 술자리에서 회장님과 가까우셨던 한 분이 주정을 심하게한 적이 있었다. 뭔가 섭섭한 일이 있었던 것 같았다. 그런데 도저히 받아들일 수 없을 만큼 정도가 심했다. 주변 사람들 모두 '회장님이 언제 폭발하실까' 하고 마음을 졸였다. 그런데 회장님께선 그 주정을 다 받아주셨다. 그리고 나선 화내기는커녕 오히려 다독여주셨다. 같은 일이 한 번도 아니고 두 번 반복됐다. 마음이 넓으신 것도 있겠지만 그것보다는 사람에 대한 애정이 워낙 커서 그러지 않으셨나싶다. 뒤끝이 없고 주변을 마음으로 많이 챙기는 스타일이셨다. 가끔 "안 만나. 안 만나"라고 하시다가도 며칠 지나면 풀리는 게 회장님이셨다. 다른 사람들 일을 자기 일처럼 여기셨다. 나만 해도 회장님과는 사회에 나와 뵌 사이인데도 무언가 상의를 드리면 항상 진지하게 들어주시고 진심으로 걱정해주셨다. 주변에 사람이 모여드는 게 당연했다.

술을 많이 드시던 예전에는 밤새 마시고도 먼저 일어나시는 일이 없었을 정도로 건강을 자랑하셨다. 이제는 척추 수술까지 하셨고 "걷는 것도 힘들다"고 하셔서 걱정된다. 회장님보다 먼저 척추 수술을 했던 내가 회장님께 "몸에서 힘을 빼고 덜렁덜렁 걸으면 낫다"고 했더니 그다음에 그렇게 걸으시더라. 모쪼록 건강하셨으면 한다.

72

바위처럼 흔들림 없이 지지해주신 거산

정갑영

연세대학교 총장

만나는 사람들에 대한 인상은 대체로 세 가지 유형이 있다. 오랫동안 알고 지내도 별로 인상이 남지 않는 사람이 있고, 짧은 만남에도 뚜렷한 기억을 남기는 이가 있으며, 또 알면 알수록 절로 존경심이 깊어지게 만드는 이도 있다. 일민 방우영 명예이사장님이 바로 세 번째 유형에 해당하는 분이다. 처음에는 작은 체구에 리더십의 진면목을 갖춘 대원로 선배라고만 알고 있던 분이지만, 오랫동안 만나뵈면서 그 분은 마치 자신의 90퍼센트는 바닷속에 숨겨두고 10퍼센트만 바다 밖으로 모습을 드러내 보이는 빙산처럼, 모교 연세대학교에 대하여 가슴속 깊이 내가 감히 짐작하기조차 힘든 거대한 열정과 에너지를 품고 있음을 깨닫게 되었다.

일민 방우영 이사장님은 해방 후 연희전문학교 상과에 입학하며 연세와 끊을 수 없는 인연이 시작되었고, 나 역시 연세를 통해 일민을 만났다. 연세 동문의 한 분으로서 약 16년간을 동문회장으로, 이어서 재단 이사장으로 다시 16년을 학교의 발전을 위해 물심양면으로 봉사하였다. 그리고 이사장직을 사임한 뒤에는 그의 업적을 흠모하는 이들로부터 연세 역사상 최초로 명예이사장으로 추대되었다.

일민 방우영 이사장님이 연세대학교 동문회장으로 추대되었던 1981년은 우리나라가 경제적으로 고도성장을 구가하는 시기였다. 하지만 경제적 성과에 비해 정치체제나 문화는 경제성장의 속도를 미처 따라가지 못하고 있었고, 특히 나눔과 기부의 전통은 거의 찾아볼 수 없어서 졸업 동문들이라고 하더라도 모교 발전을 위해 기부하는 일은 흔치 않은 시기였다. 동창회장에 취임하면서 일민은 가장 먼저 동창회를 강화함으로써 동문들에게 모교에 대한 사랑을 키우고 이를 표현하도록 하는 데 많은 노력을 기울였다. 그 첫 단계로 1981년 12월에 '연세의 밤'을 처음으로 개최하고 이를 정례화하였다. 1993년에 동문회관을 봉헌하여 연세의 수많은 단위 기관별 동창회 조직을 한 곳으로 통합한 데서도 동창회의 확대 발전에 대한 일민의 강력한 의지를 엿볼 수 있다. 또한 1995년에는 동문들과 교직원, 재학생들의 기부를 통해 노천극장에 대리석 계단과 무대 지붕을 설치함으로써 연세의 동문과 재학생 등이 함께 모여 유대감을 높이는 대규모 행사 시 웬만한 악천후가 아닌 한 행사를 진행할 수 있도록 개선하는 데 큰 힘을 보냈다.

일민 방우영 이사장님은 우리 대학교의 창학 정신을 계승·발전시키는 사업에도 늘 적극적이었다. 우리 대학교의 초대 총장이자 대한민국 초대 문교부 장관을 역임한 용재 백낙준 박사의 동상을 세워 연희대학교와 세브란스의 융합 정신을 환기시키는 데에도 일민의 공이 컸다. 용재 선생의 업적에 걸맞은 격조 있는 건축물로 그 분의 업적을 기리는 것이 마땅하나 이것을 성사시키지 못한 것을 못내 아쉬워하셨고, 지금도 가끔씩 뵐 때마다 용재 선생의 정신을 잊지 말라는 당부를 잊지 않으신다.

동창회장으로서 일민이 열정과 능력을 모두에게 증명해 보인 첫 번째 사업은 뭐니 뭐니 해도 역시 연세대학교의 100주년 기념사업이었다. 동문 기업인들을 일일이 직접 찾아다니며 설득한 끝에 연세 100년의 역사를 축하하는 100주년 기념관 설립을 위한 100억 원의 기금을 모으는 데 성공하였으며, 연세는 이를 바탕으로 한국건축가협회상과 서울특별시 건축상에 빛나는 아름다운 100주년 기념관을 성공적으로 건축할 수 있었다. 우리 대학에 재학 중인 아들을 위해 현직 대통령이 기부한 금일봉 봉투를 들고 동문 기업인들을 한 사람씩 직접 찾아다니며 모금 참여를 독려한 일은 당시 연세인들에게는 널리 알려진 일화이다. 부임한 지 얼마 되지 않은 젊은 교수인 나의 눈에는 그와 같은 대단한 열정을 가진 동문회장의 모습이 낯설어 보이기도 했지만, 학교를 위해 자신을 한없이 낮출 수 있는 그 마음에 큰 감동을 받았었다.

　1997년 학교법인 연세대학교 재단 이사장으로 선임되고부터는 연세의 발전을 지원하는 데 더욱 박차를 가하는 한편, 인사와 재정 등 대학의 내부적인 일에는 간여하지 않는다는 원칙을 철저히 고수하였다. 서울역 앞 연세재단 세브란스빌딩 건축 기금 모금 사업에 결실을 거두어 1999년 봉헌을 하게 된 것이며, 현재 세브란스병원의 본관으로 사용되고 있는 세브란스 새 병원을 2005년에 봉헌할 수 있었던 것 역시 당시 이사장이었던 일민의 공이 컸다. 국내는 물론 세계 어디에 내놔도 부끄럽지 않을 연세·삼성학술정보관 역시 일민이 이사장으로 봉사하던 2008년 봉헌되었다.

　우리 연세가 일민에게 가장 크게 빚을 졌고 또 감사해야 할 일은 무엇보다 국제캠퍼스를 세운 공헌이라 생각한다. 방우영 이사장과 당시 재임 중이던 정창영 총장은 이사회를 설득하여 2006년에 인천광역시, 인천경제자유구역청과 국제캠퍼스 조성을 위한 협약을 체결하였고 내·외부의 많은 우려와 반대에도 불구하고 꿋꿋이 사업을 추진하여 2010년 3월 드디어 국제캠퍼스 봉헌식을 올렸다. 한국어학당과 약학대학, 언더우드국제대학 학생 등 500명 정도의 학생만이 참여하는 작은 '레지덴셜 칼리지(RC)'로 출범한 국제캠퍼스는 2015년 현재 5,300여 명의 학생과 교원들이 생활하는 진정한 RC로, 우리 대학이 세계적인 명문 대학을 향해 도약하는 데 없어서는 안 될 가장 중요한 기반이 되고 있다.

내가 총장으로 업무를 시작하던 2012년만 해도 아직 국제캠퍼스의 운영이 안정화되지 않아 누가 그곳으로 가고 캠퍼스 운영비를 어떻게 조달할지가 큰 걱정거리이던 때였다. 당시 업무 보고를 드릴 때마다 혹시라도 당신이 시작한 국제캠퍼스 사업이 연세에 부담으로 남을까 우려하며 국제캠퍼스의 발전 방안을 고민하던 일민의 모습이 지금도 눈에 선하다. 하지만 국제캠퍼스에 크리스틴채플과 제2기숙사, 강의동, 그리고 언더우드기념도서관까지 차례차례 봉헌되고 학생들이 학습과 생활이 통합된 환경에서 전인교육을 받으며 안정적으로 생활하는 모습을 보시고는, 이제 국제캠퍼스 걱정을 털어버렸으니 더 이상 연세에서 당신이 감당해야 할 소명이 없다며 미련 없이 이사장직을 내려놓고 사퇴하였다.

지금 R&D 연구단지 조성과 국제캠퍼스의 확장을 논의해야 하는 시점에서 초기 건설 사업을 꿋꿋하게 추진하신 정창영 총장님과 김한중 총장님, 서승환 본부장님 등 초기 여러 책임자들에 대한 존경과 더불어, 이들 뒤에서 바위처럼 흔들림 없이 지지해주신 거산(巨山) 일민의 그림자를 절실하게 느낄 때가 많다. 그리고 여러 선배들이 혼신을 다해 어렵게 쌓아올린 국제캠퍼스라는 상아탑을 연세의 힘으로 더욱 창대하게 발전시켜나가야 하는 책임감에 어깨가 절로 무거워진다. 머지않아 국제캠퍼스의 처음을 만들어준 일민을 기억할 수 있는 징표를 국제캠퍼스 어딘가에 남겼으면 하는 것이 개인적인 바람이다.

30년 이상을 모교의 동창회장이자 이사로, 그리고 이사장으로 봉사하면서 이루어놓은 일민의 많은 업적에도 불구하고 때로는 크고 작은 논란을 일으키는 사람들도 있었지만, 그때마다 일민은 원칙을 준수하며 잘못된 것과 타협하지 않는 꼿꼿한 자세를 보여주며 학교 운영에 귀감이 되어주었다. 특히 이사장으로 봉사하시는 기간 내내 학교에는 절대 재정적인 부담을 주지 않는다는 원칙을 고수하였으며, 모든 열정을 연세의 창립 정신을 계승하고 명문 사학으로서의 제도적 기반을 만드는 데 열정을 바쳤다. 일민 방우영 이사장님이 그렇게 오랫동안 학교에 봉사하면서 많은 연세인들로부터 존경받고 추앙받는 가장 핵심적인 이유도 바로 여기에 있다고 생각한다.

나에게 2012년 총장 임명장을 주신 분도 바로 일민 방우영 이사장이다. 법적으로 사립학교의 모든 의사 결정권은 이사장에게 있지만, 방 이사장님은 학교 운영에 대한 거의 모든 권한을 총장에게 위임하며 항상 자율적 책임을 강조하였다. 연세대학교가 다른 사립대학과 달리 주인이 없는 대학으로 명문으로서의 전통과 위상을 지속적으로 강화해나갈 수 있는 것도 바로 이러한 일민의 자율과 책임 정신이 항상 살아 있기 때문이라고 생각된다.

일민이 떠나고 2년, 창립 130주년을 맞은 연세대학교는 지금 제3창학을 통해 새로운 100년을 향한 역사를 만들어가고 있다. 초창기 세브란스와 연희가 설립되던 제1창학기를 거쳐 1957년 두 대학이 연세로 통합되면서 제2창학기를 맞았고, 지금은 송도 국제캠퍼스를 계기로 글로벌 명문으로 도약하기 위한 제3창학을 추진하고 있다. 제3창학의 출범이 송도로부터 시작된 것이니, 결국은 송도 캠퍼스 조성을 성사시킨 일민이 제3창학을 시작한 셈이다. 연세인 모두는 송도를 개척하던 일민의 정신을 바탕으로 제3창학을 성공시켜 연세를 세계적 명문으로 만드는 데 온 힘을 모아야 할 것이다.

미수를 맞은 일민 방우영 명예이사장의 건강을 기원하며, 앞으로도 연세가 더욱 힘차게 발전의 새 역사를 열어갈 수 있도록 성원하고 후원해주실 것을 기대한다.

73

'두목'을 생각하며

정구영

변호사, 전 검찰총장

어떤 친구와는 방우영 선생을 3인칭으로 지칭할 때 '두목'이라고 부릅니다. 회장의 직함 때문에 그런 건지, 두목다운 처신을 하시기 때문에 그런 건지, 아니면 좀 더 두목답게 보살펴달라는 호소가 깃들여서 그런 건지 딱이 설명하기는 어렵습니다.

저는 두목보다 꼭 10년 아래의 어린 사람입니다. 제가 두목과 친밀하게 된 것은 두목과 같은 서북 지방 출신인 검찰 선배의 소개도 있었는데다가 저와 가까운 친구 몇 사람이 조선일보사에 오랫동안 봉직하고 있었기 때문에 이런저런 인연이 깊어진 것으로 생각됩니다. 거기에는 신문사를 경영하시는 분과 검찰에서 일하는 사람 사이의 직업적 바탕은 별로 개재되지 않았다고 생각됩니다. 두목이 그냥 저를 좋아하고, 이 세상을 살아가는 후배로서 비중 있게 대해주시는 통에 어느덧 각별한 인연을 쌓으며 수십 년이 지나갔습니다.

저는 두목이 매우 특징적인 인생 본보기 몇 가지를 가진 분이라고 생각합니다. 그 첫째는 작고하신 친형인 방일영 선생에 대한 흔들림 없는 자세입니다. 군사부(君師父)라는 말은 들어보았으나, 형님에 대해 그렇게 공경과 순종으로 일관하는 예는 별로 듣지도 보지도 못했습니다. 평생을 같은 신문사 일을 해오는 형제간이라 가족 간의 일이나 회사 경영, 사회생활에 걸쳐서 왜 흔쾌하지 못하거나 못마땅한 일들이 없었겠습니까만, 한 번도 그런 일을 내색하는 것을 보지 못했습니다. 그림자도 밟지 않는 모습이었지요. 그렇게 하지 못하는 저에게는 항상 신기하면서도 따라야 할 준거가 되어왔습니다.

그 다음은 분명한 언동 속에서도 한계를 지켜내는 절제입니다. 항상 속 시원하게 여러 현상들에 대한 견해와 기대를 표현하면서도 넘지 말아야 할 선을 철저하게 지키는 것이었습니다. 좀 더 나아가면, 저도 마음속에 담아두었던 불만이나 저의 견해를 거침없이 털어내놓고 일종의 배설의 쾌감을 누리고자 하였지만, 두목과 얘기하다 보면 꼭 어느 선에 와서는 평상으로 되돌아가게 되는 것입니다. 신문사를 경영하고 큰 대학의 동창회장과 이사장을 오래 했고, 많은 사회 활동을 맹렬히 하면서도 분명 공인으로서 반드시 유념해야 할 덕목이 몸에 배어 있구나 하고 느끼는 점이 많았습니다.

또 한 가지는 연(緣)을 존중하고 지키는 자세입니다. 공사(公私) 활동이 많기 때문에 각계각층에 연을 맺고 쌓는 일이 얼마나 많습니까? 그런데도 어느 것 하나 소홀히 하지 않고 관심을 기울이는 어른스러움에 고개를 끄떡이곤 했습니다.

저와 관련된 이야기 중 하나! 제가 1987년 서울지방검찰청 검사장을 마치고 광주고등검찰청 검사장으로 가서 5년여 근무한 적이 있습니다. 그때 두목이 그의 아호를 딴 일민회(逸民會) 회원 여러분과 함께 남도 탐방 명목으로 광주 지역에 오셔서 하루 저녁 광주에서 제일가는 음식점을 빌려 저를 주빈으로 대접하면서 떡 벌어지게 잔치를 열어준 일이 있습니다. 그렇게 쉬운 일은 아니지요?

미수를 맞는 어른에게 좀 모자라거나 바라고 싶은 것이 있어도 그런 이야기는 삼가고자 합니다. 저도 사실상 은퇴해서 용인과 강남 쪽에서 생활하고 있기 때문에 자주 찾아뵙지를 못했습니다. 얼마 전에 불현듯 죄스런 마음이 들고 하여 찾아뵈었더니 그렇게 단단하게 건강한 분도 세월은 어쩔 수 없구나 하고 느끼게 됐습니다. 몇 가지 지병도 갖고 계시는 걸로 압니다만, 이젠 정말 상노인 같은 모습을 하고 계신 걸 보고 마음 한구석이 짠해졌습니다. 앞으로는 좀 더 자주 찾아뵙겠다는 다짐을 하면서 더 오래오래 '두목'으로 남아 계실 것을 믿으며 돌아왔습니다.

74

'통일 한국'을 위해 가장 필요한 DNA를 가진 사람

정남식

연세대 의무부총장 겸 의료원장

현대 의학은 사람의 건강을 좌우하는 두 가지 핵심 요소로 유전과 환경을 꼽는다. 좋은 유전자를 가져도 영양 섭취 등 건강관리를 제대로 하지 않으면 건강하기 힘들다는 의미다. 좀 취약한 유전자를 갖고 태어나도 후천적으로 영양, 운동 등 건강관리를 잘하면 별 탈 없이 장수할 수 있다는 뜻도 된다.

사람의 됨됨이는 어떨까? 이 역시 유전자와 환경의 지배를 받는다고 봐야 한다. 기본적으로 타고난 심성에다 그 사람의 살아온 환경이 쌓여 성격과 됨됨이를 규정한다고 말할 수 있다. 연세대 교수에서 현재 의무부총장 겸 의료원장을 맡기까지 오랫동안 방우영 상임고문을 지켜보면서 느낀 점이 바로 '이제는 점점 사라져가는 대륙 기질을 가진 한국인의 원형'을 갖고 있는 사람이라는 것이다.

연세대학교는 1957년 연희대학교와 세브란스의과대학이 합쳐서 만들어진 학교다. 세브란스병원은 연세대 의무부총장 겸 의료원장이 수장이지만, 기관의 법적 최고 책임자는 연세대 이사장이다. 병원을 새로 짓는 등의 중요한 결정은 재단 이사회의 의결을 거쳐야 한다. 상임고문이 연세대학교 이사장으로 재임하실 때 세브란스병원 본관과 연세암병원 건축 등의 중요 결정이 많이 이뤄졌다. 그때마다 기억나는 대목이 있다.

당시 방우영 이사장께서는 건축에 대한 보고를 받고 난 뒤 "병원 구내 부지에만 집착하지 말고 연세대학교 운동장 부지까지 포함해 넓게 보고 충분히 검토한 뒤에 결정하라"고 이야기하셨다. 바다였던 송도 캠퍼스 부지를 매입해 개발하는 문제도 많은 사람들이 반신반의할 때 결정하셨다. 이사장이 대학 내 여러 요인들을 몰라서 그렇게 말씀하신 것은 결코 아니다. 중요한 결정을 할 때 남들보다 한 번 더 생각하고 좀 더 넓게 보라는 의미였다.

아마도 회사 안에서 사원들과 임원, 사장의 생각이 똑같으면 그 회사는 발전하기 힘들 것이다. 대학에서도 교수와 직원, 총장의 생각은 다양해야 한다. 물론 소통과 공감 후에 결정이 되면 일사불란하게 추진하고 전진해야 하겠지만 다양한 구성원들이 더 많이 고민하고 더 넓게 보는 시각을 가져야 한다. 그래야 조직이 성장 · 발전할 수 있다. 그런 점에서 상임고문께서 연세대 이사장으로 계실 때 보여준 모습은 인상적이었다. 학교의 다른 구성원들과는 다른 큰 포부와 넓은 시각을 지니고 계신다는 것을 실감할 수 있었다.

앞에서 '대륙 기질을 가진 한국인의 원형'이라고 표현했는데, 여기에는 이유가 있다. 방우영 상임고문을 만나본 사람들은 이 말의 의미를 금방 알 것이다. '곧다'는 말엔 두 가지 뜻이 있다. 하나는 '옳다(right)'는 것이고, 다른 하나는 '직선적'이라는 뜻이다. 그는 옳으면서, 동시에 직선적이다. 그는 불의와 타협하지 않는다는 점에서 옳다. 여기에는 몇 가지 살아온 환경이 작용하는 듯하다. 그는 젊은 시절 오랫동안 신문기자로 활동했다. 언론인들이 스스로를 낮춰 표현하는 '신문쟁이'의 직업적 특질이 이때 만들어진 것이 아닐까 싶다.

연세대학교 이사장으로 중요한 의사 결정을 할 때도 그는 원칙을 중요시하는 단호한 입장이었다. 불의와는 타협하지 않았다. 그는 또한 직선적인 성격이다. 이 말은 긍정적인 면도 있지만 경우에 따라서는 본인에게 마이너스 요인으로 작용할 수도 있다. 그는 영악하지 않고, 우회하지 않고, 계산에 빠르지 않아서 손해를 볼 때가 적지 않았다고 한다. 아마도 평안도 사람으로서의 기질도 직선적인 성품을 이루는 데 영향을 주었을 것이다. 특유의 평안도 사투리도 그가 가식이 없고 올곧은 사람이라는 이미지를 준다. 그는 원칙주의자이며 '예스'와 '노'가 분명하다.

방우영 상임고문을 만나본 사람들 가운데 그에 대해 카리스마가 강한 분이라고 이야기하는 걸 여러 번 들었다. 아마도 조선일보 최고

경영자와 연세대학교 이사장이라는 두 개의 직함만으로도 만나는 사람들을 압도하게 되지 않았을까 하는 생각이 든다. 그래서 인간미를 느낄 수 없었다는 말을 하는 사람들도 있다.

하지만 의사로서 방우영 고문을 만나면서 다른 사람들은 미처 경험하지 못한 인간적 면모를 많이 볼 수 있었다. 상임고문께서는 세브란스병원에 입원하신 적도 있고 환자 보호자로 방문하신 적도 꽤 된다. 그때마다 의료진에 부탁하시는 말씀이 있는데 "나로 인해 다른 분들에게 피해를 주고 싶지 않다"는 취지다. 사실 그의 인간적인 면모를 가장 실감했을 때가 손녀가 입원했을 때였다. 어린 손녀가 세브란스병원에 입원해 투병할 때 그는 의료진에게 "어떻게 해서든 손녀를 살려주세요"라고 애원하셨다. 그는 현대사 거인 중 한 명이 아니라 한 사람의 애절한 할아버지였다. 손녀가 두 달여 입원해 있는 동안 거의 매일 병원을 찾아 눈물로 기도하던 그의 모습은 오래도록 잊히지 않을 것이다.

2014년 개원한 연세암병원에는 암 환자를 직접 치료하는 공간 외에 독특한 '센터'가 몇 개 있다. 그 중의 하나가 '암지식정보센터'다. '암 올바르게 알기, 그리고 즐겁게 살아가기'라는 슬로건을 내건 암지식정보센터는 암을 경험한 환자와 가족들이 치료 후 살아갈 삶에 대한 정보를 제공한다. 또한 환자와 의료진 간에 소통하고 공감하는 공간이기도 하다.

이 센터의 또 다른 이름이 '방우영 암지식정보센터'다. 연세암병원은 신축을 위해 기부하신 분들의 뜻을 기려 원내 센터나 수술실, 회의실 등에 기부자 성함을 붙이고 있다. 상임고문께서도 연세암병원 건축에 큰 기부를 하셨고 암지식정보센터에 고문님의 성함을 담은 현판을 달아 뜻을 기리고 있다.

연세암병원 개원을 준비하면서 걱정이 많았다. 병원 경영진은 엄청난 건축비를 조달하고 사고 없이 건축을 진행하며 개원 이후에도 최대한 빨리 경영이 제 궤도에 오르도록 고심을 많이 했다. 상임고문께서도 이 점을 잘 알고 계셨다. 가끔 세브란스병원에 오실 때마다 "세브란스는 하나님이 지켜주시는 병원이야. 너무 걱정하지 말라우" 하며 격려해주셨다. 투박한 듯하면서도 한마디씩 툭툭 던지듯이 해주신 격려의 말 속에서 진심을 느낄 수 있었고 힘이 됐다.

중세 유럽의 문예부흥을 이끈 주역을 '르네상스적 인간'이라고 부른다. 레오나르도 다 빈치가 그 중 대표적 인물이다. 다방면에서 뛰어난 지식을 가졌던 천재였을 뿐 아니라 인본주의의 선구자였다. 이런 인물들이 문예부흥을 통해 유럽을 세계의 중심으로 이끌었다. 그의 휴머니즘에 공감한 수많은 사람들이 문예부흥을 성공시키는 데 기여했다.

필자는 조선일보사가 근래에 주도해온 '통일이 미래다' 기획 특집 기사나 '통일 나눔 펀드'를 지켜보면서 비슷한 생각을 종종 한다. '한민족의 미래가 걸린 통일을 위해 정치인이나 외교관, 군인, 학자들도 중요하지만 통일 마인드로 무장한 평범한 사람들이 결국은 가장 중요하지 않을까?' 그런데 가장 '통일 친화적인 인간'은 어떤 사람일까? 나는 방우영 상임고문이 그 한 유형이라고 생각한다.

우선 그는 남북한 양쪽에서 살아본 경험이 있다. 그의 뿌리는 북한이고 삶의 대부분을 살아온 곳은 남한이다. 북한 또는 대륙적 기질에 가까운 유전자를 갖고 있으면서도 남한의 현대사를 누구보다 치열하게 경험했다. 더욱이 그는 언론사 기자로, 발행인으로 역사의 현장을 떠난 적이 없다. 그는 적극적인 삶을 살았으면서도 여전히 낭만주의자로서 여유와 유머를 지니고 있다. 언론인의 사명감으로 부조리를 용납하지 않으면서도 순수함을 갖고 있다. 의리의 사나이면서도 포근한 할아버지의 정을 갖고 있다.

통일이라는 중차대한 역사의 고비를 넘으려면 이런 분들의 식견과 노력이 필요할 것이다. 그런 노력들이 모여서 통일의 밑거름이 되고 역사를 진전시키는 힘이 될 것이다. 상임고문께서 여생 동안 '통일 친화적인 인간'으로서의 면모를 더욱 여실하게 보여주실 것을 진심으로 기대한다.

75

일민, 뜻 그대로의 사람

정재철

재단법인 유암문화재단 고문, 전 정무장관

일민 방우영 명예회장과 동갑내기인 우리가 서로 알게 된 것은 40대 초반 무렵이었던가. 아득한 세월 속에 40여 년이 넘었으니 옷깃만 스치는 오백생(生)의 인연이 아니라 몇만 겁(劫)의 인연인 셈이다.

아직도 기억에 남는 장면은 일민 선생 내외와 우리 부부가 함께 담소를 나누곤 했던 일들이다. 내 아내(고 전금주)는 속초에서 옛 미시령을 넘어갈 때면 인제의 찰옥수수와 감자를 챙기곤 했다. 일민이 고산지대의 옥수수와 감자를 좋아했기 때문이고, 또 아내가 일민의 부인이신 이선영 여사와 아주 친하게 지냈기 때문일 수도 있을 것이다.

하지만 그보다는 일민이 지식이 있으되 교만하지 않고 늘 강직하면서도 소탈한 모습과 성격 그 자체를 우리 부부가 더욱 좋아했기 때문이었다. 일민이라는 호(號)에 담긴 뜻 그대로의 사람이어서다. 아직도 일민 선생이 옥수수를 들고 함박웃음을 짓던 그 환한 표정이 내 머릿속에 또렷하게 남아 있다. 어쩌면 촌스럽다고 느낄지도 모르지만 일민의 멋진 매력이다.

조선일보는 1920년 창간 때부터 잇단 항일 기사로 총독부의 탄압을 받았다. 1940년 강제 폐간될 때까지 기사 삭제는 물론 발매 금지, 정간, 그리고 470회가 넘는 압수 조치를 겪으면서도 민족 통합과 항일운동을 끊임없이 전개했던 민족지였다. 광복 직후 조선일보의 복간을 당시 조선공산당과 같은 좌익 진영에서도 환영할 정도였으니 말이다.

어쩌면 나라 잃었던 시절 조선일보의 이런 수난사가 민족혼을 불어넣고자 하는 조선일보 정체성을 확립하게 된 중요한 근간이 된 것인지도 모른다.

그래서인지 일민이 기획하고 나아가는 방향에는 뚜렷한 일관성이 보인다. 민족을 생각하고 나아가 하나 된 민족, 즉 통일을 기획해온 것이 초지일관 일민 선생이 걸어온 길이다. 예를 들면, 이산가족찾기도 조선일보의 기획에서 비롯된 것이다. 6.25동란 시절 방일영·방우영 형제는 부산으로 피난을 와서 보육원에 있던 아이들 명단을 게재해 헤어진 부모와 가족을 찾아주기도 했는데, 아마도 이것이 우리나라 이산가족찾기의 시초일 것이다.

최근 조선일보가 경원선 복원 침목 기부와 '통일 나눔 펀드' 조성

사업을 이끌고 있는 '통일과 나눔' 재단의 설립을 주도하고 적극 후원하고 있는 것 역시 통일 한국으로 미래 돌파구를 개척해나가고자 하는 일민의 통일 철학을 담은 것이 아닐까 생각한다.

일민 선생이 걸어온 길을 두고 단순히 북녘 고향 땅을 그리는 수구초심(首丘初心)이나 낙엽귀근(落葉歸根)으로 치부하기엔 그릇이 너무 작다. 왜냐하면 나는 평소 일민 선생과의 대화를 통해 무엇이 그렇게 걸어오게 한지를 짐작하고도 남기 때문이다. 그것은 바로 한국적인 것에서 한민족의 정체성을 찾아 통일을 이루고, 우리나라 우리 민족이 세계로 뻗어나가야 한다는 확고한 소신이 자리잡고 있었기 때문일 것이다.

일민 선생을 좋아했고 따랐던 이규태 논설위원도 소탈한 면에서는 일민과 공통점을 갖고 있었다. 애초에 외모나 옷차림새 같은 데서 이규태의 세련된 맛을 찾을 것은 아니었다. 이규태는 먹는 것도 깡소주가 잘 어울리는 집만 골라 다녔다. 광화문의 청진동 해장국집이 아니면 무교동 낙지집이고 멀리 가면 혜화동 칼국수집이었다. 글씨도 본인 말고는 아무도 알아볼 수 없는 악필이었다. 하지만 그의 원고 속에는 아주 깔끔한 세련미가 있었다.

그 시절 이런 그를 알아본 사람이 바로 일민과 나였으리라 생각된다. 내가 보건사회부 재직 시절, 그는 보사부를 출입하며 소록도 나환자촌을 취재하기도 했던 기자였다. 나는 그를 막내 처제(전방자 여사)에게 소개시켜주었고, 또 장인어른(전진한 초대 사회부 장관, 5선 의원)을 설득했다. 비록 가진 재산은 없었지만, 박식함이나 글솜씨를 보면 절대 굶어 죽지 않을 것이라 했다. 이렇게 우리 막내 처제는 이규태 논설위원에게 시집을 가서 이규태의 친필 글씨를 알아볼 수 있는 유일한 사람이 되었다.

이런 이규태를 책과 글로 말하는 영원한 언론인으로 만든 사람이 바로 일민 선생이었다. 조선일보의 가장 인기 있는 대목 중의 하나였던 '이규태 코너'는 일민의 설계와 결단 없이는 나올 수 없는 것이었다. 당시 일간지에 연재소설도 아니면서 기자의 이름을 붙인 코너를 만들어 매일매일 연재 칼럼을 쓴다는 것은 상상도 못할 일이었다. 그런데 일민이 1983년 '李圭泰 코너'라는 이름과 함께 지면 위치까지 잡아주면서 시작되어 2006년 세상을 떠나기 이틀 전 마지막 칼럼까지 무려 23년간 계속된 것이다. 우리나라 언론 역사에서 가장 오래된 기명 연재 칼럼 기록이 일민의 기획에서 비롯된 것이다.

원래 일민은 역사와 통일, 우리나라의 전통문화에 관심이 많았다. 어찌 보면 일민은 한국적인 것을 사랑하는 사람이었다. 조선일보의 '개화백경', '한국인의 의식구조'가 만들어진 것도 일민과 이규태가 공유했던 생각들이 글로 표현된 것이라 생각한다.

늘 소신 있고 불의와 타협도 모르는 강직한 일민 선생이지만, 참으로 조심스럽고 어려워했던 점이 있었다면 사돈 관계가 아닐까. 우리나라 사람은 예부터 사돈이라면 어렵고 조심스러웠다. 유독 사돈이 들어가는 속담이 많은 이유도 그만큼 쉽지 않다는 이야기일 것이다.

1983년 초의 일이다. 여느 때처럼 일민 선생과 나는 우래옥에서 냉면을 들며 이런저런 이야기를 나누던 중이었다. 일민 선생이 조심스레 맏딸(방혜성) 이야기를 꺼냈다. 맏딸이 이화여대를 졸업하고 조선일보 기자로 근무하던 중에 아모레태평양 서성환 회장의 장남(서영배)과 알게 돼 조금씩 만나고 있었던 모양이다. 두 사람 모두가 예의 바르고 재능도 출중한 인재였기에 내심 잘 어울릴 것이라 생각했다.

그런데 서 회장께서는 두 사람의 만남에 대해 큰 언론사의 자제분이라 그런지 부담스러워하는 면이 있었나 보다. 서성환 회장이라면 아주 합리적인 기업가로 평소 한 치 오차도 없는 정확하고 정직한 사람이었고, 나와는 아주 가까운 친형이나 다를 바 없는 분이었다. 때문에 일민 선생이 나에게 그렇게 조심스레 말을 꺼낸 것이었다. 나로서는 강직한 일민 선생이 그렇게 뭔가 어렵사리 말을 꺼내는 모습을 본 것이 처음이었다.

그리고 바로 며칠 후 나는 서 회장 내외분을 만났는데, 기자 며느리를 맞는다는 게 어떨지 모르겠다는 말씀을 되풀이하셨다. 이쪽에서도 어려워하는 것은 마찬가지였다.

그래서 나는 일민 선생의 올곧은 됨됨이와 인격을 말씀드리고 혹 사돈을 맺는다 해도 훌륭한 집안끼리의 경사가 될 터이니 일단 두 사람의 만남을 예쁘게 지켜봐달라고 말씀드렸다. 두 집안을 너무나 잘 알고 있었기에 가능한 일이었다. 몇 달 후 두 사람은 결혼식을 올렸다.

당시 스물일곱 청년이었던 신랑 서영배 군은 어느새 태평양개발의 회장으로 기업을 이끌고 있고, 신부 방혜성 양은 현재 서울 성덕중고등학교 재단의 상근이사로 재직하면서 시아버지의 교육에 대한 뜻을 이어 인재를 길러내고 있다.

두 사람의 훌륭한 성장과 맡은 바 열심히 살아가는 모습에 나는 보람도 느끼고 자랑스러운 마음이다. 짐작컨대 일민 선생이나 서 회장 서로가 두 분의 인품만큼이나 더 어려워했고, 자식을 사랑하는 만큼 더 조심스러워한 것임이 틀림없다.

조선일보와 함께 걸어온 그의 길이 늘 탄탄대로였던 것도 아니다. 위기도 많았고, 그가 마음 아파하는 모습을 옆에서 지켜본 적도 있었고, 나 역시 도움을 주고자 동분서주했던 적도 있었다. 하지만 그는 흔들림 없는 소신과 남을 배려할 줄 아는 큰 배포로 모든 역경을 뛰어넘어 왔다.

그 원동력은 무엇이었을까. 나는 한마디로 꼽는다면 일민의 민족애일 것이다. 내가 본 일민 선생의 철학은 우리 한민족에 있었다. 민족의 미래를 생각하는 소신과 기획이 오늘의 일민 선생과 조선일보를 있게 한 가장 근본적인 동력임에 틀림없다.

돌이켜보면 일민과 나의 인연은 믿음이 되고 힘이 되는, 서로 존중하는 인연으로 살아왔다. 그 한결같은 인연이 양가 자식들에게까지 이어져 아들끼리도 친하게 지내는 걸 보면 다시 몇만 겁의 인연이 계속 이어지고 있음을 느끼게 된다. 아들에게 미시령을 넘어올 때 옥수수와 감자를 챙겨달라고 해야겠다.

일민 선생의 함박웃음을 보며 옛 추억을 다시금 떠올릴까 한다.

76

형제간 우애가 돈독하고 활달했던 분

정진우

영화감독

컴컴한 화면, 신성일과 엄앵란은 영원한 사랑을 기약하면서 세상과 결별한다. 불이 환하게 켜졌다. 몇 안 되는 극장 관계자들이 내가 만든 두 번째 영화 '배신(背信)'을 보고 있었던 것이다. 그 중 몇 분이 영화가 끝나자 박수를 쳐주셨다.

1963년 그날 염천교 다리 위에서 세 번째 작품 '국경선'을 찍고 있는데 '배신'을 제작한 정진모 사장님으로부터 급한 전갈이 왔다. 아카데미극장에서 영화를 보자고 하는데 시네마코리아 4층 시사실로 급히 오라는 전갈이었다. 아카데미극장은 지금의 조선일보 사옥 자리에 새롭게 단장했던 최신식 영화관이었다. 말론 브랜도와 몽고메리 클리프트가 주연한 '젊은 사자들', 데이비드 린 감독의 '위대한 유산', 루

447

이 말의 누벨바그 영화 '사형대의 엘리베이터' 등 최고급 외국영화를 상영하는 고급 극장이었다. 약 1000석 규모의 스타디움식 좌석 배치로 우리나라에선 가장 선진적인 시설을 갖춰놓은 극장으로 한국영화는 상영을 꿈꿔보지도 못하는 명품 극장이었다.

아카데미극장 톱밥 난롯가에서 '배신' 제작자 정진모 씨와 외국영화 전문가인 극장 영업상무 황영실 씨, 극장 영업부장 박길황 씨, 그리고 또 한 분…… 체구는 크지 않지만 다부진 30대 초반의 젊은 분이 영화에 대한 평가를 주고받고 있었다. 대뜸 그 분이 이 영화를 만든 감독을 불러보자고 하시자 정진모 사장이 뒷전에 서 있는 나를 가리켰다. 허름한 군복 바지와 퇴색한 점퍼, 그리고 떨어진 워커에 스포츠 갈기머리 스타일의 나는 누가 봐도 영화감독의 모습은 아니었을 것이다. 주위에 계신 분들이 모두 의아해하는 모습이었다.

그런 분위기를 끊고 젊은 그 분이 나의 나이를 물으셨다. "감독 나이가 몇이가?" 강력한 평안도 억양이었다. 나는 왠지 그 분에게 압도당한 상태에서 나이를 말했다. "야, 스물네 살짜리 감독이 그 영화를 만들었어?" 칭찬인지 핀잔인지 어리벙벙하는 사이 이미 결정은 나버린 듯 정진모 제작자에게 간판, 스틸 사진, 포스터 등등을 챙겨 보내라고 하면서 나의 손을 꽉 잡아주셨다. 이것이 나와 방우영 회장의 첫 만남이 되었다. 조선일보 창립자이신 방응모 선생의 둘째 손자로서 재무부를 출입하던 맹렬 기자가 아카데미극장 전무로 경영에 첫발을 딛는 그날이기도 한 것이다.

1963년 영화사 급사처럼 보였던 정진우 감독이 만든 영화 '배신'은 그해의 화제작이며 문제작이고 최연소 감독에 의한 흥행 기록을 세운 영화가 되었다. 모든 극장들이 상영을 꺼렸던 이 영화를 선택한 방우영 전무의 영화를 보는 안목 또한 놀랄 만한 일이다. 이후 아카데미극장은 한국영화 전용관으로 변신하여 신성일·엄앵란의 청춘 영화 전성시대를 열었고 1960년대 한국영화의 전성시대를 만드는 데 일등 공신 역할을 했다. 우리는 사실상 극장 경영자인 방우영 전무님을 늘 방 사장님으로 불렀고 방우영 사장은 과감한 경영 철학으로 조선일보는 물론 아카데미극장과 시네마코리아를 일으켜 세우는 데 전력을 다하셨다.

아카데미극장은 1000석 미만 좌석이어서 당시 서울 개봉관들이 1200~2300석이었던 데 비해 열세인데도 12개 개봉관 중 최고의 좌석 점유율을 차지하는 최고 극장으로 발전했다. 방우영 사장이 외국영화 전용관이었던 아카데미극장을 한국영화 전용관으로 정착시키면서 1960년대 한국영화 전성시대를 이룩하는 데 선구자적 역할을 하신 업적을 우리 영화계는 반드시 기억해야 할 것이다.

나도 덩달아 그 덕에 최고 감독 반열에 섰고 뒤이어 만든 '밀회', '초우', '하숙생', '초연', '밀월', '사월이 가면', '춘희'를 만들어 아카데미극장에서 히트시켰다. 이때 정진우는 '아카데미 전속 감독'이라건 '정진우가 만든 영화는 무조건 아카데미극장에 상영이 보장된다'는 입소문이 영화계에 날 정도였다. 내게 아카데미극장은 나의 집 다음으로 가깝게 느껴지는 곳이 되었다.

방 회장님도 극장 전무에서 사장으로 승진하시고 신문사 사장도 겸하셨는데 바쁘신 와중에도 무척 독서에 열중하셨다. 그 분께서 열독하시는 책은 일본 전국시대를 묘사한 '도쿠가와 이에야스'였는데 일본어에 익숙하지 못한 나는 방 사장님으로부터 그 소설의 내용을 전해 들었다. 그 표현이 얼마나 사실적인지 듣는 재미에 인이 박여 촬영이 없는 날은 거의 빠짐없이 조선일보 방 사장님 방을 찾아갔다. 늘 반갑게 맞아주시는 방 사장님의 친절함, 그리고 도쿠가와의 지략에 대해 설명하실 때 그 열기는 어느 배우도 따라올 수 없는 명연기였고 명강의였으며 명연설이었다. 2~3개월에 걸쳐 방 회장님으로부터 일본 전국사를 배웠는데 그 후 시바 료타로의 이 소설이 번역되어 출판되자마자 그 책을 열독했다. 하지만 방 사장님이 말해주신 그때 그 소설이 훨씬 재미있었고 내 머릿속에 깊이 남아 있다.

방 회장님은 매사에 정열적이셨고 가고자 하는 길은 포기한 일이 없었던 분이다. 좋은 책을 읽으시면 그 내용을 친구들에게 전파하는 정열이 있으시고 좋은 영화를 보시면 그 영화를 칭찬하는 데 인색하지 않으셨다. 내가 '초우'를 만들었을 때 밤샘 녹음과 편집에 지쳐 사무실 소파에서 자고 있는데 방 회장님으로부터 전화가 걸려왔다. 내용인즉, 내가 새로 만든 '초우'를 봤다는 말씀이었다. 새벽 4시에 녹음을 끝내고 나도 못 본 영화를 보셨다니 놀라지 않을 수 없었다.

나중에 알고 보니 제작자인 차태진 씨가 녹음실 사장 이경순 선생에게 부탁하여 나 모르게 기술 시사를 했는데 방우영 회장님과 함께 봤다는 것이다. 차태진 씨는 나의 작품에 대한 기대가 부풀어 있었고 감독인 나는 며칠 동안 편집과 녹음에 지쳐 있으니까 나를 빼고 세 분이 기술 시사를 보고는 흥분해서 방우영 회장께서 나에게 직접 전화를 걸어 나를 격려해주신 것이다. 그날 밤은 우이동에 있는 선운각이라는 최고 요정에서 나를 위로해주셨다.

영화를 좋아하시고 영화인을 사랑했던 그 분! 내가 김지미를 주연으로 '춘희'라는 영화를 제작할 때 일이다. 작품 평판이 좋아 지방 흥행사들로부터 호응이 상당했는데 방우영 회장님이 저녁을 사주겠다고 하셨다. 저녁 식사 자리에 차태진·황영실 사장이 동석했다. 차태진 씨는 서커스 흥행을 하다가 코끼리가 바다에 떨어져 죽는 바람에 큰 손해를 보고 있을 때였다. 고민 끝에 방 회장을 찾아간 모양이다. '춘희'의 제작권을 극동에 양도하고 차태진을 부도에서 구해달라는 말씀이었다. 나는 망설임 없이 "알겠습니다"로 화답했다. 지금 돈으로 계산하면 몇십억 원의 이권을 양보한 것이다. 두말할 것 없이 그 분의 강력한 리더십과 감히 거부할 수 없는 절대 명령 때문이었다. '춘희'는 '하숙생'의 흥행 기록을 넘어 아카데미극장 개관 이후 최고의 흥행을 올렸고 전국적으로 히트했으나 끝내 방 회장의 절친한 친구 차태진을 재기시키는 데는 역부족이었다. 그러나 방우영 회장의 친구에 대한 의리의 일면을 확인시켜줬다.

나는 '난의 비가'라는 영화의 캐스팅을 하면서 신성일·엄앵란 콤비를 요구하는 차태진 사장과 충돌하면서 신인을 쓰기로 결정했었는데 얼마 후 그 신인 여배우의 어머니가 나를 찾아와 하소연을 했다. 어느 영화제작자와 딸의 관계였다. 의논드릴 분은 그 분이라고 생각한 나머지 차태진 사장과 방우영 회장님을 찾았다. 방우영 회장님은 대노하셨고 결론은 둘을 결합시키자는 의견이었다. 즉시 당사자인 K씨를 사무실로 불렀고 결혼식 날짜를 잡았다. 그리고 여비서 박 과장에게 워커힐 예약을 명하시고 청첩인을 방우영 · 차태진 · 정진우로 찍어 두 사람의 결혼을 발표하셨다. 그 후 두 사람은 돈 많이 벌고 아들딸 낳고 잘 살았다.

조선일보를 경영하시면서도 방우영 회장은 영화인들과 깊은 교류를 계속하셨다. 지금은 고인이 되셨지만 극동영화사의 차태진, 국제영화사의 황영실 씨 등과 깊은 친교를 맺었으며 아카데미극장, 시네마코리아를 폐쇄하고 영화산업과 인연이 끊어진 연후에도 방 회장님은 계속 영화인 친구들을 놓지 않았다. 방우영 회장님과 영화계의 끈은 비단 극장 사업에 한정되지 않았다. 한국영화를 사랑했고 발전시키자는 집념으로 만들어진 것이 청룡영화제인데 대종상과 양대 산맥을 이루면서 50년 넘게 영화인을 격려하고 많은 영화를 발굴했다. 이제는 영화 발전에 기여해온 한국영화계의 대표적 영화제임을 자타가 공인하고 있다.

2016년 1월 22일 회장님께서 미수를 맞으신다. 처음 만났을 때 회장님은 33세의 청년 언론인이시었고 나는 스물네 살의 철부지 영화

감독이었다. 그리고 회장님과 연락이 끊긴 1994년 10월 3일 개천절 날 이후로는 먼발치에서 회장님 소식을 바라볼 뿐이다. 회장님을 처음 알면서부터 30여 년을 지근에서 뵈었고 그 후 20여 년은 아주 먼 곳에서 뵙고 있는 셈이다. 언론인이셨던 그 분이 잘되지 않던 극장을 대한민국 최고의 영화관으로 일으켜 세운 데는 그 분만의 강인한 주장과 과감한 결단, 타고난 경영 철학과 강력한 지배 능력이 있었기 때문이다.

잘못된 것을 보고 신속히 결정하는 방 사장님. 일본 전국시대의 영웅 오다 노부나가 같은 신속한 결단력과 도쿠가와 이에야스 같은 지혜와 참을성으로 오늘을 잘 지키신 분. 어려운 군사정권 시대엔 선우휘 선생의 고집을 포용하셨고 기관의 압박에서 보호하셨으며 끝내는 조선일보를 떠나셨지만 명문화부장 남재희 씨를 소통과 설득으로 활용했으며 최병렬, 안병훈, 김대중 씨 같은 걸출한 인물들을 배출하면서 조선일보는 대한민국 제일의 정론지로 국민의 사랑을 받고 있다.

그 분에 대한 나의 느낌을 누가 묻는다면, 이렇게 말하고 싶다.

• 따뜻함은 없지만 활달하고 친근했다.
• 언론인이었지만 사업가로, 경영자로 훌륭했다.
• 형제간에 우애가 돈독하셨다. 내가 알기로는 방일영 회장님의 지도에 맞서는 것을 보지 못했다.
• 용인술과 소통으로 많은 인재를 배출하였다(선우휘 선생, 남재희, 최병

렬, 안병훈, 김대중 씨 등).

• 한국영화를 누구보다 사랑했고 많은 영화인들과 교류하였다.

• 청룡상의 제정으로 한국영화 발전에 큰 기여를 하셨다.

방우영 회장님의 88세 미수를 진심으로 축하드립니다. 영화감독 정진우는 회장님이 불러주셔서 처음 뵈었을 때 더벅머리 영화사 심부름꾼 그대로입니다.

77

대학이 잘돼야 나라도 발전한다

정창영

전 연세대학교 총장

일민 선생은 1981~1997년 세계적인 명문 사학인 연세대의 동문회장직의 중책을 성심을 다해 수행하였다. 마침 1985년은 연세대 창립 100년을 맞는 해였다. 100주년 기념사업 후원회장을 맡아 당시로서는 큰 금액인 100억 원 모금 목표의 달성을 위해서 안세희 총장과 함께 동분서주하였다. 다행스럽게도 2년 만에 목표를 이루게 되어 아름다운 100주년 기념관을 봉헌할 수 있게 되었다.

연세 동문 30만 명이 각종 회의, 연회장 등으로 빈번하게 이용하는 연세대 동문회관도 그의 주도적인 노력으로 1993년에 준공되었다. 동문회관은 연세인들이 서로 협력해서 선(善)을 이루는 장소로 동문들의 사랑을 받고 있다. 1957년 연희대학교와 세브란스의과대학이 합병하여 연세대학교로 출범한 후 초대 총장을 역임한 백낙준 박사의 동상도 중앙도서관 앞에 세워져서 그의 훌륭한 학덕(學德)을 후세가 기릴 수 있게 되었다. 입학식, 졸업식, 채플, 음악회 등이 열리는 명소로 널리 애용되는 8000명 규모의 노천극장도 새로운 모습으로 태어났다.

일민 선생은 동문회장 재임 시절 동문회는 학교가 잘되도록 적극 도와야 하나, 학교 일에 간섭하거나 청탁하는 일은 결코 있어서는 안 된다는 원칙을 분명하게 세웠다. 동문회는 학교를 뒷바라지하는 단체이지 결코 학교에 대한 압력단체가 아니라는 것이 그 분의 확고한 생각이었다. 이러한 방침이 지금까지도 동문회 운영의 기본 원칙으로 이어져 내려오는 훌륭한 전통을 세웠다.

그 후 1997~2013년 연세대 재단 이사장으로 봉직하였다. 동문회를 책임 맡았을 때와 마찬가지로 재단의 경우에도 원칙은 분명하였다. 학교의 일상적인 운영에 관한 모든 권한과 책임을 전적으로 총장에게 위임하는 것이다. 이사장께서는 한 번도 내게 인사에 관한 부탁을 한 적이 없다. 교무위원 임명에 대해서도 사전에 이사회 승인을 받도록 되어 있으나 명단조차도 미리 보려고 하지 않았다. 나는 연세대의 지배 구조에 대해서 늘 감사하는 마음을 가지고 있다.

연세대는 한국에서 제일 앞선 지배 구조를 갖고 있으며, 세계적으로도 재단과 학교의 관계가 이처럼 제대로 구축되어 있는 예는 드물다. 연세대는 주인이 없는 학교이다. 그러나 이는 모두가 주인이라는 뜻이기도 하다. 모든 연세 구성원, 특히 교수들이 스스로 연세대가 내 학교이며 내가 주인이라고 생각한다면 이는 학교 발전을 위해서 엄청난 힘을 발휘할 수가 있다. 나는 일민 선생이 지배 구조의 기본을 공고하게 세우신 데 대해서 감사하게 생각하고 있다. 덕분에 총장은 막중한 권한과 책임을 동시에 지니는 직분이 되었다.

재단 이사장 재임 중 새 병원이 5년여에 걸친 노력으로 2005년 준공되었다. 건축미가 뛰어날 뿐 아니라 정성스럽게 시공되었으며 건평도 당시 단일 건물로는 한국에서 제일 큰 규모였다. 중요한 것은 건축비가 상당했으나 재원을 모두 자력으로 조달해서 전혀 빚을 지지 않고 지었다는 것이다. 이러한 성취는 연세의료원 교수들이 새 병원을 자신의 병원으로 여기고 열과 성을 다해 헌신한 결실이다. 이에 더해서 일민 선생을 비롯한 재단의 이사, 감사들이 마치 자기 살림 살듯 보수적으로 재단을 경영하여 평소에 상당한 비축을 하였던 것이 엄청난 건축비 충당을 가능하게 하였다. 조선일보사의 재정을 건실하게 만든 것처럼 재단의 살림도 아낀 결과이다. 일민 선생이 재임 중 한 푼도 재단의 경비를 쓰지 않은 것은 잘 알려져 있는 사실이다.

연세대는 2005년 창립 120주년을 맞이하여 '연세비전 2020: 세계 속의 자랑스러운 연세'를 선포하였다. 창립자의 4대 후손인 원한광 교수는 이를 영문으로 'Yonsei Standing Proud'라고 옮겼다. 일민 선생의 믿음대로 대학은 국가 발전의 원동력이다. 좋은 보기로 미국의 국제경쟁력이 1등인 것은 미국의 대학들이 세계 1등이기 때문이다.

'연세비전 2020'은 연세대가 대학의 두 가지 핵심 기능 중 하나인 '교육'을 통해서는 글로벌 리더를 길러내며, 또 하나인 '연구(R&D)'를 통해서는 새로운 아이디어와 기술을 계속 공급함으로써 세계 일류 대학으로 발돋움하는 데 기초를 놓는 것을 목표로 하고 있다.

이 두 목표를 달성하기 위해서 연세대 '송도국제화복합단지', 즉 송도 국제캠퍼스의 조성을 계획하게 되었다. 인천광역시는 지리적으로 21세기 아시아 태평양 시대에 중심이 될 동북아시아의 중앙에 위치하는 강점을 지니고 있다. 당시 안상수 시장은 인천을 중국의 상하이처럼 발전시켜서 한국의 21세기 신(新)성장 동력을 창출하는 것을 목표로 삼았으며, 연세대를 유치하여 견인차 역할을 수행하기를 기대하였다.

연세대와 인천시가 이처럼 같은 비전을 공유하게 되면서 송도 국제캠퍼스의 조성이 시작되었다. 2005년 11월 25일 글로벌 캠퍼스와 R&D단지를 두 구성 부분으로 하는 송도국제화복합단지에 대한 기본 계획이 양측 간에 논의되기 시작한 후, 2006년 1월 28일 기본 계약이 체결되었고, 2008년 11월 26일 기공식을 개최하였으며, 2014년 4월 3일에는 1단계 준공식을 거행하게 되었다.

2015년부터는 정갑영 총장의 주도로 기숙형 대학을 시행하여 1학년생들을 비롯해 5,000명에 달하는 학생들을 글로벌 리더로 육성하기 위한 교육을 시행하고 있다. 2015년 10월 29일 김석수 재단 이사장은 송도 캠퍼스 조성의 2단계 사업인 연세연구단지(Yonsei Science

Park)의 조성을 추진하기 위한 소위원회를 재단에 설립하였다. 대학은 100년 앞을 내다보고 계획을 세운다. 지난 10년 송도 캠퍼스의 교육 부분인 1단계 사업이 온 연세 가족의 성원으로 결실을 보게 되었다. 특히 서승환 교수를 비롯한 송도추진단 교수들의 극진한 모교 사랑과 나라 사랑에 마음으로 고마움을 드린다.

그러나 송도 캠퍼스의 지금까지의 성공에 굳건한 버팀목이 되고 중심적인 역할을 담당한 분은 방우영 이사장을 비롯한 재단의 이사, 감사들이다. 특히 일민 선생은 자신의 재임 기간 중 중요한 공적이 송도 캠퍼스 조성의 1단계 사업이 성취된 것이라고 늘 말씀할 정도로 깊은 애정과 관심을 가지고 담당자들을 격려하였다. 사립대학으로서는 실로 거금을 평소의 보수적인 재단 살림으로 꾸준하게 비축하여 송도 캠퍼스의 부지 구입을 가능하게 해주신 데 대해서 충심으로 감사의 말씀을 드린다.

송도 캠퍼스의 1·2단계 사업이 모두 성공적으로 완성되어 연세대가 세계 초일류 교육·연구기관으로 도약하는 동시에, 인천이 동아시아의 중심 도시로 우뚝 서서 21세기 한국의 새로운 성장 동력을 창출하는 데 기여함으로써 겨레와 인류 사회의 발전에 크게 공헌할 수 있기를 기원한다.

나는 일민 선생으로부터 많은 사랑과 격려를 받았다. 선생께서 생각하는 대로 숨김 없이 솔직하게 말씀하는 것은 큰 인간적인 매력이라고 생각한다. 자신의 부족함이나 잘못도 그대로 드러내며 상대방의 이해를 구하는 것도 주요한 장점이다. 그러나 동문회와 재단의 운영에서 드러나듯이 중요한 사안들을 종합적으로 보고 문제의 핵심을 정확하게 포착하는 것은 탁월한 강점이다.

큰 성취를 이룬 분들의 공통점은 대범하나 자세한 사항에 대해서도 매우 치밀하다는 것이다. 일민 선생도 그러하다. 또한 정이 많고 마음이 여린 분이기도 하다. 겉으로는 대범하나 마음은 따뜻하기만 하다. 연세에서 중요한 직분을 감당하여 오래 봉사하시면서 학교가 올바른 방향으로 발전할 수 있게 원칙을 제시하고 선도한 데 대해서 깊은 감사와 존경의 말씀을 드린다. 지극한 연세 사랑을 평생 실천하시면서 학교가 세계적인 명문 대학으로 발전할 수 있도록 뒷받침한 공로는 참으로 지대하다.

믿으시는 대로 사람이 유일한 자원인 한국에서 '대학이 잘돼야 나라도 발전한다'는 것은 분명하다. 일민 선생이 조선일보사를 국내 1등으로, 그리고 세계 유수의 언론기관으로 발전시킨 것은 대단한 경영 능력의 발휘이다. 나아가 연세대가 세계 유수의 대학으로 성장할 수 있도록 기초를 놓는 데 중심적인 역할을 담당한 것도 겨레와 인류 사회의 발전에 대한 큰 공헌이라고 생각한다.

일민 선생은 대표적인 '세계 속의 자랑스러운 연세인'이다. 특히 극진한 모교 사랑과 나라 사랑은 모든 연세 가족의 훌륭한 귀감이다. 다정하고 따뜻한 마음, 솔직한 행동은 만나는 사람들을 편안하게 한다. 내가 일민 선생을 만나서 서로 교류하고 연세 발전을 위해서 많은 지도를 받으며 함께 노력한 것은 감사한 일이며 행운이라고 생각한다. 바라기는 일민 선생께서 지금까지처럼 앞으로도 연세대의 발전을 위해서 든든한 버팀목 역할을 담당해주시기를 바란다.

홀륭한 공적을 쌓으시고 미수를 맞으심에 충심으로 축하와 존경을 드린다. 사랑하는 사모님, 자녀분들, 그리고 손주들과 평생 동안 건강하고 행복하시길 기원한다.

78

方又榮 사장 시절에 月刊朝鮮도 1등으로 올랐다!

조갑제

조갑제닷컴 대표, 전 월간조선 편집장 및 대표이사

방우영(方又榮) 회장은 기자의 열정과 경영자의 계산을 생산적으로 통합한 분이 아닐까? 사실을 추구하는 기자 정신과 영리(營利)를 우선시하는 경영은 상호 모순될 것 같지만 그래서 시너지 효과를 얻을 수 있다. 돈을 벌기 위하여는 좋은 신문을 만들어야 하고 좋은 신문을 만들려면 돈을 벌어야 한다. 방(方) 회장의 지론(持論)이었던, "재정적 독립이 있어야 언론의 독립도 가능하다"는 말은 실증(實證)된 진리이다.

조선일보(朝鮮日報)가 방우영(方又榮) 사장 시절에 영향력과 판매 부수 면에서 1등이 된 일은 널리 알려져 있지만, 1980년에 창간된 월간조선(月刊朝鮮)도 그 시절 오랜 종합 잡지들을 제치고 1등으로 올라섰고 지금까지 그 여세(餘勢)로 수성(守成)에 성공하고 있다는 점은 놓치는 경우가 많다.

민주화의 격동기 1980년대에 월간조선(月刊朝鮮)과 신동아(新東亞)는 폭로성 특종과 비화(秘話) 기사 경쟁을 펼치면서 부수를 늘렸다. 1985년 2.12 총선을 계기로 민주화가 천하대세(天下大勢)로 되는 분위기에도 편승, 신문 방송이 다루지 못하는 금역(禁域)에서 틈새시장을 개척하였다. 전두환(全斗煥) 정부의 언론 통제가 느슨해지자 월간조선(月刊朝鮮)은 신문 방송이 엄두를 내지 못하던 '금단(禁斷)의 선악과'를 따서 독자들에게 제공하기 시작하였다.

1985년 5월호가 부마(釜馬)사태와 김재규(金載圭)를 다루니 발행 부수가 15만을 넘어서서 신동아를 앞서기 시작하였다. 그해 7월호엔 월간조선과 신동아가 같이 '광주사태'라는 금기(禁忌)에 도전하는 특집을 냈다. 월간조선은 20만 부(인쇄 기준)를 돌파하였다. 1987년 9월호 월간조선은 그때까지도 접근 금지로 여겨졌던 12.12 사건의 당시 계엄사령관 정승화(鄭昇和) 장군을 인터뷰하였다. 이 기사로 30만 부 이상을 찍었다. 노점상들도 두꺼운 월간조선을 펴놓고 열심히 읽던 시절이다.

1987년 10월호에서 월간조선과 신동아는 다 같이 이후락(李厚洛) 증언을 토대로 김대중 납치 사건(필자 오효진)을 실었다. 국가안전기획부가 인쇄소를 압박, 두 잡지의 발행을 저지한 것이 정치 문제가 되어 폭발적으로 팔렸다. 월간조선은 인쇄 부수 40만 부를 넘겼다. 앞으로도 깨지기 어려운 한국 잡지사상 최고의 기록이다(당시 출판국장은 안종익(安鍾益), 월간조선 부장은 유정현(劉正顯)).

민주화 시절에 정의로운 일을 한다는 사명감과 특종을 할 때마다 책이 많이 팔리는 시장의 논리, 여기에 신동아를 의식한 경쟁 심리가 결합되어 월간조선은 정권이 설정한 언론 자유의 금지선을 야금야금 넘어가면서 안기부를 상대로 아슬아슬한 줄타기를 하다가 다치기도 하였다. 잡지가 인쇄에 들어가기 직전 안기부가 기사 내용을 파악, 인쇄기를 멈추게 하고 기사를 들어내거나 고치도록 하는 일이 거의 월례(月例) 행사였다. 국장, 부장이 기사 문제로 안기부에 연행되어 조사를 받는가 하면 나는 1986년 2월에 쓴 '한국 내 미(美) CIA'로 해서 이른바 필화(筆禍)를 만났다. 워커 미국 대사가 장세동(張世東) 안기부장에게 조직이 노출되었다고 항의, 남산(南山)으로 연행되어 정형근(鄭亨根) 수사단장으로부터 밤샘 조사를 받은 뒤 사표를 썼다(4개월 뒤 복직).

월간조선과 신동아의 특종 경쟁이 민주화의 열병(熱病)에 걸린 독자들의 흥미를 유발, 판매 부수 급증(急增)으로 직결되는 이런 과정에서 기자들의 야성(野性)을 지켜준 분들이 있다. 이흥우(李興雨), 안종익(安鍾益), 김대중(金大中), 조병철(曺秉喆), 최청림(崔青林), 최준명(崔埈明), 임백(林伯) 출판국장, 허술(許鉥), 유정현(劉正顯) 부장, 편집의 최종 책임을 졌던 신동호(申東澔) 주필, 윤주영(尹胄永) 고문, 방상훈(方相勳) 부사장, 그리고 꼭대기에서 내려다보고 계셨던 방우영(方又榮) 사장이다. 기자들과 부장은 정권의 보도 지침을 무시하고 쓴 폭로성 기사를 지키려 하고 국장은 기자들의 이런 의욕을 통제하면서 경영진을 설득, 자극적인 폭로 기사가 가득 실린 잡지를 내어서 경쟁지인 신동아를 이기려 하는 과정에서 늘 '기분 좋은 내부 갈등'이 이어졌다.

1988년 2월호에 나는 '정부 위의 정부' 국가안전기획부를 심층취재하였다. 안기부가 칼자루를 잡고 언론이 칼날을 잡던 시절이 끝났음을 상징하는 사건이었다. 1987년 6.29 선언 이후 민주화의 진전으로 언론의 자유가 만개(滿開)하면서 종합지(誌)의 시대는 저물 것 같았다. 이젠 쓸 수 없는 성역(聖域)이 사라졌기 때문이었다. 1988년 총선거에 의한 여소야대(與小野大) 정국 속에서 이뤄진 5공 청문회가 월간조선과 신동아에는 또 다른 돌파구가 되어 부수 감소의 속도를 늦추어주었다.

1989년 6월호 월간조선에 내가 쓴 '6.29 선언, 전두환(全斗煥) 작품이다'는 제목의 기사가 실렸다. 1987년의 6월 사태가 파국으로 치닫고 있을 때 당시 민정당 대통령 후보이던 노태우(盧泰愚) 씨가 야권(野圈)이 요구하던 직선제와 김대중 사면 등을 받아들여 6.29 민주화 선언을 했다. 한국 정치사에서 가장 성공적인 도박이었다. 이 선언으로 민심이 반전(反轉), 그해 12월 선거에서 노태우 대통령이 등장하였고 한국은 유혈(流血) 사태 없이 평화적 민주화의 길을 걸을 수 있게 되었다. 6.29 선언은 노태우 후보가 전두환 대통령과 상의 없이 고독한 결단을 내린 것으로 포장되고 미화되었다. 대통령이 된 이후에도 이는 그의 가장 중요한 정치 자산으로 치부되었다. 월간조선 기사는 이 통설에 찬물을 끼얹는 내용이었다. 6.29 선언을 전두환 당시 대통령이 먼저 발상, 노태우 후보가 받아들이게 하고 자신은 뒤로 빠졌다는 기사였다. 노(盧) 후보가 처음엔 전두환의 제안을 거부하였다가 설득 당하였다는 '치명적 폭로'도 들어 있었다.

이 기사는 파문을 일으켰다. 당시 전두환 전 대통령은 5공 비리의 책임을 지고 백담사에 가 있었다. 기사의 부제(副題)가 '전씨 측근들의 폭탄 증언'이었으므로 6공에 대한 5공의 반격으로 인식되었다. 사람 좋은 박세직(朴世直) 안기부장은 직접 나를 찾아와 발설자(發說者)를 알아보려고 하였다. 기사가 정치적 파문을 일으키고, 월간조선은 서점에서 잘 팔리고, 회사에서 특종상까지 받았으니 나는 기분이 좋았다. 2005년에 6공의 실세였던 박철언(朴哲彦) 씨가 '바른 역사를 위한 증언'이란 회고록을 냈다. 월간조선 특종이 노(盧) 대통령을 화나게 하여 방우영(方又榮) 사장을 어렵게 만든 이야기가 다섯 페이지에 걸쳐 있었다.

1989년 5월 22일. 청와대 서재에서 (월간조선 기사 문제로) 대통령과 홍성철 비서실장, 그리고 내가 긴급히 회동했다. 노 대통령의 분노는 하늘을 찌를 듯하였다. (중략) 대통령은 하소연하듯이 "전 대통령은 이 길이 자신이 살 길이 아니겠느냐는 시각에서 그 같은 선언을 생각했고, 나는 구국의 일념으로 나를 버린다는 마음가짐이었으니 큰 차이가 있다"고 하면서……. 5월 23일 오전 11시 15분. 청와대 서재에서 노 대통령, 홍성철 실장, 최창윤 정무수석과 내가 모인 가운데 월간조선 문제에 대한 논의가 있었다. 홍 실장은 "조선일보 방우영 사장이 사과 서한을 각하에게 올리는 것으로 마무리하는 것이 어떻겠습니까?"라며 대통령의 노기를 달래보려고 했다. 노 대통령은 굳은 얼굴로 "이러한 모욕을 받고 어떻게 대통령을 계속하는가? 지금 심정으로는 대통령을 그만두고 민·형사 소송을 걸어 배상금으로 500억~1,000억 원 정도를 받아다 무주택 국민 아파트나 지어주고 싶다"며 언짢게 대꾸하였다.

대통령의 꾸중을 들은 참모들은 박세직 안기부장과 최병렬(崔秉烈) 공보처 장관을 불러 다시 회의를 한 뒤 조선일보에 요구할 사안을 결정하였다고 한다. 요구 사안 중에는 방우영 사장이 월간조선 부장과 조갑제 기자에게 엄중 경고한다는 내용도 포함되었다는데 나는 그런 경고는커녕 특종상만 받았다. 방우영 사장이 마음고생을 했으리라는 것도 이 책을 통해서 알았을 뿐이다. 방(方) 사장은 농담으로도 "왜 그런 글을 써가지고……"라는 말을 한 적이 없다.

'6.29 선언'엔 후일담이 있다. 월간조선 1992년 1월호는 '전두환(全斗煥)의 육성 증언'을 100여 페이지에 걸쳐서 특집으로 실었다. 5공 청와대의 사관(史官) 역할을 하였던 김성익(金聲翊) 공보비서관이 기록한 '6.29 선언'에 대한 전(全) 당시 대통령의 결정적 술회가 생생하게 소개되었다. 당시 편집장이었던 나는 최청림(崔青林) 출판국장과 함께 방상훈(方相勳) 부사장에게만 보고하고 보안을 위하여 가짜 표지와 가짜 목차를 만들어 인쇄소로 보냈다가 마지막 단계에서 진짜와 바꿔치웠다.

안기부에선 책이 인쇄에 걸린 날 오후에 상황을 파악, 나를 찾았다. 전화를 받지 않고 집에도 들어가지 않고 그날 밤을 코리아나호텔에서 보내면서 인쇄를 독려하였다. 책만 나오면 그 뒷일은 방우영 사장께서 알아서 해주실 것이라 믿었던 것이다. '전두환 육성 증언'이 실린 1, 2월호는 오랜만에 20만 부씩 찍었다.

그렇다면 6.29는 누구 작품인가? 퇴임 후의 노태우 대통령을 만나 취재한 것까지 종합하여 판단하면 역사를 바꾼 이 결정은 전두환 기획, 노태우 감독 및 주연으로 정리된다. 선언에 따른 부담을 져야 하였고, 선언 내용의 실천을 책임졌던 노태우의 몫이 더 크지 않을까?

방우영 회장은 월간조선이 큰 특종을 할 때마다 함께 기뻐하고 격려해주셨다. 특종의 환희를 처음 맛본 신참 기자처럼 순수했다. 이병철(李秉喆) 회장이 인재(人材) 제일의 사시(社是)로 삼성을 일으켰던 것처럼 방우영 회장은 기자(記者) 제일 정신으로 조선일보를 키웠다(그가 키운 좋은 기자들이 조선일보를 키웠다고도 볼 수 있다)는 생각이 든다. 특종의 설렘이 식는 순간 기자의 생명도 끝나는데 방우영 회장의 특종 욕심은 끝이 없는 것 같다.

마지막으로 기록을 위하여 밝혀두는 것은, 내가 월간조선 편집장으로 일하였던 12년 동안 조선일보 발행인이나 편집인이 월간조선에 실리게 되어 있던 기사를 빼도록 지시한 적은 열 번이 안 되는데 전부가 납득할 수 있는 이유였다는 점이다. 이만하면 편집의 자유는 만끽한 게 아닌가?

79

신새벽의 진수성찬

조영서

전 조선일보 출판국장, 전 월간 삶과꿈 편집인

조선일보의 1960년대는 '방우영 시대'의 개막이다. 1등 신문으로 가는 걸음을 내디뎠다. 그때부터 신문 편집의 혁신과 더불어 경영 합리화의 길로 한 발 한 발 나아간 것이다.

방우영 사장은 "신문은 편집이다"라고 늘 강조했다. 물론 취재, 논설, 칼럼도 중요하다. 편집은 신문 제작의 마지막 보루요 관문이기 때문이다. 그래서 젊고 패기만만한 김경환을 편집부장으로 발탁했다. 그가 한국일보의 편집부장으로 발령날 무렵 방 사장이 장기영 사주와 담판, 조선일보 편집부장 발령을 내렸다는 후일담도 들었다. 그때 그의 나이 서른다섯 안팎이었을 것이다. 김경환의 발탁은 방 사장의 안목이다.

그리하여 편집진의 물갈이를 단행, 경향 각지의 보다 젊고 괜찮은 편집기자에게 손을 뻗쳤다. 이른바 스카우트 작전이다. 동아일보에서, 한국일보에서, 서울신문에서, 부산의 국제신보, 부산일보, 대구의 매일신문, 영남일보에서 뽑아왔다. 이는 그 뒤에도 이어졌다. '김경환 편집진'은 외인부대로 짜여졌다. 방 사장은 이 모두를 김 부장에게 일임했다. 그만큼 그를 신뢰한 것이다. 그때는 이력서도 내지 않고 발령부터 받았다. 어떤 이는 발령을 받고도 있던 신문사에 붙들려 옮기지 못한 일도 더러 있었다.

아마도 1960년대 후반 무렵이었을 것이다. 야근하다가 느닷없이 객기를 부렸다. 사직동에 전화를 걸었다. "사장님 배가 고픕니다. 라면 좀 끓여주십시오. 강판한 뒤 찾아가겠습니다." 방 사장은 이를 받아주었다. 그때는 구내식당도 없고 통금(통행금지 0~4시)이 있는 시기라 야식하기 마땅찮았다. 청진동에 해장국집이 있었지만 그 시간에는 한창 야근할 때다. 야근자 몇 사람하고 신문사 지프차로 습격 아닌 습격을 감행한 것이다.

나의 외람된 객기가 얼마나 황당무계했을까. 하지만 사장은 서슴없이 "오라"고 했다. 그야말로 진수성찬이었다. 새벽 술에 횡설수설하다가 나오는데 양주 한 병을 주면서 한잔 더 하라고, 신문사 지프차를 불러주었다. 북아현동의 이상우 신혼방에서 몇 잔 더 걸치고 귀가한 기억이 희미하다. 지금도 사직동의 새벽 술기가 깨어나지 않는 것 같다. 그때는 술기에도 인간이 있었다. 어쩌면 신문사 사장은 고달픈 자리인지 모른다. 그다음 날 조영서의 새벽 습격에 잠을 설쳤다고 기분 나쁘지 않게 말하더라는 이야기도 들었다. 이것이 바로 방 사장의 아량이다.

어느 날 저녁 동아일보 편집부의 K와 뒷골목에서 한잔 기울였다. 그러곤 편집국에 들렀는데 신문사(구사옥) 현관에서 그와 조선일보 사진부 모 기자와 무엇 때문인지 시비가 붙었다. 그때 K가 홧김에 현관문 유리를 박살내었다. 이것이 문제가 되었다. 동아일보에서 사과는 물론 유리를 새로 끼워줬다. 그런 일이 있은 얼마 후 그 K가 조선일보 편집부 차장으로 들어왔다. 방 사장이 그를 불러 "그 유리값이 얼마지?" 하곤 금일봉을 주었다. 이것 또한 방 사장의 인간의 폭을 읽을 수 있다. 그만큼 사람을 아끼고 품에 안는다. 때로는 수습기자하고도 서슴지 않고 소주를 들기도 한다. 참 멋진 풍경이다. 요즘 말로 짱이다. 1등 신문이란 그냥 얻어지는 게 아니다.

체코 사태가 났을 때 일이다. 뉴스가 시시각각으로 쏟아져 나왔다. 프라하 방송은 "이것이 우리의 마지막 방송이다"라고 했다. 울먹이는 절규가 들려오는 것 같았다. 긴박했다. 사직동에 전화를 걸었다. "체코 사태가 심상치 않습니다. 1면 광고를 빼야겠습니다." 사장은 "그래, 빼도 좋다"고 했다. 이것 역시 신문사보다 신문을 생각하는 방 사장의 과감한 한 단면이다. 그날 '체코 총궐기'란 통단 컷 제목 아래 긴박함을 보도할 수 있었다.

나는 행인지, 아니 불행인지 조선일보에서 편집부장을 세 번이나 지냈다. 나는 편집을 천직으로 알았다. '명편집은 명사기(詐欺)다.' 이는 시각적 효과를 살리는 솜씨를 두고 하는 말이다. 제목도 제목이거니와 레이아웃 또한 편집의 몫이다. 명사기 속에 진실이 있다.

나는 방우영 상임고문, 방우영 명예회장, 방우영 회장보다 방우영 사장이 더 친근감 있게 다가온다. 지금도 "조영서……" 하고 부르는 소리가 들려온다.

80

환도 후부터의 만남

조용중

전 조선일보 정치부장, 전 ABC협회 회장

방우영 명예회장과 나는 1953년 정부가 서울로 환도한 뒤, 아직도 어수선했던 문교부를 함께 출입하면서부터 알고 지냈다. 그는 다른 출입처를 겸하고 있었기 때문에 자주 만나지는 못했다. 그 뒤 내가 두 번이나 조선일보를 드나들면서는 상무와 발행인을 자주 만나는 건 어려웠다.

할아버지 대부터 이어진 신문인, 그것도 조선일보 가계를 이어온 그는 타고난 신문인이자 에누리 없이 말하면 거의 동물적인 감각을 가진 신문인이라고 나는 생각한다. 기자로서 남다른 취재력이 있거나 뛰어난 문장력이 있어서가 아니었다. 그는 어떤 기사가 독자에게 먹히는지, 지면을 어떻게 꾸며야 독자들의 시선을 끌 수 있느냐를 직감으로 판별할 줄 아는 거의 천부적인 자질을 갖추었다고 할 수 있다. 그는 무시로 편집국에 들러서 아무와도 터놓고 잡담을 나누었고 저녁이면 자주 야근자들과 어울려 푸짐하게 불고기와 소주를 나누는 친근한 사주 집안의 막내 구실을 즐기고 있었다.

조선일보 전임 사장이자 고문인 백씨(伯氏) 일영 씨와 그는 남들이 부러워하는 돈독한 형제애를 자랑하고 있었다. 사람 좋기로 소문난 일영 씨와는 한 번도 형의 의견을 거스른 일이 없다고 할 정도로 그 형제애는 세상이 다 알고 부러워할 정도였다. 선우휘 편집국장 퇴임 때 누굴 후임 편집국장으로 할까를 놓고 일영 씨가 편집부국장인 나를 후임으로 생각하고 있을 때, 아우는 "조선일보가 살아남으려면 뿌리부터 바꿔야 한다"면서 같은 편집부국장인 김경환을 후임으로 정해야 한다고 형에게 맞섰다. 뒷날 아우는 그때 백씨와 벌인 논쟁을 "평생 처음으로 형에게 대든 사건"이라고 감회에 젖어 공개한 일이 있다.

내 이야기라 쑥스럽기는 하지만 그때 형제간의 치열한 논쟁은 조선일보가 오늘의 정상을 지키게 된 전기(轉機)랄 수 있는 역사적인 일이었다고 나는 생각한다. 동시에 그것은 방 회장 특유의 천부적인 동물 감각이 옳게 볕을 본 결과였다. 나는 지금까지도 그때 방우영 회장이 고집을 꺾지 않고 백씨와 벌인 논쟁에 경의를 표한다. 사실 그때 조선일보는 타성에 빠져 있었다. 그 타성은 조선일보를 경쟁에서 뒤떨어지게 만드는 만성병이 되어 있었다.

언젠가 첨예한 현안이 대립하고 있는 지방에 출장했을 때 그곳 지국장이 내게 엄정중립의 사시에 충실해야 한다면서 늘어놓던 말을 나는 지금도 기억한다.

"잘 모르시겠지만 조선일보는 중립지(紙) 아닙니까? 어떤 문제든 양론이 있어서 대립하고 있으면 우리는 보도를 안 해도 됩니다. 그게 조선일보가 지켜야 할 엄정중립이라는 걸 아셔야 합니다."

과장해서 말하면 중립과 독립을 그런 식으로 이해하는 건 그 지국장에 한하지 않았다. 누구도 벗어나려고 하지 않는 조선일보의 분위기나 다름없었다. 그런 타성을 뚫는 탄력은 모든 것을 바꿔야 한다는 방 회장의 건곤일척 철학만이 해결책이었던 때였다.

나는 그냥 평범한, 또는 그 이하의, 더 정확하게 말하면 날마다의 신문 지면조차 제대로 꾸밀 줄도 모르면서 실속도 없이 큰 소리나 질러댈 뿐이었을 테지만 김경환은 과묵하되 책임감과 하고자 하는 투지가 왕성했다는 점에서 나를 훨씬 앞섰던 것이다. 거듭 말하면 방 회장의 고집은 타성에 빠져 좀처럼 활력을 회복하지 못한 조선일보를 뿌리부터 바꾸는 새 출발의 기초를 닦기에 충분했었다.

세상이 돌고 돌아 전두환 초기에 신문에서 쫓겨났던 내가 언론연구원 조사연구이사로 어렵사리 언론계 주변에 자리를 잡기까지는 나도 고난의 나날이었다. 조선일보에 있을 때나 신문사 밖에 있을 때나 방 회장과는 기억에 남을 만한 접촉은 없었다. 그런데 내가 연구원에 자리를 잡았을 때 신문협회 부회장이었던 방 회장이 연구원의 이사장을 겸하고 있었다. 재회를 축하하면서 그는 나를 특별히 반겨주었다.

나는 내 책임으로 만드는 신문 방송 연감의 한구석을 개혁할 욕심으로 연감의 회사 소개면에 '각 신문사가 주장하는 우리 부수'라는 코너를 만들기로 했다. 각 신문사의 판매 부서도 호응해주었다. 지금 기억으로 대구매일신문만이 대외비를 핑계로 거부한 것 외에는 적당한 군살을 붙여서 자기 신문의 부수를 보내왔기에 초유의 각 신문사 공칭 부수가 연감의 작은 활자를 통해 공개될 수 있게 되었다.

그런데 넘어갈 수 없는 돌발 변수가 생겼다. 연감의 외주 인쇄를 맡은 인쇄 회사의 어느 호사가가 하필이면 자기가 아는 일본 신문의 특파원에게 이 사실을 흘렸고 각 신문의 부수를 그 신문에 보도해버린 것이다. 요미우리 신문에 눈에 띄게 실린 보도를 조선일보 주일 특파원은 바로 본사에 보고했고 방 회장은 날벼락 같은 보도에 크게 노했다. 하필이면 조선일보가 제공한 부수가 경쟁지에 조금 못 미치는 것이었기 때문에 방 회장은 더욱 크게 노했다. 나는 그 말을 듣고 바로 요미우리 특파원에게 항의 겸 자초지종을 알아보고 요미우리로 하여금 해명 기사를 쓰도록 강력히 요청했다.

그리고 바로 방 회장을 찾아갔으나 허탕, 다른 임원을 통해 내가 취한 해결책을 설명하면서 동시에 연감의 기사는 싣지 않기로 원고를 지워버렸다. 그러나 방 이사장은 연구원 이사장을 사퇴하겠다고 선언해버렸다. 다행히 며칠 뒤 요미무리는 내 항의를 받아들여 곧 민감한 한국의 신문 부수 공개가 몰고 온 신문계의 파장을 곁들여 해명 기사를 내주었다. 아마도 요미우리가 그런 해명을 보도한 것도 전례가 없는 일이었다고 그 특파원은 내게 설명했다. 물론 방 회장도 연구원의 진의를 이해하고 이사장 사퇴 의사를 거두었고 그 뒤로 한 번도 그 문제를 거론하지도 않고 서로 잊고 지내고 있다.

81

25년 인연 속에 담긴 신뢰와 존경

최기준

성공회대학교 명예이사장, 전 연세대학교 상임이사

일민 방우영 회장님은 연세 출신으로 현존하는 대표적 인물이시다. 우리나라 최고(最古)·최고(最高)인 조선일보와 연세대학교를 위해 일생을 살아오신 정신적 지도자이시다. 2016년 미수를 맞으시는 회장님의 업적과 공로를 상찬하며 진심으로 만수무강하심을 빌고자 이 글을 쓴다.

조선일보와 연세대학교는 회장님이 평생을 섬기며 봉사해온 큰 기관이다. 1952년 조선일보 견습생으로 입사하여 사회부와 경제부 기자를 거쳐 상무이사, 발행인, 전무이사, 그리고 대표이사 사장과 회장을 역임하고, 이어서 명예회장과 상임고문으로 66년간을 재임하신다.

또 회장님은 1949년 3월 연세대학교(당시 연희대학교 전문부) 상과를 졸업한, 연세를 지극히 사랑하는 동문으로서 1981년부터 연세대학교 동문회장과 학교법인 연세대학교 이사와 이사장을 역임하고, 연세 동문회 명예회장과 연세재단 명예이사장으로 추대되어 35년간 봉사하신다. 이로써 보면 회장님은 평생을 조선일보와 연세대학교를 지극히 사랑하면서 성장과 발전에 헌신하신 전형적 연세인이시다.

나는 연세대학교에서 56년간 재직하였다. 방우영 회장님이 1981년 연세 동문회장으로 추대되면서 나는 방 회장님과의 인연이 이뤄졌다. 방 회장님이 1988년 연세재단 이사로 파송되면서 그 인연은 더욱더 깊어졌다. 연세대학교 동문회장은 16년간(1981~1997년)이고, 연세재단 이사와 이사장은 16년간(1997~2013년)이었으니, 32년간을 연세를 품고 살아오신다. 나는 25년간(1981~2006년) 연세재단의 사무처장, 본부장, 이사와 상임이사로 재직하면서 방우영 회장님을 모시고 동문회 운영에 참여하고 재단 경영을 담당하여왔다.

방우영 회장님은 투철한 철학을 지니셨다. 동문회장으로서는 모교에 협력하되 절대로 이권에 개입해서는 아니된다는 확실한 입장을 지니셨고, 재단 이사장으로서는 모교에 봉사와 헌신이 있을 뿐, 학사 행정에 간섭할 수 없다는 소신이 강하셨다. 그래서 총장이 충분한 역량을 발휘하도록 든든한 울타리를 만드셨다.

특히 회장님은 카리스마적 지도력을 지니셨다. 연세 창립 100주년 기념사업을 위한 100억 원 모금 달성과 100주년 기념관 건립(1985년), 용재 백낙준 초대 총장 동상 건립(1987년 3월), 연세 동문회관 건립(1996년 6월), 그리고 노천극장 확장 사업 완성(1999년 5월)을 추진할 때마다 충분한 토의와 협의를 거쳐 차질 없이 추진할 수 있도록 분위기를 만드셨다. 가장 감격스러운 사건은 세브란스 새 병원 신축 사업(2005년 5월)이었다. 10년 가까이 논의를 거듭해오던 현안을 2000년 4월 이사회에서 새 병원 건축안을 확정하는 결단력을 보이셨다. 이 방대한 사업(5만 2000평, 3500억 원 규모)은 병원, 대학, 재단의 협력 사업으로 추진해야 한다고 그 방침을 설정하고, 건설사업단장으로 상임이사를 지명하셨다. 그때 회장님의 지도력에 감탄을 거듭했다.

나는 방우영 회장님을 25년간 모시고 일하면서 신임과 배려와 사랑을 받아왔다. 서로가 만나면 의견 교환을 충분히 하고 찬반 이견을 조정하면서 한 번도 언짢거나 불만스러워한 적이 없었다. 오히려 진솔하게 의견을 개진할 수 있었고, 회장님의 견해와 목표를 충분히 담을 수가 있어서 일의 추진이 순조로웠기에 늘 감사함을 느끼곤 했다.

나는 개인적으로 회장님과의 숨은 일화를 많이 품고 왔다. 회장님은 골프를 즐기셨다. 그때마다 나는 단골로 호출되었다. 나는 '독일병정'이라는 별명을 얻었다. 비교적 드라이브샷이 일정했기 때문이었다. 어느 날 한양CC에서 골프를 끝내면서 "저녁은 프랑스 요리를 먹자"고 하여 기분 좋게 따라갔다. 그런데 간 곳은 고급스런 식당이 아닌 허름한 한옥이었다. 지금 생각하면 싸리집(보신탕)이었다. "보신탕 좋아해? 이거 먹을 줄 알아야 해!" 하면서 양주잔을 채워주셨다. 처음에는 난감했다. 그러나 용기를 내고 "네, 잘 먹습니다" 하고는 맛있게

(?) 먹었다. 그때 보신탕이 처음이었다.

1996년 6월 대망의 연세 동문회관을 준공하고 나서 홍대 앞 '동촌(東村)'에서 저녁 회식 자리가 마련됐다. 동문회와 연세대 간부들로 자리가 가득 찼다. 방 회장님의 숙원 사업이 이루어진 흥분된 분위기로 열기가 드높았다. 그때 회장님은 나를 불러 옆자리에 앉혔다. "당신 정말 수고했어" 하시며 폭탄주를 주셨다. 술을 못하는 탓에 폭탄주에 기가 질렸다. 그러나 그 분위기에 어쩔 수가 없었다. 눈을 딱 감고 한 잔을 들이켰다. 이것으로 끝날 줄 알았는데 두 잔, 세 잔 연거푸 마시게 되었다. 감당하기 어려운 상황까지 왔다. 그때 그 기억이 지금까지 잊히지 않는 추억의 한 토막이 되고 있다.

언젠가는 무주 구천동으로 밴을 타고 골프 여행을 떠났다. 관광철이 지난 뒤라 무주 구천동은 써늘한 분위기가 감돌 정도로 한산했다. 저녁 식사를 하러 호텔 밖으로 나갔으나 마땅한 음식점을 찾지 못했다. 그때 회장님은 푸줏간이 붙은 음식점을 찾았다. "돼지고기는 바싹 구워야 맛이 있다"고 하시며 소주잔을 돌렸다. 바싹 구운 돼지고기 맛이 일품이었다. 돼지고기 굽는 법, 소주 마시는 법, 냉면 먹는 법을 소상히 설명하며 식욕을 돋우어주셨다. 회장님은 사냥을 다니면서 맛있는 음식을 먹는 법을 터득하신 것 같아 부럽기까지 했다.

내가 회장님과 함께 활동한 25년 동안 경험한 무수한 사연과 숨겨진 일화들이 많다. 그 중에서 가장 보람 있고 자랑스런 추억은 무악로타리클럽의 창립 때 이야기다. 나는 무악로타리클럽의 창립에 대한 뜻을 세우면서 어려운 일이 초대 회장을 추대하는 일이라고 생각했다. 그래서 회장님을 방문할 때마다 기회가 있으면 로타리클럽에 대한 화두를 자주 꺼냈다. 처음에는 미온적인 반응이었다. 며칠 후 또다시 로타리클럽에 대한 이야기를 꺼냈지만 그 반응도 별로였다. 이런 과정이 몇 차례 거듭되면서 언젠가는 로타리클럽을 만들 생각인데 회장님으로 모시겠다는 제의를 하게 되었다.

그랬더니 김학렬 장관(당시 경제기획원)의 권유로 라이온스클럽을 방문한 적이 있었는데, 별난 모자와 조끼를 입고 큰 소리를 외치는 모습이(라이온스클럽의 상징인 사자후를 뜻함) 보기가 무척 민망스러웠는데, 나보고 그런 것을 맡으란 말이냐고 하면서 손을 내저으며 말도 꺼내지 못하게 하였다. 이러한 과정이 반복되는 속에서 라이온스클럽과 로타리클럽의 차이점, 그리고 로타리클럽의 장점을 설명하는 과정에서 드디어 로타리클럽에 대한 관심을 끌어내고 회장 수락을 얻게 되었다.

방 회장님은 1995년 10월 27일, 드디어 163명의 회원으로 구성된 무악로타리클럽 창립 총회에서 초대 회장에 취임하셨다. 그로부터 회장님의 로타리클럽에 대한 관심과 열정은 날로 높아지고, 로타리 안에서 변화해가는 모습을 볼 때마다 나는 회장님의 또 하나 다른 모습을 찾아볼 수가 있었다. 초대 회장에 취임하면서 밝힌 인사 말씀이 그대로 실천되고 있다는 사실을 확인할 수 있었기 때문이었다. 그때 인사 말씀의 한 구절이 이러했다.

"저는 솔직히 말해서 로타리클럽의 본질과 존재를 잘 알지 못하고 있습니다. 그래서 주위로부터 권유를 받았을 때부터 몹시 고민하였습니다. 그러한 제가 오늘 큰 의미와 큰 기대를 갖고 출범하는 무악로타리클럽의 회장에 취임하게 된 것은 제 인생에 있어 어쩌면 또 하나의 변화와 결심을 갖게 하는 동기를 부여받았기 때문이라고 할 수 있습니다. 알고 보니까 로타리클럽은 역할의 범위를 넓히고 직업의 도덕적 수준을 높이며 봉사와 이상을 실천함으로써 국제적 이해와 친선을 통해 평화를 증진하는 데 목적을 두고 있다고 합니다. 글자 그대로 알찬 조직입니다."

나는 회장님이 무악로타리클럽의 초대 회장으로 추대되어 로타리 정신으로 변화되고 수용하는 모습을 보면서 진심으로 자랑스럽게 생각하게 되었다. 로타리클럽은 주 1회 주회를 갖는다. 회장님으로서는 참으로 번잡스런 일정이었다. 그런데 주회에 빠지는 경우가 없었다. 창립된 후 제5회 주회(1995년 11월 19일) 연사로 '신문 읽는 법'이라는 특강을 하셨다. 체험적 사실을 통한 강연이라 흥미진진하였고 큰 감동을 주기도 하였다. 더구나 로타리클럽은 직장 주회도 갖는다. 회원들의 직장을 방문하여 주회를 갖고, 회원의 기업에 대한 이해를 높인다. 무악로타리클럽 첫 직장 주회(1996년 10월 30일)는 회장님의 초청으로 조선일보사를 방문하게 되었다. 회장님의 로타리클럽에 대한 사랑과 배려가 아니고서는 있을 수 없는 기회였다.

그 후에도 회장님은 조선일보의 간판스타로 명성을 지닌 이규태 논설위원, 김대중 주필, 송희영 경제부장, 류근일 논설위원을 주회 연사로 추천해주셔서 무악로타리클럽의 위상을 한껏 높이는 데 깊은 관심과 열정을 보이셨다. 577회 주회(2009년 7월 7일)에서 '북한의 현지 상황과 통일 문제'로 특강을 하실 만큼 무악로타리클럽에 대한 애정이 참으로 두터우셨다. 지금까지도 회장님의 '집단적 자긍심'을 키우시려는 배려를 잊을 수가 없다.

이 글을 쓰면서 나는 다시 한 번 일민 방우영 회장님을 사모하는 장고의 시간을 갖게 되었다. 언제 어디에서나 회장님은 우리들의 중심적 존재이시고 상징적 표상이며, 그 위상은 우리들의 부러움의 대상이기도 하다. 미수를 맞으시면서 아무쪼록 더욱더 건강한 모습으로 우리 안에 함께 계시기 바라는 마음 간절할 뿐이다. 언제나 주님의 은총 가운데서 평강하시길 축원하는 기도를 드린다.

82

방우영의 골프 3관왕

최영정

전 조선일보 체육부장, 전 한국신문잉크 대표이사

방우영 회장은 필자를 골프평론가, 즉 골프 칼럼니스트로 입신양명 (?)시켜준 최초의 은인이다. 1967년 체육부 데스크 시절 "골프를 체육면에서 다루라"는 방 회장 지시로 조선일보에 골프란이 탄생했다. 물론 당시 필자가 직접 취재하여 매주 1~2회씩 칼럼으로 체육면에 실었다.

"신문이 골프를 취재 대상에 넣지 않고 더 이상 외면할 일이 아닌 시대에 왔다. 우리가 골프 기사를 맨 먼저 다루자. 곧 다른 신문들도 우리를 따라올 것이다. 최영정 씨가 맡아 해봐!"

이것이 골프가 조선일보 지면에서 처음 시민권을 얻어낸 경위이고 필자의 골프 취재 제1호 기자 등단의 계기이다. 우리 신문들이 일제

치하 이래 광복 후에도 줄곧 유별난 골프 기피, 골프 매도에 사로잡혀
온 풍조를 조선일보가 맨 앞장서서 순화하는 기선 잡기에 나섰고 그
선봉에 본인이 뛰게 된다.

1주 1~2회씩의 골프 기사 내용은 빈약했다. 박정희 대통령의 골프
장행을 비롯해 군벌, 국회, 고위 공직자, 재계, 금융계 인사들이 벌이
는 친목 단체 경기와 한장상, 이일안, 홍덕산 등 20여 프로골퍼 집단
의 프로 골프 경기의 보도가 고작이었다. 당시 골프장이라야 능동의
서울CC, 고양의 한양CC와 뉴코리아CC, 군포의 안양CC 등 10여 개
에 불과했고, 골프 인구도 1,000~2,000명 정도여서 주말에는 서울 근
교 골프장은 만(滿)탱크였다가 주중 골프장은 텅텅 비었던 때이다.

한국 골프의 메카 능동 서울CC(현 어린이대공원)가 주된 취재 대상
임은 물론이었다. 허정구 서울CC 이사를 만나 취재상 편의에 하프
세트까지 선물받았다. "조선일보에 우리 기사가 잘 난다며?" 하고 필
자에게 구독 신청하는 프로골퍼와 아마골퍼도 제법 많았다. 그때마다
방우영 회장의 선견지명이며 예지를 새삼 절감했다. 오늘날 조선일보
를 으뜸의 자리에 올려놓은 그의 힘을 짐작케 하는 대목이기도 하다.

"자유당 말기 재무부 출입 기자 시절, 삼성물산 허정구 부사장으로
부터 '술 좀 작작 마시고 골프를 하라'는 권유를 받아 골프를 시작했
으며 그 후 골프에 심취하여 사원에게도 적극 권유했다."

이상은 방우영 회장의 저서 '나는 아침이 두려웠다'에서 밝힌 그의
골프 입문의 변이다. 덕분에 조선일보에는 언론사 최초로 사내 골프

회가 결성되어 활발한 활동으로 타사의 부러움을 샀다. 우리 '조일(朝日)골프회' 정례 골프 모임에 방 회장의 친지들이 번갈아 스폰서를 했고 허정구 회장도 그 중 한 독지가였다.

허정구 씨가 훗날 골프협회(KGA)의 6대, 7대 회장을 하더니 방우영 회장도 11대, 12대 회장을 맡는다. 그 허정구 씨의 3남 광수 씨도 방우영 회장의 조카로 현 조선일보 사장인 방상훈 씨와 찰떡궁합 사돈을 맺더니 골프협회 회장에 오르는 경사를 맞았으니 세상에 이런 골프 기연(奇緣)이 있으랴 싶다.

조선일보를 일류지의 반석 위에 올려놓는 본업이 성취되면서 방우영 회장은 골프계의 재건에 헌신하는 바 부업 이상의 열성을 쏟는다. 주위의 숱한 골프꾸러기들의 성화 같은 떠밀기와 권고에 따라 사단법인 서울CC의 이사장에 오르게 되는 바 새삼 필자의 취재 대상에 편입된 셈이다. 1992년 3월 한국 골프 클럽의 원조 서울CC의 이사장에 선임되면서 언론계 '거목'의 사단법인체 골프장 최고경영자 변신을 골프계가 주목하게 된다.

'전 공휴일을 멤버스 데이로'가 방 이사장의 첫 구호였다. 모든 쉬는 날을 비지터 없는 회원의 날로 한다는 서울 · 한양CC의 회원 절대 우대 정책은 회원제 골프장 업계에 신선한 바람을 일으켰다. 명(名)회원제 클럽의 회원이 언제든 쉽게 라운드하려면 의당 연회비를 물어야 한다는 그의 제의에 파란이 일었다. 회원들의 충분 · 흡족한 라운드 시행으로 생기게 마련인 클럽의 적자일랑 회원들이 연회비로 보전함이 원칙이라지만 '전(全) 요일 회원의 날'화(化)로 생길 손실은 연간 25억 원쯤으로 계산되기 때문이었다.

방 회장은 서울·한양CC 36홀 외에 빈터에 퍼블릭 9홀을 증설키로 착공을 서둘렀다. 그는 서울·한양CC의 융성을 위하여 나름의 이상(理想)의 꿈을 펴려고 무진 애를 쓰며 보람도 느끼는 듯했다. 9홀 증설을 반대하는 현지 고양시의 일부 시민들이 태평로 조선일보 사옥 앞에 집결, 시위하는 사태를 필자는 착잡한 심정으로 지켜보아야 했다. 그 9홀은 방 이사장 발의 22년 후인 2014년에야 개장되었다.

'전 요일 회원의 날'제가 완화되어가고 연회비 징수도 보류되고 9홀 증설도 늦어만 갔지만 방 회장은 서울·한양 회원이면 언제라도 예약 없이 그냥 나가서 기다리면 라운드할 수 있다는 '회원 천국' 실현을 밀고 나간 끝에 1999년 3월 이사장직에서 물러난다. 파벌 간 얽히고설킨 실타래 이해관계로 기능이 마비, 중독된 서울CC의 구태는 한 굉장한 일꾼을 잃고 만 셈이다.

그런 그에게 할 일이 더 있었으니 골프협회 수장의 일이었다. 서울CC 역대 이사장 중 대한골프협회 회장에까지 오른 사람은 김성곤, 박종규, 그리고 방우영 세 명뿐이다. 방 회장의 골프 멘토 허정구 씨도 골프협회와 골프장업협회(KGBA), 프로협회(PGA)까지 골프계 3대 요직을 두루 섭렵했지만 오직 서울CC 이사장만은 못했다.

어느 사이 방우영 회장은 골프계 여망을 흠뻑 안은 귀한 신분에 랭크되고 만다. 사실 그는 앞서 1996년 골프협회 회장 자리에도 떠밀려 올랐었다. 전임 이동찬 회장의 강한 권고에 의해서 배턴을 이어받은 것으로 부회장에서 승격한 케이스다. 서울CC 이사장에 골프협회 회장의 2관왕, 거기에 첫 골프 칼럼니스트 배출까지 합치면 그는 골프 3관왕이 아닐 수 없다.

돌이켜보면 1959년 3월 제2기 수습기자로 입사하여 18년간 선배 기자, 상사, 사장으로 떠받들어온 방 회장을 퇴사 후에는 골프를 매개로 30년간 스킨십을 하리라고 어찌 짐작이나 했겠는가. 그동안 방 회장에게 느낀 바를 솔직히 적는다면 골프계 진입 후 그의 주변 인물 집단에 문제가 많아 분규를 일으켰고 그것으로 방 회장의 이미지에 손상이 컸다는 사실이다.

국가대표 상비군 훈련비로 20억 원을 문체부에서 얻어내는 화끈한 그의 활동은 꿈나무들이 아시안게임 등에서 금메달을 무더기로 따내는 성과로 이어져 지금까지 회자되고 있다. 2000년 봄에는 '한국 골프 100년' 출판 기념연을 성대히 열었는데 '100년'의 연대(年代) 셈이 틀렸다는 지적을 받았다. 한국 골프의 효시가 흔히 1900년 북한 원산(元山)세관 영국 관리들에 의한 6홀이라고 하지만 이것은 촌로(村老)의 설(說)일 뿐 근거도 흔적도 없다. 일제강점하 1921년 일본인에 의한 서울 효창원 9홀 오픈이 사실(史實)로 드러났고, 그래서 진짜 '한국 골프 100년'은 6년 후인 2021년이 맞다.

방 이사장 이임 후 서울CC 이사장 자리는 회원 직접선거제로 바뀌어 선거전이 백열화되었다. 그 끝마다 선거소송이 줄짓는 붐으로 망신스러웠지만 어디까지나 클럽 민주화 과정의 비싼 대가로 치부된다. 한편 경기 단체인 골프협회는 장(長)을 직선제가 아니고 구두(口頭) 추천제로 뽑는 행태를 이어오고 있어 문체부의 지침 위반 사례로 올라 있다.

역대 골프협회 회장들은 방우영 회장을 제외하고 그 신분이 한결같이 골프장 소유자, 즉 골프장 경영 업주들이다. 그래서 골프장 업주의 영업 단체인 대한골프장경영협회(KGBA)와 구조, 체질까지 엇비슷하여 차별이 안 된다는 평을 듣는다. 그러나 현 허광수 회장은 남서울 CC 업주이면서도 국가대표선수와 한국아마선수권 챔피언에 클럽챔피언 경력의 경기인 출신이어서 경기 단체 최적격 회장감으로 친다.

방우영 회장은 골프협회 회장 임기를 다한 후 배턴을 막역한 윤세영 씨에게 물려준다. 윤 회장은 현 허광수 씨에게 자리를 넘겨주는 '대물림'이다. 차기 회장도 현 수석부회장 강형모(유성CC 업주) 씨가 물려받으리라는 예상이 절로 나온다. 이들을 '골피아(골프 마피아)' 또는 '골프 로열 패밀리'라고 재미나게 부르는 골프 식자(識者)들이 있다. 물론 골프장 업주가 아니면서 골프협회 회장직에 오른 방우영 회장은 예외이고 순수한 '골프 마니아'의 반열이다.

필자는 조선일보 기자로 꽃을 피우지 못한 채 퇴사를 했지만 신문협회 사무국장, 신문잉크 사장을 역임하면서 골프 칼럼니스트의 일에 신명을 다한 끝에 조금 입신양명(?)했으니 이 모두가 방우영 회장이 내린 홍복 아니랴 싶다. 그 옛적에 "골프를 신문기사로 다루자"는 방우영 회장의 '일갈'이 없었던들 남들이 추어주는 '제1호 골프 칼럼니스트 최아무개'는 태어나지 못했으리라 해서다. 당시 "골프를 취재하라"가 그리 달갑지 않았지만 그것으로 40여 년 이어진 의미 있고 재미난 골프 취재, 기사 작성, 저서 출간 등으로 보람차고 바쁜 말년의 즐거움으로 꽃피었다고 자위하다 보니 인생 진정 새옹지마 같다고도 느낀다.

"우리 골프 칼럼의 원조는 단연 최영정이고 이미 자타가 공인한다. 조선일보 사설의 '골프 망국론'에도 최영정은 체육부 데스크를 맡아 골프를 시작하고 직접 썼다." 이상은 필자와 입사 동기 김용원이 필자의 '이것이 골프 매너다'의 서평 중에 쓴 한마디이다. 경제부 김용원은 방우영 회장의 승낙(?) 아래 골프를 해서인지 실력이 곧 늘어 언론계 으뜸의 싱글 솜씨(핸디캡 3)를 굳힌 '골프 일재(逸才)'이다. '도서출판 삶과꿈'에서 필자의 골프 저서 17권 중 10권이나 출판하는 우의를 잊지 못한다. 필자는 한국경제신문에 매주 1회씩 12년간 골프 칼럼을 썼다. 고인이 된 이규행 사장의 배려와 호의 아래의 장기 연재 덕분에 필자의 필명이 꽤 팔렸는데 그의 후임 호영진 사장 때 연재는 끝났다.

조선일보 재직 18년, 능력만큼, 노력한 만큼만 용하게 살아남았다. 내내 흙수저를 물어오다가 퇴사 후, 그러니까 밖에 나와서 골프 칼럼을 써오면서 '아, 내가 이따금 금수저를 물었구나'라는 생각을 한다. 조선일보 출신이라는 타이틀이 오로라가 되어 큰 힘이 되었음은 물론이다.

　조선일보 입사, 방우영 회장 조우는 필자 일생 최대의 대박 같다. 그 방우영 회장이 어언 88세, 미수를 맞는다니 축하와 만수무강을 거듭 빌며 이 글 '방우영의 골프 3관왕'을 헌정한다. 필자를 그는 최 부장 또는 최 국장 등의 직급 칭호를 달지 않고 항상 "최영정 씨" 하고 이름만 부른다. 그게 더 반갑고 정답다. 그 목소리를 더 듣기 위해서라도 '백(百)'에서 '일(一)'을 뺀 나이 99세, 즉 백수(白壽)까지도 불사하셔야 한다.

83

서로 다른 방식, 하지만 정상은 하나뿐

최정호

전 연세대 교수, 전 동아일보 대기자

방우영 선생님의 미수를 축하드립니다.

신문사라고 하는 격무에 종사하신 분들의 장수는 그 자체만으로도 하나의 큰 성취요, 축하해서 마땅한 인생의 경사라 여겨집니다. 하물며 밤낮의 경계를 철폐한 조간신문을 반세기 넘도록 경영하신 방우영 선생님의 미수는 당신뿐만 아니라 언론계에 종사하는 모든 분들에게도 희망을 안겨주는 복음이라 해서 좋을 줄 믿습니다.

어느 한곳에 지긋이 뿌리를 내리지 못하고 신문사와 대학교를 철새처럼 오가던 한 사람이, 더욱이 신문사도 어느 한 곳에 자리잡지 못하고 여러 곳을 떠돌이 하던 사람이 한 일자리를 60년이 넘도록 지켜오신 분의 미수를 축하하는 대열에 낀다는 것은 분수를 모르는 일이라 여겨집니다. 더욱이 저는 조선일보에는 겨우 1년 정도 객원으로 근무한 인연밖에 없는 자격 미달의 문밖 사람입니다.

그런데도 - 우선 이 얘기부터 해두는 것이 옳겠습니다 - 제가 10여 년 전에 고희의 나이가 됐을 때 20여 년을 봉직한 대학교 직장에서도 모르고 지나가는데 겨우 1년을 객원으로 인연 맺은 조선일보사에선 '전직 사원'으로 초빙해서 선물까지 주신 일이 있습니다. 그것이 바로 조선일보요, 사람과 사람 사이를 끈끈하게 묶어주는 방우영 선생님의 신문사 모습입니다.

저는 비록 신문인으로 평생을 살아오지는 못했습니다만 한국전쟁 이후 우리나라 신문 매체의 전성시대에 무에서 유를 창조한 두 신문의 뛰어난 창간 발행인, 그리고 일제의 강점시대에 태어나서 광복 이후 다시 속간되어 일간신문 시장의 1위 자리를 수성한 빼어난 경영인을 가까이 뵐 수 있는 행운을 누렸습니다. 1954년 창간한 한국일보의 장기영(1916~1977년) 사장과 1965년 창간된 중앙일보의 홍진기(1917~1986년) 사장, 그리고 조선일보의 방우영 사장 세 분입니다.

한국일보는 1955년 초에 수습기자 시험을 치르고 입사해서 비록 본사 근무보다는 해외에 나가 있던 기간이 더 많기는 하였지만 이 신문의 전성기를 일궈낸 1950~60년대에 장 사장님을 가까이 모실 수 있었습니다. 중앙일보는 불꽃같이 사세가 피어오른 1970년대 초의 3년 동안 논설위원으로 홍 사장님을 자주 뵐 수 있었습니다. 두 분은 한국 현대사에 큰 표제가 될 두 신문의 창간 발행인이요, 같은 시대를 살아온 거의 동년배이셨습니다. 그럼에도 불구하고 두 분의 신문 경영 방식은 꼭 맞춰놓은 그림처럼 대조적이었습니다.

장기영 사장은 선린상업학교를 졸업한 학력만으로 34세에 국립중앙은행인 한은 부총재를 역임했고 38세에 일간신문 창간 발행인이 되셨습니다. 그 뒤 정부에 들어가선 부총리 겸 경제기획원 장관을 역임하시기도 했습니다. 참으로 놀라운 경력이요, 그 배경엔 초인적인 정력과 각고정려(刻苦精勵)의 비상한 노력이 있었다는 것을 짐작하고도 남는다 하겠습니다.

'왕초'라는 애칭을 즐기던 장 사장의 신문 경영 스타일은 한마디로 무불간섭의 현장주의 방식이었다고 회고됩니다. '옴니프레젠트(omnipresent, 언제 어디에나 나타나는)'의 사장! 편집국장에서부터 사회부 야근 기자까지, 총무·광고·공무국의 간부에서부터 말단 사원까지, 또는 회사 수위에서부터 운전기사까지 그 누구나 어쩌다 뒤를 돌아보면 낮이건 밤이건 왕초가 등 뒤에 서 있는 것이 장기영 사장 시대의 한국일보였습니다.

이에 비해서 홍 사장의 중앙일보 경영 방식은 한국일보 장 사장의 그것과 극과 극의 대조를 이룬 것으로 느껴졌습니다. 경기중학교와 경성제대 법과의 엘리트 코스를 밟은 홍 사장은 광복 후에도 대검 검사, 법무부 장관, 내무부 장관 등 요직을 두루 거친 수직적 출세가도를 달려온 '현대 한국의 수재'였습니다. 옛날 군주시대에는 그처럼 학식과 관록을 갖춘 최고 엘리트의 자리가 추밀원고문(樞密院顧問,

Geheimrat)이라 했다면 홍 사장은 바로 그 추밀원 고문실처럼 깊숙하게 자리잡은 은밀한 방 안에서 종합 언론 제국을 총지휘하셨습니다.

장기영 사장의 신문 경영 방식이 왕초처럼 대로적(大路的)·향외적(向外的)·개방적이라고 한다면 홍진기 사장의 그것은 추밀원처럼 실내적·향내적·밀폐적인 것으로 보였습니다. 한국일보 사원들은 '인생 도처에 유 왕초'의 장 사장 얼굴을 어쩌다 운이 좋으면 일주일에 하루쯤 보지 않는 행운을 누릴 수 있었습니다. 그와는 반대로 중앙일보 사원들은 어쩌다 운이 돌아오면 일주일에 한 번쯤 홍사장의 용안을 뵐 기회에 얻어걸립니다. 아침에 신문사에 나와 대기하고 있는 엘리베이터를 타고 사장실에 들어가시면 홍 사장은 저녁에 퇴근하실 때까지 온종일 거의 밖으로 나오지 않으셨습니다.

당시 한국일보가 세 개의 일간지, 두 개의 주간지를 발행하고 있을 때 중앙일보·동양방송은 일간신문 외에 한 개의 주간지, 세 개의 월간지에 라디오, 텔레비전 방송까지 경영하고 있던 우리나라 최대의 다매체 언론산업을 운영하고 있었습니다. 한국일보사에는 그래도 무불간섭의 현장주의자 장 사장의 눈이 닿지 않는 구석이 의외로 많았습니다. 가령 일간지만 하더라도 장 사장이 특별한 애정을 갖던 두 개의 고정 칼럼 '지평선'과 '메아리'는 어떤 주제로 쓰건 간섭하지 않았으며 주간지 등 방계 매체의 편집엔 거의 사주의 간여가 없었던 것 같았습니다. 그에 비해서 중앙·동양의 홍 사장은 그 많은 인쇄·방송 매체의 모든 편집·편성과 집필·출연 인사, 그리고 예산에 이르기까지 사전 기획에서부터 사후 결과와 평가까지 빈틈없이 통제하고 있었습니다.

지나친 주관적인 단순화가 될지 모르나 우리나라 신문사에서 1950년대를 한국일보가 창간된 연대요, 1960년대는 중앙일보를 창간한 연대라고 본다면 1970년대는 조선일보가 정상으로 비상한 연대라 속으로 생각해보곤 합니다. 한국전쟁 이후 내놓고 '상업지'로 새로 창간한 앞의 두 신문이 미국 신문사에서 흔히 등장하는 개념으로 분류한다면 이론의 여지 없는 '발행인의 신문' 유형에 속한다고 한다면 일제강점 치하에 햇빛을 본 조선일보는 '편집인의 신문'이라 해서 좋을 줄 압니다.

물론 '편집인의 신문'이라고 해서 신문의 소유 경영권이 편집인에게 있다는 뜻은 아닙니다. 다만 신문 지면 제작에 어느 정도 편집인의 결정권이 주어지느냐, 또는 어느 정도 발행인이 간여하느냐 하는 상대적인 기준에 따라 '발행인의 신문'과 '편집인의 신문'의 컬러가 식별되겠다는 얘기입니다. 1970년대 말에 내가 본 조선일보는 당시 발행되고 있던 우리나라 신문 가운데서 주필과 편집국장의 의견과 체취가 지면에 가장 강하게 풍기고 있는 신문으로 여겨졌습니다. 그전부터도 대부분의 경우 편집국장을 거쳐온 홍종인 · 최석채 주필들은 그 이름이 발행인 이상으로 조선일보의 심벌마크가 된 분들이었습니다.

뿐만 아니라 지금에 와서 돌이켜보니 1970년대에 들어와 조선일보는 71년부터 80년까지 놀랍게도 오직 한 사람의 주필(선우휘)과 한 사람의 편집국장(신동호)이 장장 10년 동안을 신문 논설과 편집의 책임을 맡아왔던 연대이기도 했습니다. 그리고 그 1970년대는 조선일보가 착실하게 한국 신문의 정상으로 웅비했던 시절입니다. 그 무렵 저는 '내가 보는 조선일보'라는 글을 써달라는 원고 청탁을 받고 다음과 같은 말로 글을 맺어보았습니다

"……이처럼 조선일보가 주필과 편집국장의 무리 없는 양식(良識)에 의해서 제작되고 있다는 사실은 바로 그 등뒤에서 이들을 신뢰하고 편집 제작의 모든 재량권을 내맡기고 있는 시원스런 성품의 발행인이 있기 때문이 아닌가 생각된다. 나는 조선일보의 발행인을 본 일이 없으나 조선일보의 지면을 보면 그런 생각이 든다."

그러다가 1980년대 초에 저는 약 1년 동안 조선일보사의 객원 논설위원으로 나가서 방우영 사장을 가까이서 뵐 기회를 얻었습니다. 그 분은 그때까지 보아왔던 신문사의 사장들과는 전혀 다른 아주 대조적인 모습이었습니다. 방 사장의 신문 경영 스타일은 장기영 사장처럼 무불간섭의 현장주의도 아니요, 홍진기 사장처럼 은밀한 통제의 완벽주의도 아니라 여겨졌습니다. 도대체 방 사장의 경영 스타일은 고식적인 어떤 '주의'가 아니라, 그런 주의 따위는 아랑곳하지 않는 허허실실 초탈자재(超脫自在)의 모습으로 보였습니다

가령 논설위원실에도 아무 때나 정장보다는 캐주얼 차림으로 불쑥 나타나셔선 창가에 등을 기댄 채 이런저런 세상 얘기를 꺼내시다가

이따금 기가 막힌 편집 아이디어를 내시곤 하는 것을 보았습니다. 가령 지금은 모든 신문의 관행이 되었지만 사외 필자를 '사빈(社賓)'으로 모시고 장문의 기명 칼럼을 매일 연재하게 된 것은 80년대 초 조선일보가 시작한 '아침 논단'이 효시였으며 그것은 방우영 사장의 창변(邊)의 아이디어였다는 것을 저는 증언할 수 있습니다.

요컨대 방 사장의 신문 경영 스타일은 '대로'형도 '밀실'형도 아니요, 차라리 '골목'형이라고나 할, 어떤 면에서는 매우 정감이 넘치는 분위기를 띠고 있는 것으로 느껴졌습니다. 1950년 이후에 창간된 '발행인의 신문'이 상하 수직적인 소통을 위주로 하는 권위주의적인 유형의 발행인에 의해서 창업에 성공했다면, 조선일보가 수성하며 정상에 웅비한 것은 좌우 수평적인 소통을 시원히 함으로써 탈(脫)권위주의적인 분위기, 매우 친화적이고 정감 어린 끈끈한 인간관계에서 이룩된 성과가 아닌가 생각해봅니다.

날이면 날마다, 아니 많은 경우엔 시간 시간마다, 수많은 사람들의 정신적 집중과 그 소산으로 경쟁하는 신문산업에 있어 가장 중요한 승패의 열쇠는 어떻게 함으로써 모든 사원의 창의적인 아이디어를 쏟아내게 할 수 있을까 하는 '브레인스토밍'의 전략에 있다고 저는 생각해오고 있습니다. 모든 사원의 마음을 편하게 해주고 누구나 할 말을 할 수 있게 해주고 그러자니 절로 자기의 직장을 사랑하게 만들어주는 방우영 사장님, 그 분의 신문사가 풍기는 따뜻한 사내 분위기, 독일 사람들 말로는 '콜레기알(kollegial, 동료적인)' 분위기가 방우영

사장님이 조선일보를 정상으로 밀어올린 신문 경영의 스타일이 아닌
가 생각해봅니다. 그리고 그것은 우리나라 경영학의 한 연구 주제가
되어도 좋겠다고 저는 생각합니다.

84

글 사랑, 책 사랑, 신문 사랑

최준명

전 조선일보 논설위원, 전 조우회장

미수를 맞게 되신 방우영 고문은 한국 언론계에 '방우영 시대'를 각인한 탁월한 언론 경영인이었다. 또 좋은 저자와 좋은 문필가를 무엇보다 누구보다 아끼고 사랑한 독서가였고 애서가였다. 이 같은 그의 책 사랑, 신문 사랑이 조선일보적 풍토, 조선일보적 분위기의 토양이 되었음을 새삼 느끼게 된다.

8년 전 얘기다. 조우회(조선일보 퇴직 사우 모임)는 회보 '조우'의 창간을 서두르며 창간 멤버들이 머리를 맞댔다. 아무래도 창간호인 만큼 '영원한 조우회원' 방우영 명예회장에 대한 기사 한 꼭지는 들어가야 한다는 게 다수의 의견이었다. 그래서 그 무렵 출간된 방우영 회장의 저서 '나는 아침이 두려웠다'를 어떤 식으로든지 다루기로 하고 책을 출간한 김영사 박은주 사장을 만났다. 지금은 출판계를 떠났지만 당시 박 사장은 출판 기획과 경영 수완이 뛰어난 출판사 사장으로 소문이 나 있었다.

박 사장의 얘기다.

"한 권의 책이 될 것 같은 사람이 있습니다. 그의 생각, 그의 기질, 그만이 갖고 있는 체험과 역사가 왠지 만화경처럼 다채롭게 펼쳐질 것 같은 사람, 그 자체로 흥미진진한 텍스트가 될 것 같은 사람 말입니다."

박 사장은 "한 분야에서 최고의 일가를 이루고 있거나, 오랫동안 식지 않는 열정을 가지고 자신의 길을 묵묵히 걸어온 사람"이라고 부연하면서 오래전부터 '그러한 사람'으로 조선일보 방우영 명예회장을 지목, 관심을 가져왔다고 했다. 또 방 회장이 '현존하는 최고 경력의 신문인', '한국에서 가장 영향력 있는 신문을 만든 신문 경영인', '한국 현대사의 굵직굵직한 사건들을 가장 생생하게 목도할 수 있었던 증인 중 한 사람'이라고 구체적으로 꼽기도 했다.

박 사장은 이 같은 출판 기획 이유와 함께 뜻밖에 방 회장의 '책 사랑' 이야기를 들려주었다.

"책 원고를 보니까 책 읽기를 아주 좋아하시는 방 회장님께서 원래 조그만 책방 하나 갖는 게 꿈이었다고 해요. 은퇴하면 책방을 운영해 볼까 하는 구체적인 계획을 세운 적도 있지만 현실적인 제약 때문에 포기하셨다고요. 책을 만드는 사람으로서는 얼마나 감사하고 감동적인지 모릅니다."

'나는 아침이 두려웠다'의 출간 기획 이유는 그렇다고 하더라도 방 회장이 '그만두면 책방 하나 갖는 게 꿈'이라고 할 만큼 책을 사랑했는지 고개를 갸우뚱거릴 사람도 있을 것이다. 그도 그럴 것이 조선일보의 그 많은 회의를 주재하고 각계각층의 독자, 광고주 등을 만나야 하며, 매일매일의 신문 전쟁에서 이겨야 하는 신문 경영인의 입장에서 아무리 책을 좋아해도 한가로이 책을 가까이하기는 쉽지 않을 것이기 때문이다. 더군다나 방 회장은 '나의 취미는 골프와 낚시, 그리고 사냥'이라고 어느 자리에서든 공언하셨다(지금은 연로하셔서 사정이 달라지셨지만). "이런 취미 생활을 통해 지친 몸과 마음을 재충전했고 건강을 지켰으며 자연을 두려워하는 겸손함을 배웠다"고 예찬할 정도라면 책을 읽고 즐기고 사랑하는 것은 더욱 어려웠을 것이다.

그러나 방 회장은 직업적인 이유이건, 취미나 습관이건 책을 사랑하고 가까이했으며, 책을 사랑하고 좋아하는 사람들을 또한 좋아했다. 책을 사랑하는 방법을 후배들에게 가르쳤고 그것을 실천하며 책을 통해 승부했다. 코리아나호텔 빌딩 안에 회장실(현재 고문실)과 접견실을 만들 때 일이다. 디자인 전문가는 회장실인 만큼 실내 인테리어를 심플하고 현대적으로 만들었고, 그러다 보니 회장 집무실과 접견실 모두에 책장이 없었다. 방 회장의 불호령이 떨어졌다.

"신문사 방에 책장이 없다는 게 말이 되는가."

두 방에 책장과 서가가 바로 설치되었음은 물론이다.

고문실 탁자 위에는 조선일보는 물론 월간조선, 주간조선 등 본사 간행물과 함께 아사히, 마이니치 등 일본 일간지, 주오코론(中央公論)과 분게이슌주(文芸春秋) 등 2개 일본 종합 월간지가 늘상 놓여 있다. 방 고문은 발행인 취임할 때 "자기 신문을 정독하라"는 한 원로의 당부를 들었고, 그 당부를 평생 철칙처럼 지키려 노력했다(한때 노안으로 눈이 침침해 신문 읽기가 쉽지 않았으나 얼마 전 백내장 수술로 이제 다시 읽을 거리를 가까이하고 있다).

일본의 두 신문과 두 월간 종합지는 구독한 지 60년이 넘는다. 중앙공론과 문예춘추는 둘 다 창간 100년이 넘는 잡지들인데 중앙공론은 자유주의적인 편집과 평론으로 지식인들이 선호하는 잡지이며, 원래 동인지 성격의 문예지로 출발한 문예춘추는 논픽션 등 읽을거리를 대담하게 게재하고 읽기 쉽게 편집 방향을 바꿔 성공한 일본 잡지계의 선두 주자이다. 두 잡지를 구독하고 모아두었던 방 고문은 두 차례에 걸쳐 1,000여 권을 조선일보 조사부에 기증했다. 두 잡지의 정기 구독은 여전히 계속되고 있는데 일본 독자들 가운데도 60년 이상 정기 구독하는 그 같은 충성스런 독자는 찾기 쉽지 않을 것이다.

방 고문은 마이니치, 아사히 두 신문을 정독한다. 기사뿐만이 아니다. 두 신문의 책 광고를 열심히 보고 좋은 신간을 체크한다. 좋은 신간 외에 신문 제작에 도움이 될 것 같은 책, 베스트셀러, 이슈가 된 책 모두가 체크 대상이다. 이러한 서적들의 광고를 스크랩해 일본 특파원이나 일본 지사장에게 '구매하여 본사에 보내도록' 지시하는 것도 방 고문의 중요한 일과였고 즐거운 관행이었다.

방 고문은 일본 특파원들에게 책을 사 보내라고 지시하는 것만이 아니다. 방 고문이 일본에 가면 그 스케줄에 서점 방문이 빠지는 법이 없고 책을 사지 않는 경우는 거의 없다. 혼자 책방 순례도 하지만 특파원들과 동행하기도 하는데, 한 번 출장 가면 대개 10~20권의 책을 산다. 10권 미만이면 가방 등에 넣어 직접 가지고 귀국하고 10권이 넘으면 국제우편 등으로 부치도록 한다. 방 회장은 고 이규태 주필 생전에 스스로 지시해서 만들었던 '이규태 코너'의 집필을 돕기 위해 일본에서 갖가지 책을 직접 골라 사다 주기도 했는가 하면 중국의 '마오쩌둥(毛澤東)' 평전 등도 다른 언론사보다 먼저 구입해 사내에 돌리기도 했다.

방 고문에게 '일본' 하면 책과 연결되고 책에 관한 한 일본에 대해 긍정적이다. 일본 독서 문화를 부러워하고 일본 국민의 독서 습관을 칭찬한다.

"일본에 가면 어딜 가나 다들 책을 읽고 있는 모습을 쉽게 볼 수 있다. 지하철을 타면 부인네들이 핸드백에서 조그만 책자나 잡지 하나 꺼내 읽는 모습이 부러웠다. 시내 곳곳에는 조그만 책방도 많다."

방 고문은 점심 식사 후 산책길에 회사 근처 교보문고에 자주 들르신다. 국제 관계, 언론, 인물 등 각 분야의 서가를 둘러보시는데 교보 같은 대형 서점에만 들르시는 것도 아니다. 시내 어디를 가나 서점이 있으면 그 서점이 크건 작건, 새 책방이건 헌책방이건 쇼윈도를 통해 책 구경을 하고 점내에 들어가 서가를 훑어보는 게 다반사가 됐다. 그러니까 서점이 있으면 그냥 지나치는 법은 없으시다는 얘기다.

서울시청 근처 을지로 입구 지하에는 외국 서적을 주로 취급하는 헌책방이 하나 있다. 남재희, 조갑제 등 조선일보 출신 책 마니아들이 자주 찾는 책방이다. 얼마 전 뜻밖에 방 고문이 찾아와 '처칠 연설문 전집', '대망(大望)'(일본어판) 전질을 사가셨다는 책방 주인의 전언이다. 서울시청 지하에 있는 시청문고에 들러 "서울 시민이라면서도 서울을 너무 모른다"며 문화재들을 소개한 서울시 역사책을 사가지고 오신 적도 있다. 또 어린이 서점이나 서점 어린이 코너에 들러 어린이 역사책이나 만화 성경책을 사서 손자·손녀들에게 선사하곤 했다. 형님이신 방일영 고문이 살아 계셨을 때는 형제분의 손자·손녀들이 생일을 맞거나, 함께 성탄절 축하 모임을 가지면 으레 책을 많이 사서 선물하신 것이 관례가 되다시피 했다.

방 고문은 이처럼 책에 대해 관심도 많을 뿐더러 스스로도 책 읽기를 무엇보다도 즐기는 편이다. 이 같은 방 고문의 책 사랑, 독서 습관은 중학교 때부터 '무턱대고 책을 읽은' 덕에 그 후 평생 굳어진 것 같다.

"중학교 1학년 때 조선일보가 강제 폐간되면서 조사부에 있던 책들을 의정부 집으로 다 옮겨놨는데, 학교 공부는 뒷전이고 서고에 틀어박혀 닥치는 대로 책을 읽었다. 그러니까 체계를 밟아 독서를 한 게 아니고 흥미 닿는 대로 잡학 독서를 했다."

방 고문의 회고다. 좌익 사상에 물들었던 중학교 때 담임 박시형 선생의 책 심부름을 하는 과정에서 마르크스·엥겔스의 책도 접해 요샛말로 의식화 교육도 받은 셈이라고 스스럼없이 털어놓기도 했다.

닥치는 대로 읽어가는 중에서도 역사책을 즐겨 읽었는데, 이 같은 독서 편력이 바탕이 되어 조선일보에도 역사 이야기를 많이 다루기를 바랐고 연재소설에 역사물이 많은 것도 직간접적으로 그 영향일 수도 있다는 술회다. 발행인 취임 이후 연재된 월탄 박종화의 '세종대왕', 유주현의 '대원군', 서기원의 '김옥균', 노산 이은상의 '이 충무공' 등 역사소설은 모두 성공적 연재 과정에서 당대의 저명한 문필가, 문인들과 접촉하면서 '좋은 글', '좋은 책', '좋은 문필인'에 대해 애착을 갖고 더 경도되었을 것이라는 추측이다.

방 고문은 사장 시절 마감 시간이 끝나거나 틈만 나면 편집국에 들러 기자들과 세상 돌아가는 이야기, 신문 이야기하기를 좋아했다. 또 복잡하고 소란스런 편집국 통로 사이를 거닐면서 책상 위의 책을 들춰보고 기자들이 무슨 책을 읽는지, 얼마나 많은 책을 읽는지, 무슨 공부를 하고 있는지 유심히 살펴보셨다. 기자 개개인의 신상을 파악하고, 전문성과 직업적 성실성을 평가하는 잣대로 삼으신 것 같다. 그리고 기자 시절부터 사장에 이르기까지 귀 따갑게 들었던 '신문을 정독하라', '공부하라'는 얘기를 후배 기자들에게 되풀이 강조하고 전수했다.

방 고문은 메모광은 아니더라도 어느 누구보다 메모를 많이 하는 신문인이다. 독서를 하면서 떠오르는 아이디어나 중요한 구절을 메모하는 것이 독서 습관이었다. 또 상무 때부터 쓰기 시작한 일기를 반백 년이 넘는 지금도 쓰고 있는데, 그 일기가 수십 권에 이르는 것으로 알려져 있다. 스스로도 신동호, 고 이규태 다음으로 일기를 꼼꼼히 기록한 사람으로 자부하고 계시다. 방 고문은 기자들보고 늘 하는 말도 '메모하라'는 것인데, 현역 때 메모 잘해놓으면 퇴직 후에 책 한 권은 쓸 수 있다며 메모 습관 갖기를 당부하신다.

벌써 20여 년 전 일이다. 당시 방 사장은 94년부터 97년까지 4년간 매주 발행되는 조선일보 사보에 '생각나는 대로' 제하의 글을 연재한 적이 있다. 이 글은 당시 최고경영자가 사보에 작심(?)하고 처음 쓰는 글인 만큼 거창하고 무거운 얘기가 나올 것으로 생각했는데, 예상과는 달리 그 첫 회분의 제목은 '칼럼을 쓰자'는 것이었다. 뜻밖이었다. 이 글은 "기자는 모두 칼럼을 쓰자. 스타가 되기 위해 '기자수첩'부터 쓰기 시작하자. 길은 하나다"라고 끝맺고 있다. 이처럼 '방우영 학교'의 교훈도 교육 방침도 '신문을 정독하자', '공부하자', '메모하자', '칼럼을 쓰자' 등 좋은 기사, 좋은 글을 쓰고, 좋은 책도 많이 읽자는 것이었다.

방 고문은 편집국처럼 논설위원실도 수시로 드나들면서 당대의 논객들과 세상을 얘기했고 '좋은 글', '좋은 신문'을 논하며 논설위원실 분위기에 젖어들기도 했다. 이미 작고했지만 최석채, 선우휘, 송지영, 조덕송 등 논설이나 문필 활동은 물론 기개와 용기, 풍모로도 언론사에 기록될 논객들이 그들이다. 이들에 이어 방우영 시대의 편집국, 논설위원실을 본격적으로 이끌었던 신동호, 고 이규태, 한 주간지 조사에서 가장 영향력 있는 언론인으로 오랫동안 1위에 랭크됐던 김대중, 보수 논객으로 당대의 여론을 이끌었던 류근일 등……. 제제다사다. 그들 보직이 무엇이든 그들의 성격, 기질이 어떻든 당대의 논객이었던 이들은 한결같이 책을 많이 읽고 많은 독자를 감동시키거나 기억에 남을 글을 많이 쓴 사람들이다. 방 고문은 이들과 직무상으로나 개인적으로나 어울리길 좋아했고, 그들을 옆에 두었으며 또 중용했다.

이렇게 글을 많이 쓰고 책 많이 읽는 이들을 좋아했던 방 고문은 또 책을 많이 저술하고 또 소장한 사내 간부들을 직급에 관계없이 부러워했다. 고 이규태 고문이 그렇고 강천석 고문이 그런 사람이다. 이 고문은 대학에서 화학을 전공, 역사물과는 거리가 멀었는데, '개화백경'을 쓰게 되면서 고서 읽기에 심취했고 '조선왕조실록' 등을 섭렵했다. 그 후 이 고문은 100여 권의 책을 저술했고, 장서만도 1만여 권을 소장하게 되었다고 방 고문은 부러워했고 외부 인사들에게 자랑도 했다.

허문도 씨의 경우, 주일 특파원 재직 시 일본 서적을 많이 사서 방 회장에게 부쳐드렸지만, 귀국 시 그가 일본에서 가져온 일본 역사, 정치 관계 서적이 엄청나다는 얘기를 들으신 방 회장이 "그 책 내가 사자"고 농담 반 진담 반 제의하시는 등 부러워하셨다고 한다. 강천석 고문 또한 방 고문의 선망 대상이다. 주일 특파원을 마치고 귀국하면서 80여 박스의 책을 가져왔다고 알려진 강 고문은 요즘도 한 달에 50권 정도의 책을 사보는 애서가인데, 집 안은 물론 회사 곳곳에 책을 보관하고 있을 정도다. 방 고문은 그러한 강 고문이 새까만 언론계 후배이지만 책에 관한 한 부러움을 감추지 않는 것으로 알려져 있다. 그런 탓일까. 방 고문은 전·현직 조선일보맨들이 저술하거나 출판했다고 가져오거나 "읽어보니 양서더라"고 추천하면서 선사하는 책들을 받으면 그렇게 즐거워하신다고 한다.

조선일보를 퇴직하고 출판사를 경영하거나 출판 관계 일을 하는 전직 사우들이 늘고 있는데, 재직 시나 퇴직 후에도 여전히 책을 즐겨 읽고 좋아했던 삶과꿈의 김용원 사장, 기파랑의 안병훈 사장, 조갑제닷컴의 조갑제 사장 등이 대표적이다. 또 '현상과 진상' 발행인 이도형 전 한국논단 사장, 샘터 김성구 사장 등이 월간지와 단행본 출판을 병행하고 있다.

현재 고문 집무실과 접견실에는 책이 들어찬 책장이 놓여 있고, 옛날 방일영 고문실에는 지금은 없어진 성곡도서관(성곡 김성곤 선생이 기증해 설치했던 도서관) 소장 책들이 옮겨져 비치돼 있다. 이 4층 방들은 이렇게 이용되고 있는데, 그러고도 빈 실내 공간에는 얼마 전 일민문고가 설치됐다. 그러니까 이 4층 모든 방마다 많든 적든 모두 책이 차지하고 있는 셈이다. 일민문고에는 방 고문이 평생 모으다시피 한 문예춘추, 중앙공론과 각 분야 서적 등 5,000여 권이 서가에 가지런히 꽂혀 있다. 이 문고를 만들면서 방 고문은 일일이 책을 분류, 서가에

꽂도록 하는 등 온갖 정성을 쏟았다고 한다. 아직도 빈 서가를 채우기 위해 전직 사우들의 저서, 타계한 사우들의 저서로 절판됐거나 이미 희귀본이 된 책들도 방일영문화재단을 통해 500여 권이 확보되었다고 한다.

방 고문은 북카페나 다름없는 이 일민문고에 전·현직 사원들이 차를 마시며 책을 읽고 신문을 얘기하고 미디어의 앞날을 토론하며 책을 펴놓고 선후배들이 교유하고 소통하는 공간이 되기를 간절히 바라시는 것 같다. 그러나 방 고문이 일민문고에 기울이는 정성이 아직은 빛을 못 보고 있다. 고문님이 어려워 문고로의 발걸음을 아끼고 있기 때문이다. 평생 '좋은 글', '좋은 책', '좋은 인재' 등을 아끼고 사랑했던 방 고문께서는 이제 더 많은 글의 향기(文香), 책의 향기(書香), 인간관계의 향기(人香)를 조선일보 조직과 지면에서, 일민문고의 서가에서 기대하고 있을지 모르겠다.

85

일영·우영 형제와 성곡의 두터운 정을 회상하며

한종우

성곡언론문화재단 이사장, 전 코리아헤럴드사장

방일영 · 우영 형제분 간의 우애와 두 분의 성곡과의 우정은 유별난 데가 있다. 그들을 아는 사람들에게는 일종의 상식처럼 된 얘기다. 다 아는 일을 새삼 회상하며 여기서 강조하려는 뜻은 40년 전에 급서한 성곡 김성곤(省谷 金成坤) 선생의 생질인 내가 방 회장 형제분과 남다른 친분 관계를 유지했기 때문이다. 성곡을 형님으로 깍듯이 모신 형을 따라서 동생인 우영 회장도 성곡을 '큰형님'으로 불렀다. 따라서 이 글은 고인이신 일영 회장과 아직 정정하신 우영 회장에게 드리는 회고담이 된다.

1980년대 초반 전두환 대통령 집권 시절, 10여 명의 재경 신문 · 방송 발행인들이 청와대의 초청을 받아 상춘재 온돌방에서 저녁 회식을 대통령과 함께한 일이 있다. 그 무렵 나는 코리아헤럴드 사장직을 맡고 있었고 우영 회장은 조선일보의 발행인·사장으로 있었다. 청와대 측의 의전 관례인지 중앙에 앉은 대통령을 마주 보며 동아, 조선의 사장들이 앉았다. 좌정한 전 대통령이 방 회장에게 이런 말을 건넸다.

"방 회장, 편히 앉으세요."

무릎을 꿇고 앉은 방 회장은 정중하게 이를 받아 대답했다.

"저는 형님과 대통령님 앞에서 이렇게 앉습니다."

그를 잘 모르는 이들은 대통령에게 듣기 좋은 말로 해석할지 모른다. 하지만 우영 회장이 진정으로 예의를 갖춰 형을 대하는 자세를 나는 이미 여러 차례 목격한 바 있어 그의 무릎 자세가 꾸밈이 아님은 잘 아는 터였다. 일영 회장이 생존해 계실 때 설날에 세배 인사를 가면 우영 회장은 형님 옆에 같이 앉지 않고 언제나 서서 있었다. '형제간에 굳이 그렇게까지야?' 하고 의아해할 사람도 있을 터이나 이건 사실이다. 형과의 나이 차이는 다섯 살 터울밖에 안 됨에도 아버지를 일찍 여의어 형을 삶의 큰 기둥으로 여겨 살아왔기에 형을 대하는 그의 자세는 아버지를 대하는 것과 다름없이 극진한 예의를 갖췄으며 그게 몸에 밴 듯하다.

두 분의 형제간 우애가 남달랐다는 것은 바로 이런 점 때문이다. 그 우애에는 서로 아끼고 믿으며 경외하는 마음까지 포함되어 있다. 일영 형이 회장이 되어 경영 일선에서 물러나고 우영 동생을 사장 자리에 앉혀서 경영 일체를 맡겼을 때 형은 동생의 능력을 전폭 신임한 것으로 알고 있다. 이미 널리 알려져 있듯 우영 회장의 사장 재직 이래 20여 년 동안에 조선일보는 우리나라 최대의 발행 부수를 자랑하는 독보적인 권위지로 발전했다. 이런 성과는 순전히 그의 탁월한 경영 능력과 친화력에다 인간미 넘치는 리더십 덕택이 아닐까 한다. '아침을 맞기가 두려웠다'고 내놓고 실토한 사실에 비춰보면 그가 당시의 조간 경쟁지를 이기기 위해 참신한 아이디어를 개발하고 이를 편집에 반영하려고 얼마나 분투노력했는지를 엿볼 수 있다. 그 점에서 나는 방 패밀리의 경영 스타일이 오늘날 조선일보를 일군 독특한 특징이라고 본다.

신군부의 집권 직후 단행된 언론사 통폐합 조치로 '일도일사(一道一社)' 방침에 따라 각 도에는 한 개 신문사만 남게 되었을 때의 일이다. 그 바람에 매월 신문·발행인협회의 회의는 순차적으로 각 도에서 열린 적이 있다. 그때마다 방 회장은 나를 보고 이렇게 말하곤 했다.

"요즘 쌍용은 잘돼가나? 형님이 안 계셔도 김석원 회장이 잘하는 걸로 듣고는 있네만 은근히 걱정이 되곤 하네그려."

이건 마치 친삼촌 같은 걱정이 아닐 수 없다. 그러면서 다른 회원들의 사정들까지도 자상하게 직접 물어보고 정을 베푸는 것을 보면서 나는 그의 친화력과 따스한 인간미는 타고난 성품이구나 하며 감탄했다.

형인 방일영 회장과 성곡 간의 관계는 이미 널리 알려져 있듯 시간 날 때마다 북한산이나 도봉산을 오르는 신우회(信友會) 산행이나 평일 회식 자리에서 많이 먹고 많이 마시는 일로도 유명하다. 방 회장 자신이 성곡 회상집 '별일 없제'에 밝힌 바와 같이 그는 "형님을 생각하면 언제나…… 머리에 떠오르는 것이 함께 먹고 마시던 일"이라고 실토했을 정도였으니까.

성곡은 끔찍이나 방 회장 형제와 조선일보를 아꼈다. 1969년 조선일보가 신사옥을 준공, 이전할 때 성곡은 축하 명목으로 도서 7500권을 기증했다. 거기에는 기자들이 기사 쓸 때 참고하라는 배려가 깃들어 있었다. 지금도 조선일보사 별관에 있는 '성곡도서코너'는 이런 연유로 마련된 것이다. 이 도서 코너는 일영·우영 형제와 성곡 사이에 맺어진 두터운 우정의 징표로서 길이 남으리라고 나는 믿는다.

<u>86</u>

우리 사회의 큰 어른

허동수

GS칼텍스 회장

고문님과 저하고는 남다른 인연이 있습니다. 우선 인륜지대사라는 혼인으로 이루어진 인연이 있습니다. 고문님의 종손과 제 조카딸이 결혼하여 저희 집안과 사돈 간이 되었습니다. 다른 사람들이 갖기 어려운 귀한 인연이지요. 또한 고문님과 저는 연세대학교 선후배 사이입니다. 고문님께서 46학번이시고 저는 60학번입니다. 그러다 보니 오랫동안 종종 뵙기도 하고 고문님을 모시고 모교와 관계된 일을 하기도 했습니다.

제가 웃어른에 대해 말씀드리기는 외람됩니다만, 한마디로 표현하자면 '사회의 큰 어른'이라는 말이 적합할 것입니다. 제가 이렇게 말씀드리는 것은 앞서 말씀드린 남다른 인연 때문이어서가 아니라 '어른'으로서 모든 면을 갖추고 계시기 때문입니다. 우리 사회에서 '어른'이라 함은 연륜과 덕망이 겸비되어야 하지 않습니까? 그리고 그 연륜과 덕망으로 사회를 위해 기여한 바가 있어야 합니다. 고문님께서는 인생의 대부분을 우리 사회의 발전을 위해 앞장서서 올바른 방향을 제시해주시는 일에 헌신하셨습니다.

조선일보라는 최고의 언론 매체를 통해 '민주주의의 참된 가치', '국민 행복의 추구', '통일에 대한 염원'과 같은 가장 근본적인 이슈에 대해 국가 최고 책임자에서부터 국민 한 사람까지 똑같이 공유하고 실천해야 할 것들을 끊임없이 제공해주셨습니다. 오늘날 우리 대한민국이 세계사에 유례가 없는 경제성장과 민주화의 동시 달성이라는 쾌거를 이룩한 배경에는 고문님과 같은 분들의 보이지 않는 기여가 큰 역할을 했다고 생각합니다. 그것은 아마도 고문님께서 우리 현대사의 수많은 굴곡을 몸소 경험하셨고, 그 속에서 우리가 나아가야 할 방향이 무엇이며 그것을 이루기 위해 어떤 것들을 해야 하는지를 누구보다도 잘 아시기 때문일 것입니다. 특히 통일에 관한 염원은 고문님께서 북쪽에 고향을 두고 오신 분이기 때문에 누구보다도 절실하게 생각하시는 것 같습니다. 최근에 조선일보가 펼치는 통일 관련 사업들을 보면 그 정신이 지금도 계승되고 있는 것 같아 보기 좋습니다.

경영자로서 고문님은 탁월하셨습니다. 지난 2008년에 출간된 '나는 아침이 두려웠다'라는 고문님의 저서에서 책임 있는 언론을 이끄시던 치열한 삶의 모습을 생생하게 보았던 기억이 있습니다. 고문님

스스로 오랫동안 일선 기자로 취재 현장을 누비며 체득했던 것을 바탕으로 언론인의 사명과 책임을 강조하여 오늘날의 조선일보가 이루어졌다고 해도 과언이 아닐 것입니다. 고문님께서 매일 아침 하셨던 '당신을 믿고 기다리는 독자들에게 최선을 다했느냐'는 끝없는 자기 성찰은 기업의 경영자가 고객들에게 최고의 품질과 최상의 서비스를 제공했는가에 대해 늘 반성해야 한다는 평범하지만 가장 중요한 경영 과제에 대한 지침이 되고 있습니다.

흔히 우리는 웃어른들이 가진 연륜에 대해 세월이 흐르면 자연스럽게 생기는 것으로 오해하기 쉽습니다. 저는 그렇지 않은 사람들을 많이 봐왔습니다. 오히려 나이가 많아지면 자신의 경험과 판단만을 고집하는 경향이 더 많아지더군요. 그런데 우리가 연륜을 쌓았다고 평가할 때 반드시 필요한 것이 세상의 경험과 함께 다양한 가치를 수용하여 소화하는 포용력이라고 생각합니다. 저는 고문님께서 바로 그런 성품을 가지고 계시기 때문에 오늘날 사회에서 큰 어른으로 존경받고 계시는 것이 아닌가라고 생각합니다.

제 기억으로는 고문님께서는 늘 다른 사람들의 의견을 끝까지 경청해주시고 다소 부족한 점이 있더라도 그렇게 할 수밖에 없는 사정을 이해해주셨던 분입니다. 이것은 소위 역지사지(易地思之)라고 해서 제 좌우명이기도 합니다만, 말은 쉬워도 실천하기가 여간 어려운 것이 아닙니다. 왜냐하면 누구나 자기중심적으로 생각하고 행동하는 것이 인지상정이지 않습니까? 끝없는 자기 성찰을 통해 이룩된 인격 수양이 없으면 참으로 실천하기 어렵습니다. 고문님의 모습을 보면서 저도 실천하려고 노력하고 있습니다.

그리고 또 한 가지 빼놓을 수 없는 것이, 바로 예술에 대한 애정입니다. 예술에 대한 깊은 지식에서 우러난 고문님의 예술 사랑은 그동안 척박한 우리나라 예술계에 많은 도움이 되었고, 이 때문에 누구나 다 아는 국보급 가수를 비롯한 수많은 예술가들이 고문님을 평생의 은인으로 생각하고 있다는 사실은 이미 널리 알려진 일입니다. 게다가 고문님의 경우는 일시적인 홍보를 위한 몇몇 사례와는 달리 장기적이고 일관되게 이루어져왔다는 점에서 참으로 존경받아 마땅한 일이라고 생각합니다.

고문님과 관련해서 꼭 말씀드릴 분이 계십니다. 바로 사모님이십니다. 고문님 주변의 분들께 물어보시면 아마 고문님보다 사모님 팬이 더 많을 겁니다. 누구에게나 늘 자애롭게 대해주시고 작은 일까지도 마음을 다해 챙겨주시니 다들 사모님을 좋아하지 않을 수가 없지요. 두 분 성품이 모두 그러하셔서 그렇겠지만 두 분 사이도 정말 다정하십니다. 고문님께서도 사모님에 대해서는 일거수일투족 불편함이 없으시도록 세심하게 살펴주시는, 요즘 표현으로는 '훈남'이시거든요. 그래서 본의 아니게 주변 분들이 부인들로부터 핀잔을 듣게 한다는 이야기도 들립니다.

다들 '100세 시대'라고 합니다. 먼저 고문님께서 더욱 건강하셔서 앞으로도 저 같은 후배들과 우리 사회의 많은 사람들에게 나아갈 길에 대해 변함없는 지도를 베풀어주시길 바랍니다. 그리고 무엇보다 염원하시던 조국의 평화통일을 보시고 가족들과 함께 고향 땅을 밟으시는 감격을 누리시기 바랍니다. 또한 더 커진 대한민국을 위해 더 큰 업적을 남기시기 바랍니다. 내내 건강하시길 다시 한 번 기원하겠습니다.

87

모든 것이 맑고 분명하시다

허억

삼아제약 명예회장

방우영 고문을 처음 만나게 된 것은 내 나이 30대 초반이라 45년이 넘는 세월이 되는 것 같다. 내가 30대 초반에 친구와 같이 외국영화 수입업을 한 적이 있는데 그 시절 조선일보사가 현 사옥 뒤편에 아카데미극장을 운영하고 있었다. 당시에 방우영 고문이 영화관을 맡아 총괄 운영하던 위치에 있어 내가 영화를 개봉하려고 친구와 더불어 만난 것이 첫 인연이다. 당시 방우영 고문의 첫인상은 이국적인 풍모를 풍기는 미남형이었다. 카리스마가 넘치는 당당함도 나에게 강한 인상을 남겼다.

그 후 세월이 흘러 하와이에서 황충엽 선배와 더불어 만나게 되었고 그 인연으로 인해 매년 하와이에서 방우영 고문을 모시고 겨울나기를 함께한 것이 10년이 넘은 것 같다. 방우영 고문과 하와이에서의 생활은 좋은 추억이다. 방우영 고문, 김봉균 회장, 황충엽 회장, 김동건 아나운서와 더불어 골프도 하고 점심·저녁을 하면서 보내는 여유로운 하와이의 생활이 우리에게는 아주 소중한 시간이었다.

방우영 고문과 함께 골프를 하게 되면 김봉균 회장과 두 분이 5달러 내기를 하시곤 했다. 재미있는 것은 젊은 시절 낚시와 사냥을 하셔서 고령이심에도 젊은 사람처럼 스윙이 아주 좋아서 질 수 없는 골프인데도 불구하고 어프로치와 퍼터가 서투르셔서 김봉균 회장에게는 자주 지는 편이셨다. 그런데도 자주 내기를 하시는 모습을 볼 때마다 아주 재미있다.

방우영 고문은 음식에 소탈한 분이고 김봉균 회장은 음식을 가려서 드시는 편이라 두 분을 함께 모시고 식사를 하려면 음식점을 선택하는 데 신경을 쓸 때가 많다. 방우영 고문은 대중음식점을 선호하는데 그것은 서로에게 부담을 주지 않기 위한 배려로 느껴지며 그것이 그 분의 인품이다. 그래서 방우영 고문을 식사를 모시려면 음식점에 대해서는 신경을 안 쓰게 되니 좋다. 다만 사람에 대해서는 호불호가 분명한 분이기 때문에 누구누구와 같이하느냐 하는 것은 매우 신경을 써야 했다. 그것만 신경을 쓰고 나면 마음이 편했다.

방우영 고문은 하와이에서는 월남국수를 자주 드셨고 한식도 즐겨서 항상 본인이 앞장서서 월남국숫집으로 가곤 했다. 특별한 점은 식성이 소박해 음식을 가리는 편은 아니신데 음식점 주인이나 종업원의 태도가 마음에 들지 않거나 하면 바로 발길을 뚝 끊어버린다. 방우영 고문은 음식을 탓하기보다는 사람을 탓하는 게 분명해서 좋다. 나도 내심 사람을 가리는 편인데 겉으로는 표현을 안 하고 더불어 지내는 편이다. 그런데 나이가 들수록 방우영 고문처럼 만나서 편한 사람끼리 만나는 것이 건강에도 좋고 생활에도 도움이 되는 것 같다. 그래서 또 방우영 고문의 분명한 성품이 부럽다.

인간 방우영을 생각한다면 그 분에 대해서는 분명히 말할 수 있는 부분들이 있다. 첫째, 대화를 해보면 항상 느끼는 점이 머리가 아주 좋은 분이라는 것이다. 둘째, 모든 사물을 판단하는 것이 명확하고 정확하시다. 셋째, 경우가 아주 분명한 분이시다. 넷째, 카리스마가 강하여 독선적인 면이 있으나 그 내면에는 정이 흐르는 분이시다. 이 모든 좋은 덕목들이 한 묶음으로 내 머릿속에 항상 정리되어 있다. 인간 방우영은 그만큼 모든 것이 맑고 분명한 분이시다.

인간관계라는 것이 오래 지내다 보면 서로 간에 지루함과 갈등도 생기고 좋은 면 나쁜 면이 눈에 보이면서 정을 쌓아가는 데 반해, 이 분은 매사를 명쾌하고 분명하게 하므로 모든 것이 확실해서 그런 과정이 없으니 참 좋다. 그러니 이런 분과 인연을 맺고 지내는 것이 나에게는 큰 배움이고 축복이다. 그래서 이제는 한 달에 몇 번씩 뵙지 않으면 궁금할 정도가 되었으니 이것이 '방우영과 나'의 관계인 것 같다.

이번에 미수 기념 문집에 원고 청탁을 받고 방우영 고문의 인생을 생각해보았다. 사람이 칠십이 넘어 팔십이 되면 자기 인생을 반추해보며 어떤 의미가 있었나 생각하게 마련이고 부족한 게 있었다면 채워보려고 생각하는 것이 인지상정인 것 같다. 그런데 방우영 고문의 인생을 생각해보니 성품대로 분명하고 또렷한 인생의 의미를 찾아볼 수 있을 것 같다. 어떤 철학자가 말한 것처럼 그 사람의 성격이 그 사람의 운명을 좌우한다고 했는데 그 말이 딱 들어맞는다는 생각이 든다. 방우영 고문이 가진 분명한 성품이 그의 인생에 큰 의미가 될 발자취를 남기셨다.

뭐니 뭐니 해도 그 어려웠던 시절 조선일보를 대한민국 제1의 언론 매체로 성장시킨 것은 남다른 판단력, 결단력, 카리스마가 있는 그의 리더십이었다고 생각된다. 그가 청춘을 바쳐 조선일보를 1등으로 만든 것뿐만 아니라 1등 정론을 보급해 독자들을 깨우쳐 밝은 사회를 만든 것은 그 누구도 누리지 못했을 인생의 보람이다.

그리고 우리나라에서는 사학재단을 운영한다는 것이 말도 많고 어려운 것인데 연세대학교 동창회장과 이사장직을 30년이 넘도록 오랫동안 연임하셨다. 그것도 사심이 없고 분명한 처신으로 연세대학교 발전을 위해서 큰 족적을 남기셨고 그런 업적으로 젊은 학생들에게 희망을 준 것 또한 남들이 갖지 못한 방우영 고문만의 훌륭한 인생의 보람이다.

방우영 고문은 조선일보를 통해 사회 발전에 이바지했고 연세대학교를 통해서 젊은 학생들에게 희망을 주었다. 이처럼 큰 보람이 어디에 또 있겠는가? 만족하고 만족하시라. 당신의 인생에 더 채울 부족한 점이 없습니다.

어느 철학자가 "인생이란 무엇인가"라는 물음에 "인생이란 기쁨의 연속"이라고 했습니다. 방우영 고문께서는 앞으로의 여생을 매일매일, 매달, 매년 어떻게 생활하는 것이 기쁨의 연속인가를 찾으시고 100세 건강만을 생각하십시오.

100세 건강 만세!

88

친구 같은 선배님

홍두표

전 JTBC 회장, 전 KBS 사장

나에게는 친구라고 하기는 어려우나 친구 같은 분들 세 분이 계신다. 친구 같은 형님, 친구 같은 선배, 친구 같은 스승인데 이분들에게 나는 꿈쩍 못한다.

이 중 방우영 회장은 나에게는 친구 같은 선배님이다. 나이는 8년이나 선배이지만 후진들을 아끼고 사랑하고 장래가 촉망된다고 믿게 되면 연령 격차 무시하고 대등한 입장에서 교우하면서 전혀 인색하지 않다.

나는 오래전 홍진기 회장을 모실 때부터 방 회장과는 이런저런 모임에서 만나고 옆에서 지켜보고 조선일보의 후배들로부터 이야기를 들어 잘 알고 지내왔다.

그 분의 솔직 담백하고 형님과 같은 따뜻한 인간성에 끌린 후배 언론인이다. 점점 메말라가고 서로 담을 쌓는 세태에서 어디에서 일하든 경쟁사든 아니든 형님과 같이 한결같은 마음으로 마음을 써주시는데 후배로서 어떻게 고마운 마음이 없겠는가. 만나 이야기하면 얻는 것도 많다.

지금 이 시대에 잘못된 것을 잘못되었다 하고 좋은 것을 좋다고 칭찬해주고 특히 후배 야단쳐주는, 할 말 해주는 선배와 스승이 없다. 귀찮고 욕먹기 싫어해 못 본 체 지나가는 선배들이 많은데 방 회장은 그대로 못 넘어간다. 지적하고 야단쳐주어 나라와 후배를 걱정하고 아낀다.

"나도 실망했소."

2014년 9월 초 조선호텔 지하식당에서 신영균 회장과 셋이서 점심을 먹는 자리에서 방 회장이 꺼내신 말이다. 세월호 난맥상, 여러 명의 총리 낙마 등 난세 상황에 대해 무겁고 걱정스러운 분위기가 꽉 찼다.

"박 대통령 그래도 원칙 지켜 잘해나갈 것으로 믿었는데 무기력하고 우왕좌왕 결단도 못 내린다. 실망했다. 보수 언론도 보수층도 떠나가고 있다. 그러나 어떻게 하겠나?"

"국민이 뽑은 대통령이고 보수 우파인데 밀어주어야지 흔들면 나라가 혼란에 빠진다. 너무 삐딱하게 비난만 해서 일 못하게 하지 말고 일하도록 힘을 주어야 해."

"인간 만사 누구라도 실수는 한다. 하물며 국정 운영인데, 특히 우리나라 같은 복합 상황 속에서는 힘들다. 조금 두고보자. 박 대통령 반드시 해낼 거다. 어떻든 조선은 조선의 노선을 지켜나간다. 우리는 보수 우파다."

본인의 철학과 신념, 평생을 조선일보와 나라를 위해서 일해왔다고 자부해온 선배의 고뇌를 읽을 수 있었다.

이러한 보수의 힘이 질책과 격려와 지지로 결국 지난 8월 남북고위급회담, 유감 표명 돌파로 박 대통령의 국가 지도자 이미지를 확실히 하지 않았나 생각된다. 30퍼센트까지 주저앉았던 지지율이 남북 일촉즉발의 긴장 국면에서도 박 대통령의 불굴의 원칙론이 대화 국면으로 전환시켜 50퍼센트의 지지율을 창출한 데는 이러한 격려의 힘이 크지 않았나 생각된다.

내가 볼 때 방 회장은 자유민주주의를 신봉하는 철저한 보수주의자다. 신보수주의 성향이 강하다. 진보 진영과 일부 학자들은 '수구 꼴통'이라고 하지만 급진적인 변혁, 사회주의 혁명을 싫어하고 기존 질서를 지켜가면서 안정 속에 변화되어가야 한다고 강조하는 분이다. 나약한 지식인, 기회주의적인 언론인에 대한 적개심은 대단하다. 한평생 자유민주주의와 조국 수호를 위해 싸워온 언론인, 용감하고 통쾌무쌍하다.

방 회장은 권위와 허식을 싫어하고 어디에서나 말하는 데 거침이 없다. 사람 평가와 사리 판단에 날카로운 통찰력으로 조직을 관리하고 풍부한 아이디어와 추진력은 신문 경영에도 크게 기여하였다. 일선 기자 생활도 여러 해 해서 기자의 세계도 터득해 기자들의 반항적 기질, 글쟁이들의 괴짜 기질을 살려주어 일류 논객들이 많이 모였던 것 같다. 선우휘, 송건호, 이규태, 김대중, 양흥모, 류근일 등 당대의 명필들이 다 모였다. 이러한 방 회장의 기질이나 리더십과 지혜로 각계각층 그의 손길, 발길이 닿지 않는 곳이 없었다.

1970년대 초부터 오랜 기간 우리나라 신문 업계를 세 분의 지도자들이 이끌어간 때가 있었다. 10여 년 연령의 차이는 있었으나 중앙의 홍진기 사장, 동아의 김상만 사장, 그리고 조선의 방우영 사장이다. 적절한 힘의 균형이 이어져가던 신문 업계가 중앙일보, 동양방송의 공세적 경영으로 신문 간의 경쟁이 과열되자 신문 업계에서는 불만과 우려의 소리가 나왔다.

이때 누구도 하기 꺼려하는 직언을 방우영 사장이 서슴없이 하고 중재에 나섰다.

"예부터 쌀독에서 인심이 난다고 했다. 중앙이 1등 쟁탈 독주할 때 부작용이 필수다. 삼성에게 무슨 도움이 될 것이냐. 홍 사장이 상황을 해결해야 함이 유익하다."

홍 사장을 설득, 이해와 협조를 약속한 일화가 있다. 그 후 방 사장의 권유로 신문협회 부회장으로 취임, 고락을 함께했다.

그 당시 홍진기 사장은 이병철 회장을 모시고 중앙일보, 동양방송뿐 아니라 신라호텔, 삼성전자 경영까지도 관여하게 되어 스트레스가 이만저만이 아니었다. 그럴 때마다 "방 사장, 오늘 시간 있으신가?" 하고 저녁에 만나 정종 한잔 기울이면서 세상 돌아가는 이야기, 이런저런 정보, 언론 상황들을 나누었는데 방 사장 특유의 유머와 돌파력을 평가하신 것을 기억한다. 그때 나는 동경 특파원에서 귀국, 홍진기 사장을 주변에서 모실 때여서 항시 자세가 흐트러지지 않는 꼿꼿한 홍진기 사장이 방 사장의 소탈하고 솔직한 인간미에 끌렸다고 했던 말씀이 기억난다.

'조선일보' 하면 '방우영' 하던 1970년대·1980년대 방 회장은 우리 언론계뿐 아니라 우리나라 유위(有爲)한 인재요, 훌륭한 경세가(經世家)였다. 며칠 전에도 조선호텔 지하에서 신영균 회장과 점심을 함께하는 자리에서 한평생 신문쟁이로 보낸 원로 언론인의 걱정은 종이신문의 한계였다. 우려는 하면서도 그래도 종이신문 우월론을 편다.

"종이신문은 급격히 감소하지 않을 것이다. 특히 우리나라는 신문을 좋아하고 읽는 사람들이 보수 성향에다 노령화가 이루어져 50, 60, 70, 80대까지 독자들이 탄탄하다. 이들이 인터넷은 보기 불편하고 더욱이 유료화가 아니냐. 온라인 독자가 그리 크게 급속하게 증가하지 않을 것이다. 당분간 종이신문 지키기에 집중해야 한다. 인터넷과 모바일의 강국 일본도 아직 신문이 800만 부, 1000만 부를 유지하고 있다. 중앙일보 신문 잘 만들고 있는데 조선과 중앙이 종이신문을 끌고 가야 한다. 한둘 가지고는 안 된다. 종이신문의 위력이 나타나야 한다. 또한 신문이 광고와 부수 문제로 어려워지고 있다. 신문 경영에 종이 값이 반인데 지면 축소로 대처해야 한다."

오랜 세월 신문을 경영해온 언론인으로서의 우려와 희망을 표명해 주셨다.

만년 청년 언론인 방우영 회장도 내년이면 미수다. 그간 꾸준히 추진해오던 '경평축구' 성사 분위기가 조성되어가고 있는데 미수의 해에 성사가 되고 가고 싶어 하셨던 고향 땅 정주에도 다녀오시기를 바란다.

89

우리 언론계의 큰 나무이자 큰 산이시다

홍석현

중앙일보·JTBC 회장

방우영 회장님의 미수를 맞아 이 글을 쓰게 된 것은 지극히 고맙고도 영예로운 일이다.

방우영 회장님을 처음 뵌 것은 내가 우리 나이 스물여덟 살로 장가를 든 1976년이다. 양가 친지를 포함해 아주 가까운 분들만 모신 단출한 아침 결혼식이었는데, 방 회장님 부부께서 함께 오셔서 축하해 주셨다.

일찍이 방 회장님에 대해서는 아버님으로부터, 사모님에 대해서는 어머님으로부터 수많은 좋은 이야기를 들었다. 나중에 직접 뵐 때마다 보니 부모님께 늘 듣던 그대로였다. 우선 방 회장님 부부는 고아(高雅)한 인품이 인상적이었다. 조부인 계초 방응모 선생의 훈육을 받은 방 회장님은 유교적인 예의에 충실한 단호한 경영자셨다. 독립운동가 집안 출신인 사모님에 대해서는 아들 정도가 결혼할 때 우리 어머니에게 축하차 친히 은 액자를 가지고 오셨던 게 생각난다.

식사 자리와 같은 직접적인 대면은 아쉽게도 없었던 것으로 기억하는데, 스쳐가듯 만나는 공식, 비공식적인 자리는 많았다. 그때마다 인사드리면 방 회장님께서는 "중앙일보 요즘 뭐가 좋더라"며 항상 따뜻하게 격려해주셨다.

그 중 기억에 남는 조우는 한 호텔에 어머님을 모시고 들어갔을 때였다. 호텔 로비에 방 회장님이 계셨다. 어머님께 인사를 드리시며 "아, 역시 이렇게 효도를 하는 것을 보니까 참 마음이 흐뭇하다. 먼저 가셨지만 유민 선생이 참 든든하시겠다"라고 말씀하셨던 장면이 지금도 눈에 선하다. 2000년 5월 프로암대회에서 박세리 선수, 방 회장님과 함께 1번 홀에서 티샷을 날린 것도 생생한 추억이다.

우리나라 언론사를 시대 구분한다면 장기영 선생 다음에는 방우영 회장님이 새로운 시대를 열지 않았나 하고 생각한다. 방 회장님이야말로 80년대 초 · 중반 탁월한 경영 리더십으로 오늘날 조선일보를 1등 신문으로 만든 최고 공로자라고 늘 새기고 있다.

한국 사회에서 신문의 위상을 확실하게 잡아준 것은 역시 조선일보의 역할 덕분이며 그 뒤에는 방 회장님의 리더십이 있었다. 특히 조간 시대를 맞아 중산층 · 주부층 친화적인 콘텐츠와 편집을 강조하셨던 게 기억에 남는다. 말단부터 시작한 기자 생활을 통해 얻은 감각이

주효했던 것 같다. 그 분의 능력과 혜안으로 조선일보는 부수 면에서
도 정상에 올라섰다.

후배로서 방 회장님으로부터 배운 게 많다. 우선 독자에게 항상 다
가서는 노력을 꼽을 수 있다. "역시 신문의 힘은 단독에서 나오며 의
제 설정이 중요하다"는 방 회장님의 말씀을 늘 염두에 두고 있다. 최
근에도 이 두 가지를 강조하셨다고 들었다.

방 회장님은 우리 아버지와도 특별히 가까운 사이였다. 방 회장님
의 자서전인 '나는 아침이 두려웠다'를 보면 방 회장님은 신문협회
부회장으로 함께 일한 아버지에게 늘 "중앙일보는 1등할 생각 마십
시오. 1등하면 얻어맞으니 2등할 생각만 하십시오"라고 말씀하신 적
이 있다. 가깝지 않으면 할 수 없는 이야기다. 이 책에 보면 방 회장님
이 아버지에 대해 "나보다 열 살 연상인 그는 나를 동생처럼 아껴주
었다"는 대목도 나온다. 사실 조선 · 중앙은 당시 조간 · 석간으로 나
눠져 있었기 때문에 경쟁하지 않았다. 여러 이유로 한국과 동아, 조선
과 중앙 사이에 연대 의식이 있었다.

나이 차이는 있었지만 두 분은 한국 언론 발전의 동반자였다. 두 분
은 한국신문협회의 지방 모임에 함께 가는 것도 좋아했다. 두 분은 또
1980년 국제신문발행인협회(FIEJ) 총회 참석차 이스라엘 텔아비브에
동행했다가 5.18 뉴스를 접하고 나라 걱정을 했다. 방 회장님이 일행
보다 일찍 귀국하게 됐다. 그때를 방 회장님은 이렇게 회상했다.

"그가 내 손을 꼭 잡고 봉투 하나를 내밀면서 말했다. '방 사장, 먼

길 돌아가야 하는데 무슨 일이 있을까 걱정이 되어 그럽니다. 여비에 보태 쓰십시오.' 나는 그의 따뜻하고 고마운 정성에 가슴이 뭉클하였다."

계초 방응모 선생에 대해 방 회장님은 이렇게 말했다.

"계초의 탁월한 능력과 혜안은 나로서는 도저히 넘볼 수 없는 경지였음에 틀림없다."

역설적으로 방 회장은 후배 언론인들이 뛰어넘어야 할 큰 나무요 큰 산이다. 방 회장을 뛰어넘기 위해 노력하는 가운데 우리 언론계, 나아가 대한민국이 무한히 발전할 것이라고 믿어 의심치 않는다.

90

형님과 함께한 사냥 여행

황충엽

스타더스트 회장, 전 대한사격연맹 회장

'작은 거인'. 방우영 명예회장님의 별명이다. 나는 평소 방 회장님을 형님이라 부르며 존경했다. 방 회장님께서도 형제가 없는 나를 친동생같이 대해주시며 진정으로 아껴주셨다.

내가 형님을 처음 만나게 된 것은 1960년대 중반 무렵이었다. 내가 졸업한 경기고 대선배이신 고 방일영 회장님께 인사를 드리러 신문사를 방문했을 때 당시 신문사 사장이셨던 방우영 형님을 뵙게 된 것이다. 형님은 신문사에 근무하시며 항상 바쁘셨고, 나 역시 호텔 사업을 하며 서로 가는 길은 달랐다. 하지만 형님과 나는 공통된 취미가 여러 개 있었다. 사냥, 낚시, 등산, 여행 등이다.

특히 사냥은 내가 형님께 선물해드린 취미였다. 사격 국가대표와

537

대한사격연맹 회장을 지냈던 나는 형님께 산과 들을 누비며 스트레스를 풀 수 있는 사냥을 적극 권유해드렸다. 형님께서도 서울 도심을 벗어나 잠시 마음을 돌리고 정신을 가다듬을 수 있는 사냥을 매우 좋아하셨다.

형님과의 첫 사냥은 잊을 수 없는 추억이다. 1969년 12월쯤 우린 제주도 꿩 사냥에 나섰다. 보통 꿩 사냥을 가면 첫날 숙소에 여장을 풀고 잠을 푹 잔 뒤에 아침을 든든하게 먹고 사냥을 나선다. 그런데 여행 둘째 날 새벽에 누가 방문을 '쾅쾅' 두드리는 소리에 잠이 깼다. 시계를 보니 오전 5시였다. 문을 열고 보니 형님의 운전기사가 서 있었다.

"방 회장님께서 아침 식사 같이하시자며 식당에서 기다리고 계십니다."

신문사 사람들의 '부지런함'을 몸으로 깨달은 순간이었다. 형님은 정말 부지런하셨다. 전국 어디를 가도, 세계 어디를 가도 새벽 3~4시에 일어나 신문 보는 일을 거르지 않으셨다. 새 아침, 새 세상을 여는 '신문인'으로서의 자부심, 형님은 늘 자신이 '신문인'인 것을 자랑스러워하셨다.

그러나 그 신문인의 부지런함을 처음 겪었던 그날은 약간 당혹스러웠다. 새벽 5시에 아침을 먹고 나가봐야 아직 캄캄하기 때문에 사냥을 전혀 할 수 없었다. 그래도 형님께서 기다린다는 말을 듣고 바로 호텔 식당으로 내려갔다. 아침을 먹고 사냥터로 나갔을 때에도 해는

뜨지 않았다. 우린 커피를 끓여 마시며 동이 트길 기다렸다.

꿩 사냥은 원래 유럽 사람들이 사냥개를 데리고 다니며 날아오르는 꿩을 쏘는 사냥이다. 내겐 독일사격연맹 클레이 분과위원이 선물해준 '저먼 포인터'가 여러 마리 있었다. 저먼 포인터가 꿩을 찾으면 명령을 내릴 때까지 꿩 앞에서 가만히 대기한다. 주인이 신호를 주면 개가 꿩을 공격하고, 꿩이 하늘로 날아오를 때 총으로 쏴서 맞히는 것이 정석이다.

하지만 형님은 사냥개가 꿩을 찾을 때까지 기다려주지 않았다. 성격이 워낙 급하신 형님과 사냥을 나갈 때마다 늘 재미난 에피소드가 생겼다. 하루는 형님께서 "똥개들 저리 치우라우" 하셨다. 형님은 돌멩이를 쥐어 들고 여기저기 던지며 꿩을 찾았지만, 사람이 옆에 지나가도 가만히 있는 꿩이 날아오를 리 만무했다. 돌팔매질에 지친 형님은 갑자기 총을 꺼내 공포탄을 쏘셨다. 형님의 돌발 행동에 깜짝 놀라기도 했지만, 일행 모두가 한바탕 웃었던 기억이 난다. 늘 시간에 쫓기며 불같은 성격을 지니신 형님은 우리 사냥 여행에 활기를 불어넣어주는 존재였다.

형님께선 사냥을 시작한 지 얼마 되지 않아 사냥꾼으로서 '트로피'와 같은 큰 수확을 얻었다. 강원도 일대로 유명한 포수들과 함께 멧돼지를 잡으러 갔을 때 일이다. 멧돼지 사냥은 산 아래에서 포수들이 부채꼴 모양으로 대형을 갖추고 있다가 몰이꾼들이 몰고 온 멧돼지가 나타나면 총을 쏘는 방식으로 진행된다. 당시 '햇포수'였던 형님은 좋은 자리 대신 외곽 쪽 안전한 자리를 배정받았다. 형님께서도 멧돼지가 자기 앞으로 오리라곤 전혀 기대하지 않았다. 하지만 그날 이상하게 멧돼지가 형님이 앉아 계신 외곽 쪽으로 몰렸다. 몰이꾼이 "돼지 내려간다!"고 소리치자 멧돼지가 형님이 있는 바위 쪽으로 달려왔다. 형님은 당시를 떠올리며 "탱크가 굴러오는 것 같았다"고 말씀하셨다.

보통사람이 멧돼지를 처음 맞닥뜨리면 몸을 움직일 수조차 없는 공포감을 느낀다. 지금 사람들이야 모르겠지만 옛날엔 산에 갔다가 멧돼지에 치여 사망한 일도 종종 있을 정도로 매우 위험한 동물이다. 하지만 형님은 침착하게 방아쇠를 당겼다. "탕!" 멧돼지가 괴성을 지르며 도망갔다. 총소리를 들은 다른 포수들이 달려와 함께 숲 속으로 가보니 200근이 넘는 커다란 멧돼지가 피를 흘리며 쓰러져 있었다. 첫 멧돼지 사냥에 성공한 형님은 그날의 추억을 아직도 가끔씩 이야기하시곤 한다. 남들이 낙종을 하고, 조선일보가 특종을 했을 때 그런 기쁨과 비슷한 것이었을까. 형님은 그 이후로 전국을 누비고 다니며 '전문 사냥꾼'이 되셨다.

우리가 전국으로 사냥을 갈 때마다 그 지역 경찰서는 수지맞은 것이나 다름없었다. 형님은 늘 외진 곳으로 사냥을 갈 때마다 TV, 간이 냉장고 같은 선물을 사가지고 가셨다. 지금 경찰서는 매우 시설이 좋아졌지만 그때만 해도 지방 경찰서는 웬만한 시골 분교보다도 시설이 낙후돼 있었다. 형님이 TV나 간이 냉장고를 선물해줄 때마다 경찰들은 울컥하고 감동했다. 굳이 지방으로 사냥을 와서 자신들을 챙겨주지 않아도 될 일이었기 때문이다. 한번은 형님께서 "이렇게 낡은 오토바이로 어떻게 범인들을 쫓아가겠냐"며 새 오토바이를 선물해준 적도 있었다. 나도 처음엔 의아했지만 나중엔 형님의 속마음을 읽을 수 있었다.

형님께선 공공질서를 위해 희생하는 경찰과 군인에 대한 애착이 있었다. 그리고 형님께서 가장 사랑하는 조선일보를 위해 미래를 보고 투자한 것이었다. 경찰은 모든 사건을 가장 먼저 다루는 조직이다. 하지만 그 어느 언론사 사장이 지방 경찰서에 그런 호의를 베풀었겠는가. 우리가 다녀간 경찰서는 그 뒤로 조선일보 지방 취재본부와 더욱 가까워졌고 당연히 기삿거리가 있으면 조선일보에 먼저 제보해줬다. 행여 서울에 있는 기자들이 지방에 큰 사건이 터져 내려갔을 때도 마찬가지였다. 일터에서 벗어나 취미 생활을 하시면서도 늘 회사를 생각하셨던 형님의 애사심이 맺은 결실이었다.

오랜 세월 형님과의 사냥 여행에서 가장 기억에 남는 장면 하나를 꼽으라면 1980년 케냐 여행일 것이다. 사냥을 좋아하는 사람이라면 누구나 한 번쯤은 아프리카 초원에서 사파리 사냥하는 것을 꿈꾼다. 형님과 나는 지금은 고인이 되신 전락원 파라다이스그룹 회장님 덕분에 아프리카에서 사파리 사냥을 할 수 있었다. 당시 케냐에서는 야생동물 밀렵에 따른 문제점이 불거지면서 케냐 정부가 사냥을 전국적으로 금지하던 시기였다. 한국 주재 케냐 명예총영사였던 전 회장님이 케냐 대통령에게 특별히 요청해 우리가 케냐에 방문하는 동안 사냥을 할 수 있도록 수렵 허가를 받아주셨다.

우리 일행은 케냐 수도 나이로비에 있는 전 회장님의 최고급 호텔에 여장을 풀었다. 시내에 나가 단체로 사파리 사냥복을 구입하고 셋째 날부터 본격적으로 사파리 여행을 시작했다. 사파리 전용 차량 '도요타 랜드크루저' 10인승 지프차 다섯 대를 나눠 타고 다니며 천막 호텔에서 잠을 잤다. 밤마다 바비큐 고기를 먹고 밤하늘에 뜬 무수히 많은 별들을 보면서 형님과 이야기를 나누던 낭만적인 밤을 잊을 수 없다.

우리는 아프리카에 온 지 여섯째 날에 들소 사냥을 나갔다. 케냐 정부는 우리에게 개체 수가 아주 적은 '버팔로'에 대해서는 딱 한 마리만 잡을 수 있도록 허가를 내줬다. 형님은 나를 가리키며 "한국 사격 국가대표 출신 겸 코치"라고 현지인들에게 소개했고 버팔로 사냥 기회를 주셨지만, 나는 형님께 양보했다. 그동안 수많은 사냥을 다니며 형님의 사냥 실력도 전문가 수준에 올랐기 때문이었다. 형님은 단 한 발의 총알로 버팔로를 보기 좋게 명중시켰다. 성인 남자 팔뚝만 한 뿔이 용맹하게 휘어진 버팔로를 땅바닥에 엎어두고 그걸 밟고 올라서서 한껏 기쁜 표정으로 기념사진을 찍으시던 형님의 모습이 눈에 선하다.

그동안 형님과 함께 전국 방방곡곡, 전 세계를 함께 여행하면서 내가 형님께 배웠던 점이 하나 있다. 형님은 절대 누구에게 신세를 지는 법이 없었다. 형님이 베풀었으면 베풀었지 어떤 기업인이나 정치인이 식사 한번 제대로 대접하는 것을 보지 못했다. 만약 식사 한 끼를 얻어먹었다면 꼭 그대로 다시 한 턱 내셨다. 다 같이 어디 여행을 갈 때에도 꼭 경비를 똑같이 걷어서 냈다. 신문사 사장으로서 남들의 호의를 적당히 즐겨도 될 법한데 형님은 그런 면에서 칼 같으셨다. 이유는 역시 신문사에 대한 애정 때문이다.

형님에겐 늘 청탁을 하려는 사람이 있었다. 국내 최고 언론사를 이용해 자신의 인사 청탁, 각종 이권 수주를 노린 사람들이었다. 심지어 형님과 가깝게 지낸다는 이유로 나에게조차 대신 청탁을 넣어달라는 부탁을 하는 경우도 수없이 봤다. 하지만 형님께선 모두 칼같이 거절했다. 다 평소에 누군가의 호의를 그냥 받지 않았기 때문에 할 수 있는 결정이었다. 나 역시 그런 형님을 보며 내게 청탁을 부탁하는 사람들에게 "그런 건 통하지 않는다"고 단호하게 이야기할 수 있었다. 내가 형님을 오랫동안 모시게 된 이유도 그 때문인 것 같다. 사심 없이 같은 취미를 즐기며 그저 가족처럼 지냈다. 형님께 감사하는 부분이고 나의 자랑거리이기도 하다.

형님이 미수를 맞이하셨다. 그런데도 형님은 놀랍도록 여전히 건강하시고 왕성하게 사회 공헌 활동을 하신다. 형님, 앞으로도 남은 평생 건강하시고, 활기찬 열정으로 활동해주십시오. 그래서 신문사의 큰 버팀목이 돼주시고 사회 공헌에도 더 크게 이바지해주시기를 진심으로 기원합니다.

1928년   방우영(方又榮)은 일제 강점기가 한창이던 때 평안
북도 정주에서 아버지 방재윤(方在胤)과 어머니 이
성춘(李成春)의 둘째 아들로 태어났다. 그가 5살 되
던 1932년 할아버지 계초(啓礎) 방응모(方應謨)가 민
족진영의 요청을 받아들여 당시 경영난을 겪고 있던
'조선일보'를 인수했다. 이후 '조선일보'는 민족정신
을 상징하는 대표신문으로 성장했으나 1940년 일제
의 탄압으로 폐간당했다. 같은 해 방우영은 정주에
서 조일심상(朝日尋常)소학교를 졸업했다.

1945년   8월 15일 일본 식민통치가 끝났고 '조선일보'는 곧

복간됐다. 방우영은 해방 이듬해인 1946년 경신고 등학교를 졸업하고 연희전문학교 전문부 상과에 입학, 1949년 졸업했다.

1952년   6.25 전쟁이 한창이던 와중에 방우영은 '조선일보' 공무 견습생으로 입사했고 1954년 사회부 기자, 1955년 경제부 기자로 전후 복구에 여념이 없던 한국 사회의 구석구석을 살피게 된다.

1959년   방우영은 서울 천도교회관에서 이선영(李鮮暎)과 결혼했고 이듬해인 1960년 첫째 딸 혜성이 출생했다. 같은 해 기자의 길을 접고 아카데미극장 대표에 취임했다. 1961년 둘째 딸 윤미가 출생했다.

1962년   아카데미극장을 맡아 단기간에 경영을 본궤도에 올린 방우영은 '조선일보'로 돌아와 상무이사에 취임했다. 기자에서 언론경영인으로서의 길을 걷게 된 것이다. 1963년 '조선일보' 발행인, 1964년 '조선일보' 전무 대표이사에 취임했고 1965년 한국신문협회 부회장에 취임했다. 같은 해 셋째 딸 혜신이 출생했다.

1969년   '조선일보'의 오랜 숙원사업이던 신사옥을 준공했고, 1970년 '조선일보' 대표이사 사장에 취임했다.

같은 해 국민훈장 모란장을 수훈했다.

1973년   아들 성훈이 출생했다. 1974년 '방일영장학회(現 방일영문화재단)'를 발족시켰고 같은 해 프랑스 예술문화훈장을 수훈했다. 1976년 한국신문연구사 이사장에 취임했고 1977년 중앙문화학원(중앙대) 이사장을 맡았다.

1979년   1등 신문 '조선일보'를 향한 경영혁신에 발동을 건 결과로 '조선일보' 발행부수는 100만 부를 돌파했다. 일제 때 폐간당한 월간지 '조광'의 정신을 계승하기 위해 1980년 '월간조선'을 창간하고 월간 '산'을 인수해 '조선일보'의 잡지 전성시대를 선도했다.

1981년   한국언론연구원 초대 이사장에 취임했고 연세대 동문회장으로 취임했으며 중앙대 명예법학박사 학위를 받았다. 1984년에는 연세대 명예문학박사 학위를 받았다. 1985년 동탑산업훈장을 수훈했고 프랑스 니스 시(市)로부터 명예시민금장과 감사장을 받았다. 1987년 한독(韓獨)협회 회장에 취임했다.

1988년   '조선일보'의 또 하나 숙원사업이던 정동별관이 준공했다. 1990년 '스포츠조선'을 창간했다. 이듬해인 1991년 '조선일보' 발행부수가 200만 부를 돌파했다. 방우영은 1992년 사단법인 '서울컨트리클럽' 이사장에 취임했고 같은 해 국민훈장 무궁화장을 수훈했다. 1993년 '조선일보' 대표이사 회장에 취임했다. 1994년에는 '고당조만식선생기념사업회' 이사장에 취임했다. 같은 해 국제환경상 '글로벌 500'을 수상했다.

1995년   시사저널에서 실시한 '영향력 있는 국내 현역 언론인' 조사에서 1위에 선정됐다. '조선일보'는 1996년 발행부수 250만 부를 돌파했다. 방우영은 같은 해 제11대 대한골프협회 회장에 취임했다. 세계적인 골프 스타를 키우겠다는 그의 노력이 바탕이 되어 한국 골프는 세계로 뻗어갔다.

1997년   연세대 재단이사장에 취임했다. 1998년에는 금관문화훈장을 수훈했다. '조선일보와 45년-권력과 언론 사이에서'를 출판했고 인제대 명예경영학박사 학위를 받았으며 대한올림픽위원회(KOC) 위원으로 위촉됐다. 2001년 5월 독일 연방정부로부터 '1등십자공로훈장'을 수훈했다.

2003년   방우영은 '조선일보' 명예회장에 추대되며 41년 만에 경영 일선에서 물러났다. 2004년 '조선일보' 50

	년 근속상을 수상했다. 대한골프협회 명예회장에 추
	대됐다. 한국골프 발전에 기여한 공로로 대한체육회
	로부터 감사패를 받았다.
2008년	55년간의 언론계 생활을 정리한 팔순회고록 '나는
	아침이 두려웠다'를 펴냈다. 그는 "밤새 전쟁을 치
	르듯 만든 신문이 독자들에게 전해지는 매일 아침
	신문을 펼치는 독자들이 우리 신문에 만족할지 언제
	나 가슴 떨렸다"고 회고했다.
2010년	'조선일보' 상임고문으로 추대된 방우영은 2013년
	'조선일보' 창간 93주년 기념식에서 60년 근속상을
	수상했다.

방우영은 지금도 '조선일보' 상임고문, 연세대 재단 명예이사장, 고당 조만식선생기념사업회 이사장, 연세대 명예동문회장, 대한골프협회 명예회장을 맡고 있다. 슬하에 손자와 손녀 9명이 있다.

사
진

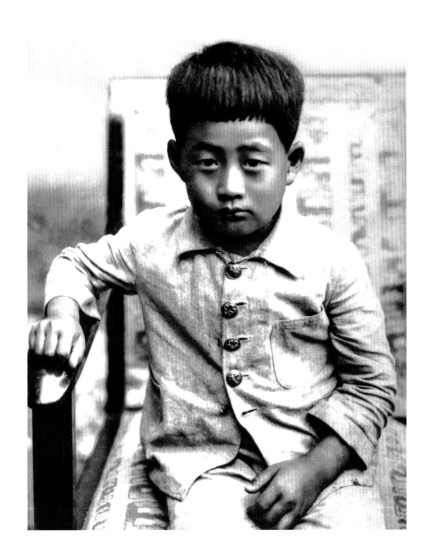

어린 시절의 방우영. 증명사진을 찍기 위해 사진관에서 포즈를 취하고 있다.

어린 시절의 방우영. 아버지로부터 선물 받은 자전거와 함께.

경신고등학교 시절 17세의 방우영

1954년 사회부 기자 시절의 방우영.

1959년 약혼식에서 신부 이선영이 만년필을 꽂아주고 있다.

1959년 5월 15일 이선영과 결혼식 사진. 유진오 고려대 총장이 주례였다.

(위)1959년 5월 15일 이선영과 결혼식을 마치고 양가 가족들과 함께 찍은 사진.
(아래)조카들과 함께. 조카 을생의 성심여고 졸업식 참석 사진. 왼쪽부터 형님인 故 방일영 고문, 조카 방을생, 방우영 상임고문, 그리고 현(現) 방상훈 조선일보 사장, 방용훈 코리아나호텔 사장.

젊은 시절 가족여행 중 부인 이선영과 함께.

(위)1966년 7월 7일 체육회관 라운지에서 본사 주최로 열린 「장창선선수개선환영연」에서 장 선수. 박정희 대통령 내외 등과 함께 찍은 사진. 왼쪽 두 번째부터 박 대통령, 방 대표이사. 한 사람 건너 육 여사. 그해 세계 아마추어 레슬링 선수권대회 플라이급에서 우승을 차지한 장창선 선수. 맨 오른쪽은 이효상 국회의장.
(아래)1967년 어느 날, 해외여행 중 기차 안에서 사색에 잠긴 모습.

1979년 10월 7일 제주도 우도에서 1시간동안의 실랑이 끝에 2미터짜리 '저립(재방어)'을 낚아 올린 후 포즈를 취한 방우영.

1987년 8월 16일 조선일보사가 주최한 국민화합대행진 행사에서 김영삼 민주당 총재, 김대중 민주당 고문, 민추협 인사들과 함께 비를 맞으며 천안 독립기념관 앞 도로를 걷고 있는 모습.

(위)1989년 12월 17일 한 사냥터에서 꿩 사냥 후 사냥개와 함께한 기념사진. 방 회장은 사냥과 낚시가 큰 취미였다.
(아래)1992년 9월 2일 세종문화회관 세종홀에서 열린 '쓰레기 줄이기를 함께하는 모임'에서 김영삼 당시 민자당 대표
에게 행사 내용을 설명하고 있다. 오른쪽은 황인성 민자당 정책위의장.

1993년 5월 7일 코엑스에서 열린 `93 서울도서전`에서 김영삼 대통령에게 조선일보에서 출간한 책을 설명하는 모습.

골프협회장 시절, 호쾌하게 시타를 하고 있는 모습.

1998년 1월 22일 조선일보사 7층 강당에서 열린 고희 출판기념회에서 김대중 대통령 당선자와 건배를 하고 있다.

(위)1998년 1월 23일 연세대학교 동문회관에서 열린 방 회장 흉상제막식에서 부인과 1남 3녀 배우자와 함께.
(아래)2001년 5월 11일 독일연방정부가 외국인에게 주는 최고훈장인 1등 십자공로훈장을 받은 후 독일대사관저에서 폰 모어 독일대사 등과 함께한 모습. 방 회장은 한독협회 회장이었다.

2002년 3월 5일 조선일보 창간 82주년 기념행사 때 당국의 세무조사 국면에서 전 사원들이 일치단결해 위기를 극복한데 대해 감사의 표시로 큰 절을 올리고 있다.

2003년 11월 3일 동교동 연세대학교 김대중도서관 개관식에서 노무현 대통령과 악수를 하고 있다.

(위)2004년 8월 8일 형님이신 우초 방일영 전 고문 1주기 추도식에서 평소 고문이 즐겨 마시던 위스키를 봉분위에 뿌리고 있다.
(아래)2008년 1월 22일 팔순 출판기념회에서 김동길 박사, 전두환 전 대통령과 건배를 하고 있는 모습.

(위)2008년 1월 22일 팔순 출판기념회에서 이명박 대통령당선인과 건배를 하고 있는 모습.
(아래)2008년 12월 21일 노소동락(老少同樂) 행사에서 아들 성훈, 손자 찬오와 함께.

(위)2013년 7월 9일 아들 성훈 부부, 손자, 손녀와 함께 찍은 가족사진.
(아래)2015년 10월 2일 김동길 명예교수의 미수연에서 덕담을 건네는 모습(맨 왼쪽 신영균, 맨 오른쪽 김봉균).